Knaur

Von Stefanie Gercke sind außerdem erschienen:

*Ich kehre zurück nach Afrika*
*Ins dunkle Herz Afrikas*

Über die Autorin:

Stefanie Gercke wurde in Guinea-Bissau auf Bubaque, einer Insel des Bissago-Archipels, als erstes weißes Kind geboren und von den Bissagos in ihren Stamm aufgenommen. Sie verbrachte ihre Jugend in Lübeck und Hamburg und wanderte nach ihrer Heirat mit zwanzig Jahren nach Südafrika aus. Ende der Siebziger musste sie zusammen mit ihrem Mann das Land aus politischen Gründen verlassen und durfte erst unter Nelson Mandelas Präsidentschaft wieder zurückkehren. Stefanie Gercke wohnt heute mit ihrem Mann auf dem Land in Schleswig-Holstein.

# STEFANIE GERCKE

## *Ein Land, das Himmel heißt*

ROMAN

Knaur

Bitte besuchen Sie uns im Internet:
www.droemer-knaur.de

Vollständige Taschenbuchausgabe 2003
Knaur Taschenbuch.
Ein Unternehmen der Droemerschen Verlagsanstalt
Th. Knaur Nachf. GmbH & Co. KG, München
Copyright © 2002 by Stefanie Gercke
Alle Rechte dieser Ausgabe bei
Droemersche Verlagsanstalt Th. Knaur Nachf., München
Alle Rechte vorbehalten. Das Werk darf – auch teilweise –
nur mit Genehmigung des Verlages wiedergegeben werden.
Umschlaggestaltung: ZERO Werbeagentur, München
Umschlagabbildung: Getty Images
Satz: Ventura Publisher im Verlag
Druck und Bindung: Clausen & Bosse, Leck
Printed in Germany
ISBN 3-426-62534-2

2 4 5 3

Eine Weile stand sie reglos am Rand des Indischen Ozeans. Das klare Wasser umschmeichelte ihre Füße, der warme Seewind strich ihr die Haare aus dem Gesicht. Doch ihre Haut war klamm und gefühllos und ihr Inneres aus kaltem Stein. Sie fühlte nicht, sah nicht, hörte nicht, erinnerte sich nicht, wie sie hierher gekommen war. Eine Ewigkeit hatte sie ihn gesucht, bis sie endlich seine Spur fand, und dann war es um Minuten gegangen, und sie hatte ihn verpasst. Er hatte sich ein Auto gemietet, war auf dem Weg nach Johannesburg und von dort aus in den schwarzen Bauch Afrikas. Er war fort. Endgültig.

»Du hast Recht gehabt, es tut mir Leid, bitte verzeih mir.« Das wollte sie ihm sagen. Aber nun war es zu spät.

Mit leerem Blick schaute sie über das unendliche, sanft wogende Meer. Wie ein atmendes Wesen lag es vor ihr, die bewegte Oberfläche zersplitterte den Abglanz des Himmels in Myriaden flimmernder blauer Sterne. Leise seufzend atmete der Ozean aus, überzog den Strand mit flüssigem Silber, atmete ein, und die Wellen liefen zischend zurück. Aus und ein, aus und ein. Für immer. Bis ans Ende der Zeit.

Für immer, klang es in ihr nach, und eine Gänsehaut kräuselte ihre bloße Haut, denn erst jetzt wurde ihr bewusst, was sie ihm eigentlich sagen wollte. »Ich liebe dich«, wollte sie ihm sagen, »bitte bleib bei mir, ich kann ohne dich nicht leben.« Bis zu den Knien stand sie jetzt im Wasser. Die Wellen zerrten an dem weiten Rock ihres schwarzen Trägerkleides.

»Komm«, lockten sie, »komm mit uns, wir tragen dich.«

Sie schwankte. Mit seinem Fortgehen hatte sie auch jegliche Widerstandskraft verlassen. Dem starken Sog hatte sie nichts mehr entgegenzusetzen. Sie machte ein, zwei Schritte vorwärts, das

Wasser stieg ihr bis zur Taille. Aus und ein, aus und ein, atmete sie, spürte, wie das Blut im Rhythmus der Wellen in ihren Adern strömte. Die nächste hob sie liebevoll hoch, bauschte ihren Rock. Wie eine schwarze Rose trieb sie weiter hinaus aufs Meer, bis die Strömung sie auf dem trügerisch sicheren Boden einer Sandbank absetzte. Die Farbe des Wassers wechselte an ihrem Rand in das geheimnisvolle Blau großer Tiefe.

»Komm«, seufzten die Wellen, »komm, lass dich fallen, hier ist es still, hier wird der Schmerz vergehen.«

Das Meer rauschte, eine Möwe schrie. Pfeilschnell glitt der Vogel über die Wellen, wurde vom Aufwind erfasst. Mit einem Schluchzen sah sie ihm nach, bis er nur noch ein weißer Punkt in der gleißenden Helligkeit war, ließ sich mitreißen, flog über die Landschaft ihres Lebens, suchte den Tag, an dem alles begonnen hatte. Einmal war sie unbeschwert gewesen, war ihre Welt festgefügt und ihre Zukunft sicher. Als gerader Weg lag sie im strahlenden Licht vor ihr. Es musste einen Zeitpunkt gegeben haben, an dem sich dieser Weg gegabelt hatte. Sie musste wissen, ob sie je die Freiheit gehabt hatte, die Richtung zu wählen. Schritt für Schritt ging sie zurück.

Sie fand den Punkt. Es gab dort keine Abzweigung. Der Weg führte geradewegs vom Licht in die Schwärze. Sie hatte nie eine Wahl gehabt. Keine Erfahrung hatte sie die Dunkelheit ahnen lassen, die Ängste von Nelly, der Zulu, verursachten kein Vorgefühl des kommenden Unheils.

Die erste Warnung bekam sie am Vorabend des Tages, nach dem nichts mehr so sein sollte, wie es gewesen war.

# Der Anfang

# 1

Die kurze Dämmerung tauchte den Tag in indigoblaues Licht, die Nacht kroch schon aus den Bäumen hoch. Sie standen im Hof von Inqaba. Zweimal strich der Iqola auf schmalen Schwingen im Tiefflug um den Hof, und jedes Mal zeigte er ihnen seinen schwarzen Rücken. Nellys Haut verfärbte sich aschgrau. Sie wusste, dass dies großes Unglück für die Bewohner des Hauses verhieß. Hätte der Iqola ihr die weiße Unterseite gezeigt, sie hätte freudig ein Huhn geschlachtet, frisches Bier gebraut und ihre Nachbarn zu einer Feier gebeten, denn das war ein Zeichen für zukünftiges Glück. »Das Glück wird Inqaba verlassen, für sehr lange Zeit«, flüsterte die Zulu und zeigte dabei das Weiße ihrer Augen.

Jill verstand ihre Warnung nicht, hatte nur gelacht und sie in den Arm genommen. Nelly aber wurde vor ihren Augen zu Stein. Ihre massige Gestalt in dem geblümten Kleid, das dunkle Gesicht mit den großflächigen Wagenknochen, der breite Mund, der so herrlich lachen konnte. Jill streckte ihre Hand aus, berührte Nelly und erschrak. Die Haut der alten Zulu war kalt, schien nicht von Blut durchströmt zu sein. Die schwarzen Augen waren nur leere Löcher, als hätte sie alles Leben verlassen. Es war, als stünde nicht Nelly vor ihr, sondern nur ihre Hülle.

Unwillkürlich fröstelte sie, trotz des heißen Abends. Der Alltag der Zulu wurde von Geistern bevölkert, die Schatten ihrer Ahnen lenkten ihr Leben, umgaben sie mit einer Mauer von Tabus, trieben sie durch ein dunkles Labyrinth von Aberglauben und Ängsten. Als sie noch sehr klein war, wurde Jill mit in diesen verwirrenden Irrgarten gezogen. Sie glaubte sich im Märchen, im Land der Feen und Kobolde, bewegte sich mit kindlicher Unbefangenheit. Doch je mehr sie lernte, je erwachsener sie wurde, desto weiter entfernte sie sich von Nellys übersinnlicher Welt, und eines Tages schlug die Tür zu. Sie stand draußen. So schob sie ihr Unbehagen jetzt auf etwas, was vor langer Zeit passiert war.

Als kleines Mädchen war sie Nelly heimlich zur Hütte des Isangoma Umbani gefolgt. Mit zwei Fingern hatte sie eine Lücke ins Weidengeflecht der Rundhütte gebohrt und hindurchgeschaut. Die Luft, die aus dem Loch strömte, atmete sich schwer, war mit einem Gestank geschwängert, der sie an ihren Besuch im Raubtiergehege des Zoos erinnerte. Mühsam unterdrückte sie ein Niesen. Als sie den Isangoma erblickte, erstarrte sie vor Schreck, wagte nicht, sich zu rühren, denn er war nur zwei Meter von ihr entfernt. Er war riesig und schwarz, mit blutunterlaufenen Augen. Nelly saß vor ihm auf dem Boden, Umbani, der Isangoma, stand über ihr, und der zitternden Jill erschien er wie der Leibhaftige.

Um seinen Kopf trug er einen Löwenschwanz, den mächtigen Körper bedeckte ein Leopardenfell, und eine geschmiedete Kette aus fingerdicken, nach außen zeigenden Eisenstacheln umschloss seinen Hals. Doch das, was Jill noch jahrelang in ihren Albträumen verfolgte, war die über einen Meter lange, armdicke Puffotter, die er mit seiner linken Hand packte. Den Kopf der Schlange, deren Biss in Minuten tötete, hielt er zwischen seinen Zähnen fest, so dass er in seiner Mundhöhle verschwand.

Ein Zischen erfüllte den Raum. Ob es die Schlange war, die wild mit ihrem Schwanz peitschte, oder Umbani, der Zauberer, konnte sie nicht unterscheiden. Um nicht laut loszuschreien, steckte sie ihren Daumen in den Mund, wagte kaum zu atmen und machte sich zu ihrer Scham in die Hose. Erst als Umbani die Schlange mit den zentimeterlangen Giftzähnen sicher wieder in einem Korb verstaut hatte, fand sie den Mut, sich davonzuschleichen. Ihre Angst hatte der wütenden Schlange gegolten, keine Minute hatte sie geglaubt, dass Umbani übernatürliche Kräfte besaß. Sie fand ihn ziemlich dumm, dass er sich auf diese Weise mit einer Puffotter abgab.

Sie hielt sich für eine ganz und gar aufgeklärte und nüchterne Person, und deswegen kam ihr auch nicht in den Sinn, in dem Vorfall am Beginn des heutigen Tages einen weiteren Hinweis auf kommendes Unheil zu sehen. Sie wurde davon vor Sonnenaufgang geweckt.

Es war ein schwaches Geräusch, kaum mehr als ein leises Kratzen, nicht genug, um sie aufzuschrecken, aber es erreichte sie in ihrem Traum, und sie wachte auf. Nicht mit einem Ruck, sondern wie ein Fisch aus dunkler Tiefe tauchte sie ganz langsam auf zum Licht und durchbrach endlich mit einem Seufzer die Oberfläche ihres Bewusstseins. Sie öffnete die Augen, war sich nicht sicher, was sie gestört hatte.

Die sonnengelben Baumwollgardinen blähten sich sacht im Wind, Morgenröte flutete durch den breiten Spalt in den Raum. Würziger Holzrauch hing in der klaren Luft und die volle Süße von erntereifen Ananas. Ein Hahn krähte, Kühe blökten, leise Stimmen und Lachen wie schläfriges Vogelzwitschern schwebten zu ihr herüber, ein Traktor sprang an und tuckerte davon. Das sagte ihr, dass Nelly und ihre Familie bereits ihren Phuthu, den Maisbrei, gefrühstückt hatten, die jüngeren Frauen auf dem Weg zur Ananasplantage waren und Ben ihnen mit dem Trecker vorausfuhr, dessen Anhänger sie im Laufe des Tages mehrfach mit reifen Früchten füllen würden.

Erleichtert legte sie sich zurück. Es war nichts, alles war, wie es sein sollte. Vielleicht hing der Traum, aus dem sie aufgewacht war, ihr noch nach? Wie Blei lag er auf ihren Gliedern, zog sie seelisch herunter. Immer wenn etwas sie spätabends zu sehr aufwühlte, verfolgte sie das bis in ihre Träume.

Angelica hatte um elf angerufen, ihre Stimme war hoch und dünn gewesen, wie immer, wenn sie erregt war. »Jilly, tut mir Leid, dass ich um diese Uhrzeit anrufe, aber es ist etwas vorgefallen, was mir Angst macht.«

»Ich hab noch nicht geschlafen. Wo bist du?«

»Bei meinen Eltern.«

Angelica lebte mit ihrer Familie nur eine halbe Stunde Autofahrt von ihr entfernt am Nyalazi-Fluss, ihre Ferien verbrachten sie im Haus ihres Stiefvaters am Little Letaba westlich des Krügerparks. Ihre Mutter und er waren dorthin gezogen, nachdem sie ihre Zuckerrohrfarm bei Mtubatuba verkauft hatten. Für ein paar Sekunden hörte Jill nur schweres Atmen am anderen Ende, als würde ihre Freundin nach Worten suchen. Beunruhigt merkte sie auf.

»Popi Kunene ist wieder aufgetaucht«, sagte Angelica, »und wieder kursieren böse Gerüchte um ihn.«

Popi Kunene, Zwillingsbruder von Thandile, Kindheitsfreund. Unruhestifter. Widerstandskämpfer. »Welche Gerüchte sind es diesmal? Von Ben habe ich gehört, dass er nach Simbabwe floh, als ihm die Polizei hier auf den Fersen war. Aber was Popi dort macht, wusste Ben auch nicht. Oder er sagt es nicht, was wahrscheinlicher ist.«

Angelicas Stimme schwankte. »Er peitscht die Massen auf, Jilly, er sagt ihnen, dass Mandela bald frei sein wird, verspricht ihnen, dass sie dann Land bekommen, Häuser, Reichtümer …«

Jill unterbrach sie. »Du meinst, dass Popi, unser Freund, mit dem wir unsere Kindertage verbracht haben, uns von unserem Land verjagen will? Das glaub ich nicht, Angelica, das würde er nie tun. Er kämpft gegen den Staat, nicht gegen uns. Wir sind doch miteinander aufgewachsen, wir waren doch wie Geschwister – unsere Farm ist auch seine Heimat.«

Ihre Heimat war Afrika, die Ostküste der Südspitze Afrikas, das fruchtbare, grüne Natal. Hier in den Hügeln Zululands war sie geboren und aufgewachsen. In dem Land, das Himmel heißt. Hier lebte sie. Sie war Afrikanerin.

Popi Kunene war auch Afrikaner. Er war nur wenige Kilometer von ihrem Geburtsort auf die Welt gekommen, und das Einzige, was sie unterschied, war der Melaningehalt ihrer Haut. Sie hatte wenig, ihre Familie, die Courts aus Cornwall in England und die Steinachs aus Bayern, waren erst vor einhundertfünfzig Jahren in dieses Land gekommen. Sie war weiß. Seine Vorfahren lebten seit

Anbeginn der Dinge unter der sengenden afrikanischen Sonne, als Schutz hatte seine Haut viel Melanin ausgebildet. Seine Haut war schwarz.

Sie wartete auf eine Antwort, doch ihre Freundin schwieg. »Angelica, bist du noch da? Er wird unsere Farmen in Ruhe lassen, er ist hier zu Hause.«

»Das sag ich mir ja auch immer … du kennst mich doch, Angelica, die Unerschrockene«, ihr Auflachen klang kratzig, »aber er ist gefährlich, Jill, er ist nicht mehr der Popi unserer Kindheit. Mir zittern die Knie, wenn ich nur daran denke, dass er sich unsere Farm aussuchen und sie seinen Anhängern versprechen könnte.« Wieder schwieg sie, die Leitung rauschte und knisterte, als hielte Jill eine Muschel an ihr Ohr und hörte das Strömen ihres eigenen Blutes. Dann drang Angelicas Stimme wieder durch. »Er peitscht die Leute mit Parolen auf, wirft ihnen Münzen vor die Füße, so dass sie vor ihm auf die Knie fallen müssen, umtanzt sie, hypnotisiert sie mit seinem verdammten Schlangenbeschwörertanz – ich kriege eine Gänsehaut, wenn ich nur ein bisschen weiterdenke … Erinnerst du dich noch, wie er die Katze umgebracht hat?«

Oh ja, das würde sie nie vergessen! »Wie« hatte Angelica gesagt, nicht »als«. Popi hatte das grau gestreifte Kätzchen am Hals gepackt und hatte ihm in die Augen gesehen, während er dem jämmerlich strampelnden Tierchen langsam die Luft abdrückte. »Tom hat ihn dabei erwischt und windelweich geprügelt. Kinder sind manchmal grausam. Das heißt noch lange nicht, dass sie zu schlechten Menschen werden …« Sie redete viel zu schnell, das merkte sie. Wie um sich selbst zu überzeugen. »Er war erst zehn und wütend, weil die Katze ihm das Gesicht zerkratzt hatte.« Und seine Augen haben dabei vor Vergnügen geglüht, das hatte sie verdrängt. Sie setzte sich hin. Plötzlich schienen ihre Beine seltsam schwach.

»Er nennt sich jetzt Blackie Afrika …«, fuhr ihre Freundin fort.

»Blackie Afrika?«, unterbrach sie. »Welch ein Quatsch. Für mich ist und bleibt er Popi.« Popi, mit dem sie aufgewachsen war. Der ihr Bruder war, nicht ihres Blutes, wie Tommy, aber trotzdem wie ein Bruder. Der Name, den ihm seine Mutter bei der Geburt gegeben hatte, war Thando – der, der geliebt wird. Doch keiner nannte ihn so. Für seine Freunde war er Popi, und der Name, den ihm das Volk gab, war Inyathi, der Büffel. Inyathi, der die Bäume zum Zittern bringt, die Erde zum Beben, Inyathi, der dunkle Schatten im Grün des Buschs. Inyathi, das angriffslustigste Tier Afrikas.

Die weißen Afrikaner aber nannten ihn den Rattenfänger, denn verführerisch waren seine Worte, mit denen er lockte, süß seine Versprechungen. Und grausam seine Handlungen. Ein Schauer ließ ihr die Haare zu Berge stehen. Schon immer umgaben ihn Gerüchte wie eine stinkende Wolke. Viel wurde darüber gemunkelt, doch keiner wusste Genaues, niemand hatte ihn gesehen. Popi Kunene war ein Trugbild. »Hast du ihn selbst gesehen, oder ist es nur ein Gerücht?«

Angelica atmete heftig. »Ich habe ihn nicht selbst gesehen«, gab sie endlich zu, »aber die Einzelheiten, die ich gehört habe, lassen darauf schließen, dass all dies wahr ist. Marian rief mich an, sie hat es von Freunden, die auf einer Farm am Limpopo sitzen. Popi ist über die Grenze aus Simbabwe gekommen und zieht durch die Dörfer, begleitet von einer johlenden Menge!«

Noch lange, nachdem sie aufgelegt hatte, lag Jill wach. Diese Gerüchte entstanden wie Grasbrände, dachte sie, das war normal. Irgendwo glomm ein winziger Funke, lief von Haus zu Haus, sprang von Farm zu Farm, glühte auf, und schon, genährt von der Angst, die alle Farmer beherrschte, schlugen Flammen hoch und verbreiteten sich zu einem Flächenbrand. Bei jeder anderen hätte sie den Anruf als Wichtigtuerei abgetan, bei Angelica war es etwas anderes.

Der Gedanke an Popi verfolgte sie erbarmungslos, und der Schlaf kam erst nach Stunden. Jetzt aber, im weichen Licht des Tagesanbruchs, verblasste sein Bild, liefen ihre Gedanken in logischen Bahnen, hatte sie Schwierigkeiten nachzuvollziehen, welchen Weg das Gerücht genommen hatte. Leute, die am Limpopo lebten, hatten es Marian erzählt, die es dann an Angelica weitergab? Wer weiß, ob die ihn tatsächlich gesehen hatten oder auch nur von ihm gehört. Blackie Afrika. Das klang wie eine Pop-Gruppe. Sie musste lächeln.

Außerdem hatten sich die Angriffe auf Farmer bisher auf die nördlichen Provinzen und den Oranje-Freistaat konzentriert. Auch in Natal waren einige Farmer überfallen und getötet worden, aber nicht alle zwei Tage, wie im Norden. Die Region um den Little Letaba war mehr als dreihundert Kilometer von ihrer Farm entfernt, und dazwischen lag als Puffer das Königreich Swaziland. Weit weg. Woanders, und nur ein Gerücht. Es war nichts, was sie betraf.

Lustvoll streckte sie sich und erlaubte sich für einen köstlichen Augenblick, mit geschlossenen Augen liegen zu bleiben, nur daran zu denken, dass sie übernächste Woche heiraten würde.

Da spürte sie es. Unten rechts, oberhalb der Leistenbeuge, ein sanftes Flattern, ganz kurz nur, wie der weiche Flügelschlag eines Schmetterlings. Sie legte ihre Hand auf ihre nackte Bauchhaut und wartete, atmete nur ganz sanft. Und da war es wieder, ganz deutlich fühlte sie es unter ihren Fingerspitzen. Das Baby? Sie nahm die Finger zur Hilfe, um nachzurechnen. Anfang sechzehnter Woche. Fühlte man sein Baby schon so früh? Sie musste Angelica fragen, die ihr Kind vor acht Monaten bekommen hatte, als Erste in ihrem Freundeskreis.

Nur einmal hatten Martin und sie nicht aufgepasst, ihr wurde heiß, als sie an den kühlen Juliabend vor dem flackernden Kamin in seinem Elternhaus dachte. Neun Monate hatten sie sich nicht gesehen, an dem Tag war er nach Abschluss seines Studiums endgültig aus Deutschland zurückgekehrt. Sie standen einander gegenüber, ihre Blicke, mit denen sie sich umfingen, spürte sie wie Liebkosungen. Die Luft zwischen ihnen knisterte. Wer wen zuerst berührte, daran erinnerte sie sich nicht, nur an das Feuerwerk, das folgte. Allein der Gedanke ließ eine wollüstige Wärme durch ihre Glieder strömen. Sie räkelte sich träge, dachte daran, dass sie die ersten Anzeichen nur als Unregelmäßigkeit ihres Zyklus eingeschätzt hatte. Erst seit vier Wochen wusste sie es, hatte kaum geschlafen, nachdem sie den zweiten blauen Strich auf dem Teströhrchen entdeckt hatte.

Mit angehaltenem Atem hatte sie es gedreht und gewendet, gegen das Licht gehalten. Es veränderte sich nichts. Zwei deutliche blaue Striche. Aufgelöst war sie hinaus auf die Veranda gerannt und hatte in den afrikanischen Sternenhimmel geschaut. Das raue Terrakottapflaster unter ihren nackten Füßen war feucht vom Tau, Amatungulublüten erfüllten die Luft mit schwerer Parfumsüße, die Paarungsrufe der Ochsenfrösche dröhnten, und das Leben war so schön, dass es kaum auszuhalten war.

Martin wusste noch nichts von ihrem Kind. Sie war allein gewesen, er für ein paar Tage nach Johannesburg gefahren, und irgendwie, vielleicht durch die Hektik der Hochzeitsvorbereitungen, schien es nie der richtige Moment zu sein, es ihm zu erzählen. Morgen, entschied sie, morgen werde ich es ihm sagen.

Ein Hund bellte, ein zweiter fiel ein, und sie schreckte hoch. Die Tauben verstummten, die leisen Stimmen und das Lachen auch, nur ein Schwarm winziger Vögel stob schrill kreischend davon. Mit einem Unmutslaut schlug sie das Laken zurück, schob das Moskitonetz beiseite und setzte die Füße auf den aprikosenfarbenen Teppich, der ihre Betten umrandete. An Ruhe war nicht mehr zu denken. Roly und Poly, ihre beiden Dobermänner, bellten immer noch, ein atemloses Kläffen mit hysterischen Obertönen. Vermutlich hatten sie einen Mungo aufgestöbert, oder Pongo, das winzige Warzenschweinweibchen, das Ben ihr kürzlich gebracht hatte. Es sauste urplötzlich wieselflink heran, zwickte sie in die Hinterbeine und entwischte wieder, trieb die Hunde dabei schier zum Wahnsinn.

Sie streckte sich noch einmal. Es war warm im Zimmer, fast stickig. Wenn Martin nicht über Nacht blieb, schaltete sie die Klimaanlage aus und schlief bei weit geöffneten Fenstern. »Es ist kalt wie ein Eisschrank«, hatte sie protestiert, als er in der ersten Nacht, die er bei ihr verbrachte, Jalousiefenster und Tür verschloss und die Klimaanlage auf kalt stellte.

Aber er konnte anders nicht schlafen, stand mit Kopfschmerzen und schlechter Laune auf. »Du bist wirklich unvernünftig, du weißt, wie gefährlich es ist, nachts die Fenster offen zu haben. Irgendwann wird einer von den Eingeborenen reinkommen und uns beide in Stücke hacken. Ich hab kaum eine Auge zugetan.«

»Hier gibt es weit und breit nur Menschen, die zur Familie gehören, die ich seit meiner Geburt kenne. Keiner wird uns etwas tun.«

»Ich werde viel geschäftlich unterwegs sein, und ich will nicht ständig Angst um dich haben, Liebling. Denk an den Keulen-Mann.«

»Der Keulen-Mann! Das ist mindestens sechs Jahre her, der war verwirrt und hörte Stimmen oder sonst was … Ich mag darüber nicht nachdenken.«

»Das solltest du aber, hör auf, den Kopf in den Sand zu stecken. Der Keulen-Mann war ein Zulu aus dieser Gegend, bösartig, und hasste alle Weißen. Er stieg nachts in die Häuser ein und schlug die Leute im Bett mit seiner Keule zu Brei, schlug zu, bis ihre weißen Gesichter rot waren …« Tiefe Besorgnis schwang in seinen Worten mit.

Unbehagen trippelte wie Millionen Ameisenfüße über ihre Haut, abwehrend hob sie die Hände. »Hier auf Inqaba passiert so etwas nicht, ich bin hier völlig sicher. Deine Angst ist übertrieben.« Doch das Gefühl, dass er sich um sie sorgte, war angenehm und warm, und als er dann seine wirkungsvollste Waffe einsetzte, diesen Blick, der ihr die Knie weich machte, das Blut in den Kopf trieb und den Atem nahm, gab sie willig nach. Die erste Nacht wachte sie jämmerlich frierend auf, aber Martin zog sie fest an sich, wärmte sie mit seinem Körper, und im sicheren Kokon seiner Arme schlief sie wieder ein.

Heute Morgen musste er um halb acht zu Vertragsverhandlungen in Durban sein. Er hatte dort bei Freunden übernachtet, sonst hätte er mitten in der Nacht aufstehen müssen. Ein wichtiger Tag für ihn. Es ging um die Bauleitung des Hauses eines Großreeders im Nobelvorort La Lucia. Sie hatte die Gelegenheit genutzt, alle Fenster auf Durchzug gestellt, nur die leichten Baumwollgardinen vorgezogen. Doch diese Nacht hatte sie vom Keulen-Mann geträumt.

Gähnend zog sie die Gardinen vollends zurück und schaute hinaus in den herrlichen afrikanischen Morgen. Es war klar und still, der Rauch aus Nellys Kochhütte stieg hinter der flachen Anhöhe fadengerade in den perlrosa Himmel. Die Schatten der Nacht lagen noch in den Senken, aber im Osten verwandelte schon ein Strahlen den Morgendunst über dem fernen Meer in Goldgespinst. Andächtig sah sie zu, wie das Strahlen feuriger wurde, die Schatten zerrissen, die Hügelkuppen aufglühten, und dann berührte prickelnde, lebendige Wärme ihre Haut. Aus einem Maisfeld flog ein Schwarm Glanzstare hoch ins Licht, zog als grün schillernde Wolke eine Schleife und fiel schrill zwitschernd in die Guavenbäume ein, die neben dem alten Mangobaum unweit ihres Bungalows wuchsen.

Die Sonne stieg rasch, blendete, und sie wandte sich eben ab, um ins Badezimmer zu gehen, als wieder ein winziger Laut ihr Ohr berührte, ein eigentümliches, trockenes Schaben, wie von einem nackten Fuß, der über die Fliesen schleift. Jetzt wusste sie, dass dieses Geräusch sie geweckt hatte, war sich sicher, nicht mehr allein im Zimmer zu sein. Das Gefühl, beobachtet zu werden, war so intensiv, als hätte sie jemand tatsächlich berührt. Ihr Herz machte einen Satz. Lautlos richtete sie sich auf und schaute sich um.

Die Türen zum Flur und Badezimmer waren geschlossen, niemand konnte hereingekommen sein. Ihr Bungalow war in den Hang gebaut, ruhte vorn auf Stelzen. Ein kurzer hölzerner Steg verband ihn mit dem Weg, der über mehrere Stufen zum Haupthaus führte. Alle Zimmer öffneten sich auf die teilweise überdachte Veranda, auch die Fenster und die doppelflügelige Glastür ihres Schlafzimmers. Sie spürte den schwachen Windhauch im Nacken, der durch die offenen Jalousiefenster strich, fühlte sich aber davon beruhigt, dass die massive Holzkonstruktion, die das Haus stützte, mit Bougainvilleen berankt war, die außer wunderschönen kupferrosafarbenen Blüten auch äußerst wehrhafte Dornen trugen. Davor wucherten hohe Amatungulubüsche, deren Dichte und zwei Zentimeter lange Stacheln einen zusätzlichen Einbruchsschutz bildeten.

Resolut schüttelte sie das unangenehme Gefühl ab. Es war nichts. Außerdem waren die Fenster im Schlafzimmer vergittert, und sie gestand sich ein, dass sie froh darüber war, dass Martin diesen Streit gewonnen hatte. Als kürzlich Gerüchte aufgekommen waren, dass Nelson Mandela in absehbarer Zeit freigelassen und alle verbotenen Parteien, wie der African National Congress und der militante Pan African Congress, legalisiert werden sollten, hatte er nachdrücklich verlangt, Fenster und Türen sofort mit kräftigen Gittern sichern zu lassen.

»Wer soll uns hier überfallen?«, hatte sie ihn gefragt, wie schon zuvor. »Das Haus liegt mehr als zwei Kilometer von der Straße entfernt, und du weißt doch, ich kenne hier jeden. Es sind fast alles Freunde aus meiner Kindheit, die meisten sind hier geboren.«

»Liest du eigentlich nie Zeitung oder siehst dir Nachrichten im Fernsehen an? Unser Land ist in Aufruhr, die Farmer werden abgeschlachtet, und du weigerst dich, es zu sehen.«

Natürlich wusste sie, dass das weiße Südafrika sich hinter meterhohen Zäunen verschanzte, hatte den harmlos aussehenden, feinen Draht gesehen, von dem diese Zäune gekrönt wurden, hatte gehört, dass er angeblich mit neun- bis elftausend Volt geladen war und einen Ochsen umhauen konnte, stufte diese Vorsichtsmaßnahmen jedoch als hysterisch ein. Hier auf Inqaba war das nicht nötig, dessen war sie sich sicher. »Nicht hier, hier ändert sich nichts«, erwiderte sie.

»Das ist doch Quatsch. Da draußen tobt ein Krieg, Jill. Wir werden jetzt Gitter montieren, ich werde das nicht diskutieren.«

Es war sein Ton, der sie in Wut versetzte. »Werden wir nicht«, fauchte sie, »es ist mein Haus!«

»Dann zieh ich hier nicht ein!«

»Sei froh, dass meine Eltern uns erlauben, hier zu wohnen, du weißt genau, dass wir uns von deinem Geld kein eigenes Haus leisten können.« Damit hatte sie ihn stehen lassen. Es war das erste Mal, dass heftige Worte zwischen ihnen gefallen waren.

»Wir werden alle in unserem Blut ertrinken«, hatte er hinter ihr hergebrüllt.

Hitze stieg ihr in die Wangen, als sie daran dachte, wie sie sich, beide gleichzeitig von Reue gepackt, in die Arme gefallen waren und hingebungsvoll den ganzen Nachmittag bei vorgezogenen Gardinen Versöhnung gefeiert hatten. Zwei Tage nach ihrem Streit stürmte er mittags auf die Terrasse des Haupthauses. »Hast du's gehört?«, verlangte er zu wissen.

Sie sah von ihrem Buch auf. »Nein, was?« Roly und Poly, die rechts und links neben ihrem Liegestuhl lagen, hoben die Köpfe und knurrten warnend. »Ist die Welt untergegangen, und ich habe es nicht bemerkt?« Sie lachte über ihren kleinen Scherz.

»Es hat Malcolm und Jenny erwischt ...« Er konnte kaum sprechen.

Sie verstand nicht. »Erwischt? Was meinst du damit?«

»Sie sind heute Nacht überfallen worden. Man hat ihnen die Kehle durchgeschnitten ...«

»Oh«, ihre Hand flog zu ihrem Hals. Malcolms und Jennys Farm grenzte im Südosten unmittelbar an Inqaba. »Warum hat man sie umgebracht?«, würgte sie mühsam hervor. »Sind sie ausgeraubt worden? Nicht wahr, das ist es? Ihr Haus liegt ziemlich dicht an der Straße ... da ist ja auch diese illegale Siedlung ... bestimmt hatten sie es auf Jennys Schmuck und Malcolms Waffen abgesehen ... sie hat wunderbaren Schmuck ... dieses traumhafte Collier aus Diamanten und Rubinen ihrer englischen Großmutter ... und

Malcolm ist ein Waffennarr.« Nun sprudelten die Worte aus ihr heraus, als könnte sie mit ihnen einen Wall bauen, der sie vor dem Horror bewahrte.

Er hatte seine Arme um sie gelegt und hielt sie fest in ihrem schützenden Kreis. »Nein«, murmelte er, »nein. Irgendjemand hat seinen Finger in ihr Blut gesteckt und ›Bulala amaBhunu‹ damit an die Wand geschrieben …«

»Tötet alle Farmer.« Sie konnte kaum sprechen, hielt sich an ihm fest wie eine Ertrinkende.

Am selben Tag hatte sie Harry Keating, dem alten Harry, zuständig für die Bewältigung aller Alltagskatastrophen, die die Farm heimsuchten, Bescheid gesagt, und zwei Tage später zerschnitten Gitter die Aussicht aus ihren Schlafzimmerfenstern in saubere Rechtecke. Kategorisch weigerte sie sich, auch die restlichen Fenster vergittern zu lassen. Es gab wieder Streit. »Was soll das hier werden?«, rief sie. »Ein Gefängnis? Ich habe mein ganzes Leben hier verbracht, nie ist mir von irgendjemandem, egal welcher Hautfarbe, auch nur ein Härchen gekrümmt worden.«

»Denk an Jenny«, erwiderte er hitzig.

»Jenny! Wer weiß, vielleicht hatten die Mörder eine Rechnung zu begleichen …« Sie schrie es ganz laut, damit es ihre warnende innere Stimme übertönte.

»Mit Jenny? Das ist doch absurd.« Er zog sie an sich, nahm ihr Gesicht in die Hände. »Wann wirst du endlich begreifen, dass ich Angst um dich habe?« Er küsste sie. »Was soll ich denn ohne dich anfangen mit meinem Leben?« Dann lächelte er dieses Lächeln, seine Lippen wanderten über ihre Haut, als müssten sie unbekanntes Terrain erkunden, ihr wurde heiß, und jeder Widerstand brach in ihr zusammen.

Sie seufzte bei der Erinnerung, während sie sich vergewisserte, dass der kräftige Riegel der Glastür verschlossen war. Leise trällerte sie den Hochzeitsmarsch und überlegte dabei, ob sie jemanden kannte, der mit dem Reeder in La Lucia befreundet war, dessen Auftrag sich Martin erhoffte. Die Einzige, die ihr einfiel, war Tita Robertson. Gesellschaftlich durch ihren Vater die einsame Spitze der südafrikanischen Geldaristokratie, menschlich ein Schatz. Sie könnte helfen. Tita und Neil, ihr Mann, ein bekannter Journalist, waren enge Freunde der Steinachs, solange sie denken konnte.

Neil imponierte ihr. Ständig geriet er wegen seiner flammenden Artikel gegen die Apartheidregierung in Schwierigkeiten und er trug eine geheimnisumwitterte Narbe am Oberschenkel, von der gemunkelt wurde, dass sie von einer Polizistenkugel herrührte, die ihn während einer nächtlichen Razzia mitten im Schwarzen-Township Kwa Mashu erwischt hatte. Martin bezeichnete ihn als Liberalen. Das war das südafrikanische Synonym für den doppelschwänzigen Beelzebub aus dem schwärzesten Sumpf der Hölle. Als liberal gebrandmarkt zu werden bedeutete die gesellschaftliche Katastrophe und den geschäftlichen Tod. Aber Neil war der Mann von Tita, geborene Kappenhofer, der einzigen Tochter Julius Kappenhofers, dem reichsten und einflussreichsten Mann Südafrikas, und somit unantastbar. Belustigt beobachtete Jill, wie es Martin stets in große Konflikte stürzte, wenn er sie auf Partys traf. Nur zu gern hätte er die Robertsons geschnitten, das war sonnenklar, aber Tita und Neil standen stets im Mittelpunkt. Küsschen rechts, Küsschen links, wiegehtesIhremVaterbittegrüßenSieihnvonmir, zuprostend erhobenes Glas, Lächeln mit vielen Zähnen, und die schnellen Blicke über die Schulter, ob alle anderen auch sehen, wie vertraut man mit den Robertsons plaudert.

»Der macht mit Kaffern rum«, hatte Martin gehetzt, als er noch der pickelige Typ beim Schulcricket war, »so einer gehört an die Wand gestellt, und die Kaffern hätten wir damals alle zu Hitler schicken sollen, der wusste, wie man mit so was umgeht …« Martin bezeichnete sich als Deutschen, obwohl seine Familie wie ihre seit Mitte des neunzehnten Jahrhunderts in Natal siedelte.

»Wovon redet er?«, fragte sie ihren Vater, denn diese Bemerkung hatte sie nicht verstanden.

Phillip Court zog verächtlich seine Mundwinkel herunter. »Hör nicht hin, er ist nur ein dummer Junge, der plappert nur nach, was er in seinem Elternhaus aufschnappt.«

Sie fand es merkwürdig, dass ihr das ausgerechnet jetzt einfiel, wunderte sich, denn schließlich war Martin zu der Zeit praktisch noch ein Kind gewesen, erst zwölf Jahre alt oder so. Noch einmal rüttelte sie energisch an dem Türriegel. Er saß unverrückbar fest. Sie hatte sich getäuscht. Sie wandte sich um und stand sich plötzlich selbst im Spiegel gegenüber.

Die Zeit verschob sich, und nicht die junge Frau Anfang zwanzig im ärmellosen Hemd und knappen Höschen sah sie an, sondern das kleine, siebenjährige Mädchen, das vom Eigentümer des Ladens in Mtubatuba dabei erwischt worden war, als sie sich mit einem Schokoladenriegel in der Faust an der Kasse vorbeidrücken wollte. Es war ihr bisher unangenehmstes Erlebnis gewesen und das Donnerwetter ihres Vater ihre bisher größte Katastrophe.

Ihr Spiegelbild errötete noch nach all diesen Jahren vor Scham. Dann lächelte sie verlegen, und ihr stand wieder die junge Frau in weißem Hemd und Höschen gegenüber, die genauso wenig mit dem kleinen Mädchen von damals zu tun hatte wie Martin mit dem grässlichen Pickeljungen. Im Spiegel hinter sich sah sie das Telefon auf der Kommode stehen und beschloss, auf der Stelle ein kleines Schwätzchen mit Tita zu halten. Sie wählte ihre Nummer.

»Dies ist der Anrufbeantworter von Tita Robertson«, leierte die Ansage, und Jill wollte gerade auflegen, als die Stimme stockte. »Rupert, hör auf, du verdammter Köter«, zischte Tita und lachte dann los. »Also gut, wer ist dran?«, fragte sie, und als Jill sich meldete, lachte sie noch einmal. »Rupert, dieser verrückte Hund, ist ins Badezimmer gerannt, hat sich das Ende von der Klopapierrolle geschnappt, wetzt jetzt im Garten herum und wickelt die Büsche ein. Es ist erstaunlich, wie viele Meter auf so einer Rolle sind.«

Jill stellte sich Titas jungen Beagle vor, der mit wehenden Ohren durch den Garten sauste und alle Büsche mit Klopapier umwickelte. »Mach ein Foto, damit kannst du Christo Konkurrenz machen«, riet sie und trug dann ihr Anliegen vor. Nach wenigen Minuten legte sie höchst zufrieden auf. Tita kannte den Reeder und würde ein paar Worte seiner Frau gegenüber fallen lassen. Beziehungen waren doch mindestens der halbe Erfolg. Gähnend ging sie in Richtung des Badezimmers, freute sich auf eine lange, genussvolle Dusche. Sie war kaum drei Schritte zur Tür gegangen, als sie es wieder vernahm. Sie hielt den Atem an und lauschte. Es war absolut still im Raum, aber sie hatte etwas gehört, ganz deutlich. Sehr langsam wandte sie sich um und erstarrte.

Da war sie – und hatte den Blick unverwandt auf sie gerichtet.

Sie war wunderschön, das musste Jill zugeben. Große, kohlschwarze Augen, eine kurze Nase, schmaler, edler Kopf. Ihr Körper war schlank und elegant, glänzend grün mit goldenen Reflexen und einem Schimmer von Blau. Jill sah genauer hin, entdeckte keine schwarzen Punkte entlang ihrer Seite.

Keine harmlose Grasschlange. Eine grüne Baumschlange. Ihr Gift war tödlich. Aufs Neue wunderte sie sich, wie ein so zerbrechlich wirkendes Wesen die Macht hatte, einen Menschen zu töten. Das Reptil hing, seinen Leib um den blühenden Bougainvilleazweig gewickelt, der ein Stück weit durch das Fenster ins Zimmer ragte und den sie schon gestern hatte abschneiden wollen, wie ein elegant hingewischter grüner Pinselstrich in der Luft. Sie beugte sich vor. Das Tier war kaum eineinhalb Meter entfernt, seine spektakuläre Schönheit verriet ihr, dass es ein Männchen war. Weibchen waren matter gefärbt. Sie rührte sich nicht.

Als kleines Mädchen hatte sie von Ben Dlamini, dem Zulu, gelernt, Schlangen zu verstehen. Ben war Nellys Mann und der Häuptling des kleinen Dorfes auf Inqaba, in dem alle Farmarbeiter wohnten. Ein Häuptling niederen Ranges nur, aber sich seiner Würde voll bewusst.

»Wenn du in den Busch gehst, werden viele Augen deinen Weg begleiten, auch wenn du meinst, du wärst allein. Du musst immer genau prüfen, wohin du deine Füße setzt, Intombazani, mein kleines Mädchen. Wenn sie dir feindlich gesinnt sind, zeigen sie sich nicht offen, sie verstecken sich und warten, bis du ganz nahe gekommen bist, und dann schlagen sie zu.«

Sie erinnerte sich noch genau, dass der alte Harry in diesem Moment vorbeiging und laut auflachte. Es klang wie eine Fanfare. »Ausgezeichneter Rat, Ben, hervorragend! Passt in allen Lebenslagen.« Als junger Mann war er Testpilot in der britischen Airforce gewesen, hatte irgendwann mal eine Kaffeeplantage in Angola geleitet und lebte heute in einem Rondavel abseits des Küchentrakts. Er war ein schweigsamer Mann und redete nur in militärisch knappen Sätzen. »Vergiss ihn nie, Jill!«, rief er.

»Du hörst es, kleines Mädchen«, nickte Ben, offensichtlich erfreut über das Lob, »also, geh nie in hohes Gras, ohne dich vorher bemerkbar zu machen.«

Sie lauschte mit großen Augen. »Warum denn das?«

Er lächelte. Nicht wie Daddy, der mit geschlossenen Lippen lächelte und dessen helle Augen oft ernst dabei blieben, auch nicht wie Mama, deren Lächeln fein war, träumerisch, sondern er lächelte mit seinem ganzen Körper. Seine vollen Lippen öffneten sich, zwei Reihen blendend weißer Zähne erschienen, die dunklen Augen begannen zu funkeln, aus jeder Pore strömte seine Fröhlichkeit, und Jill war sich sicher, dass die Sonne plötzlich strahlender schien. Sie liebte sein Lächeln.

»Ho«, rief er, »du musst natürlich anklopfen, wenn du in das Schlafzimmer der Schlange treten willst, sonst wird sie wütend.« Er gluckste vor Vergnügen, hob sie hoch und trug sie zu einem Kaffirbaum, dessen Name von seinem lateinischen Namen abgeleitet worden war, Erythrina Caffra. »Sieh genau hin, kannst du sie erkennen?«

Sie entdeckte nichts außer hellgrünen Blättern. Zwischen dem Grün leuchteten die Blüten, feurige Krönchen mit fedrigen Samenfäden. Endlich zeigte er ihr, wo die Schlange war. Zu einem Knäuel verknotet, lag sie in der Gabel zweier dicker Äste, ihre Schuppen braun wie die Borke des Baumes, den kleinen Kopf mit dem schnabelähnlichen Maul aufmerksam erhoben, die schwarzen Augen glitzerten.

»Was macht sie mit ihrer Zunge?« flüsterte Jill, fürchtend, dass die Schlange sie hören würde. »Will sie mich fressen?«

Ben warf den Kopf zurück und lachte, sein weicher Bauch bebte, und sie hüpfte in seinem Arm im Takt auf und ab. »Sie kann dich nicht hören, sie kann dich aber riechen, und das tut sie mit der Zunge. Sie schmeckt dich. Sie weiß, wie groß du bist und wie weit von ihr entfernt. Sieh, sie hat ihre Zunge geschluckt und legt sich wieder schlafen, weil sie weiß, dass du zu groß für sie bist. Aber vergiss nie, sie ist schnell wie ein fliegender Speer, und ihr Gift kann dich töten. Du musst lernen, wo die Grenze des magischen Kreises ist. Sie wird dich nur angreifen, wenn du diesen verletzt.« Die Stimme des großen Zulu war beruhigend wie das Schnurren einer Katze.

»Aber hüte dich vor der Königsschlange, der schwarzen Mamba. Stehst du je einer gegenüber, stell dich tot. Nicht einmal atmen darfst du. Und dann gibt es noch iVuzimanzi«, fuhr er fort, »sie ist schwarz und glänzend und lebt im Wasser. Sie frisst Fische und Frösche, aber manchmal gelüstet ihr nach anderem. Dann kriecht sie an Land, und wenn sie deinen Schatten beißt und dann Wasser trinkt, wirst du sterben, bevor sie ihren Durst gelöscht hat …«

Das kleine Mädchen schaute verstohlen hinunter, sah den eigenen Schatten auf dem Boden liegen. Schnell machte sie sich so klein es ging, auch der Schatten wurde klein, aber er blieb bei ihr.

»… doch es ist eine sehr langsame Schlange, du kannst ihr davonrennen«, hörte sie Ben. »Das musst du lernen, Intombazani, zu denken wie eine Schlange, dann weißt du schon vorher, was sie tun wird«, sagte er, trat vom Baum zurück und setzte sie ab.

Als sie den Boden berührte, wuchs ihr Schatten plötzlich ins Unermessliche. Sie erschrak fürchterlich, hüpfte hoch, drehte sich, versteckte sich hinter Ben, aber sie wurde den Schatten nicht los. Angst kroch ihr wie eine schleimige Schnecke über die Haut, und sie rannte weg, so schnell sie konnte. Aber nie schaffte sie es, ihrem Schatten davonzulaufen, auch wenn sie nur so dahinflog, als berührte sie kaum den Boden. Bens Rat vergaß sie jedoch nicht, lernte alles über Schlangen, lernte zu denken wie sie, und deshalb hatte sie keine Angst vor den schuppigen Schönheiten.

Ruhig streckte sie jetzt ihre Hand aus, bewegte ihre Finger, und als sie erkannte, dass die Schlange ihre Aufmerksamkeit voll darauf gerichtet hatte, trat sie nach links, zwei Schritte vor und legte sehr langsam die Hand um den Fenstergriff. Der Schlangenkopf folgte ihren Bewegungen ebenso unaufgeregt, und so erreichte sie, dass das Reptil nicht mehr frei hing, sondern der Länge nach auf dem Fenstersegment lag. Sie hob den Griff, kippte die Glasscheiben, die Schlange verlor den Halt und fiel auf die Veranda hinunter.

Sie sah dem Reptil nach, als es mit einer flüssigen Bewegung pfeilschnell über die Fliesen glitt, am seitlichen Geländer hoch und in die überhängenden Zweige des Mangobaums, ohne auch nur ein Blatt zu bewegen. Mit dem Kopf auf einer Frucht ruhend, erstarrte es, war nicht mehr zu unterscheiden von dem flirrenden Grün der Blätter. Die Mango war gelb mit einem roten Bäckchen wie ein Apfel.

Evas Apfel? Eine Schlange im Paradies? Nur flüchtig streiften diese Gedanken Jills Bewusstsein, drangen nicht tiefer. Sie sah nichts weiter als eine Schlange, keine Allegorie einer Bedrohung für ihr Leben, glaubte nicht, wie Nelly es getan hätte, dass einer ihrer Vorfahren sie durch die Schlange vor Unheil warnen wollte.

*

Eine halbe Stunde später, ihr Haar war noch feucht vom Duschen und ihre Haut glänzte vor Sonnencreme, packte sie ihre Kameratasche. Nachdem sie sich vergewissert hatte, dass auch alle Filter und das große Teleobjektiv an ihrem Platz waren, warf sie rasch ein langärmeliges Hemd und ihre Leinenschuhe in eine geflochtene Tasche, schob sich die Sonnenbrille ins Haar und verließ den Bungalow. Der Duft nach frisch gebackenem Brot zog sie unwiderstehlich zur Küche. Rasch lief sie über den Steg und den kurzen, gepflasterten Weg. Am Swimming-Pool zögerte sie einen Moment, das Wasser lockte, aber sie musste das frühe Licht ausnutzen. Roly und Poly schossen jaulend aus dem Gebüsch, sprangen schwanzwedelnd um sie herum, enthusiastisch verfolgt von der aufgeregt quiekenden Pongo, die ihnen alle paar Schritte in die Beine zwickte.

Eine Unkrautgabel flog aus dem Gebüsch, fiel klappernd vor ihre Füße, Handschaufel, Astschere folgten, und endlich traf ein Bündel abgeschnittener Dornenzweige ihre nackten Beine. Sie schrie auf. Daraufhin raschelte es, und ein Schwarzer, ein breitschultriger, gut aussehender Mann von ungefähr vierzig Jahren, erhob sich im Laub. »Aii, Morgen, Ma'm, tut mir Leid, Ma'm!« Vergnügt lachte er zu ihr auf und kämpfte sich aus dem Gebüsch hervor, sammelte rasch sein Werkzeug ein.

»Dabu, guten Morgen, geht dir es gut? Deinen Kindern und deiner Frau auch?« Eigentlich hieß er Dabulamanzi-John, aber das war einfach zu lang. Sein Name bedeutete, dass er die Wellen des Meeres teilen konnte. Als Erster seiner Familie hatte er Schwimmen gelernt. Jill hatte ihm einmal zugesehen. Mit seinen muskelbepackten Armen, die großen Hände als Schaufelräder nutzend, pflügte er durchs Wasser, seine Beine stampften wie das Kolbengestänge einer Dampfmaschine. Berührte Dabulamanzi mit diesen groben Händen jedoch eine Pflanze, erschien dem Beobachter, dass sie sich aufrichtete, ihm die Blätter zuwandte, glänzte und wuchs. Er war ein begnadeter Gärtner. Morgens zum Sonnenaufgang machte er seinen Kontrollrundgang. Jill hörte ihn dann oft mit den Pflanzen reden, als wären es seine Freunde. Sie dankten es ihm mit üppigem Wachstum. War er einmal krank, schienen auch sie dahinzuwelken, bekamen schlaffe Blätter und ihr Grün verblasste. »Der Bohrwurm frisst unseren Hibiskus, Ma'm, wir müssen die Spritze holen.«

Jill stieß einen unterdrückten Fluch aus und blickte hinüber zu der prächtigen vielfarbigen Hibiskushecke, die am Haus leuchtete. Die Larve des Bohrkäfers höhlte Stamm und Zweige der Hibiskusbüsche aus und brachte sie innerhalb kürzester Zeit um. Die einzige Möglichkeit, den Bohrern auf den Leib zu rücken, war, Gift mit einer Spritze in den Stamm zu injizieren. Aber meist half auch das nicht. »Schneid sie runter bis auf das gesunde Holz, verbrenn die Abschnitte. Ich besorge das Gift und Siegelwachs … Pongo, du Mistvieh, lass das!«, quietschte sie. Das Warzenschwein hatte von den Hunden abgelassen und sich auf ihre Fersen gestürzt.

Dabu verschwand im Blättergewirr, sie ging dem Brötchenduft nach. Die Dobermänner trotteten hinter ihr her, Pongo war vorausgerast und kniete sich am Wegrand auf die Vorderbeine, das Hinterteil mit dem dünnen Schwänzchen hoch aufgerichtet, und rupfte Gras. Wie immer reizte sie der Anblick zum Lachen, sie empfand Warzenschweine als völlige Fehlkonstruktion. Am Haus angelangt, schloss sie die Eingangstür auf. Die Hunde setzten sich leise fiepend auf die Hinterbeine, legten die Köpfe bittend schief. »Ihr bleibt draußen«, beschied sie ihnen. Pongo war verschwunden. Energisch klappte sie die Tür zu und bog in den langen Gang zur Küche ein. Ihre nackten Füße klatschen leise auf den honigfarbenen Fliesen. Trotz des frühen Morgens waren sie warm, jetzt im Sommer kühlten sie auch nachts kaum ab. Jill stieß die Schwingtür zum Küchentrakt auf, der in einem Anbau untergebracht war. Nelly stand über den Tisch gebeugt, der eine Insel in der Mitte der großen Küche bildete und dessen Arbeitsfläche wie die der hellen Holzeinbauküche weiß gefliest war. Mit flinken Händen rollte die alte Zulu deftig aus runden Teigportionen Brotstangen. Fünf lagen schon auf dem Blech vor ihr, sie legte die sechste dazu, schnitt in jede drei Kerben, puderte ein wenig Mehl darüber und schob sie in den Herd.

Unter einem blau karierten Geschirrtuch ruhte eine Teigkugel, ein Korb mit frischen Brötchen stand daneben. Drei dampfende

Weißbrote kühlten auf einem Metallrost neben der alten, rußgeschwärzten Feuerstelle, die vor hundertfünfzig Jahren das Herz der Küche gewesen war. Irgendeiner der früheren Steinachs hatte sie gezähmt und einen Schornstein daraufgesetzt. Heute wurde sie in den kältesten Wintertagen manchmal als Kamin benutzt. Die Mahagoni-Anrichte gegenüber zierte eine Schale mit Mangos, Guaven und einer leuchtend gelben Ananas. Die Tür zum Hof war offen, die Sonne strömte durch die Fliegengittertür gefiltert herein. Mehlstaub tanzte in den Strahlen, ihre Hitze mischte sich mit der des Backofens, das Aroma des frischen Brotes mit dem süßen Duft des Obstes.

Sie schnupperte. »Köstlich. Sakubona, Nelly, geht es dir gut?« Eigentlich hieß die Zulu Nelindiwe Dlamini, wurde aber nur Nelly genannt und war ihre Nanny gewesen. Seitdem Jill ihrer Fürsorge entwachsen war, kochte Nelly für die Familie.

Die alte Frau richtete sich auf, ihre rechte Hand in den Rücken gepresst, als hätte sie dort Schmerzen, mit der anderen strich sie sich über die Stirn und hinterließ einen weißen Mehlstreifen auf ihrer dunkelbraunen Haut. »Yebo, Sakubona, Jill!« Sie lächelte breit. »Möchtest du Kaffee? Es ist welcher in der Kanne.« Sie wischte die Hände an der blauen Schürze ab, die sie über einem geblümten Kittel trug. Ihr Atem rasselte in der Lunge.

»Nein, danke, ich will gleich los, aber ich werde mir zwei Brötchen streichen. Warum lässt du dir eigentlich nicht von Thoko oder Bongi helfen? Dein Asthma klingt nicht gut.« Die beiden jungen Mädchen waren Nellys Nichten. Jill stellte die Kameratasche auf dem Tisch ab. Aus dem mannshohen Eisschrank holte sie Butter und Honig heraus, schnitt die Brötchen auf und strich beides dick auf die warmen Hälften.

Nelly stemmte die muskulösen Arme in die Seiten. Sie stand da, breitbeinig, ihre schwere Gestalt massig wie ein verwitterter brauner Monolith. »So, du denkst also, Thokozani kann Brot backen, he? Bin also zu alt. Ha!« Ihre dunklen Augen schossen empörte Blitze. »So was hat Thoko nicht in ihrer Schule gelernt.

Und Bongiwe, dieses flatterhafte Ding, sie darf in der Küche nur den Fußboden wischen, sonst nichts.«

Jill unterdrückte ein Lachen. »Nelly, nie wird jemand ein Brot backen, das so gut ist wie deines, aber Thoko könnte dir das Kneten abnehmen, und wenn du ihr das Backen beibringst …«

Nelly ließ ihr keine Gelegenheit, den Satz zu beenden. »Nein!« Das Wort explodierte förmlich aus ihrem Mund.

Jill verkniff sich eine Antwort. Die alte Zulu lebte in ständiger Furcht, im Alter beiseite geschoben zu werden, wollte nicht glauben, dass ihr Platz nie von einer anderen eingenommen werden würde. Die Erfahrung sagte Jill, dass sie diesen Rest von Misstrauen, den Nelly gegen alle Weißen hegte, nie würde aus dem Weg räumen können. Nelly hatte Tommy und sie großgezogen, schon ihre Mutter als Kind betreut. Sie gehörte zur Familie, trotzdem misstraute sie sogar ihr. Die Erkenntnis tat weh, denn als Kind hatte sie die Schwarze Umame genannt, Mutter. »Ich bin glücklich für dich, dass du dich stark fühlst.«

»Hmm«, brummte Nelly und zog das karierte Geschirrtuch von der Schüssel, die vor ihr stand. Der aufgegangene Teig sank mit einem Seufzer in sich zusammen. Die Schwarze schob ihn auf ihr Knetbrett und formte ihn zu einem Kloß.

Die Fliegentür quietschte. Ein Junge in einem rot-weiß geringelten Pullover und kurzen Hosen stand vor Jill. Zwischen seinen Beinen sauste Pongo mit steil aufgerecktem Schwanz in die Küche, drehte eine Runde und entschwand wieder nach draußen, nicht ohne ihn kräftig in den Knöchel zu zwicken. Er schrie auf, offensichtlich mehr vor Schreck als vor Schmerzen. »Guten Morgen, Jonas, was machst du denn hier?«, fragte sie ihn, während sie die Spuren von Pongos Bissen an seinem Bein untersuchte. »Alles in Ordnung. Die Haut ist nicht verletzt.« Sie richtete sich wieder auf. »Musst du nicht zur Schule?« Er war der Sohn von Nellys Tochter Nomusa, die vor elf Jahren bei seiner Geburt gestorben war. Seitdem lebte er bei Nelly und Ben, ein leiser Junge mit wachen Augen.

31

Er zeigte seine kräftigen weißen Zähne in einem strahlenden Lächeln. »Es ist Sonnabend, Madam, wir haben keine Schule heute.« Der Blick seiner großen braunen Augen unter den aufgebogenen Wimpern lag verlangend auf den Brötchen.

»Nimm dir eins.« Sie schob ihm Butter und Honig hin, bevor Nelly es verhindern konnte. Die Zulu achtete strikt darauf, dass jeder den Platz einnahm, der ihm zustand, und Jonas' Platz war ihrem Verständnis nach unten in den Hütten. »Raus mit dir«, knurrte sie jetzt, »hilf Ben auf dem Feld. Und du musst die Kühe melken«, schrie sie hinter ihm her, als er gehorchte.

Im Hintergrund lief leise ein Radio. Es stand neben dem Herd. Jill vernahm noch die letzten Worte der Nachrichten. »Zeit für den Wetterbericht«, murmelte sie und drehte es lauter.

»Heute ist wieder ein herrlicher Tag in Südafrika«, verkündete der Wetteransager, »und so wird es bleiben. Sonne, Sonne, Sonne.«

Nellys Augen weiteten sich. In sich versunken, als lauschte sie einer inneren Stimme, starrte sie auf etwas, das Jill nicht sehen konnte. »Es wird heute regnen«, bemerkte sie düster und klatschte einen Teigkloß auf ihr Knetbrett.

»Sprechen da mal wieder deine Knochen?« Jill schmunzelte belustigt. Nelly und ihre Knochen hatten einen direkten Draht zum Wettergott, und ihre Vorhersagen trafen meist zu.

»Es wird regnen«, wiederholte die Zulu und funkelte sie aus kohlschwarzen Augen an, drückte und quetschte den Teig, bis er zwischen ihren kräftigen Fingern hervorquoll, »das Unwetter wird an diesem Tag den Fluss überschreiten, aus einem Himmel von höllischer Schwärze werden krachender Donner und todbringende Blitze herniederfahren, und Regenmassen werden das Land verwüsten.« Ihre aufgerissenen Augen schienen auf einen Punkt gerichtet, der in der Zukunft lag. »Das Glück wird Inqaba verlassen und ein Schatten wird auf unserem Land liegen. Für sehr lange Zeit«, wiederholte sie leise ihre Worte vom Abend vorher.

Verblüfft starrte Jill sie an, öffnete ungläubig die Fliegentür und blinzelte in den sonnenüberfluteten blauen Himmel über Zululand. »Unsinn, es ist keine Wolke zu sehen.« Sie zuckte die Schultern. Nelly neigte zu dramatischen Aussagen.

»Ich kann es riechen. Es riecht nach Tod«, antwortete die Schwarze in einem Ton, der ein unmissverständliches Ausrufungszeichen hinter ihre Worte setzte.

»Red nicht von Tod«, rief Jill, aber Nellys düstere Worte kratzten nicht einmal die Oberfläche ihrer Selbstgefälligkeit an.

Das war die zweite Warnung. Auch die begriff sie nicht.

»Nelly, du nervst«, fuhr eine laute Frauenstimme dazwischen, »wir können keinen Regen gebrauchen, ich werde depressiv, wenn es regnet.« Irma, Mamas ältere Cousine.

Der Augenblick war vorbei, das Gefühl des Unbehagens verschwand. Jill drehte sich um. Irma, wie immer rundlich und prall wie ein Apfel, dabei zu einem appetitlichen Karamell gebräunt und dadurch jünger aussehend als ihre dreiundsechzig Jahre, nahm sich ein knuspriges Brötchen. Erst strich sie großzügig Butter darauf, dann fingerdick Honig und biss mit allen Anzeichen von Hingabe hinein. »Ich halte nichts von Diäten«, verkündete sie, »ich polstere meine Falten von innen aus, das schmeckt gut und spart den Schönheitschirurgen ... sieh hier, alles noch ganz knackig.« Sie kniff sich in ihre vollen Wangen.

Es stimmte. Jill nahm sich vor, an diese Theorie zu denken, wenn die Zeit da war. »Wie geht's, Irma?«

Irma kaute den Happen herunter. »Schrecklich. Bin im Stress. Ich fliege heute zurück, und du weißt, dass ich das Fliegen hasse, wie deine Mutter.« Das schwarze, mit gelben Zetteln gespickte Notizbuch, das sie immer mit sich herumtrug, hatte sie auf den Küchentisch gelegt, ihre Umhängetasche aus knautschigem Leder daneben.

»Warum fährst du nicht mit dem Zug, da könntest du die Zeit sogar nutzen, um zu schreiben?«

»Ach, um Himmels willen, ausgeschlossen«, rief ihre Tante,

offenbar ehrlich entsetzt, »zu laut, zu viel Volk – ja, ich weiß, ich bin ein Snob –, außerdem ist die Fahrt zu lang, da kriege ich Hühneraugen auf dem Hintern. Nein, nein, ich muss zurück nach Hause. Für die nächsten Wochen werde ich Telefon und Fax abstellen, mich von tiefgekühlten Pizzas ernähren und schreiben, schreiben, schreiben.« Gedankenverloren drehte sie eine glänzend blonde Haarsträhne. Aschblond, aus der Tube, wie Jill wusste. Ein Blusenärmel fiel zurück. Kleine weiße Narben leuchteten auf der tiefen Bräune der Handrücken und Arme. Irmas Haut, in vielen Jahrzehnten von der gnadenlosen afrikanischen Sonne verbrannt, hatte begonnen sich zu rächen. Regelmäßig musste Irmas Arzt verdächtige Hautveränderungen herausschneiden, regelmäßig erwiesen sie sich als bösartig. Zum Schutz trug sie langärmelige, dünne Leinenblusen im Stil eines Kosakenhemdes. »Wie geht es deinem Zukünftigen?«

»Gut, denke ich. Er ist heute in Durban und verhandelt wegen eines Auftrages für ein Haus in La Lucia.« Jill hockte sich auf die Tischkante. Irma liebte es zu schwatzen.

»Läuft nicht so gut, nicht wahr?« Irmas babyblaue Augen blinzelten arglos.

Jill kannte den Trick und ließ sich davon nicht täuschen. Irma war alles andere, nur nicht arglos. Sie kultivierte das Image der lustigen, runden Matrone, die ein wenig verrückt war, ein bisschen fahrig, und beim Sprechen riss sie ihre Augen meist weit auf, was ihrem apfelbäckigen Gesicht einen naiven Ausdruck gab. Es veranlasste ihre Gesprächspartner, jegliche Vorsicht außer Acht zu lassen und freiwillig ihre tiefsten Geheimnisse auszuplaudern. Manch einer von ihnen meinte später, sich als Figur in einem ihrer populären Romane wiedergefunden zu haben. Irma allerdings verneinte das immer vehement. »Warte ab, Martin fängt ja erst an. Er ist gut, er wird sich durchsetzen«, antwortete Jill ihr jetzt kurz.

»Könnte es an seinen überkandidelten Entwürfen liegen, dass es sich so schleppend anlässt?« Irma bestrich ein zweites Brötchen.

»Denn wer will sein Haus in der Erde verbuddeln und den Garten auf dem Dach haben? Hat er diese Ideen aus der alten Heimat mitgebracht? Denk bloß mal an das Ungeziefer in diesem Klima. Und die Schlangen. Sollte er mal drüber nachdenken.«

»Davon verstehst du nichts, du bist keine Architektin«, beschied Jill ihrer Tante, die Worte Martins benutzend, als sie ihm genau dasselbe gesagt hatte, »du wirst sehen, bald ist er berühmt, dann werden ihm alle nachlaufen.« Ihr Ton machte klar, dass sie keine weiteren Sticheleien duldete.

»Natürlich, natürlich«, stimmte Irma fröhlich zu und löffelte üppig Honig auf die verbleibende Brötchenhälfte. »Grüße dein Bruderherz von mir, wenn du ihn siehst.«

»Mach ich. Ich werde ihn nachher anrufen, vielleicht können wir uns heute auf einen Kaffee in der Stadt treffen.«

»Charmanter Schlingel, ich bete ihn an«, seufzte Irma und putzte sich lautstark die Nase, »ich hab ihn im letzten Turnier vor acht Wochen in Kapstadt gesehen. Er hat nicht gut gespielt, ist schon in der Vorrunde rausgeflogen – scheint nicht genug zu trainieren, hat weniger Kondition als ich. Irgendwann bricht auch über ihn der Ernst des Lebens herein. Tennisspielen kann er doch nicht ewig. Hat er vielleicht eine neue Freundin, die ihn ablenkt?«

»Keine Ahnung. Außerdem ist er erst sechsundzwanzig und hat mindestens noch vier Jahre als Profispieler vor sich. Du vergisst, dass er auch noch Partner in einer Wirtschaftsprüferkanzlei ist.« Wie brachte es Irma nur fertig, sie immer in die Defensive zu drängen?

»Nun ja, da taucht er aber auch nur sehr selten auf, erzählte mir sein Partner, der, der Ordnung in meine Steuersachen bringt.« Sie kramte in ihrer Tasche herum, brachte ein Tablettenröhrchen zum Vorschein und schüttete zwei Pillen auf ihre Hand. »Nelly, bitte gib mir ein Glas Orangensaft. Ich hab rasende Kopfschmerzen.«

Nelly, die aus dem geschmeidigen Teig kleine Klöße geformt hatte, richtete sich auf, kratzte die klebrige Masse von ihren Händen, wischte sie an der Schürze ab, öffnete den Eisschrank, nahm den Orangensaft heraus, holte ein Glas aus der Anrichte, füllte es, stellte es auf ein kleines Tablett und servierte es Irma. Dann wandte sie sich wieder ihrer Arbeit zu.

Irma spülte die zwei Tabletten mit dem Saft hinunter und stellte das Glas ab. »Danke, Nelly. Übrigens, wenn dir die Arbeit hier zu viel wird, kommst du einfach zu mir nach Kapstadt und sorgst für mich und meine Katze. Dann vergifte ich mich nicht an Tiefkühlpizzas. Was hältst du davon?«

»Hoho«, lachte Nelly aus dem Bauch, »wer sollte dann für Miss Jill und Madam sorgen?«

»Du darfst auch in meinem nächsten Buch vorkommen«, lockte Irma listig.

Schlagartig wurde Nelly ernst, überlegte, schüttelte dann entschieden den Kopf. »Ich kann nicht in Madams Buch vorkommen, ich will hier bleiben. Ich würde sonst verloren gehen«, setzte sie leise hinzu.

»Da hörst du's«, rief Jill, die genau wusste, dass Irma das Angebot ernst gemeint hatte, »lass die Finger von Nelly, verstanden! Wir brauchen sie. Wovon handelt dein neues Buch?«

»Ach, wie immer, von Menschen. Ein unerschöpfliches Thema. Liebe, Leidenschaft, Drama, Mord und Totschlag. Wie im richtigen Leben.« Sie fummelte einen Schlüssel aus den Tiefen ihrer geräumigen Umhängetasche und reichte ihn Jill. »Hier, mein Liebes, wenn ihr mal Ruhe haben wollt, könnt ihr im Spatzennest wohnen. Sicherlich wollt ihr auch einmal in die Zivilisation hinabsteigen, euch unter Menschen mischen, einen Film oder so ansehen, dann braucht ihr nicht nachts zurückzufahren – die Nacht kann man auch für angenehmere Sachen ausnutzen ...« Ihr Schmunzeln war sehr anzüglich.

»Oh ja, allerdings«, lachte Jill und küsste sie. Spatzennest, so hieß Irmas Haus in Umhlanga Rocks, dem kleinen Ort, der fünfzehn Kilometer nördlich von Durban am Indischen Ozean lag, knapp zweihundert Kilometer von Inqaba. Es war eines der letz-

ten Wochenendhäuser, die ursprünglich vor dem Ersten Welt-
krieg in den Dünen von Umhlanga gebaut worden waren. »Vielen Dank, das ist sehr großzügig von dir.« Der Weg, der durch
die Felder von der Hauptstraße zur Farm führte, war normalerweise eine steinharte Sandpiste. Doch nach jedem Regen bekam
sie eine schmierseifenglatte Oberfläche und verwandelte sich
bei einem anständigen Wolkenbruch in grundlosen Morast. Die
Hauptstraßen im ländlichen Zululand waren zwar geteert, aber
von Schlaglöchern in Badewannengröße durchsetzt. Man konnte
nur in vorsichtigem Slalom vorankommen, lief Gefahr, mit einem
platten Reifen liegen zu bleiben, und das war nachts nicht ratsam.
Nicht auf diesen einsamen Landstraßen. Nicht in Natal, Südafrika.

Irmas Haus war das letzte vor der Umhlanga-Lagune, lag einge-
rahmt vom dichten Grün des Küstenurwalds auf dem Dünenrü-
cken, der sich in wechselnder Höhe die gesamte Natalküste entlangzog, und bot einen atemberaubenden Blick über den Ozean,
den Strand hoch nach Norden, nach Süden auf Umhlanga Rocks
mit seinem rot-weißen Leuchtturm. An klaren Tagen glänzten
Durbans Gebäude wie eine weiße Perlenkette in der Ferne. Es
war nicht groß, nur ein Ferienhaus, aber der Name umschrieb
seine wunderbare Atmosphäre. »Danke«, wiederholte sie.

»Ich muss mich sputen«, rief Irma und stob hinaus.

Nelly sah Irma nach. »Hoho, Tiefkühlpizzas«, gluckste sie.
»Fährst du in die Stadt?«, fragte sie dann Jill. »Wir brauchen
Tee.«

»Gut, ich bringe welchen mit. Ich muss zum Sharksboard, dem
Hai-Institut. Sie zerlegen heute einen Hammerhai, ein Weibchen, und ich brauche noch ein paar Fotos für meine Unterlagen, danach sause ich in die Stadt, kläre noch etwas mit dem Blumenladen, der den Tischschmuck liefert, fahre beim Schneider
vorbei, und dann hole ich meinen Verlobten ab. Heute ist Sonnabend, er wird früh fertig sein.« Sie biss von dem Honigbrötchen
ab, nahm sich kauend noch eins, bestrich es und wickelte es in

Butterbrotpapier ein. »Wegzehrung«, erklärte sie. »Ist Mama schon auf?«

»Glaube, ja«, brummte Nelly, »wozu musst du dir ansehen, wie so ein Monster, das Menschen verschlingt, von innen aussieht, möchte ich wissen?«, fragte sie mit gerunzelter Stirn.

»Weil ich in der Uni einen Vortrag über den Einfluss der Umweltverschmutzung auf die Sterblichkeitsrate der Haie halten muss.«

Nelly verzog das Gesicht. »Kannst du nicht über Vögel reden? Die sind hübscher und stinken nicht so.«

»Kann ich nicht, war kein anderes Thema frei. Außerdem stinken Haie nicht.«

»Der Teufel wohnt in ihnen«, wich die Schwarze aus und zog das karierte Geschirrtuch von der Schüssel, die vor ihr stand. Der aufgegangene Teig sank zusammen. Sie walkte ihn durch und formte ihn zu einem Kloß.

»Ach, Nelly«, lachte Jill, »es gibt keinen Teufel, keinen, der Weißen etwas antut. Eure Teufel haben alle Angst vor uns, das weißt du doch.« Sie öffnete die Fliegentür, wollte sich verabschieden.

Nelly klatschte den Teigkloß auf ihr Knetbrett. »Du wirst deinem Baby schaden«, bemerkte sie.

Jill fuhr herum, fing einen listigen Blick aus dunklen Augen auf, starrte Nelly völlig überrumpelt an. »Du kannst das nicht wissen«, stotterte sie endlich und verriet sich dabei, »ich habe es noch niemandem gesagt.«

»Ich weiß es«, wiederholte die Zulu und setzte ein überhebliches Gesicht auf.

Das Teströhrchen trug Jill noch immer in ihrer Handtasche herum. »Hast du in meinen Sachen geschnüffelt?«, platzte sie heraus und bereute es sofort. »Entschuldige, das hab ich nicht so gemeint …«

»Phhh«, machte Nelly verächtlich und schob die Unterlippe vor, »ich kann es hören, es spricht zu mir. Ich bin eine Zulu, ich habe die Gabe.«

»Du weißt, dass ich das keinen Moment glaube. Manchmal bringst du mich wirklich auf die Palme«, rief Jill aus und fragte sich zum hundertsten Mal, was hinter der Fassade des dunklen Gesichts vorging. Immer wieder geriet sie an Grenzen, die die Zulu ihr nicht gestattete zu überschreiten. Verstohlen sah sie an sich herunter. Ihr Bauch war flach wie immer. Vielleicht hatte Nelly die Tasche aus Versehen umgestoßen und so das Teströhrchen gefunden. Nelly brachte ihr Zulusein gern ins Spiel, wenn sie aus etwas ein Geheimnis machen wollte. »Am späten Nachmittag bin ich wieder da«, knurrte sie, nahm eine Mango aus der Obstschüssel und schmetterte die Fliegentür ins Schloss.

Bevor sie losfuhr, lief sie über den gepflasterten Vorplatz zu den Pferdeställen und öffnete die zweiteilige Tür. Schwalben schossen heraus. Sie nisteten in den Dachsparren unter dem hohen Rieddach. Dunstige Wärme, vermischt mit stechendem Uringeruch und strengem Pferdeschweiß, schlug ihr entgegen. Sie nieste. Vor der dritten Box blieb sie stehen, schnalzte leise. Ein helles Wiehern antwortete, und Libertano schob seine weiche Nase unter ihre Hand. Sanft blies sie ihm in die Nüstern. »Na, du Prachtbursche«, wisperte sie in sein aufmerksam aufgestelltes Ohr. Der große Apfelschimmel warf den Kopf hoch und schnaubte. Aufgeregt trat er von einem Bein aufs andere, seine Muskeln zitterten. »Nicht jetzt«, erklärte sie ihm. Sie schnitt die Mango auf, schälte den Kern heraus und hielt ihm die Hälften hin. Mit weichen Lippen nahm er sie herunter, schnupperte eifrig, ob es noch mehr gab. Lachend wehrte sie ihn ab. Rasch wusch sie sich die Hände, die fettig waren vom Pferdeschweiß, in dem Becken, das neben der Stalltür angebracht war. Ihr Geländefahrzeug parkte im Unterstand, der an den Küchentrakt angrenzte. Sie kletterte hinein und fuhr mit aufheulendem Motor über die Auffahrt vom Hof. Trotz der voll aufgedrehten Klimaanlage ließ sie die Fenster herunter und genoss den warmen Fahrtwind, den süßen Fruchtduft, der von den Ananasfeldern herüberwehte. Arbeiterinnen in langen Röcken schnitten die goldgelben Früchte mit den stacheligen Blätterkronen ab und warfen sie mit Schwung in die Körbe, die sie auf den Rücken geschnallt trugen. War ein Korb voll, wurde er auf den Anhänger von Bens Trecker geleert. Abends stapelte Ben die Früchte in den luftigen Lagerhallen bei den Feldern. Frühmorgens fuhr er sie zum Markt.

»Guten Morgen«, grüßte sie zu ihnen hinüber.

Die Frauen richteten sich auf. »Guten Morgen, Madam«, riefen sie. Ihre Gesichter leuchteten maskenhaft in einer seltsamen gelbbraunen Farbe. Es war ihr Sonnenschutz, so hatten sie es ihr erklärt. In einer Blechschüssel mischten sie die rote Erde mit Kaolin und Wasser zu einer steifen Paste, die sie sich ins Gesicht strichen, wo sie bald zu einer schützenden Kruste trocknete.

Die Sonne stieg und heizte den Wagen auf. Jill regulierte die Klimaanlage so, dass sie ihr ins Gesicht blies, und schloss die Fenster. Mit einer Hand wickelte sie ihr Brötchen aus und biss hinein. Langsam ebbte ihre Irritation über Nelly ab.

## 2

Die saftig grüne, tropisch anmutende Vegetation am Krokodilfluss wechselte schon auf der nächsten Anhöhe in Dornendickicht mit gelben Grasflecken. Einzelne Aloen blühten, verstreut wuchsen niedrige Palmen. Das Land war von sanften Hügeln durchzogen, die sich mit weichen Tälern abwechselten. Eine ruhige, leer wirkende Landschaft. Hier war sie zu Hause.

Automatisch schaute sie nach der nächsten Kurve hinüber zu Mamas Lieblingsplatz, konnte aber im Schatten der Süßdornakazie, die einen gelben Mimosenblütenschleier trug, nichts erkennen. Sie wuchs auf der felsigen Plattform einer Anhöhe, die aussah wie ein Ei, das man geköpft hatte. Dort, unter dem vom kargen Boden verkrüppelten Baum, der aber doch dicht genug war, um sonnengefleckten Schatten zu spenden, saß Mama oft auf ihrem Korbstuhl, spielte stundenlang ihre Querflöte, zeichnete oder erledigte ihre Korrespondenz. Als kleines Kind hatte Jill neben ihr unter der Akazie gehockt, ganz still, und zugehört und zugesehen. Mamas zartgliedrige Finger tanzten über die Flötenklappen, die Ärmel ihres herrlich gefärbten Kaftans, einer von vielen, die sie fast ausschließlich trug, bauschten sich mit jeder Bewegung. In Jills Fantasie wurden die Ärmel zu den Flügeln eines bunt schillernden Paradiesfalters, der vor ihr auf und nieder tanzte.

Jetzt schaute sie genauer hin und bremste hart. Mama war dort, sie hielt einen Block auf den Knien und schrieb. Die Strahlen der frühen Sonne spielten auf ihrem türkisblauen Kaftan. Der Falter schillerte und flatterte, ein glühender, lebendiger Farbfleck in dieser sonnenverbrannten, ockerfarbenen Landschaft. Jill bog in den zerfurchten, selten benutzten Weg ein, der zu der Plattform führte.

Ihre Mutter hatte sie bereits entdeckt, legte den Schreibblock beiseite und erhob sich. Als sie ihr entgegenging, wunderte sich Jill zum wiederholten Male, wie ihre Mutter es schaffte, noch immer zu wirken, als wäre sie ihre ältere Schwester. Zierlich, glatte, gebräunte Haut, glänzend schwarze Haare, strahlendes Lachen. An ihrem Hals funkelte der Anhänger, den sie getragen hatte, so lange Jill denken konnte. Er war außergewöhnlich. Ein Pfau aus Goldfiligran und schimmerndem Email, der Körper ein blauer Opal mit blutroten Lichtreflexen, auf jeder Feder sprühte ein Diamant. »Juliane, mein Schatz, was machst du hier so früh?«

Sie lächelte. Mama war die Einzige, die sie bei ihrem Taufnamen nannte. Als sie getauft wurde, meinte ihr Vater, dass Juliane zu viel für so ein kleines Mädchen sei und rief sie fortan Jill, die Abkürzung von Gillian, und das wiederum war die englische Form von Juliane. »Guten Morgen, und was machst du so früh?« Sie umarmte ihre Mutter, die fast einen Kopf kleiner war als sie. Maiglöckchenduft stieg ihr in die Nase, das Parfum, das sie so an ihr liebte, denn Mama war wie ihr Duft, leicht und flüchtig, von heiterer Kindlichkeit, unbeschwert. Was ihr nicht gefiel, sah sie nicht. Maiglöckchen, Frühling, Liebe, alles was zart und hell war, das war ihre Mutter für sie, ein kapriziöses Frühlingswesen, ewig jung, das anmutig durch ihr Leben schwebte und jeden, der sie kennen lernte, verzauberte. Sie malte, spielte Querflöte, hegte ihren Garten wie ihre Kinder, veranstaltete wunderschöne Feste, erfüllte die Tage der Familie mit Licht. Ihre Mutter, ihre Freundin. Natürlich keine Freundin wie Angelica, die ihr vertraut war, als wären sie aus einem Ei geboren. Angelica Farrington stand fest auf dem Boden der Wirklichkeit, auf großen Füßen, bedachte man ihre Schuhgröße, und sah die Dinge so, wie sie waren.

Mama hatte noch nie für Entgelt gearbeitet, war frei von dem Druck, Erfolg zu haben. Ihr einziges Projekt, das sie außerhalb ihrer Familie verfolgte, war ihr Anliegen, dass die Kinder der Farmarbeiter eine Schulausbildung bekamen. Rund fünfzig Zulus lebten in mehreren Familien auf Inqaba. Sie hatte ein Schulhaus mit zwei Klassenräumen errichten lassen, ausreichend für die Kinder, deren Anzahl stets um zwanzig schwankte, und einen Lehrer engagiert. Im großen Raum lernten die jüngsten, in dem kleineren fanden die älteren Hilfe bei den Hausaufgaben.

»Ich konnte nicht schlafen, ganz einfach«, sagte Carlotta Court, ihre melodiöse Stimme sanft, »ich muss die Sitzordnung für deine Hochzeit überarbeiten, die Millers haben sich mit den McFaddens überworfen und müssen getrennt werden. Nichts ist schlimmer als ehemalig beste Freunde, die sich als Kampfhähne gegenüberstehen. Sie würden die Hochzeit ruinieren. John Miller ist so hitzköpfig, der fängt nach den ersten Drinks glatt eine Schlägerei an. Kümmerst du dich heute um den Blumenschmuck? Hast du dich nun für Röschen entschieden?«

»Ja, Rosen, in allen Farben außer Weiß«, nickte sie, »und ich muss noch zur letzten Sitzung für das Kleid.« Weit entfernt rollte ein unterschwelliges Grollen über den Himmel und belehrte sie, dass Nelly mal wieder Recht zu haben schien. Gewitter lag in der Luft, sogar sie konnte es jetzt riechen. Es erfüllte sie mit Besorgnis. Nicht wegen Nellys Warnung, die tat sie als mystischen Humbug ab. Die gewaltigen Gewitterstürme dieser Gegend konnten auch den Standhaftesten das Fürchten lehren. Immer wieder wurden Menschen vom Blitz erschlagen. »Hörst du das, Mama? Es wird Gewitter geben, du solltest besser nach Hause fahren. Wenn es einen Wolkenbruch gibt wie letztes Mal, bleibst du im Morast stecken.«

In diesem Moment krachte ein einzelner Donnerschlag, dessen hallendes Echo vielfach von den umliegenden Hügeln zurückgeworfen wurde. Ihre Mutter fuhr zusammen, verlor schlagartig an Farbe. Hastig packte sie ihren Schreibblock ein, hob die Falten ihres Kaftans und eilte zu dem Wagen, der im Schatten eines Dornbuschs ein paar Meter weiter parkte. Sie lehnte aus dem offenen Wagenfenster, die Brillantfedern des Pfaus schossen farbige Blitze im gewittergrellen Sonnenschein. »Komm sofort zu mir, wenn du zurück bist, Schatz. Ich werde jetzt zusehen, dass ich schnell nach Hause komme. Ich hasse Gewitter.« Damit drehte sie den Zündschlüssel, und Momente später zeugte nur noch ein Staubwirbel von ihr, der in dem plötzlich aufkommenden starken Wind schnell verflog.

Auch Jill fuhr zusammen. Es schien ein ungewöhnlich heftiges Gewitter zu werden. Sie sah ihrer Mutter nach. Mama hatte vor so vielen Dingen Angst. Gewitter, Flugzeuge, Schlangen, Höhen, tiefes Wasser, Menschenmengen, alles jagte ihr Furcht ein. Nur im Schutz Phillips, ihres Mannes, schien sie das Leben außerhalb Inqabas ertragen zu können. Nachdenklich stieg Jill ins Auto. Es war schon spät. Sie trat den Gashebel durch und ließ das Gewitter hinter sich.

Vom Parkplatz des Sharksboard rannte sie hastig durch die Glastüren in das von meterhohen, mit Rollen von Stacheldraht gekrönten Zäunen umgebene Gebäude und öffnete die Tür zum Sezierraum. Beißender Geruch nach Verwesung und Formalin schlug ihr entgegen, sie musste husten, atmete danach nur noch ganz flach. Es waren ungewöhnlich viele Zuschauer da, stellte sie fest, offenbar eine Touristengruppe aus dem Ausland. Kameras klickten, zwei Kleinkinder jagten quietschend zwischen den Beinen der Erwachsenen hindurch, und eine weibliche Stimme quengelte, dass ihr kotzübel sei, sie so etwas Ekliges nicht sehen wolle.

Der Film, der vor dem Sezieren eines Hais stets gezeigt wurde, war schon vorbei, und ein älterer Schwarzer in blauem Kittel war eben dabei, die Leber des großen Fisches mit dem hammerförmigen Kopf, der auf einem überdimensionalen, metallenen Seziertisch lag, herauszuschneiden. Der Pathologe, ein ausgemergelter, grauhaariger Mann im weißen Kittel, der etwas unangenehm Kadaverähnliches an sich hatte, stand neben ihm, deutete mit einem Stock auf die verschiedenen Organe und dozierte.

Jill grüßte ihn mit einem Kopfnicken und begann zu fotografieren. Im Hintergrund hörte man dramatische Würgegeräusche, eine genervte männliche Stimme, und dann klappte eine Tür. Die Quengelige hatte offenbar ihren Willen bekommen. Der Schwarze schlitzte weiter durch die schrumpelige, gelblich bräunliche Haut des Hais, hob den Magen heraus und schnitt ihn auf. Der Inhalt ergoss sich als stinkender Schwall über seine Gummihandschuhe. Der faulige Gestank nach altem Tran, der von dem toten Tier aufstieg, das zwei Jahre in der Tiefkühltruhe gelegen hatte, vereinte sich mit dem stechenden des Formalins zu einer so bestialischen Mischung, dass sie nur noch würgend und nach Atem ringend ihre Arbeit machen konnte und der Quengeligen von Herzen Recht gab. Es war außerordentlich eklig. Mit zusammengepressten Lippen versuchte sie, die Luft anzuhalten, bis sie zu Ende fotografiert hatte, aber schaffte es nicht. Sie musste an Nellys Warnung denken.

»Lass das«, wies der Pathologe einen kleinen Jungen streng an, der vorwitzig den Fischkadaver berühren wollte, »die Magensäure des Hais ist so stark, sie würde deine Hand glatt auflösen.« Der Kleine wurde käsig. Der Doktor schob den Mageninhalt auseinander. »Vor ein paar Jahren fanden wir zwei menschliche Schädel und ein paar Knochen in einem riesigen weißen Hai«, bemerkte er und schoss dabei den erschaudernden Zuschauern einen vergnügten Blick über seine verschmierte Brille zu.

Jill, die sich an den Vorfall, der Schlagzeilen in der Zeitung gemacht hatte, sehr gut erinnerte, verkniff sich die Frage, ob und vor allen Dingen wo die Schädel inzwischen beerdigt worden waren. Da man nicht wusste, hieß es damals in dem Artikel, ob es Schädel von schwarzen oder weißen Menschen waren, sah man sich nicht im Stande, sie zu beerdigen. Das war ein wirkliches Problem, denn schließlich durften in Südafrika Schwarze nicht auf demselben Friedhof wie Weiße begraben werden. So lautete das Gesetz. Auf der Universität hatte die Zeitungsmeldung zu nächtelangen, hitzigen Diskussionen geführt und die Studentenschaft sauber in der Mitte gespalten, reihenweise jahrelange Freundschaften in offene Feindschaften verwandelt. Sie vermutete, dass die Schädel noch immer Seite an Seite in der Tiefkühltruhe neben ausgeweideten Haikadavern lagerten.

Eine Viertelstunde später hatte sie alle Bilder, die sie brauchte, verabschiedete sich mit einem Winken und flüchtete. Als sich die Glastüren hinter ihr schlossen, umfing sie die weiche Wärme des Frühsommertages. Der Seewind fächelte sanft, die Palmen raschelten, die Zuckerrohrfelder wogten in grünen Wellen den langen Hang hinab, ein Schwarm winziger brauner Vögel saß zirpend in einem Hibiskusbusch. Im Norden, über den Hügeln, hinter denen Inqaba lag, stand eine schwarzviolette Wolkenwand. Blitze sprangen von Wolke zu Wolke, ein grauer Regenschleier lag über dem Land. Nelly hatte Recht behalten. Aber was sollte schon passieren?

Die Besuche beim Schneider und im Blumenladen verliefen kurz und problemlos. Danach rief sie Tommy an. Das Telefon klingelte und klingelte, doch nur der Anrufbeantworter schaltete sich ein. »Tommy, geh dran, ich bin's, Jill ...« Sie lauschte. Nichts. »Na, die muss ja verdammt hübsch sein ... und verdammt gut«, diktierte sie und legte enttäuscht auf. Sie sah auf die Uhr. Es war erst drei, genug Zeit, um kurz bei Lina vorbeizufahren.

Lina und Marius Konning waren außer Angelica und Alastair Farrington die besten Freunde, die sie hatte. Lina stand kurz vor ihrem Examen als Zahnärztin, Marius war frisch gebackener Chirurg, dabei, sich auf Herzchirurgie zu spezialisieren. Sie bewohnten ein Haus in La Lucia, ganz in der Nähe der Baustelle, wo sie Martin abholen musste. Es stammte aus den sechziger Jahren und war ausgesprochen hässlich. Alle Wasserleitungen liefen außen an den Mauern entlang, es war zwar geräumig, aber der Grundriss war einfallslos und unpraktisch.

»Ihr solltet den Kasten abreißen lassen«, hatte Martin ihnen geraten, als sie eingezogen waren, »das Haus ist Schrott.« Wichtigtuerisch rammte er seinen Autoschlüssel in marode Fensterrahmen, rüttelte an Türrahmen, kratzte brüchigen Mörtel zwischen den Steinen heraus. Dann inspizierte er die Nachbarhäuser rechts und links, prüfte den Meerblick über dem grün glasierten Ziegeldach des vorderen Nachbarn, das unter dem Niveau von Linas Garten lag. »Das Grundstück ist in Ordnung, würde sich lohnen, ein richtig schönes Haus draufzusetzen. Ich mach euch einen guten Preis.«

Marius hatte nur gelacht, allerdings ohne Fröhlichkeit, und Jill versank in Scham. Die Konnings hatten sich unsterblich in das Grundstück verliebt, sich bis zum Stehkragen überschuldet, um es kaufen zu können. Sie sagte das Martin leise.

»Das heißt fünfmal in der Woche Spaghetti, einmal Pfannkuchen, sonntags Hühnersuppe und Rauchen aufgeben, das bringt's«, grinste er angeberisch, »so bin ich bei meinem Architekturstudium in Deutschland über die Runden gekommen.«

Jill hätte ihn treten können. Jetzt parkte sie unter dem Hibiskusbaum, der im rosa Blütenflor prangte. Ein schwarzköpfiger gelber Webervogel pickte eine Blüte nach der anderen von hinten auf, um den Nektar zu trinken, riss sie dann ab und ließ sie auf die Erde segeln. Jill ging über den Blütenteppich und klingelte.

Das große Eisentor fuhr mit rostigem Quietschen auf. Lina, die dunkelbraunen Haare zu einem schwingenden Pferdeschwanz gebunden, kam im Bikini um die Ecke. »Hi, Jilly, welch nette Überraschung«, rief sie aus, »komm rein, schieb die Sachen da vom Liegestuhl und hau dich hin. Ich sag Annabel Bescheid, dass sie uns Kaffee macht. Bin gleich da.« Mit diesen Worten verschwand sie durch die Vordertür im Haus.

Zu Lina fielen Jill immer nur Verben ein, die Bewegung beschrieben. Tanzen, springen, wirbeln, flattern. Ruhe und Gelassenheit waren Gegenpole zu Lina. Jill folgte der Aufforderung und ging ums Haus nach vorn. Zwei Liegestühle standen auf dem Rasen unter niedrigen Palmen und Blütenbüschen, ganz vorn am Abhang über dem Vorderhaus, und als sie sich vorlehnte, konnte sie sogar die Brandung sehen. Notizen und Bücher stapelten sich, mit einem Stein beschwert, auf dem leeren Stuhl. Sie schob sie zur Seite und setzte sich, plötzlich froh über die Pause. Sie achtete darauf, dass der Wind den Trangeruch aus ihrer Kleidung wegtrug.

Die Palmen über ihr knatterten im Seewind, es war diesig, und eine diffuse Sonne schien durch milchige Wolken, über dem Horizont türmten sich schieferblaue Wolkenberge. Das Gewitter war gewachsen, hatte Hügel und Himmel im Norden verschluckt, marschierte auf die Küste zu. Lina erschien mit einem Tablett mit einer Kanne, zwei Kaffeetassen und einem Teller mit Keksen. »Ich hab Annabel mit Lilly an den Strand geschickt, dann haben wir Ruhe. Zweijährige können verdammt anstrengend sein.«

Lilly war ein blond gelockter Wirbelwind mit den dunklen Kulleraugen ihrer Mutter, dessen Plappermäulchen nicht eine Sekunde still stand. »Schade, sie sind so süß, wenn sie anfangen zu reden.« Rechtzeitig bremste sie sich. Martin sollte es zuerst erfahren.

»Aber nicht nonstop. Ich kann mir einfach nicht leisten, durchs Examen zu rasseln.« Lina sog hektisch an einer Zigarette. »Hier, sieh nur, wie mich das mitnimmt. Ich hatte es mir schon abgewöhnt.« Nach ein paar Zügen warf sie die Zigarette ins Blumenbeet und schnellte hoch. »Wir trinken jetzt ein Glas Sekt, das ist gut für die Nerven, den Denkapparat und die Haut.« Mit den letzten Worten war sie schon losgelaufen.

»Ich nicht, danke«, rief Jill ihr nach, »Saft ist mir lieber.«

Lina drehte sich um, kam zurück. »Du trinkst das Zeug doch sonst wie Wasser. Bist du krank?«

»Nein, nicht direkt, ich will nur nicht.« Jill spürte zu ihrem heimlichen Ärger, dass sie rot wurde.

Lina kam näher, beugte sich zu ihr. »Jilly, was ist los?« Neugierig spähte sie ihr ins Gesicht. »Du kriegst doch nicht etwa ein Kind, oder?« Sie wartete gar nicht auf ihre Antwort, sondern warf den Kopf zurück und lachte los, dass Jill ihr Zäpfchen im Hals hüpfen sah. »Ich fass es nicht, du kriegst ein Kind! Ach, versuch gar nicht erst, es abzuleugnen – du strahlst doch wie eine Hundert-Watt-Birne. Also, raus mit der Sprache, wie weit bist du, wann kommt es, wie fühlst du dich, was sagt Martin dazu … Ach ja, und passt du noch ins Hochzeitskleid?« Sie glitt wieder in ihren Liegestuhl und ringelte sich zusammen wie ein zufriedene Katze, nippte an ihrem Kaffee.

Jill gab den Versuch auf, sich ihr Lächeln aus dem Gesicht zu wischen. »Sechzehnte Woche, Mitte Mai, ich fühle mich großartig, Martin weiß es noch nicht, und ich kündige dir die Freundschaft, wenn du es einer Menschenseele erzählst!«

»Ja, ja … Natürlich nicht. Nun brauche ich doch einen Sekt.« Mit Sektkübel, Orangensaft und zwei Gläsern kehrte Lina kurz darauf zurück. »Was passiert jetzt mit deiner Stellung, du wolltest doch im Januar anfangen?«, fragte sie und goss Jill dabei Saft ein.

Jill nickte, trank einen Schluck. Im September hatte sie ihr Biologiestudium mit dem Schwerpunkt Vogelkunde abgeschlossen, mit Freuden die Studentenbude in Pietermaritzburg aufgegeben und war endlich auf die Farm heimgekehrt. Im Januar sollte sie als Vogelkundlerin beim Natal Parks Board, der Naturschutzbehörde Natals, anfangen. »Ich werde absagen. Die Stelle war ohnehin lausig bezahlt. Glücklicherweise bin ich ja darauf nicht angewiesen.« Sie warf einem Maina, einem Hirtenstar, der sich vorsichtig mit gierig glitzernden Äuglein dem Keksteller näherte, einen zerkrümelten Keks zu. Zwei blitzschnelle Hüpfer, und der Maina flatterte mit seiner Beute im Schnabel auf die nächste Palme. Kurz darauf landete er wieder, diesmal viel näher, tschilpte eine schrille Aufforderung. »Ich werde mir einen Traum erfüllen«, sie warf dem hartnäckigen Vogel noch einen Keks zu, »und unterhalb meines Bungalows einen Garten anlegen, der Vögel besonders anzieht. Ich werde Bäume, Büsche und Stauden anpflanzen, die spezifisch für die jeweilige Vogelart sind, mit einem großen Teich und überhängen Palmen für die Webervögel, Aloen für die Nektarvögel, einer Lehmwand, dass Eisvögel dort ihre Niströhre bauen können …« Sie brach ab, sah ihren Garten bereits in voller Blüte, umschwirrt von Dutzenden von Vögeln.

»Klingt toll, aber was dann? So ein Garten braucht nicht ewig, und du hast genug Sklaven, die für dich schuften. Mutierst du dann zum brütenden Muttertier mit Windelhorizont?«, spottete Lina.

»So schlimm finde ich die Vorstellung nicht«, kicherte Jill, »aber ich werde auch noch ein Buch über das Projekt schreiben und mit meinen eigenen Fotos bebildern. Wie findest du den Titel ›Garten der Vögel‹? Außerdem werde ich versuchen, beim Parks Board als freie Mitarbeiterin anzufangen.«

Sichtlich beeindruckt leerte ihre Freundin das vierte Glas Sekt.

Eine Stunde später, die Sonne stand schon schräg über den Hügeln, die den Küstenstreifen zum Inland und den kalten Winden der Drakensberge abschirmte, verabschiedete Jill sich. »Ich ruf dich sofort an, wenn ich es Martin erzählt habe.« Dann holte sie Martin auf der nahe gelegenen Baustelle ab. Er war schweigsam, in sich gekehrt, antwortete auf ihre Frage nach dem Erfolg der Verhandlung so einsilbig, dass sie bald aufgab. Etwas enttäuscht verschob sie auch die Ankündigung ihrer großen Neuigkeit auf die Zeit nach dem Abendessen, wenn sie sich zu zweit allein auf ihre Veranda zurückzogen.

Kurz vor sechs, eine Dreiviertelstunde vor Sonnenuntergang, erreichten sie die Farm. Das Gewitter hatte aufs Übelste gewütet. Ein alter Marulabaum lag, vom Blitz gespalten, am Boden, Äste und abgerissene Blätter übersäten den Hof, große Pfützen glänzten auf dem Pflaster, wo das Erdreich die Wassermassen nicht schnell genug aufnehmen konnte. Mittendrin stand Nelly, die Arme verschränkt, das Kinn gehoben, und starrte sie nur düster an.

»Wenn du nicht aufpasst, Nelly, wirst du noch als Hexe verbrannt«, neckte Jill gedankenlos, ehe ihr siedend heiß einfiel, was erst kürzlich passiert war. Ein Mann war vom Blitz erschlagen worden. Seine Frau zeigte mit dem Finger auf eine andere, jüngere, schönere, auf die der Mann sein begehrliches Auge geworfen hatte, und bezichtigte sie der Hexerei. Dann warf sie den ersten Stein. Die junge Frau starb im Steinhagel, ihre Familie wurde in ihrer Hütte zusammengetrieben, das Strohgeflecht in Brand gesetzt. In letzter Sekunde rettete sie die Polizei und brachte sie in ein abgelegenes Dorf, das für Menschen eingerichtet worden war, die der Hexenverfolgung entkommen konnten. Vollkommen abgeschnitten von ihren Verwandten, von denen sie keiner besuchen durfte, um nicht selbst in den Verdacht der Hexerei zu geraten, fristeten sie ein jämmerliches Dasein. Ihre Felder verkamen, ihre Hütten in ihrem Dorf verfielen. So verloren sie jeden Halt im Leben und starben meist schnell.

Entschuldigend legte Jill ihre Hand flüchtig auf Nellys Arm und lief über den gepflasterten Weg zu ihrem Bungalow. Sie duschte, wusch sich die Haare, um endlich diesen stechenden Trangestank vom Sezierraum aus der Nase zu bekommen, und zog ein kurzes weißes Baumwollkleid an. Kritisch betrachtete sie ihre Figur von der Seite, strich das Kleid glatt. Nun, vielleicht war ganz unten ein klitzekleiner Bauchansatz zu erkennen, aber nicht einmal der Schneider hatte sich beklagt, dass ihre Figur sich verändert hätte. Zufrieden schlenderte sie hinüber ins Haupthaus. Martin war nirgendwo zu sehen. Vielleicht ging er ein wenig spazieren oder war auf der Suche nach ihrem Vater. Die beiden verstanden sich gut. Im Wohnzimmer wählte sie ihre Lieblingsmusikkassette aus, legte sie ein und trat hinaus auf die Terrasse. Sie goss sich einen Guavensaft aus den Flaschen ein, die Nelly bereitgestellt hatte.

Sie trat ans Geländer, an dem mehrere Tonkübel mit schneeweiß blühenden Gardenien standen. In zwei Wochen würde sie verheiratet sein, und eine federleichte Bewegung rechts oberhalb der Leistenbeuge erinnerte sie, dass sie nächstes Jahr um diese Zeit schon zu dritt sein würden. Zu ihren Füßen lag die Farm, die sich heute über rund 4800 Hektar erstreckte. Ihr Blick flog im Rund über Palmenwipfel, weites Grasland mit seinen Inseln von undurchdringlichem Busch und Schirmakazien zu den blau schimmernden Hügeln Zululands. Im Osten färbte ein Hauch von Abendröte die Dunstwolken über dem fernen Meer. Seit Jahrhunderten, lange bevor dieses Haus gebaut worden war, hatten die, die von hier aus über die Landschaft blickten, das gesehen, was sie jetzt sah. Manchmal war sie sich in solchen Momenten ihrer Wirklichkeit nicht sicher, verschwammen die Grenzen der Zeit, und die andere Welt, die hinter diesen Hügeln lag, hörte auf, für sie zu existieren.

Sie schaute über den sanften Abhang unterhalb der Terrasse. Kurz vorher hatte es einen starken Schauer gegeben, die sinkende Sonne funkelte in jedem Regentropfen, legte ein kostbar glitzerndes Netz über das Land. Üppiges Grün fiel in weichen Wellen zum Wasserloch ab, einer Ausbuchtung des schmalen Nebenarms des Krokodilflusses. Am sandigen Ufer, zwischen wogendem Riedgras und Palmenwedeln, tranken zahlreiche Springböcke, die der Herde angehörten, die ihr Vater hier angesiedelt hatte. Silberreiher lärmten in ihrem Nistbaum, im Wasser glänzten die braunen Rücken zweier Flusspferde. Aus dem schattigen Gebüsch, das den schmalen Weg unterhalb des Abhangs säumte, stieg die Würze von regenfrischem Grün, mischte sich mit dem betörendem Duft von Gardenien und feuchtem Holzgeruch. Die Sonne sank hinter die Hügel, ihre Strahlen, die wie ein Heiligenschein über den Kuppen standen, verwandelten den aufsteigenden Abenddunst in Goldgespinst, und pflaumenfarbene Schatten verfingen sich wie Spinnweben in den Zweigen der Bäume. Über allem schwebte die herzzerreißend schöne Melodie des Adagio von Mozarts Klarinettenkonzert in A-Dur. Wie klingende Tropfen fielen die klaren Töne in die Stille, wurden vom sanften Wind verteilt, bis die Luft um sie zu singen schien, und sie wünschte sich Flügel, wünschte sich inbrünstig, ihre Erdenschwere abzuschütteln.

Martin schlenderte aus dem Haus auf die Terrasse. »Gleich kommt Denys Finch-Hatton um die Ecke«, scherzte er und küsste sie auf den Nacken, ließ seine Hände über ihre Schultern nach unten wandern. »Hast du eine Geschichte, die du ihm erzählen kannst?«

Sie fuhr zusammen, lachte dann leise und fing zärtlich seine Hände ein, legte seine Fingerkuppen an ihre Lippen. Sie nahm ihm die Anspielung nicht übel. Als Architekt glaubte er an gerade Linien, präzise Kanten, drei Dimensionen. Mit einer automatischen Geste strich sie ihm die dunkelblonden, gewellten Haare zurück, denn sie waren fein und weich und hingen ihm immer ins Gesicht. Er zog einen Stuhl heran und setzte sich. »Bist du sicher, dass du dich nicht nur in meine Zeit verirrt hast?«, flüsterte er.

»Du meinst, wenn du mich berührst, zerfalle ich zu Staub oder löse mich auf wie ein galaktischer Nebel?«, gurrte sie. »Versuch's doch.«

Er zwickte sie, sie quietschte, und als sie ihre Umgebung wieder wahrnahm, war die Sonne untergegangen. Der Heiligenschein über den Hügeln glühte noch einmal auf, tauchte die Welt um sie herum für Sekunds in Gold, verwandelte die Silberreiher in ihrem Nistbaum in feurige Märchenwesen. Dann erlosch das Sonnenfeuer allmählich, und der Busch erwachte zum Leben. Nachtäffchen huschten wie Schemen durch das Geäst, Fledermäuse jagten lautlos. Ein schrilles Quieken, aufgeregtes Grunzen ließ den Leitbock einer Springbockherde aufmerken. Es knackte wild im

Unterholz, und eine Warzenschweinfamilie trottete zum Abend-
trunk. Die Springböcke traten aus dem Schatten der niedrigen
Palmen, zogen äsend über die Lichtung, die Blessen weiß, die Rücken goldbraun im Glanz des aufgehenden Mondes. »… Afrika«,
sagte sie, und sie sagte es so, als beschriebe sie ein Wunder, »ich
könnte nie woanders als auf unserer Farm leben. Ich würde eingehen wie eine Pflanze, der man die Wurzeln abreißt …« Sie verschränkte ihre Arme auf dem Geländer, der schenkelkurze Rock
ihres weißen Baumwollkleides rutschte hoch, zeigte lange, braun
gebrannte Beine in goldenen Sandalen.

»Ich habe meinen ersten Auftrag«, verkündete er unvermittelt.
Heureka, jubilierte sie innerlich, der Reeder hat endlich angebis-
sen, Titas Anruf bei der Gattin hatte offenbar Erfolg gehabt.
»Wunderbar, dass es endlich geklappt hat«, sagte sie laut, »ich bin
so stolz auf dich. Was, wann und vor allen Dingen wie viel?«

»Ein Umbau in Westville, ein großes altes Haus, sie wollen es
sanieren und einen Trakt anbauen. Wenn es ihnen gefällt, bekomme ich den Auftrag für ein kleines Einkaufszentrum.« Er sah
sie nicht an.

Sie merkte es. »Was ist mit dem Reeder?«, fragte sie vorsichtig.

»Noch nicht entschieden.« Ein rascher Blick aus den Augenwinkeln.

»Da ist noch etwas, nicht wahr?«

»Ist es«, gab er zu, »wir müssten umziehen.« Als sie jäh hochfuhr,
stoppte er sie mit erhobener Hand. »Hör mir bitte zu. Nach
Westville brauche ich mindestens zwei Stunden im Morgenver-
kehr. Wir werden also nach Durban ziehen müssen.«

»Das ist nicht dein Ernst! Vergiss es, ich ziehe nie nach Durban. Stell dir nur vor, wir hätten dann Nachbarn. Entsetzlicher
Gedanke. Du kennst doch den alten Burenspruch? Wenn du
den Rauch deines Nachbarn am Horizont siehst, ist es Zeit wei-
terzuziehen. Du kannst doch sicher auch Aufträge in der Nähe
bekommen.«

Die Falten um seine heruntergezogenen Mundwinkel saßen

wie eine weiße Klammer. »In unserer Familie richtet man sich nach dem Beruf des Mannes. Ich soll schließlich die Brötchen verdienen.«

Warum klang er bloß immer so schrecklich pompös? »Mein Schatz, ich hab genug Geld für uns beide, außerdem ist deine Einstellung im Jahre 1989 wirklich nicht mehr zeitgemäß.«

»Du kannst doch nicht ewig hier auf der Farm leben. Irgendwann wird sie dein Bruder übernehmen, der wird heiraten und Kinder haben, wo soll da noch Platz für uns sein? Stell dir vor, wir zwei haben eines Tages Kinder, dein Bungalow ist dann zu klein. Wer hat da eigentlich vorher gelebt?«

»Meine Großmutter«, antwortete sie. In gewisser Weise hatte er Recht. Tom würde die Farm übernehmen, und eigentlich war dann kein Platz mehr für sie. »Ich will aber hier bleiben«, hörte sie sich sagen und merkte selbst, wie kindisch und bockig das klang. Unmutig trommelte sie mit den Fingern auf dem Geländer herum, zerquetschte gedankenlos eine Ameise unter ihrem Daumen. »Lass uns morgen darüber reden. Wir werden eine Lösung finden. Für Probleme ist es zu schön heute Abend.«

Als er zögernd nickte, beschrieb sie mit einer Handbewegung einen Kreis, der das gesamte Land vor ihnen umfasste. »Sieh es dir an! Als mein Urururgroßvater Steinach vor 143 Jahren zum ersten Mal auf dieser Anhöhe gestanden und sein Land in Augenschein genommen hat, hat er denselben Blick gehabt. Nichts hat sich seitdem geändert. Es muss ihm wie das Paradies erschienen sein, nach allem, was er durchgemacht hatte.« In der rasch aufziehenden Dunkelheit verwandelten sich Büsche, Bäume und Tiere in Schemen aus einer Fabelwelt. Es wisperte und raschelte, als die Nachttiere aus der Hitzestarre zum Leben erwachten, in der Ferne lachte eine Hyäne, ein Leopard hustete. Der hohe Sopran der Baumfrösche eröffnete Afrikas Nachtkonzert. Zikaden strichen ihre Saiten, der tiefe Bass der Ochsenfrösche schallte aus dem Sumpf am Wasserloch herauf.

Martin lehnte sich vor, schaute sich um. »Optimaler Platz, ein

Haus zu bauen«, bemerkte er, »wusstest du, dass wir hier in der Gegend auch einmal Land besaßen? Wo genau, weiß ich nicht, aber das ließe sich ja herausfinden. Stell dir vor, vielleicht haben sich unsere Urururgroßväter ja gekannt. Wir sollten einmal unsere Familiengeschichten durchforsten.«

Erstaunt sie ihn an. »Hier, bei Inqaba? Das hab ich nicht gewusst. Wann hat sich deine Familie hier angesiedelt? Damals gab es nur eine Hand voll Siedler, sie werden sich bestimmt gekannt haben.«

»Um 1850, aber es war nur mein Urururgroßvater Konstantin«, er lachte, »ich komme immer ins Stottern mit der Vielzahl von ›Ur‹ vor dem Großvater, also mein Urahn war damals allein, eine Familie gab es noch nicht. Lange ist er hier auch nicht geblieben. Es heißt, das Klima sei ihm nicht bekommen, aber dort, wo er dann unsere Farm gründete, war es sicherlich nicht gesünder, es ist ja nicht weit entfernt. Zwei seiner Kinder starben an Gelbfieber, zwei überlebten, alle hatten Malaria. Vielleicht gab es noch einen anderen Grund, warum er das Land hier aufgab, ich werde mal nachforschen. Auf unserem Dachboden steht eine Kiste, in der ein Haufen alter Papiere aufbewahrt wird. Wenn sie in der feuchten Hitze nicht vergammelt sind, finde ich vielleicht einen Hinweis.«

»Vielleicht weiß es Leon?«, fragte sie eifrig, froh, dass sie ihn hatte ablenken können.

Er winkte ab. »Mein Bruder hat neben der Farmervereinigung nur noch Zeit für die Farm und die Tussi, die er irgendwo in Johannesburg aufgegabelt hat. Den interessiert die Familiengeschichte überhaupt nicht, den interessiert nur, wie er den Betrieb über die Runden bringen kann. Er hat nicht im Entferntesten damit gerechnet, die Farm jetzt schon übernehmen zu müssen. Das war erst in ein paar Jahren geplant.«

»Wie kommt er ohne euren Vater zurecht?« Sie verkniff sich die Frage nach der Tussi. Conrad von Bernitt war im Juli letzten Jahres allein zu einer Klettertour in die Drakensberge aufgebrochen, ohne irgendjemandem Bescheid zu sagen, und als man ihn endlich vermisste, setzte erst wolkenbruchartiger Regen ein, dann schneite es in den Höhen. Erst zwei Tage später hatte man ihn mit gebrochenem Genick gefunden.

Martin zuckte die Schultern. »Geht so. Es ist halt kein Geld da. Wir haben nicht genug Land.«

»Ihr Brüder seid ziemlich gegensätzlich, nicht? Du bist Künstler, Leon mehr ein physischer Typ, spielt Rugby, geht auf die Jagd. Mit Kunst hat er sicher nicht viel im Sinn. Außerdem rennt er ständig herum wie ein schlecht gelaunter Stier.«

»… und zerstampft schnaubend den Boden!« Martin grinste. »Du kannst ruhig zugeben, dass du ihn nicht ausstehen kannst, aber er ist wirklich ein netter Kerl, wenn ich ihn auch eher mit einem Nashorn vergleichen würde. Hat er den Feind ausgemacht, galoppiert er los, und weil er ebenso stur ist wie ein Nashorn, walzt er alles auf seinem Weg platt.«

Sie musste lachen. Mit Schwung setzte sie sich auf seinen Schoß, schlang ihm die Arme um den Hals und küsste ihn ausgiebig. »Weißt du, dass du grüne Pünktchen in deinen grauen Augen hast, wie Smaragdgefunkel?« Leons Abbild verblasste, der Reeder, das Einkaufszentrum und der Umzug waren vergessen, und für ein paar Minuten war nur der eintönige Gesang der Baumfrösche zu hören. »Willst du die Familie, in die du einheiratest, einmal richtig kennen lernen?«, fragte sie nach einer Weile.

»Dann komm, ich zeig dir etwas.« Sie zog ihn zum Haus und stieß die Fliegentür zum Wohnzimmer auf. Ihre Sandalen machten Schmatzgeräusche auf dem Fliesenboden, mehrere Stehlampen tauchten den Raum in sanftes Licht, vergoldeten das Holz eines prächtigen alten Aufsatzschrankes und der hochlehnigen Stühle rechts und links davon, spiegelten sich in zahlreichen Aquarellen und Ölbildern. Lichtreflexe lagen über zierlichen Tischchen mit geschwungenen Beinen, blinkten auf unzähligen silbergerahmten Fotos, hoben die frei liegenden Balken der hohen Decke heraus. Vier weich gepolsterte Sessel standen um einen Couchtisch, dessen dicke, grünliche Glasplatte auf einer polierten Baumwurzel ruhte. Auf dem Tisch und dem Boden stapelten sich Bücher, Zeitschriften, Aktenordner, lose Notizen zu einem unordentlichen Haufen.

»Daddys Kram, offenbar sucht er etwas«, bemerkte sie und führte ihn ins Esszimmer, das zusammen mit dem Wohnzimmer die Breite der Terrasse einnahm. Ein großer, schwerer Esstisch, die zentimeterdicke Platte aus hellem, zu schimmerndem Glanz gewachsten Holz stand in der Mitte, acht oder zehn Stühle, von denen keiner dem anderen glich, gruppierten sich um ihn. Auch hier sammelten sich auf der dunkel gebeizten Anrichte, die aus einer anderen Epoche stammte als der Tisch, allerlei Figürchen und Bilder. Es waren bequeme, angenehme, ein wenig angestaubt wirkende Räume, die zeitlose Ruhe ausstrahlten, und jeder, der in diesem Haus gelebt hatte, hatte offensichtlich etwas dazu beigetragen.

»Da sind wir, im Herzen von Inqaba«, sagte sie und öffnete eine Seitentür. »Um diesen Raum hat Johann Steinach das Haus gebaut.« Dieser Raum war dunkel, hatte als einziger im Haus keine Fliesen, sondern einen Holzboden, Bücherregale bedeckten drei der Wände bis unter die Deckenbalken, selbst die schmale Glastür, durch die weiße Mondstrahlen flimmerten, war von Büchern umrahmt. Jill schaltete eine Stehlampe ein. In dem weichen Licht wirkte die vierte Wand wie ein aufgeschlagenes Bilderbuch. Dicht an dicht hingen Ölgemälde, die das Leben in Zululand vor über hundert Jahren zeigten, superbe Aquarelle von Vögeln und Schmetterlingen, sepiabraune Fotos von Männern und Frauen in der Kleidung des neunzehnten Jahrhunderts. Es roch süßlich, nach Staub und den alten Lederbuchrücken, die in der Feuchtigkeit des afrikanischen Sommers Schimmelflecken bekommen hatten, darüber lag der Honigduft der gewachsten Holzdielen.

Martin sah sich um, betrachtete dann eines der verfleckten Fotos aus der Nähe. Es zeigte eine junge, schlanke Frau in einem vom Wind geblähten hellen Gewand, die ihre dunklen Haare zu einem schweren Knoten im Nacken geschlungen hatte. Sie stand auf einer Anhöhe, zu ihren Füßen erstreckte sich üppiges Land, Wasser glänzte zwischen Ried und Palmen. Mit großen, ernsten Augen schaute sie in die Kamera. »Welch eine schöne Frau. Sie sieht dir unglaublich ähnlich, ihr habt die gleichen Augen. Wer war sie?«

Sie wandte sich vom Bücherregal ab und warf einen Blick auf das Bild. »Catherine Steinach, meine Urururgroßmutter«, lächelte sie, »kannst du die Umgebung erkennen? Sie steht dort, wo sich heute unser Bungalow befindet. Es heißt, dass Johann Steinach seine Frau auf Händen trug und ihr jeden Wunsch von den Augen ablas. Ist das nicht schrecklich romantisch?« Sie strich ihre glänzenden dunklen Haare zurück. »Sie hatte dunkelblaue Augen wie ich und die gleiche Haarfarbe. Es gibt einen Briefumschlag mit einer Locke von ihr.«

»Ein Engelsgesicht …«, zärtlich legte er seine Hände um ihr Gesicht, »… unverschämte Augen allerdings – unwiderstehlich.« Er küsste sie und lachte, als sie ihn anfunkelte. Neugierig überflog er dann die Buchtitel. »Das müssen ja Hunderte von Büchern sein.« Er nahm eines heraus, blätterte es auf. »Hast du sie alle gelesen?« Sein Ton machte deutlich, dass er diese Frage als Scherz meinte.

Sie aber nickte. »Oh ja. Das ist Mamas Geschichtenzimmer, meine Kinderwelt. Warte, ich suche etwas …« Ein Buch nach dem anderen zog sie hervor, wischte den Staub ab und trug es zur Lampe. Versunken wendete sie die knisternden Seiten. »Jedes war ein Abenteuer für mich, ich träumte nächtelang von wilden Fabelwesen und aufregenden Expeditionen, manchmal konnte ich nicht schlafen, weil Hexen und Zauberer und große, feuerspeiende Drachen mich jagten … Ah, hier ist es.« Aus einem dicken Band fischte sie ein Blatt Papier hervor und hielt es ihm hin. Es war vergilbtes, stockfleckiges Skizzenpapier, an der oberen Kante ausgefranst und gewellt. Ein Mann war darauf dargestellt, nicht so sehr sein naturgetreues Porträt als der Eindruck seiner

Ausstrahlung. Er hielt ein Gewehr in der rechten Hand, die linke hatte er in die Hüfte gestützt. Mut, Stärke, Entschlossenheit drückte seine Haltung aus. »Er war mein Urururgroßvater Johann, er hat unser Haus gebaut«, erklärte sie, »seine Frau, meine Urururgroßmutter Catherine hat ihn gezeichnet. Von ihm habe ich besonders viel geträumt. Er war so groß und stark und so romantisch.«

Martin stand hinter ihr, seine feste, warme Hand auf ihrem Nacken. »Romantisch? Da hast du auch etwas von ihm geerbt.« Warm und fordernd spürte sie seine Lippen in ihrem Nacken, seine Hände auf ihren nackten Schultern. Für einen Moment ließ sie sich ablenken, machte einen Laut tief in der Kehle, sanft, wie ein schnurrendes Kätzchen. »Eigentlich wollte ich meinem Denys Finch-Hatton jetzt eine Geschichte erzählen«, flüsterte sie und versuchte seine Hände einzufangen, diesen Lippen zu entkommen, die überall waren, sie berührten, kribbelten, süchtig machten nach mehr. Johanns Porträt glitt in die Dunkelheit, zu Boden. Ein paar Geckos lugten mit neugierig funkelnden Knopfaugen zu ihnen herunter, die Mondstrahlen wanderten langsam durchs Zimmer, berührten diesen Gegenstand, jenes Bild, ließen es aufleuchten, fielen endlich auch auf Johanns Bild.

Martin löste sich von ihr und hob es auf. »Ist das eine Elefantenbüchse?«, er zeigte auf das Gewehr, das Johann Steinach in den Händen hielt. »Damit hat er bestimmt viele Zulus getötet!«

»Nein, o nein, im Gegenteil«, antwortete sie, zog ihn neben sich auf das weizengelb gestreifte Chintzsofa und rückte die Lampe heran. Sie schob das über die Rückenlehne geworfene, mottenzerfressene Leopardenfell auf den Boden, legte den Kopf an Martins Schulter und begann in ihrer dunklen, etwas rauen Stimme zu sprechen.

»Meine Mutter erzählte mir diese Geschichte, als ich ungefähr acht Jahre alt war. Ich erinnere mich noch genau an den Tag, draußen herrschten kochende 40 Grad bei hoher Luftfeuchtigkeit, und ich war ins kühle Haus, in dieses Zimmer geflüchtet. Ich fand diese Zeichnung und zeigte sie Mama. Dann erfuhr ich, wer mein Urahn war und wie es kam, dass er hier sein Haus baute.« Sie atmete tief ein. »Er stammte aus der entlegensten Region in Bayern, dem Bayerischen Wald. Dort wo der Bayerwald an den Böhmerwald grenzt, am Fuß des Rachel war er geboren. Der Hof seiner Eltern lag auf einer großen Waldlichtung am Ufer eines Mühlenbachs, der ihr Sägewerk antrieb. Der Schnee fiel dort bis in den Mai hinein, Anfang September kamen die ersten Nacht-fröste. Der Vater von Johann hatte eine Passion, ungewöhnlich für einen, der tags so hart arbeitete. Er las, nur so, zu seinem Ver-gnügen, und erzählte Johann dann vor dem Schlafengehen von den fremden Welten, die er abends besuchte, wenn er sich bei Kerzenschein in sein Buch vertiefte. Da hörte Johann vom Meer, einem Wasser, das so groß war, dass man kein Ende sah. Er kannte nur den Weiher von Kogelsreuth, dem kleinen Dorf, das eine halbe Stunde von ihnen entfernt lag, und die Ohe, in der er oft Forellen fing. Als er siebzehn war und in der Dorfschule nichts mehr lernen konnte, was er nicht schon wusste, beschloss er, sich das Meer anzusehen. Heimlich verließ er den Hof seiner Eltern und machte sich auf den Weg.«

Ihre Stimme, dunkel, singend, wie die vibrierenden Töne ei-nes Cellos, füllte den Raum. Martin lauschte mit geschlossenen Augen, den Kopf in die Polster gelehnt, die Beine von sich ge-streckt.

»Ich will jetzt nicht erzählen, was er alles auf seiner Suche erlebte, nur den Moment beschreiben, als er viele Monate später am Rand des Atlantiks stand. Aus seinen Büchern hatte Johann gelernt, dass im Westen Amerika lag, und da wollte er hinfahren. Aber das ein-zige Schiff, das in dem Hafen ankerte, war ein Frachtensegler, der Waren in die Küstenorte Afrikas bringen sollte. Entschlossen packte er die Gelegenheit beim Schopf und entschied sich, erst einmal Afrika anzusehen. Amerika würde warten. Johann war groß und stark, und der Kapitän heuerte ihn als Schiffsjungen an. In einem kleinen Hafen in Westafrika wurden der Kapitän und sein Bootsmann von einer fürchterlichen Seuche dahingerafft, und Johann war der Einzige an Bord, der die Seekarten lesen konnte. Das Segeln hatte ihm der Kapitän auf der langen Fahrt beigebracht, und auch genügend Englisch, um sich verständlich machen zu können. Als Johann in Kapstadt anlegte, nannte er sich Kapitän.«

Ein Gecko plumpste mit dickem Bauch auf den Boden, huschte durch den Mondlichtstreifen auf den Dielen, die Bilderwand hoch und verschwand hinter einem der Ölgemälde. Lächelnd sah sie zu. »Hinter jedem Bild lebt eine Geckofamilie, früher hab ich sie mit Fliegen gefüttert, die ich auf Zahnstocher gespießt hatte, sie wurden richtig handzahm nach einer Weile.« Sie stand auf, streckte sich, dehnte ihr Bein, das eingeschlafen war, und redete dabei weiter.

»Johann blieb einige Zeit in Kapstadt, knüpfte Kontakte, und dann segelte er die Küste hoch, von einem Hafen zum anderen, und verkaufte seine Waren. Mein Vorfahr war nicht nur groß und stark, sondern auch ein cleverer Geschäftsmann. 1843 geriet sein Schiff in einen Frühlingssturm vor der Küste nördlich der kleinen Siedlung d'Urban und lief auf einen dicht unter der Wasseroberfläche liegenden Felsen auf. Johann Steinach wurde von Bord gespült, aber er war ein zäher Mann, konnte mittlerweile gut schwimmen. Die Brecher warfen ihn auf die spitzen Felsen, bald blutete er aus mehreren Wunden. Irgendwann schleuderte ihn eine Welle an den Strand, und er schaffte es, sich hinauf bis ins Grün des Küstenbuschs zu ziehen, dorthin, wo ihn die Wellen nicht mehr erreichen konnten.

Sein Schiff brach vor seinen Augen auseinander, ein großer Teil der Ladung löste sich, bevor der Segler innerhalb von Minuten sank. Bis auf eine zerlöcherte Hose war der Rest seiner Kleidung auf den Felsen zerfetzt worden. Er war am Ende seiner Kräfte und restlos verzweifelt, niemand von der Besatzung hatte überlebt. Sie waren alle ertrunken.«

Jill starrte aus weit aufgerissenen Augen in die Vergangenheit.

»Kannst du ihn sehen, blutend, am Ende seiner Kräfte, völlig allein in diesem feindlichen Land?« Sie schüttelte sich. »Er schlief vor Erschöpfung ein«, fuhr sie fort »er wollte es nicht, er hatte Angst, von schwarzen Wilden, über die er Furcht erregende Dinge gehört hatte, und Löwen oder Leoparden überfallen zu werden. In Kapstadt hatte man ihm berichtet, dass sie in Natal in großer Zahl herumstreiften. Doch er konnte einfach die Augen nicht offen halten. Als er aufwachte, fand er Fußspuren.« Ihre Stimme verklang. Ein Gecko keckerte, sonst war es absolut still im Zimmer.

Martin schien vollkommen im Bann ihrer Geschichte. »Und?«

»Es waren menschliche Fußspuren«, flüsterte sie, selbst weit weg in der Zeit von Johann Steinach. »Während er geschlafen hatte, war ein Mensch gekommen, einmal um ihn herumgegangen, vor ihm stehen geblieben. Er wagte sich nicht zu rühren, tat so, als schliefe er noch. Plötzlich hörte er ein Kichern und erschrak fürchterlich. Dann entdeckte er die Füße, die diese Spuren gemacht hatten. Keine großen Füße. Sie gehörten einem Jungen, der vielleicht vierzehn Jahre alt war. Er trug nur einen Fellschurz und hockte auf einem angeschwemmten Baumstamm ein paar Meter von ihm entfernt.

Sein Name war Sicelo, er war ein Umfan, ein Zulujunge, und die beiden blieben zusammen. Heute leben Sicelos Urururgroßenkel auf dem Stück Land, das unser Urahn ihm in den fünfziger Jahren des neunzehnten Jahrhunderts geschenkt hatte.«

»Ben und Nelly?«, fragte Martin. »Und Popi und Thandi, ihre Kinder? Ihnen gehört das Land?«

Sie nickte. »Ja, Ben und Nelly; das Land, das Sicelo einst bekam, ist heute ihres. Aber Popi und Thandi gehört nichts, das sind die Kinder von irgendeiner Cousine von Nelly.«

Er schien ihr plötzlich nicht mehr zuzuhören. Auf einem Regal, versteckt hinter Büchern, hatte er eine verstaubte Waffe aufgestöbert, sehr altmodisch anmutend, aus dunklem, poliertem Holz mit Silberfädenverzierungen. Er wendete sie hin und her, untersuchte sie genau. »Eine alte Steinschlosspistole, interessant«, murmelte er, »sogar den Halbmond hat sie.« Mit dem Fingernagel kratzte er eine Schmutzflocke von dem Schloss und sah näher hin. »Das ist ja ein Ding!«, rief er plötzlich. »Das kann doch nicht sein!« Er hielt ihr die Pistole hin. »Hier, sieh einmal, kannst du diese Buchstaben erkennen?«

Sie rieb mit dem Finger darüber, bis die Stelle blank war und die eingeritzten Buchstaben deutlich zu erkennen. »K. v. B.«, las sie laut und sah ihn fragend an.

»Konstantin von Bernitt, mein Urururgroßvater«, antwortete er feierlich, »diese Pistole gehörte ihm, da gibt es gar keinen Zweifel. Er bekam sie von seinem Bruder, der zur Schutztruppe Otto von Bayerns gehörte, die diesen nach Griechenland begleitete. Otto bestieg 1833 den griechischen Thron.«

»Wie kommt die dann hierher?« Ihre Finger glitten über die Silberverzierungen.

»Das würde ich auch gern wissen. Es gibt ein Porträt meines Urahns Konstantin, auf dem er ebendiese Pistole in der Hand hält. Es wurde gemacht, kurz bevor er nach Afrika auswanderte. Hier muss sie dann verschwunden sein.«

»Vielleicht hat er sie verkauft – ist sie wertvoll?«

»Unmöglich«, unterbrach er sie, »sein Bruder hat sie von König Otto persönlich erhalten, Konstantin hätte sie nie verkauft. Außerdem waren die Dinger damals technisch schon völlig überholt. Habt ihr eine Familienchronik? Da könnten wir vielleicht eine Antwort finden.«

Langsam schüttelte sie den Kopf. »Nein, eine Familienchronik haben wir nicht, jedenfalls nicht, soweit ich es weiß. Ich kenne die alten Geschichten aus den Erzählungen meiner Mutter und meiner Großmutter, die ist aber schon länger tot.« Ihr Blick wanderte über die Bücherwände. »Wer weiß, was hier noch alles versteckt ist. Wenn wir von der Hochzeitsreise zurückgekehrt sind, sollten wir einmal nachgraben.« Sie legte sich in seinen Armen zurück. »Wie ist es, willst du die Geschichte zu Ende hören?«

Immer noch sehr nachdenklich, nickte er. Aber bevor sie weiterreden konnte, bellten Roly und Poly in der Nähe, und sie zuckte zusammen. Alltagsgeräusche gewannen wieder Oberhand. Das Hundegebell, die Stimmen ihrer Eltern, die verklingenden Töne von Mozarts Klarinettenkonzert. Mit einem Seufzer kehrte sie in die Wirklichkeit zurück. »Ich erzähle dir unsere Familiengeschichte später, jetzt müssen wir aufhören.« Sie schalteten das Licht aus, verließen den Raum und gingen zurück auf die Terrasse.

»Aber wie ist Johann Steinach nun an dieses Land gekommen? Das musst du mir noch sagen!«

»Johann hat den ersten Sohn von Mpandes Lieblingsfrau aus den Pranken eines Leoparden gerettet. Mpande war König der Zulus, ein Halbbruder Shaka Zulus …«

»Welch eine Geschichte. Du solltest sie für unsere Kinder aufschreiben, eine Familienchronik anlegen.« Er streichelte ihren flachen Bauch. »Lass uns mindestens vier haben …«

Impulsiv öffnete sie den Mund, um es ihm zu erzählen, aber die Fliegentür klapperte, und sie fuhren auseinander.

»Essen ist fertig!«, verkündete Nelly hinter ihnen.

Wieder eine Gelegenheit verpasst, es ihm zu sagen, dachte Jill unglücklich. Vielleicht ergab sich nach dem Essen der richtige Moment. »Was gibt's heute?«

»Salat, kaltes Fleisch und frisches Brot«, antwortete die Zulu, zündete mehrere Kerzen an, über die sie Glaszylinder stülpte, und verteilte sie auf dem großen Tisch. Ihre dunkle Haut glänzte im flackernden Licht wie geschmolzene Schokolade. »Für mehr ist es zu heiß.« Sie wischte sich mit der Schürze die Stirn ab und sank stöhnend auf einen Stuhl. »Zu heiß heute«, wiederholte sie matt. Ihr blau geblümtes Kleid mit dem viereckigen Ausschnitt, dass stramm auf ihrer üppigen Figur saß, zeigte dunkle Flecken unter den Achseln.

»Geht es dir nicht gut?« Jill legte besorgt den Arm um sie, atmete ihre samtige, dunkle Wärme, fühlte sich geborgen, fast wieder als

Kind. In einer Gefühlsaufwallung presste sie sich an die weiche Brust, spürte eine zarte Erwiderung ihrer Nanny.

»Ich werd alt«, brummelte Nelly, »unsere Ahnen haben Verlangen nach mir.«

»Und wer passt dann auf unsere Kinder auf?«, sie biss sich auf die Lippen, warf Martin einen schuldbewussten Blick zu und funkelte Nelly an, dass diese das Geheimnis für sich behielt. »Es ist nicht heißer als sonst, du bist nur zu fett geworden, das kommt von der vielen Schokolade, die du naschst!«, lenkte sie schnell von ihren Worten ab. »Fett wie Imvubu, das Nilpferd!«

Nelly kniff ihr in den Arm, zwinkerte anzüglich. »Ein Baby. Ha! Wie willst du ein Baby haben? Es braucht Kraft, es wird dich von innen auffressen! Du bist nur Haut und Knochen, du wirst bald so dünn sein, dass dein Schatten verschwindet. Ich werde dir fettes Fleisch und Maisbrei kochen, damit du ein Baby ernähren kannst …« Sie lachte, ein tiefes, fröhliches Glucksen, das ihren fülligen Körper in Schwingungen versetzte, und tanzte mit einem koketten Hüftschwung ins Haus. »Imvubus Augen sehen alles – yebo – Imvubu ist schneller als der Vogel Strauß – yebo …«, sang sie und unterstrich jedes ›yebo‹ mit einem Schnalzer, »… seine Wut ist größer als die von Ubhejane, dem Nashorn, wir lieben Imvubu – yebo!« Die Fliegentür knallte zu.

Martin sah ihr nach. »Sie ist beeindruckend, ein Original«, er rückte ihr einen Stuhl zurecht, »sie kommt mir vor wie eine Mutter, die unbedingt Enkelkinder haben möchte. Sie war deine Nanny, nicht?«

Jill setzte sich. »Meine, Tommys und davor schon die meiner Mutter. Zu ihr bin ich immer gerannt, wenn ich Kummer hatte – sie hat ein großes Herz. Ich fürchte, sie wird wirklich alt. Ich weiß gar nicht, was ich ohne sie machen soll.«

»Nun, wir werden jemand anderes für unsere Kinder finden, das sollte ja kein Problem sein.« Er beugte sich vor und suchte ihre Lippen. »Wollen wir nicht gleich für den Fall sorgen?«, murmelte er.

# 3

Maiglöckchenduft wehte auf die Terrasse. »Mama kommt«, flüsterte sie und schob ihn weg, konnte jedoch das Bedauern über die Unterbrechung deutlich auf seinem Gesicht lesen.

Der Maiglöckchenduft verstärkte sich. Carlotta Court, ganz in feurige Rottöne gehüllt, erschien mit einem Weinglas in der Hand auf der Terrasse. »Hallo, mein Kleines«, sie küsste Jill, »geht es dir gut? Schickes Kleid, woher hast du es? Zeigt deine schönen Beine. Wo ist Tom?«, fragte sie im gleichen Atemzug und schüttelte ihre Haare nach hinten.

Jill zuckte die Schultern. »Keine Ahnung, wo mein großer Bruder sich wieder herumtreibt. In letzter Zeit ist er ja kaum hier, seit voriger Woche habe ich ihn nicht mehr gesehen. Heute wollte ich ihn besuchen, habe ihn angerufen, aber er war nicht da. Vermutlich hat er irgendwo eine neue Freundin versteckt. Er hat neuerdings so ein verdächtiges Glitzern in den Augen. Ich werd mal ein bisschen nachbohren, wenn er kommt.«

»Lass ihn«, lächelte Carlotta, »wenn er die Richtige gefunden hat, wird er sie uns schon vorstellen.« Sie hielt Martin das Weinglas hin. »Sei ein Engel, mein Junge, und füll das auf.« Er sprang auf, und sie sah ihm nach. »Was für ein wohlerzogener junger Mann«, meinte sie lächelnd. »Das Gewitter war grauenvoll«, sagte sie zu Jill, »der Schreck steckt mir noch in den Gliedern. Es war sehr merkwürdig, weißt du, die ganze Zeit haben die Hunde geheult. Sie waren nicht zu beruhigen, und die Pferde haben geschrien und gegen die Boxenwände getrampelt, und Bens Kühe blökten, als würden sie abgestochen. So etwas habe ich noch nie erlebt.«

Wie eine Faust drückte das Gefühl einer unmittelbaren Bedrohung Jills Herz zusammen. Was hatte Nelly gesagt? Das Glück wird Inqaba verlassen, ein Schatten wird auf unserem Land liegen. Plötzlich glaubte sie, schon die Kälte dieses Schattens zu spüren, doch Martin kehrte zurück und lenkte sie ab. Er trug eine Weinflasche in einem Eiskübel, füllte drei Gläser mit der bernsteingelben Flüssigkeit und prostete ihr und Carlotta zu. »Der ist gut«, bemerkte er nach dem ersten Schluck, »von eurem üblichen Weinlieferanten in Stellenbosch?«

»Wir haben den ganzen Jahrgang gekauft.«

Jill nippte nur an ihrem Glas. »Mama, habt ihr euch nun entschieden, ob wir Inqaba weiter für Tagesgäste öffnen? An Übernachtungsgäste denkt ihr hoffentlich nicht. Ich finde es so schon reichlich nervig. Ständig latschen fremde Leute hier herum.«

Carlotta schüttelte vehement den Kopf, so dass ihr Haar wie eine dunkle Wolke um ihren Kopf flog. »Ganz bestimmt nicht. Die letzten Wochen haben mir gereicht. Das habe ich deinem Vater auch schon gesagt. Vorgestern saß sogar ein junges Paar auf meinem Korbsessel. Ich hab sie verscheucht und Ben angewiesen, ein Schild aufzustellen, das klar macht, dass der Platz privat ist. Schrecklich! Und das alles nur, weil wir hier ein paar seltene Vögel haben. Leider gelten unsere Verträge mit den Reisebüros noch für zwei Monate. Am 15. Januar nächsten Jahres laufen sie aus, und danach ist Schluss …«

Sie wurde von einem harten Klopfen an der Haustür unterbrochen, das durchs Haus hallte. Roly und Poly sprangen wütend bellend gegen die Küchentür. Um diese Zeit hielten sie sich in der Küche und in einem eingezäunten Bereich im Hof auf, erst nachts wurden sie im Haus freigelassen.

»Wer ist es, Nelly?«, rief Carlotta und sah auf die Uhr. »Ich erwarte niemanden – oder habt ihr Freunde eingeladen, Jill? Ich wünschte, ihr würdet mir rechtzeitig Bescheid sagen. Dann muss Nelly noch einen Salat machen und mehr Fleisch aufschneiden … Nelly!« Rasch prüfte sie ihren Lippenstift, zupfte an ihren Haaren, eine blinkende Messerklinge als Spiegel benutzend.

Jill schüttelte den Kopf. »Nein, wir haben niemanden eingeladen …« Warum pochte ihr Herz so stark? Warum waren ihre Hände feucht? Sie verschränkte sie ineinander.

Sekunden später schoss Nelly in völlig uncharakteristischer Schnelligkeit auf die Terrasse. »Polizei«, japste sie, rollte panisch die Augen, »die Schlimmen!« Ihre Haut hatte einen eigenartigen, aschfarbenen Unterton angenommen, die Hände flatterten wie aufgescheuchte Vögel.

Jill legte einen Arm um ihre bebenden Schultern. »Beruhige dich, Nelly, bestimmt ist einer von uns zu schnell gefahren, oder irgendeiner von deinen Leuten hat sich geprügelt ...« Sie glaubte es selbst nicht.

Doch die Zulu schüttelte wild den Kopf, ruderte mit den Armen wie eine Ertrinkende und riss sich los. »Nicht Verkehrspolizei – die Schlimmen!«, war alles, was sie durch ihre zitternden Lippen herausquetschte. Die Aufregung blockierte offensichtlich ihren englischen Wortschatz. Sie floh in den Schatten und verschwand. Jill nahm an, dass sie über den Weg zu ihrem eigenen Haus gelaufen war, das ein paar hundert Meter weiter im Dorf der Farmarbeiter lag. Besorgt sah sie ihr nach, atmete zu schnell, legte instinktiv ihre Hand über ihr Baby.

Mit einem Krachen wurde die Fliegengittertür hinter ihr aufgestoßen, feste Schritte versetzten den Holzboden in Schwingungen. Beklommen wandte sie sich um. Zwei Männer standen vor ihr, doch keiner von ihnen war in Uniform, beide trugen Safarianzüge mit offenem Kragen. Kurz hielten sie den drei Anwesenden ihre Ausweise vor die Nase und ließen sie sofort wieder in den Brusttaschen verschwinden. »Parker«, sagte der größere und wies auf seinen Kollegen. »Das ist Mr. Cronje. South African Police. Guten Abend.« Er erwähnte keine Rangbezeichnung.

Und dann teilten sie ihnen mit, dass Thomas, Jills Bruder, durch eine Bombe getötet worden war.

Carlottas Weinglas klirrte auf den Boden und zersprang. »Oh«, seufzte sie und fiel auf einen Stuhl.

Jill sprang auf, starrte die beiden Männer an. Der sich als Parker vorgestellt hatte, sah gut aus. Er war etwas über mittelgroß und breitschultrig, hielt sich militärisch gerade. Die Lachfältchen um die grauen Augen und das offene Gesicht wirkten vertrauenerweckend. »Wie bitte?«, fragte sie. Sie konnte das unmöglich richtig verstanden haben.

Doch seine Antwort machte unmissverständlich klar, dass sie genau das meinten. Thomas war mit einer Paketbombe in die Luft gejagt worden, und sie kamen nicht, um ihr Beileid auszusprechen, sie kamen, um Thomas' Zimmer zu durchsuchen und die Familie so lange zu verhören, bis sie sicher waren, dass keiner von ihnen gewusst hatte, dass Thomas dem militanten Flügel des African National Congress angehörte.

Jill fühlte sich, als wäre sie gegen eine Wand gelaufen. Wie betäubt stand sie mit hängenden Armen da und versuchte das zu verarbeiten, was sie gerade gehört hatte.

»Wo ist sein Zimmer, zeigen Sie uns den Weg«, verlangte Mr. Parker.

Sprachlos stolperte sie ihnen voran, wies auf die Tür, die zu Toms eigenem Apartment führte. Mr. Parker stieß sie auf, ließ seinen Kollegen eintreten und schloss sie hart vor Jills Nase. Für eine lange Minute stand sie vor der geschlossenen Tür, nur summende Leere im Gehirn und keines klaren Gedankens fähig. Verzweifelt presste sie beide Hände an die Schläfen. Was sollte sie tun? Mama hing halb ohnmächtig in ihrem Stuhl und wimmerte immer nur das eine Wort. »Neinneinneinneinnein …« Nur ab und zu sog sie rasselnd Atem ein und stieß ihn mit dem gleichen monotonen »Neinneinnein« wieder aus. Endlos.

Jill hielt sich die Ohren zu. Sie musste ihren Vater finden! Verfolgt von diesem gebetsmühlenartigen Neinneinnein, rannte sie durchs Haus, stieß jede einzelne Tür auf und rief seinen Namen, aber er antwortete nicht. Wo war er bloß? Doch dann, als sie an der offen stehenden Eingangstür vorbeilief, hörte sie Hufklappern. Auf einem prachtvollen Rappen ritt er eben auf den Hof. Sie schlug einen Haken und stürzte aus dem Haus. »Daddy!«, rief sie mit überkippender Stimme und rannte auf ihn zu. »Daddy!«

Er sprang vom Pferd ab, strich ihm liebevoll über den glänzenden

Hals und warf die Zügel seinem Pferdepfleger zu, der von den Ställen herübergekommen war, die sich in einiger Entfernung des Hauses befanden. »Reib ihn ab und gib ihm Wasser«, befahl er. Dann wandte er sich mit breitem Lachen Jill zu, konnte sie gerade noch auffangen, als sie sich ihm in die Arme warf. »Was ist passiert, Kätzchen, du bist ja völlig außer dir?« Er klang belustigt. »Hat der Schneider das Hochzeitskleid versaut? Ich werde ihn auf der Stelle erschießen.«

Sie zwang ihre Tränen zurück, zwang sich langsam und ruhig zu sprechen, denn es war wichtig, dass er verstand, was im Haus vor sich ging. Bereits während ihrer ersten Worte verließ jeglicher Ausdruck sein Gesicht, das Lachen erstarb, seine Augen wurden zu graublauen Steinen. Zurück blieb eine kittfarbene Maske mit blutleeren Lippen. Während er konzentriert zuhörte, starrte er auf die Spitzen seiner Reitstiefel.

»Sie sind jetzt in seinem Zimmer und durchsuchen es. Er soll … von einer Bombe zerrissen worden sein …«, zwischen den Sätzen musste sie immer erst tief durchatmen, ehe sie weitersprechen konnte, ihr Hals war papiertrocken, jedes Wort schmerzte, »… sie behaupten, dass Tom Mitglied des African National Congress ist … gewesen ist«, korrigierte sie sich, »das kann doch nicht sein, die können doch nicht unseren Tommy meinen … er hätte doch etwas gesagt …«

Ihr Vater sagte nichts. Seine Finger auf ihren nackten Schultern fühlten sich an wie kalte Eisenklammern.

»Tu was, Daddy, ich glaub denen nicht.« Es kostete sie unglaubliche Anstrengung, ihre Tränen zurückzuhalten. Sie spürte, wie ein Krampf durch seinen Körper lief. Er ließ sie los, stürmte mit langen Schritten ins Haus, durch die Eingangshalle und trat gegen die Tür zu Toms Zimmer. Sie flog auf, knallte gegen die Wand. Jill rannte hinter ihm her, hörte seine schneidende Stimme und hörte Mr. Cronje antworten. Die Worte verstand sie nicht. Dann erreichte auch sie Tommys Zimmer, dicht gefolgt von Martin. Ihr Vater und die beiden Polizisten standen sich gegenüber, Phillip Court starrte unter gesenkten Brauen auf die Männer herab. Er war sehr viel größer als beide. Zu den Füßen der Polizisten häuften sich Stapel von Notizen und Akten, die sie aus den Regalen von Tommys Zimmer geräumt hatte. Mr. Cronje hielt ein Heft in der Hand, ein einfaches Schulheft mit grünem Einband, dicht mit Toms schwungvoller Handschrift beschrieben. Sie erkannte es sofort. Es war kein richtiges Tagebuch, eher ein Tagesbuch, eines, in das er alles eintrug, Termine, Daten, Gedanken. Gedanken?

Was waren deine Gedanken gewesen, Tommy? Bitte erklär es mir. Mr. Parker wies auf die Notizen, die Akten und das Schulheft in der Hand seines Kollegen. »Das nehmen wir vorläufig mit. Sie bekommen eine Quittung.« Er blätterte in einem Aktenorder, las hier und da einen Absatz, schien vergessen zu haben, dass sie und ihr Vater vor ihm standen. Doch unvermittelt sah er hoch, ein grausames Lächeln kräuselte seine Mundwinkel. »Er war ein Verräter, Mister Court, er hat seine eigenen Leute verraten, und die haben ihn dafür hingerichtet.« Er erhob seine Stimme nicht ein einziges Mal. Sanft und eisig strich sie über ihre Haut. Seine Miene war von jener heuchlerischen Verbindlichkeit, die solche Menschen zu pflegen scheinen.

Es dauerte ein paar Sekunden, ehe sie begriff, was er meinte. »Nein!«, schrie sie und sprang vorwärts. Ihre Hände zu Krallen gebogen, schlug sie nach ihm.

Reaktionsschnell warf sich Martin dazwischen, hielt sie fest, verhinderte gerade noch, dass sie dem Mann mit den Fingernägeln das Gesicht zerkratzte. »Jill, reiß dich zusammen!«

Sie hörte ihn gar nicht, strampelte vergeblich in seinem festen Griff. »Mein Bruder war kein Verräter, niemals!«, schrie sie die Polizisten an. »Nie hätte er seine Freunde verraten – nicht er. Er war ein wunderbarer Mensch … wunderbar … ihr werdet ihm nicht auch noch seine Ehre nehmen, das lass ich nicht zu …«, sie holte rasselnd Luft, »… vielleicht habt ihr ihn ja ermordet … ihr … ihr …!«

Martin hielt ihr den Mund zu, schleifte sie ins Esszimmer und stieß die Tür mit einem Fußtritt zu. Sie krachte ins Schloss. »Bist du wahnsinnig, Liebling«, zischte er, »du weißt nicht, was du sagst. Das sind die vom Büro für Staatssicherheit, mit denen legt man sich nicht an. Dein Bruder ist tot, damit holst du ihn nicht wieder. Finde dich damit ab, je schneller, desto besser, und halt dich da raus.« Er wollte sie auf einen Stuhl drücken.

Wütend befreite sie sich. »Begreifst du nicht? Mein Bruder«, sie betonte jedes Wort aufs Heftigste, »mein Bruder Tommy würde nie einen Freund verraten! Ich lasse nicht zu, dass sie seinen Namen in den Dreck ziehen. Außerdem können die mir nichts tun, ich bin völlig harmlos, ich kenne keinen vom ANC.« Völlig außer sich, rannte sie wie ein gefangenes Tier auf und ab.

»Doch, deinen Bruder. Du hast offenbar keine Ahnung, was die sich alles ausdenken können. Du kannst nicht so naiv sein. Bist du wirklich politisch so unbeleckt, oder tust du nur so?«

So hatte er noch nie mit ihr gesprochen. Verletzt durch seinen aggressiven Ton, fuhr sie hoch. »Was soll das heißen? Ich lass mich doch von denen nicht einschüchtern. Schließlich gibt es hier ein Gesetz und Gerichte, wo man sein Recht bekommt. Ich will wissen, was wirklich passiert ist!«

Er lachte auf, ein hartes Geräusch. »Du bist tatsächlich unglaublich naiv … Komm schon, du hast doch die letzten Jahre nicht auf dem Mond verbracht. Deine Manie, keine Zeitungen zu lesen, keine Nachrichten im Fernsehen anzusehen, ist krank. Es wird Zeit, dass du dich mal wieder um die Dinge kümmerst, die da draußen passieren!« Seine Handbewegung umschloss alles, was hinter den Hügeln lag. »Hör auf, Vogel Strauß zu spielen!«

Sein beißender Spott traf sie in ihr Innerstes. Schockiert suchte sie nach Worten. »Was meinst du damit …?«

»Wir haben Bürgerkrieg, Menschen bringen sich gegenseitig um, weil sie politisch unterschiedliche Ansichten haben. Hier in Natal schlachten sich Anhänger des ANC und die von Inkhata ab, brennen dabei ganze Dörfer nieder. Selbst du auf deiner Insel hier

musst doch schon vom Halsband gehört haben ... den Bomben-
anschlägen ...«

Ihr Magen zog sich bei diesen Worten zusammen, Säure stieg ihre
Speiseröhre hoch, sie musste würgen. Mit beiden Händen hielt
sie sich die Ohren zu. »Hör auf! Auf der Stelle! Ich will nichts davon hören ... es betrifft mich nicht ...«

Er packte ihre Hände, bog sie zurück, so dass sie ihm zuhören
musste. »Es betrifft dich, jemand hat deinen Bruder mit einer
Paketbombe in die Luft gejagt!«, schrie er sie an.

Wie einen Nagel trieb er die Wahrheit mit diesem Hammerschlag in ihren Kopf. Sie krümmte sich zusammen, Übelkeit lief
in Wellen durch ihren Körper, sie hechelte, geriet an den Rand einer Ohnmacht. Im letzten Moment steckte sie den Kopf zwischen
die Knie, zwang sich, gleichmäßig zu atmen. »Das war brutal«,
flüsterte sie und legte schützend die Hand auf ihr Baby.

»Die Wahrheit ist manchmal brutal. Es wird Zeit, dass du endlich
aufwachst und dich der Wirklichkeit stellst! Du bringst dich selbst
in Gefahr.« Er versuchte, sie an sich zu ziehen, aber sie wehrte
sich entschlossen. »Versteh doch, Liebling, ich sag das doch nur,
um dich zu schützen. Dieser Parker und der andere gehören in
eine gefährliche Welt, du darfst ihre Grenzen nicht überschreiten. Sie würden dich vernichten!«

Plötzlich hatte sie einen Geschmack von Crème Caramel im
Mund, der sofort wieder einen Brechreiz auslöste. Sie schluckte,
richtete sich langsam auf. Das Beben, das heute an ihren Funda-
menten gerüttelt hatte, hatte eine Erinnerung freigelegt. Flüchtig
streifte sie ihn mit einem Blick und wandte sich dann ab. Es
würde leichter sein, gegen die Wand zu reden, denn was sie ihm
erzählen wollte, hatte sie damals so tief in sich vergraben, dass sie
Bilder und Worte erst suchen musste. Die Wand war weiß, ohne
Muster, an dem sich ihre Augen festhalten konnten. Sie war die
Leinwand, auf die sie jetzt ihre Erinnerungen wie einen Film
projizierte.

»Du irrst dich«, sagte sie mit einer Stimme, die sehr klar war und bar jeder Gefühlsregung, »ich kenne die Wirklichkeit ganz genau, ich habe sie mit eigenen Augen gesehen, ich habe sie gerochen. Es ist Anfang letzten Jahres gewesen«, begann sie, »ich war so glücklich gewesen, so glücklich, so jung und so verdammt naiv, dass ich nur mich selbst wahrnahm, mich unverwundbar für alle Unbill wähnte. Ich glaubte tatsächlich, dass das Leben so ist, wie wir es hier auf Inqaba leben.«

Heute fiel es ihr schwer zu verstehen, wie sie so wirklichkeitsfremd hatte aufwachsen können, auch wenn sie die Antwort kannte.

Afrika.

Hier fließt die Zeit träge, und der Mensch schwimmt mit dem Strom, versucht nicht, sich dagegenzustemmen, ihn aufzuhalten. Sie hatte sich von Afrikas Trägheit verführen lassen, wo am nächsten Tag immer noch Zeit genug ist, hatte geglaubt, sich dieser anderen Welt, der hinter den Hügeln, entziehen zu können. Auf ihrem Land wurde weiter wie seit Jahrtausenden das Leben nur von der Natur bestimmt. Von der Sonne, ihren Leben spendenden Strahlen und der alles versengenden Hitze, vom Regen, seinem Ausbleiben, den gewaltigen Gewittern und Sintfluten, die Land, Menschen und Tiere verschlangen.

Bis zu dem Tag im April vor einem Jahr, als sie über Nebenstraßen nach Ngoma, dem kleinen Ort in den Bergen Zululands, fuhr. Apriltage in Natal sind meist klar, die glühende Sommerhitze ist gebrochen, der Wind mild und schmeichelnd, und so fuhr sie mit weit geöffneten Fenstern, ohne Klimaanlage Es war früher Nachmittag, und sie schmeckte noch immer die köstliche Crème Caramel, die Nelly als Nachtisch zum Mittagessen gemacht hatte. Die Sandstraße war staubig, die Oberfläche wellig und von ausgefahrenen Rinnen durchzogen, so dass sie nur langsam vorankam.

Zwischen ihr und der Hauptstraße lag noch die Furt. Sie war zwar mit Steinblöcken und Zement befestigt, aber bei Hochwasser nicht passierbar. Erleichtert stellte sie kurz darauf fest, dass das Wasser nur den tiefsten Punkt überströmte. Hier musste sich eine natürliche Stufe im Flussverlauf befinden, denn auf der rechten Seite lagen Straße und Fluss auf einem Niveau, links stürzte er einen drei viertel Meter tiefer in ein palmengesäumtes, felsiges Bett, und sein Rauschen überdeckte alle anderen Geräusche.

Hart an der Kante stand unbeweglich ein brauner Hammerkopfvogel, die glitzernden schwarzen Augen fest auf das schäumende Wasser gerichtet, und wartete auf seine Fischmahlzeit. Für ein paar Minuten unterbrach sie ihre Fahrt, fotografierte den Vogel für ihre Unterlagen, die sie als Ornithologiestudentin brauchte. Als ein beißender Geruch nach Verbranntem durchs Fenster strömte, schloss sie es, legte ihre Kamera auf den Beifahrersitz und lenkte ihren Wagen vorsichtig an dem Hammerkopf vorbei und auf der gegenüberliegenden Flussseite die steile Steigung hinauf.

Als sie die enge Kurve hinter sich ließ, die die Straße hier beschrieb, sah sie sich unmittelbar mit einer johlenden Menschenmenge konfrontiert, die wie irrsinnige Derwische um ein schwelendes Feuer sprangen. Erschrocken machte sie eine Vollbremsung und kam auf den losen Steinen, die die sandige Straßenoberfläche bedeckten, schlitternd zum Stehen.

Es waren durchweg junge Leute, alle schwarz, eine große Gruppe Kinder in Schuluniformen darunter. Als sie ihrer ansichtig wurden, verstummten sie schlagartig, erstarrten. Aber nur für einen kurzen Moment. Dann flog ein Stein, und ein Spinnenriss lief über ihre Windschutzscheibe. Ein junger Mann hatte ihn geschleudert. Wütend drehte sie das Fenster herunter. »Hey!«, schrie. »Seid ihr verrückt, was soll das?«

Ein zweiter Stein prallte gegen die Tür, und der Junge, der ihn geworfen hatte, lachte und trat einen Schritt beiseite, gab den Blick frei auf das Feuer, so dass sie sehen konnte, was es nährte.

Es war eine kleine Schaufensterpuppe, wie es schien, die auf dem Rücken lag, bedeckt mit einer flockigen schwarzen Schicht. Um ihren Hals lag ein schwelender Autoreifen. Die Beine waren angezogen, die völlig verkohlten Hände Hilfe suchend hochgereckt, der Kopf war wie im Krampf in den Nacken gebogen. In dem schwarzen Gesicht leuchteten gelbliche Zähne, der Mund war zu einem Schrei geöffnet. Bevor sie wegsehen konnte, sah sie, dass die Puppe keine Lippen mehr hatte. Sie waren verbrannt.

In diesem Augenblick bewegte sich die Puppe, wurde zu einem halbwüchsigen Jungen, einem Kind, und plötzlich erkannte sie, was sich da vor ihren Augen abspielte. Der Junge wurde von seinen Stammesgenossen mit dem Halsband hingerichtet. So nannten sie es, wenn sie ihren Opfern einen Autoreifen um den Oberkörper legten, ihn mit Benzin füllten und dann ansteckten. Polizeispitzel verbrannten sie so, die, die sie als Hexen ansahen, und auch solche, die das Pech hatten, im falschen Moment am falschen Ort zu sein. Ihre Hände krampften sich ums Steuerrad, sie war völlig gelähmt, hatte jede Verbindung zu ihrem Körper verloren.

Ein Mädchen stieß einen grellen Trillerlaut aus, ihre Züge von teuflischem Vergnügen verzerrt. Sie trat gegen das Opfer, und ein verkohlter Finger brach ab. Die Menge heulte auf, kreischte, drängte sich um den Jungen. Sie lachten, sie warfen Steine auf ihn, und in der ersten Reihe tanzten die Schulkinder.

Die älteren wandten sich ihr zu. Der junge Mann bückte sich, und wieder flog ein Stein, knallte auf die Motorhaube, und da erwachte Jill aus ihrer Lähmung. Ihre Muskeln gehorchten den Befehlen ihres Gehirns, und sie trat aufs Gas. Die Räder drehten durch, griffen, und mit zunehmender Geschwindigkeit schleuderte sie auf die grölenden Schwarzen zu, die ihr erst in letzter Sekunde auswichen.

»Ich hatte es schon fast geschafft«, berichtete sie Martin jetzt in dieser ausdruckslosen, trockenen Stimme, »war praktisch schon vorbei, als ich drei Weiße sah. Sie trugen Filmkameras auf ihren Schultern und filmten, während der Junge vor ihren Augen sehr langsam starb. Ich hab mich im hohen Bogen auf den Beifahrersitz übergeben und bin laut schreiend davongerast, hab meinen Wagen über die Schlaglöcher geprügelt, bis ich die geteerte

Hauptstraße erreichte. Hier reißt meine Erinnerung ab und setzt erst am nächsten Morgen wieder ein. Über dieses Erlebnis habe ich nie mit jemandem geredet. Es war mir nicht möglich, es in Worte zu kleiden. Ich hatte es verdrängt.«

Sie drehte sich wieder zu ihm, so dass sie sein Gesicht beobachten konnte. Seine Brauen waren über der Nasenwurzel zusammengezogen, die Augen auf den Boden gerichtet. »Deswegen sehe ich mir weder Nachrichten im Fernsehen an, noch lese ich Zeitung, und im Radio passe ich nur den Wetterbericht ab. Seitdem kann ich Crème Caramel nicht mehr essen, schon beim Geruch muss ich brechen.« Sie fing seinen Blick auf und entdeckte zu ihrer ungeheuren Erleichterung, dass er verstand. »Deswegen habe ich mich der Welt entzogen, sie hat sich da draußen ohne mich gedreht. Kriege fanden statt, Katastrophen passierten, Wunder, wissenschaftliche Sensationen. Ich ließ nichts an mich herankommen.«

Martin streckte die Arme nach ihr aus, aber ehe er eine Antwort finden konnte, öffnete Phillip Court die Tür. Seine hellen Augen glänzten fiebrig, rote Flecken brannte auf seinen Wangen, und die Linien, die seinen Mund wie eine Klammer umschlossen, waren wie weiße Messerschnitte. »Hilf mir mit Mama, Jill, ich …«, sie hörte ein winziges Beben in seiner Stimme, »… ich komm nicht zu ihr durch …«

Auch das traf sie wie ein Schock. Dieser große, muskulös gebaute Mann, ihr Vater, der einmal einen wütenden Stier, der sein Auto als Nebenbuhler betrachtete und mit den Hörnern attackierte, am Schwanz gepackt und den abgerissen hatte, der ruhig und überlegt einer Horde betrunkener Farmarbeiter entgegentrat und sie beruhigte, dieser Mann stand jetzt völlig hilflos vor ihr. Sie folgte ihm, erwartete, dass ihre Mutter in Tränen aufgelöst wäre, ihr Leid herausschreien würde, aber Carlotta Court war ganz ruhig. Fahlweiß im Gesicht, mit bläulichen Schatten unter den Augen und wirren Haaren, aber sie war ruhig, und das jagte ihr eine Gänsehaut den Rücken hinunter. Ihre Mutter tat so, als wäre nichts geschehen. Sie setzte sich an den Esstisch, breitete sorgfältig die Serviette über ihren feuerrroten Kaftan, legte sich ein paar Scheiben kaltes Fleisch und eine Portion Salat auf den Teller. »Lasst uns schon anfangen«, sagte sie, »Tommy wird sicher später dazukommen.« Dann aß sie. Ganz allein. Ohne jemanden anzusehen.

»Ich rufe Marius Konning an«, flüsterte Jill, selbst hilflos, »er wird ihr etwas zur Beruhigung und zum Schlafen geben.« In seinem anstrengenden Beruf, den er als Berufung verstand, hatte Marius gelernt zuzuhören. Er tat es auf so mitfühlende Art, dass seine Patienten, auch die, die wesentlich älter als er waren, ihre intimsten Probleme mit ihm besprachen. Doch Jill fühlte deutlich, dass ein Gespräch allein hier nicht helfen würde.

Vorsichtig legte sie den Arm um ihre Mutter und brachte sie gemeinsam mit Martin und ihrem Vater ins Schlafzimmer. Sie zog ihr den feuerroten Kaftan aus und half ihr ins Bett. Carlotta Court ließ es mit sich geschehen, als wäre sie eine Stoffpuppe. Jill saß noch lange Zeit allein auf einem Stuhl neben ihrer Mutter, versuchte deren eiskalte Finger zwischen ihren Händen zu wärmen, hatte wahnsinnige Angst, dass sie diesen Schlag nicht überleben würde.

Vielleicht kann Marius mir das mit Tommy erklären, überlegte sie, während sie dasaß. Auch er hatte ihn gut gekannt. Tommy, ihr großer Bruder, ihr Freund, der Held ihrer Kindheit und Jugend, mit dem sie alle Geheimnisse geteilt hatte. Immer war er mit seiner unerschütterlichen Kraft und Ruhe für sie da gewesen. Egal, ob sie sich von Daddy ungerecht behandelt fühlte, Sorgen in der Schule oder Liebeskummer hatte. In der Zeit, als sie den Armen Nellys entwachsen war und auch nicht mit Mama sprechen wollte, war Tom derjenige gewesen, dem sie alles anvertraute. Und sie hatte alles von ihm gewusst.

Oder war das Bild, das sie von ihm zu kennen glaubte, eine Schablone gewesen, die sie sich im Geiste angefertigt und ihm übergestülpt hatte? War der wirkliche Tom dahinter verschwunden? Sie kaute lange an dieser Frage herum, fand keine Lösung. In dieser Nacht schlief keiner von ihnen, jeder versuchte für sich, mit dem Schock fertig zu werden.

»Ich fühle mich hintergangen und betrogen«, gestand sie Martin, als sie endlich nebeneinander im Bett lagen. »Wie konnte er das nur tun? Warum hat er mir nichts davon gesagt?« Gleichzeitig schämte sie sich für ihre Worte, weil sie ihr als Verrat an ihrem Bruder vorkamen.

»Sei froh, dass er dir nichts erzählt hat. Hätte er dich in diese Schweinerei mit hineingezogen, hätten die dich glatt als Sympathisantin oder Schlimmeres ins Gefängnis gesteckt. Immerhin hat dein Bruder versucht, unsere Regierung mit Waffengewalt zu stürzen. Er war ein Staatsfeind.« Martin spuckte dieses Wort wie etwas Ekelerregendes aus.

Sie zuckte unter seinen Worten zusammen, konnte mit den widersprüchlichen Emotionen, die sie hervorriefen, nicht fertig werden. Sie fröstelte, zog die Beine an und rollte sich zur Seite, weg von ihm. Die Klimaanlage summte aufdringlich, während sie überlegte, was diesen unangenehmen, hartnäckigen Kloß in ihrem Magen verursachte. Als ihr endlich klar war, dass er von dem Klang des Wortes Staatsfeind aus Martins Mund herrührte, stellte sie erschüttert fest, dass sie über ein Hindernis in ihrer Beziehung gestolpert war, von dem sie nichts geahnt hatte. »Ich lass das nicht auf ihm und unserer Familie sitzen, ich werde herausfinden, was wirklich passiert ist«, sagte sie, immer noch mit dem Rücken zu ihm.

»Das wirst du nicht, hörst du! Du ahnst nicht, worauf du dich da einlässt.« Er packte sie an den Schultern, zwang sie, sich zu ihm zu drehen, schüttelte sie, dass ihr Kopf vor- und zurückschlackerte wie der einer Marionette. Entsetzt riss sie sich los, glaubte einen Moment lang, einen völlig fremden Mann vor sich zu haben. Aber dann entzerrten sich seine Züge, er legte die Arme um sie und zog sie fest an sich. »Liebling, ich habe einfach unglaubliche Angst um dich. Versprich mir, dass du die Nachforschungen der Polizei überlässt«, murmelte er, streichelte sie, seine Hand kroch dabei langsam unter das weiße T-Shirt, das sie nachts trug. Sie versprach es. Aber tief drinnen wusste sie, dass sie dieses Versprechen brechen würde. Sie fing seine Hand ein. »Nicht jetzt, bitte halt mich fest«, wisperte sie und vergrub ihr Gesicht in seiner Halsgrube. Aber die Bilder des Abends wollten nicht verschwinden. In grellen Farben standen sie vor ihrem inneren Auge. Rot für Blut, Schwarz für Verrat, Gelb für Täuschung. Und ein giftiges Orange für die explodierende Bombe. Und schon wieder liefen ihr die Tränen übers Gesicht und tropften auf Martins Hemd.

Als sie sich gegen drei Uhr noch immer schlaflos wälzte, stand er auf und knipste das Licht im Badezimmer an. Kurz darauf kehrte er mit einem Glas Wasser und einem Tablettenröhrchen wieder. Er ließ zwei der Tabletten auf seine Handfläche rollen und hielt sie ihr hin. »Hier, du musst schlafen. Es hat keinen Sinn, wenn du dich kaputtmachst.«

»Sind das Schlaftabletten?«, fragte sie, und als er nickte, schob sie seine Hand weg. »Ich kann … ich möchte die nicht nehmen«, verbesserte sie sich. Jetzt war sicherlich nicht der richtige Zeitpunkt, ihrem Mann zu sagen, dass sie ihr erstes Baby erwarteten. Diesen Augenblick wollte sie sich ihr Leben lang bewahren, wollte nicht gleichzeitig immer an Tommys Tod denken müssen. »Es ist in Ordnung, komm wieder ins Bett, Liebling. Halt mich fest, das ist das beste Mittel, um mich zu entspannen.« Mucksmäuschenstill lag sie in seinen Armen, um ihn nicht noch mehr zu stören. Gegen sechs Uhr fiel sie in einen flachen, unruhigen Schlaf.

Benommen und verkatert öffnete sie um acht die Augen, hatte Mühe, sich zurechtzufinden. Sie schleppte sich ins Badezimmer, stellte sich unter die kalte Dusche, bis sie nicht mehr schwankte. Sie erschrak, erkannte das Gesicht, das sie aus dem Spiegel anstarrte, nicht als ihr eigenes. Wahllos griff sie in den Schrank, erwischte Jeans und ein schwarzes T-Shirt und zog sich an. »Ich muss heute Angelica anrufen«, sagte sie zu Martin, »Lina, Tita und Neil – und Irma, natürlich«, murmelte sie, während sie die Seiten ihres Telefonbüchleins wendete. »Könntest du bitte Leon und Lorraine Bescheid sagen?«

Martin war bereits fertig und band sich eben seine Docksides zu. »Natürlich. Was kann ich dir sonst noch abnehmen?«

Hilflos hob sie ihre Schultern. »Ich weiß nicht, was zu tun ist … wir müssen die Hochzeit verschieben, ich kann jetzt nicht …«, Tränen verschlossen ihre Kehle, sie konnte nicht weiterspre-chen, fand kaum Luft zum Atmen. »Ich brauch Luft, ich muss hier raus …« Wie gehetzt, rannte sie hinaus.

Erst fünfzig Meter weiter holte sie Martin ein. Er legte seine Arme um sie, drehte sie zu sich, zog ihren Kopf an seine Schulter und hielt sie, bis sie sich ausgeweint hatte. »Lass uns einen Spa-ziergang machen, es wird dir gut tun.«

Ohne Ziel liefen sie durch den Garten, den gepflasterten Weg hinunter, am Swimming-Pool und dem Haupthaus vorbei, um den Küchentrakt herum und fanden sich im Küchengarten wie-der. Kräuter wuchsen hier, Zwiebeln, Auberginen, Tomaten. But-terkürbisse mit Blättern, groß wie Essteller, wucherten gierig in alle Richtungen, überzogen die rote Erde mit gelben Trompeten-blüten, und im sonnengefleckten Schatten zweier Guavenbäume gediehen Salatpflanzen.

»Diesen Garten hat meine Urururgroßmutter Catherine ur-sprünglich angelegt«, erzählte sie, »die kleine Mauer dort hat sie selbst aus Steinen zusammengetragen, die sie hier gefunden hat. Alle Steinachs, durch 140 Jahre hindurch, haben den Garten er-halten.« Sie zog ihn hinüber zu einer Gruppe Bäume. Sie standen im Kreis, schienen von einem zentralen Fleck wegzustreben, so dass ihre ausladenden Kronen sich berührten und ein dichtes Dach bildeten. An knorrigen graubraunen Ästen trugen sie ei-nige scharlachrote Blütenkrönchen zwischen herzförmigen, saf-tig grünen Blättern.

»Die erkenne sogar ich«, meinte Martin, »Kaffirbäume.«

Einer stand allein, ein alter, verwitterter Baum mit krustiger aschfarbener Borke. Zwei Meter über den Wurzeln teilte sich der Baum in zwei dicke Äste, die sich reich verzweigten, doch nur der eine Teil lebte noch, trug Blätter und ein paar Blüten. Sie berührte einen Zweig, prüfte mit ihrem Daumen die Schärfe der Dornen. »Hier muss der Baum gestanden haben, von dem man sagt, dass Catherine ihn gepflanzt hat. Dieser ist wohl aus den Früchten seiner Früchte gewachsen. Ich glaube, diese Bäume überdauern nicht Jahrhunderte wie die in Europa. Das Klima ist zu feucht, hier fault alles schnell, und die Termiten zerstören den Rest.« Sie bückte sich, hob eine schwarze Schote auf und öffnete sie. In ihrem Bett lagen, kostbar glänzend, die korallenroten Früchte des Kaffirbaums, jede mit einem tiefschwarzen Auge. Fünf Stück. Mit einem sanften Ruck leerte sie die Schote, und die fünf Samen rollten in ihre Hand, reihten sich darin auf.

»Du könntest eine Kette daraus machen«, meinte er, »meine Mutter hatte früher auch eine.«

»Nicht ganz ungefährlich. Man kann die Samen zwar verschlucken, ohne Schaden zu nehmen, doch wenn Schweiß die Schale anlöst, kann ihr Gift, dem Curare ähnliche Alkaloide, durch die Haut des Trägers dringen und ihn vergiften. Sie sind ein Sinnbild für Afrika, nicht wahr? Sie sind wunderschön, es wachsen herrliche Bäume aus den Früchten, und Nektarvögel trinken aus ihren Blüten, aber unter der Schönheit lauert Gefahr«, sagte sie, in Gedanken auf einmal in der sonnendurchfluteten Landschaft ihrer Kindheit.

Fünf rote Perlen. Fünf Kinder. Tommy, Angelica, Jill, Popi und Thandi. Die Gang. Die Unzertrennlichen. Zu fünft waren sie durch den Busch gestreift, hatten unzählige Abenteuer miteinander erlebt, gehörten zusammen, als wären sie alle Geschwister. Thando, genannt Popi, und Thandile Kunene, die Zuluzwillinge, Angelica von der Nachbarfarm und Tommy und Jill. Die Früchte des Kaffirbaums. Da lagen sie auf ihrer Handfläche, leuchtend rot, schön, gefährlich.

Sie erzählte Martin von der Gang und deutete auf die Baumgruppe. »Jeder von uns fünfen hat damals eine der Fruchtperlen gepflanzt. Sind es nicht prächtige Bäume geworden?«, fragte sie und versank für Augenblicke in der Vergangenheit. Aber das war vor vielen Jahren gewesen, lag so weit zurück, dass die Zeit die Erinnerung wie Nebel verhüllte und die Konturen verwischte. Was blieb, war ein süßer Duft, ein zwitscherndes Lachen, das im Wind verwehte, wie von einem Schwarm kleiner Vögel, der durch die Luft gewirbelt wird.

Und ein Ziehen im Herzen, dachte sie, denn damals waren wir noch unschuldig.

Sie steckte die korallenroten Perlen in ihre Hosentasche. Mit einem Seufzer sprang sie von der Mauer. »Es geht mir etwas besser, aber jetzt muss ich zurück ins Haus, Mama wird mich brauchen. Außerdem muss ich die Anrufe erledigen. Geh du schon hinüber, Nelly wird das Frühstück zubereitet haben.« Sie telefonierte von ihrem Schlafzimmer aus. Die Nummer von Angelica kannte sie auswendig. Angelica gehörte seit ihren frühesten Kindertagen zu ihrem Leben, dachte wie sie, kannte sie genau. Thomas und sie verstanden sich so gut, dass Jill eine Zeit lang gehofft hatte, Angelica zur Schwägerin zu bekommen. Aber sie hatte Alastair Farrington geheiratet, einen sturen, liebenswerten Schotten. Jetzt hatte sie einen acht Monate alten Sohn, drei Hunde, mehrere Katzen und führte ein chaotisches, gastfreundliches Haus.

Thandi sollte sie vom Tod Tommys schreiben, fiel ihr ein, während sie wählte, sie hatte ebenfalls ein Recht, es zu wissen. Vielleicht konnte sie auch Popi benachrichtigen. Thandi, die groß und schön war wie eine nubische Göttin und ebenso goldbraun wie ihr Zwillingsbruder, nicht so dunkel wie Ben und Nelly. Mit siebzehn hatte sie das Land verlassen, verdiente sich in London als Model ihr Medizinstudium. Ihr ebenmäßiges Gesicht mit den hohen Wangenknochen war das Zugpferd für viele hochklassige Produkte. Erst kürzlich hatte Jill in der *Vogue* geblättert und plötzlich in Thandis merkwürdig helle Augen geblickt. Ihre Farbe war schwer zu beschreiben, ähnelte am ehesten dem durchsichtigen Graugrün des Meeres unter einem stürmischen Himmel. Anfänglich hatten sie sich gelegentlich geschrieben, aber das war längst eingeschlafen. Thandi war prominent, wurde von reichen Männern umschwärmt, jettete ständig um die Welt, und dabei hatte sie sich irgendwo selbst verloren. Jill und sie hatten sich nichts mehr zu sagen.

Angelica meldete sich, und Jill erzählte ihr, was passiert war.

Ein Zischen, so als hätte Angelica sich wehgetan, dann unartikuliertes Stammeln, bis Jill endlich einzelne Worte verstand. »… glaub das nicht … totaler Quatsch … doch nicht Tommy.«

Jill saß auf einem Hocker, den Rücken an die Wand gelehnt, zwirbelte die Telefonschnur. »Ich hab auch erst an eine Verwechslung geglaubt, aber sie haben uns ein Bild gezeigt. Er hatte kein Gesicht und keine Arme mehr …«, sie brauchte ein paar Sekunden, um sich zu fassen, »… das Adressenetikett von dem Paket klebte noch in seinem offenen Brustkorb, aber seine Füße waren unverletzt. Es war Tommy. Daddy hat ihn heute Morgen in der Pathologie identifiziert. Du weißt, dass er wie ich Narben unter den kleinen Zehen hat, wo kurz nach der Geburt jeweils ein winziger sechster Zeh abgeknipst worden ist.«

»Mein Gott«, flüsterte Angelica, »was ist nur passiert? Ich hab nichts davon gewusst. Hat er dir irgendetwas erzählt?«

»Nein, natürlich nicht, ich hätte versucht, ihn zurückzuhalten.«

»Deswegen hat er wohl auch nichts gesagt. Typisch.«

Sie schwiegen. Es knisterte und rauschte leise in der Leitung, Jill hörte entferntes Hundegebell und Kinderlachen. Das musste der kleine Patrick sein. »Wie geht es deinem Kleinen?«

»Er ist zum Auffressen süß …«

Sie schwiegen wieder. Jill spürte plötzlich wieder das Schmetterlingsflattern unten rechts. Abgelenkt horchte sie in sich hinein. »Ich muss dich etwas fragen«, begann sie impulsiv, »wann hast du zum ersten Mal gespürt, dass Patrick sich bewegte?«

Beredtes Schweigen war die Antwort. »Was?«, rief Angelica endlich aus. Alles schwang in diesem einen Wort mit. Freude, Neugier, Erstaunen. »Was sagt Martin dazu?«, fragte sie.

Jill lachte verlegen. »Er weiß es noch nicht, ich wollte es ihm gestern sagen, bevor … bevor …« Sie verstummte. Der Kloß im Hals schwoll wieder an. »Du weißt schon«, flüsterte sie.

»Sechzehnte, siebzehnte Woche«, sagte ihre Freundin, »passt das?«

»Ich muss nachrechnen, ich hab es vergessen, ich bin so durcheinander …« Rasch zählte sie an den Fingern die Wochen zurück bis zu jenem kühlen Juliabend. »Kommt hin. Siebzehnte Woche.«

»Wann sagst du es ihm?«

»Nach der Beerdigung, es ist besser so. Und wenn es ein Junge wird, nenne ich ihn Tommy, damit ich jeden Tag meines Lebens an ihn denke, an den lebenden Tommy, nicht an den toten.«

»Tommy. Ich möchte Patentante sein …« Angelicas Stimme war voller Mitgefühl, und Jill wünschte, sie könnte sich für eine Weile in ihre Wärme kuscheln wie in einen flauschigen Mantel.

»Am liebsten käme ich für ein paar Stunden zu dir, aber es gibt zu viel zu tun. Ich muss noch einen Haufen Leute anrufen – Tita und Neil, natürlich, und ich will Thandi und Popi Bescheid sagen. Sie gehören doch dazu, waren auch mit ihm befreundet. Thandis Adresse kenne ich, weißt du, wie man Popi erreichen kann?«

»Nein, und ich kann dir nur raten, die Finger von ihm zu lassen. Du hast eine romantische Vorstellung von ihm. Menschen ändern sich, glaub mir. Er ist nicht mehr der Popi, den wir kannten. Je weniger wir heute mit ihm zu tun haben, desto besser.«

Jill fischte die roten Früchte des Kaffirbaums aus der Hosentasche, sie entglitten ihr, fielen hinunter, hüpften über den Boden und waren weg. Im Teppich verschwunden, unterm Bett, in der Fliesenfuge an der Wand. Nur eine blieb übrig, leuchtete wie ein Juwel in der Sonne gegen das Ocker der Fliesen. Eine einzige. Langsam hob sie ihren Fuß und zertrat die kleine rote Frucht. Sie hörte Angelica rufen. Mit einem Ruck kehrte sie in das Jetzt zurück. »Ja, ich bin noch hier.«

»Wie geht es deinen Eltern, habe ich gefragt«, sagte Angelica, »wie verkraftet es deine Mutter?«

Die Frage wischte Popis Bild weg. »Es nimmt sie furchtbar mit. Ich habe solche Angst um sie, sie ist geistig völlig abwesend.« Sie schluckte, ihr Hals war plötzlich eng geworden, die Nase verstopft. »Sie scheint nichts um sich herum wahrzunehmen … Moment«, sie klemmte den Hörer zwischen Schulter und Hals und putzte sich die Nase, musste durchatmen, ehe sie weitersprechen konnte, »mir erscheint Tommy plötzlich wie ein Fremder. Hab ich nur diese Seite von ihm sehen wollen und die andere nicht?«, fragte sie kläglich. »Oder gab es den Tommy meiner Kindheit gar nicht? Mein Gott, ich habe ihn nicht gekannt, ich habe nicht wirklich gewusst, wer er war.« Diese Erkenntnis war wie ein glühender Stich in ihr Herz. »Angelica, sag was, bitte!«

Es dauerte fast eine Minute, ehe sie Angelicas Stimme wieder hörte, und dann war sie so leise, dass sie die Worte nur mit Mühe verstand. »Tommy war so stark … so … so … ich habe ihn so …« Minutenlang war nur das Singen der Leitung zu hören und ganz gedämpft, als hätte sie sich die Faust in den Mund gestopft, das Weinen ihrer Freundin. »Ich bin morgen bei dir«, schluchzte Angelica und legte auf.

Jill legte den Hörer zurück, vergrub ihr Gesicht in den Händen und weinte endlich, bis sie keine Tränen mehr hatte und ihre Augen vor Trockenheit brannten.

*

Nachdem Thomas' Leiche zur Beerdigung freigegeben war, brachte Phillip Court seinen Sohn zurück auf die Farm. Sie beerdigten ihn auf dem kleinen Friedhof, neben allen, die einst auf Inqaba gelebt hatten. Carlotta stand am Grab, allein, kalt und weiß wie Marmor, die Hände zu Fäusten geballt, ihr Gesicht von ihrem Haarvorhang verdeckt. Die vielen Freunde und Bekannten, die erschienen waren, drückten sich verlegen an ihr vorbei, murmelten scheu ihr Beileid, wagten nicht, sie zu berühren. Jill stand zwischen ihrem Vater und Martin, hielt sich an ihren Händen fest. Die Trauerreden rauschten an ihr vorüber, nur einmal schreckte sie hoch, als die Frauen der Farmarbeiter die Totenklage der Zulus anstimmten. Das hemmungslose Weinen und Wehklagen schnitt durch ihren Schutzmantel. Sie wünschte, die Frauen würden aufhören, sie nicht in ihrer Trauer stören.

Sie bemerkte einen Mann, der aus dem Schatten des mächtigen, rot blühenden Tulpenbaums, der die Gräber überdachte, auf die andere Seite des Grabes trat, ein muskulöser, mittelgroßer Zulu, eindrucksvoll in seiner beherrschten Haltung. In seiner Hand trug er einen Zweig mit ledrigen grünen Blättern, und sie erinnerte sich dunkel, dass die Zulus mit dem Zweig des Büffeldornbaums die Seele des Verstorbenen zurück in sein Haus brachten. Sie kannte ihn nicht, und flüchtig fragte sie sich, wer er wohl war und für welchen Teil von Tommys geheimnisvollem Leben er stand.

Das Klicken von Kameras zerstörte die Andacht. Mit einer geschmeidigen Bewegung tauchte der Mann mit dem Zweig in der Menge unter und verschwand. Empört drehte sie sich um. Ihr Vater hatte keine Reporter zugelassen, im Gegenteil, hatte einigen besonders aufdringlichen gedroht, sie von Roly und Poly vom Hof jagen zu lassen.

Aber es waren keine Reporter. Sie erkannte die Männer sofort. Mr. Cronje und Mr. Parker. Mr. Cronje filmte, Mr. Parker hielt den Finger auf den Auslöser seiner Kamera und ließ den Film durchlaufen, während er die Linse langsam über die Gesichter der Trauergemeinde führte. Dass sie die Trauerfeier unterbrachen, war ihnen offensichtlich völlig egal.

Wütend wollte sie ihnen Einhalt gebieten, aber sowohl ihr Vater als auch Martin hielten ihre Hände wie mit eisernen Klammern. »Was wollen die Kerle hier?«, zischte sie. »Was fällt denen ein?«

»Sie tun ihre Arbeit«, flüsterte Martin, »hast du vergessen, dass dies ein Mordfall ist?«

Als der Sarg hinabgesenkt wurde, trat Angelica neben sie, und sie standen eng umschlungen da und folgten ihm mit ihren Blicken in die Tiefe, bis sich der Schatten des Grabrandes über den Blumenschmuck legte und ihr Vater die erste Hand voll Sand auf den Deckel warf. Auch sie füllte ihre Hand mit der steinigen Erde und ließ sie nach kurzem Zögern auf den Sarg prasseln. Dann verabschiedeten sich einer nach dem anderen die Freunde. Innerlich versteinert nahm Jill die Beileidsbezeugungen entgegen. Nur als sie Tita und Neil Robertson gegenüberstand, überzog ein blasses Lächeln ihr Gesicht.

»Jill, mein Liebes«, flüsterte Tita und nahm sie in die Arme.

Lange verharrte sie in der Umarmung, fand bei Tita, was ihre Mutter ihr jetzt nicht geben konnte. Endlich wandte sie sich Neil zu. Neil, der wirkte wie ein farbloser Gelehrter, blasse Haut, blassgraue Augen, sandfarbenes Haar, der sich aber vor ihrem erstaunten Blick in einen Funken sprühenden Kämpfer verwandeln konnte, wenn er über sein Land redete. Als Journalist stocherte er ständig im politischen Wespennest herum, und es wurde gemunkelt, dass er dem ANC zugeneigt war. Er drückte sie fest an sich. »Ich werde dir helfen, die Schweine festzunageln«, flüsterte er ihr ins Ohr. »Es waren nicht seine Leute, da bin ich mir sicher.« Dann trat er zurück.

Leon, Martins um elf Jahre älterer Bruder, schob sich vor sie, die Augen hinter einer verspiegelten Sonnenbrille verborgen. Er war viel breitschultriger und massiger als Martin, aber absolut nicht fett. Von dem Freund, der ihn begleitete, war Jill nur bekannt, dass er Len hieß. Ein unangenehm wirkender Mann, groß und fleischig, braune Pigmentflecken auf rötlicher Haut und dünne blonde Haare. Sein linker Arm war oberhalb des Ellbogens amputiert. Den eng stehenden kleinen Augen schien nichts zu entgehen. Es hieß, dass er stets bewaffnet herumlief, und auch jetzt zeichnete sich der Knauf eines Revolvers unter seiner Buschjacke ab.

Leon nahm die Sonnenbrille ab. Die Farbe seiner Augen, die

Martins ähnlich war, verblasste zu einem kalten Regengrau in dem harschen afrikanischen Mittagslicht. Es ließ unbarmherzig alle Falten schärfer und tiefer erscheinen, die seine Haut durchzogen wie Risse verwitterten Marmors, und machte die Jahre deutlich, die er älter als Martin war. Er packte sie an den Schultern, zog sie an sich, bevor sie sich wehren konnte, und küsste sie rechts und links. »Es tut mir so Leid, Jill. Welche Tragik, dass dein Bruder zu spät herausgefunden hat, wer seine Freunde waren«, murmelte er.

Mit Anstrengung entwand sie sich seinem groben Griff, legte die Hand an die Wange, auf der noch das Kratzen seines borstigen Oberlippenbartes brannte. »Was meinst du damit?« Alles an ihm war kantiger, größer und härter als bei Martin, dessen Konturen eher weich wirkten. Schwarze, streichholzkurze Haare, glänzender Schnauzer, Haut walnussbraun gebrannt, und dann diese Augen. Als Mafioso hätte sie ihn für eine Idealbesetzung gehalten.

»Lorraine ist noch im Krankenhaus. Sie schickt dir alles Liebe. Morgen kommt sie nach Hause und wird dich anrufen.« Ihre Frage ließ er unbeantwortet. Dann ließ er seinen Freund vor, der ihr die Hand reichte und ein paar Worte murmelte. Sein Mund, der wie ein Messerschnitt sein Gesicht teilte, öffnete und schloss sich, Worte rauschten an ihr vorbei.

Sie nickte. »Ja«, sagte sie, »danke.« Verstanden hatte sie nichts.

Martin hielt seinen Bruder am Hemdsärmel fest und raunte ihm mit eindringlicher Heftigkeit etwas zu, was sie nicht verstehen konnte. Leon entfernte Martins Hand, antwortete ebenso heftig, machte eine hackende Handbewegung, und dann gingen er und sein unangenehmer Freund.

»Was ist los?«, flüsterte sie, sah den beiden Männern nach, bis sie ihrem Blick entschwunden waren. Auch auf diese Frage bekam sie keine Antwort.

Als sie von der Beerdigung zurückkehrten, schloss Phillip Court das Zimmer seines Sohnes ab, ließ es so, wie es Mr. Parker und Mr. Cronje hinterlassen hatten, und nahm den Schlüssel an sich.

An dem Abend klopfte Jill an die Tür seines Allerheiligsten, den Raum, in dem er seine Unterlagen aufbewahrte, schriftliche Arbeiten erledigte, sich einschloss, wenn er ungestört sein wollte. Seit Tommys Tod hatte er sich jeden Abend unmittelbar nach dem Abendessen dorthin zurückgezogen. Das Licht hinter seinem Fenster brannte die Nächte hindurch. Vorsichtig klopfte sie noch einmal. Sie brauchte ihren Vater, um über Tommy zu reden, um herauszufinden, ob er ihn besser gekannt hatte, um diese lähmende Leere, die sich in ihr ausgebreitet hatte, mit Worten zu füllen. Als er nicht antwortete, trat sie leise ein. Der Mond schien gespenstisch ins Zimmer, sonst war es dunkel. Er saß in dem Sessel neben seinem geöffneten Gewehrschrank, die Arme auf die Knie gestützt, das Gesicht in den Händen vergraben. Ein Gewehr lag über seinen Knien.

»Dad«, flüsterte sie erschrocken und machte einen Schritt auf ihn zu. Aber er hörte sie nicht. Ganz deutlich spürte sie die unsichtbare Mauer, die sie von ihm trennte. Die Gewehrläufe schimmerten drohend im Mondlicht. »Dad, nicht. Bitte.« Sie griff nach dem Gewehr, das er auf den Knien hielt.

Er hob einen Arm, schob sie grob zur Seite. »Lass mich«, knurrte er, ohne sie anzusehen. Aber er stellte das Gewehr in den Schrank zurück.

Minutenlang stand sie mit hängenden Armen mitten im Zimmer, er rührte sich nicht. Leise zog sie sich zurück, schloss die Tür und suchte ihre Mutter. Sie fand sie auf ihrem Bett liegend, mit leeren Augen vor sich hin starrend. »Mama«, bat sie, »hilf mir.«

»Wie schön, dass du mich besuchst, wollen wir Tee trinken?«, sagte ihre Mutter. Die Bitte schien sie nicht verstanden zu haben. Jill kam es sogar so vor, als nähme sie ihre Anwesenheit gar nicht wahr.

Ihr Vater blieb in seinem Arbeitszimmer, ihre Mutter in ihrem Bett. Jill stand auf dem Flur, an einem Ende die Tür, hinter der ihre Mutter lag, am anderen die zum Zimmer ihres Vater, der am offenen Gewehrschrank saß. Beide Türen waren geschlossen, hinter beiden herrschte eine leblose Stille, die ihr eiskalt in die Knochen kroch. Sie kauerte sich auf den Boden des dunklen Flurs, legte den Kopf in ihre verschränkten Arme. Noch nie hatte sie sich so allein gefühlt. Lange saß sie so, in ihrem Kopf war nichts als drückende Leere, und ein scharfer Schmerz pochte hinter ihrer Schläfe. Als das Licht plötzlich anging, stach es ihr wie Nadeln in den Augen.

»Hier bist du, ich hab dich überall gesucht!« Martins Stimme, dann seine Hände, die sie hochzogen. »Komm jetzt ins Bett.«

Sie erzählte ihm das von ihrem Vater und dem offenen Gewehrschrank.

»Du kannst ihm nicht helfen, Waffen gibt es überall. Er muss allein damit fertig werden – du musst es und deine Mutter auch.«

»Sag jetzt bitte nicht, das Leben geht weiter. Das verkrafte ich heute noch nicht.« Als hätte jemand die Fäden losgelassen, die sie aufrecht hielten, fiel sie ins Bett. Ausgelaugt wie sie war, schlief sie erstaunlicherweise wie ein Stein.

Kurz nach Sonnenaufgang wachte sie auf. Martin schlief noch fest. Jetzt würde sie es ihm sagen, gleich. Leise schlüpfte sie aus dem Bett, zog Shorts und sein Hemd an, und verließ den Bungalow, um in der Küche für sich und Martin ein Tablett mit Kaffee und ein paar Muffins herzurichten. Auf dem Weg pflückte sie eine frisch aufgeblühte Hibiskusblüte. Sie würde sie in einer kleinen Vase aufs Tablett stellen.

Die Fliegentür der Küche stand offen, Thoko, das neue Hausmädchen, schrubbte den Fliesenboden auf den Knien. »Guten Morgen, Madam«, rief sie fröhlich, bis ihr offensichtlich einzufallen schien, dass es kein guter Morgen für die Familie war. »Es tut mir Leid«, murmelte sie, wandte sich verlegen ab. Sie schüttete Seifenkonzentrat auf den Boden, klatschte das Wischtuch hinein und verteilte es eifrig.

»Guten Morgen, Thoko, danke«, antwortete Jill und ging über die nassen Fliesen zum Herd. Sie lief barfuß, wie fast immer, rutschte auf dem schmierigen Boden aus und schlug hart auf.

Thoko hockte da, starrte nur blöde, reagierte nicht. Ein paar Stunden später verlor Jill ihr Baby, von dem Martin noch nicht wusste, dass sie es erwartete.

Nach der Ausschabung, auf die ihr Gynäkologe bestand, verkroch sie sich im Bett, weigerte sich zu essen oder aufzustehen. Ihren Kopf in die Kissen gedrückt, weinte sie um Tommy und ihre Mutter, weinte um das kleine Wesen, das ein Teil von ihr und Martin gewesen war und das sie sich mehr als alles andere auf der Welt gewünscht hatte.

Martin blieb bei ihr, fast jede Minute, aber alle seine Versuche, ihr zu helfen, konnten sie nicht aus ihrer Verzweiflung reißen. Für Tage balancierte sie gefährlich nahe am Abgrund einer Depression. Am fünften Tag nach der Fehlgeburt öffnete sie morgens ihre verquollenen Augen und entdeckte Angelica an ihrem Bett.

»Angelica? Was machst du hier? Lass mich allein.« Sie wollte sich wieder wegdrehen, aber Angelica hinderte sie daran.

»Jetzt ist es genug, du musst aufstehen. Martin braucht dich. Vergiss nicht, auch er hat sein Kind verloren.« Angelica packte sie mit ihren kräftigen Händen, die einen durchgehenden Gaul bändigen konnten, und zog sie ziemlich unsanft hoch.

Jill blinzelte ihre Freundin unter Tränen an und schlang ihr die Arme um den Hals. »Es tut so weh«, murmelte sie, ihr Gesicht in die warme Halsgrube gepresst, »so furchtbar weh.«

»Ich weiß, mein Schatz, aber du wirst damit fertig werden, und ihr werdet bald ein neues Baby haben. So, und nun steh auf, es gibt Frühstück.« Sie klemmte sich ihre blonden Haare hinters Ohr, öffnete Jills Schrank, zog ein paar Kleidungsstücke heraus und warf sie aufs Bett. »Es hat aufgehört zu regnen, wir werden auf der Terrasse sitzen. Ich habe Nelly gesagt, sie soll dir einen extra starken Kaffee machen und frische Brötchen, und ich werde bei dir bleiben, bis du den letzten Bissen geschluckt hast.«

Martin kam ihr auf dem Weg entgegen. Sie lief in seine Arme, presste sich an ihn. »Es tut mir so Leid, ich wollte es dir an dem Abend sagen, als wir das mit Tommy hörten …«

Er hielt sie wortlos fest, so fest, dass sie kaum Luft bekam. Dann setzten sie sich zu dritt auf die Terrasse. Angelica machte ihre Drohung wahr, ruhte nicht, bis Jill alles aufgegessen hatte, zwang ihr auch noch den letzten Schluck des übersüßen Kaffees hinein. »Geht's jetzt besser?«, fragte sie dann.

Es ging ihr tatsächlich besser, wie sie erstaunt zugab. Zusammen mit Martin besuchte sie dann ihre Mutter und musste zu ihrem Entsetzen entdeckten, dass diese sich in den wenigen Tagen, die sie sie nicht gesehen hatte, aufs Erschreckendste verändert hatte. Die Mutter, die sie kannte, war verschwunden. Nur der Hauch einer Frau war geblieben, gläsern zart und zerbrechlich, die sich in ihr Innerstes zurückgezogen hatte, niemandem Zutritt zu dieser Welt gewährte.

Wie ein vertrocknetes Blatt, aus dem alles Leben gewichen war, ließ Carlotta sich vom Wind durch ihre Tage treiben. Sie schien kein Ziel mehr zu haben, trug nicht ihre farbenfrohen Kaftane, sondern nur noch schwarze. Erschien sie zu Tisch, forderte sie Nelly auf, Besteck, Teller und Weinglas auf den Platz ihres toten Sohnes zu stellen.

»Verdammt, er ist tot, Carlotta!«, explodierte Phillip eines Tages in einem verzweifelten Wutanfall und wischte das Besteck vom Tisch. »Entschuldige, Liebling«, murmelte er gleich darauf kläglich, klaubte mit bebenden Händen das Besteck vom Boden auf und legte es wieder auf den Tisch zurück. Dann rief er Thoko und befahl ihr, die Glasscherben aufzufegen.

Jill war schockiert zusammengefahren, konnte ein Zittern nicht beherrschen. Carlotta dagegen schien ihn kaum wahrzunehmen, doch fortan blieb Tommys Platz am Tisch leer. Sie verfiel in Schweigen, verblasste zu einem durchsichtigen Schatten. Meist lag sie im Liegestuhl unter einem Baum, ihren Blick nach innen gekehrt, verloren in ihrer Welt, unerreichbar, selbst für Jill. Wie ihr Vater fand auch sie keinen Weg mehr zu ihr. Ab und zu sah sie die einsame, schwarz gekleidete Figur in ihrem Korbstuhl unter der blühenden Akazie kauern. Von ihrer Mama, ihrer Freundin, von diesem lebendigen Menschen, existierte allein die Fassade. Nur wenn die Flöte ihre himmlische Stimme erhob, sah Jill den schillernden Schmetterling in der Sonne gaukeln, und jeder Ton tat ihr weh wie ein Messerstich.

Nelly hatte Recht behalten, das Glück hatte sich von Inqaba abgewendet, ein Schatten verdunkelte ihr Leben.

*

Jill brauchte nicht lange, um sich körperlich von der Fehlgeburt zu erholen, sie war jung und stark und verkraftete es schnell. Zaghaft nahm sie ihr Leben wieder auf, besuchte ihre Freundinnen, begann, den Garten zu entwerfen, von dem sie träumte, stellte die Vogelarten zusammen, auf die er zugeschnitten werden sollte, machte eine Liste der Pflanzen. Sie überlegte auch, ob sie nicht doch die Stellung beim Natal Parks Board annehmen sollte, schob die Entscheidung jedoch noch auf. Etwas beunruhigte sie seit Tommys Tod. »Unser Telefon hat ein merkwürdig hohles Echo, hast du das auch bemerkt?«, fragte sie Martin zwei Wochen nach der Beerdigung während des Abendessens. Ein Ausdruck huschte über sein Gesicht wie der Schatten einer Wolke. »So? Ist mir noch nicht aufgefallen«, antwortete er teilnahmslos, »ich werde die Telefongesellschaft anrufen. Mach dir keine Sorgen. Es ist nichts.« Er hatte sie nicht angesehen.

Also hatte sie es sich wohl eingebildet. In den folgenden Tagen hörte sie es zwar immer noch, aber das konnte durchaus an den notorisch schlechten Leitungen hier auf dem Land liegen. So gewöhnte sie sich an das Echo, bald fiel es ihr nicht mehr auf, und sie vergaß, dass es ihr merkwürdig vorgekommen war.

Nur gelegentlich wurde sie daran erinnert. Obwohl auf Inqaba eigentlich alles wuchs, was das Land an Gemüse und Obst zu bieten hatte, kaufte sie indische Gewürze auf dem Gemüsemarkt in Verulam, einem kleinen Ort, der ein paar Kilometer landeinwärts und etwa zwanzig Kilometer nördlich von Durban lag. Martin fuhr an diesem Tag mit, er hatte ihr vorgeschlagen, später Tee auf der Terrasse des Oyster-Box-Hotels einzunehmen. Unweit des Markts stiegen sie aus. Aus den Augenwinkeln bemerkte sie einen Mann, der ihr bekannt vorkam. »Dreh dich mal unauffällig um, siehst du den Kerl, der sich eben den Schuh zubindet? Ich kenne ihn«, raunte sie, »seit Tommys Tod taucht er immer wieder in meiner Nähe auf. Was will der von mir?«

Er warf dem Mann einen Blick zu. »Ach, das bildest du dir nur ein«, sagte er wegwerfend, schob sie vorwärts, weg von dem Mann mit den offenen Schnürsenkeln, in Richtung des Marktes. Vergeblich sträubte sie sich gegen seinen festen Griff. »Vielleicht beobachtet er die Farm und ist uns im Auto gefolgt?«

Martins Grimasse war spöttisch, sein Ton gereizt. »Liebling, du bist überdreht, du hast ja auch viel durchgemacht in der letzten Zeit, aber glaube mir, du irrst dich. Vergiss es einfach und denk nicht wieder daran.« Er sprach zu ihr wie ein Vater, der zu seinem Kind spricht.

Gleich sagt er, ich soll mir meinen hübschen Kopf nicht über Männersachen zerbrechen, dachte sie wütend. »Ich bin doch nicht blöd, ich weiß doch, was ich sehe!«, protestierte sie laut. »Ich geh jetzt hin und frag ihn, was er will …«

Gerade da begegnete ihnen der indische Schneider, der für sie und ihre Mutter arbeitete. »Ich wünsche einen guten Morgen«, lächelte er, verneigte sich tief in einer asiatischen Verbeugung. Sie erwiderte sein Lächeln, wenn es auch eher zu einem Zähneblecken geriet. Von dem Mann, der seine Schuhe zugebunden hatte, war nun nichts mehr zu sehen.

Das Echo im Telefon kam und ging. Das Gefühl von jemandem verfolgt zu werden, legte sich erst nach Monaten. Hatte die Polizei sie beschattet? Glaubten sie, dass die Familie etwas von Toms Aktivitäten gewusst hatte? Insbesondere sie, Jill, seine Schwester?

»Warum sollten sie«, wiegelte Martin ab.

»Die glauben doch von Berufs wegen an das Böse im Menschen,

das hast du mir ja glasklar gemacht.« Ein eigensinniger Ton kroch in ihre Stimme. Warum wollte er nicht einmal darüber sprechen, nachdem er sie so eindringlich gewarnt hatte, diese Leute nicht zu unterschätzen?

»Jilly, mein Liebling, hör auf, Gespenster zu sehen«, lachte er, nahm sie in Arm, küsste sie, bis sie vergaß, um was der Streit gegangen war, und alles war wieder gut.

Für eine Zeit lang zumindest. Diese Angst, die sie jetzt manchmal beschlich, schien irrational, verschwand auch in Martins Armen nicht immer. Tommys Ermordung, Mamas Veränderung und der Verlust ihres Babys, das war ein Beben gewesen, das ihre seelischen Grundfesten erschüttert hatte, dessen Risse sich nie wieder ganz schließen würden. Martin tröstete sie, aber immer öfter war ihm deutlich anzumerken, dass er langsam die Geduld verlor.

Nacht für Nacht grübelte sie darüber nach, wer Tommy genug gehasst haben könnte, ihn auf diese grausige Art umzubringen. Vergeblich durchforstete sie ihr Gedächtnis nach Anzeichen seiner politischen Tätigkeit. Das lag hauptsächlich daran, dass sie sich nicht vorstellen konnte, worin diese bestanden haben könnte. Hatte er Nachrichten übermittelt? Menschen über die Grenze geschmuggelt? War er ein Waffenschieber gewesen, ein Bombenleger, einer, der Menschen getötet hatte? Ein Mörder? Die Gedanken sprudelten, bevor sie ihnen Einhalt gebieten konnte. Nein, schrie sie innerlich auf, nicht Tommy, niemals.

Doch je mehr sie versuchte, Tommy zu greifen, desto mehr entzog er sich ihr. Sein Bild verblasste, es gab Momente, wo sie sich sein Gesicht nicht mehr vorstellen konnte. Dann saß sie, klatschnass geschwitzt, mitten in der Nacht aufrecht im Bett und musste sich die Hand vor den Mund pressen, um Martin nicht mit ihrem Schluchzen zu stören. Vorsichtig, wie jemand, der im Dunklen seinen Weg sucht, tastete sie sich mit Fragen vor. Fragte Ben.

»Was, Miss Jill, Master Tom?«, fragte der große Zulu und riss die Augen auf, eine Parodie des unwissenden Schwarzen. »Weiß ich nicht, Master Tom war immer Master Tom.« Ein schrill gackerndes Huhn flatterte verzweifelt in seinem festen Griff. Er drückte fester zu. Es knackte, und das Huhn verstummte, sein Kopf fiel zur Seite, Flügel und Beine wurden schlaff. Ben starrte auf seine Füße, stand einfach da, ein älterer schwarzer Mann in verblichenem Khakihemd und verbeulten braunen Hosen, und wartete, dass sie sich entfernen würde.

»Nenn mich nicht Miss Jill, sag einfach Jill zu mir«, entgegnete sie automatisch. Frustriert und ärgerlich über sein Ausweichmanöver rannte sie den ganzen Weg von den Hütten zum Haus. Bei ihm würde sie nicht weiterkommen, und Nelly zu fragen hatte keinen Sinn. Auch sie würde vorgeben, nichts zu wissen. Sie fragte Tommys Freunde.

»Wann hat er nur dieses andere Leben gelebt? Abends, tagsüber, nachts?« Auch von ihnen bekam sie keine Antwort. Es schien ihr, als liefe neben dem Bruder, an den sie sich erinnerte, ein anderer, dunkel wie ein Schatten, dessen Züge sie nicht erkennen konnte, sosehr sie sich auch bemühte.

Dann bekam sie einen Anruf von Neil. »Jill, kannst du heute am späten Nachmittag zu uns kommen? Am besten allein. Was ich dir zu erzählen habe, ist nur für dich bestimmt.«

Sie verspätete sich. Die Sonne war nur noch ein rosafarbener Widerschein auf den Wolken über dem Ozean, die Schatten wurden schon schwarz, als sie vor dem Haus der Robertsons eintraf. Sie läutete. Das Tor öffnete sich automatisch. Tita stand im Licht des Eingangs, ihre kupfergoldenen Haare standen wie ein Heiligenschein um das zart gebräunte Gesicht.

»Jill, du armes Mädchen, du kommst gerade rechtzeitig zum Essen. Das wird dir gut tun.« Das herzliche Lächeln ließ die grün gesprenkelten Augen in dem Kranz feiner Lachfalten funkeln.

Jill wehrte ab. »Danke, aber ich habe keinen Hunger. Ich krieg einfach nichts runter.« Seit jenem Sonnabend hatte sie jeglichen Appetit verloren, jeder Bissen blieb ihr im Hals stecken.

»Unsinn«, rief Tita, »du musst einfach essen, in einer solchen Krise muss man etwas im Magen haben.« Sie trat einen Schritt vor. »Twotimes«, sagte sie, nicht sehr laut, »bitte lass die Hunde raus.«

Erst als der sehnige Schwarze mit dem Busch grau-weißer Kräuselhaare aus dem Schatten der Bougainvillea, die an der Mauer neben dem Eingang hochrankte, hervortrat, sah Jill ihn. Ein heißer Schrecken schoss ihr in die Glieder. Er musste schon dagestanden, sie beobachtet haben, als sie am Tor klingelte. Sie dachte an Angelica. Vor wenigen Wochen war ihre Freundin abends nach Hause gekommen, hatte mit der Fernbedienung das Tor geöffnet, das sich sofort hinter ihr schloss, war ausgestiegen und hatte sich plötzlich zwei Schwarzen mit Messern gegenübergesehen. Sie hatten ebenso unbeweglich wie Twotimes jetzt im Schatten der Büsche vor ihrem Eingang gewartet, waren mit ihr aufs Grundstück gelangt. Jill spürte eine Gänsehaut auf den Armen. Nur Angelicas Geistesgegenwart, ins Auto zu springen, blitzschnell alle Türen zu verschließen und ein Höllenhupkonzert zu veranstalten, das Alastair mit den Ridgebacks alarmierte, hatte ihr das Leben gerettet.

Aber das hier war ja Gott sei Dank nur Twotimes. Seit über dreißig Jahren wachte er unauffällig über Titas Sicherheit, ließ sie keinen Schritt allein gehen. »Yebo.« Twotimes nickte. Seine Haut glänzte blauschwarz im Lampenlicht, anders als das tiefe Schokoladenbraun der Zulus. Er kam aus dem Norden. »Sakubona«, grüßte er Jill mit blitzend weißem Lächeln, verschmolz dann wieder mit dem Schwarz der Nacht.

»Er passt gut auf dich auf«, sagte sie, als Tita sie eintreten ließ.

»Allerdings, ich könnte mir keinen Liebhaber erlauben.« Tita lächelte. »Er gehört zu mir wie mein Schatten – ein gutes Gefühl. Regina«, rief sie ins Haus, »wir können essen.«

Jill folgte ihr ins Esszimmer, dessen Schiebetür zur riesigen Terrasse hin geöffnet war. Dattelpalmen mit gedrungenen Stämmen, blütenübersäte Büsche und rot blühende Tulpenbäume, die von im Boden versenkten Scheinwerfern angestrahlt wurden, zeugten von Titas Liebe für ihren Garten. Das weite Land, das dem Haus zu Füßen lag, versank rasch in den Schatten der Nacht, die grandiosen Wolkenformationen über dem Indischen Ozean leuchteten im Feuer der sinkenden Sonne.

Neil, in Shorts und nacktem Oberkörper, die Hände erdverschmiert, kam herein. »Hallo, Jill, willkommen. Entschuldigt mich, ich muss mir die Hände waschen.« Als er wieder erschien, küsste er sie herzhaft auf die Wangen. Er roch angenehm nach Rasierwasser und frisch gebügelter Wäsche.

»Ich verbiete dir, diese Sache zu erwähnen, bevor wir nicht gegessen haben«, sagte Tita streng, »dieses arme Kind hier ist völlig verhungert.« Sie schob Jill auf einen Stuhl.

Das Hausmädchen, eine dralle junge Zulu, trug auf einem Tablett drei gefüllte Suppentassen herein. »Sakubona, Ma'm«, grüßte sie strahlend und servierte Jill zuerst die dampfende Hühnersuppe.

Sie war köstlich, und Jill stellte mit Erstaunen fest, dass sich ihr Appetit wieder regte. Sie sprachen über das Wetter, über Titas Silvesterfeier, die sie für ihre deutsche Freundin, die ihren Besuch angesagt hatte, zu geben gedachte, über die Tatsache, dass Samantha sie in der allernächsten Zeit zur Großmutter machen würde, über alles Mögliche, aber mit keinem Wort wurden Tommys Tod und dessen Auswirkungen gestreift.

Nach dem Essen ließ Tita Kaffee servieren. Sie goss eine Tasse halb voll, zählte vier Löffel Zucker hinein und füllte den Rest mit Cognac auf. »Runter damit«, befahl sie, »du hast es nötig, du siehst jämmerlich aus. Der Kaffee ist für Kreislauf und Blutzucker, der Cognac für die Nerven.«

Jill gehorchte mit einem matten Lächeln. Das heiße Gebräu verbreitete eine angenehm träge Wärme in ihren Gliedern »Danke«, sie schlürfte den Rest, »das Rezept werde ich mir merken.«

»So, nun ist sie gewappnet, jetzt gehört sie dir«, sagte Tita und goss sich ebenfalls eine Tasse Kaffee ein.

»Nun, Jill«, begann Neil, »ich habe ein paar Sachen herausgefunden.« Er schob seinen Stuhl zurück, wanderte, die Hände in die Taschen seiner khakifarbenen Hosen gesteckt, im Zimmer auf und ab. »Wie geht es deinen Eltern, besonders deiner Mutter?«

Sie dachte an ihren Vater, in dessen Zimmer Abend für Abend das Licht bis spät in die Nacht brannte, das einzige in dem großen Haus, das dunkler und leerer wirkte als eines, das unbewohnt war, und an das, was der Schock aus ihrer Mutter gemacht hatte. »Es wird viel Zeit brauchen, keiner von uns wird derselbe sein wie zuvor.« Sie hob ihren Blick zu ihm. »Stimmt es, was die Polizei über Tommy sagt, gehörte er dem ANC an?«

Neils wasserhelle Augen leuchteten auf, und sie hatte das merkwürdige Empfinden, dass es um sie lichter geworden war. »Ja, und du kannst stolz auf ihn sein. Er war sehr mutig, hat alles für sein Land riskiert, und eines Tages wird man seinen Namen mit Hochachtung nennen. «

»Was hat er getan, Neil, bitte sag's mir …«

Er stellte sich ans Fenster und starrte hinaus aufs Meer, wippte auf den Fußballen. Mit einem knappen Kopfschütteln drehte er sich ihr wieder zu. Seine Züge wirkten verschlossen. »Das kann ich dir nicht sagen, abgesehen davon, weiß ich es nicht einmal genau.«

»Was es auch war, hat er gewusst, dass er sein Leben dafür würde geben müssen?«, flüsterte sie und sah Tommy vor sich, hörte sein ansteckendes Lachen, spürte die Lebenslust. »Jilly«, hatte er ihr oft zugerufen und sie herumgeschwenkt, als sei sie noch ein kleines Mädchen, »lass uns irgendetwas Verrücktes tun, lass uns um den Erdball segeln oder im Heißluftballon über Afrika schweben. Nur wir beide.«

»Er hat so viel gelacht, schien kaum etwas ernst zu nehmen – oft meinte ich, dass es Zeit würde, dass er sich endlich wie ein erwachsener Mann benimmt …«

»Das war seine Tarnung«, Neils Stimme drückte Respekt aus, »nur wenigen hat er erlaubt, den wirklichen Thomas hinter dieser Fassade zu sehen.«

»Vor allem mir nicht«, sagte sie leise, »und das bringt mich fast um. Ich hätte ihn doch nie verraten.« Ihre Stimme war geklettert, klang selbst in ihren Ohren ein wenig hysterisch.

»Das war seine mutigste Tat, meine Liebe, dir nichts zu sagen. So konntest du unbefangen mit den Herren Parker und Cronje umgehen. Ich habe von Martin gehört, dass du versucht hast, ihnen die Augen auszukratzen. Die Männer sind sehr, sehr clever, und sie besitzen eine untrügliche Menschenkenntnis. Mit Sicherheit haben sie gemerkt, dass du absolut nichts weißt. Sonst wärst du heute nicht hier bei uns.« Er legte ihr die Hand auf die Schulter. Eine mitfühlende Geste.

Tita schüttelte sich. »Ich hab gehört, was die mit Frauen in ihren Gefängnissen machen …«

Neil warf ihr einen warnenden Blick zu, und sie verstummte. Eine volle Minute starrten die drei vor sich hin, jeder in seinen eigenen Gedanken gefangen. Jill kämpfte entschlossen gegen die kalte Angst und die Bilder, die sich ihr aufdrängten, und tauchte als Erste wieder auf. Die nächste Frage blieb ihr im Hals stecken, weil sie die Antwort fürchtete, aber sie zwang sie heraus, sie musste es wissen. »Hat … hat er jemanden getötet?«

Das blasse Gesicht des Mannes vor ihr spiegelte ein solches Mitgefühl wider, dass sie am liebsten in seinen Armen Schutz gesucht und alle Angst und Sorgen bei ihm abgeladen hätte. »Kannst du dir das von deinem Bruder wirklich vorstellen?«, wich er aus, der Vorwurf in seinen Worten war unterschwellig.

Dankbar schüttelte sie den Kopf, merkte gar nicht, dass er ihr nicht geantwortet hatte. Nein, wirklich nicht. »Wer war es, Neil? Dieser Cronje oder dieser Parker? Oder waren es seine Freunde? Aber das glaub ich nicht, er hätte sie nie verraten. Nicht Tommy!«

»Natürlich nicht«, stimmte Neil ihr zu, »aber ich kann dir nicht sagen, wer ihn auf dem Gewissen hat. Nur eines weiß ich sicher, Cronje und Parker und ihr gesamter Verein haben nichts damit zu tun. Erstaunlicherweise«, setzte er hinzu.

»Woher weißt du das?«, rief sie verblüfft. So sicher war sie sich, dass die Bombe, die Tom getötet hatte, aus dem Büro für Staatssicherheit stammte, dass sie seine Aussage kaum glauben konnte.

»Das kann ich dir nicht sagen, ich würde meine Informanten in Lebensgefahr bringen.« Er fuhr sich durch die sandblonden Haare.

»Natürlich, entschuldige, ich habe nicht daran gedacht.« Brütend stützte sie ihren Kopf in eine Hand, malte mit der anderen Figuren auf die Tischdecke. »Aber wer kann es gewesen sein? Eine Paketbombe, das klingt doch so … professionell?« Sie sah hoch.

»Deswegen würden Cronje und Parker liebend gern herausbekommen, wer es war, das kann ich dir versichern, denn Toms Tod war kein normaler Mord, wenn man das Wort normal überhaupt in diesem Zusammenhang benutzen kann. Er muss einen politischen Hintergrund gehabt haben. Es gibt natürlich noch die Möglichkeit, dass es doch ein Mord aus privaten Gründen war, getarnt als politischer Anschlag.« Nachdenklich den Kopf schüttelnd, setzte er sich.

Tita saß neben ihr und spielte stumm mit ihrem leeren Weinglas. »Es laufen genug Fanatiker in unserem Land herum«, warf sie ein, »denk doch nur an diesen unsäglichen Anton Du Plessis und sein verrücktes Gefolge. Kostümiert wie die alten Buren, mit Fahnen, auf denen das Symbol ihrer Vereinigung aussieht wie das Hakenkreuz Hitlers, reiten sie durchs Land und schreien nach Blut und Rache.«

»Könnte sein«, sagte Neil nachdenklich, rührte dabei den dritten Löffel Zucker in seinen Kaffee, »erscheint mir aber unwahrscheinlich, nicht diese Organisation. Aber Tita hat Recht, es gibt zu viele Fanatiker. Ich fürchte, wir müssen die Ermittlungen wirklich der Polizei überlassen. Natürlich halte ich meine Ohren offen, ich habe ein reiches Netzwerk von Kontakten, und falls ich etwas erfahre, sag ich dir sofort Bescheid.«

Schweigend verdaute sie diese Nachricht. »Hast du diesen Zulu am Grab gesehen, der den Büffeldornzweig trug? Kennst du ihn?«

Neil nickte zögernd. »Er war der engste Freund und Mitarbeiter deines Bruders. Ich kenne ihn, nicht gut, aber ich weiß, wer er ist – doch ich werde dir auch seinen Namen nicht nennen. Es wäre zu gefährlich, für ihn und für dich.«

Mit einem Nicken akzeptierte sie seine Worte. »Da gibt es noch etwas.« Sie erzählte ihm von dem Echo im Telefon und dem Mann, der, wie sie glaubte, ihr gefolgt war. »Bilde ich mir das nur ein? Martin tut so, als wäre ich paranoid.« Sie lachte zittrig.

Er antwortete mit entwaffnender Offenheit. »Oh nein, absolut nicht! Natürlich hört das Büro für Staatssicherheit euer Telefon ab, und garantiert wollen die wissen, was ihr tagsüber so treibt. Mit uns machen die das schon seit Jahren. Kümmer dich einfach nicht drum, tu so, als gäb's die gar nicht …«, er grinste und kippelte vergnügt mit dem Stuhl. »Macht Spaß, die auszumanövrieren. Ich werde dir mal ein paar Tricks beibringen. Ich denke, du hast nichts von denen zu befürchten. Sei Tommy dankbar, dass er dich völlig im Ungewissen gelassen hat. Sie werden bald von dir ablassen, du bist nur vorübergehend in ihr Visier geraten.«

Das war alles, was sie an diesem Abend erfuhr. Neil zu erzählen, was Leon bei der Beerdigung zu ihr gesagt hatte, kam ihr nicht in den Sinn. Leons Bemerkung war unter all dem, was in diesen Tagen auf sie einstürzte, begraben worden.

Tita legte mit besorgter Miene den Arm um ihre Schulter, als sie zusammen zum Wagen gingen. »Es ist spät geworden, Jilly, macht's dich nicht nervös, allein nach Hause zu fahren?«

»Absolut nicht«, antwortete sie, »mach dir keine Sorgen. Ich hab ein schnelles Auto«, rief sie noch, ehe sie den Fensterheber betätigte. Das Tor öffnete sich automatisch für sie. Sie war noch nicht ganz hindurch, als sie hörte, wie die Mechanik ansprang und das Tor auf gut geölten Rollen rasselnd wieder ins Schloss lief. Zwei Stunden später parkte sie ihr Auto vor ihrem Elternhaus und stieg aus.

In dieser Nacht lag sie lange wach, drehte und wendete das, was sie gehört hatte, untersuchte es auf versteckte Bedeutungen, blieb immer wieder an dem Wort Fanatiker hängen, das Tita gebraucht hatte. Von nun an, da war sie sich sicher, würde sie bei jedem Menschen, fremden und auch denen, die sie meinte seit Jahren zu kennen, den Schatten hinter ihm suchen.

Die Landschaft ihres Lebens hatte sich verändert, lag nicht mehr überschaubar vor ihr, Steine versperrten den Weg, Schlaglöcher verbargen sich unter trügerisch sicherer Oberfläche, Abgründe lauerten. Sie würde ihre Schritte in Zukunft vorsichtiger setzen. Wenn das der Anfang ist, dachte sie, wie wird es enden?

\*

Martin und Jill heirateten mit zwei Monaten Verspätung, am 8. Januar 1990, in einem kahlen, nach Bohnerwachs riechenden Magistratsbüro in Richards Bay, nur mit ihrem Vater und den Farringtons als Zeugen. Mit dürren Worten erklärte der Beamte sie zu Mann und Frau. Martin küsste sie und steckte ihr den Ehering an den Ringfinger, an dem der Verlobungsdiamant im kalten Neonlicht vielfarbige Funken sprühte. »Du wirst sehen, nun wird alles gut«, flüsterte er, sah sie mit jenem Blick an, der ihr Hitze in den Kopf steigen ließ und die Knie weich machte. Mit aller Inbrunst glaubte sie ihm.

In Anbetracht von Tommys Tod feierten sie ihre Hochzeit im engsten Kreis. Außer ihrem Vater und ihrer Mutter nahmen nur Leon, seine Frau Lorraine, die Farringtons, die Konnings und die Robertsons an dem anschließenden Essen auf Inqaba teil. Martin schenkte Angelica gerade ein Glas Wein ein, als Carlotta auf die Terrasse huschte. Von einem tiefschwarzen Schleierkaftan umweht, schwebte sie unsicher hierher und dorthin, steckte ihre Nase in die Gardenienblüten, gaukelte auf und ab wie ein Trauerfalter.

»Guten Abend«, hauchte sie, legte ihr Gewand in elegante Falten und setzte sich, ohne jemanden dabei anzusehen, an den mit Silber und weißem Porzellan gedeckten Tisch. Als wäre das Gewicht zu viel für sie, griff sie zeitlupenlangsam nach ihrer Serviette und breitete sie über ihren Schoß aus. Dann saß sie da, die Hände im Schoß, den Kopf gesenkt, den Blick nach innen gekehrt. Auf ihrem Blütenstengelhals wirkte ihr Kopf mit den aufgesteckten Haaren wie eine schwarze Rosenknospe, ihre schmalen Handgelenke wie zerbrechliche Zweiglein, und ihr Gesicht hatte die bläuliche Durchsichtigkeit von chinesischem Porzellan. Besorgt bemerkte Jill die Spuren, die der Tod Tommys bei ihr hinterlassen hatte. Gerötete Lidränder, gedunsene Augenpartie, aufgeschwemmte Züge, und sie fragte sich, wie wohl Carlottas Nächte aussehen mochten. Manches Mal stand sie vor ihrer Tür, hörte ihr leises Weinen, aber die Tür blieb verschlossen, so nachdrücklich sie auch um Einlass bat. Sie rechnete nach. Mitte vierzig war ihre Mutter jetzt, und nur die Kraft ihres Mannes schien sie noch aufrecht zu halten. »Sie wird immer weniger, als ob sie langsam eintrocknete«, flüsterte sie Martin zu, »es muss etwas geschehen, sonst hört sie irgendwann einfach auf, zu existieren. Ich werde sie überreden, zu dieser Ärztin in Durban North zu gehen. Sie kennen sich schon seit Ewigkeiten.«

»Deine Mutter braucht einen Psychiater, keine praktische Ärztin, auch wenn sie sich schon lange kennen«, antwortete er, ebenso leise, »der Tod von deinem Bruder hat sie völlig aus der Bahn geworfen. Eigentlich gehört sie in eine Klinik.«

Tita, die neben ihm saß, sehr elegant in einem schwarzen Etuikleid, mischte sich ein. »Ich gebe dir die Adresse einer guten Freundin, einer ausgezeichneten Psychologin, Jill. Sie ist sehr einfühlsam.«

Jill nickte dankbar. Es wurde ein gedrücktes, schweigsames Hochzeitsmahl, das Leon mit einer kurzen Rede auf Englisch aufzulockern versuchte. Am Schluss hieß er sie in der Bernitt-Familie willkommen, zog sie in seine Arme, schaute sie mit diesen irritierenden Augen an. Sie reichte ihm knapp bis zum Kinn, bog ihren Kopf zurück, um ihm ins Gesicht sehen zu können. Langsam hob er erst ihre Hand, küsste sie, beugte sich dann zu ihr, und sie spürte, wie er ihre Lippen streifte, bevor der Kuss auf ihrer Wange landete. Sein Lächeln entblößte nackte sexuelle Gier. Sie zuckte zurück und befreite sich hastig aus seinem kräftigen Griff.

»Lass das«, sagte sie scharf.

Lorraine, ihre frisch gebackene Schwägerin, sehr blond, hübsch auf eine etwas ordinäre Art, in Yves St. Laurents Poison eingehüllt wie in einen wehenden Umhang, warf sich ihr an den Hals.

»Meine liebe Jill«, zwitscherte sie in ihrer hohen Kinderstimme, »ich bin so glücklich, dass wir jetzt Schwestern sind.«

Jill erduldete ihre Umarmung mit Haltung, überlegte kurz, ob Leons Tussi in Johannesburg wohl das genaue Gegenteil zu Lorraine war, und löste sich dann lächelnd, aber bestimmt von ihr. Ihr war nicht nach Lorraines Geplapper zumute. Auf der anderen Seite des Raumes erspähte sie Martin, der neben seinem Bruder stand. Sie schienen in ein intensives Gespräch vertieft zu sein.

»Entschuldige mich«, sagte sie und ließ Lorraine stehen. Als sie sich den beiden Brüdern näherte, verstummten die schlagartig.

»Hallo, Liebling, ich hab dich schon vermisst«, sagte Martin und legte seinen Arm um sie, drehte sich dann zu seinem Bruder, »Leon, ich glaube, Lorraine sucht dich ...«

Ein scharfer Blick aus seinen kieselgrauen Augen, ein abruptes Nicken, und Leon schlenderte hinüber zu Lorraine, die lebhaft auf Tita einredete.

Jill schmiegte sich in Martins Arme. »Was wollte er? Er sah irgendwie sauer aus.«

»Ach nichts, das hat bei ihm nichts zu sagen, es ist seine Art, denk an das schlecht gelaunte Rhinozeros. Ich wünschte, die würden jetzt alle verschwinden«, murmelte er mit einem verstohlenen Blick auf die anderen und knabberte dabei an ihrem Ohrläppchen.

\*

Am 2. Februar 1990 verkündete Präsident de Klerk in seiner Rede vor dem Parlament, dass der African National Congress, die

Kommunistische Partei Südafrika und zweiunddreißig weitere Untergrundorganisationen von diesem Tag an nicht länger verboten sein würden. Südafrika hielt den Atem an. Das Land glich einem aufgewühlten Meer. Die Wogen schlugen hoch, mächtige Unterströmungen liefen kreuz und quer. Seit Wochen spitzten sich die Gerüchte zu, dass Nelson Mandela in wenigen Tagen als freier Mann aus dem Tor des Victor-Verster-Gefängnisses treten würde. Unruhe lag in der Luft, man spürte sie überall. Vorsichtig, misstrauisch wie die scheuen Waldwesen, zu denen sie geworden waren, wagten sich die ersten Widerstandskämpfer ans Tageslicht. Die farbige Bevölkerung tanzte im Freudentaumel durch die Straßen und jagte der überwiegenden Mehrheit der Weißen Höllenangst ein.

Am 11. Februar 1990 wurde Nelson Mandela freigelassen, und ganz Südafrika feierte tagelang eine riesige Straßenparty. Aber als die Feier zu Ende war, die Partygäste müde und das Bier schal, senkte sich eine unheilschwangere Unruhe über das Land. Die Landeswährung, der Rand, stürzte ab. Die Kriminalität explodierte. Überzeugt davon, dass ihr Land in Kürze in einem Blutbad versinken würde, begannen die Weißen sich hinter rasiermesserscharfem Natostacheldraht und elektrischen Zäunen zu verschanzen. Sie bewaffneten sich bis an die Zähne, schliefen mit ihren Gewehren in Griffweite und den Fingern auf dem Alarmknopf ihrer Dachsirenen.

Am anderen Ende der Welt fiel eine Mauer zusammen, aber sie hörten nicht das Krachen, ahnten nicht, dass die Druckwelle auch sie erfassen würde. Die Wogen der steigenden Flut brachen sich weit draußen, hinter den Hügeln. Auf Inqaba änderte sich nichts. Die Frauen zogen jeden Morgen singend auf die Ananasfelder, Nelly kommandierte Thoko und Bongi im Haushalt herum, Ben führte Harrys Anweisungen aus und überwachte die Arbeiten auf den Obstplantagen und Baumwollfeldern. Inqaba wurde zu einer Insel im sturmgepeitschten Meer.

# 4

Jill kehrte am späten Vormittag aus Mtubatuba zurück. Sie war nur kurz fort gewesen, um ein paar Medikamente bei der Apotheke abzuholen, die ihrer Mutter verschrieben worden waren. Als sie vor dem Haus ausstieg, setzte ein stürmischer Platzregen ein, typisch für den Februar, durchnässte sie in Sekunden bis auf die Haut. Mit einem Handtuch aus der Gästetoilette rubbelte sie sich die Haare trocken und klopfte dann an die Schlafzimmertür ihrer Mutter. Als sie auch nach dem dritten Klopfen keine Antwort bekam, öffnete sie entschlossen die Tür. »Mama?«, fragte sie. »Bist du da?«

Ein Schnarchen antwortete ihr. Befremdet trat sie ein. Der Raum war leer, aber Röcheln und unverständliches Murmeln wiesen ihr den Weg zum Badezimmer. Ihre Mutter lag auf dem Bauch auf den rosa Fliesen, eine hässliche, blaurote Beule verunzierte ihre Stirn, ihre Hand, die in den zersplitterten Resten einer Flasche lag, blutete stark. Süßlicher Alkoholgeruch hing wie eine Wolke in dem Raum. Jill hustete. Mit einem Schock erkannte sie, was die Schönheit ihrer Mutter zerstörte. Sie war sturzbetrunken, sternhagelvoll, zugedröhnt, besoffen. Unfassbar, dass diese Vokabeln auf ihre Mutter passten. Aufgewühlt suchte sie ihren Vater und fand ihn bei den Pferdeställen. »Ich will nicht, dass Martin sie so sieht«, sagte sie, »hilf mir, sie ins Bett zu bringen.«

Sie durchsuchte das ganze Haus nach versteckten Alkoholvorräten, zerschlug jede Flasche und spülte den Inhalt in den Ausguss. Es war ihr fast unmöglich, das Wort Alkoholikerin mit ihrer Mutter in Zusammenhang zu bringen. Aber das war aus ihr geworden. Der Alkohol hatte die klaren Linien ihres Porzellangesichts verwischt, den Glanz aus ihren Augen und ihrem Haar genommen. Den Kampf, den Jill und ihr Vater in den nächsten Wochen um sie ausfochten, konnte sie vor Martin nicht geheim halten. »Kommt in den besten Familien vor«, war sein zweifelhafter

Trost. Es schien ihn nicht sehr zu berühren, nur dass Jill in dieser Zeit abmagerte und immer stiller wurde, machte ihm sichtlich Sorgen. »Heute Abend gehen wir in Umhlanga essen, morgen treffen wir uns mit Lina und Marius«, bestimmte er, »du musst raus hier. Bald hab ich nur noch ein Bündel Knochen im Arm, ist nicht gerade ein erotischer Anreiz.«

»Ich kann Mama nicht allein lassen …«

»Du kannst und du wirst«, unterbrach er sie, »dein Vater ist hier, und Nelly und Ben ebenfalls. Zieh dir das neue Kleid an, das rote mit den kleinen Trägern und dem großen Ausschnitt.«

Die Nacht zum Sonnabend verbrachten sie im Spatzennest. Nach dem Frühstück spazierten sie über die Strandpromenade Umhlangas durch die quirlige Menge der Wochenendgäste zum Ort. Noch vor zwei Monaten wären es nur Weiße gewesen, die hier zu Füßen der Hotels und Apartmenthäuser flanierten, heute waren es Menschen aller Hautfarben. Sie veranstalteten Picknicks am Strand, kletterten im Felsenriff herum, schwammen in den heranrauschenden Brechern. Ein paar gewichtige schwarze Damen in Unterkleidern planschten entzückt kreischend in einem Felsenteich, mehrere Zulukinder teilten sich ein abgebrochenes Surfbrett aus Kunststoff und rutschten schreiend vor Vergnügen durch die auslaufenden Wellen.

»Die werden unsere Strände überlaufen und überall ihren Dreck herumliegen lassen«, murmelte Martin, als sie die Treppen zur Lighthouse Road hinaufstiegen, die zwischen den Hotels Oyster Box und Beverly Hills in den Ort führte.

»Wenn das der einzige Preis ist, den wir zahlen müssen, schätze ich mich glücklich«, entgegnete sie. Der warme Wind spielte mit ihren Haaren, streichelte ihre Haut, und zum ersten Mal seit jenen schrecklichen Tagen ließ der Druck nach. Als wäre sie tatsächlich leichter geworden, drehte sie eine schnelle Pirouette. »Glücklich«, sang sie und lief die Treppen hinauf, wandte sich auf dem ersten Absatz dem Meer zu. Hinter der Brandung, die sich weiß schäumend auf den Felsen vor dem Leuchtturm brach, zog eine Gruppe Delfine nach Norden. »Glücklich«, seufzte sie.

Fünf junge Männer, alle schwarz, kamen ihnen auf der abschüssigen Straße, die zum Ort führte, entgegen. Jill achtete nicht auf sie, ging einfach weiter, erwartete automatisch, dass sie ihnen Platz machen würden. Schwarze machten Weißen immer Platz.

Doch sie taten es nicht. Sie wichen nicht auf die Straße zurück, auch sie betraten die Treppe, und dann standen sie sich gegenüber. Jill sah überrascht hoch und blickte in fünf schwarze Gesichter. Keiner der Männer lächelte; wenn sie eine Gemütsregung zeigten, war es Entschlossenheit und Herausforderung. Sie standen zwei Stufen über ihr und Martin auf dem ersten Treppenabsatz, überragten sie um einen halben Meter, und sie standen mit geraden Rücken, keiner senkte unterwürfig den Blick vor ihnen, den Weißen.

Das sind keine normalen Hausangestellten oder Laufburschen, schoss es ihr durch den Kopf. Ihre Körper waren sehnig und durchtrainiert, ihre Blicke zupackend wie die von Jägern. Jägern, die getötet hatten. Plötzlich wusste sie, dass sie ehemaligen Untergrundkämpfern gegenüberstand. Das neue Südafrika starrte ihr ins Gesicht.

Aus den tiefsten Schichten ihrer Persönlichkeit, in der früheste Erfahrungen zu Instinkten gewandelt werden, brach ein Gefühl durch, überwand die Barriere ihres Bewusstseins. Die Angst vor dem schwarzen Mann überschwemmte sie wie eine Flutwelle, dieser namenlose Terror, ihn eines Nachts über sich zu sehen, riesig und schwarz, das blinkende Messer in der Faust, Mordlust in den blutunterlaufenen Augen. Jeder weiße Südafrikaner saugte diese Angst, diese Bilder schon mit der Muttermilch auf. Schockiert entdeckte sie, dass sie sich nicht von dem Rest der weißen Bevölkerung unterschied. Gänsehaut prickelte auf ihren Armen, ihr Puls stolperte. Sie befahl sich, an Nelly und Ben zu denken, an Jonas, Popi, Thandi und den Mann mit dem Büffeldornzweig an Tommys Grab. Sie atmete tief durch und überlegte.

Um ihnen aus dem Weg zu gehen, würden sie entweder die Treppe hinunter auf den vorigen Absatz ausweichen oder sich flach an die Seitenmauer pressen müssen. Sie zögerte, und dabei flatterten schon wieder Dutzende panischer Schmetterlinge in ihrem Bauch. In der weißen Gesellschaft konnte sie in einer solchen Situation den Vortritt und Ritterlichkeit erwarten. Eine Frau in der traditionellen Zulugesellschaft stand in der Rangordnung auf der untersten Stufe, lag in der männlichen Wertschätzung oft hinter den Rindern. Noch heute servierte sie ihrem Mann das Essen auf Knien. Sie würde mit gesenkten Augen beiseite treten.

Schlagartig drängte sich ihr die Gewissheit auf, dass sie genau das tun musste, um ungeschoren aus dieser Situation herauszukommen, aber sie war nicht allein. Martin war bei ihr, und sie vermutete, dass er nie seinen Blick senken, nie aus dem Weg gehen würde. Und sie befürchtete, dass dies den fünf Männern auch nicht genügen würde. Waren es Zulus, die noch ihre Ahnen ehrten? Oder waren es Township-Zulus ohne Wurzeln, Tsotsies, die die Alten verhöhnten? Wie würden sie reagieren? Die Antwort war, dass sie das absolut nicht einschätzen konnte. Diese Erkenntnis versetzte die Schmetterlinge in ihrem Bauch in noch größeren Aufruhr.

»Du musst lernen, welches der magische Kreis ist. Sie werden dich nur angreifen, wenn du diesen verletzt.« Als spulte ein Tonband ab, hörte sie Bens Stimme aus ihrer Kindheit.

Fünf Paar dunkle Augen liefen über sie hinweg und blieben abschätzend an Martin hängen. Martins Hand umschloss ihre wie eine Klammer. Seine Muskeln waren gespannt, als wollte er gleich losspringen. Genau das musste sie verhindern. »Du hast keine Chance gegen die«, wisperte sie ihm auf Deutsch zu, doch er schien sie nicht zu hören.

Was sollte sie tun? Welches Verhalten würde sie sicher aus dieser brenzligen Situation herausführen? Sie bemerkte, dass einer der Zulus seine Hand hinter dem Rücken hielt. Versteckte er ein Messer? Ihr Puls schoss hoch, das Blut rauschte in ihren Ohren, ihre Hand in Martins wurde glitschig von kaltem Schweiß. »Vorsicht, Messer«, zischte sie zwischen zusammengebissenen Zähnen. Martin drückte ihre Hand kurz. Er hatte sie verstanden.

Der Größte unter ihnen, ein bulliger Kerl mit beeindruckenden Muskelpaketen unter seinem engen weißen Hemd, machte einen Schritt vorwärts, die Stufe herunter, aber er ragte noch immer drohend wie ein Turm vor ihr auf. Er war ihr so nah, dass sein Atem über ihr Gesicht strich. Auf den scharfen, abstoßenden Geruch eines ungewaschenen Menschen in ungewaschener Kleidung gefasst, atmete sie nur flach, zurückweichen wollte sie nicht. Doch sie roch das Parfum von Seife, kräftige Zigaretten, ein bisschen frischen Schweiß. Erstaunt musterte sie die fünf genauer.

Lange, gebündelte Ketten weißer Glasperlen hingen um den Hals des Bulligen. Ein Zeichen, dass er verlobt war und dass er sich seinen Traditionen stark verbunden fühlte. Ihn würde sie einschätzen können. Die anderen hatten ihre Baseballkappen verkehrt herum aufgesetzt, goldgeränderte Sonnenbrillen mit verspiegelten Gläsern auf die Stirn geschoben, aber ihre Hemden waren gebügelt, zwei trugen sogar Jacketts. Ihr Puls wurde langsamer.

Da begriff sie. Die Männer hatten sich fein gemacht. Die Legalisierung der Untergrundparteien war gerade acht Wochen her. Misstrauisch wie Tiere, der Schonzeit nicht trauend, waren die Kämpfer bisher nur zögernd aus der Deckung getreten. Heute war Sonnabend, die Sonne strahlte von einem wolkenlosen Himmel, und vielleicht wagten die fünf heute ihren ersten Ausflug in den normalen Alltag. Vielleicht wollten sie ihre Freundinnen am Strand treffen, mit ihnen Eis essen, flanieren. Vielleicht wollten sie nur das Gefühl der Freiheit genießen. Zum ersten Mal in ihrem Leben.

»Macht Platz«, befahl da Martin barsch.

Niemand rührte sich, die fünf Männer bildeten eine massive, bedrohliche Mauer, fünf Paar Augen brannten in ihren. Drei von ihnen schubsten ihre Sonnenbrille herunter, und Jill sah nur noch sich selbst in den verspiegelten Gläsern, konnte die Augen der

Männer nicht mehr erkennen. Es war ihr unheimlich. Der Bullige hob sein Kinn, identifizierte sich mit seiner Haltung als Anführer. »Du wirst uns Platz machen, white Boy!« Die letzten zwei Worte spuckte er ihnen vor die Füße.

Jill fühlte Martin zurückzucken, Röte überflutete sein Gesicht, er fletschte die Zähne. Jede Sekunde würde er explodieren, und das würde entweder seine Gesundheit oder vielleicht sein Leben kosten. Und vielleicht auch meins, fuhr es ihr durch den Kopf. Sie machte sich keine Illusion darüber, dass ihr jemand zu Hilfe kommen würde, und Martin trug keine Waffe.

Einer plötzlichen Eingebung folgend, lächelte sie den bulligen Schwarzen vor ihr an, ganz gezielt, wie sie einen Freund anlächeln würde, fast ein wenig kokett. So hatte sie noch nie einen schwarzen Mann angelächelt, und sie stellte mit Erstaunen fest, dass sie zum ersten Mal instinktiv einem Schwarzen gegenüber als Frau reagiert hatte. Doch jetzt war keine Zeit, darüber nachzugrübeln, warum sie das erstaunte. »Guten Morgen«, sagte sie auf Englisch, lächelte wieder und trat auf die Seite, quetschte sich zwar nicht an die Begrenzungsmauer der Treppe, aber sie gab den Weg frei. Den völlig überraschten Martin zog sie mit sich. »Hambani kahle, geht in Frieden«, wünschte sie und schubste Martin an den Männern vorbei die Treppe hoch.

Die Zulus starrten sie wie vom Donner gerührt an. »Yebo, sala kahle«, stotterte der bullige Anführer überrumpelt, und die anderen wiederholten die Worte automatisch. Der Bullige fasste sich am schnellsten. Triumph glimmte tief in seinen Augen auf, ein langsames Grinsen spaltete sein Gesicht. Er reckte den Arm hoch, ballte die Faust. »Amandla!«, röhrte er. Das Wort explodierte förmlich aus seinem Mund. »Amandla!«, antworteten die anderen.

»Warum hast du das getan?«, fuhr Martin sie zornig an. »Du hast den Kopf eingezogen. Wenn wir denen nachgeben, werden die uns verschlingen. Hast du gehört, was die eben gebrüllt haben? Amandla, Gewalt! Die warten nur darauf, uns abzuschlachten.«

Jill sah den Männern nach. Ihr bulliger Anführer machte einen Tanzschritt, rief ein paar Worte, lachte, und die anderen antworteten. »Es kann auch einfach mit ›Kraft‹ oder ›Stärke‹ übersetzt werden«, sagte sie versonnen, »kannst du dir vorstellen, wie die sich fühlen? Nach all diesen Jahren, die sie vor uns vom Bürgersteig heruntertreten mussten? In denen sie Boy genannt wurden, obwohl sie erwachsene Männer waren?« Ihr Herz klopfte, sie machte eine Handbewegung, die alles einschloss, die fröhliche Menschenmenge, die fünf Männer, die mit ausgreifenden Schritten dem Strand zustrebten. Der Wind trieb einen gelben Sonnenhut über den Sand, zwei junge Mädchen rannten ihm nach, Kinder ließen einen Drachen steigen. »Stell dir vor, wir schaffen es, dann ist Südafrika der Himmel auf Erden.« Verlangend wanderte ihr Blick die Küste hoch nach Norden. »Zululand«, flüsterte sie, »unser Land, das Himmel heißt.«

»Du bist verrückt, du träumst doch.« Erregt lief er ein paar Schritte vor ihr her.

»Ja, doch, stimmt. Ich träume, aber verrückt bin ich nicht.«

Er fuhr herum. »Glaubst du ernsthaft, dass die sich jetzt alle in weiße Lämmer verwandeln werden?«, sein Ton war ungewöhnlich aggressiv. »Wach auf, verdammt, hast du das Grinsen von dem Kerl gesehen? Dem nächsten Weißen, der nicht vor ihm in die Knie geht, zieht der gleich eins über. Oder sticht ihn ab!«

Ein Fussel hing aus der Naht ihres roten Kleides heraus. Sie zupfte daran, drehte ihn, riss ihn ab und schnippte ihn weg. Im Seewind schwebte er davon. Sie sah ihm nach, dachte an ihre Angst vorhin, die sie fast überwältigt hatte, und sie dachte an ihren Bruder. Langsam zählte sie drei tiefe Atemzüge, ehe sie sich zutraute, ruhig zu antworten. »Wozu ist Tom dann gestorben?« Die Mühe, die sie es gekostet hatte, nicht laut zu werden, keine Gemütsregung zu zeigen, war ihr nicht anzumerken.

Er dagegen hatte sich nicht unter Kontrolle. »Dein Bruder war verrückt, seine Pläne waren selbstmörderisch«, brüllte er. »Er war ein Terrorist.«

»Welche Pläne«, unterbrach sie ihn heftig, »welche Pläne? Martin, was weißt du von Toms Plänen?« Grob packte sie ihn am Arm und hätte ihn am liebsten geschüttelt, als er nicht gleich antwortete.

Aber er zuckte die Schultern, sein Blick glitt ab. »Jeder Weiße, der dem ANC beitritt, benimmt sich selbstmörderisch und ist ein Terrorist, oder?«

Aufgewühlt starrte sie ihn an. Er wusste etwas, dessen war sie sich sicher. Wieder sah sie ihn mit Leon am Grab stehen, hörte den kurzen, ungestümen Wortwechsel, dann schob sich ein anderes Bild vor ihr inneres Auge. Martin und Leon am Tag ihrer Hochzeit, sie standen in einer Ecke, die Köpfe zusammengesteckt, und diskutierten. Und als sie dazugekommen war, hatten sie das Gespräch sofort abgebrochen, Leon war gegangen. Nein, korrigierte sie sich, so war es nicht gewesen, Martin hatte ihn weggeschickt.

»Hat dir Leon etwas gesagt? Das stimmt doch, oder? Ich hab es gesehen, damals am Grab und auf unserer Hochzeit. Er hat dir etwas gesagt, was mit Tom zu tun hatte. Was war das?« Sie blieb stehen, als er nicht antwortete. »Martin«, flehte sie, »bitte, tu mir das nicht an.«

Er reagierte nicht einmal, unterbrach den Rhythmus seiner langen Schritte nicht. Sie lief ihm nach, schweigend gingen sie nebeneinander her, berührten sich nicht. Nur Zentimeter trennten sie, aber es hätte auch ein bodenloser Abgrund sein können. So gingen sie die ganze Strecke, am Oyster-Box-Hotel vorbei, kreuzten die Straße zu dem baumbestandenen Platz, auf dem alle Festlichkeiten des Ortes stattfanden, liefen bei Rot über die Fußgängerampel, die anfahrenden Autos kaum beachtend, an der Ladenzeile vorbei bis zum Innenhof der Protea Mall, wo sie mit Lina und Marius verabredet waren.

Ihre Freunde waren noch nicht da. Jill setzte sich an einen Tisch, starrte vor sich hin. »Wir müssen reden«, sagte sie nach einer Pause, »wenn du etwas über Tommy weißt, sag es mir, egal, was es ist. Ich muss es wissen. Verstehst du das nicht?«

»Es gibt nichts zu reden, ich weiß nichts, glaub mir«, erwiderte er kurz, seine Stimme senkte sich, setzte einen Schlusspunkt unter die Diskussion. Flüchtig drückte er ihre Hand, dann schaute er sich um. »Sieh doch, da sind Marius und Lina. He, hier sind wir!«, schrie er heftig winkend.

Die beiden stiegen eben aus ihrem angerosteten Ford. Lina, in einem quietschgelben Flatterkleid, hielt sich die offenen Haare aus dem Gesicht, schaute sich suchend um. Marius, groß, kräftig, solide, dunkle Haare, Augen wie ein Latin Lover, sah müde aus. Vermutlich hatte er mal wieder die Nacht durch operiert. Jill sah auf ihre Hände. Sie glaubte Martin nicht, der Zweifel, ob sie den Mann, den sie geheiratet hatte, wirklich kannte, nagte an ihr wie ein bösartiges Tier. Martin und Leon. Etwas ging hier vor. Wie passte dieser Einarmige da hinein? Das krieg ich raus, versprach sie sich, für Tommy und für uns muss ich das klären.

Wenn da wirklich etwas ist und ich es mir nicht nur einbilde? Den Gedanken konnte sie nicht verhindern, auch nicht, dass der Boden unter ihren Füßen schwankte. Matt lächelte sie ihre Freunde an.

*

Drei Tage später, begleitet vom hysterischen Gebell von Roly und Poly, erschien ein Mann auf der Farm. Den Hut schräg ins Gesicht gedrückt, marschierte er vormittags die Auffahrt hinauf, und Jill erkannte ihn sofort. Es war der Zulu, den sie am Grab mit dem Büffeldornzweig gesehen hatte. Die Hosenbeine seines dunklen Anzuges, den er mit einem weißen Hemd, aber ohne Krawatte trug, waren mit rötlichem Staub bedeckt. Offensichtlich war er mit dem Bus gekommen und hatte den langen Weg durch die Farm zu Fuß gemacht. Er klopfte an die Vordertür.

Nelly kam Jill zuvor und öffnete. Als sie einen Stammesgenossen vor sich sah, schloss sie flugs die Tür zu einem Spalt, spähte hinaus, das Gesicht misstrauisch verzogen. Der Mann sagte etwas, Jill konnte ihn aber nicht verstehen. Nellys Reaktion jedoch erstaunte sie, denn die zuckte zusammen, zischelte in aufgeregtem Ton ein paar Worte, fuchtelte nervös mit der Hand, wollte ihn wegdrängen. Bedeutete Nelly ihm, dass die Tür für Dienstboten die zur Küche war? Sie wunderte sich, dass eine Zulu gegen einen Stammesgenossen die Gesetze der Weißen durchzusetzen trachtete.

Mit einem Kopfschlenker ließ der Mann seinen Hut bis auf die Brauen rutschen, verwegen wie ein Freibeuter grinste er darunter hervor. »Umame, es ist richtig so. Von jetzt an können wir alle durch die Vordertür kommen und jedem Weißen ins Auge sehen. Die Zeit ist vorbei, dass sie uns wie Tiere jagten. Lass mich rein, ich war ein Freund von Ingwe.«

»Ingwe«, flüsterte Nelly und öffnete die Tür weit, »der Beschützer der Gerechten …«

»Yebo«, nickte der Mann. Er hatte Jill entdeckt. Über Nellys Schulter lächelte er ihr zu. »Sakubona«, grüßte er, »geht es Ihnen gut?«

Jill trat vor. Ingwe, Leopard, hatte er gesagt. Wen bezeichnete er mit dem Namen des Tieres, das alle Afrikaner verehren, das alles Noble, Mutige und Ehrenhafte verkörpert? Neugierig nahm sie Nelly die Tür aus der Hand. »Es ist schon gut, Nelly, er will mich besuchen.« Mit einer Geste bat sie ihn herein, »Sakubona«, grüßte sie und reichte ihm die Hand.

Er ergriff sie im traditionellen Dreiergriff. Erst am Daumen, dann die Handfläche, dann wieder der Daumen. »Sakubona, usapila na«, erwiderte er, die vorgeschriebene Antwort gebend, »ich werde Thabiso genannt. Thomas war mein Bruder.« Tatsächlich gebrauchte er einen schwer zu übersetzenden Ausdruck, der bedeutete, dass sie beide eines Blutes waren.

Ihr Herz klopfte hart. »Bitte, treten Sie ein. Möchten Sie etwas trinken? Einen Saft oder einen Kaffee?« Als sie sah, dass er zögerte, ergänzte sie ihre Frage. »Bier vielleicht?« Freudig nickte er seine Zustimmung. Sie bat Nelly, Bier für ihn und einen Saft für sie zu servieren. Dann ging sie ihm voraus, führte ihn ins Esszimmer. Die Sessel im Wohnzimmer waren zu niedrig, er würde in ihnen versinken, eben über dem Boden sitzen und sich sicherlich unwohl fühlen. Verstohlen betrachtete sie ihn, als er sich am Tisch niederließ, seinen Hut auf die Knie legte. Seine Haut war glatt und glänzend, die schokoladenbraunen Augen waren klar. Sie hätte ihn für einen jüngeren Mann gehalten, wäre nicht der breite weiß-graue Streifen in seinen kurz geschorenen Haaren gewesen, der sich vom Haaransatz über seinem rechten Ohr in schwungvoller Linie bis zum Hinterkopf zog.

Er fing ihren Blick auf und lachte laut. Ein zähneblitzendes Lachen reinster Schadenfreude, das nicht zu dem Bild des unbeholfenen Zulu vom Lande passte, das er auf den ersten Blick abgab. Sie sah, dass er noch unter dreißig war. »Ein weißer Polizist wollte mich erschießen, aber ein Zuluschädel ist zu hart für eine weiße Kugel. Sie reiste von hier«, er zeigte an seine Schläfe, fuhr die Narbe entlang bis zum Hinterkopf, »nach dort und schlitzte nur die Haut auf.«

Blitzartig sah sie ihn, auf der Flucht, von Schatten zu Schatten huschend, plötzlich vom grellen Schweinwerferlicht erwischt, sah die weiße Hand mit dem Revolver und hörte den Schuss. »Warum hat er nicht ein zweites Mal geschossen?«, fragte sie atemlos.

Sein Blick verschleierte sich, aber dann zog ein langsames Lächeln über sein dunkles Gesicht. »Er war verhindert«, sagte er auf Zulu.

Ein paar Sekunden dachte sie darüber nach. Er hatte ein kurioses Verb benutzt, das auch bedeuten konnte, dass es dem Polizisten nicht erlaubt wurde. »Oh«, rief sie aus, als ihr klar wurde, dass er den Polizisten umgebracht haben musste. Erschrocken sah sie auf seine Hände. Wohl geformte Hände, schlank, kräftig. Wie viele Menschen hatte er wohl damit getötet? Mit welcher Waffe?

Nun lächelte er sanft. »Ich bin gekommen, dir zu sagen, dass Tommy, dein Bruder, kein Verräter war. Er war ein guter Mann.«

»Wer hat ihn umgebracht, Thabiso? Bitte, sag es mir.« Ihre Stimme schwankte.

Wieder fiel ein Schleier über seine Augen, schien er sich in sein Inneres zurückzuziehen. Langsam schüttelte er den Kopf. Sie schaffte es nicht, ihm auch nur ein Wort zu entlocken, das sie auf die Fährte des Mörders gebracht hätte, aber als er nach einer Stunde ihr Haus verließ, wusste sie sicher, dass ihr Bruder kein Verräter gewesen war. Thabiso verabschiedete sich wieder mit dem traditionellen Dreiergriff. »Sala kahle, Schwester von Thomas, meinem Bruder.« Seine dunklen Augen lächelten mit großer Wärme.

»Hamba kahle«, rief sie ihm nach. Aufrecht marschierte er durch die Tür, über den Hof, die Auffahrt und den Weg hinunter. Sein Kinn trug er hoch, sein Blick strich weit übers Land. Für eine jubilierende Sekunde sprang der Funke zu ihr über, spürte sie, wie er sich fühlen musste. »Hamba kahle«, rief sie noch einmal, sah ihm nach, bis er im grünen Meer des Zuckerrohrs verschwand. Sie lehnte sich an die Wand neben der Tür, schloss die Augen. Hilf mir, Tommy, bat sie schweigend, hilf mir, damit ich deinen Mörder finde. Er muss dafür büßen. Es ist so viel passiert. Dann sagte sie ihm alles, auch was mit Mama und ihrem Baby geschehen war.

»Ach, Jilly, nun krieg dich wieder ein, ich bin doch immer für dich da. Du wirst sehen, es wird alles gut werden«, hörte sie ganz deutlich seine Stimme, als sie zu Ende erzählt hatte, und sie dachte nicht daran, die plötzliche Welle von Zuversicht und Kraft, die sie durchströmte, kritisch zu betrachten. Ich werde dich in meinem Herzen tragen, sagte sie ihm und verstand zum ersten Mal, was diese Redensart besagte. Sie würde ihn nie verlieren können.

Dann überdachte sie, was sie von Thabiso gehört hatte. Nicht die Kerle vom Büro für Staatssicherheit, BOSS genannt, nicht die eigenen Leute vom ANC hatten Thomas in die Luft gejagt. Aber wer dann? Vielleicht wusste Neil inzwischen mehr? Sie ging zum Bungalow, schloss die Tür des Schlafzimmers hinter sich und wählte die Nummer der Redaktion.

»Hi, Jill«, begrüßte er sie, »was kann ich für dich tun?« Aufmerksam lauschte er ihrem Bericht über Thabisos Besuch.

»Wenn es BOSS nicht war und auch der ANC nicht, wer um alles in der Welt kann meinen Bruder so gehasst haben, dass er ihm eine Paketbombe schickt? Sag's mir, ich versteh's nicht!«

»Lass mich nachdenken.« Leise pfiff er durch die Zähne. Die Melodie erkannte sie unschwer. Nkosi S'ikele Afrika, Gott schütze Afrika, das Freiheitslied des ANC.

Vielleicht würde es einmal ihre Nationalhymne sein? Sie stellte sich vor, wie ein neues Südafrika aussehen würde, und ihr Herz pochte laut. Ihr Land würde danach nicht mehr das Land sein, in dem sie aufgewachsen war. Ihrer Gefühle in dieser Hinsicht war sie sich nicht sicher. Würde sie eine Fremde im eigenen Land sein?

»Können wir uns morgen in der Stadt treffen?«, unterbrach Neil ihre Gedanken. »Was ich dir zu sagen habe, ist nur für dich bestimmt, und unsere Telefonleitungen sind ein Marktplatz für Lauscher. Ich lad dich nachmittags ins Edwards ein.«

Die Fahrt nach Durban dauerte wesentlich länger als sonst, sie musste an Mautstationen und Baustellen warten, und die Straßen in Stadtnähe waren verstopft. Um einiges verspätet, fuhr sie um sechs Uhr schwungvoll beim Edwards-Hotel vor, stieg aus und gab den Schlüssel mit einer Zehn-Rand-Note dem grün livrierten Portier. Dieser würde den Wagen sicher parken, und sie vermied die Gefahr eines Überfalls, die in der Innenstadt immer gegeben war. Eilig lief sie die breiten Stufen hinauf, durch die Halle mit dem hohen Gewölbe und den plüschigen Armsesseln ins Restaurant.

Neil war schon da, erhob sich, als er sie erblickte. »Hallo, Jill, du siehst umwerfend aus! Diese Farbe steht dir wunderbar – besonders so wenig davon. Wie nennt man die?« Er zog ihr einen Stuhl zurecht.

Sie lächelte, strich ihren knappen Minirock glatt und erwiderte seinen Kuss. »Curry. Danke fürs Kompliment.« Sie setzte sich.

»Es tut mir Leid, dass ich mich so verspätet habe, aber der Stau an der letzten Baustelle reichte bis Timbuktu.«

Der Kellner grüßte sie mit Namen, denn die Courts waren Stammgäste im Edwards. Rasch bestellte Neil Kaffee, Tee, Kuchen, Scones mit Sahne und Eiscreme für Jill. Sie schaute hinaus. Draußen rollte der Verkehr im Schritttempo vorbei, schwarze Frauen hatten ihre Waren auf dem Pflaster des gegenüberliegenden Bürgersteigs ausgebreitet, einige strickten, andere fädelten Perlen auf. Ein eng zusammengedrücktes Grüppchen weißer Touristen flanierte an ihnen vorbei. Musikfetzen und Kinderstimmen schallten vom Vergnügungspark herüber, Lichter huschten über schattige Massen. Über allem schwebte das Donnern der Brandung und das schrille Kreischen der Möwen.

»Was möchtest du mir sagen?«, fragte sie, als ihre Bestellung gekommen war und der Kellner sich wieder entfernt hatte.

Neil legte seine Kuchengabel nieder. »Es gibt in Zululand eine Gruppe Männer, die so geheim ist, dass sie nicht einmal einen Namen hat. Ich weiß auch nicht, wer ihr angehört, nicht genau jedenfalls. Jeder von ihnen hat den Schwur getan, jeden zu töten, der sie von ihrem Land verjagen will, egal welcher Hautfarbe. Für diese Männer genügt es schon, wenn man auch nur an Landumverteilung denkt.«

Ihre Hand, die eben einen Löffel Eiscreme zum Mund führte, sank herunter. »Ich versteh nicht, Neil, sind es Zulus? Oder wen meinst du?«

»Nein, Weiße. Ich habe Gerüchte gehört, dass fast alle Farmer eurer Gegend dieser Gruppe angehören, aber, wie ich sagte, genau weiß ich es nicht. Du darfst mit keinem darüber reden, was ich dir erzählt habe, versprichst du das? Bitte, Jill, denk daran, was deinem Bruder passiert ist.«

Eine Paketbombe hatte ihren Bruder zerfetzt. Sie brauchte einige Zeit, bis sie seine Worte verdaut hatte. »Ja«, sagte sie dann, »versprochen.« Sie lehnte sich ins weiche Polster, ihr Eis zerfloss in der Glasschale zu einem unappetitlichen Gemisch. Farmer? Daddy war Farmer, Leon, der Bruder von Martin war Farmer wie vorher sein Vater, Alastair Farrington und all ihre anderen Nachbarn in der näheren und weiteren Umgebung. Jeden einzelnen drehte und wendete sie vor ihrem inneren Auge, fragte sich, ob der oder vielleicht dieser dazugehörte? Bei keinem reichte ihre Vorstellungskraft so weit, dass sie ihn sich als Mörder ihres Bruders vorstellen konnte. Sie sagte es Neil. Seine Geste zeigte ihr, dass er anderer Meinung war.

Als sie sich endlich vor dem Edwards von Neil verabschiedete, sah er konsterniert auf die Uhr. »Ich habe gar nicht gemerkt, wie spät es geworden ist. Es ist ja schon pechschwarz draußen.« Besorgt wies er auf das Treiben auf der Marine Parade.

Sie schaute sich um. Fast alle Parkplätze am Straßenrand waren belegt, dazwischen rannten halbwüchsige Schwarze, die jedem herannahenden Auto vor den Kühler sprangen und mit Pfeifen und ausholender Gestik auf Parklücken deuteten. An der Ampel zur Weststreet lauerten Fensterputzer, Zeitungsjungen, indische Rosenverkäufer und ein paar Straßenhändler, die Armbanduhren und Sonnenbrillen anboten. Auf der dem Edwards gegenüberliegenden Straßenseite waren die schwarzen Frauen mit ihren Waren verschwunden, stattdessen saßen ein paar Mädchen mit ihren Freunden auf der niedrigen Einfassung eines Blumenbeetes. Die Schwarzen kreischten vor Lachen, zwei tanzten zu der fetzigen Musik aus dem Ghettoblaster, der zwischen ihnen auf dem Pflaster stand. Im hell erleuchteten Vergnügungspark schwebten die Gondeln der Seilbahn über Karussells und elektrischen Booten. Sie waren mit juchzenden Menschen gefüllt, die durch mit bunten Lichterketten geschmückte, künstliche Wasserarme fuhren.

Neil und sie waren die einzigen Weißen, die nicht hinter verriegelten Türen im Auto saßen.

Er drückte ihre Schulter. »Willst du nicht lieber bei uns schlafen? Du kannst deinen Wagen hier lassen, dann fahren wir gemeinsam zu uns. Mir ist unbehaglich bei dem Gedanken, dass du allein in der Dunkelheit nach Zululand fährst. Die Straßen sind so schlecht. Du brauchst nur in ein Schlagloch zu donnern und mit einer Reifenpanne liegen zu bleiben. Du weißt, wie gefährlich das ist.«

»Ach wo«, winkte sie ab, »ich kenne jedes Schlagloch, mir wird schon nichts passieren.« Sie stieg ins Auto. Drinnen war es noch drückend heiß, und sie bedauerte, vorher nicht eine Weile die Türen geöffnet zu haben.

»Bleib auf den Hauptstraßen, Jill, fahr defensiv, verschließ alle Türen und Fenster und halte nicht an roten Ampeln«, riet Neil. Die Besorgnis in seinen Zügen war deutlich. »Hast du eine Waffe?« Er beugte sich durch die offene Tür.

»Ich weiß nicht, kann sein.« Sie öffnete das Handschuhfach, wühlte darin herum. »Eine Nagelfeile«, sie hielt sie hoch, »Streichhölzer, ein paar Zahnstocher – nein, Martin oder Daddy müssen die Pistole herausgenommen haben. Macht auch nichts, ich brauch keine Waffe. Ich bin doch eine weiße Zulu.« Sie lächelte ihn an.

»›Weiß‹ ist das Stichwort«, murmelte er, als er zögernd vom Wagen zurücktrat. »Ich rufe auf jeden Fall auf Inqaba an und gebe Bescheid, dass du losgefahren bist.«

»Danke«, rief sie und drückte die Zentralverriegelung, vergewisserte sich, dass alle Fenster geschlossen waren. Hupend fädelte sie sich in den dichten Verkehr auf der Marine Parade ein. Es wehte kaum Wind, die Wolken hingen tief, verhinderten, dass die aufgeheizte Luft des Tages aufstieg und abkühlte. Sie schalte die Klimaanlage ein. Ein ofenheißer Luftstrom traf ihr Gesicht und bewirkte einen sofortigen Schweißausbruch. Ungeduldig wartete sie, bis die Kühlung einsetzte.

Zehn Minuten später bog sie auf den North Coast Highway ein, fummelte ärgerlich an den Knöpfen der Klimaanlage, die noch immer Heißluft verströmte, stellte sie hoch und wieder niedrig, aber nichts passierte. Keine fünf Minuten später war die Atmosphäre im Auto schlimmer als in einer überhitzten Sauna. Der Schweiß tropfte ihr aus den Haaren, brannte in den Augen, trübte ihre Sicht. Sie ließ das Fenster auf ihrer Seite zur Hälfte herunter, kontrollierte noch einmal, ob alle Türen verschlossen waren. Der Highway war jetzt, um neun Uhr, mäßig belebt, und je weiter sie sich von der Stadt entfernte, desto dünner wurde der Verkehr. Als sie nach fünfzehn Kilometern auch den Küstenort Umhlanga Rocks hinter sich ließ, die Straße landeinwärts verlief, sah sie nur weit hinter sich ein Paar Lichter im Rückspiegel, vor sich nichts als sternenlose Schwärze. Ihre Scheinwerfer huschten über Büsche, Bäume, gespenstisch bläulich grüne Zuckerrohrfelder, öde Eukalyptusplantagen, ab und zu glühten die Augen eines Tieres auf. Traf sie auf Grüppchen von Zulus, die am Straßenrand entlangwanderten, verschloss sie ihr Fenster sofort.

Im Lichtkegel drehten sich die Schwarzen ihr zu, und automatisch hob sie eine Hand, um ihnen zuzuwinken, wie sie es immer tat. Aber keiner von ihnen winkte heute zurück. Sekundenlang blickte sie in die ausdruckslosen Gesichter im Rückspiegel, dann war sie wieder allein in der Dunkelheit. Sie verbannte das ungute Gefühl, das in ihr hochkroch. Wie sollten sie auch sehen können, dass sie ihnen winkte? Es war zu dunkel. Das war sicher der Grund.

Kurz hinter Empangeni bog sie ab, und die Straße wurde schlagartig schlechter. Die bröckelige Asphaltoberfläche war mit tiefen Löchern durchzogen, die sie zwangen, in Schlangenlinien zu fahren. An den Straßenseiten huschten kleine Zulu-Hofstätten vorbei, Rundhütten, manche mit Ried gedeckt, andere mit Wellblech, Kühe glotzten geblendet ins Licht. Immer wieder standen Gruppen von Schwarzen am Straßenrand, saßen zusammen, tranken, tanzten grölend zu dem Transistorradio am Ohr. Einer sprang vor ihr Auto, schüttelte seine Faust, wich erst in letzter Sekunde aus. Ihre Hände rutschten vor Schreck auf dem Steuerrad, sie schwitzte vor Angst. Wütend auf sich selbst, wischte sie sie an ihrem Rock ab und öffnete trotzig ihr Fenster eine Handbreit. Die würden sie nicht einschüchtern.

Ein blaues Flackern im Rückspiegel zog ihre Aufmerksamkeit auf sich. Sie schaute genauer hin. Ein Polizeiauto, ganz offensichtlich. Erleichtert lenkte sie scharf links and den Straßenrand, fuhr langsamer, um das Fahrzeug passieren zu lassen. Der weiße BMW zog mit hoher Geschwindigkeit an ihr vorbei, schwenkte schräg vor ihren Kühler und bremste mit kreischenden Reifen. Es blieb ihr keine Zeit, sich zu wundern, es gelang ihr gerade noch, die Bremse durchzutreten, das Steuerrad festzuhalten und ihren Kopf gegen das Polster zu pressen, um ein Schleudertrauma zu vermeiden. Sie schlitterte haarscharf an dem Polizeiwagen vorbei auf den unbefestigten Seitenstreifen, riss ihr Auto herum, der Motor heulte auf, die Räder bekamen endlich Halt auf dem Asphalt, und dann stand sie wieder in Fahrtrichtung. Sie rang nach Luft, ihr rasendes Herz verschlang Sauerstoff, ihr Mund war staubtrocken. Als jemand gewaltsam an ihrer Tür rüttelte, erschrak sie fast zu Tode.

»Aussteigen«, sagte eine männliche Stimme.

»Wieso?«, fragte sie ohne aufzusehen, nicht begreifend. »Was hab ich getan, Officer?«

Brüllendes Gelächter antwortete ihr, und das riss ihr den Kopf hoch. Was sie erblickte, ließ ihr das Blut in den Adern gefrieren, sie glaubte geradewegs in der Hölle gelandet zu sein. Vier Totenköpfe hingen vor ihren Fenstern. Sie schrie unterdrückt, die aufsteigende Panikwelle drohte sie fortzuschwemmen, aber in letzter Sekunde erkannte sie, dass vier schwarze, sehr lebendige Männer vor ihr standen, die die Knochenstruktur ihrer Gesichter mit grünlich weißer Leuchtfarbe nachgemalt hatten. Keiner trug eine Uniform. Das blaue Blinklicht huschte über die Totenschädel, reflektierte von dem Seitenspiegel auf die Hände, verwandelte die gesunde Hautfarbe in ein abstoßendes Leichengrau. Eine dieser Hände hielt eine Pistole, die Mündung ragte nur Zentimeter vor ihrem Gesicht durch den Fensterspalt.

»Raus«, sagte der Mann mit der Pistole wieder und trat dabei gegen ihre Tür. Der Wagen schwankte. Die drei anderen standen hinter ihm und grinsten. Der Effekt machte sie atemlos vor Angst.

Würde sie aussteigen, wäre das ihr Ende, das wusste sie, und wie das aussehen würde, wollte sie sich nicht ausmalen. Langsam löste sie ihre Finger, die immer noch das Lenkrad umklammert hielten, einen nach dem anderen. Sie blieben in der Griffposition verkrampft, aber die Konzentration darauf half ihr. Die Panikwelle fiel in sich zusammen. Ihr Gehirn begann wieder zu arbeiten. Nicht die Tür öffnen, Fenster schließen, wegfahren, befahl sie sich und zwang sich, diesem Scheusal in die Augenlöcher zu sehen. »Ich muss die Tür erst aufmachen …«, krächzte sie zittrig. Der Mann nickte, zog die Revolvermündung ein paar Zentimeter zurück, damit sie den Türgriff erreichen konnte. Sie aber drückte blitzschnell den Fensterheber und trat gleichzeitig das Gaspedal durch. Der Wagen machte einen Satz, das Fenster rauschte hoch und schlug gegen die Waffe.

Die nächsten Sekunden bestanden nur aus Geräuschen. Einem Knall, der ihr fast das Trommelfell zerriss, splitterndem Glas, Aufjaulen des Motors, metallischem Kreischen, als sie mit ihrem Kotflügel die gesamte Seite des BMWs entlangschrammte. Grobe Männerstimmen brüllten, ein dumpfer Schlag traf die Karosserie ihres Autos, und dann waren da nur noch das Rauschen und Klingeln in ihren Ohren, das Hämmern ihres Herzens und das Rumpeln der Reifen auf der unebenen Straße. Ihre linke Schulter war lahm, als wäre sie von einem Pferd getreten worden, der Schmerz pochte dumpf, aber sie beachtete es nicht. Sie brauchte ihre Konzentration, um nicht in die Schlaglöcher im Asphalt zu knallen. Im Slalom raste sie die Straße hinunter.

Von der Fahrt blieben ihr nur diese Geräusche im Gedächtnis, das gespenstische Irrlichtern ihrer Scheinwerfer über Hütten, leere Landschaft, streunende Hunde mit glühenden Augen, Schwarze, die sie anstarrten. Nach Ewigkeiten erst tauchte vor ihr die Bushaltestelle auf und dann das große emaillierte Schild mit der Inschrift »Inqaba«.

Erst als sie Martin, der auf ihr hysterisches Hupen aus dem Haus gestürzt kam, weinend in die Arme fiel, merkte sie, dass sie verwundet worden war. Die Kugel musste irgendwo im Wagen abgeprallt sein und steckte nun in ihrer linken Schulter.

Der Dienst habende Arzt in der Ambulanz in Empangeni war, wie jeder südafrikanische Krankenhausarzt, mit Schussverletzungen bestens vertraut. Am Wochenende, wenn die Opfer von bewaffneten Auseinandersetzungen eingeliefert wurden, glichen die Ambulanzen der hiesigen Kliniken einem Schlachtfeld.

Gegen Mitternacht lag sie schon wieder, voll gepumpt mit Schmerzmitteln, schläfrig von der Kurznarkose, in ihrem eigenen Bett auf Inqaba. Die Nacht wurde unruhig. Als die Schmerztabletten aufhörten zu wirken, pochte die Wunde, brannte wie Feuer. Gegen fünf Uhr wachte sie auf, brauchte ein paar Sekunden, um sich zu orientieren. Ihre Kehle fühlte sich an wie Schmirgelpapier, der Geschmack im Mund war ekelhaft. Mit geschlossenen Lidern tastete sie mit der gesunden Hand auf ihrem Nachttisch, in der Hoffnung, etwas zu trinken zu finden. Vergeblich. Sie öffnete die Augen.

Sie saß neben ihrem Bett im Korbstuhl, den Kopf an die Rückenlehne gesunken, die Augen geschlossen, ihre Hände im Schoß.

»Mama?«, rief Jill und fuhr aufgeregt hoch, fiel aber mit einem Aufschrei zurück, als ein glühendes Messer in ihre Schulter zu fahren schien. »Wie siehst du aus? Was ist mit deinem Arm, deinem Hals, den Haaren passiert?«

Unter dem aufgeschlitzten linken Ärmel des losen Hemdes, das ihre Mutter über einem Paar Jeans trug, war der Arm bis zum Ellbogen bandagiert, ein großes Pflaster bedeckte einen Teil ihres Halses. Die langen Haare waren verschwunden, kurz geschnitten plusterten sie sich um ihr blasses Gesicht. Ihr Lächeln war noch zaghaft, aber es war ein Lächeln, ihr Lächeln. »Du hast mich gebraucht – ich konnte dich nicht auch noch verlieren.« Carlotta beugte sich hinunter und nahm sie behutsam in die Arme.

Jill schlang den gesunden Arm um ihre Mutter, schloss die Augen, suchte Schutz in ihrer Vertrautheit, in der Liebe, die sie so lange entbehrt hatte. »Was ist mit deinem Hals passiert?« flüsterte sie nach einer langen Pause. »Und wo hast du deine Haare gelassen?«

Carlotta antwortete erst nicht, ihre Augen glitten zur Seite. Dann schien sie sich innerlich einen Ruck zu geben. Ihre Hand, die sie an die Kehle legte, zitterte. »Ich wollte eine Kerze anzünden und war so betrunken, dass ich damit aufs Bett gefallen und eingeschlafen bin. Ich bin zu mir gekommen, als ich eine Stimme hörte, die mich rief. Wer es war, weiß ich nicht. Es war niemand im Raum. Meine Haare und der Kaftan brannten schon. Fast wäre es zu spät gewesen.« Nun lächelte sie wirklich. »Ich hab gerochen wie eine abgesengte Gans.« Zärtlich strich sie Jill über die Haare. »Das Leben ist schön und kostbar, keiner hat das Recht, es wegzuwerfen. Ich schäme mich.«

»Ich hab Hunger«, sagte Jill und legte sich zurück. Ihre Mutter warf ihr einen Kuss zu und verließ den Raum. Sie sah ihr durchs Fenster nach, sah sie den Weg zum Haupthaus entlanggehen. Kräftige, ausgreifende Schritte, schwingende Arme. Ein Wunder? »Danke, Tommy«, sagte sie leise. Wir schaffen es, versprach sie ihm, alle zusammen schaffen wir es.

Noch konnte sie nicht ertragen, über den doppelten Verlust, Tommys Tod und den ihres Babys, nachzudenken. Nur vorsichtig tastete sie sich heran, zuckte aber furchtsam zurück, wenn der Schmerz zu stark wurde, dankte ihrem Schicksal, dass sie nicht erfahren hatte, welches Geschlecht ihr Kind gehabt hatte. So hatte es noch keinen Namen. Thoko jedoch konnte sie noch nicht ohne Aggressionen begegnen.

Carlotta redete mit ihr, von Tommy, wie er als kleiner Junge gewesen war, führte sie zurück in ihre glückliche, gemeinsame Kindheit, und es half. Jill und ihrer Mutter. Ihr Verhältnis wurde noch enger. Die Wangen Carlottas zeigten wieder die klaren Konturen, bekamen Farbe, sie verlor diese durchsichtige Zerbrechlichkeit, und Phillip Court verbrachte die Nächte nicht mehr allein in seinem Zimmer.

*

Sobald es der Arzt erlaubte, versuchten Martin und Jill wieder eine Familie zu gründen. Aber die Monate vergingen, und nichts passierte. Sie begann eine Odyssee von einem Arzt zum anderen, konnte kaum noch an etwas anderes denken, war besessen von der Arithmetik der fruchtbaren und unfruchtbaren Tage. Jeden Monat erlebte sie ihre Periode wie eine Niederlage, und wenn Martin in seiner Liebe nicht so unerschütterlich gewesen wäre und mit Verständnis und Geduld ertragen hätte, dass sich ihre Verzweiflung schließlich gegen ihn richtete, wäre es wohl das Ende ihrer Ehe gewesen.

»Wir werden Urlaub machen, damit du endlich auf andere Gedanken kommst«, verkündete er. »Wenn du nicht ständig daran denken würdest, hätte es längst geklappt. Wir nehmen von dem Geld, das du von deinen Eltern bekommen hast, und fliegen nach Kapstadt.« Er buchte eine Suite in einem wunderschönen Gästehaus, direkt an dem Abschnitt der Camps Bay, der wegen des riesigen Felsens mit dem großen Loch, der hundert Meter vom Ufer aus dem Meer ragt, »Backoven« genannt wird.

Trotz ihres Sträubens tanzte er drei Wochen mit ihr durch die Discos, besuchte Freunde, sorgte dafür, dass sie tags und nachts vollauf beschäftigt war, gab ihr keine Zeit zum Grübeln.

Aber pünktlich zur richtigen Zeit bekam sie ihre Periode.

»Wir könnten ein Kind adoptieren, würde dir das gefallen?«, fragte er, als sie in der Nacht vor Enttäuschung weinte. Sie weinte viel in dieser Zeit. Tröstend streichelte er ihre Schulter.

Draußen rüttelte der Cape Doctor an den Jalousien, der gefürchtete schwarze Südweststurm Kapstadts, pfiff wie ein D-Zug, fauchte durch die Bäume, fegte die Luft und die Straßen frei von Dreck. Zerrte an ihren Nerven. »Nein«, antwortete sie kurz, drehte ihm den Rücken zu und starrte hinaus, wo die aufgehende Sonne die weißen Gischtschleier, die der Sturm über das schiefergraue Meer trieb, in schillernde Regenbogenfarben tauchte. »Ich will ein eigenes.«

Seine Hand rutschte von ihrer Schulter ab, und sie hörte seinen resignierten Seufzer. Schlagartig wurde sie an Angelicas Worte erinnert. Auch er hat sein Baby verloren, hatte sie gesagt. Beschämt drehte sie sich zu ihm und schlüpfte in seine offenen Arme. Einander festhaltend, schliefen sie endlich ein.

*

»Nun bleib mal ganz locker«, sagte Angelica Farrington, als sie Ende Juli, in der kalten Zeit, zum Nachmittagstee kam, »du bist jetzt erst vierundzwanzig Jahre alt, da musst du noch ein bisschen üben. Bei mir hat's ja auch geholfen.« Sie streckte ihren Bauch vor. »Noch acht Wochen, dann kommt schon das Nächste … Ich bekomme Panikanfälle, wenn ich nur daran denke. Manchmal zweifle ich an meiner eigenen Zurechnungsfähigkeit.« Sie drückte Jill ihren kleinen Sohn in den Arm.

»Du kannst ihn füttern. Obwohl wir dafür lieber ins Bad gehen sollten, deine Einrichtung ist nicht gerade kindgerecht. Teppich, Möbel, alles nur in Weiß, das ist eine Herausforderung für diesen kleinen Terroristen.« Aufstöhnend warf sie sich in die weiße, knautschige Couch, streckte die Beine aus. »Ich fühle mich wie eine Zuchtkuh, sieh mich an, meine Figur ist vermutlich für immer zum Teufel, Alastair wird mir bald weglaufen, und wenn ich an die schlaflosen Nächte denke, die Ringe unter den Augen …«

Jill lachte laut, breitete ein Badelaken auf dem Boden aus und setzte sich mit dem Kleinen auf dem Schoß darauf. Patricks Händchen tastete nach ihrer, er umklammerte ihren Zeigefinger und begann, daran zu nuckeln. Sie spürte ein süßes Ziehen unterhalb des Nabels. Es war wie ein Schmerz und ganz und gar unerträglich. Schnell wandte sie sich ab, schaute nach draußen. Durch die weit offenen Fenster und Türen strömte kühle, feuchte Luft. Der Regen trommelte aufs Dach, klatschte auf die Verandafliesen, stürzte als Wasserfall vom Dachüberstand, das Land unter ihnen lag verborgen hinter einem silbrig grauen Vorhang. »Ende

September also. Wenigstens nicht die heißeste Zeit. Du siehst müde aus, ein bisschen verquollen«, bemerkte sie, als sie sich ihrer wieder sicher war. Sie wischte Patrick den Karottenbrei aus dem Gesicht.

»Wunderbar, das ist genau das, was ich hören wollte! Kannst du mir nicht erzählen, dass die Mutterschaft mich zum Leuchten bringt oder so einen Quatsch?«

Jill kicherte. Angelica war groß und zu anderen Zeiten schlank, hatte halblange blonde Haare, ein Indianerprofil, Schwimmerschultern und Schuhgröße 41. Wenn sie auf einem Pferd saß, die stahlblauen Augen furchtlos auf den Horizont gerichtet, war sie die Verkörperung einer Amazone. Nur Jill wusste, dass ihre Freundin von zarten, wehenden Gewändern und Silbersandaletten träumte. Sie konnte tränenreich am Grab ihres Wellensittichs trauern, aber wenn ihr jemand auf die Nerven ging, brüllte sie wie ein Dragoner. Angelica war das Beständigste und Verlässlichste in ihrem Leben. Außer Mama. »Willst du nach diesem Baby aufhören?«

»Guter Gott, nein, Alastair will am liebsten eine halbe Fußballmannschaft, aber ich weiß nicht, ob ich das durchhalte. Komm her, du Schreihals.« Sie packte den brüllenden Patrick, roch mit gekrauster Nase an seiner Windel. »Bah, schon wieder eine voll. Ein äußerst produktives Kind.« Sie entfernte die verschmutzte Windel. Jill trug sie mit spitzen Fingern ins Bad und warf sie in den Mülleimer. »Habt ihr schon etwas über Tommys Mörder erfahren?«, fragte Angelica und versuchte Patrick zu bändigen, der gurgelnd karottenrote Blasen blies und munter strampelte.

»Nichts«, antwortete Jill, während sie sich die Hände wusch, »ist Alastair eigentlich noch in der Farmervereinigung?«

»Ja, warum?«

»Ach, nur so.« Jill beschäftigte sich mit ihren Fingernägeln. Du darfst mit keinem darüber reden, hatte Neil sie gewarnt, und sie hielt sich daran. »Macht er sich Sorgen, seit Mandela frei ist und der ANC und die anderen Parteien legalisiert worden sind?«

»Und die Mordrate in Natal täglich steigt? Natürlich, wer macht sich keine Sorgen. Es heißt, dass ein Farmer von allen Berufen die beste Chance hat, ermordet zu werden. Schöne Aussichten für unsere Zukunft«, sie lächelte grimmig, klopfte auf ihren Bauch, »unsere schwarzen Arbeiter haben schon gefragt, wann sie unser Haus bekämen. Mandela hätte jedem von ihnen eins versprochen, und unseres hätten sie sich ausgesucht. Besonders mein neuer Herd hätte es ihnen angetan. Was soll man dazu sagen?«

Jill musste an Jenny und Malcolm denken und an das, was jemand mit ihrem Blut an die Wände geschmiert hatte.

Bulala amaBhunu. Tötet die Farmer.

»Freunde in Mpumalanga haben einen Zaun um ihr Haus ziehen lassen, drei Meter hoch und mit 8000 Volt geladen«, fuhr Angelica fort, »auf der Innenseite läuft ein zweiter, der Kinder und Hunde vor dem Elektrozaun bewahren soll. Sie gehen jeden Abend mit ihren Gewehren ins Bett, tagsüber machen sie keinen Schritt ohne sie. Seit die Sache mit Jenny und Malcolm passiert ist, denkt Alastair auch an einen elektrischen Zaun. Vorerst will er einen privaten Sicherheitsdienst engagieren, der ständig über das Land patrouilliert. Bis an die Zähne bewaffnet, natürlich.« Ihre Stimme klang müde, sie hatte die Arme fest um ihren kleinen Sohn gelegt.

Privater Sicherheitsdienst. Klang eigentlich nicht nach Geheimbund. »Wer betreibt den?«

»Ein einarmiger Ex-Polizist. Entsetzlicher Kerl, aber er soll ziemlich gut sein. Alastair kann ihn menschlich auch nicht ausstehen, aber er ist der Einzige, der diesen Service anbietet.« Sie zuckte mit den Schultern. »Wen schert's, er soll ja nicht Familienmitglied werden. Und wenn du nichts dagegen hast, möchte ich jetzt bitte über Babynahrung, das Wetter oder die Klamotten reden, die ich mir haufenweise kaufen werde, wenn ich dieses Balg geworfen habe! Über alles andere, nur nicht über Politik und unsere Zukunft in unserem Land.«

Nachdenklich sah Jill ihre Freundin an. Der einarmige Ex-Polizist. Leons Freund Len? »Heißt der Einarmige Len?«

Angelica nickte abgelenkt. Patrick hatte in einem Moment ihrer Unaufmerksamkeit in den übrig gebliebenen Karottenbrei gelangt und ihn freudestrahlend in seine Haare geschmiert. Jetzt wischte er seine Händchen an Jills weißer Couch ab. »Du kleiner Teufel«, schimpfte seine Mutter. »Ich hab's dir doch gleich gesagt, wir hätten den Bengel in der Badewanne füttern sollen.«

»Macht nichts, ich lass sie reinigen«, murmelte Jill, verrieb tief in Gedanken den Karottenfleck zu einem Kreis. Leons Freund Len also leitete seinen eigenen Sicherheitsdienst und war Ex-Polizist. Verkehrspolizist oder Kripo? Auf jeden Fall wurzelte seine Gesinnung mit Sicherheit tief im Apartheidsystem. Sie nahm sich vor, gleich morgen Neil Robertsons unerschöpfliche Informationsquellen anzuzapfen.

Nachdem Angelica Patrick und ihren Sieben-Monats-Bauch in ihrem Kleinwagen verstaut hatte, rief Jill bei den Robertsons an.

»Madam und Master sind nicht hier«, beschied ihr Regina, Titas Hausmädchen, »sie reisen.«

»Oh.« Jill war enttäuscht. »Wohin? Wann kommen sie wieder?«

»Hat Madam nicht gesagt«, antwortete Regina lakonisch auf beide Fragen. »Irgendwann«, setzte sie hinzu.

Also teilte Tita ihrem Hauspersonal aus Sicherheitsgründen auch nicht mit, wie lange sie fortbleiben würden. Doch dann fiel ihr einer ein, der es wissen musste, es ihr auch sagen würde. »Ist Twotimes da? Ich möchte ihn sprechen.«

Titas Beschützer Twotimes sagte ihr, dass Tita und Neil eine ausgedehnte Reise nach Europa angetreten hatten. »Sie werden im Frühling wieder hier sein.«

Sie legte auf. Ende August oder September also. Also blieb ihr nichts anderes übrig, als zu warten. Rasch räumte sie ihr kleines Wohnzimmer auf, Martin musste gleich nach Hause kommen. Den Bezug des Couchkissens warf sie in den Wäschekorb. Er war aus Baumwolle, Thoko sollte ihn waschen. Die halbe Stunde, die ihr noch blieb, nutzte sie, um die Bilder der verschiedenen Vögel, die sie in der letzten Zeit aufgenommen hatte, zu ordnen und zu beschriften. Stundenlang saß sie allein im Busch, um seltene Vögel für ihr Buch aufzuspüren und zu fotografieren. Es half ihr. Außerdem suchte sie ein Thema für ihre Doktorarbeit. Irgendetwas über Nektarvögel.

Auf einem Foto fiel ihr im verwischten, sonnengesprenkelten Grün ein kleiner, blauschwarz schillernder Fleck auf. Sie studierte ihn durch die Lupe. Ein eleganter kleiner Vogel, auf einem Draht sitzend. Tief gegabelter Schwanz mit sehr langen äußeren Schwanzfedern. Eine Schwalbe. Sie legte die Lupe weg und überlegte. Konnte das eine Blauschwalbe sein? Das wäre ein unglaublicher Glücksfall. Die Blauschwalbe, die nur ein- oder zweimal an der gesamten Ostküste gesichtet worden war, hier auf Inqaba. Sie suchte das Negativ heraus, legte es beiseite. Vielleicht konnte der Spezialist im Entwicklungslabor noch mehr herausholen.

»Hallo, Liebling, ich bin's.« Martins Stimme, und Sekunden später kam er durch die Tür. Seine Baumwollhosen und das blaue durchgeschwitzte Hemd zeigten rotbraune Erdspuren, die Schuhe waren schmutzüberkrustet. Er roch verschwitzt.

»Kommst du gerade von der Baustelle?« Titas Gespräch mit der Reedersgattin damals hatte Erfolg gehabt, Martin hatte den Auftrag bekommen. Arme weggespreizt, küsste er sie ausgiebig.

»Fass mich nicht an, ich bin total verdreckt, ich muss mich dringend duschen.« Er zog sich aus, warf die Sachen auf den Boden und trat in die Dusche. »Sag Thoko, dass sie das bis morgen waschen und bügeln soll.«

Sie nickte. »Sie holt die Wäsche sowieso gleich. Viele Grüße von Angelica. Sie war zum Tee da. Patrick ist wonnig, wenn auch ziemlich klebrig. In acht Wochen kommt ihr Zweites. Sie meinte, wir sollen tüchtig üben, dann klappt es auch bei uns.«

Prompt steckte er den Kopf aus der Duschkabine, verbreitete dabei eine große Pfütze auf dem Fußboden. »Eine außerordentlich gute Idee, wollen wir gleich?« Er grinste mit funkelnden Augen.

»Unter der Dusche? Ich bin doch kein Seehund«, kicherte sie, aber machte einen Schritt auf ihn zu. Er zog sie an sich, eine

Hand knöpfte die knappe grüne Bluse auf, die andere steckte in ihren Shorts. »Du bist wirklich anspruchsvoll«, murmelte er, den Mund auf ihren Lippen, seine Hände überall. Das warme Wasser rauschte über ihren Körper, bis jedes Nervenende kribbelte.

Später saß sie in ein Handtuch gewickelt auf dem Badewannenrand und föhnte ihre Haare. Martin duschte sich grundsätzlich zum Schluss eiskalt ab, davor war sie dann geflüchtet.

»Ich soll dich von Leon grüßen«, brüllte er, das Föhngeräusch übertönend, »erinnerst du dich an die Steinschlosspistole, die wir entdeckt haben? Er sagt, sie gehörte mit Sicherheit unserem Vorfahren. Ich werde mir den Dachboden in unserem Haus vornehmen, vielleicht finde ich Hinweise, wie die in eure Familie gelangt ist. Hast du deine Mutter schon danach gefragt?«

Sie schaltete den Föhn aus. »Nein, ich hatte das Ding völlig vergessen.« Jetzt war die Gelegenheit, ihn zu fragen, ohne dass es auffiel. Vorsichtig. »Wie lange kennt Leon eigentlich diesen einarmigen Len, der damals auch bei Tommys Beerdigung war?«

»Sie sind zusammen zur Schule gegangen«, hörte sie durch das Rauschen des Wassers, dann das Geschrei, das er immer anstimmte, wenn ihn der kalte Strahl traf.

Ah ja. Gute Freunde also. Sehr gute Freunde vermutlich. Sie waren zusammen zu Tommys Beerdigung gekommen. Was hatte er gesagt? Schade, dass dein Bruder zu spät erkannt hat, wer seine Freunde waren? Nur für Sekunden spielte sie mit der Idee, Martin zu fragen, was er damit gemeint haben konnte, dann entschied sie sich schweren Herzens, auch mit dieser Frage auf Neil zu warten. »Wie war dein Tag?«, rief sie. »Läuft alles gut?« Sie ließ das Handtuch fallen, ging ins Schlafzimmer und zog frische Wäsche an. Die getragene lag in einem nassen, zerknüllten Haufen auf dem Badezimmerboden. Thoko würde sie wegräumen.

Das Wasser wurde abgedreht, die Duschkabinentür glitt zurück, Martin griff nach seinem Handtuch und trocknete sich schweigend ab. »Beschissen war's«, brüllte er plötzlich, und sie fuhr erschrocken zusammen. »Weißt du, welche Änderung diese ungebildeten Affen jetzt von mir verlangen? Sie wollen, dass ihre Villa einem Schiff ähnelt, stell dir das bitte einmal vor. Das von mir! Weil er Reeder ist.« Er schleuderte das Handtuch auf den Boden, stemmte die Hände empört in die Seite, stand da splitterfasernackt. »Mit Bug, Aussichtsplattform für den Blick übers Meer und den Schornstein des Kamins geformt wie der seines Flaggschiffs mit seinem Logo dran. Wenn das so weitergeht, wird dieses Haus nie fertig, und ich muss mich weiter mit lächerlichen Umbauten begnügen. Wie soll ich mir da einen Namen machen?«

Jill wandte sich rasch ab, ehe er erkennen konnte, dass ihr ein Lachkoller drohte. »Kannst du ihren Wünschen nicht ein klitzekleines bisschen nachgeben, Liebling?« Sie hob das Handtuch auf, zog ihn an sich und rubbelte ihm liebevoll die Haare trocken.

Aufgebracht machte er sich los. »Was verstehst du denn davon«, knurrte er verdrießlich, rannte ruhelos im Zimmer umher. Wie tief die Kränkung saß, die ihm dieser Reeder seinem Empfinden nach angetan hatte, war deutlich. Sein abweisender Ausdruck zeigte ihr, dass er in eine seiner längeren Schmollphasen zu versinken drohte.

Nur das nicht! Einschmeichelnd lächelte sie ihn an, reichte ihm seine Unterwäsche und dann Hose und Hemd. »Wenn du nur ein wenig nachgibst, hast du den Auftrag sicher. Er wird dir sehr viel Prestige bringen, alle werden dein künstlerisches Genie anerkennen, und danach wirst du freie Hand haben. Michelangelo hat schließlich auch Auftragsarbeiten angenommen.« Nicht eine Spur von Ironie lag in ihrem Ton.

»Michelangelo.« Er trat ans Fenster, starrte gedankenverloren in die Dunkelheit. »Du könntest Recht haben – ja, das ist eine Idee. Ich baue denen, was sie wollen, und komme ganz groß raus damit. Übrigens habe ich Lina und Marius getroffen. Wir sind heute bei ihnen zu einer Pizza eingeladen. Wenn wir dort sind, kann ich dir zeigen, was man mir zumuten will. Die Konnings wohnen um die Ecke von diesen Kulturbanausen.« Er war sichtlich aufgekratzt.

Zwanzig Minuten später schlossen sie die Bungalowtür. »Ich habe meinen Autoschlüssel drüben neben dem Telefon liegen lassen«, sagte sie, »oder wollen wir dein Auto nehmen?«

»Bei dem Sturzregen nehmen wir besser den Geländewagen. Deine Eltern werden ihn doch sicherlich herausrücken, oder? Meiner wird nur noch durch den Dreck, der in seinen Ritzen sitzt, zusammengehalten. Wenn der Reeder bezahlt hat, kaufe ich mir als Erstes einen neuen. Was hältst du von einem BMW?«

»Ein geländegängiger Wagen ist passender bei unseren Straßen.«

»Wenig repräsentativ, finde ich. Was sollen denn meine Klienten denken?« Verdrießlich schob er seine Unterlippe vor.

Sie antwortete nicht, betrat die Eingangshalle des Haupthauses und fand ihre Mutter im Wohnzimmer an dem Sekretär. »Mama, können wir den Geländewagen nehmen?«

Carlotta drehte sich um, ihr Lächeln leuchtete auf. »Dieses Blau passt wunderbar zu deinen Augen.« Sie ordnete den Träger von Jills Minikleid. »Natürlich könnt ihr den Geländewagen haben, wir fahren heute Abend nirgendwo mehr hin.«

»Danke.« Jill küsste sie. »Martin hat eine Steinschlosspistole im Geschichtenzimmer im Bücherregal entdeckt. Weißt du, wie sie in unseren Besitz gekommen ist? Sie gehörte einmal Martins Ururugroßvater. Hat Großmutter Steinach je etwas davon erzählt?«

»Ich weiß nicht einmal, von welcher Pistole du redest.«

Martin holte die Pistole. »Sieh dir das Monogramm an.«

Carlotta nahm die Waffe entgegen, drehte sie hin und her, fuhr über die Silberverzierungen, hielt sie ans Licht ihrer Lampe, um die Gravur besser lesen zu können. »K. v. B.«, murmelte sie, »sind das die Anfangsbuchstaben deines Ururgroßvaters?«

»Konstantin von Bernitt«, nickte Martin.

Mit einem Stirnrunzeln reichte Carlotta ihm die Waffe zurück. »Ich habe keine Ahnung, wie sie ins Haus gekommen ist.«

»Gar keine?«, bohrte Jill nach. »Es muss doch irgendwo noch Unterlagen über die Zeit geben.«

»Leider nicht. Ende letzten Jahrhunderts gab es hier einen Brand. Das Haus brannte fast völlig aus. Dabei sind die meisten Papiere vernichtet worden. Am besten legen wir die Pistole ins Safe in Daddys Zimmer, da ist sie am sichersten aufgehoben. Wo wollt ihr heute Abend hin?«

»Zu Lina und Marius«, antwortete Jill abgelenkt, »Pizza essen.«

»Viel Spaß, grüßt sie schön von mir.«

*

Tita rief sie Ende August an. »Mein Gott, Jill, bin ich froh, dich zu hören. Wir sind erst vor zwei Tagen zurückgekehrt. Stimmt das Gerücht, dass du überfallen worden bist? Man erzählte mir, dass du schwer verwundet bist, ein anderer meinte gehört zu haben, dass du im Sterben liegst.«

Jill lachte fröhlich. »Wie du hörst, weile ich noch unter euch. Es stimmt allerdings, ich bin überfallen worden, aber noch einmal glimpflich davongekommen. Kommt zum Braai mit Boerewors und Koeksysters am Sonnabend«, sagte sie und meinte damit einen typisch südafrikanischen Grillabend, »dann kann ich dir alles brühwarm erzählen. Außerdem haben wir etwas zu feiern.«

»Gern«, rief Tita, »aber keine Boerewors für mich, bitte.«

»In Ordnung, keine Boerewors für dich, ich mag diese Endloswürste auch nicht. Zu grob, zu stark gewürzt, Männer mögen die«, murmelte Jill, schrieb es sich auf ihren Einkaufszettel.

»Ich werde meiner Köchin sagen, dass sie uns ihren legendären Gamba-Salat macht. Was feiern wir?«

»Mama geht es besser…«

»Oh.« Der Ausruf Titas zeigte, dass sie genau verstand, was Jill ihr gesagt hatte. »Gott sei Dank, das ist ja wunderbar! Brauchst du sonst noch etwas für Sonnabend?«

Jill, die von Kochen nicht die geringste Ahnung hatte, überlegte.

»Nelly macht eine kalte Suppe und die Salate, aber ihre Desserts sind eher hausbacken. Ich habe einmal bei dir die göttlichste Mousse au Chocolat gegessen …«

Tita lachte laut. »Dann musst du die Koeksysters weglassen. Als fettes Schmalzgebäck passen die nicht zu meiner Fünftausend-Kalorien-Mousse.« Sie seufzte neidisch. »Du kannst es dir leisten.«

Jill sah an sich herunter und seufzte auch. Seit der Fehlgeburt hatte sie eine Leidenschaft für Hefeschnecken und Cappuccinoküsse entwickelt, und man sah es. Nun, der Sommer nahte, sie würde wieder surfen. Das war der beste Kalorienfresser.

\*

Am Sonnabend schien die Sonne, alles blühte, die Vögel balzten, die Ochsenfrösche gerieten in Ekstase, am Wasserloch präsentierte die Warzenschweinmutter ihren neuen Wurf, sogar die Schnecken ergingen sich auf der Hauswand in aller Öffentlichkeit in komplizierten Liebesspielen. Der Frühling war ausgebrochen. Phillip Court stand mit seinem Schwiegersohn am Grill, das Bierglas in einer Hand, die Grillgabel zum Wenden der Steaks in der anderen. Martin knabberte an einem Lammkotelett. Tita lag in einem hinreißenden, flaschengrünen Kleid im Liegestuhl und unterhielt sich angeregt mit Carlotta.

Jill zog Neil unauffällig ans Geländer. Keiner konnte sie hier belauschen. »Kennst du einen einarmigen Len? So einen unangenehmen, dicken Kerl mit Hamsterbacken und kleinen Augen«, flüsterte sie, trank dabei ihren Rotwein in kleinen Schlucken, »und einem fiesen Mund wie ein Schlitz«, fügte sie hinzu.

Neil, der auf das im Mondlicht glänzende Land geblickt hatte, drehte sich abrupt um und stellte sein Weinglas auf dem Geländer ab. »Allerdings. Warum?«

Sie erzählte ihm, warum.

Ein grasgrünes Chamäleon saß auf der Bougainvillea, die im Kübel neben ihnen stand. Es hob sein rechtes Vorder- und sein linkes

Hinterbein und schaukelte langsam hin und her. Dann machte es einen Schritt vorwärts. Neil betrachtete es mit offensichtlicher Faszination. »Hier ist er also aufgetaucht«, bemerkte er nach einer Pause. »Ich habe mich schon gewundert, was aus ihm geworden ist. Ich hatte nur gehört, dass er den Polizeidienst vor einiger Zeit quittiert hat und verschwunden ist.« Etwas glühte in der Tiefe seiner hellen Augen auf, es war schwer für sie zu sagen, was es war. Ein plötzlich aufflammendes Interesse, Spannung wie die einer Raubkatze beim Anschleichen? Aber vielleicht war es auch nur der Widerschein des Grillfeuers.

»War er bei der Kripo?«, fragte sie.

»O nein«, er schüttelte langsam den Kopf. »Sein Name ist Len Pienaar. Er war Kommandeur einer geheimen Eliteeinheit von Polizeioffizieren, die gegen extrem hohe Bezahlung politische Morde ausführten. Man nennt ihn nur die Verkörperung des Bösen. Ihre Basis ist die Farm Vuurplaas. Er war hauptsächlich für Anschläge in Übersee zuständig. Außer viel Geld standen ihm eine Yacht im Mittelmeer und Flugzeuge zur Verfügung. Er lebte wie die Made im Speck, und das Leben als internationaler Playboy war seine beste Tarnung. Und er war teuflisch gut. Von ihm stammt der Ausspruch: Elf Monate im Jahr jage ich Menschen, einen Monat mache ich Ferien. Dann jage ich Tiere.«

»Ach, du lieber Gott«, sagte Jill, bekam plötzlich keine Luft mehr.

Neil trank einen Schluck Wein. »Es kam der Punkt, als selbst seine Vorgesetzten ihn nicht mehr ertragen konnten. Sie warfen ihn raus. So sagt man jedenfalls. Alles, was über ihn bekannt ist, sind Gerüchte. Man kann ihm persönlich nichts Konkretes nachweisen. Seine Opfer sind entweder tot oder haben zu viel Angst vor ihm.«

»Heute noch? Er ist doch nicht mehr bei der Polizei, sagtest du«, fragte sie ungläubig.

»Heute noch, und bis er tot ist, wird das wohl so bleiben«, bestätigte er. »Du kennst doch den Spruch: Ein Wolf bleibt ein Wolf, auch wenn er im Schafspelz daherkommt. Er ist sehr clever.« Er nahm noch einen Schluck und stellte sein Glas wieder zurück auf das Geländer. »Nachdem er Vuurplaas verlassen hatte, verschwand er, war wie vom Erdboden verschluckt. Seitdem geht unter seinen Ex-Kollegen die Angst um, dass er plant, die Aktivitäten der Einheit von Vuurplaas bloßzustellen. Kannst du dir vorstellen, welche Wirkung es haben würde, wenn der ehemalige Kommandeur dieser Folterfabrik auspackt? Überhaupt erst einmal eingesteht, dass es Todesschwadronen gibt?«

Nacktes Entsetzen packte sie. »Gibt?«, flüsterte sie. »Nicht gab? Vergangenheit?«

»Gibt«, bestätigte er, stützte sich aufs Geländer und starrte blicklos in die Nacht. »Und nun ist er hier … Ich möchte wissen, welche Schweinerei er vorhat …«

Der letzte Satz wurde ihr erst im Nachhall verständlich, und dann trippelten wieder diese kalten Füßchen über ihre Wirbelsäule. »Was könnte er denn vorhaben?« Es zischte, vom Grill wehte Brandgeruch herüber, als Phillip ein Lammkotelett ins Feuer fiel. Ihr wurde überfallartig speiübel, als sie plötzlich für flüchtige Sekunden den Gestank verbrannten Gummis in der Nase hatte, das den des brennenden Fleisches überlagerte.

Neils Finger trommelten einen Marsch auf dem Geländer. »Hast du eigentlich noch mit anderen über ihn geredet?«, antwortete er mit einer Gegenfrage.

»Nein, nicht wirklich, ich hab nur Martin gefragt, wie lange Leon Bernitt diesen Len schon kennt.«

»Und, wie lange kennt er ihn?«

»Sie sind zusammen zur Schule gegangen.« Fledermäuse schossen lautlos über den blauen Nachthimmel, im Baum leuchtete das weiße Gesicht einer Eule. Ihr Anblick rührte eine dunkle Erinnerung auf. »Siehst du die Eule da?«, flüsterte sie. »Nelly sagt, sie dient den Hexern dazu, Unheil über denjenigen zu bringen, der ihrer ansichtig wird …«

Jetzt lächelte Neil. »Seit wann bist du abergläubisch?« Er legte ihr beruhigend die Hand auf den Arm. »Du solltest dir keine Sorgen machen, der Kerl hat nichts mit euch zu tun. Eure Lebenskreise berühren sich nicht. Es ist sicher nur Zufall gewesen, dass er zu Tommys Beerdigung gekommen ist. Vermutlich war er gerade bei Leon zu Besuch, und der hat ihn mitgenommen.«

»Sicher«, nickte sie, »sicher. Du wirst Recht haben.« Sie glaubte es nicht für eine Sekunde.

## 5

Die Nacht war sternenlos, die schmale Landstraße glatt, wie von Schmierseife überzogen. Der August '93 war bisher ungewöhnlich trocken gewesen, aber jetzt hatte ein Platzregen Staub, Salzablagerungen vom nahen Meer und Kuhfladen miteinander zu glitschigem Matsch vermischt.

»Fahr nicht so schnell«, warnte Jill. Sie lehnte müde im Sitz, betrachtete missmutig ihr geisterbleiches Spiegelbild in der dunklen Scheibe. Die Feier, die Lorraine zu Leons vierundvierzigstem Geburtstag ausgerichtet hatte, war lang und feucht gewesen. Und laut. Dumpfer Druck lag auf ihren Ohren, ein rhythmisches Knacken im Innenohr trieb sie fast zum Wahnsinn. Der Diskjockey, den die Gastgeberin engagiert hatte, fand perverses Vergnügen daran, alle Regler auf Anschlag zu schieben. Sie hielt sich die Nase zu, blies ihre Ohren auf. Aber das tat nur weh und half nichts. Draußen flog das dunkle Land vorbei. Das Scheinwerferlicht huschte über endlose Zuckerrohrfelder, Eukalyptusplantagen, kleine Hofstätten von Zulus, Kühe, die sie blöd anglotzten. Plastiktüten, Papierfetzen, abgerissene Zweige wurden von dem heulenden Wintersturm über die aufgebrochene Asphaltdecke getrieben, tanzten als Gespenster durch die Nacht.

»Nette Party, nicht?«, bemerkte Martin.

»Hm«, machte sie, »Lorraine geht mir auf die Nerven. Leon sagt dies, Leon sagt das. Ob sie auch selbst denkt? Außerdem kann ich künstliche Blumensträuße nicht leiden, und ihr pseudobritisches Genäsel ist lächerlich. Sie ist Afrikaans, warum steht sie nicht dazu? Und warum fasst Leon mich immer an, wenn er meint, du siehst nicht hin?«

Jäh geriet das Auto mit zwei Reifen auf den Seitenstreifen. Sie wurde grob durchgeschüttelt. »Himmel, sei vorsichtig, du fährst wie der Henker«, rief sie, beobachtete besorgt die Tachonadel, die stetig hochkroch. »Lass mich fahren, du bist stockbetrunken!«

»Quatsch«, knurrte er, ging aber mit der Geschwindigkeit deutlich herunter. »Die Sache mit dem Foto ist doch der Hammer, findest du nicht?«, lenkte er ab.

»Das kann man wohl sagen«, rief sie, die Höhe seines Alkoholpegels vergessend. »Wo hat Leon es nur plötzlich gefunden? Ich war wirklich perplex.«

Kurz bevor sie das Fest verließen, hatte Leon ihr ein Bild unter die Nase gehalten. »Wer ist das deiner Meinung nach?« Die Welle seiner Aggressionen berührte sie körperlich.

Überrumpelt hatte sie es ihm aus der Hand genommen. Ihre eigenen Augen schauten ihr aus dem fleckigen Foto entgegen, auch sonst hätte die zierliche, dunkelhaarige Frau mit den hochgesteckten Haaren in dem vom Wind geblähten hellen Gewand fast ihre Zwillingsschwester sein können. Es war das Foto, das in Inqabas Geschichtenzimmer an der Wand hing. »Das ist Catherine Steinach, meine Urururgroßmutter, woher hast du es?« Es musste eine Kopie sein.

»Dreh es mal um«, forderte er sie auf, Triumph in seiner Stimme.

Sie tat es und fand eine verblichene handschriftliche Notiz auf der Rückseite. »Für Konstantin auf ewig« stand da, und ihr war der Atem gestockt, als ihr die Bedeutung klar wurde. »Sie haben sich gekannt«, hatte sie geflüstert und es bestürzt wieder umgedreht. Sie blickte ihrem Ebenbild in die Augen und versuchte den

Ausdruck darin zu lesen. Aber das Foto war nicht sehr scharf. Catherines Wesen entzog sich ihr. Eben wollte sie das Bild Leon zurückgeben, da fiel ihr auf, dass ihre Urahnin etwas in den zu einer Schale geformten Händen trug. Das hatte sie noch nie bemerkt. Sie hielt das Foto so, dass das Lampenlicht direkt darauf fiel, und erkannte, dass es eine Pflanze war, ein wenige Zentimeter hoher Kaffirbaum. Catherine trug ihn fast wie einen Brautstrauß vor ihrem Körper, und nun wusste sie, wieso die Gruppe Kaffirbäume auf Inqaba noch heute »Catherines Kaffirbäume« hieß. Sie musste den ersten gepflanzt haben.

Leon streckte das Kinn herausfordernd vor. »Offensichtlich nicht einfach nur gekannt, wie es aussieht. Hier, was sagst du dazu?« Er hielt ihr einen braun gefleckten Lageplan hin. »Den habe ich auch in den alten Unterlagen gefunden.« Sein Ausdruck wurde verschlagen, lauernd. Keine Spur mehr von seinem sonst so dick aufgetragenen Charme. »Ich verspreche dir, dass ich herausfinden werde, was dahintersteckt, und dann wird sich vielleicht auch klären, wieso dein Urahn sich plötzlich unser Land einverleibt hat und wie die Pistole in euren Besitz gelangt ist.« Die Drohung, denn genau das war es, ließ ihr unerklärlicherweise die Knie zittern.

Reiß dich zusammen, befahl sie sich und studierte den Plan. »Woher willst du wissen, dass er sein Land nicht an meine Familie verkauft hat?«, begehrte sie auf. »Die Zeichnung zeigt deutlich, dass die Grundstücke aneinander grenzten. Da wäre es doch logisch gewesen, ihm das Land abzukaufen. Meine Familie hat im Laufe der Zeit mehrere angrenzende Ländereien aufgekauft. Wenn der Plan überhaupt echt ist.« Mit Unbehagen merkte sie, dass Len Pienaar sie unverwandt aus dem Hintergrund beobachtete. Demonstrativ drehte sie ihm den Rücken zu.

»Wir Bernitts verkaufen kein Land.« Er hackte mit seiner Hand durch die Luft. »Ich werde es rausfinden, und dann werden dein Vater und ich uns unterhalten müssen. Ich bin mir bombensicher, dass es eine Überraschung geben wird. Eine unangenehme. Für euch.« Damit hatte er sie stehen lassen.

Nachdenklich sah sie jetzt Martin von der Seite an. »Rund hundertvierzig Jahre müssen dieses Foto und die Grundstückszeichnung bei euch herumgelegen haben, seit drei Jahren suchst du in jedem Winkel eures Hauses nach Unterlagen, ob und wo deine Vorfahren hier Land besessen haben, wieso hat Leon sie erst jetzt gefunden, und wo?«

»Wo man solche Sachen eben findet, in einer verstaubten Kiste in der hintersten Ecke des Dachbodens, die unter Millionen anderer Sachen begraben war. Schließlich wohnen wir ja auch schon weit über hundert Jahre in diesem Haus. Da sammelt sich so einiges an, was dann in Vergessenheit gerät. Glücklicherweise war sie mit Wachs versiegelt, sonst hätten die Mäuse wohl ihre Nester darin gebaut und Kakerlaken den Rest gefressen.«

Plötzlich tauchte vor ihnen im Lichtkegel ein Schlagloch auf, in das das ganze Auto bequem hineingepasst hätte. »Pass auf!«, schrie sie, stemmte sich gegen das Armaturenbrett, um den Stoß abzufangen.

Martin riss in letzter Sekunde das Steuer herum, der Wagen rutschte auf dem schmierigen Straßenbelag am Loch vorbei, landete aber krachend mit dem linken Vorderreifen in dem nächsten. »Scheiße«, fluchte er mit alkoholschwerer Stimme, »Scheißstraße, Scheißloch, Scheiße!«

»Wenn du nicht so schnell gefahren wärst, wären wir auch nicht in das Loch geknallt«, fuhr sie dazwischen und machte deutlich, dass sie ihm die Schuld daran gab, dass sie jetzt nachts auf der einsamen Landstraße ein paar Kilometer hinter Umunyama festsaßen. So moderne Segnungen wie Telefonhäuschen oder auch nur eine Tankstelle gab es auf der ganzen Strecke nicht. »Na prima, das hast du ja gut hingekriegt!«, fauchte sie. »Ich hab dir doch gleich gesagt, lass mich fahren, du bist zu betrunken.«

Er drehte sich im Sitz zu ihr um. »Um das mal glasklar zu machen, liebste Jill, nicht ich habe Schuld, auch ganz bestimmt nicht diese wunderschöne Straße«, nuschelte er, »sondern die Tatsache, dass wir hier draußen im Bundu wohnen, also noch weit hinter dem Arsch der Welt, mitten unter den Kaffern und den Affen, anstatt unter zivilisierten Menschen. Und das ist deine Schuld.«

Bei diesen Worten zuckte sie zusammen, ihre Stimme aber blieb ruhig. Mit Martin zu streiten, wenn er betrunken war, kostete nur Nerven und brachte nichts. »Du hast von Anfang an gewusst, dass ich auf Inqaba leben wollte, wie soll ich außerdem meinen Vogelgarten anlegen, wenn ich in Durban wohne?«

Er warf die Hände in die Luft, glich für einen Augenblick einem tollpatschigen Tanzbär. »Der Garten hier, der Garten dort, immer der verdammte Garten. Ich habe ihn bis hier«, er hielt sich die flache Hand unter die Nase, »er wird ja doch nichts. Ich hab dir gleich gesagt, dass du ihn an der falschen Stelle anlegst, aber du wolltest ja nicht hören. Jetzt hat ihn der Regen den Abhang runtergespült, und du kannst von vorne anfangen. Drei Jahre durch dämliche Sturheit und Dilettantismus vergeudet.«

»Erstens kam der Regen nach einer monatelangen Dürre, zweitens, mein lieber Martin, war der Regen, der dann auf uns herunterstürzte, der schlimmste und längste, den wir in den letzten zehn Jahren erlebt haben, und drittens sind die drei Jahre nicht vergeudet.« Immer noch zwang sie sich, ruhig zu bleiben. »Ich will meine Doktorarbeit darüber schreiben, das ist ja wohl Grund genug, auf Inqaba zu bleiben.«

»Ach, wozu brauchst du denn einen Doktor? Ich denk, du willst dringend Kinder haben, du bist doch dauernd deswegen hinter mir her. Windeln wechseln wirst du wohl auch ohne Doktortitel können, oder? Hoffentlich klappt's bald, dann bist du wenigstens beschäftigt, denn bilde dir nicht ein, dass du unsere Kinder irgendeinem Kaffernmädchen überlässt und dann Vogeldoktor spielen gehst«, warf er ihr an den Kopf.

Fast hätte sie sich geduckt. Der Streit hatte eine Eigendynamik entwickelt, die Worte sausten ihr wie Wurfgeschosse um die Ohren. Ihre Beherrschung brach. »Sag nicht immer Kaffer, du verdammter Rassist, und was hat das Ganze mit der Tatsache zu tun, dass du sternhagelvoll bist?«

Er grinste böse, hob die Hand. »Halt, sag nichts, ich weiß, was wirklich los ist. Meine kleine Prinzessin«, mit gezierter Handbewegung wies er auf sie, »lebt gerne feudal und mag keine Nachbarn, dafür muss ihr Prinz, das bin ich«, hier tippte er sich mit dem Finger auf die Brust und verbeugte sich schwankend vor einem imaginären Publikum, »jedes Mal, wenn ich auf einer Baustelle gebraucht werde, erst einmal zwei Stunden durch diese gottverdammte Gegend gurken!« Polternd stieg er aus und rülpste dabei laut.

»Das ist ja nicht gerade häufig, also so schlimm kann's nicht sein«, erwiderte sie sarkastisch. Die »Prinzessin« hatte gesessen. Wütend stieg sie ebenfalls aus, hob den Rock ihres langen Seidenkleids an. Die Straße war nass und schmierig von dem Wolkenbruch, die Augustnacht kühl und ihr Oberteil schulterfrei. Fröstelnd stand sie da.

»Was willst du damit sagen?«, brüllte er. Er stand mitten auf der Fahrbahn, die weichen Haare hingen ihm in die Augen, sein Hemd war vorn aus der Hose gerutscht, ein verschmierter Lippenstiftfleck saß blutrot auf dem Kragen.

Nicht ihre Farbe, stellte sie fest. Eisig musterte sie ihn, und eisig war auch ihre Stimme, als sie ihm antwortete. »Das heißt, dass du, seitdem du betrunken auf der Baustelle des Reeders aufgekreuzt bist, seine Frau als prätentiöse Tussi und ihn als Kulturmörder beschimpft hast und von seinem Fahrer hochkant vom Grundstück befördert wurdest, außer einem Garagenanbau in Umhlanga keinen Auftrag mehr bekommen hast!«

Martin explodierte wie ein Vulkan. Er tobte vor ihr im Licht der Autoscheinwerfer herum, rannte auf und ab, fuchtelte mit den Armen, seine Worte prasselten wie Steinschlag auf sie herunter. Zum Schluss seiner Tirade warf er ihr die Autoschlüssel vor die Füße und schwankte steifbeinig in die Dunkelheit.

»Da ist noch eine Sache«, platzte sie heraus. »Ich möchte wissen, wozu du all das Geld brauchst, das du dir ständig von unserem Konto abhebst …« Sie unterbrach sich, war nicht sicher, ob er den letzten Satz noch gehört hatte. Er war ihr herausgerutscht, ganz unwillkürlich, denn sie hatte sich noch nicht einmal selbst eingestanden, dass sie die Tatsache, dass Martin heimlich größere Summen von ihrem gemeinsamen Konto nahm, stark beunruhigte. Für sich selbst fand sie ständig neue Erklärungen dafür. Sein Auto musste überholt werden, er musste Klienten einladen, er brauchte dringend das neueste Architekturprogramm für den Computer, und, und, und. Bis jetzt. »Ich will eine Antwort!«, schrie sie ihm in die Dunkelheit nach.

Aber nur der Wind und das Schrillen der Zikaden antworteten ihr. Schäumend vor Wut durchwühlte sie den Kofferraum, bis sie den Wagenheber gefunden hatte, setzte ihn an und kurbelte. »Ich kann auch ohne dich«, knirschte sie, atemlos vor Aufregung und Anstrengung. Tatsächlich hob sich der Wagen langsam, neigte sich ein wenig, wippte, und der linke Vorderreifen rutschte auf dem schmierigen Straßenbelag aus ins nächste Schlagloch. Jähzornig schrie sie auf und trat gegen den Wagenheber. Der brach weg, die Vorderachse schlug mit einem metallischen Knall auf, und das war's dann. Sie saß fest.

Sie griff ins Auto, schaltete die Scheinwerfer aus, um die Batterie zu schonen. Schlagartig umfing sie undurchdringliche Schwärze, die Geräusche der afrikanischen Nacht wurden laut und unheimlich. Unvermittelt setzte auch wieder der Regen ein, als hätte sich oben eine Schleuse geöffnet, und ein Donnerschlag ließ sie zusammenfahren. Hastig stieg sie ins Auto, verriegelte alle Türen und hätte am liebsten geschrien vor Wut und Frustration. Es dauerte eine Stunde, bis sie sich wenigstens so weit beruhigt hatte, dass sie ihre Lage einigermaßen nüchtern betrachten konnte.

Sie saß mitten in der Nacht allein in einem zusammengebrochenen Auto auf einer Landstraße zehnter Klasse im Herzen von Zululand fest. Prompt fielen ihr sämtliche Zeitungsberichte über Überfälle ein, die in der letzten Zeit im größeren Umkreis stattgefunden hatten, und sie konnte nicht verhindern, dass sie sich auch an die Einzelheiten erinnerte. Sie verfluchte ihre blühende

Fantasie, versuchte, den Film in ihrem Kopf anzuhalten. Nervös öffnete sie das Handschuhfach, tastete darin herum, konnte sich nicht mehr erinnern, ob sie die Waffe eingesteckt hatte. Als sie kühles Metall fühlte, zog sie die Pistole erleichtert hervor und legte sie in den Schoß, behielt sie aber in der Hand.

Ihr Rachen fühlte sich an, als wäre er mit Sandpapier ausgeschlagen, außerdem musste sie dringend auf die Toilette. Der Regen lief in Sturzbächen an den Fenstern herunter, Donner krachte unablässig, so laut, als würde ein Zug über sie hinwegfahren. Blitze zuckten durch die Nacht. Ihr grelles Flackern täuschte Formen im Busch am Wegrand vor, ließ Trugbilder über ihre Fenster spuken, Tieraugen teuflisch aufleuchten. Ein dumpfer Schlag und Getrappel auf dem Dach, das nichts mit dem prasselnden Regen zu tun hatte, jagte ihren Pulsschlag in panische Höhen. Schnell vergewisserte sie sich, dass die Türen verriegelt und die Fenster geschlossen waren, verrenkte sich den Hals, um erkennen zu können, was das Geräusch verursacht hatte.

Zwei Totenkopfschädel grinsten sie durch das Rückfenster an. Für schreckensstarre Sekunden glaubte sie, wieder die Männer mit den aufgemalten Totenkopfschädeln zu erblicken. Angst drückte ihr die Kehle zu. Verzweifelt kämpfte sie um Atem, konnte nicht einmal schreien. Doch auf einmal verschwanden die Köpfe, sie meinte schon, einer Halluzination erlegen zu sein, als sich kopfüber ein weiterer zähnefletschender Schädel, diesmal vor der Frontscheibe, in ihr Gesichtsfeld schob und eine Krallenhand mit dem Fingernagel gegen die Scheibe klopfte. Mit einem dumpfen Aufschlag landete eine dieser Kreaturen auf ihrer Kühlerhaube, und erst dann merkte sie, dass es sich um eine Herde Paviane handelte. Jills Zähne klirrten aufeinander, als die Reaktion einsetzte. Sie umklammerte die Pistole fester, nahm sich vor, unter allen Umständen wach zu bleiben.

Langsam stieg Wut in ihr hoch. Auf Martin, wegen ihrer jetzigen Situation, und auf die Bernitts an sich, wegen dieser außerordentlich verwirrenden Angelegenheit des Grundstücksplans, des Fotos von Catherine und die daraus zu folgernde unheilvolle Verflechtung der beiden Familien. Ganz besonders wütend aber machte sie die Erinnerung an ihren Zusammenprall mit Leon. Mit Schaudern dachte sie daran zurück.

Leons Augen schwammen schon in Alkohol, als Martin und sie ankamen. Er richtete sie mit stechender Brillanz auf sie, gleich darauf spürte sie seine Hand auf ihren Hinterbacken. »Lass das«, zischte sie.

Er lachte ihr ins Gesicht.

Durch einen Moment der Unaufmerksamkeit fand sie sich kurz darauf von ihm in eine Ecke gedrängt. Seine Hände waren überall, seine Körperwärme heiß auf ihrer Haut. Als hätte er sie gebissen, sprang sie zurück. »Lass mich in Ruhe«, fauchte sie, »wage nicht, mich je wieder anzufassen! Du ekelst mich an.«

Nur zu genau wusste sie, dass das eine Lüge war. Das Schmetterlingsflattern ihres Pulses, das Kribbeln in der Magengrube war zu ihrem Entsetzen etwas ganz anderes als Ekel. In ihrer Erfahrung mit Männern war einer wie Leon noch nicht vorgekommen. Etwas Animalisches ging von ihm aus, zog sie gleichzeitig an und stieß sie ab. Instinktiv versetzte sie ihm einen Schlag, trat ihm fest mit ihren hohen Absätzen auf den Fuß und zog mit einem scharfen Ruck ihr Knie hoch. Er brüllte wie ein Stier.

Seine Schrecksekunde hatte sie genutzt, um ihm zu entfliehen. Schwarze Haare gesträubt, Gesicht rot, Augen glühend, verfolgte er sie den Rest des Abends mit unversöhnlichen Blicken. Sein Hass versengte sie, er schien ihr massiger, kantiger und größer geworden zu sein. Sie hatte ihn an seiner empfindlichsten Stelle verwundet.

Martin hatte offenbar von alledem nichts gemerkt.

Dann war Leon mit dem Foto angekommen. Was bildete er sich eigentlich ein, so zu tun, als hätte ihre Familie sein Land geklaut? Was hatte Catherine dazu bewegt, diese Widmung auf das Foto zu schreiben, wenn doch überliefert war, dass Johann sie auf Händen getragen hatte, sie bis zum Wahnsinn glücklich miteinander waren? Die Familienlegende besagte, dass sie Johanns große Liebe war. Sein Augapfel, sozusagen. Drei Kinder hatten sie zusammen gehabt. Das sprach doch schon für sich?

Nachdenklich massierte sie ihr rechtes Bein, das inzwischen eingeschlafen war. Ihr fiel auf, dass sie eigentlich nie Catherines Version gehört hatte. Sie beschloss, Irma zu fragen. Ihre Tante verbrachte ein paar Wochen im Spatzennest in Umhlanga Rocks, denn sie befand sich gerade in dieser köstlichen Zeit, wie sie es beschrieb, zwischen zwei Büchern. Das eine war beendet, wurde gerade gedruckt, das nächste war noch nicht mehr als eine vage Idee, so hatte sie ihr am Telefon erzählt, ein Duft, ein Gefühl. »Mich hat plötzlich die Lust überfallen, einen historischen Roman zu schreiben, und ich will etwas in den Geschichten unserer Pionierfamilien in Natal herumstöbern. Die Schluss-Szene steht schon, aber wie und wo es anfängt, was dazwischen passiert, keine Ahnung.« Irma hatte bei diesen Worten selbstironisch gelacht.

Vielleicht konnte sie Irma dafür interessieren, dem Geheimnis von Catherine und Konstantin auf die Spur zu kommen? Ihre Gedanken sprangen hierhin und dorthin, blieben an Konstantin hängen. Obwohl sie Inqabas Geschichte gut zu kennen glaubte, hatte sie noch nie davon gehört, dass Johann irgendeine Verbindung zu den Bernitts gehabt haben sollte. Der alte Bernitt wird das Land verkauft haben, das war die einleuchtendste Erklärung. Unbestreitbar war, dass der Teil, der auf der Zeichnung als Besitz von Konstantin von Bernitt schraffiert war, heute als südlichster Wurmfortsatz zu Inqaba gehörte.

Er wird schlicht Geld gebraucht haben, wie sein Ururururenkel Martin. Vielleicht war er ein Spieler gewesen. Das erschien ihr wahrscheinlich. Beruhigt atmete sie auf. Es gab keinen Grund, sich aufzuregen. Aber sie schwor sich, Martin morgen wegen des Geldes zur Rede zu stellen. Sie hatte ihren Autositz so weit zurückgekurbelt, wie es ging. Ihre Lider wurden schwerer, ihre Gedanken schwammen wie träge Fische. Die Angst davor, was Leon noch alles auf seinem Dachboden finden würde, die beharrlich in ihrem Hinterkopf bohrte, verlor ihre Hartnäckigkeit, wurde leiser und löste sich auf.

Doch schlafen konnte sie nicht. Missmutig rutschte sie auf dem Sitz hin und her. Der Druck auf ihre Blase verstärkte sich allmählich ins Unerträgliche, in ihrem Magen schwappte alkoholische Säure, Husten kitzelte ihren ausgedörrten Rachen. Sie fühlte sich eindeutig nicht wohl. Endlich musste sie dem Drängen ihrer Blase nachgeben, und sie tat es mit der Waffe in der Hand. Als sie fertig war, stieg sie schnellstens wieder in den Wagen und verriegelte alles. Die Scheinwerfer einzuschalten wagte sie nicht. Die Batterie würde das nicht aushalten. Müde legte sie wieder den Kopf ans raue Sitzpolster.

In der Dunkelheit war die Zeit ausgelöscht, kein Auto zog an ihr vorbei. Nur einmal näherte sich ein schwankendes Licht aus der Nacht, und sie merkte erfreut auf. Aber kurz darauf fuhr ein Mann vorbei, ein Zulu, aufrecht auf einem altersschwach quietschenden Fahrrad sitzend, einen aufgespannten Regenschirm in der Hand tragend, und verlor sich gleich darauf wieder hinter dem Regenvorhang Er hatte sie nicht bemerkt. Sie war froh darum.

Einschläfernd rauschte der Regen herunter. Sonst war es still. Draußen herrschte dichte, drückende Dunkelheit, die sie wie eine tiefschwarze Mauer umgab. Sie konnte nichts sehen, nicht einmal das Zifferblatt ihrer Uhr. Nach einer Weile schloss sie die Augen. Es machte keinen Sinn, sie offenzuhalten.

Im nächsten Moment brach die Hölle los. Hammerschläge hallten durch ihren Kopf, sie schreckte jäh hoch, die Pistole polterte auf den Boden. Sie riss ihre Augen auf und stellte verwirrt fest, dass die Schwärze draußen einem fahlgrauen Licht gewichen war, das den nahen Morgen ankündigte. Ein schneller Blick auf die Uhr sagte ihr, dass sie mehrere Stunden gedöst und jedes Gefühl für die Zeit verloren haben musste. Wieder hämmerte jemand brutal aufs Auto, es dröhnte so laut, als wäre ihr Schädel ein Resonanzboden. Mit rasendem Puls richtete sie sich auf.

»Jill!«, hörte sie dann eine dumpfe Stimme. Es war Martins. Sein Gesicht hing wie das des nächtlichen Affenbesuchs vor der Frontscheibe, nur richtig herum. »Alles okay?«, fragte er. »Du siehst mitgenommen aus.« Seine Nasenflügel waren zusammengekniffen, und seine käsige Farbe zeigte deutlich, wie bösartig der Kater sein musste, der über ihn hergefallen war.

Gönn ich dir von Herzen, dachte sie rachsüchtig und öffnete die Tür. »Natürlich ist alles okay«, antwortete sie mit gespielter Fröhlichkeit, »warum auch nicht? Ich schlaf gern allein im Auto auf einer einsamen Landstraße mitten in Afrika.« Ums Verrecken würde sie nicht zugeben, dass sie vor Angst kaum ein Auge zugetan hatte und ihr bei jedem Geräusch vor Schreck fast das Herz stehen geblieben war. Leise aufstöhnend stieg sie aus. Ihr Rücken schmerzte, die Beine waren steif, und in ihrem Kopf hämmerte ein wütender Specht. Sie bauschte ihr zerknittertes Seidenkleid auf, wirkte wie ein eben geschlüpfter, pfirsichfarbener Schmetterling, dessen Flügel sich noch nicht entfaltet hatten.

»Noch sauer?«, fragte er treuherzig und setzte seinen Dackelblick auf. »Tut mir Leid.« Er griff nach ihr, aber sie wich ihm aus.

»Fass mich ja nicht an! Und was tut dir denn Leid? Deine Worte? Dass du blau warst? Dass du mich hier allein hast sitzen lassen? Was davon?« Kriegerisch schob sie ihr Kinn vor. Die Frage nach dem verschwundenen Geld sparte sie sich für später auf.

»Alles, was du willst, und ganz besonders, dass ich dich hier allein gelassen habe, es war unverzeihlich, gefährlich und furchtbar dumm«, war seine entwaffnende Antwort. Schief gelegter Kopf, seelenvoller Augenaufschlag.

Gleich wedelt er mit dem Schwanz, dachte sie, konnte aber ein winzig kleines Lächeln nicht unterdrücken, das von ihm sofort mit einem Strahlen quittiert wurde. »Wie bist du nach Hause gekommen?«, fragte sie streng. So leicht würde er ihr nicht davonkommen. Dazu war die Gelegenheit zu gut.

»Ich hab es irgendwie bis zur Hauptstraße geschafft, und Bob Meyers, der neue Besitzer von Malcolms und Jennys ehemaliger

Farm, hat mich heute früh am Straßenrand aufgelesen und mitgenommen … Bitte, sei wieder gut, ja?«, bettelte er, wagte es, ihr einen schnellen Kuss auf den Mund zu geben, und als sie nicht zurückzuckte, gleich noch einen, längeren. »Und bevor du etwas sagst, ich verspreche, dass ich mit dem Trinken aufhöre, heute noch.« Er hob die Schwurhand.

»Dann verspreche ich dir, dass wir nach Umhlanga Rocks ziehen«, hörte sie sich zu ihrem maßlosen Erstaunen antworten, und als Martin sie jubelnd in den Arm nahm und über und über mit Küssen bedeckte, war es zu spät, einen Rückzieher zu machen. Verwirrt überlegte sie, ob ihre spontane Reaktion nicht der tatsächliche Ausdruck ihrer eigenen Gefühle war. Hatte auch sie Angst bekommen, einfach so, ganz allgemein? Brauchte sie jetzt auch Gitter vor ihren Fenstern, einen elektrischen Draht, um den Zaun zu sichern, eine Waffe, jedes Mal, wenn sie das Haus verließ, um sich sicher zu fühlen? Einigermaßen sicher. Sie gestand sich ein, dass sie schon lange keinem Zulu, der am Wegrand auf eine Mitfahrgelegenheit hoffte, diese angeboten hatte, wie sie es früher als normal angesehen hätte. Noch gab es keinen Zaun, der das Haus auf Inqaba vom restlichen Land abgrenzte, aber kürzlich war etwas passiert, das auch ihr Angst eingejagt hatte.

Die Familie war kurz nach dem Schlafengehen vom wütenden Gebell von Roly und Poly geweckt worden, das ihnen sagte, dass etwas Ernsthaftes im Gange war. Martin und ihr Vater standen sofort auf, schalteten das Flutlicht vor dem Eingang ein. Phillip rief die Hunde, aber nur Poly folgte. Sie machten sich mit ihren Waffen in der Hand auf die Suche nach der Störung. Über eine Stunde durchkämmten sie das Gelände, fanden aber nichts. Roly blieb verschwunden. Ben entdeckte ihn am nächsten Morgen im Gemüsegarten. Er war tot. Die geschwollene blaue Zunge, der weiße Schaum, der an Lefzen und Brustfell getrocknet war, zeigten, dass er vergiftet worden war. Es war ein Eindringling auf Inqaba gewesen, und er musste direkt vor dem Haus gestanden haben, hatte sie vielleicht durch die hell erleuchteten Fenster beobachtet. Nur zum Schlafen zog Jill die Vorhänge vor. Seitdem sprach auch Phillip Court von einem Zaun, und sie ließ Gitter an allen Fenstern ihres Bungalows anbringen. Und es traf auch Jonas.

Vor zwei Jahren etwa hatte sie ihren Vater spätabends mit verwundertem Gesichtsausdruck vor seinem Schachspiel sitzend gefunden, das stets im Wohnzimmer aufgebaut stand. Er drehte sich zu ihr um. »Hast du die Figuren verschoben?«

»Nein, hab ich nicht. Warum?«

»Es ist merkwürdig. Vor einiger Zeit machte ich, nur so zum Vergnügen, einen Eröffnungszug mit Weiß. Am nächsten Tag antwortete jemand mit einem Zug von Schwarz. Ich dachte, es wäre deine Mutter gewesen, und es bereitete mir großes Vergnügen. Wir spielten die Partie über eine längere Zeit zu Ende. Ich gewann und sprach Carlotta zum ersten Mal darauf an. Zu meinem großen Erstaunen wusste sie nichts davon. Ich begann ein neues Spiel, legte mich auf die Lauer und erwischte Jonas, Nellys Enkel, der heimlich ins Wohnzimmer schlüpfte und den Gegenzug machte.«

Sie runzelte die Brauen. »Jonas? Woher kann der Schach?«

Phillips Miene drückte Hochachtung aus. »Er hat es sich offensichtlich aus einem Buch von der Schulbibliothek mit selbst geschnitzten Figuren beigebracht. Seitdem spielen wir regelmäßig. Der Junge ist wirklich intelligent. Ein netter Kerl …« Phillip erlaubte Jonas sogar, Bücher aus Mamas Geschichtenzimmer auszuleihen. Bald ging Jonas in ihrem Haus frei ein und aus. Phillip machte es Spaß, seinen erwachenden Intellekt zu schärfen, ihn herauszufordern. Warf ihm Themen vor die Füße, von denen der junge Zulu noch nie gehört hatte und Tage in fieberhaftem Studium aller einschlägiger Bücher benötigte, um bei der Diskussion mithalten zu können.

Doch jetzt wurde die Haustür auch tagsüber verschlossen. Nelly und Ben besaßen nur einen Küchenschlüssel. Kam Jonas, musste er läuten, sich anmelden, um Erlaubnis fragen. Er war ausgeschlossen. Langsam schliefen seine Besuche ein.

»Er wird bald mit der Schule fertig sein«, berichtete ihr Vater, »ich hab ihm einen Studienplatz in Pietermaritzburg besorgt. Er wird dort im Studentenheim wohnen und mit Gleichaltrigen Schach spielen können.« Der Unterton des Bedauerns in seiner Stimme war deutlich. Die Zeit mit Jonas schien er zu vermissen.

In wenigen Monaten, am 27. April 1994, würden die ersten freien Wahlen in Südafrika stattfinden, und das weiße Südafrika starrte auf dieses Datum wie ein zu Tode verängstigtes Kaninchen auf die Schlange. Dieses Gefühl, dass etwas Wunderbares passieren könnte, das viele im Land gespürt hatten, als sie zutiefst erstaunt zur Kenntnis nahmen, dass Nelson Mandela nach einem Leben hinter Gefängnismauern von Vergeben, Vergessen und dem gemeinsamen Weg in die Zukunft redete, anstatt eine AK 47 zu nehmen und einen Rachefeldzug zu starten, dieses berauschende Gefühl war längst verflogen. Das Land war zerrissen von politischen Unruhen. Bombenattentate, Hinrichtungen durch das Halsband und ganz normale Morde, bei denen es nur um Geld und Gut ging, waren an der Tagesordnung. In den drei Jahren nach Mandelas Freilassung war die Anzahl der Morde um weit über dreißig Prozent gestiegen, und Johannesburg hatte sich den Titel der Mörderhauptstadt der Welt verdient. Parallel dazu stieg die Arbeitslosigkeit unter den Schwarzen auf fast fünfzig Prozent. Viele schwarze Jugendliche, die in Soweto mit Steinen und Stöcken die Mauern der Apartheid gestürmt und so nachhaltig beschädigt hatten, dass sie endlich zusammenbrachen, diese Jugendlichen, die seit dem Tag ihres Aufstandes die Schulen boykottieren, hatten keinerlei Chance, einen Arbeitsplatz zu bekommen.

Also taten sie das, was sie in den ANC-Lagern in Tansania, Mosambik und Angola gelernt hatten. Sie beschafften sich Waffen und fanden schnell heraus, dass es einfacher war, einem Mann mit vorgehaltener Waffe den Wagen zunehmen, als sich das Geld dafür mit Arbeit zu verdienen. Ströme von Blut tränkten die Erde, Angst fegte wie ein Wintersturm über das Kap und überzog das Land mit einem Eishauch. Wissenschaftler, Techniker, jeder, der es sich leisten konnte – kurzum die Elite Südafrikas –, verließen das Land in Scharen.

Selbstverständlich befanden sich die schwarzen Südafrikaner, die grundehrlich waren, nach moralischen Grundsätzen lebten, die nur als exemplarisch gelten konnten, bei weitem in der Überzahl. Aber von denen las man nichts und hörte man nichts. Natürlich nicht. So etwas interessierte keinen, das waren keine Neuigkeiten. Schwarz war gleich kriminell, und damit basta. Das glaubten die meisten weißen Südafrikaner. Sie handelten wie Harry, wenn er eine Schlange entdeckte. »Ich schlag sie erst tot und sehe später nach, ob sie giftig ist. Sicher ist sicher.« Grinsend hielt er dann den blutigen Kadaver hoch, bevor er ihn in den Abfall warf. »So geht man mit Ungeziefer um.«

All das ließ Jill sich durch den Kopf gehen. Am nächsten Sonntag kaufte sie eine *Sunday Tribune*, die die größte Immobilienbeilage in Natal aufwies. Das Angebot war groß, der Markt mit Häusern derjenigen überschwemmt, die das Land verlassen wollten. Zusammen machten sie und Martin am Sonntagnachmittag die Runde bei den zur Besichtigung geöffneten Häusern, eine Beschäftigung, der viele Südafrikaner frönten, besonders wenn das Wetter nicht so angenehm war.

Aber eine Woche nach der anderen verstrich, es wurde November, und kein Haus fand Gnade vor Martins Augen. Er wurde zum Albtraum aller Immobilienmakler. Schonungslos trampelte er auf den Gefühlen von Hausbesitzern herum, bemängelte dies, mäkelte über jenes. Eine junge Frau, Jill schätzte sie auf zweiundzwanzig, ein Baby saß auf ihrer Hüfte, das andere hing plärrend an ihrem Hosenbein, das dritte trug sie im Bauch vor sich her, putzte Martin derart arrogant herunter, was die Qualität ihrer Installationen anging, dass diese in Tränen ausbrach und sie, ihn und die Immobilienmaklerin hinauswarf. Jill war rot vor Scham über seinen Auftritt. »Wie kannst du nur so gefühllos sein?«, fauchte sie ihn an. »Hast du nicht gesehen, was da los war?«

»Nee, was denn?« Er schien unbeeindruckt von ihrer Empörung zu sein. »Der Preis war zu hoch für das Schrotthaus, das ist das Einzige, was mich interessiert …«

»Zwei Kleinkinder, ein drittes auf dem Weg, Gartenstühle als Wohnzimmermöbel, auf dem Teppich waren noch die Eindrücke von Couchfüßen, als Esstisch hatten sie einen Kunststoffgartentisch, die Betten waren nichts als Matratzen mit Metallbeinen – ich möchte wetten, der Mann ist arbeitslos, und die Gläubiger haben ihnen die Möbel weggenommen. Dann kommst du Schnösel daher, rammst deinen Schlüssel in sämtliche Fensterumrandungen, wackelst an den Installationen, dass ich dachte, die Rohre brechen ab, und erzählst diesem armen Ding, dass das Haus, das Einzige, was sie noch vor dem finanziellen Absturz retten könnte, nur noch den Abbruchpreis wert wäre.«

»Was hat das mit uns zu tun? Willst du den Wucherpreis zahlen, nur weil denen das Wasser Oberkante Unterkiefer steht?«

»Nein, natürlich nicht, aber du hättest dieser Frau einfach sagen können, dass dieses Haus für unsere Bedürfnisse leider nicht passt. Das hätte genügt. Warum musstest du so gemein sein?« Martins verständnislose Miene zeigte ihr deutlich, dass er keine Ahnung hatte, wovon sie redete. »Wir werden die Maklerin höflich bitten, uns noch einmal die zwei Häuser, die mir am Sonntag so gut gefallen haben, zu zeigen, und eins davon werden wir nehmen, sonst bleibe ich auf Inqaba«, fauchte sie.

Sie kehrten nach Inqaba zurück. Eine Wand aus wütendem Schweigen stand zwischen ihnen, die Martin ein paar Mal durch Berührung oder einen zaghaften Scherz einzureißen trachtete, doch Jill kochte: »Fass mich nicht an, lass mich zufrieden!« Auf Inqaba ging sie geradewegs ins Haupthaus und knallte ihm die Tür vor der Nase zu. Durch das Wohnzimmerfenster sah sie ihm nach. Hände in die Hosentaschen gesteckt, Schultern verkrampft hochgezogen, ging er zum Bungalow, trat hier einen losen Stein aus dem Weg, köpfte dort eine Pflanze. Es war offensichtlich, dass der Streit ihn nicht unberührt gelassen hatte.

Sie warf sich bäuchlings auf die Couch und vergrub sich in den Kissen. So lag sie da, die Gedanken schossen wie Querschläger durch ihr Gehirn, und jeder tat weh wie ein solcher. Das verschwundene Geld fiel ihr wieder ein, und gleichzeitig alle Argumente, die eine harmlose Erklärung boten.

Vielleicht hatte er mehrere Strafzettel kassiert, wollte ihr das nicht sagen und musste die bezahlen?

Die Antwort war eindeutig. Es reichte nicht, die Ausgaben zu erklären, auch wenn die Strafe heftig wäre.

Sein Bruder nagte am Hungertuch, er unterstützte ihn heimlich?

Unwahrscheinlich, Lorraines Eltern waren nicht unvermögend.

Er hat eine Geliebte, flüsterte eine giftige Stimme ihr ins Ohr.

Unsinn, hielt sie dagegen, er ist ständig hinter mir her.

Du musst doch zugeben, dass er trinkt, da kann alles passieren!

Wieder diese zerstörerische Stimme in ihr.

Beide Hände an ihren schmerzenden Kopf gepresst, setzte sie sich auf. Der Duft nach frischen Maiglöckchen stieg ihr in die Nase, und sie sah erfreut hoch. »Hallo, Mama.«

Carlottas schneller Blick streifte erst sie, dann Martin, der eben im Bungalow verschwand. Sanft nahm sie Jills Gesicht in die Hände, zog sie an sich, eine Berührung von solcher Zärtlichkeit, dass es Jill die Tränen in die Augen trieb. »Ihr habt euch gestritten, nicht wahr? Willst du darüber reden?«

Ihr Kopf lag in der Halsgrube ihrer Mutter, sie atmete den vertrauten Duft, fühlte sich geborgen wie ein ängstliches Kind. Ihre Selbstbeherrschung wankte. »Nein, damit muss ich allein fertig werden«, wehrte sie ab und löste sich von ihr. Wie sollte sie ihr erklären, dass sich ein Teil von Martins Persönlichkeit jetzt erst, nach fast vier Jahren Ehe, allmählich unter den Schichten seines Charmes herauszuschälen schien? Wie sollte sie ihr erklären, dass seit über einem Jahr immer größere Beträge von ihrem Konto verschwanden, sie keine Ahnung hatte, wofür er das Geld brauchte? Wie sollte sie ihr erklären, dass sie Angst verspürte, dem nachzugehen? Angst, dass sie etwas entdecken würde, das es ihr unmöglich machte, die Ehe fortzusetzen? Dass sie den Kopf in den Sand steckte, hoffte, dass er ihr freiwillig die Gründe nennen würde und diese Gründe dann ganz harmlos wären?

Wie willst du ihr erklären, dass du alle harmlosen Erklärungen durchgegangen bist und keine in Frage kommt? Wieder diese biestige Stimme, die das zerstörerische Gift Misstrauen in ihre Gedanken träufelte.

Entschlossen sprang sie auf. »Ich muss noch einmal weg«, erklärte sie, »zum Abendessen werde ich wohl wieder da sein.«

Fünf Minuten später war sie auf dem Weg zu Angelica. Eine halbe Stunde später ratterte das elektrische Tor mit der Stacheldrahtwurst zurück. Sie fuhr hinein, hielt vor der Haustür und stieg aus.

»Jilly, ist etwas passiert? Du siehst grässlich aus.« Angelica stand auf der Treppe, die zu ihrer Eingangstür führte, vier ausgewachsene Ridgebacks standen hoch aufgerichtet um sie herum, ein fünfter, höchstens sechs Monate alt, sauste aufgeregt kläffend auf Jill zu und schnappte nach ihren Hacken.

Jill bückte sich, zog an seinem Ohr, an dem eine große Ecke fehlte. Er hatte einen Mungo gejagt und war in die Widerhaken eines Wag-n-bietje-Buschs geraten. »Hallo, Fritz, hör auf, mich anzufressen. Wieso habt ihr plötzlich vier erwachsene Hunde? Sonst waren es drei.«

»Fritz, bei Fuß, du dummer Köter!« Angelica pfiff gellend. Fritz kümmerte es nicht. Er sprang weiter an Jill hoch. »Der Rüde ist von Letaba. Er wurde bei einem Überfall verletzt …«

Besorgt richtete Jill sich auf. »Überfall? Was ist passiert? Davon hast du mir ja gar nichts erzählt!« Jetzt sah sie, dass der Hund frisch verkrustete Narben auf Rücken und Hinterschenkel trug. Erschrocken sah sie ihre Freundin an. »Das sind Schusswunden.«

»Sie kamen nachts, zu viert, aber glücklicherweise waren meine Eltern nicht da, sie waren eingeladen. Mein Stiefvater hatte getrunken, und sie übernachteten bei ihren Freunden. Unseren Gärtner Jimmy hat es statt ihrer erwischt. Er war dreißig Jahre bei meinen Eltern gewesen und blieb nach der Scheidung bei meiner Mutter. Sie hat ihn mit nach Letaba genommen. Sein Zustand ist kritisch. Apollo hier hat die Kerle angefallen, wurde aber niedergeschossen …« Sie verstummte mit einem verstohlenen Blick auf Jill.

Ihr erschien es, als verschwiege Angelica ihr etwas. »Und? Da ist doch noch etwas vorgefallen …«

Die Freundin wich ihrem scharfen Blick aus, spielte an einer Haarsträhne. Kinderlachen schallte aus dem Haus, eine fröhliche Frauenstimme rief etwas auf Zulu, die Tauben über ihnen im Baum gurrten schläfrig. »Komm rein, lass uns Kaffee trinken«, sagte sie.

Jill hielt sie am Arm zurück. »Lenk nicht ab! Was war da noch, und warum willst du nicht darüber reden?«

Die Antwort brach schwallartig aus Angelica hervor, als würde sie sich übergeben. »Weil es mir mehr Angst einjagt, als ich ausdrücken kann. Jimmy hat einen der Einbrecher identifiziert, bevor er ins Koma fiel …«, ihre Stimme kletterte, wurde immer lauter, »… er sagt, es wäre Thando Kunene gewesen …«

»Popi?«, flüsterte Jill entsetzt.

Ihre Freundin nickte. »Popi. Er ist offenbar endgültig aus Simbabwe nach Hause zurückgekehrt, begleitet von einem zerlumpten Haufen Halunken.«

Die beiden Frauen sahen sich stumm an.

Jill brach als Erste den Bann. »Was sagt die Polizei?«

Ein bitteres Auflachen, eine abschätzige Handbewegung Angelicas sagte mehr, als alle Worte es vermocht hätten. Im nächsten Moment stürmten Patrick und Craig aus dem Haus, warfen sich in Jills Arme, und Popi war vorübergehend vergessen. Sie fing die kleinen Jungen auf, schwang sie hoch und drückte sie fest an sich, spürte ihre warme, feste Haut, die Kraft der Ärmchen, die sich um ihren Hals schlangen, roch ihren nussigen Duft, und ihr Inneres krampfte sich zusammen. Ihr Kind wäre jetzt ungefähr so alt wie Craig, würde lachen wie er, sie umarmen wie er. Und würde sie Mama nennen.

Mit Craig auf dem Arm trat sie in die dämmrige Halle ein, stolperte fast über das große Plastikauto, das im Eingang lag, gab sich redliche Mühe, den Strom von Fragen, der aus Patrick heraussprudelte, zu beantworten, und folgte Angelica in die Küche. Eine Schwarze in blauem Kittel und passendem Kopftuch stand an der Spüle und schnippelte Gemüse.

»Hallo, Maggie«, grüßte Jill, »geht es dir gut?« Wie es sich gehörte, erkundigte sie sich, ob es neue Familienmitglieder gab, wer gestorben war und ob ihr Mann Dumisani Arbeit hatte.

»Nein, Madam«, antwortete Maggie, »es gibt keine Arbeit.«

Also musste Maggie die Familie ernähren. Jill erinnerte sich, dass sie fünf Kinder hatte und ihre alten Eltern noch lebten. Übersetzt hieß das, dass von der Arbeitskraft dieser schmalen Frau mindestens neun Menschen abhingen. »Schick Dumisani nach Inqaba, Maggie«, sagte sie impulsiv, »vielleicht haben wir etwas für ihn.« Lachend wehrte sie ab, als Maggie, die sicher zwanzig Jahre älter war als sie, ihre Hände ergriff und mit einem Knicks ihren Dank stammelte. »Ich kann's aber nicht versprechen«, warnte sie vorsichtshalber.

»Mach uns bitte Tee, leg etwas von dem Kuchen von gestern dazu, und vergiss nicht, den Nachtisch fürs Abendessen zu bereiten, hörst du?« Mit diesen Worten zu Maggie zog Angelica die Freundin aus der Küche durch die Halle ins Wohnzimmer. Das Zimmer wurde von einem wandhohen Bücherregal dominiert, vor dem ein langhaariger Teppich lag. Jill las interessiert die Buchrücken. »Hast du etwas Neues zu lesen für mich?«

»Pass auf«, warnte Angelica, »tritt nicht auf den Teppich da, er ist voller Flöhe, die Hunde schlafen immer darauf. Die Biester springen dich sofort an und beißen dich. Hier, sieh mal!« Sie streckte Jill ein nacktes Bein hin, das mit zahlreichen roten Flohbissen übersät war.

Jill sprang vom Teppich herunter, und prompt schien etwas ihr Bein hochzukrabbeln. Sie kratzte sich. »Versuch's mal mit einem Flohhalsband, die wirken sehr gut.«

»Steht mir nicht«, grinste Angelica, und die gedrückte Stimmung wich. Sie setzten sich unter das tiefe Schattendach der Veranda, die sich um drei Seiten des Hauses zog. Als Maggie den Tee gebracht hatte, erzählte sie Angelica von sich und Martin. »Sag mir, dass ich albern bin, sag mir, dass er ein Recht hat, sich Geld zu nehmen, ohne es mir zu sagen, sag mir … Oh, Mist, ich weiß nicht, was ich tun soll!« Sie versteckte ihr Gesicht in den Händen.

Ihre Freundin zog ein Taschentuch aus ihren Jeans und putzte Craig die Lecknase. Dann lehnte sie sich zurück, spielte mit einer Strähne ihres schulterlangen Haares. »Kann es sein, dass er spielt?«

Verblüfft starrte Jill sie an. »Spielt? Meinst du im Kasino, am Roulettetisch? Oder Poker oder so?«

»Oder so«, nickte Angelica, »noch sind Kasinos in Südafrika verboten, und das nächste ist ja wohl in Swaziland – aber ich denke, das wird sich unter der neuen Regierung ändern, ein Kasino zu betreiben ist doch wie die Lizenz zum Geld drucken.«

»Wie kommst du darauf?«

Angelica zuckte die Schultern. »Was du da erzählst, erinnert mich an meinen Vater. Er hat gespielt.«

Der Ton ihrer Stimme ließ Jill das ganze Ausmaß der Tragödie ahnen. Kurz vor ihrer Hochzeit hatten sich Angelicas Eltern scheiden lassen, ihr Elternhaus wurde versteigert, ihr Vater war allein in ein kakerlakenverseuchtes Zwei-Zimmer-Apartment in einem Hochhaus der zweiten oder dritten Reihe hinter Durbans Marine Parade gezogen. Es hatte viele Spekulationen im Freundeskreis gegeben, aber Angelica hatte eisern geschwiegen. Bis heute. »Ach so«, sagte Jill, langsam begreifend.

»Genau«, nickte ihre Freundin, »er spielt immer noch. Es ist eine furchtbare Krankheit.«

»Was soll ich jetzt machen?«

»Hoffen, dass ich mich irre. Sonst kannst du nichts machen. Das ist eine Sucht, eine Krankheit, die fast unheilbar ist.«

Sehr nachdenklich fuhr Jill später nach Hause. Spielte Martin? Oder kompensierte sein Verhalten den hartnäckig ausbleibenden Erfolg als Architekt? Es war ja nicht nur seine Schuld, gestand sie sich ein, dass er in den letzten Jahren kaum etwas verdient hatte. Arbeit für Architekten war spärlich geworden. Investoren, inländische wie ausländische, zuckten vor Südafrika zurück, als hätten sie sich verbrannt. Alle hatten Angst. Alle starrten auf das Datum der Wahl und warteten ab. Hier und da hatte er kleinere Projekte bearbeitet, meist Umbauten, aber sie brachten kein Geld. Oft bezahlten auch die Auftraggeber erst Monate später und immer häufiger überhaupt nicht.

Aber warum redet er nicht mit mir, wenn er Geld braucht? Warum vertraut er mir nicht? Warum lässt er mich so allein?

Sie kam zu spät zum Abendessen, hatte auch keinen Hunger, zog es vor, eine Weile allein auf der Veranda ihres Bungalows zu sitzen, bevor sie ins Bett ging. Sonst lagen sie immer noch gemeinsam wach und sprachen über den vergangenen Tag, aber als Martin ebenfalls ins Schlafzimmer kam, stellte sie sich schlafend. Kurz darauf spürte sie seine Hand. Zaghaft kroch sie unter ihr Hemd und legte sich fest auf ihre Brust. Jill drehte sich so, dass sie abrutschte.

*

Am folgenden Freitagmittag klingelte das Telefon. Es war Lina. Jill konnte Lilly und ihr kleines Brüderchen im Hintergrund lachen hören, und für Sekunden krampfte sich ihr Herz zusammen. Die Sehnsucht nach einem Baby beherrschte ihre ganze Gefühlswelt. »Jilly, habt ihr schon ein Haus? Nein? Na prima! Ein Kollege von Marius geht nach England und will sein Haus erst einmal langfristig vermieten. Du musst es dir ansehen, es liegt oberhalb des Highways in Umhlanga, hat eine traumhafte Sicht, und durch seine besondere Lage ist es sehr sicher. Am besten fahrt ihr heute noch hin, damit es euch niemand wegschnappt.«

Seufzend notierte Jill die Adresse, und sie und Martin fuhren gemeinsam nach Umhlanga. Sie redeten kaum auf der Fahrt. Wie aufgewirbelter Schlamm hatte sich ihr Streit noch nicht völlig gelegt. Schweigend bog sie in den Flamboyant Drive ein. Obwohl es diesen Teil Umhlangas schon mehr als dreißig Jahre gab, konnte sie sich nicht erinnern, je dort entlanggefahren zu sein. Die schmale Asphaltstraße lag still im Sonnenlicht vor ihr, führte ziemlich steil hinauf an den Rand der Zuckerrohrfelder. Sie fuhr langsamer, um die Schönheit der Gärten zu genießen. Ein Meer von Farben flirrte vor ihren Augen, die Luft war sanft. Die farnähnlichen Blattwedel der Flamboyantbäume wisperten im Wind, Nektarvögel umschwirrten die roten Blütenbüschel. Zwei schwarze Frauen in rosa Hausmädchenkitteln lagen im Schatten eines Frangipanis. Eine sang, eine sehnsuchtsvolle Weise in Zulu über ihren Wunsch, nach Hause, nach Zululand zurückzukehren.

Die vorletzte Querstraße, genau an der Ecke, hatte Lina als Adresse angegeben. Jill fuhr langsam am Haus vorbei, drehte oben bei den Zuckerrohrfeldern und parkte vor dem Eingang. Dann stellte sie Klimaanlage und Motor ab, ließ die Fenster hinunter und lauschte. Nahebei surrte ein Rasenmähermotor, hier und da zwitscherte ein Vogel, die schläfrigen Stimmen der beiden Zulumädchen schwebten im warmen Wind zu ihnen hinauf. Sonst war es still in der sirrenden Mittagshitze. Sie stieg aus, und dann hörte sie noch etwas anderes. »Hör doch, die Brandung«, flüsterte sie, »ich kann das Meer hören …«

»Und sehen«, bemerkte Martin und deutete den Abhang hinunter.

Und tatsächlich, zwischen Apartmenthäusern und Hotelbauten leuchteten die weißen Schaumköpfe der Wellen, die sich auf den Felsen brachen. Ihr Blick glitt nach rechts, nach Süden. In dunstiger Ferne schimmerte Durban, sein Hafen vom Bluff, einem langen, buschbewachsenen Hügelrücken, umschlossen wie von einem schützenden Arm, einige Schiffe dümpelten weit draußen im Ozean auf Reede. Unterhalb der grünen Küste glitzerte die Brandung in der weiten Bucht wie ein kostbares Halsband. Die Nordküste wurde fast vollständig von den fedrigen Kronen eines Jakarandas und mehrerer Palmen verdeckt. Webervogelnester wie schwere, bauchige Melonen hingen an den meterlangen Wedeln. »Lass uns klingeln«, sagte sie, als sie sich satt gesehen hatte. Das Haus lag mehrere Meter unterhalb der Straße, eine steile Einfahrt, rechts von einer mit fingerdicken Metalldornen gekrönten Mauer begrenzt, links von hohen Blütenbüschen, führte hinunter. Die Einfahrt endete hinter einem hohen schmiedeeisernen, dornenbewehrten Tor unter einem uralten Mangobaum. Im Verlauf der Mauer, in die eine Tür eingelassen war, konnte sie eine Doppelgarage erkennen. Sie klingelten.

Ein Hund schlug an, kurz darauf wurde die Tür in der Mauer geöffnet. Eine fröhlich lächelnde junge Frau trat heraus, die einen prachtvollen Schäferhund an einer kurzen Kette hielt. Mit Knopfdruck öffnete sie das Tor. »Hallo, ich bin Mary, Lina hat mir schon Bescheid gesagt. Sehen Sie sich das Haus nur in Ruhe an. Ich koche uns inzwischen einen Tee.« Mit diesen Worten zog sie ihren Hund zur Seite und ließ sie durch die Mauertür treten.

Hingerissen blieb Jill stehen. Vor ihr lag ein sonnenüberschütteter Patio, in dessen Mitte ein türkisblauer Swimming-Pool funkelte. Das Grundstück war aus dem steilen Abhang herausgeschnitten und dann zu einer Plattform geschoben worden. Die Mauer, die es zur Straße hin abstützte, war ein Blütenmeer, ein Farbenrausch, eine Explosion in allen Tönen von Gold bis Rot. Das Haus, dessen Mauern über und über mit Prunkwinden und Passiflora berankt waren, saß auf dem angeschobenen Grund wie das Nest einer Sturmmöwe auf einem Felsvorsprung. Es lag zur Meerseite, schützte den großen Innenhof gegen den ständigen Wind. Wie verzaubert ging sie weiter, von der lächelnden Hausherrin beobachtet.

An sich war es nichts Besonderes. Eigentlich hässlich. Ebenerdig, flaches, schiefergedecktes Satteldach, kränklich gelb angestrichene Außenmauern, an denen die Installationsrohre entlangliefen. Baustandard der frühen siebziger Jahre. Drei Schlafzimmer, zwei Badezimmer, Gästetoilette, Küche, Wohn- und Esszimmer bildeten die Voraussetzung, ohne die man kaum eine Hypothek von der Bank bekommen konnte, aber die Zimmer waren von angenehmer Größe. Sie gingen durchs Wohnzimmer auf die große Veranda, die zur Meerseite lag. Unter ihnen fiel der üppige Garten in Stufen zu einer Hibiskushecke ab, über blühende Baumwipfel hinweg sah sie den Ort und das Aufblitzen der Brandung. Sie atmete tief durch. »Wann können wir einziehen?«

»Also, hör mal, Jill«, begann Martin. Sie fuhr herum und warf ihm einen Blick zu, der ihn seine Worte verschlucken ließ. Über die Miete, die sehr angemessen war, stritt sie nicht.

Zwei Tage später unterschrieb sie den Vertrag.

Drei Monate später zogen sie ein.

Fünf Monate später wählte Südafrika Nelson Mandela als ersten schwarzen Staatspräsidenten.

Fünfeinhalb Monate später wurde der Erythrina Caffra, der Kaffirbaum, in Korallenbaum umbenannt.

Sechs Monate später erhielt Martin von dem höchsten Häuptling einer der nördlichen Provinzen den sensationellen Auftrag, ein Vergnügungszentrum zu entwerfen und zu bauen.

Sechseinhalb Monate später war sie schwanger.

Dann sagte ihr Martin, ganz von allein, ohne dass sie ihn gefragt hatte, dass er das Geld von ihrem Konto genommen hatte, um den Häuptling bestechen zu können.

Sie vergaß Nellys Warnungen, und der Himmel tat sich auf, die Vögel jubilierten, und wenn sie nicht gestorben sind …

Aber so spielt das Leben nun einmal nicht. Es kam anders.

# 6

Es war an Martins Geburtstag, knapp fünf Wochen nach der Wahl Mandelas, der 31. Mai, an dem der Vertrag für das Vergnügungszentrum unterschrieben werden sollte. Als der Tag heraufzog, war es der schönste, den Jill seit ihrer Hochzeit erlebt hatte. Sie sprang aus dem Bett, lief ins Badezimmer, machte sich rasch frisch, dann weckte sie Martin. »Herzlichen Glückwunsch, mein Liebling«, rief sie und küsste ihn ausgiebig. Schlaftrunken schlang er seine Arme um sie und zog sie zu sich herunter. Sie schlüpfte zu ihm unters Laken, fühlte seine Hände warm auf ihrer Haut, war süchtig nach seinen Liebkosungen.

Es war fast Mittag, ehe er sich verabschiedete. »Bis nachher, dann beginnt die Zukunft«, rief er, als er in sein Auto stieg, und lachte wie ein übermütiger Junge.

Sie winkte ihm nach. Nur noch wenige Stunden, dachte sie, nur noch wenige Stunden. Um halb sieben wollte sie sich mit Martin beim Rechtsanwalt treffen, dann endlich, nach wochenlangem zähem Streit um jede Formulierung sollte der Vertrag von ihnen beiden unterschrieben werden und Martins Traum vollenden. Eine grandiose Hotelanlage mit Kasino in der Transkei am weißen Strand der Turtlebay und Martin als federführender Architekt und Partner von Jake Berman. Sein jüngster Partner.

Jake, Anfang sechzig, ein Energiebündel mit rotblonden Haaren, rotblonder Haut und rotblonden Wimpern, baute Hotels in der ganzen Welt. Martin bewunderte ihn maßlos. Sein ganzes Können hatte er in dieses Projekt gesteckt, sich mit seinem Entwurf gegen vier renommierte Architekten durchgesetzt. An jenem Tag hörte sie seit langer Zeit wieder sein unbekümmertes Jungenlachen. Es war wie ein helles Licht in einer dunklen, stürmischen Nacht. Sie war so glücklich für ihn. Endlich würde er es allen beweisen, würden sie erkennen, wie gut er wirklich war.

Martin musste sich verpflichten, sich prozentual zu seinen Partnerschaftsanteilen an der Vorfinanzierung der Erschließungskosten zu beteiligen. Jakes Anwalt hatte verlangt, dass Jill als seine Ehefrau ebenfalls unterschreiben sollte. »Kann nichts schief gehen bei so einem Projekt«, lachte Martin, und seine Augen glänzten.

Sie erledigte ein paar anfallende Arbeiten, telefonierte längere Zeit, und am frühen Nachmittag entschied sie, dass es nun reichte. Es war einfach zu viel heute, sie musste sich bewegen. Kurz entschlossen fuhr sie zum Strand. Barfuß lief sie den steilen Weg am Cabana-Beach-Hotel vorbei ans Meer. Feuchtigkeit glitzerte in der Luft, über ihr kreiste ein Fischadler im tiefen Blau. Sein Schatten huschte über die vom weichen Wind geriffelte Wasseroberfläche der Lagune, in die sich der Umhlanga-Fluss ergießt, sie allmählich auffüllt, bis der angeschwemmte Sanddamm bricht und das Wasser sich in den Indischen Ozean stürzt. Vom Naturschutzgebiet Hawaanbusch auf der südlichen Seite, dichtem Küstenurwald im Norden und raschelndem Ried auf dem inländischem Ufer begrenzt, bot die Lagune Schutz für viele Vögel. Sie warf den Kopf zurück, sah dem Adler nach, der nur noch ein winziger schwarzer Scherenschnitt vor dem brennend blauen Himmel war. Träge segelte er nach Norden. Sie folgte ihm, immer entlang der mit tiefgrünem Buschurwald bewachsenen Küstendünen.

Der leichte Wind blies sie vorwärts, ihr weißes Blusenhemd bauschte sich. Der Sand brannte zwischen ihren Zehen, das Meer war glatt, der Horizont klar. Es war kurz nach drei, und nichts deutete auf einen plötzlichen Wetterwechsel hin. Sie lief durch die schimmernde Strandwelt, über den weichen Sand am Saum des Ozeans, kühlte ihre Füße in den auslaufenden Wellen. Ihr Blick strich über die sanfte Dünung, die sich leise zischend an der Felsbarriere vor der Küste brach. Delfine schossen pfeilschnell durch die gläsernen Wellenkämme, sprangen hoch, tanzten sekundenlang Ballett auf ihrem Schwanz, fielen klatschend zurück und zogen hinaus aufs Meer. Weit draußen stob ein

Schwarm weißer Seeschwalben dicht über die Wasseroberfläche, vom Wind verwirbelt wie weiße Papierfetzen.

Ein Schleier verzerrte ihre Sicht, sie nahm die Sonnenbrille ab, um sie zu reinigen, und wurde sich bewusst, dass es ein Tränenschleier war. Das Glücksgefühl, das ihr die Kehle eng machte, das Blut in den Kopf und den Puls hochtrieb, hielt sie kaum noch aus. Sie lachte, ein wildes, freies Lachen. Der Ring von Trauer und Depression, der ihr Herz seit dem November 1989 immer enger eingeschnürt hatte, lockerte sich. Heute Abend würde er gesprengt werden, und sie würden feiern, bis zum nächsten Morgen. Sie stellte sich Martins Gesicht vor, wenn er durch die Eingangstür treten würde. Er ahnte nichts von dieser Party, glaubte, dass nur sie beide seinen Geburtstag und den Vertrag bei einem guten Essen feiern würden. Nun, das würden sie, und alle ihre Freunde mit ihnen. Im Geist ging sie noch einmal die Liste der Gäste durch, die zugesagt hatten. Keiner fehlte.

Gegen vier Uhr verdichtete sich die Feuchtigkeit zu einem musselinfeinen Schleier, und kurze Zeit später war der Horizont ausgelöscht. Sie hielt Ausschau nach dem Adler, konnte ihn nicht mehr sehen. Eine plötzliche Bö zerrte an ihrer Bluse. Sie drehte sich um und erschrak. Sie sah sich einer schieferschwarzen Wolkenwand gegenüber, die mit großer Geschwindigkeit auf sie zuraste.

Und dann fiel der Orkan über sie her, ein brüllendes, tobendes Ungeheuer peitschte sie mit Sand, zerfetzte ihre Bluse, riss ihr den Atem vom Mund. Er heulte über das auflaufende Wasser, schleuderte Brecher auf Brecher mit ungeheurer Wucht an Land. Sie fraßen riesige Löcher in den Strand, saugten Tonnen von Sand hinaus ins Meer, bis nur noch ein schmaler, bröckelnder Streifen übrig blieb, der sich am Rand des Küstenbuschs entlangzog. Sie duckte sich, schützte ihr Gesicht mit dem Arm und lief vor den tosenden Wellen davon, sprang von Sandinsel zu Sandinsel. Um sie herum tobte der Sturm wie Millionen kreischender Dämonen.

Nun setzte der Regen ein, und mitten am Tag wurde es dunkel. Blitze zuckten, Donner rollte, der Himmel senkte sich auf die Erde, ihre Sicht war ausgelöscht. Sie nahm das Handy vom Gürtel, das ihr der Händler in der La Lucia Mall zur Probe überlassen hatte, wickelte es in ihre zerrissene Bluse ein. Von den wilden Bananen, die überall im Küstenbusch wuchsen, löste sie ein paar der großen Blätter, kauerte sich darunter in einer kleinen Senke am Rande des Dünenbewuchses zusammen, machte sich klein und wartete. Blitz auf Blitz zischte herunter, Schlag auf Schlag krachte der Donner. Erst um halb sechs fiel der Orkan in sich zusammen, verlor an Kraft und zog grollend nach Norden ab.

Sie kroch unter den Blättern hervor und bürstete den Sand von ihren Shorts. Die Flut hatte ihren Höhepunkt überschritten, und der Sandstreifen war breiter geworden. Es wehte ihr zwar noch ein starker Südwind entgegen, aber über Durban blitzte die Abendsonne schon wieder unter der Bewölkung hervor. Die Schiffe, die auf Reede lagen, leuchteten goldrot, das zarte Rosa der Wolken spiegelte sich auf der Meeresoberfläche, mischte sich mit dem Türkisblau des Abendhimmels und dem funkelnden Widerschein der Schiffe zu einem märchenhaften Aquarell. Verzaubert sah sie, wie sich die Wolken über Durban öffneten. Es schien ihr, dass sie geradewegs in den goldenen Himmel schauen konnte, in ihre Zukunft. Mit übervollem Herzen machte sie sich auf den Weg nach Hause.

Doch nach knapp hundert Metern war ihr klar, dass sie es nicht rechtzeitig schaffen würde, um Martin zum Rechtsanwalt zu begleiten. Froh, dass sie das Handy just heute dabeihatte, wickelte sie es aus der durchnässten Bluse, fürchtete, dass es unbrauchbar geworden war. Aufatmend aber lauschte sie dann dem Wählton. »Ich bin von dem Orkan überrascht worden, ich schaffe es nicht«, sagte sie, als er sich gemeldet hatte, »du musst allein gehen. Ich unterschreibe morgen …« Die Verbindung brach ab. »Liebling? … Hallo?« Enttäuscht steckte sie das Telefon weg. Funklöcher schienen hier häufig zu sein. Ein Grund, mit der Anschaffung zu warten. Außerdem waren die Dinger teuer und ruinierten jede Tasche durch ihr Gewicht.

Als sie sich endlich in der Stadt trafen, schwenkte Martin sie euphorisch herum. »Ich hab deine Vollmacht aus dem Safe mitgenommen und konnte so für dich unterschreiben. Du musst jetzt nicht extra für die zwei Worte zum Anwalt.«

Nur kurz regte sich Unbehagen in ihr. »Hast du den Vertrag genau durchgelesen? Vielleicht hättest du ihn noch von einem anderen Anwalt prüfen lassen sollen?«

»Ach wo, alles ist in Butter, die Kuh ist vom Eis.« Er neigte zu solchen Floskeln, schien sich dahinter zu verstecken. Aber der Stolz, der aus seinen Augen strahlte, die Energie, die von ihm ausging, machte es ihr leicht, nicht weiter darüber nachzudenken.

Zu Hause warteten ihre Freunde, der Champagner floss in Strömen, und sie feierten ausgelassen bis in den Sonnenaufgang.

*

Es hatte sich schnell herausgestellt, dass Martin sich mit der Vorfinanzierung des Projektes völlig übernommen hatte. Jake schließlich fand einen finanzkräftigen stillen Teilhaber. Ein halbes Jahr nach Vertragsabschluss gründete Martin auf Jakes Anraten unter seinem Namen eine Firma. Sie beteiligte sich daran mit dem Großteil des Geldes, das sie von ihren Eltern zur Hochzeit bekommen hatte. Zum zweiten Treffen mit dem neuen Partner hatte Martin sie mitgenommen. Als der Mann ihr im Foyer des Royal Hotels in Durban entgegentrat, hatte sie Mühe, ihr Erstaunen zu verbergen.

Martins Teilhaber war ein übergewichtiger Hüne mit einer Haut wie mit dunkelbrauner Schuhcreme poliert und einem schneeweißen Grinsen, das sie sofort an den großen weißen Hai erinnerte, der im Durbaner Aquarium die Zuschauer erschreckte. So nannte sie ihn fortan insgeheim. Den weißen Hai. »King Charles, das ist Jill, meine Frau«, stellte Martin sie vor und wirkte diesem Mann gegenüber wie ein eifriger kleiner Junge, der zu gefallen suchte.

Jills Augenbrauen schossen bei dieser Anrede in die Höhe.

»Das ist sein Name«, zischte Martin nervös dicht an ihrem Ohr, »sei bloß nett zu ihm. Er schwimmt in Geld.«

»Ja«, brummte King Charles. Seine Stimme war tief und kam direkt aus seinem Bauch, Intelligenz glühte aus seinen Augen, Tücke lag in seinem Lächeln. Seine Anziehungskraft spürte sie körperlich. Der Händedruck seiner Pranke war nicht europäisch fest, sondern lau, flüchtig, hinerließ einen feuchten Abdruck auf ihrer Haut. Hastig zog sie ihre Hand weg und trat zwei Schritte zurück. Es stellte sich heraus, dass er der größte Landbesitzer in der Provinz war, Häuptling eines riesigen Gebietes, dass das Land, auf dem das Vergnügungszentrum gebaut werden sollte, ihm gehörte. Er war der Hauptauftraggeber. Er flößte ihr auf der Stelle tiefes Misstrauen ein.

»Du musst das Grundstück zusammen mit Jake vorfinanzieren, der weiße Hai gibt dir unser Geld dann als Darlehen zurück und kassiert darauf hohe Zinsen, das ist doch illegal«, empörte sie sich später im Auto, bettelte ihn an, sich nicht mit King Charles einzulassen.

Martin aber lachte sie aus, schob ihre unguten Gefühle beiseite. »Es geht um so viel Geld, da können wir nicht zimperlich sein. Außerdem sind wir nicht die einzige Firma, die sich verpflichtet hat, internationale Namen sind dabei. Wir sind kleine Fische.«

»Unmoralisch ist es auf jeden Fall«, beharrte sie. Die Unruhe bohrte weiter, King Charles war ihr zuwider, unheimlich, machte ihr Angst. Sie erwog, Neil Robertson zu bitten, sich umzuhorchen. Ihm traute sie, und er schien überall seine Ohren zu haben, wie er seine Informanten nannte.

Doch aus heiterem Himmel kam dieser himmlische, einmalige, unbeschreiblich schöne Tag, als sie routinemäßig mal wieder einen Schwangerschaftstest durchführte und plötzlich zwei blaue Striche in dem Teströhrchen erschienen. Schlagartig vergaß sie

King Charles und alle Probleme, nichts anderes zählte mehr. Sie starrte, bis die blauen Striche vor ihren Augen flimmerten. Zitternd, dass sie etwas nicht richtig gemacht hatte, vielleicht das Ergebnis ein falsch positives sei, beschloss sie, einen weiteren Test durchzuführen. Sorgfältig legte sie das Röhrchen zurück, rannte zu ihrem Auto, wartete ungeduldig, bis das elektrische Tor aufgegangen war, und jagte hinunter zu Mr. Millers Apotheke. Dort kaufte sie noch zwei Schwangerschaftstests.

Nach einem Tag gab es keinen Zweifel mehr. Sie bekam ein Kind, und dieser Moment, als sie sicher war, dass es nach fünf Jahren endlich geklappt hatte, dieser Moment überstrahlte alles, tauchte auch den dunkelsten Winkel ihres Daseins in Licht und Farbe.

Und dieses Mal erzählte sie es Martin sofort.

»Ja!«, schrie er, stieß seine Faust in die Luft, nahm sie in den Arm und küsste sie, dass sie nach Luft schnappend um Gnade bettelte.

»Du musst jetzt sehr vorsichtig sein, hörst du, du darfst nichts tragen, dich nicht anstrengen, keine spannenden Filme sehen …«

Lachend wehrte sie ihn ab. »Ich bin doch nicht krank, ich bin nur schwanger.« Das Leuchten in seinen Augen, die zärtliche Sprache seiner Hände machten sie so glücklich wie in ihren ersten Tagen.

»Bleib sitzen, ich hab auch eine Überraschung für dich.« Er lief aus dem Haus, sie hörte seine Autotür klappen. Als er zurückkam, balancierte er einen Modellbau in den Händen und stellte ihn behutsam auf dem Esstisch ab. »Schau es dir an, mein Projekt, ist es nicht gigantisch?« Stolz strahlte aus seinen Zügen.

Gigantisch? Ungläubig berührte sie das tischgroße Modell. Spielkasino, drei Hotels, Golfplatz, achtzehn Löcher, künstliche Seen mit Wasserfällen, Felsengebirge aus Beton, täuschend echt mit Sandstein kaschiert. Winzige Menschlein aus Knetmasse tummelten sich auf dem gemalten Grün, Spielzeugautos parkten vor den Hotels, durchweg Modelle der Luxusklasse. »Allerdings«, murmelte sie, »gigantisch. Der weiße Hai ist größenwahnsinnig«, rutschte es ihr heraus. Sie bereute es sofort, denn seine

Euphorie wich einer seltsam verbissenen Entschlossenheit. Seine Stimmung stürzte ab.

»Vielleicht sagst du das nicht mehr, wenn wir plötzlich in der Oberliga spielen. Alle werden uns die Füße küssen, und wir werden überall eingeladen werden.« Ratsch, ratsch schob er einen signalroten Spielzeugferrari auf den Modellstraßen herum. »So einen werde ich mir dann kaufen, darauf kannst du dich verlassen«, murmelte er, aber wohl mehr zu sich selbst.

Da Jill niemand in der Gesellschaft in den Sinn kam, bei dem ihre Familie nicht seit jeher eingeladen wurde, schwieg sie dazu. Seine Bemerkung über den Ferrari ignorierte sie. »Ich möchte deine Träume nicht rüde zerstören, aber es wäre angenehm, wenn mal eine Zahlung von dem …«, noch gerade rechtzeitig verschluckte sie das Wort, das ihr auf der Zunge gelegen hatte, »… von King Charles eingehen würde. Auf unserem Konto ist Ebbe, und ich will nicht schon wieder mein Geld angreifen müssen. Er muss doch nach Baufortschritt zahlen, oder?«

Martins Blick glitt zur Seite, er hob den Spielzeugferrari hoch und ließ ihn über seinen Arm fahren. »Ja, ja«, sagte er, »ich werde ihm auf die Zehen treten.« Das kleine Auto rutschte ihm aus den Fingern, fiel auf den Boden und zerbarst in mehrere Teile.

Für eine Sekunde hatte sie den Eindruck, dass er gleich anfangen würde zu weinen. Aber dann war der Moment vorbei, und sie war sich sicher, dass sie sich geirrt hatte. Zwei Tage später sagte er ihr, dass die erste Zahlung von King Charles eingangen sei. »Soll ich dir den Kontoauszug holen?«

»Nein, ach wo«, rief sie aus, »wie wunderbar. Lass uns feiern, nur wir beide. Ich bestelle einen Tisch im Razzmatazz.« Das Restaurant war in einem der großen Hotels von Umhlanga Rocks, und seine Terrasse lag direkt am Strand mit einem Blick über die Brandung, in die Weite des Indischen Ozeans. Sie saßen auf der Holzterrasse des Restaurants, Kerzen spiegelten sich im Silber, schimmerten auf weißem Porzellan. Sie aßen Langusten im Bambuskörbchen auf Zitronengras gedünstet und tranken einen wunderbaren Weißwein dazu. Es war warm und windstill, die Luft zärtlich weich. Die Amatungulu dufteten betörend, das Meer seufzte und kicherte. Der Abend war vollkommen.

»Nun wird das Glück nach Inqaba zurückkehren, der Schatten weicht dem Licht«, sagte sie ein paar Tage später zu Nelly.

»Nein«, antwortete die alte Zulu, »noch nicht.«

»Oh, Nelly«, rief sie, ärgerlich, dass diese ihr die Laune zu verderben suchte.

*

Ständig pendelte Martin zwischen der Baustelle und zu Hause hin und her, und sie sah ihn nur selten. Anfänglich erwog sie, zurück nach Inqaba zu gehen, um in der Nähe ihrer Mutter zu sein, falls irgendetwas mit dem Baby sein sollte. Doch diese überzeugte sie, in Umhlanga zu bleiben, in der Nähe medizinischer Versorgung. Außerdem hatte ihr Gynäkologe Belegbetten in dem erst vor kurzem eröffneten Umhlanga Rocks Hospital, das sich schnell einen ausgezeichneten Ruf erworben hatte. Es lag oben auf dem Ridge, dem Rücken des zum Meer abfallenden Landes, und sie konnte es in knapp fünf Minuten mit dem Auto erreichen. Sie stellte sich dort vor, ließ sich untersuchen und vergewisserte sich, dass zum Geburtstermin ein Einzelzimmer für sie reserviert war.

Dabulamanzi-John und Thoko, seine Nichte, hatte sie mit in ihr neues Haus genommen. Er hatte sie gebeten, dem Mädchen noch eine Chance zu geben. Um ihre Nachlässigkeit, die Jill das Baby gekostet hatte, gutzumachen, hätte Thoko ihren Ahnen ein Huhn geopfert. Jill gab nach, und Nelly wurde abkommandiert, das junge Mädchen für einige Zeit in ihrer neuen Arbeit zu unterweisen. »Ich möchte jeden Tag frische Brötchen haben, du musst ihr Backen beibringen«, wies sie die alte Zulu an.

Doch das ging gründlich schief. Tagelang hörte sie Nelly mit dem jungen Mädchen herumschimpfen, bis Thoko einen Teller an die Wand schleuderte und weinend in ihre Khaya flüchtete. Jill stellte Nelly in der Küche zur Rede.

»Diese jungen Dinger, nutzlos … frech … haben keinen Respekt …«, regte sich die alte Zulu auf, vergaß vor Zorn ihr Englisch. »Hmphh«, machte sie und klapperte mit Besteck.

Jill rief Thoko, die mit aufmüpfig vorgeschobener Unterlippe vor ihnen erschien. »Was ist passiert?«

»Sie ist eine alte Frau«, stieß das junge Mädchen hervor, »sie kennt sich nicht aus, wie es heute ist … Ich hab die Schule mit dem Matrik abgeschlossen. Ich glaube, dass es nicht meine Arbeit sein soll, Fußböden zu schrubben und Betten zu machen.«

Jill wusste, dass Thoko ihren Abschluss gerade eben geschafft hatte und keineswegs ein Matrik besaß, das sie zum Besuch der Universität berechtigte. Der Standard der ländlichen Schule in Zululand, die nur Schwarze besuchten, lag weit unter dem der städtischen Schulen. Der weißen, städtischen Schulen, berichtigte sie sich selbst. Thoko hatte zwar das Matrik, aber sie sprach nicht einmal korrektes Englisch, geschweige, dass sie es schreiben konnte.

»Ha!«, funkelte Nelly sie an. »Und welche Arbeit glaubt die Nkosikasi, die große Dame, ist gut genug für sie? Was? Sprich!« Die beiden Frauen standen sich dicht gegenüber, hatten offenbar die Weiße vergessen. Das alte und das moderne Afrika. Nelly mit Kopftuch und knöchellangem Kleid, Thoko mit aufreizend tief ausgeschnittenem Oberteil, im schenkelkurzen, giftgrünen Minirock, der Falten über ihrem ausgeprägten Gesäß warf. Die Haare hatte sie stachelig hochgezwirbelt, und ein neonrosa Lippenstift verfremdete ihr hübsches rundes Gesicht zu einer Fratze. »Seht sie euch an«, rief Nelly aus und zeigte mit einer dramatischen Geste auf die junge Frau, »wie sie aussieht – eine Schande.«

»Pah!«, fauchte Thoko. »Ich werde einen Job im Büro bekommen, dann fahre ich ein großes Auto, und Nelson Mandela wird mir ein Haus geben.« Sie warf hochmütig den Kopf zurück und stolzierte, auf hohen Hacken balancierend, powackelnd davon.

Jill sah ihr hilflos nach. Es dämmerte ihr, dass das die Hypothek war, die auf der südafrikanischen Gesellschaft lastete, die Quittung, die den Weißen jetzt für die Apartheidjahre präsentiert werden würde. Wie sollte sie Thoko erklären, dass ihr Matrik nichts wert und der Grund dafür war, dass ihr per Gesetz verwehrt wurde, eine ordentliche Schule zu besuchen? Sie sprach mit ihrer Mutter, die vorschlug, Thoko vorerst auf die Farm zurückzuschicken und es mit einem der anderen jungen Mädchen zu versuchen. Sie befolgte ihren Rat, hörte aber am nächsten Tag von Dabulamanzi, dass Thoko dort nicht angekommen war.

»Sie wohnt jetzt bei einem Freund«, war alles, was er dazu sagte, doch es war deutlich, dass er sich um seine Nichte sorgte.

Später entdeckte Jill die junge Schwarze am Busbahnhof in Umhlanga. Fast hätte sie das Mädchen nicht erkannt. Von ihrem Kopf rieselte ein brauner Wasserfall aus künstlichen Zöpfen, grün glitzernde Augenlider, pinkfarbener Lippenstift, Stöckelschuhe mit Plateausohlen und das wie eine zweite Haut sitzende scharlachrote Kleid machten Jill schnell klar, welche Arbeit Thoko jetzt verrichtete.

»So etwas nennt sich Straßenarbeiterin«, berichtete sie ihrer Mutter besorgt am Telefon, »ein neusüdafrikanischer Euphemismus für Prostituierte. Mein Gott, ich hoffe, sie passt auf. Jede vierte hat schon Aids ...« In einem Interview mit Zulu-Wanderarbeitern, das sie kürzlich im Fernsehen gesehen hatte, lehnten alle Männer entrüstet den Gebrauch von Kondomen ab.

»Ist doch, als ob ich eine Süßigkeit mit Einwickelpapier esse«, bemerkte einer und machte eine rüde Bewegung, die brüllende Heiterkeit unter seinen Kumpanen hervorrief.

»Ich rede mit Nelly«, sagte Carlotta, und die regelte darauf die Angelegenheit auf ihre Weise.

Nelly Dlamini, die Frau des Häuptlings, nahm sich einen Tag frei, fuhr vier Stunden mit dem Bus nach Umhlanga Rocks, marschierte zu der kleinen Stichstraße, wo die Mädchen standen, und wartete, bis ihr Thoko über den Weg lief. Sie schnappte sich das kreischende Mädchen, verprügelte es nach Strich und Faden mit dem Regenschirm, verfrachtete sie gewaltsam in den Bus und lieferte sie vier Stunden später im Umuzi ihrer Mutter ab.

Kurz darauf brach die Hölle los. Ein nadelspitzes Kreischen zerriss die Stille, und Jill, die ihre Eltern besuchte, fuhr erschrocken zusammen. »Das kommt von den Hütten«, rief sie ihrer Mutter zu, die eben ins Haus ging, und lehnte sich weit über das Terrassengeländer hinaus, um den Weg zu den Arbeiterunterkünften überblicken zu können. Spielzeugkleine Menschen rannten durch das Maisfeld vor den Hütten, eine vorneweg, dicht gefolgt von mehreren anderen. Die vorderste Verfolgerin war Nelly, das erkannte sie an ihrer Figur und der stampfenden Art zu laufen, die Fliehende war Thoko. Ihre lange Zöpfchenfrisur flatterte wie ein Banner hinter ihr her. Wann immer Nelly nahe genug an sie herankam, schlug sie auf sie ein. Dann schrillte wieder dieser markerschütternde Schrei durch die klare Luft.

Plötzlich wurden die Sonne von dem Gegenstand reflektiert, der in Nellys Hand wie eine kurze Keule aussah, es gab einen ganz kurzen Lichtblitz, als sei ein Silvesterknaller explodiert. Jetzt bekam Jill mit, was sich dort wirklich abspielte. »Oh, verflucht«, entfuhr es ihr unwillkürlich. Aufgeregt stürzte sie ins Haus. »Daddy, Harry, wo seid ihr?« Doch sie traf nur auf ihre Mutter, die eben aus der Gästetoilette kam. »Wo sind Daddy und Harry?«

»Keine Ahnung, was ist los?«

»Nelly ist mit einer abgebrochenen Flasche hinter Thoko her und versucht, sie in kleine Scheiben zu schneiden!«

»Dieses verdammte alte Weib«, fauchte ihre Mutter, »ich hab ihr gesagt, wenn sie noch einmal mit einer Flasche auf jemanden losgeht, hole ich die Polizei und lass sie ins Gefängnis stecken.« Mit wenigen Schritten war sie im Zimmer ihres Mannes und am Funkgerät, das an der Wand über dem Schreibtisch hing. Sie hakte das Mikrofon aus und sprach schnell hinein. »Phil? Bist du das? Hör zu …« Dann erklärte sie ihm mit kurzen Worten, was vor sich ging. Sie hakte das Mikrofon wieder ein und warf die Tür hinter sich ins Schloss. »Dad ist mit Harry auf den Ananasfeldern. Er kümmert sich sofort darum.«

»Wird er die Polizei holen?«

»Es würde ihr recht geschehen! Ich habe wirklich die Nase gestrichen voll. Du erinnerst dich, dass wir Nelly vor einem Jahr den alten Fernseher zu Weihnachten geschenkt und eine Stromleitung zu den Hütten gelegt haben? Nun, kürzlich fanden wir eine der Pflückerinnen mit aufgeschlitztem Arm und fast verblutet im Gebüsch neben dem Ananasfeld liegen. Jeder wusste, dass es Nelly gewesen war, die sie mit einer abgebrochenen Flasche bearbeitet und dabei ihre Schlagader verletzt hatte, aber keiner machte den Mund auf. Die arme Frau hatte es gewagt, heimlich den Fernseher anzudrehen. Alle anderen müssen nämlich eine beachtliche Summe als Eintritt zahlen, wenn sie etwas sehen wollen. Nelly muss ein Vermögen dabei verdienen. Wenn sie ins Gefängnis gekommen wäre, hätten die anderen auf ihre Kinoabende am Wochenende verzichten müssen, also hat keiner etwas gesehen. Ich habe ein Gerücht gehört, dass die verletzte Frau als Kompensation jetzt gratis zusehen darf.« Wie ein nervöses Rennpferd rannte Carlotta im Wohnzimmer auf und ab. »Sie macht mich rasend! Wenn sie doch nur nicht so eine exzellente Bäckerin und Köchin wäre«, sie rang förmlich die Hände. »Ich sollte sie bei der Polizei abliefern und im Gefängnis schmoren lassen! Aber was soll ich nur ohne sie machen? Ich meine, wer kocht dann? Gar nicht zu reden vom Backen.«

Jill nickte mitfühlend. Ihr erschien diese Frage überhaupt nicht merkwürdig oder lachhaft. Das war ein schwerwiegendes Problem. »Zieh ihr die Krankenhauskosten für Thoko vom Lohn ab …«

»Sowieso«, murmelte ihre Mutter.

»… und streiche ihr das Weihnachtsgeld.«

»Das Mindeste«, pflichtete ihr Carlotta bei.

Thoko wurde, schreiend, aus klaffenden Wunden an Armen und Oberkörper blutend, von Harry umgehend ins Krankenhaus gefahren. Später erfuhren sie, dass die Wunden glücklicherweise nur oberflächlich waren. Phillip rief sofort die Polizei. Carlotta legte ihren Finger auf die Telefongabel und bat ihn, Nelly anderweitig zu bestrafen. Hartnäckig redete sie mit sanfter Stimme auf ihn ein.

»Kommt nicht in Frage, jetzt ist das Maß voll«, hörte Jill ihren Vater, »dann besorgst du dir eben eine neue Köchin.« Damit wählte er, erklärte kurz die Lage und lauschte einen Moment mit offenem Mund, versuchte vergeblich, den Mann am anderen Ende zu unterbrechen. Mit einem unterdrückten Fluch unterbrach er die Verbindung und warf den Hörer auf die Gabel.

»Wann kommen sie?«, fragte Jill.

Ihr Vater schnaubte wütend. »Die junge Frau, Sir, ist sie tot?«, äffte er seinen Gesprächspartner nach, »Sir« sprach er »Sah« aus. Jill schloss daraus, dass der Mann am anderen Ende der Leitung ein Inder gewesen sein musste. »Nein, nicht tot?«, fuhr Phillip im übertriebenen Singsang fort, »scheint alles nicht so schlimm zu sein, was, Sah? Dann wird's nichts ausmachen, wenn ich nicht komme. Es gibt da ein Problem, Sah, tut mir Leid, Sah. Es ist das Folgende, ich bin allein hier, und niemand hat mir Benzin für mein Auto gegeben, Sah, es ist mir also nicht möglich zu fahren, sonst würde ich das Problem adressieren, verstehen Sie, Sah?« Das letzte Wort brüllte Phillip Court und schlug sich mit der Faust in die Handfläche. »Es ist doch nicht zu fassen! Er hat kein Benzin für sein verdammtes Polizeiauto, und außerdem ist die Frau ja nicht tot. Carlotta, das ist nicht zum Lachen! Das ist blutiger Ernst. Das ist unser neues Südafrika.«

Carlotta war in einen Sessel gesunken und lachte, dass ihr die Tränen kamen, bei den nächsten Worten ihres Mannes versiegten sie jedoch schlagartig.

»Ich bringe Nelly jetzt persönlich zur Polizei und komme erst wieder, wenn die Kerle sie ins Kittchen gesteckt haben!« Schäumend vor Wut stürmte Phillip hinaus.

Erst viel später, als Jill über die Szene noch einmal nachdachte, spürte sie ein merkwürdiges Gefühl, so als stünde sie ohne Halt auf schmalem Grat in großer Höhe. Ihr Vater hatte die Polizei um Hilfe gebeten, und die hatte sie verweigert, weil der eine Mann, der für die Station der gesamten Region zuständig war, kein Benzin für den Streifenwagen hatte und weil das Opfer nicht tot, sondern nur verletzt war. In dem Gefüge ihres täglichen Lebens gab es gewisse Eckpfeiler, die unverrückbar feststanden. Rief man zum Beispiel die Polizei zur Hilfe, kam sie, und zwar schnell. Sie blickte hinaus in den gleißenden Himmel Afrikas. Bekam er einen Riss? Zog ein Unwetter über den Horizont? Würde die Erde beben? Doch die Sonne schien wie immer, der Himmel zeigte ein gleichmäßiges, schimmerndes Blau. Beruhigt wandte sie sich ab.

In der Ferne hörte sie die Kinder der Farmarbeiter singen, wie sie es jeden Tag zum Abschluss ihres Unterrichts taten. Klar und hell wie die jubilierender Lerchen stiegen ihre Stimmen auf.

Nkosi S'ikele Afrika.

Gott schütze Afrika.

*

In ihrem dunkelblauen Sonntagskostüm mit weiß bebändertem Hut und weißen Schuhen stand Nelly zwei Wochen später vor Gericht, und es bereitete Jill Mühe, sich nicht von der Komik dieser an sich ernsten Situation überwältigen zu lassen.

»Ich bin gestolpert, Euer Ehren«, klagte Nelly, kreuzte dabei die Hände vor die Brust, »dabei ist die Flasche, die ich in der Hand trug, zerbrochen. Es war Öl drin«, schweifte sie ab, »teures Öl, sehr, sehr teuer, und sie war ganz voll. «

Der Richter, ein gemütlich wirkender Schwarzer im schwarzen Talar, dem der Schweiß in Strömen unter der wolligen weißen Zopfperücke hervorlief, forderte sie mit deutlicher Ungeduld auf, zur Sache zu kommen.

Nelly sandte ihm einen beleidigten Blick. »Ich stand da, und dann ist mir Thokozani in die Flasche gelaufen und hat sich geschnitten«, sagte sie, »das ist die Wahrheit, gepriesen sei Gott unser Herr.« Jeden Satz beendete sie so, und ihre Familie, die zwei Bänke im Zuschauerraum besetzte, nickte beifällig.

Der Staatsanwalt, hager, weißhäutig, rotgesichtig, hinterfragte die Situation noch kurz, aber Nelly lief zu Hochform auf, nannte ihn ebenfalls Euer Ehren, rief immer wieder Gott als Zeugen an und forderte ihre Familie auf, ihre Darstellung zu bestätigen, bis er ihr den Mund verbat und ihr befahl, sich zu setzen.

Thoko wurde hereingerufen und vernommen und Nelly trotz tränenreicher Proteste daraufhin zu einem halben Jahr Gefängnis verurteilt. Doch sie bekam Bewährung auf Grund ihres Gesundheitszustandes und der Tatsache, dass sie noch nie mit dem Gesetz in Konflikt geraten war. Allerdings musste sie Thokozani Schmerzensgeld zahlen.

Triumphierend an der Spitze ihrer Sippe marschierend, verließ Nelly hoch erhobenen Hauptes das Gerichtsgebäude. Später sah Jill, wie sie sich, ein gackerndes Huhn an den zusammengebundenen Beinen tragend, auf den Weg zu ihrem Sangoma machte.

»Und Sonntag geht sie in die Kirche und dankt Gott, Jesus und der Jungfrau Maria«, kommentierte ihre Mutter ironisch, die Nelly ebenfalls beobachtete.

An nächsten Morgen stand die alte Zulu wie immer in der Küche und bereitete das Frühstück vor. Carlotta zog ihr, wie angedroht, die Krankenhauskosten für Thoko ab, strich ihr jede Vergünstigung, bestand darauf, dass sie Bongiwe im Backen und Kochen anlernte. Sorgfältig achtete sie darauf, dass Nelly diese Anordnung nicht sabotierte, indem sie Bongi zum Beispiel verschwieg, dass zum Brotbacken Hefe nötig war.

Thokos Platz im Haus wurde von Zanele, der jüngsten Tochter eines der anderen Arbeiter, eingenommen, und der Haushalt lief wieder reibungslos. Thoko stakste auf ihren Plateausohlen von der Farm und verschwand im Bauch der großen Stadt.

*

Die Möbel für ihr neues Haus ließen sie sich aus Kapstadt kommen. »Die Auswahl ist dort größer und besser«, erklärte Jill ihrer Freundin Lina bei einem Bummel durch die La Lucia Mall, einem Einkaufszentrum, das auf dem Weg nach Durban in den Hügeln oberhalb des North Coast Highways lag.

»Und teurer«, ergänzte Lina und streichelte verlangend über die goldglänzende Oberfläche eines Tisches aus Kiaat, dem südafrikanischen Teak. Sie seufzte.

Jill hatte sich ein Geschirr aus Italien ausgesucht und schrieb dem Ladenbesitzer ihre Adresse für die Lieferung auf. »Sag mal, solltest du nicht Partner in Dr. Websters Praxis werden? Schließlich arbeitest du doch schon zwei Jahre für ihn.«

Lina stieß ein bitteres Lachen aus. »Sollte ich, ja, aber nun hat er zwei neue Zahnärzte eingestellt, beides Inder, die weniger verlangen und nicht auf eine Partnerschaft dringen. Die werden mich wohl überflüssig machen.«

Jill sah ihre Freundin prüfend an. »Das klingt ernst. Ich lade dich zu Cappuccino und Sahnetorte ein, dann können wir reden.«

»Es ist überall das Gleiche«, berichtete Lina, als sie im Café im ersten Stock Platz nahmen, »einer Freundin von mir, eine Radiologin, ist gerade gekündigt worden. Sie ist durch zwei Inderinnen ersetzt worden, die die Hälfte ihres Gehalts bekommen.« Sie hackte mit der Kuchengabel in ihre Torte. »So ist das in unserem Regenbogenland. Wir werden wohl unser Haus nicht halten können, wenn ich nicht in einer anderen Praxis unterkriechen kann.«

»Aber Marius' Job ist doch sicher?«

»Natürlich, aber weißt du, wie viel ein Assistenzarzt verdient?« Lina schob die Tortenstücke hin und her. Gegessen hatte sie noch nichts. Plötzlich warf sie die Gabel hin. »Ich kann es dir auch gleich sagen, wir gehen nach England. Es ist unsere einzige Chance. Hier gibt es keine Zukunft für uns.«

»Lina, ihr geht weg? Für immer?« Jill fühlte einen Stich bei der Aussicht, Lina und Marius zu verlieren. »Wann habt ihr das entschieden? Gibt es denn gar keine andere Möglichkeit?«

Ihre Freundin schüttelte stumm den Kopf, vergrub ihr Gesicht in den Händen. Tränen quollen zwischen ihren Fingern hervor. »Ich weiß nicht, wie· ich das machen soll, das Land verlassen, meine Freunde und die Familie zurücklassen«, weinte sie, »nicht einmal den Gedanken daran kann ich ertragen. Ich bin nur einmal in Europa gewesen, aber das war mitten im Hochsommer. Die niedrigste Temperatur, die ich bisher erlebt habe, waren fünf Grad plus. Das war in den Drakensbergen. Ich hab mich gefühlt, als würde ich in einem Eisschrank leben, und war überzeugt, dass ich nie wieder warm werden würde.«

Jill konnte sich nicht helfen. Sie musste lachen. »Im Winter wird es in England noch viel kälter. Ich habe einmal im Winter Mamas Familie im Bayerischen Wald besucht. Steck deinen Kopf in die Tiefkühltruhe, dann bekommst du eine Vorstellung davon, welche Kälte dort herrscht. Aber, keine Sorge, es gibt Zentralheizung.«

»Tiefkühltruhe …« Ein Ausdruck puren Entsetzens stand in Linas dunklen Augen. »Und dann kein Licht! Die Sonne verschwindet da für Monate, und dann herrscht ewige Nacht.« Mit dem Handballen wischte sie sich die Nässe aus dem Gesicht.

»Quatsch, du willst doch nicht am Polarkreis leben.«

»Nein, nein, natürlich nicht.« Der Kuchen war nur noch ein Krümelhaufen. Lina rührte darin herum. »Ich will hier bleiben, mehr als alles andere, aber es geht wohl nicht. Wir haben hier keine Zukunft mehr. Südafrika hat keine Zukunft mehr.«

»Ihr dürft nicht gehen. Unser Land wird ausbluten, es wird sterben, weil solche Leute wie ihr weggehen«, sagte Jill, »das könnt ihr doch nicht zulassen. Ihr werdet hier gebraucht.« Sie konnte den Vorwurf nicht aus ihrem Ton verbannen.

»Stell dir dein Leben in fünf Jahren hier einmal vor. Sieh dir doch den Rest von Afrika an. Kriege, Kriminalität, Aids, der ganze Kontinent versinkt im Blut. Hast du nie Angst bei euch draußen auf der Farm? Keine Nacht würde ich freiwillig allein dort bleiben. Reitest du immer noch stundenlang allein über euer Land?«

Jill lehnte sich in ihrem Stuhl zurück, kehrte ihren Blick nach innen, versuchte zu verstehen, was sie wirklich dachte. Hatte sie Angst? Hatte sie Angst gehabt, als Roly vergiftet worden war? Jagte ihr der Gedanke an Popi Kunene Angst ein, der die Massen aufpeitschte und ihnen Land versprach? Hatte sie Angst, dass er sich ihr Land aussuchen könnte, Angst, dass er sie niederschießen würde, wie Jimmy und der Ridgeback-Rüde niedergeschossen worden waren? Popi, ihr Kindheitsfreund?

»Jetzt wirst du auch nachdenklich!« Linas Ton trug eine Spur von Triumph in sich.

»Ja, ich habe Angst.« Zum ersten Mal sprach Jill das freimütig aus, zum ersten Mal war sie ehrlich mit sich selbst. »Aber ich kann hier nicht weggehen. Es ist mein Land, hier bin ich zu Hause. Jeder Geruch ist mir vertraut, jedes Geräusch. Jeden Morgen, wenn ich aufwache, bin ich froh, dass ich hier geboren wurde. Der Geschmack der Luft, die Farben, diese Lebenskraft unseres Landes. Mich kriegt hier keiner weg. Ich werde zähneknirschend hinter Zäunen leben und mit der Waffe ins Bett gehen. Eines Tages wird es besser werden. Dann können wir die Zäune wieder einreißen und die Waffen weglegen. Du wirst sehen.«

»Bis dahin sind wir verhungert.« Lina leckte einen Krümel vom Finger.

Jill schwieg, dachte nach und fand einen Weg. »Ich werde euch helfen«, sagte sie. Als Lina protestierend hochfuhr, hob sie ihre Hand. »Es ist nutzlos, mit mir darüber zu diskutieren. Hinter meiner Entscheidung stecken ganz egoistische Motive. Ich will euch als Freunde nicht verlieren, und«, sie lächelte Lina ins verheulte Gesicht, »mein Weisheitszahn zieht. Außerdem kann ich es mir leisten.« Wenn King Charles zahlt, dachte sie grimmig.

Jill bürgte persönlich für die Konnings bei der Bank. Sie erhielten einen erweiterten Kreditrahmen und schafften es, sich über Wasser zu halten, bis das Wunder geschah und Dr. Webster entschied, dass er sich in Schottland zur Ruhe setzen würde. Er bot Lina die gesamte Praxis gegen eine Ablösesumme an. Dank Jills Bürgschaft konnte sie einwilligen. Lina besuchte sie im Flamboyant Drive, als der Handel perfekt war, legte ihr die Arme fest um den Hals, blieb lange so stehen und sagte nichts, nur ihre Schultern zuckten. »Danke, dass es dich gibt«, flüsterte sie endlich, doch lachte im selben Moment los und löste sich. »Dein Baby hat mich eben getreten, zack, genau in meinen Magen. Geht es ihm gut?« Fröhlich tätschelte sie Jills hervorstehenden Bauch.

»Ihr«, antwortete sie, »ihr, sie heißt Christina. Ich weiß es seit einer Woche. Ich bekomme eine Tochter. Ist das nicht wunderbar?«

»Nein, wie süß. Was sagt Martin?«

»Er ist hingerissen, er meint, mit einem Sohn, der seine und Leons Gene hat, würde er nicht fertig werden!« Sie schenkte Lina Tee ein und schob ihr die Kekse hin. »Möchtest du welche?«

»Ich werde zu dick.« Lina blies demonstrativ ihre Wangen auf, um zu zeigen, welche Ausmaße sie annehmen würde. »Ist Martin schon wieder unterwegs? Hast du keine Angst nachts? Du brauchst einen Hund«, sagte sie auf Jills Schulterzucken hin, »du bist zu häufig allein, und dieser Tage treibt sich ziemlich unerfreuliches Gesindel herum.«

Jill wurde nachdenklich. Lina hatte Recht. Vor ein paar Tagen hatte sie abends ein Feuer auf dem freien Grundstück unterhalb ihres neuen Hauses entdeckt und festgestellt, dass sich dort ein schwarzes Ehepaar mit einem kleinen Kind niedergelassen hatte. Aus Plastikplanen und Buschwerk hatten sie sich einen Unterschlupf gebaut, und ihre Mülltonne, die vor kurzem verschwunden war, benutzten sie als Stauraum. Sofort hatte sie die Polizei angerufen, doch bisher war nichts passiert. Abends dann roch es plötzlich scharf nach Rauch. Martin sah nach, ob er aus Zaneles Raum, der an die Garage angebaut war, kam. Aber Zanele war ausgegangen, ihre Tür verschlossen, kein Feuer zu sehen. Dann loderten auf einmal zwei Feuer auf dem freien Grundstück. Am nächsten Morgen mussten sie feststellen, dass nun zwei Familien dort lebten. Martin beschwerte sich wütend auf der Polizeistation.

Als die Polizisten einen Tag später erschienen, war von den illegalen Landbesetzern keine Spur zu sehen. Lustlos stocherten die Männer in den Plastikplanen herum, informierten Jill und Martin, die sie vom Zaun aus beobachteten, dass die Lagerstatt verlassen wäre, sich das Problem auf diese Weise gelöst hätte. Sie fuhren wieder davon. Martin schickte Zanele und Dabu hinüber, um die Mülltonne wiederzubeschaffen, und ließ sie die Plastikplanen vernichten, das ausgerissene Buschwerk verbrennen.

»Zwei Tage später war die Mülltonne wieder verschwunden«, erzählte sie Lina jetzt, »und abends sahen wir von der Terrasse aus die zwei munteren Feuerchen wieder brennen. Martin hat eine zweite Pistole gekauft, eine fürs Haus, eine fürs Auto.« Sie nahm Linas Rat an. Glücklicherweise hatte ihre Dobermannhündin Poly vor zwölf Wochen Junge geworfen, deren Erzeuger im vergangenen Jahr Sieger aller Klassen geworden war. Den größten und frechsten Rüden suchte sie sich aus, ein Ebenbild seines Vaters, lackschwarzes Fell, goldene Markierungen, angriffslustiges Temperament. Zu Hause angekommen, führte er sich gebührend ein und jagte laut kläffend die kreischende Zanele durchs Haus.

»Er heißt Dary und tut dir nichts«, erklärte sie ihrem skeptisch dreinschauenden Hausmädchen. Zusätzlich ließen sie eine Alarmanlage in das Haus einbauen und den faustgroßen, knallroten Knopf direkt an ihr Bett montieren. Ein Schlag darauf, und die Sirene auf dem Haus würde ganz Umhlanga aufwecken.

Als sie an diesem Abend ins Schlafzimmer ging, um sich fürs Bett fertig zu machen, schien der Mond durch die offenen, durch Gitter geschützten Fenster. Mit fahlem Licht malte er Schattengitter auf Fußboden und Wände hinauf bis zur Decke, legte sie über ihren Körper, sie schienen sie zusammenzupressen. Plötzlich wurde ihr das Atmen schwer. Sie sank aufs Bett, schlang Halt suchend die Arme um ihren Bauch. Unter ihren Händen, nur durch dünne Hautschichten getrennt, spürte sie die lebhaften Stöße ihrer Tochter. Völlig unvorbereitet überflutete sie eine so brennende Liebe zu dem kleinen Wesen, dass ihr schwindelig wurde. Ihr Herz klopfte bis in die Fingerspitzen.

»Noch fünfzig Tage«, flüsterte sie, »und dann unser ganzes Leben …« Schwerfällig richtete sie sich auf, die Gitterschatten flirrten durch die Bewegung, der Alarmknopf an ihrem Bett drückte sich schmerzhaft in ihre Wade. In diesem Augenblick schob sich eine schwarze Wolke vor den Mond, und sie war allein mit ihrer Tochter, umschlossen von undurchdringlicher Dunkelheit. Der Wind wisperte in der Krone der mächtigen Natalfeige im Garten, in der Ferne donnerte die Brandung, ein Nachtvogel schrie. Es knackte.

Sie schreckte hoch, Christina trat um sich, als hätte auch sie das Knacken gehört, als hätte es sie erschreckt. Rasch stand Jill auf, um die Vorhänge vorzuziehen, die Nacht auszuschließen. Sie hob die Hand, wollte das Licht einschalten und in ihre helle Welt zurückkehren, als ein Feuer in der Schwärze draußen aufflackerte, unten auf dem leeren Grundstück. Wie Scherenschnitte geisterten die Schatten von mehreren Gestalten über die Büsche. Sie wich vom Fenster zurück, tastete nach dem Alarmknopf.

Würde so ihre Zukunft aussehen, ihre eigene und die ihrer kleinen Tochter? Würden immer mehr Feuer in der schwarzen Nacht entzündet werden, die dunklen Gestalten immer näher rücken? Der Gedanke traf sie unvermittelt. Ihre Zuversicht, die sie Lina gegenüber vertreten hatte, verschwand, und eisige Angst presste ihr Herz zusammen.

*

Einen Großteil ihrer Zeit verbrachte sie im Botanischen Garten, nachdem es ihr gelungen war, den Botaniker Dr. Max Clarke für ihren Plan, einen Vogelgarten auf Inqaba anzulegen, zu begeistern. Die von den Regenfluten zerstörte Böschung hatte sich unter Dabulamanzis magischen Händen wieder erholt. Zusammen mit Max entwarf sie einen Plan, den Hang so zu befestigen, dass er später als Brutplatz für Malachiteisvögel dienen konnte. »Unten legen wir einen kleinen See an und setzen jede Menge Fische für die Eisvögel hinein.« Jill schraffierte einen See in den Plan.

»Denk an Brutbäume für Reiher und Fischseeadler«, erinnerte Max sie, »vielleicht sollten wir einen Landschaftsarchitekten hinzuziehen. Ich hab da einen Freund, den ich fragen könnte.«

»Gute Idee. Ich möchte den Plan im Kleinen im Garten unseres Hauses in Umhlanga ausprobieren. Ich werde die Besitzerin um Erlaubnis bitten.« Sie klappte ihr Notizbuch zu. »Schluss für heute, Max, ich kann einfach nicht mehr sitzen, und Christina hat schon lange keine Lust mehr.« Lachend klopfte sie sich auf den Bauch. »He, mein Kleines, Zeit fürs Mittagessen und einen langen Spaziergang!«

»Wann kommt das Wurm?« Er hielt ihr die Tür auf.

»In dreiundvierzig Tagen – es dauert also noch eine Ewigkeit!« Zusammen gingen sie durch den Botanischen Garten, vorbei an dem See, in dessen Mitte auf einer kleinen Insel Unmengen von heiligen Ibissen brüteten. Auch auf den hohen Palmen der Umgebung saßen mindestens zwei Paare pro Palme. Sie zog die Nase kraus. »Die stinken wirklich fürchterlich.«

Max nickte besorgt. »Sie haben den See, entschuldige den Ausdruck, zugekackt, und er ist gekippt. Wir haben noch keine Lösung gefunden.« Am Parkplatz angekommen, öffnete er ihr die Wagentür. »Bis demnächst«, rief er ihr nach, als sie auf die Straße hinausfuhr und sich in den Verkehr einfädelte.

Zu Hause ließ sie sich von Zanele einen Salat anrichten und ein großes Glas Gemüsesaft einschenken. »Mach mir bitte noch einen Tee und bringe ihn in den Patio.« Erleichtert legte sie sich auf den Liegestuhl, schrieb Mary, malte den Vogelgarten in glühenden Farben und legte eine grobe Skizze der Änderungen bei, die sie vornehmen wollte. Dann tauschte sie ihr leichtes Kleid gegen Shorts und ein ärmelloses Flatteroberteil und pfiff Dary. »Ich geh noch ein wenig mit dem Hund an den Strand, Zanele. Der Salat war sehr lecker, mach bitte noch einen für heute Abend.« Sie ließ

Dary auf den Rücksitz ihres Wagens springen. Wie immer parkte sie neben dem Beverly Hills Hotel unter der vielstämmigen wilden Banane mit den windzerfetzten Blättern, die schon so lange dort stand, wie sie sich erinnern konnte.

Es war windig und heiß, der Himmel ein glühendes Blau und so klar, dass sie in der Ferne die Gebäude von Umdloti, dem nächsten Ort, der ungefähr acht Kilometer nördlich lag, erkennen konnte. Das Wasser lief noch ab, das dem Strand vorgelagerte Riff lag frei. Gläsern klare Teiche glitzerten in den Mulden zwischen den muschelbewachsenen Felsblöcken. Ihre körnige Oberfläche und gleichmäßige Ausrichtung verrieten, dass es Sanddünen waren, die Wind und Meer über Jahrmillionen zusammengepresst, glatt geschliffen und in Felsen verwandelt hatten. Sie ließ Dary von der Leine und stieg vorsichtig, den verlagerten Schwerpunkt durch ihren Babybauch ausbalancierend, über eine Reihe abgeflachter Steine zu dem großen Teich, in dem sie vor einiger Zeit einen jungen, blau gebänderten Kaiserangelfisch entdeckt hatte. Der Teich war knapp einen Meter fünfzig tief, so klar, dass sie bis auf den hellen, sonnengesprenkelten Grund schauen konnte. Sie setzte sich auf einen Vorsprung und beobachtete das Treiben. Unter ihr ging es zu wie auf einem belebten Marktplatz.

Im Zentrum des Marktplatzes ragte ein großer, tangbewachsener Felsen aus dem Wasser. Fedrige Weichkorallen siedelten in den Nischen, aus einer Spalte ragten die rötlichen Fühler einer kapitalen Languste. Flüchtig erwog sie hinunterzuklettern, um zu versuchen, das Krustentier für ihren Abendbrottisch zu fangen. Doch sie hatte keine Handschuhe da, ohne die ihre Hände von den messerscharfen Stacheln auf dem Panzer der Languste in Streifen geschnitten würden. Zu ihren Füßen an der Gezeitengrenze leuchteten blaugrüne Seetangbüschel, Bienenwabenkorallen schimmerten wie in Altgold gefasste Smaragde. Mehrere silberglänzende Schmetterlingsfische paradierten auf und ab, fächerten stolz ihre zitronengelben Saumflossen, bunte Papageienfische huschten über den sonnengefleckten Grund, Jungfische standen in dichten Schwärmen in den schützenden Nischen. Wie glitzernder Sternenstaub stoben sie davon, als ein handgroßer Rotfeuerfisch in der Strömung daherdriftete, die Brustflossen gespreizt, die Rückengiftstacheln steil aufgerichtet, im vollen Kriegsschmuck prunkend, versuchte er, seinen winzigen Beutefischen den Fluchtweg zu versperren.

Dary bellte aufgeregt. Sie sah hoch. Heftig mit seinem Stummelschwanz wedelnd, sprang er in einem flachen Teich herum, schnappte nach den flitzenden Fischen, erwischte wie immer keinen, verbellte sie empört. Er hatte immer viel Spaß am Strand. Nur wenige Meter entfernt donnerte die Brandung gegen das Außenriff, zischend rollten die Wellen über die Felsen, ergossen sich im Schwall in ihren Teich, wirbelten den Sand auf, trübten die Sicht auf die Zauberwelt am Grund. Die Flut lief auf, es war Zeit, zu gehen.

Der Strand war ziemlich belebt, das Strandcafé bis zum letzten Platz besetzt. Noch vor wenigen Jahren hatte hier die Polizeistation mit dem Hubschrauberlandeplatz gestanden. Heute erinnerte nichts mehr daran. Der Nordwind verstärkte sich, die ersten portugiesischen Galeeren, daumengroße Gebilde wie aus kobaltblauem Glas mit meterlangen Tentakeln, wurden angeschwemmt und blieben auf dem Sand zurück. Sie löste Darys Leine. Aufgeregt rannte er ins flache Wasser von Grannys Pool, der von zwei parallelen, schräg zu den Wellen verlaufenden massiven Felsenriffen geschützten Zone, in der alle die schwammen, die sich nicht in die meterhohen Brecher des Badestrandes wagten. Vor ihr tanzten zwei blaue Plastiktüten ein Menuett im Wind. Unmutig bemerkte sie den Schmutz, der bei der letzten Flut gestrandet war. Nicht nur das, was das Meer freigab – Muscheln, abgerissene Korallen, grüner Blasentang –, sondern allerlei Krimskrams der menschlichen Abfallgesellschaft. Ein breiter Streifen Unrat zog sich am Saum des Wassers entlang. Verschiedener Plastikabfall, Bierdosen, Bierdosendeckel, hier und da ein verwesender Fisch, alles vermischt sich mit abgerissenem Zuckerrohr und in der

Hitze stinkendem Seetang. Voller Ekel entdeckte sie ein paar Meter vor den riesigen Regenwasserabflüssen, die direkt auf dem Strand endeten, eine herumkriechende, verletzte Ratte.

Sie drehte auf den Hacken um, nahm Dary an die Leine und fuhr schnurstracks zum Gemeindeamt. Dort schilderte sie einem fettig glänzenden älteren Mann, der trotz der Klimaanlage übermäßig schwitzte, den Zustand des Strandes. »Umhlanga Rocks lebt vom Tourismus, es ist ein Skandal, wie der Strand aussieht.«

Er kaute irgendetwas, beförderte es mit der Zunge auf eine Seite, wo es als Beule in seiner Wange verblieb. »Daran sind unsere neuen Brüder schuld, die sich als illegale Landbesetzer an den Ufern des Umhlanga niederlassen und ihren Abfall einfach in den Fluss werfen. Der trägt ihn zur Lagune, dann weiter ins Meer, und durch die vorherrschende Strömung wird der Dreck wieder an Land gespült, und zwar direkt vor all die sündhaft teuren Hotels«, grinste der Mann schadenfroh und kaute genüsslich weiter. Dabei schrieb er etwas in das offene Buch, das vor ihm lag.

»Warum unternehmen die Hotelbesitzer nichts?«

»Weil die Herren meinen, dass die Gemeinde dafür zuständig ist. Die Gemeinde jedoch vertritt die Ansicht, dass die Hotelbetreiber großen Profit aus ihrer Lage am Strand ziehen und deshalb zur Kasse gebeten werden sollten. Geht wie ein Pingpongspiel hin und her«, freute er sich, »alle warten immer auf die nächste hohe Flut oder den nächsten Wolkenbruch, die den Strand auf natürliche Weise reinigen werden.«

»Wann tagt der Gemeinderat? Ich möchte eine Petition einreichen. Ich finde den Zustand empörend.«

»Nur zu, junge Frau, nur zu. Mischen Sie die mal ordentlich auf, das ist nämlich noch lange nicht alles.« Er lehnte sich vor. »Überall, wo sich die Illegalen niederlassen, fressen sich die Ratten an ihrem Dreck dick und rund und kriegen viele dicke kleine Ratten. Das wiederum«, er grinste unangenehm, »das wiederum lieben die Mambas. Sie werden auch dick und rund und produzieren viele, viele kleine Mambas. Und die beißen dann die illegalen

Siedler tot. Das nennt man Recycling.« Er lachte lauthals, deutete zur Uhr, die fünf Minuten vor fünf zeigte. »Wir schließen«, sagte er, klappte sein Buch zu und warf den Bleistift hin.

Angewidert starrte ihn Jill an. »Kettenreaktion nennt man das«, sagte sie und ging hinaus.

»Ist mir auch egal, ich hör hier in zwei Monaten auf«, rief er hinter ihr her. Wütend fuhr sie nach Hause. Martin war überraschenderweise schon da, saß in Badeshorts im Patio am Swimming-Pool, las die Abendzeitung und nippte an einem großen Whisky. Sie lief in seine Arme. »Wo kommst du so früh her?« Sein Atem roch stark nach dem Alkohol, das Glas in seiner Hand war fast leer.

»Hatte keine Lust mehr, ich weiß ja gar nicht mehr, wie du aussiehst …«, er küsste sie ausgiebig, »… und schmeckst …«, wieder ein langer Kuss, »… und überhaupt …«

»Ma'm, wir haben Ärger«, verkündete Zanele hinter ihnen, und sie fuhren auseinander, »massenweise Kakerlaken in der Küche.«

Fluchend stand Martin auf. »Wir müssten das Haus eingasen lassen oder was immer man heute macht, um diese Pest loszuwerden. Wir mussten vor Jahren für zwei Tage ausziehen, dann wurde ein Zelt über das ganze Haus gestülpt und Giftgas hineingeleitet. Brachte alles um. Aber als Notmaßnahme spritze ich erst mal in ihre Nester. Halt du dich aus dem Weg, Jill.«

»Ich bade schnell und zieh mich um, bis dahin bist du sicher fertig. Wir essen draußen, da riechen wir von dem Zeug nichts.«

Kurz darauf lag sie in ihrer großen Badewanne, Dary streckte sich auf dem Badevorleger aus, vor dem vergitterten Fenster sang der Malachitnektarvogel im Bougainvilleabusch sein schrilles Lied. Die letzten Strahlen der Sonne ließen die Blüten feurig aufleuchten, malten tanzende Schatten auf die Badezimmerwände. Wohlig seufzend lehnte sie sich im lauwarmen Wasser zurück.

Plötzlich knurrte Dary. Fragend blickte sie über den Badewannenrand. Unter seinen Pfoten wand sich eine daumengroße Kakerlake, eine zweite fiel eben daneben. Erstaunt verdrehte sie den

Hals, um herauszufinden, woher die Insekten kamen. Ein Geräusch wie das Platschen großer Regentropfen auf Wasser lenkte ihre Aufmerksamkeit auf die Wanne. Und dann sah sie es. In ihrem Badewasser strampelte bereits mehr als ein Dutzend glänzend brauner Kakerlaken, und stetig stürzten sich mehr hinein. Sie sah zur Decke. Aus einem Spalt ergoss sich ein Strom panischer Schaben, landeten vor ihr im Wasser, bildete bereits eine zusammenhängende Schicht, auf der die nachkommenden Tiere kopflos herumkrabbelten. Es raschelte, knackte, und eine bestieg kratzend ihren Bauch.

Sie war in Afrika auf einer Farm geboren und aufgewachsen, nichts konnte sie so schnell erschüttern, aber die Bilder vom verdreckten Strand, dicker, fetter Ratten, Heerscharen sich ringelnder Mambas wirbelten in ihrem Kopf durcheinander, Kakerlaken regneten auf sie herunter, und nun hatte die eine ihren Bauch erklommen und saß auf ihrem Nabel. Aus schwarz glitzernden Augen starrte das Insekt sie an, seine Fühler kitzelten ihre Haut. In diesem Moment bewegte sich Christina, trat gegen ihre Bauchdecke, die Kakerlake purzelte herunter. Unverdrossen hakte sie ihre Beine in Jills Bauchhaut und kraxelte wieder herauf.

Das war zu viel, sogar für sie. »Martin!« Wie ein springender Wal schoss sie aus dem Wasser und machte einen Satz aufs Trockene. Sekunden später stürzte er herein. »Was ist denn hier los?«

Mit ausgestrecktem Arm wies sie auf die Wanne. »Sämtliche Kakerlaken Natals versuchen gerade, in meinem Badwasser Selbstmord zu begehen, ruf den Kammerjäger, der soll das Haus auseinander nehmen.« Sie wickelte sich in ein Badelaken ein und lief ins Schlafzimmer, trat dabei auf eins der braunen Insekten, das unter die Fußbodenleiste zu entkommen suchte. Es knirschte, und ein buttrig weicher Klecks mit zappelnden Beinen und Flügeln klebte unter ihren nackten Füßen.

Martin kletterte auf den Wannenrand und untersuchte die Badezimmerdecke. »Da haben wir's! Die Mistviecher leben im Dach in der Nähe des Boilers. Auch in der Küche war ein Spalt in der

Decke. Ich hab hineingesprüht. Offenbar sind sie zu dir geflohen. Wir müssen das Haus sanieren lassen. Ruf am besten Irma an und frag, ob wir für ein paar Tage im Spatzennest unterschlüpfen können.«

Noch am selben Abend zogen sie um.

»Es wird zwei Tage dauern, und wir sollten den Teppich herausnehmen. Man sagte mir, dass sie auch darunter ihre Nester haben«, berichtete Martin. »Wir müssen das Haus natürlich neu streichen lassen, am besten auch gleich von außen. Ich krieg von diesem kranken Gelb Albträume. Außerdem ist die Küche eine Katastrophe, wir brauchen unbedingt neue Schränke. Und der Videorecorder liegt im Sterben«, setzte er hinzu.

Sie hatte nur genickt.

Am nächsten Morgen, Martin hatte das Haus schon verlassen, frühstückte sie auf Irmas Veranda direkt über dem Meer. Sie hatte schlecht geschlafen, das Brüllen der Brandung, der Donnerschlag, wenn sie auf die Felsen traf, hatte sie wach gehalten. Das Meer funkelte, weit draußen flatterte ein Schwarm weißer Möwen, zeigte den Anglern, wo heute Fischschwärme standen. Das Boot des Natal Sharksboard war unterwegs, um die Hainetze zu kontrollieren, Sportangler röhrten mit PS-starken Außenbordmotoren durch die Brandung. Obwohl es erst halb sieben war, herrschte schon reges Treiben auf dem Strand. Jogger, von ihren Hunden begleitet, liefen am Wasserrand, zwei junge Frauen in hautengen, schreiend bunten Aerobic-Outfits, Gewichte in jeder Hand tragend, rannten auf der Promenade unter ihr vorbei. Sonnenschirme geschultert, zogen Urlauber mit Sack und Pack zu den Felsen. Der Turm der Lebensretter war bereits bemannt, die Badezone gemäß der Strömung, die an diesem Tag vorherrschte, mit Schildern markiert.

Drei schwarze Frauen, alle drei in Lagen von schwarzen Tüchern gewickelt, die Gesichter mit gelbbrauner Tonerde beschmiert, schlenderten gemächlich über den Strand. Ihre Blicke vor sich auf den Sand geheftet, spießten sie Abfälle auf lange, nadelspitze Stöcke. Aus der Entfernung erinnerten sie an Krähen, die im Müll pickten. Jill dachte an die sterbende Ratte, nahm sich vor, nachher mit Neil Robertson darüber zu sprechen. Vielleicht würde er einen seiner aufrüttelnden Artikel schreiben können.

Doch Neil war nicht in der Redaktion, und am nächsten Tag fand sie keine Zeit. Sie hatte sich auf Inqaba angesagt, um ein paar Aufnahmen seltener Vögel zu machen und abends mit ihren Eltern und Martin zu essen, der von der Stadt aus direkt dorthin kommen sollte. Es war der 12. Januar 1996, ein Freitag. Noch 41 Tage bis zur Geburt Christinas. Für den Rest ihres Lebens sollte sie diesen Tag immer nur als »den Tag davor« bezeichnen.

# 7

An diesem Tag stand sie mit dem Sonnenaufgang auf, packte ihre Kameraausrüstung, den Sonnenhut und das schicke neue Umstandskleid für das Dinner mit ihren Eltern ins Auto. Nachdem sie sich vergewissert hatte, dass ihre Autowaffe im Handschuhfach lag, die Hauswaffe aber im Safe, fuhr sie den im frühen Morgenlicht verlassen daliegenden Flamboyant Drive hinunter und über die N2, die zwar häufig durch Mautstellen unterbrochen wurde, aber sich wenigstens in einigermaßen gutem Zustand befand, nach Inqaba. Seit mehr als zwei Wochen drückte eine Hitzeglocke auf Zululand, die selbst so früh am Morgen das Atmen schwer machte. Es hatte nicht geregnet, ein schwefelgelber Dunstschleier lag über wogenden Zuckerrohrfeldern, die die Hügel bis zum Horizont überzogen. Palmgruppen schwammen wie Inseln in dem grünen Meer. Je weiter sie nach Norden kam, desto langweiliger wurde es. Kilometerweit versperrten öde Eukalyptusplantagen, die für die Papierindustrie angebaut wurden, ihr die Sicht über das Land, und sie trat aufs Gas.

Kurz vor Mtubatuba bog sie auf die Landstraße ab, die als Korridor zwischen dem Hluhluwe- und dem Umfolozi-Wildreservat nach Hlabisa führte. Hier war der Asphalt aufgebrochen, roter Staub lag auf den Büschen rechts und links, die die Wildreservate begrenzten. Ab und zu begegnete sie den aufmerksamen Blicken von Impalas, einmal hörte sie das Trompeten von Elefanten in der Nähe. Die Grasflächen zwischen Busch und Baumgruppen auf Inqaba schimmerten in stumpfem Gold in den frühen Sonnenstrahlen. Es war sehr still, nur der leichte Wind wisperte in den trockenen Halmen. Im Schritttempo fuhr sie zum Haus, durch die weit geöffneten Fenster strömte der Duft der Gräser, der warmen Erde, dieser undefinierbare Geruch von Fruchtbarkeit und frischem Wachstum. Es versprach ein wunderschöner Tag zu werden.

Der Zaun, den ihr Vater direkt nach dem Vorfall mit Roly um das Hausgrundstück, das sich über etwa zwei Hektar erstreckte, gezogen hatte, war zwar von blauen Prunkwinden und bienenumsummten, orangefarbenen Blütenbüscheln des Flammenweins überwuchert, aber mit Unbehagen entdeckte sie die blinkenden Glasaugen der Bewegungsmelder. Zäune waren ihr ein Gräuel, wie alles, was sie einengte.

Als sie vor dem Tor hielt, knackte es im Gebüsch, ein Tier schnaufte. Eben wollte sie die Fenster schließen, als ein ausgewachsenes Warzenschwein aus dem Blättergewirr brach. Das borstige, braungraue Tier blieb stehen, hob den Kopf mit den gebogenen Hauern, witterte. Zwei dicke, zottige Warzen wuchsen direkt unter seinen Augen, aber keine über der Nase. Ein Weibchen also. Jetzt machte es einen Schritt auf sie zu, Ohren aufgestellt, Nase vorgestreckt, verharrte eben außer ihrer Reichweite. Neugierig blinzelte es sie ohne einen Anflug von Scheu an. Es musste sich kurz vorher in einem Tümpel gesuhlt haben, das Fell war noch feucht, sein strenger Wildtiergeruch stach ihr in der

Nase. »Pongo?«, fragte sie leise, schnalzte und hielt ihre Hand aus dem Fenster. »He, Pongo, bist du das? Komm zu mir.«

Das Tier rührte sich nicht, machte aber auch keine Fluchtbewegung, sondern stieß einen leisen Fiepton aus. Wieder raschelte es, und ein winziges Ferkel erschien. Es trug zwei Paar deutlich ausgebildete Warzen im Gesicht. Ein Männchen. Nach und nach wuselten noch drei Jungtiere aus dem Unterholz, sausten quiekend um ihre Mutter herum, Schwänzchen steil aufgerichtet und immer, so schien es, auf Unfug aus. Jill lachte, schnalzte wieder. »Komm, Pongo, komm her.«

Das Warzenschweinweibchen streckte ihr die Nase entgegen und schnaubte sanft. Jill spürte den warmen Atem auf ihrer Hand. Dann wandte das Tier sich ohne Hast wieder seinen Jungen zu, kniete sich auf die Vorderbeine und graste. Eine Weile erfreute Jill sich an den Kapriolen der Jungen, dann öffnete sie mit der Fernbedienung das Tor. Es schloss sich hinter ihr mit metallischem Getöse. Das Geräusch erinnerte sie an das Zuschlagen von Gefängnistüren – nie würde sie sich daran gewöhnen. Sie schaute zurück. Umringt von ihren vier Jungen, sah die Warzenschweinmutter ihr nach. »Bis dann, Pongo«, rief sie, denn für sie gab es da keinen Zweifel. Das Lächeln lag noch auf ihren Zügen, als sie kurz darauf im Carport parkte. Der Wagen ihrer Mutter war nicht da, und die Tür zu den Pferdeställen stand offen. »Ist mein Vater ausgeritten?«, rief sie dem Stalljungen zu.

»Yebo, Ma'm, zu den Ananasfeldern. Großer Ärger da, Käfer fressen die Blüten.«

Alle Jahre wieder, dachte sie, immer vernichtet irgendein Ungeziefer die Ernte, oder, wie vor ein paar Jahren, bricht die Maul- und Klauenseuche aus, oder es ist zu trocken, zu heiß, zu kalt, zu nass. Sie seufzte. Früher hatte sie sich nie um solche Dinge gekümmert. Es wurde auch nicht von ihr verlangt. Farmarbeit war Männersache. Seit Tommys Tod aber beschlich sie häufiger das unbehagliche Gefühl, dass sie sich eines Tages damit würde auseinander setzen müssen. Wer sonst sollte die Farm übernehmen, wenn ihre Eltern keine Lust mehr hatten oder physisch dazu nicht mehr in der Lage waren? Schon lange sprach ihre Mutter, und auch ihr Vater, von einem kleinen Häuschen an der Küste des Kaps. Mamas jüngste Träume, die in ihren konkreten Ausmaßen beunruhigend waren, drehten sich um eine gemächliche Reise um die Welt. Sie beschloss, sich ernsthaft darum Gedanken zu machen, wenn Christina aus dem Gröbsten heraus war. Doch bis dahin war es noch eine Ewigkeit. Schwungvoll warf sie die Autotür zu, setzte einen Schlusspunkt unter ihre Überlegungen. Das verlockende Aroma frisch gebackenen Brotes zog vom Anbau herüber. Schnell brachte sie ihr Kleid für den Abend in ihren Bungalow, dann ging sie schnurstracks in die Küche.

Nelly stand am großen Tisch, die Arme in die Seiten gestützt und schnauzte Bongi an, die Teig knetete. »Kräftiger, du musst das kräftiger machen, alle Blasen müssen herausgequetscht werden.« Sie rollte mit den Augen, warf die Arme theatralisch hoch. »Zu nichts nutze seid ihr jungen Mädchen.« Dann erblickte sie Jill.

»Guten Morgen, Nelly, guten Morgen, Bongi, geht es gut?« Jill stellte ihre Kameratasche auf den Tisch und umarmte Nelly kurz.

»Hat Jonas seinen Test bestanden?« Jonas hatte es unter die ersten drei seiner Stufe geschafft und schrieb die Vorbereitungsarbeiten für sein Matrik in der Schule in Empangeni.

»Als der Beste«, strahlte Nelly, »er wird das Universitätsmatrik machen, ein berühmter Ingenieur werden und große Brücken bauen.« Sie zog einen Bogen mit ihrer Hand.

»Kommt er am Wochenende nach Hause?«

Ein Schatten fiel jäh über das Gesicht von Jonas' Großmutter.

»Er kommt nicht mehr oft, er muss arbeiten, sagt er, hat keine Zeit, um auf dem Feld zu helfen.« Abwesend putzte sie die ohnehin blanke Tischplatte. »Er muss sich beeilen mit seinen Studien. Ein Mann muss für seine Alten sorgen, wenn sie es nicht mehr können.«

»Nelly, er wird viel Geld verdienen. Es wird euch gut gehen, wenn er sein Examen gemacht hat.«

»Wann wird das sein?«, fragte die alte Zulu misstrauisch.

»Vier Jahre, vielleicht fünf«, antwortete Jill zögernd. Nur zu deutlich konnte sie an Nellys Ausdruck ablesen, dass dieser Zeitpunkt für sie so gut wie in der Ewigkeit lag. »Es ist die beste Altersversicherung für euch«, setzte sie lahm hinzu.

»Wer soll das Feld bestellen und die Kühe weiden, wenn wir alt sind?«, verlangte Nelly zu wissen. »Wer? Vergisst er dann, dass er ein Zulu ist? Ist es das, was sie ihm da beibringen?«

Spontan legte sie den Arm um ihre alte Nanny. »Jonas wird nie vergessen, dass er ein Zulu ist, er wird nie seine Pflicht vernachlässigen, das weißt du. Du musst dir keine Sorgen machen.« Plötzlich stand ein erwachsener Jonas vor ihrem geistige Auge, gekleidet wie ein Geschäftsmann, ein smarter junger Mann, der in der Stadt wohnte, mit Computern arbeitete und Brücken baute. Und hier stand Nelly, seine Großmutter, die über ihre Probleme mit ihren Ahnen redete, regelmäßig den Sangoma besuchte und felsenfest glaubte, dass Tod und Verderben über sie hereinbrechen würde, wenn ihr der Iqolavogel seine schwarze Oberseite zeigte oder sie das weiße Gesicht einer Eule erblickte. »Du musst dir keine Sorgen machen«, bekräftigte sie, aber selbst in ihren eigenen Ohren klang der Satz nicht sehr überzeugend. Sie nahm sich vor, Jonas eindringlich an seine Pflicht zu erinnern. Die Tatsache, dass alle seine Ausgaben von den Courts bezahlt wurden, sollte dem Nachdruck geben.

Obwohl Nelly nicht unvermögend war. Jill erinnerte sich an die Sache mit dem Fernseher, wusste, dass diese Abende immer noch stattfanden. Doch nun servierte Nelly auch noch Tee und kleine Kuchen, hatte sich von dem Erlös einen Transistoren-Radiorecorder gekauft und veranstaltete Tanzabende für die Dorfjugend. Das ermöglichte ihr, jeden Monat eine beachtliche Summe in einen Beerdigungsfonds einzuzahlen, den sie mit den anderen Farmarbeiterfrauen gegründet hatte, damit einmal genug da sein würde, um ihr einen würdigen Abgang zu garantieren.

Als Jill das herausgefunden hatte, argumentierte sie, dass es Nelly doch eigentlich egal sein könne, in welchem Rahmen ihr Begräbnis stattfinden würde. »Leiste dir lieber jetzt etwas von dem Geld. Du brauchst einen neuen Wintermantel und wie lange möchtest du schon das schöne Geschirr haben, das du bei deinem Besuch damals in der Stadt gesehen hast?«

Nelly hatte erst nicht geantwortet, druckste herum, suchte sichtlich nach Worten. »Weiße können das nicht verstehen.« Ihre Augenlider senkten sich, der Mund zog sich in die Breite, die Winkel eingekniffen. Die Zulu drehte ihr den Rücken zu.

Doch dieses Mal hatte sie sich nicht abweisen lassen, hatte nachgebohrt. Endlich bekam sie die Antwort. »Unsere Ahnen werden es sehen, sie werden glauben, ich war nichts wert.«

Inzwischen war Nellys Anteil am Beerdigungsfonds von beruhigender Größe, wie man ihr zutrug. »Habt ihr ein paar Brötchen für mich und etwas zu trinken?«, fragte sie jetzt. »Ich werde den Tag im Gelände fotografieren.«

Nelly schüttelte den Kopf. »Nur Brot, keine Brötchen, die gibt es erst später.« Sie stellte ein großes Brett mit zwei frischen, dampfenden Weißbroten vor sie hin, öffnete den Eisschrank, nahm die Butter heraus, verschiedene Käse und deckte sie vor Jill auf.

Sie lehnte sich vor. »Was ist das da?« Sie deutete auf einen Topf. »Riecht nach Curry.«

»Curryhuhn«, nickte Nelly, »von gestern.«

»Prima. Mach es mir warm. Ich nehme es in der Isoliertasche mit und mache mir später Bunny Chow.«

»Bunny Chow«, kicherte Bongi und schüttelte sich.

Jill schnitt die Kappe des runden Weißbrotes ab, holte mit der Hand die weiche Mitte heraus. Da hinein würde sie später den warmen Curry füllen. Das weiche Innere bestrich sie mit Butter und Honig und wickelte es ein. Brot und eine Flasche Mineralwasser legte sie in einen Korb.

»Was willst du fotografieren?«, fragte Nelly, tat zwei Mangos in den Korb und stellte den heißen Topf in die Isoliertasche.

»Einen sehr seltenen Nektarvogel. Eigentlich kommt er hier nicht vor, nur oben am Sambesi, aber kürzlich hat man ihn auch in Botswana entdeckt. Es wäre eine tolle Sache, wenn ich ihn als Erste hier fotografieren könnte. Vielleicht habt ihr ihn ja auch schon gesehen? Schillernd grüner Kopf und Halskrause, scharlachrote Brust?«

»Nein«, sagte Nelly, »fährst du zum Wasserloch?«

Sie schüttelte den Kopf. »Nein, ich hab den Scharlachbrust-Nektarvogel in dem verwilderten Teil am Fluss gesehen. Ich war seit Jahren nicht mehr dort, er scheint mittlerweile völlig unzugänglich zu sein. Ideal für Vögel. Am späten Nachmittag bin ich zurück.« Sie hängte sich die Kameratasche um und packte den Türgriff.

»Geh da nicht hin.« Nellys Blick war abgewandt, ihre Schultern hochgezogen.

In der geöffneten Fliegentür drehte Jill sich noch einmal herum. »Wieso nicht?«

»Geh nicht hin«, wiederholte Nelly, schob Bongi grob zur Seite, entriss ihr den Teigkloß, klatschte ihn auf den Tisch und begann ihn tüchtig durchzuwalken. Der Kloß wurde unbarmherzig geschlagen, geworfen, geknetet. Nur das rhythmische Klatschen unterbrach die Stille zwischen ihnen, und die Wucht, mit der Nelly den Teig schlug, veranlasste Jill sich zu fragen, wen sie da verprügelte.

»Nelly, warum nicht? Sag es mir.« Es war eine Warnung, dessen war sie sich sicher, aber wovor? Weswegen sollte sie nicht dort hingehen? Auf ihrem eigenen Land?

Das breite Gesicht der alten Zulu verschloss sich, wie Jalousien senkte sie die Lider, und Jill kam es vor, als wäre Nelly hinter einer Tür verschwunden. »Nelly? Was meinst du? Ist etwas vorgefallen?« Für einen Augenblick stand sie noch in der offenen Fliegentür, wartete auf eine Erklärung. Vergeblich, sie kam nicht.

»Bis dann, am späten Nachmittag bin ich wieder da. Bongi, bitte trag mir den Korb ins Auto«, sagte sie. Nelly stand da, die Hände

auf den Tisch gestützt, und sah ihr nach. Ihre Blicke trafen sich.
Nelly senkte ihren nicht.

Was versuchst du mir zu sagen, fragte Jill schweigend, was ist es,
was du nicht aussprechen kannst? »Nelly ...?«, rief sie zögernd.
Aber die alte Zulu schaute weg, wandte ihr den Rücken zu, packte
den Teig und schlug ihn kraftvoll auf die Tischplatte.

Es war nichts zu machen. Sie dankte Bongi, die ihr die Autotür offen hielt, und stieg ein. Eine Wolke schob sich vor die Sonne, und
ein Schatten legte sich über ihr Land. Sie zögerte. Eine entfernte
Erinnerung rührte sich in ihr. Ein Schatten wird auf unser Land
fallen, und das Glück wird Inqaba verlassen. Das hatte Nelly gesagt. Aber das war damals, sechs Jahre her. Achselzuckend startete
sie den Motor.

*

Vierzig Minuten später parkte sie unter dem grünen Baldachin eines riesigen White-Stinkwood-Baumes. Sie stieg aus und ging
zum Rand des Abhangs, der zu dem lehmgelben Fluss abfiel. Auf
der Sandbank in der weiten Biegung döste ein Krokodil. Das Ufer
auf ihrer Seite war auf einem Streifen von rund fünfzig Meter
Breite mit undurchdringlichem Urwald überwuchert, der sich am
anderen Ufer etwa dreihundert Meter bis zu einem schroffen, von
einer buschbewachsenen Kuppe gekrönten Hang erstreckte. Zwischen wilden Bananen, mannshohem Riedgras und Gruppen von
Dattelpalmen stand ein einzelner, haushoher Tambotibaum. Die
Luft war feucht und schwer, roch nach dem ewigen Kreislauf.
Fruchtbarkeit, Reife, Verwesung.

Es dauerte eine Weile, bis sie den Standpunkt mit der besten Sicht
gefunden hatte. Dort baute sie ihr Stativ auf, schraubte die Canon
mit dem Teleobjektiv auf, setzte sich auf einen zusammenklapp-
baren Campingstuhl und wartete. Sonnenpünktchen tanzten über
den schlammigen Boden, Schlingpflanzen hatten Stämme und
Äste umwickelt, manche trugen magentafarbene oder weiße Blüten. Ihre meterlangen Ranken wehten als smaragdgrüne Schleier

im Wind. Auf der gegenüberliegenden Seite ragte eine felsige Abbruchkante auf. Die vielfarbigen Schichten schimmerten in Goldocker und verwittertem Grau gegen das Grün des Urwalds, erzählten von Zeiten, die Millionen von Jahren zurücklagen. Rubinrot blitzten Bienenfresser in pfeilschnellem Flug, ein Malachiteisvogelpaar funkelte, als wäre ihr Gefieder mit Juwelen besetzt. Sie verschoss einen ganzen Film. Regenfluten hatten, seit sie das letzte Mal hier gewesen war, das Erdreich oberhalb der Kante weggespült. Es hatte sich ein schmaler Grat gebildet, sie würde kaum hinaufsteigen können, um näher an die Niströhren, die in die Felsspalten gebaut waren, zu gelangen.

Nur das eintönige Summen der Insekten, gelegentliche Vogelschreie und das Platschen der tauchenden Eisvögel unterbrachen die Stille. Schläfrige Hitze drückte auf sie nieder, sie schwitzte. Neben dem Stativ lagen mehrere fliegenüberzogene Dunghaufen kleinerer Huftiere. Impalas, vermutlich. Sie stanken entsetzlich, und die Fliegen, die sich daran labten, machten regelmäßige Abstecher zu ihr. Als sie mechanisch eine juckende Stelle an ihrem Knie kratzte, entdeckte sie eine voll gesogene Zecke. Behutsam drehte sie das Insekt aus ihrer Haut heraus, bemerkte befriedigt, dass sie es mit Kopf erwischt hatte, und zerdrückte es unter ihrem Schuh. Und wartete weiter. Wurde müde und unaufmerksam.

Unvermittelt raschelte es im Ried, und sie schreckte hoch. Mehrmals drückte sie den Auslöser, konnte zwar nicht erkennen, wer oder was die Störung verursacht hatte, meinte einen mannshohen Schatten gesehen zu haben, aber eigentlich war das unwahrscheinlich. Auf der Farm gab es kein Tier, das so groß war, außer ein paar Zebras und Daddys Pferden. Nun, auf dem Foto würde sie vielleicht mehr sehen.

Hungrig geworden, nahm sie den noch heißen Topf aus der Isoliertasche und löffelte den Curry ins ausgehöhlte Weißbrot. Mit Genuss aß sie den überdimensionalen Sandwich, spülte ihn mit reichlich Wasser hinunter. Der Curry war scharf und regte ihren Kreislauf an. In der ruhigen Landschaft vor ihr passierte nichts.

Das Krokodil döste, die Bienenfresser waren in ihren kühlen Niströhren verschwunden, das Eisvogelpaar weitergezogen. Nur die Fliegen auf den Dunghaufen summten eifrig. Sie machte ein Foto mit der Nahlinse von dem grünschwarz schillernden, lebenden Pelz und den weißlichen Maden, die dazwischen herumwimmelten.

Das mit Honig bestrichene Brot war längst aufgegessen, die Wasserflasche leer, als sie enttäuscht ihre Kamera einpackte und sich auf den Heimweg machte. Vage erinnerte sie sich an eine Abkürzung, zögerte erst, wendete aber doch, verfolgte etwa hundert Meter die Sandstraße und fand tatsächlich einen rumpeligen, schlaglochübersäten Weg. Sie bog ab und fuhr in einen dämmrig grünen Tunnel. Die Vegetation rechts und links hatte begonnen, sich den Weg zurückzuerobern, bildete über ihr ein Dach, das nur einzelne Sonnenstrahlen durchließ.

Hinter einer Biegung wurde der Weg schmaler und abschüssiger, war von tückischen Rinnen durchzogen, die Kanten waren bröckelig. Sie fuhr langsamer. Während der letzten Wolkenbrüche waren hier die Regenmassen offensichtlich als Wasserfall herabgestürzt und hatten tiefe Furchen in die Oberfläche gegraben. Von der Sommerhitze zu schroffen Bodenwellen getrocknet, wand sich der Weg, der eigentlich mehr ein Fußpfad war, wie ein roter Bach durch den Busch. Sie kam nur langsam voran. Immer wieder musste sie den Wagen um heruntergespülte Geröllhaufen lenken, tiefe Löcher umfahren, und einmal war sie gezwungen, auszusteigen und einen großen Ast zur Seite zu schleppen. Harry würde Ben mit seinen Leute herschicken müssen, um den Weg in Ordnung bringen zu lassen. Doch dann hatte sie das Tunnelende erreicht und fuhr wieder ins blendende Licht.

Mit dem Aufblitzen seiner roten Flügelflecken flog ihr ein grün-blau schillernder Turako fast vor den Kühler und landete aufgebracht kollernd auf einer Palme. Auf der anderen Seite bemerkte sie eine verwischte Bewegung im dichten Busch, bremste, sah genauer hin und entdeckte, was den Vogel aufgescheucht hatte. Im mannshohen, stumpfgelben Gras stand zu Statuen erstarrt eine Gruppe Impalas, fast perfekt getarnt durch ihr lohfarbenes Fell. Nur ihre Ohren spielten, waren auf sie ausgerichtet, den Eindringling in ihre Welt. Der Bock hatte den Kopf mit dem leierförmigen Geweih gehoben, seine Nüstern blähten sich, als er ihre Witterung aufzunehmen versuchte. Angezogen durch ihre elegante Schönheit, achtete sie nicht auf den Weg. Der Geländewagen holperte über einen Stein, der Motor heulte auf, die Räder blockierten, und der Wagen rutschte mit dem rechten Vorderreifen in eine badewannengroße Vertiefung und legte sich scharf zur rechten Seite. Laut warnend flatterte der Turako davon, die Impalas warfen sich herum und flohen mit langen Sätzen in den Busch.

Sie wurde mit der Länge ihres Körpers gegen die Tür geschleudert, nicht sehr schmerzhaft, aber trotzdem schrie sie unwillkürlich auf, als sie fühlte, dass ihr ungeborenes Kind mit strampelnden Bewegungen auf den Schlag reagierte. Mit fliegenden Händen löste sie den Sicherheitsgurt und befühlte ihren Bauch. »Christina«, flüsterte sie, »ruhig, mein Kleines, es ist nichts passiert.« Unter ihren Händen beulte sich die Bauchdecke aus. Sie lachte glücklich. »Christina.« Sie kostete den Namen. Zärtlich streichelte sie ihre Tochter. »Solange ich bei dir bin, kann dir nichts passieren. Das ist ein Versprechen.«

Ihre Tür wurde von einem Baumstumpf blockiert. Behindert durch ihren Bauch und die weiten Hosen kroch sie über den Beifahrersitz, stieß die Tür auf und ließ sich auf die Erde gleiten. Sie trat ein paar Schritte zurück, um ihre Lage übersehen zu können. Ihr Gefährt hing in unangenehmer Schieflage, aber beruhigt stellte sie fest, dass alle vier Räder noch Bodenhaftung hatten. Vor Christina hätte sie keine Hilfe benötigt, aber unter diesen Umständen war dies eindeutig ein Fall für Harry oder Ben, entschied sie und suchte in ihrer Tasche nach dem Funktelefon. Auf Anhieb konnte sie es nicht finden. Sicher war es unter den Sitz gerutscht. Umständlich fuhr sie mit den Händen zwischen dem Gestänge unter den Sitzen herum. Nichts. Noch einmal durchwühlte sie ihre Tasche, aber ein paar frustrierende Sekunden später war ihr klar, dass sie sich selbst helfen musste. Mal wieder hatte sie das Telefon zu Hause liegen lassen. »Verdammt!«, fluchte sie laut und warf ihre Tasche unsanft auf den Rücksitz.

Missmutig sah sie sich um, versuchte sich zu erinnern, ob die Möglichkeit bestand, dass jemand aus Bens zahlreicher Familie hier vorbeikommen könnte. Führte die kleine Straße wieder zum Fluss? Oder zu der Stelle, wo die alte Lena Kunene, das verhutzelte Weiblein mit den irrlichternden schwarzen Vogelaugen, ihre Heilkräuter suchte, die sie als Sangoma benötigte? Vor vielen Jahren hatte Jill einen verletzten Ducker bis in den Buschurwald oberhalb des Flusses verfolgt, in den sie vorher noch nie eingedrungen war. Plötzlich stand Lena vor ihr wie aus dem Boden gewachsen. In Felle, bunte Lumpen, Reihen von Perlgehängen gekleidet, der zahnlose Mund eine schwarze Höhle, stand sie vor ihr wie eine Erscheinung aus einem bösen Märchen und versperrte ihr den Weg. Ein Geruch nach Ziegenstall, ranzigem Fett und Rauch stieg aus ihren Kleidern auf. »Ich muss meine Kräuter dort suchen, wo kein anderer Mensch seinen Schatten auf sie geworfen hat«, zischelte sie, züngelnd wie eine Schlange, »die Ahnen verlangen es. Niemand außer mir darf diesen Wald betreten.« Sie rollte ihre Augäpfel nach oben, zeigte Jill nur noch das Weiße.

Sie war davongerannt, als sei der Leibhaftige hinter ihr her, Lenas böses Kichern, ihr Geruch, die weißen Augen verfolgten sie noch in ihre Träume. Seitdem hatte sie diesen Teil der Farm gemieden.

Sie blickte sich um, aber erkannte nichts wieder. Zu Fuß würde sie in ihrem Zustand vermutlich Stunden brauchen, um nach Hause zu laufen, abgesehen davon, dass ihre leichten Schuhe wirklich nicht für einen solchen Marsch geeignet waren. Insgeheim hätte sie sich dafür ohrfeigen können, das Funkgerät und ihre festen Schuhe nicht mitgenommen zu haben. Schnuppernd sog sie die Luft ein, die weich über ihre Nasenschleimhäute strich. War doch Wasser in der Nähe?

Es blieben ihr zwar noch einige Stunden Tageslicht bis zum Einbruch der Dunkelheit, aber sie musste hier so schnell wie möglich weg. Nicht nur wegen des Gewitters, das in der Ferne grollte. Sie befand sich zwar auf dem eingezäunten Land ihrer Familie, doch dieser Zaun war ungefähr vierzehn Kilometer lang, diente nur zur Grenzmarkierung, und Inqaba lag in einem der ärmsten Landstriche Südafrikas. Es waren nicht nur Tiere, die ihr hier gefährlich werden konnten, dessen war sie sich durchaus bewusst.

Eilig fischte sie ihre Tasche aus dem Auto, nahm ihre Pistole aus dem Handschuhfach und ging den Weg hinauf zur nächsten Anhöhe, in der Hoffnung, einen Rundblick zu bekommen. Als sie auf der felsigen Plattform des Hügels, der aussah wie ein Ei, das man geköpft hatte, eine über und über mit Mimosenblüten bedeckte Süßdornakazie entdeckte und darunter einen geflochtenen, ausgeblichenen Korbstuhl, stellte sie erleichtert fest, dass sie jetzt genau wusste, wo sie sich befand. Es war Mamas Lieblingsplatz. Sie war näher an zu Hause, als sie angenommen hatte.

Sie setzte sich in den Korbstuhl und legte den Kopf an die Rückenlehne. Ein hauchzarter Duft nach Maiglöckchen stieg ihr aus dem Geflecht in die Nase. Sie sah auf die Uhr. Es war halb drei. Der Platz war etwa zwei Stunden Fußmarsch vom Haus entfernt, und die Möglichkeit, dass sich ein menschliches Wesen hierher verirren würde, eine sehr wahrscheinliche. Sie beschloss eine halbe Stunde zu warten. War bis dahin niemand hier aufgekreuzt, bliebe ihr gerade noch genug Zeit, um nach Hause zu laufen.

Ein ohrenbetäubendes Krachen erschütterte den Boden, sie fuhr zusammen, und Christina brach in wildes Getrampel aus. Für Sekunden glaubte sie an eine Explosion, glaubte, dass ganz in der Nähe eine Bombe hochgegangen wäre. Erst als sich das Kind in ihrem Bauch beruhigt hatte, ihr eigener, rasender Herzschlag auf die normale Frequenz gefallen war, konnte sie sich selbst überzeugen, dass es wirklich nur das aufziehende Gewitter war, und keine Bombe. Doch das Wort allein spülte lang verdrängte Bilder in ihr hoch, und sie fand sich wieder an jenem verhängnisvollen

Abend im November vor sechs Jahren, dem Tag, an dem sich Mama für immer veränderte, nach dem nichts mehr so war wie vorher und dessen Erinnerung sie bis heute gewaltsam blockieren musste, weil sie fürchtete den Schmerz nicht ertragen zu können.

Unvermittelt erschien ein Klippspringer auf dem flachen Felsen keine fünfzehn Meter von ihr entfernt. Sein graubraunes Fell machte ihn zu einem Teil des Steins. Reglos wie eine Statue, starrte er gebannt zu ihr hinüber, schien auf seinen Hufspitzen zu schweben, bereit, bei der geringsten Warnung zu fliehen. Aber sie beachtete ihn nicht, suchte in Gedanken den Zeitpunkt, den letzten Moment ihrer Ahnungslosigkeit, kurz bevor es damals passierte. Wie Glassplitter in einem Kaleidoskop flirrten die Bilder des 4. November 1989 vor ihrem inneren Auge durcheinander. Die grüne Schlange, Nellys düstere Miene, das Gesicht ihrer Mutter, als die Polizisten ihr sagten, dass Tommy tot war. Die Verzweiflung ihres Vaters. Angelicas Bericht über Popi. Sie presste die Lider zusammen, stemmte sich gegen den Sturzbach der Gefühle, der ihre Gedanken mit sich riss.

Ein Bokmakiri schrie in der Akazie über ihr, sie schrak hoch, machte einen Sprung über sechs Jahre Vergangenheit in die Gegenwart. Ächzend richtete sie sich in dem knarrenden Korbstuhl auf. Ihr Kopf summte, ihr war leicht übel, ein Nachgeschmack des Schlamms, den sie mit der Erinnerung aufgewühlt hatte. Irritiert sah sie auf die Uhr, stellte fest, dass die halbe Stunde, die sie sich gegeben hatte, lange vorbei war. Sie musste eingeschlafen sein. Am Horizont baute sich eine blauschwarze Gewitterwand auf, Blitze zuckten, ein dumpfes Grollen antwortete ihnen. Leise zählte sie die Sekunden bis zum Donner. Drei. Die Zeit wurde knapp.

Der Bokmakiri warnte wieder, und gleich darauf drangen Kinderstimmen an ihr Ohr. Erfreut stand sie auf. Sie verstand einige Worte. Zulu. Dann brachen vier Jungen, alle in kurze Hosen und kurzärmelige Hemden aus verwaschenem Khaki gekleidet, aus dem Busch. Als sie ihr Auto entdeckten, schwärmten sie wie

Ameisen daüber her, öffneten die Türen, zerrten am Ganghebel, ruckelten das Gefährt kräftig, bis es gefährlich schwankte. Den größten Jungen erkannte sie. Thobani, Thokos kleiner Bruder. Sie rechnete nach. Er musste ungefähr elf sein. Sie steckte zwei Finger in den Mund und stieß einen gellenden Pfiff aus. Die Kinder erstarrten, einer deutete auf sie und schrie eine Warnung heraus. Blitzschnell kletterten alle vier vom Wagen hinunter und wollten sich in den Busch davonmachen.

Sie pfiff noch einmal, wedelte mit den Armen. »Kommt mal her«, schrie sie, »ich beiß nicht!«

Zögernd, scheu wie wilde Tiere, bewegten sich die Jungs quer durch das hohe Gras. Es verdeckte ihre Körper, und wie auf einem gelben Meer schwammen die vier Köpfe auf sie zu. Die anderen waren Thobanis Cousins, Kinder der Farmarbeiter, und, stellte sie fest, als sie näher kamen, sie kannte alle. »Sanibona«, grüßte sie, »warum seid ihr nicht in der Schule?«

Die Jungs warfen sich unter gesenkten Lidern schnelle Blicke zu, studierten ihre Füße, malten Figuren in den Staub, sahen an ihr vorbei in die Ferne, überall hin, nur ihr nicht ins Gesicht. »Wir wurden beim Maisernten gebraucht«, murmelte Thobani endlich.

Sie beließ es dabei, nahm sich aber vor, ein ernstes Wort mit Ben und den anderen Männern zu reden. Die Kinder mussten regelmäßig die Schule besuchen. Als sie sich dann dem Begrüßungsritual entsprechend erkundigt hatte, wie es ihnen ging und ob ihre Eltern gesund seien, zeigte sie auf ihr Auto. »Allein werde ich es nicht schaffen, ich brauche die Hilfe von ein paar starken Männern, kann ich die hier wohl finden?« Sie holte ihren Geldbeutel hervor.

Vier dunkle Augenpaare wurden magisch von diesem Geldbeutel angezogen. »Yebo, Ma'm, wir machen das, Ma'm«, schrien die Jungs und rannten ihr voran zum Wagen. Thobani, der größte, mit kräftigen Muskelpaketen von der Farmarbeit, die er neben der Schule für seine Familie zu leisten hatte, ging prüfend um das gestrandete Gefährt herum. Dann stieg er ein, ließ den Motor an und legte den ersten Gang ein. Auf sein Geheiß hängten sich seine Freunde an den Wagen, um ihn am Kippen zu hindern. Er fuhr sachte an, der Rover rutschte, aber neigte sich noch weiter zur Seite. Der Junge stieg aus, schüttelte den Kopf. »Es ist zu schwer«, meinte er, »ich werde Hilfe holen.« Ein kurzer Befehl in Zulu, und die vier schlugen sich seitwärts in den Busch.

»Bitte beeilt euch!«, rief sie ihnen hinterher. Schwankende Zweige zeigten ihr den Weg, den sie genommen hatten, und Minuten später war sie wieder allein. Sie ging ein paar Schritte umher. Ihr Rücken schmerzte, der Korbstuhl war sehr unbequem gewesen, und Christina wurde von Tag zu Tag schwerer. Besorgt sah sie den dunklen Wolken entgegen, die mit beängstigender Schnelligkeit auf sie zumarschierten, vorangetrieben von dem starken Wind, der aufgekommen war. Der Abstand zwischen Blitz und Donner wurde kürzer, und ein seltsames Licht lag über dem Land, verwandelte es in ein Gemälde von dramatischer Schönheit. Neongelb leuchtendes Gras, der Weg ein rostrotes Rinnsal wie aus getrocknetem Blut, im Hintergrund dräute die Wolkenwand in höllischem Violettschwarz. Vorsichtshalber ging sie wieder zum Auto und setzte sich hinein, in der Hoffnung, dass der Faradaysche Käfig tatsächlich funktionierte. Die Fenster ließ sie noch offen.

Sie schloss die Augen, und Christina ergriff die Gelegenheit für ein paar kräftige Übungen, trampelte, strampelte, stieß. Ganz in der Nähe bellte ein Pavian, ein anderer antwortete ihm, und Christina schlug aufgeschreckt einen Purzelbaum. Liebevoll legte Jill die Hand auf ihre Tochter, versuchte zu fühlen, ob es ihr Kopf oder das kleine Hinterteil war, das sie in der Hand hielt. Nach sechs Jahren war das Glück nach Inqaba zurückgekehrt, und auch die Wunden, die die Unwetter damals dem Land zugefügt hatten, waren längst geheilt. Wieder bellte der Pavian, und das wütende Gekreisch einer Herde antwortete ihm. Ein fremdes Männchen, das dem Leittier den Rang streitig machte? Aufmerksam hob sie den Kopf, suchte erst den Buschrand ab und dann die andere Seite, wo das Land wieder anstieg, und da sah sie ihn.

Er stand reglos wie eine Statue unter einer der Akazien mitten im gelben Grasmeer, groß, schlank, weißes Hemd, goldbraune Haut, muskulös, stolz und elegant wie ein Stierkämpfer. Sein Gesicht konnte sie nicht erkennen, dazu war er zu weit entfernt, aber seine herausfordernde Haltung kannte sie, und es durchfuhr sie wie ein elektrischer Schlag. »Popi? Bist du das?«, rief sie ungläubig. »Was machst du hier?« Für Augenblicke war nur das trockene Rascheln des Windes im Gras zu hören, Vögel und Insekten schwiegen, längst hatten sie vor dem nahenden Unwetter Unterschlupf gesucht. »Popi, komm doch her …« Sie öffnete die Autotür, wollte aussteigen, zu ihm laufen, doch Christina trat ihr in den Magen, und sie musste zusammengekrümmt innehalten. Als sie sich wieder aufrichtete, zu Popi hinübersah, war er verschwunden. Sie sank verwirrt zurück, schwenkte ihren Blick über das gelbe Gras, den Schatten der Akazien, den Buschrand auf der anderen Straßenseite, sie suchte in immer weiteren Kreisen, aber sie entdeckte ihn nicht.

Hatte sie es sich eingebildet, hervorgerufen durch Angelicas Worte, die sie nach dieser Ewigkeit noch einmal im Schlaf gehört hatte? Die alte Angst, sich etwas einzubilden, wie damals das Echo in der Telefonleitung, saß ihr auf einmal als heißer Kloß im Hals. Sie musste sich energisch in Erinnerung rufen, dass Neil keineswegs der Ansicht gewesen war, dass sie unter Halluzinationen litt. Oder war es ein Trugbild gewesen, hatten sie das Schimmern der Hitze und das Licht des aufziehenden Gewitters getäuscht? Wenn es aber Popi gewesen war, warum war er nicht zu ihr gekommen, warum hatte er nicht geantwortet? Was wollte er hier?

»Er peitscht sie auf, er verspricht ihnen Land«, hatte Angelica gesagt, aber das war sechs Jahre her.

Die Härchen auf ihren Armen stellten sich hoch. Die landesübliche Paranoia? Ach, Unsinn, entschied sie, es war nur ein Schatten, ein Flimmern. Kommt davon, wenn man von der Vergangenheit träumt. Sie stieg aus, um sich ein wenig zu bewegen, und registrierte, dass das Donnern leiser wurde, seltener. Die Gewitterwand drehte ab und zog sich nach Norden in die Berge zurück. Das Unwetter kam offensichtlich nicht über den Fluss hinüber. Minuten später überflutete die Sonne das Land, ein Motor jaulte, und dann blitzte das weiße Dach eines Geländewagens im Grasmeer auf.

Halleluja, dachte sie, der Ritter naht auf seinem Schimmel, um seine Liebste zu retten. Die Jungen hatten offensichtlich Martin erreicht.

Er war ärgerlich, als er ankam. Sie sah es an der Art, wie er aus dem Wagen sprang und die Tür knallte. »Meine Güte, Jill, warum hast du das Funkgerät nicht mitgenommen? Das war wirklich leichtsinnig. Stell dir vor, wir hätten dich nicht vor Einbruch der Nacht gefunden, gar nicht auszudenken, was dir alles hätte passieren können! Du solltest wirklich mehr an unser Baby denken!«

»Ja, ja«, sagte sie, während sie in seinen Wagen kletterte, »ist ja nichts passiert.« Er hatte diese verflixte Art, ihren Widerstand herauszufordern. Natürlich sagte sie ihm von der Begegnung mit Popi nichts. Sie wollte sich nicht lächerlich machen, denn sie war sich nicht mehr sicher, ob sie es nicht geträumt hatte.

Es war pechschwarz, als sie eine Stunde später auf den gepflasterten Vorplatz des Haupthauses fuhren. Hier hatte es offenbar doch stark geregnet, im Mondlicht glänzte alles wie mit Silber überzogen, aber der dampfende, noch sonnenwarme Boden zeigte schon trockene Flecken. Sie stieg aus, Martin wendete, um den Wagen in den Carport zu fahren. Als sie durch die offene Eingangstür ins Haus trat, trug Nelly ein Tablett mit Geschirr an ihr vorbei zur Terrasse. »Hallo, Nelly, ich sterbe vor Hunger.« Sie lief ihr nach.

»Bist du meinen Worten gefolgt?«, fragte diese, setzte das Tablett ab und begann den Tisch zu decken.

»Nein«, sagte sie, »ich war dort. War kein Mensch da.« Sie lehnte im Türeingang, sah Nelly zu, wartete darauf, dass sie etwas sagte. Die Gestalt Popis hatte sie als Sinnestäuschung abgetan.

Die alte Zulu fuhr herum und stieß einen Laut durch ihre Zahnlücke, als ahmte sie das kurze, drohende Zischen einer Schlange nach. Ihre Augen loderten auf, aber Jill verstand nicht.

»Du musst mir sagen, was los ist«, verlangte sie. Doch vergebens. »Geht es um Lenas Kräutergarten, auf den kein Schatten fallen darf? Oder wollen deine Ahnen nicht, dass jemand das Gebiet betritt? Ist einer deiner Vorfahren dort begraben?«

Nelly schien auf etwas zu kauen, ihre Lider flatterten, sie runzelte die Brauen, schüttelte den Kopf. Es war, als kämpfte sie gegen einen inneren Dämon. Aber sie sagte nichts, drehte ihr den Rücken zu.

Ungeduldig zuckte Jill die Schultern. »Ich dusche jetzt, zieh mich um, dann möchte ich etwas essen«, sagte sie knapp.

»Ich bring dich rüber.« Martin, der eben hereingekommen war, nahm eine Stabtaschenlampe von der Kommode im Eingang. »Die Steine sind warm und fast trocken, das Gras ist noch nass, wer weiß, was sich auf dem Weg alles zum Schlafen niederlässt.«

»Du weißt, dass ich keine Angst vor Schlangen habe.«

»Warum bist du nur immer so widerborstig? Ich will dich doch nur beschützen, erinnere dich doch nur an die Schlange vor einiger Zeit, auf die du fast getreten wärst.«

Es war noch nicht lange her, als sie nachts den Weg hinuntergegangen war. Die Schlange hatte sich reglos auf ihre Tarnung verlassen, ihre matten Brauntöne verschmolzen wunderbar mit denen der Steine. Nur mit einem gewaltigen Sprung ins Gebüsch hatte sie vermieden, auf das Reptil zu treten. Die Dornen, die sich dabei tief in ihre Rückseite gebohrt hatten, eiterten noch nach Wochen heraus. Verstohlen rieb sie sich ihr Hinterteil. Es hatte allerdings ihren Stolz getroffen, als sie herausfand, dass es eine völlig harmlose Hausschlange gewesen war, die sie so ins Bockshorn gejagt hatte.

»Okay, Siegfried, schwinge dein Schwert und töte die Drachen, die es auf mich abgesehen haben.« Kichernd schmiegte sie sich an seinen Rücken, und so marschierten sie im Gleichschritt zu ihrem Bungalow. Die Tür war nicht abgeschlossen, und Martin schaltete das Licht ein. Zwei Geckos flitzten aufgestört die Wand hoch zum Gardinenbrett, kicherten leise, eine Kakerlake raschelte über die Fliesen. Martin machte einen Satz und erwischte sie mit dem Schuh. Es knirschte. »Ben muss hier mal wieder sprühen, ich hasse diese Biester«, knurrte er angewidert und wischte das zerquetschte Insekt mit einem Papiertaschentuch weg. »Wie war dein Tag?«, fragte sie, während sie ihr Oberteil über den Kopf streifte. »Ist man mit deinen Plänen einverstanden?«

»Nein, nein … das verzögert sich alles noch … die Leute treiben mich mit ständigen Änderungswünschen zum Wahnsinn. King Charles scheint Bewunderer des Zuckerbäckerstils zu sein, aber das lasse ich nicht zu. Zerbrich dir nicht den Kopf darüber, das renkt sich alles wieder ein.« Fahrig schob er seine Haare aus der Stirn. Widerborstig fielen sie sofort wieder zurück. »Verdammt heiß heute wieder und so feucht, wird es dir nicht zu viel?«

Der Satz überlagerte in ihrer Wahrnehmung den ersten, und sie fragte nicht nach, was sich wieder einrenken sollte. »Du weißt, mir macht Hitze nichts aus, solange sie feucht ist«, antwortete sie, »ich bin eine Tropenpflanze.« Sie legte ihm die Arme um den Hals und küsste ihn. »Hmm«, sie leckte sich die Lippen, »du hast Pfefferminz gegessen. Setz dich auf den Balkon, ich bin gleich fertig.« Nach dem Duschen zog sie ein weites, besticktes Baumwollhemd und lange Hosen an und sprühte sich rasch mit Mückenschutz ein, Arme, Beine und auch einmal kurz unter das Hemd, denn die Mücken fanden immer einen Weg, sich an ihr zu delektieren, und seit einiger Zeit war die Malaria auch hier wieder auf dem Vormarsch.

Martins Stuhl schurrte laut über die Terrakottasteine des Balkons. »Es ist zum Kotzen«, stieß er hervor und kam ins Zimmer. Sein Gesicht war wutverzerrt, der Mund war ein scharfer Strich, die Haare standen wirr hoch.

Erschrocken musterte sie ihn, wusste nicht, was plötzlich in ihn gefahren war. In der letzten Zeit war er verändert. Sollte sie beschreiben, wie, würde sie es nicht in Worte kleiden können. Sein Abbild in ihr zeigte einen Riss. Mit Worten, subtilen Gesten, einem Lächeln, das Zähneblecken glich, verweigerte er ihr den Zutritt zu einem Teil von sich. Das Gleichnis vom ausgebrannten Haus schoss ihr durch den Kopf. Die Fassade stand unversehrt, aber das Innere war verkohlt, der Weg dorthin von Schuttbergen versperrt. Das Bild erschreckte sie mehr, als sie zugeben konnte. Äußerlich war er noch immer der Martin, in den sie sich verliebt hatte, damals, bei diesem überraschenden Zusammentreffen in den ersten Tagen des Oktober 1988.

Es war auf ihrer Reise nach Deutschland, dem Land ihrer Vorfahren gewesen. Das Geschenk ihrer Eltern zu ihrem einundzwanzigsten Geburtstag schloss auch die Flugtickets für Angelica mit ein. Nachdem sie wochenlang im sommerlichen Europa herumgestromert waren, saß sie mit Angelica an einem blank gescheuerten Holztisch im Bierzelt auf dem Oktoberfest in München. Am Nebentisch rechts schwenkte eine Gruppe älterer Menschen mit seligem Gesichtsausdruck Bierkrüge, links schunkelten fünf Japaner, die je ein fesches Dirndlmädchen mit blonden Zöpfen und weiß umrüschten, abgrundtief ausgeschnittenen Blusen im Arm hielten, dazwischen stemmten resolute Kellnerinnen unglaubliche Mengen schaumgekrönter Bierseidel, die sie wie Rammböcke vor sich hertrugen. Auf der Bühne stampften Männer in krachledernen Kniebundhosen und rot karierten Hemden donnernd auf den Bretterboden, klatschten sich dabei auf Schenkel und Schuhe. Die Gamsbärte auf ihren Hüten wippten im Takt. »Schuhplattler nennt man das«, erklärte sie ihrer Freundin, die noch nie in Europa gewesen war und stumm vor Staunen das Treiben beobachtete.

»Scheinen Stammesriten zu sein, fehlt nur noch, dass sie Kuhfellschurze tragen – sie springen herum wie unsere Zulus, ich sehe keinen Unterschied. Die haben sogar den richtigen Rhythmus drauf«, lästerte Angelica ungeniert, aber sie tat es auf Zulu.

»Sch«, warnte Jill, »die sehen schon alle zu uns herüber.«

»Ach, lass sie doch. Zulu versteht hier mit Sicherheit keiner, ich tue niemandem weh.«

»Umnuntu wesifazane unolimi oluhlanbayo njengolwenyoka!«, bemerkte da eine angenehm tiefe männliche Stimme hinter ihnen. Jill fuhr herum und starrte den jungen Mann an, als wäre er vom Mond gefallen. Die Damen haben eine beißende Zunge wie eine Schlange, hatte er gesagt, und das in korrektestem Zulu.

Er stand da, Hände in den Hosentaschen, ein breites Lachen im Gesicht und Spott in den wassergrauen Augen. Sonnengebräunt, aber eindeutig Angehöriger der weißen Rasse. »Was ist, Jill? Hat die Katze deine Zunge gefressen«, verspottete er das sprachlose Mädchen.

»Martin! Was machst du denn hier, ich meine, wie kommst du hierher?«, stotterte Jill und fühlte, dass Röte ihr Gesicht überflutete. Sie kannte ihn schon seit frühester Jugend. Nach der Schule hatten sie noch ein paar Mal auf Partys und in Diskotheken zusammen getanzt, dann sagte er ihr, dass er für einige Jahre in Deutschland studieren würde, wie es Tradition in seiner Familie war. Schüchtern fragte er, ob sie warten würde. Doch ihr Freundeskreis war groß, ihre Kommilitonen umschwärmten sie, und allmählich dachte sie immer seltener an ihn, bis sein Gesicht in der Erinnerung verblasst war.

»Zu Fuß.« Er lachte laut und herzlich, als sie verständnislos dreinschaute. »Ich habe eine kleine Bude in Schwabing. Allerdings nur noch bis Februar, dann muss ich zurück nach Durban.«

Es war wie ein Schock. Sie verliebte sich genau in diesem Moment Hals über Kopf in ihn, in sein Lachen, die verlässlichen breiten Schultern, seinen kräftigen Händedruck, seinen Mund und in das helle Licht, das in seinen Augen aufglühte, wenn er sie ansah. Es brachte ihr Herz ins Stolpern. Es machte ihn unwiderstehlich.

Verstohlen musterte sie ihn jetzt. Nein, äußerlich hatte er sich kaum verändert, er sah immer noch umwerfend gut aus, und das Licht in seinen Augen war nicht trüber geworden, aber sie musste sich eingestehen, dass er eine Seite besaß, die sie noch nicht wirklich kannte.

»Es ist zum Kotzen«, wiederholte er, »immer wollen die hier was ändern und da was ändern. Zum Schluss ist der ganze Entwurf kaputt. Ich bin Architekt, ein Künstler, kein kleiner Bauzeichner.« Es war nicht Wut, die sein Gesicht verzerrte, sah sie, sondern Frustration, die an Verzweiflung grenzte. Auch der Grund war ihr klar. Martin lebte auf ihre Kosten, immer noch. Nach sechs Jahren Ehe. Auf Kosten meiner Eltern, korrigierte sie sich, denn das Geld, das sie für ihre Vorträge bekam, reichte nicht einmal für ihre gemeinsamen laufenden Kosten, und auch das würde bald aufhören. Nach Christinas Geburt würde sie vorerst nicht weiterarbeiten. Immer wieder musste sie die Summe angreifen, die sie von ihren Eltern zur Hochzeit erhalten hatte, weil King Charles zwar seine Zinsen für das Darlehen, das er Martin gewährt hatte, überpünktlich eintrieb, andererseits jedoch immer wieder durch ständige Änderungswünsche verzögerte, für die Baufortschritte zu zahlen. Martin hatte keinen Instinkt fürs Überleben, das hatte sie schon mehrfach festgestellt. Ungeduld überfiel sie. »Vergiss Michelangelo nicht. Die Leute sollen viel Geld für deinen Entwurf bezahlen, also gib ihnen, was sie wollen.« Zu spät erkannte sie, wie ihre unwirschen Worte ihn getroffen hatten, und sie wünschte, sie könnte sie ungesagt machen. Aber wie eine Wand standen sie zwischen ihnen. Schweigend verhakten sich ihre Blicke.

Völlig unerwartet lächelte er dann, voller Selbstironie. »Bingo! Volltreffer. Ich werde den sensiblen Künstler in mir wohl ins Exil schicken müssen, was?« Sein Lächeln wurde frecher, er zog sie an sich, klopfte sanft auf ihren Babybauch. »Hallo«, flüsterte er, »beeil dich gefälligst, Christina, ich will meine Frau wiederhaben …«

Überrumpelt erwiderte sie seinen Kuss, ließ sich willig von dem warmen Strom seiner Liebkosungen davonspülen.

*

Nelly trug bereits die Platte mit dem kalten Fleisch auf, als sie auf die Terrasse kamen, und sie setzten sich. Martin schaltete die beiden Stehlampen neben dem Tisch ein. Jetzt erschien auch ihr Vater, elegant in einem hellen Leinenanzug und Krawatte, und sie verstand, warum er so attraktiv auf Frauen wirkte. Athletisch gebaut, aber schlank, kurze, grau melierte Haare, leuchtend blaue Augen und ein Lächeln, das zeigte, dass er sich seiner Wirkung bewusst war. »Guten Abend allerseits.« Er warf einen kritischen Blick in die Runde, der an Martins krawattenlosem Hemd hängen blieb. »Du liebst es heute bequem, wie ich sehe«, bemerkte er, erwartete offenbar aber keine Antwort.

»Und du bist ein Überbleibsel aus dem vorigen Jahrhundert«, frotzelte Martin, »wir marschieren aufs dritte Jahrtausend zu, und du hältst immer noch die Fahne des britischen Empires hoch.«

»Durchaus nicht«, antwortete Phillip Court mit gerunzelter Stirn, »wir sind hier zwar im afrikanischen Busch, aber das ist kein Grund, sich gehen zu lassen. Nachlässigkeit ist der Anfang allen Schlendrians.« Dann lachte er vergnügt. »Ansonsten hast du Recht, ich bin ein Relikt aus dem neunzehnten Jahrhundert. Aber mir gefällt's halt so.«

»Solange sich das nur auf die Kleidung bezieht, geht es ja«, lächelte Carlotta und ließ sich in ihren Stuhl gleiten. Mit lockerem Geplauder verging das Essen, erst als Nelly den Kaffee hereinbrachte, legte Phillip einen Aktenhefter auf den Tisch und nahm ein Blatt heraus. »Ich muss etwas mit euch besprechen«, sagte er.

Jill erkannte den Grundriss der Farm, zog befremdet das Papier zu sich heran. »Ein Plan von unserer Farm?«

Martin sah ihr über die Schulter. »Du willst anbauen … neue Bungalows …«, bemerkte er mit deutlichem Erstaunen.

»Und einen neuen Trakt am Haupthaus«, unterbrach Jill, »was soll das? Wozu brauchen wir weitere Bungalows und diesen Klotz da?«

»Gästehäuser«, sagte Martin, »stimmt's?«

»Stimmt«, bestätigte Phillip, »seit die Rinderpest unsere Herde vernichtet hat, haben wir von der Substanz gelebt. Die Baumwollpreise sind ins Bodenlose gefallen, und die Ananasernte war mager letztes Jahr. Die Zeiten sind härter geworden, wir brauchen zusätzliches Einkommen, sonst werden wir gezwungen, einen Teil des Landes zu verkaufen.«

»Das geht nicht«, begehrte Carlotta mit sanfter Stimme auf, »ich werde keinen Quadratmeter verkaufen.«

Konsterniert sah ihr Mann sie an, in seiner Miene war deutlich zu lesen, dass ihre Reaktion ihn überrumpelt hatte. »Wir werden es müssen, wenn wir nicht irgendwoher Geld bekommen.«

»Ich werde mich einschränken«, verkündete Carlotta, »ich werde dieses Jahr auf meine Wintergarderobe verzichten«, sie erschien erfreut über diesen Einfall, »und du auch, nicht wahr, Juliane?«

Ein schwaches Lächeln spielte um Phillips Mundwinkel. »Das ist großzügig von dir, Liebling, wird aber nicht ganz reichen. Wir benötigen etwas mehr Flüssiges als den Gegenwert von ein paar hübschen Fummeln. Wir brauchen regelmäßig mindestens zehn zahlende Gäste, um zu überleben, aus Übersee möglichst, denen können wir ordentliche Preise abknöpfen.«

»Fremde Leute im Haus, das ist ja grässlich«, unterbrach Jill alarmiert, »uns geht's doch gut, sieh dir an, was hier so herumsteht.« Ihre Handbewegung schloss das Haus, ihren kleinen Geländewagen vor der Tür und die üppige Inneneinrichtung ein.

»Eben«, entgegnete ihr Vater trocken, »genau das meine ich.«

Jill erschrak. »Was heißt das? Soll ich etwa mein Auto verkaufen? Es ist euer Geburtstagsgeschenk zu meinem Dreißigsten.«

Das hagere Gesicht ihres Vaters war gerötet. Ein sicheres Zeichen, dass er sehr erregt war. »Kätzchen, sei nicht kindisch, aber wenn wir so weitermachen, wird es am Ende genau dazu kommen.«

»Du weißt gar nicht, wie gut du dran bist, so wohlhabende Eltern zu haben«, hatte Angelica nach der Geburt ihres vierten Kindes gejammert, »Kinder kosten ein Vermögen. Sie fressen uns die Haare vom Kopf, sie wachsen so schnell, dass ihnen Kleidung und

Schuhe schon zu klein geworden sind, bevor ich sie vom Laden nach Hause getragen habe.« Das Baby in ihrer Armbeuge maunzte leise, drehte suchend das Köpfchen, knetete die Brust seiner Mutter mit den Fäustchen. »Schon wieder hungrig, du gieriges kleines Monster?« Zärtlich lächelnd beugte sie sich hinunter und schob ihr Oberteil hoch, das Kleine schnappte nach ihrer Brustwarze, und dann hörte man nur noch schnuffelnde Schmatzgeräusche.

Jill, die sich nichts sehnlicher als ein Kind wünschte, presste bei diesen Worten die Lippen zusammen. »Aus meiner Sicht bist du es, die besser dran ist.« Das war vor zehn Monaten gewesen, Christina hatte sich noch nicht angekündigt.

»Entschuldige«, reumütig legte Angelica ihr den Arm um die Schultern, »meine Hormone sind noch völlig durcheinander. Natürlich ist der gesunkene Zuckerpreis schuld – und diese beschissene Kriminalität, die uns alle kaputtmacht«, brach es unvermittelt aus ihr heraus, »unser technischer Leiter ist nach Australien ausgewandert, weil er zweimal überfallen worden ist und seine Frau ihm ein Ultimatum gestellt hat. Nun finden wir keinen anderen. Alastair haben sie gestern das Auto geklaut, und der Kauf eines neuen frisst alles auf, was wir an Rücklagen haben. Außerdem haben sich ein paar Kerle in den Hütten unserer Arbeiter eingenistet, die da nicht hingehören, und Alastair weiß nicht, was er machen soll. Die Polizei tut nichts, und ich hab Angst.« Angelica hatte nicht geweint, aber ihre freie Hand war über den Tisch geflattert wie ein ängstlicher Vogel. Dann hatte sie ihren Kaffeebecher gepackt und ein paar Schlucke getrunken. Als sie ihn absetzte, schien sie sich gefangen zu haben, vermied es jedoch für eine Weile, Jill anzusehen, als schämte sie sich für ihren Ausbruch.

Wie eine Windbö die glatte Oberfläche eines friedlichen Sees kräuselt, verursachten Angelicas Worte ihr eine leichte Gänsehaut. Zum ersten Mal hatte sie einen Riss in dem sonst unerschütterlichen Optimismus ihrer Freundin entdeckt. Sie kam nicht dazu, darüber nachzudenken. Angelica drückte ihr die Kleine in den Arm. »Deine Patentochter muss Bäuerchen machen.«

Mit dem entspannten Baby im Arm, das warme, runde Köpfchen in ihrer Halsbeuge, vergaß sie die Welt um sich, und die vage Beklommenheit, die in ihr erwacht war, starb, ehe sie Zeit hatte, sich wirklich bemerkbar zu machen. Den Hauch, der damals kalt über ihre Haut strich, hatte sie nicht als Angst identifiziert.

Aber seit Christina sich angekündigt hatte, war sie sensibler geworden, ängstlicher, schirmte sich instinktiv gegen die Welt ab. Sie vermied es, die raue Wirklichkeit wahrzunehmen.

Martin blies sich die dunkelblonden Haare aus der Stirn, lehnte sich mit verschränkten Armen im Stuhl zurück. »Du denkst an die Überschwemmungen und die extremen Dürreperioden der letzten Jahre, nicht? Leon jammert auch. Jetzt soll es angeblich einen Fall von Maul- und Klauenseuche in der Gegend geben.«

»Stimmt. Außerdem fallen die Affen ständig über die Maisfelder her, und immer wieder brechen Nashörner aus Hluhluwe aus und walzen unsere Zäune nieder, wilde Schweine graben unsere Kartoffeln aus, und ihr erinnert euch sicherlich alle an den Tag, als die Leopardin Apollo gefressen hat.«

Jill verzog ihr Gesicht, als hätte sie Zahnschmerzen. Apollo war ihr erster Dobermann gewesen.

»Ich habe mich häufig genug bei der Parkverwaltung beklagt, aber die Game Ranger scheinen machtlos dagegen zu sein.« Ihr Vater breitete beide Hände in einer hilflosen Geste aus. »Und so weiter und so fort. Wenn ich nur an die Reparaturarbeiten an den Häusern und Hütten der Farmarbeiter denke …« Er seufzte, und es klang verzweifelt.

Sie hörte betroffen zu. Nie hatte sie sich Gedanken darüber gemacht, wie viel Geld all das kosten musste. Die Familien der Farmarbeiter, die über vierzig Mitglieder zählten, waren von der Farm mit ihrer ganzen Existenz abhängig. Auch das Schulgeld für die meisten Kinder bezahlten die Courts, nicht nur für Jonas. Mit sinkendem Herzen dämmerte ihr, dass auch ein so solides Vermögen wie das ihre langsam aufgefressen werden konnte, wenn die Einkünfte ausblieben.

Martin zog die Pläne zu sich heran und studierte sie für einige Minuten schweigend. »Wer soll das bauen?«, fragte er endlich.

»Du«, antwortete sein Schwiegervater lakonisch.

Jill lehnte sich vor. »Toll, Martin kann sich einen Namen machen. Aber bedenkt bitte, Gäste aus Übersee kommen nicht, bloß weil wir eine Farm in Afrika haben. Was wollen wir ihnen bieten? Die wollen Löwen und Elefanten sehen, Safaris machen, Drinks bei Sonnenuntergang am Lagerfeuer und Mozarts Klarinettenkonzert, all den romantischen Kram. Woher sollen wir Löwen und Elefanten kriegen?«

Nelly, die mit deutlichem Interesse zugehört hatte, fuhr hoch. »Löwen – hier?«, schrie sie auf und zeigte das Weiße ihrer Augen wie ein ängstliches Tier.

»Du wirst ein fetter Leckerbissen für die Löwen sein, sie werden alle hinter dir herjagen und uns verschmähen. Wir werden uns eine andere Bäckerin suchen müssen …« Jill blieb ihr Scherz im Hals stecken, als sie die schreckgeweiteten Augen ihrer alten Nanny bemerkte. »Nelly, es tut mir Leid. Keine Löwen, ich versprech's.«

Die alte Zulu warf einen misstrauischen Blick in die Runde und räumte, aufgeregt in sich hineinbrabbelnd, die Kaffeetassen weg. Jill nahm sich vor, sich später bei ihr zu entschuldigen.

»Keine Löwen«, nickte Phillip, »um ein Löwenrudel zu unterhalten, ist unser Land nicht groß genug, wir müssten Gehege bauen, und dafür brauchen die Leute nicht nach Afrika zu fliegen, das finden sie auch im Zoo um die Ecke. Lasst uns mal Bestandsaufnahme machen.« Er zählte an den Fingern ab. »Wir haben rund zwölf Antilopenarten. Auf Wildtierauktionen könnten wir den Bestand aufstocken. Wir haben Zebras, eine Flusspferdfamilie, Paviane, Warzenschweine, viele kleine Reptilien, Insekten, Vögel …«

»Und da ist ja auch noch Oskar,« murmelte sie.

»Richtig«, nickte Phillip, »da ist ja auch noch Oskar!«

Oskar war ein halbwüchsiger Spitzmaulnashornbulle, den Jill vor eineinhalb Jahren als wenige Monate altes Kälbchen neben seiner sterbenden Mutter gefunden hatte. Vermutlich war diese vom Hluhluwe Game Reserve ausgebrochen. Das rechte Hinterbein des Tieres war auf das Dreifache im Umfang angeschwollen, eine Drahtschlinge, von Wilderern ausgelegt, hatte das Bein bis auf den Knochen durchgetrennt. Das fußballgroße Stück, das aus ihrem Oberschenkel herausgerissen worden war, ließ darauf schließen, dass bereits ein paar Hyänen da gewesen waren. Phillip musste das Muttertier erschießen, die Wilderer entkamen ihm.

Jill taufte das kleine Nashorn, das eine perfekte Miniaturausgabe seiner kolossartigen Mutter war, Oskar und zog es auf der Farm groß. Oskar, der aussah wie ein dicker, großohriger Hund, lief anfänglich frei herum, folgte ihr aufgeregt schnaufend überallhin, erschien abends vor ihrer Tür und legte sich in ihrem Badezimmer schlafen. Offensichtlich betrachtete er sie als Ersatzmutter. Seine Angewohnheit, jeden in Jills Nähe einfach umzuwerfen, besiegelte sein Schicksal. Sie ließ ein riesiges Gehege, das an Hluhluwe angrenzte, einzäunen und verbannte Oskar dorthin. Das aber behagte ihm überhaupt nicht. Regelmäßig brach er aus, trampelte den Pfad zu Inqabas Gemüsegarten hinunter und labte sich an solchen Delikatessen wie Guaven, Melonen und Zuckermais. Dann lugte er putzig zwischen den mannshohen Maishalmen hervor und wurde der Liebling aller.

»Das ist ja ganz lustig, solange er noch klein ist«, gab Martin zu bedenken, »aber was passiert, wenn er mal ein großer, schlecht gelaunter Nashornbulle ist? Er wird unsere Gäste zu Brei trampeln.«

»Das entscheiden wir, wenn er groß und schlecht gelaunt ist«, wischte Jill seine Bemerkung vom Tisch, »das dauert noch, und vielleicht schlägt er aus der Art und entwickelt ein sonniges Gemüt. Oder bist du eifersüchtig auf meinen Verehrer?«, kicherte sie und küsste ihn auf den Mund. »Er hat fast so schöne Augen wie du. Alle Gäste werden ihn lieben.« Schweigen senkte sich nach ihren Worten über die vier am Tisch. Jill starrte hinaus in die Nacht, versuchte sich mit dem Gedanken anzufreunden, Inqaba nicht mehr allein für sich zu haben. Eine Bewegung auf dem Weg zwischen den Daturabüschen fing ihren Blick ein. Sie lehnte sich über das Geländer. »Ist da jemand?«, rief sie. Langsam gewöhnten sich ihre Augen an die Nachtschatten, und sie erkannte, dass es eine schwarze Frau in einem braunen Kleid war. Es hing lose um ihre zierliche Figur, ihre Wangen waren eingefallen und die Augen groß und von fiebrigem Glanz. »Wer bist du?«, fragte Jill. »Du hast hier nichts zu suchen. Wie heißt du?«

»Thuleleni«, antwortete die Frau mit einer Stimme so zart wie ein Windhauch und richtete ihre Augen auf Phillip Court.

»Thuleleni?«, wiederholte er stirnrunzelnd, dann schien ihm etwas einzufallen, seine Augen weiteten sich. »Oh ja, richtig, Thuleleni – warte auf mich an der Küchentür«, rief er der Schwarzen zu, »entschuldigt mich.« Er warf die Serviette auf den Tisch, stieß den Stuhl ungestüm zurück. Er krachte auf die Holzbohlen. Fahrig richtete Phillip ihn auf und stürmte ins Haus.

Jill sah ihm erstaunt nach. »Was ist denn mit Daddy los, warum ist er so nervös?« Sie spähte in die Büsche. Die Frau war verschwunden.

»Manchmal ist er halt etwas ungeschickt«, sagte Carlotta. »Wir könnten Konzerte geben«, fuhr sie fort, »stellt euch vor, zum Sonnenuntergang auf der Terrasse Flötenkonzerte von Vivaldi …«

»Das klingt ganz wunderbar, Mama, aber glaubst du, dass Konzerte hier im Busch das große Geschäft werden könnten?«

»Fotosafaris«, sagte Martin.

»Vögel«, ergänzte Jill, endgültig abgelenkt von ihrem Vater, »Fotosafaris im Vogelparadies.« Triumphierend schaute sie ihren Mann an, »ich hab die Pläne schon fast fertig. Ich werde mich darum kümmern, auch wenn unsere Tochter da ist. Und dann könnten wir abends kleine Konzerte geben, danach etwas Leckeres zum Essen. Tolle Idee!«

»Leon hat Safarierfahrung, er könnte uns helfen, und sein Freund Len leitet einen Sicherheitsdienst. Den werden wir brauchen.«

»Bestimmt nicht«, fiel sie ihm ins Wort, »diesen einarmigen Kerl will ich nicht auf der Farm haben. Mir hat es gereicht, dass er damals hier herumgestöbert hat, als Tommy starb. Angeblich, um Spuren zu finden.« Sie zog eine verächtliche Grimasse. »Tom ist doch nicht hier ermordet worden, welche Spuren wollte er wohl hier finden? Weißt du, dass er noch immer gelegentlich auf der Farm herumschleicht? Ich höre es ab und zu von Ben.«

»Sie wollen doch nur helfen«, beschwichtigte Martin.

Sie wurden von Phillip Court unterbrochen, der auf die Terrasse zurückkehrte und sich krachend in seinen Stuhl warf. Für einen Moment starrte er blicklos vor sich hin. Seine buschigen Augenbrauen waren zusammengezogen, die graublauen Augen stürmisch.

»Wer war das?«, fragte Jill. »Kanntest du sie? Ich glaube, ich habe sie schon mal gesehen, aber ich weiß nicht, wo.«

»Ach, niemand«, antwortete er mit einer wegwerfenden Handbewegung, »sie braucht einen Job – aber ich kann sie nicht brauchen, wir brauchen jemanden mit Hotelerfahrung.« Er nahm einen hastigen Schluck aus seinem Weinglas und setzte es unsanft auf den Tisch zurück. Der Stiel brach, der Wein ergoss sich über die Tischdecke, Blut quoll aus seiner Handkante. »Verdammt«, knurrte er.

»Soll ich dir ein Pflaster holen?«, fragte Jill, fing sein Blut mit der Serviette auf, benutzte eine andere, um den Wein aufzusaugen.

»Nein, es ist nichts. Eine Lappalie. Nelly soll das aufwischen«, wehrte ihr Vater ab. »Lasst uns weitermachen, wo wir aufgehört haben. Habt ihr über meinen Vorschlag nachgedacht? Gibt es Einfälle?«

Jills merkwürdiger Eindruck war, dass er mit »Lappalie« nicht den kleinen Schnitt in seiner Hand meinte, aber mehr hörte sie von ihm über den Vorfall nicht. Lange Zeit später sollte sie auf äußerst schmerzhafte Art daran erinnert werden, verstehen, was er wirklich gemeint hatte. Jetzt berichtete sie ihm kurz von ihrer Idee von Fotosafaris, und er stimmte überraschend zu.

»Als Erstes werde ich den Zaun erweitern und höher machen lassen.«

Jill fuhr hoch. »Noch mehr Zäune? Daddy, das kannst du doch nicht machen. Es wird den Charakter von Inqaba zerstören.«

»Aber unseren Gästen und uns wird es Sicherheit bieten. Es treiben sich hier in letzter Zeit zu viele unerfreuliche Elemente herum.« Er beschäftigte sich mit seinen Papieren, sah sie dabei nicht an.

Unerfreuliche Elemente? Sie sah den Mann unter der Akazie stehen, die Schultern zurückgenommen, die Arme lässig in die Hüften gestemmt, das Kinn arrogant hochgereckt. Meinte er Popi? Thando Kunene, ihren Freund, Mitglied der Gang? Oder meinte er diesen Ein-Arm-Len, der sich wichtig machte mit seinem Revolver im Hosenbund, eine Maschinenpistole quer vor sich über den Sattel gelegt, wenn er auf Sicherheitspatrouille ritt?

»Wen meinst du mit unerfreulichen Elementen? Diesen Ein-Arm-Len?«

»Wie?«, für einen Moment wusste er offenbar nicht, von wem sie sprach. »Nein, nein, natürlich nicht den, der passt höchstens auf … Nun, du weißt schon, dieses Pack, illegale Landbesetzer, und diese Kerle, die meinen, wir müssten ihnen unsere Farmen überlassen, weil vor zweihundert Jahren irgendein Urahn hier mal gelebt hat oder hier begraben wurde.«

»In Simbabwe sind sie schon rabiater. Angeblich stehst du da eines schönen Morgens auf, und dein Land wimmelt von schwarzen Menschen, die schon dabei sind, ihre Hütten zu bauen und deine Felder zu verwüsten. Die verlangen Land zurück, das irgendeiner ihrer Vorfahren deinen Vorfahren verschachert hat, alles völlig legal, mit Vertrag und so, aber das interessiert die einen Dreck!«

Sichtlich aufgebracht, lehnte sich Martin breitbeinig in seinem

Stuhl zurück und blickte in die Runde. »Könnt ihr euch vorstellen, was passieren würde, wenn die Besitzverhältnisse in Europa auf den Stand von 1820 zurückgesetzt würden? Chaos, sage ich euch, Kriege, Mord und Totschlag!«

Schweigen begrüßte den Ausbruch. Jill kämpfte mit der Vorstellung von den wimmelnden Menschenmassen, die Martins Worte in ihr hervorgerufen hatten. »Wir haben doch unser Land von König Mpande bekommen, war es denn vorher besiedelt?«

Ihr Vater zuckte die Schultern. »Keine Ahnung, aber ich möchte vorbeugen. Es hat in dieser Gegend bisher noch keinen konkreten Fall gegeben, aber unsere Grenzen sind weit offen, täglich strömen Massen illegal ins Land ...«

Martin schlug mit der Faust auf den Tisch, dass Carlotta, die bisher mit abwesendem Blick teilnahmslos dabeigesessen hatte, erschrocken zusammenzuckte. »Alles bricht zusammen. Ich habe kürzlich mit dem Direktor von der Gesundheitsbehörde gesprochen; wusstet ihr, dass wir täglich – täglich! – mehr als hundert neue Malariafälle haben, und zwar die Tropica? Und wisst ihr, warum? Nein? Ich werd's euch sagen. Die illegalen Einwanderer bringen sie mit, die sind alle verseucht, und wenn unsere Malariamücken ihr Blut trinken und dann einen von uns stechen – bumms, haben wir auch Malaria! Früher wurde hier gegen die Mücken gespritzt, peinlichst alles stehende Wasser kontrolliert, aber die heutigen Herren haben ja eher ihr eigenes Wohl im Sinn. Ihre Taschen sind so schwer von unserem Steuergeld, dass sie kaum noch laufen können.«

»Nicht nur Malaria«, murmelte Phillip, »Natal hat die Ehre, die am schlimmsten mit Aids verseuchte Region der Welt zu sein.«

»Und dann musst du jedes Mal, wenn du übers Land fährst, damit rechnen, dass du überfallen und als Beigabe noch vergewaltigt wirst«, fiel Martin ein.

Christina machte einen Salto in Jills Bauch, und ihr wurde schrecklich übel. »Entschuldigt ...«, japste sie und floh, die Hände auf den Mund gepresst, von der Terrasse durchs Haus hinaus auf den Hof, lehnte an der Hauswand und atmete tief ein, bis sich das Baby beruhigt hatte. Die Horrorvisionen, die Dad und Martin heraufbeschworen hatten, verschwanden jedoch nicht, auch nicht die Übelkeit. Ihr war klar, dass sie nicht von der Schwangerschaft herrührte, sondern von den stets mit aller Macht unterdrückten und selten in Worte gefassten Ängsten, die alle hier jede Minute des Tages und der Nacht begleiteten. Besonders der Nacht, dachte sie, und keiner gesteht sich das ehrlich ein.

»Ich hab ein Ortungssystem auf meinem Auto, wo sie mich per Satellit finden, wenn ich entführt werde«, hörte sie Angelicas Worte. Sie hatten sich Donnerstag mit Lina Konning getroffen.

»Tot oder lebendig«, hatte Jill trocken bemerkt. Die Miene ihrer Freundin zeigte deutlich, dass diese begriff, was sie damit sagen wollte. Zischend sog Angelica die Luft durch die Zähne, hob beide Hände, als wollte sie den Teufel abwehren.

Lina hatte die meiste Zeit gedankenverloren in ihrem Kaffee gerührt. »Also, um es auf den Punkt zu bringen«, sagte sie unvermittelt und streckte einen Finger hoch, »ich habe eine Scheißangst, wenn Marius die Nacht hindurch operiert, was häufig genug ist, und ich allein mit den Kindern im Haus bin, ich habe auch eine Scheißangst«, der zweite Finger erschien, »wenn ich allein nachts im Auto unterwegs bin, weiterhin habe ich eine Scheißangst«, sie hielt drei Finger hoch, wie zum Schwur, »meine Kinder aus den Augen zu lassen. Von meinen vieren sind ja drei noch unter fünfzehn. In Europa habe ich Kinder auf der Straße gesehen, kleine Kinder, vielleicht fünf oder sechs Jahre alt, die mutterseelenallein auf den Bürgersteigen spielten, junge Mädchen, die allein im Dunkeln zur Disco gingen. Es war Sommer, alles fuhr mit geöffneten Fenstern oder in Cabrios, Frauen gingen allein in den Parks spazieren – das nenne ich Freiheit.« Sie saß da, die Hände in den langen, dunkelbraunen Haaren vergraben, ein leerer Ausdruck in ihren Augen, als sähe sie etwas, was den anderen verborgen war. »Was hält uns hier eigentlich, wenn wir ständig in Angst leben müssen? Denkt ihr manchmal ans Auswandern?«

Die Freundinnen vermieden, einander anzusehen. Jill legte die Hand auf ihren Bauch, fühlte ihre Tochter, die mit einer zarten Bewegung reagierte, und die Angst um ihr Kind, um sich, um ihre Zukunft in ihrem Land traf sie wie ein Faustschlag.

Endlich war es Angelica, die die Erstarrung durchbrach. »Es ist doch ganz einfach, ich bin hier geboren, meine Kinder sind hier geboren, meine Familie lebt hier seit hundertfünfzig Jahren, wo sollte ich hin? Ich gehöre zu dem Stamm der weißen Afrikaner, hier ist meine Heimat, und hier bleibe ich.« Ihre flache Hand knallte auf den Tisch.

»Amen«, hatte Lina dann gesagt.

»Amen«, murmelte Jill jetzt, stieß sich von der Wand ab, um wieder hineinzugehen.

»Guten Abend, Ma'm, geht es Ihnen gut?«, sagte eine Stimme neben ihr, und sie machte einen erschrockenen Satz, obwohl sie zur gleichen Zeit Jonas' hochgewachsene Figur erkannte. Sein weißes T-Shirt und die khakifarbene Hose leuchteten in der Dunkelheit.

»Jonas, meine Güte, hast du mich erschreckt«, rief sie laut und vergaß, sich nach seinem Wohlergehen zu erkundigen.

»Mir geht es auch gut«, sagte dieser trotzdem, einer eingefahrenen Mechanik folgend.

Sie wartete. Es war offensichtlich, dass er ein Anliegen hatte.

»Unsere Arbeitsgruppe will eine Studienreise nach Europa machen, um die Brücken der großen Meister zu studieren. Ich brauche Geld, ich habe alles aufgelistet.« Er reichte ihr einen Zettel.

Er verlangte es, er bat nicht. Ärger flammte sekundenschnell in ihr hoch. Es war typisch. Schon als halbwüchsiger Schuljunge war er mit Stapeln von Schulbüchern bei ihrer Mutter erschienen, hatte sie vor ihr abgesetzt, nicht sanft, er hatte sie hingeworfen. »Madam muss Papierumschläge drummachen«, verkündete er.

Der Gesichtsausdruck ihrer Mutter hatte zwischen Empörung und Belustigung geschwankt. »Jonas, nimm die Bücher sofort

wieder mit. Ich kaufe dir Papier, aber einschlagen musst du sie
selbst.«

Er hatte seine Unterlippe vorgeschoben und sich den Stapel Bücher unter den Arm geklemmt. Mit steifem Rücken und hochgezogenen Schultern stakste er über den Hof, trat ein paar Steine aus dem Weg. Einer schlug mit lautem Knall gegen eine Tonne mit Dünger.

»Was bildet er sich eigentlich ein?«, hatte sich Carlotta ihrem Mann gegenüber empört. »Eine Frechheit, dieses Benehmen.«

»So sind sie nun einmal«, hatte er kommentiert, »Jonas handelt nur nach dem Hierarchieverständnis seiner Leute. Dadurch, dass wir uns um ihn kümmern, nehmen wir Elternstelle ein. Außerdem weißt du ja, wo du da als Frau angesiedelt bist«, hatte er sie geneckt.

Jill gab ihm die Liste zurück. »Du musst mit meinem Vater sprechen, aber jetzt ist kein guter Zeitpunkt, komm morgen wieder«, sagte sie kühl, »und such dir einen Nebenjob, dann kannst du dir Geld für Extras dazuverdienen.« Sie drehte sich auf dem Absatz herum und stürmte ins Haus. Jahre auf einer guten Schule, ein Universitätsstudium, Privilegien, von denen seine Freunde nur träumen konnten! Nun gut, sollte sich ihr Vater mit ihm auseinander setzen. »Jonas will dich sprechen, Dad«, sagte sie, als sie wieder am Tisch Platz nahm, »er will, dass wir ihm eine Studienreise nach Europa bezahlen.«

»Der tickt wohl nicht richtig«, lachte Martin.

»So weit kommt's noch«, murmelte Carlotta, »und ich soll auf meine Wintersachen verzichten.«

»Ich red mit ihm.« Phillip machte sich eine Notiz. »Jill, dein Vogelgartenprojekt sagt mir sehr zu. Wie weit bist du?«

Rasch zeichnete sie eine Skizze von der gesamten Farm, unterteilte sie grob in Trockenareale, Sumpf- und Wasserzonen und Buschgelände. »Wir werden Bäume und Büsche pflanzen, die bestimmte Vögel anziehen, ihnen Unterschlupf und Nahrung bieten, und wir sollten ein paar zusätzliche Wasserlöcher anlegen, besonders in der Nähe des Hauses, so dass man schon von der Terrasse aus Tiere beobachten kann. Der Plan ist praktisch fertig, die Liste der Pflanzen mit Hilfe von Max Clarke auch.«

»Hervorragend …«, wieder notierte ihr Vater etwas. »Später werden wir weitere Gästebungalows auf die andere Seite und einen zusätzlichen Trakt an das Haupthaus mit fünf kleineren Gästezimmern bauen.«

»Das erlaube ich nicht«, warf Carlotta überraschend bestimmt ein, »ich will, dass man Johanns und Catherines Haus noch erkennt. Es ist schließlich unser Kern, der Ursprung von Inqaba.«

Jill stand ihrer Mutter bei. »Mama hat Recht, außerdem wären wir dann nur noch Gäste in unserem eigenen Haus. Das fände ich ziemlich unerträglich. So schlecht geht es uns noch nicht.«

Ein Schatten verdunkelte flüchtig Phillips Gesicht, er wischte mit der Hand über den Tisch. »Lasst uns das Problem vertagen. Jetzt muss ich einen Plan aufstellen, wo wir was einsparen können. Als Erstes werde ich Arbeiter entlassen, die Farm trägt sie einfach nicht mehr. Martin, was macht dein Vergnügungszentrum? Wann kommt Geld?«

Die Frage traf Martin wohl wie ein Kinnhaken, denn für Sekunden sah er völlig benommen drein. Dann lachte er kurz auf. »Noch wühlen wir im Dreck.«

Sie wurden von Nelly unterbrochen, die den Kaffee hereintrug, und Jill vergaß zu fragen, was er damit meinte.

# 8

Jill schob die Pläne des Vogelgartens, an denen sie gearbeitet hatte, beiseite, stand auf und wanderte in Irmas Wohnzimmer umher. In wenigen Tagen war es so weit, sie würden den ersten

Spatenstich auf der Farm machen. Sie sah auf die Uhr. Es gab noch einige Dinge in Umhlanga zu erledigen, unter anderem wollte sie die Fotos, die sie auf Inqaba am Fluss gemacht hatte, entwickeln lassen. Sie war neugierig, was sie sehen würde, wenn sie die Bilder mit der Lupe untersuchte. Oft entdeckte sie dann Tiere, die sie bewusst nicht wahrgenommen hatte. Besonders der Schatten, den sie im Dickicht gesehen zu haben glaubte, interessierte sie. Eine große Antilope vielleicht. Ein Mensch? Kaum, niemand würde freiwillig in dem mücken- und schlangenverseuchten Busch am Ufer herumkriechen. Nellys Worte fielen ihr ein. Wovor hatte die alte Zulu warnen wollen?

Ach, was soll's, dachte sie und schlug ihren Zeichenblock mit den Skizzen des zukünftigen Gartens ungeduldig zu. Nelly wurde in der letzten Zeit immer wunderlicher. Vermutlich war ihr der Tokoloshe im Traum erschienen, der kleine, böse Wassergeist, der den Sangomas, die anderen übel wollten, als Teufelswerkzeug diente. Popis schattenhafte Gestalt huschte ungebeten durch ihre Gedanken.

Popi?

Schon wieder Popi.

Der Rattenfänger.

Wie die Schnitzel auf einer Schnitzeljagd tauchte er in letzter Zeit immer wieder auf. Hatte sie ihn wirklich gesehen oder nur geträumt? War es eine Sinnestäuschung gewesen, hervorgerufen vom Hitzeflimmern und dem Flirren des Gewitterlichts auf den Grasspitzen? Sie bereute, nicht mit ihrem Vater darüber gesprochen zu haben, nahm sich vor, das heute Nachmittag telefonisch nachzuholen. Um diese Zeit erledigte er seine Schreibarbeiten, es war die beste Zeit, in Ruhe mit ihm zu reden. Stöhnend dehnte sie ihren Rücken. Die gebückte Haltung, die sie beim Zeichnen zwangsläufig einnahm, konnte sie mit dem Baby im Bauch nicht lange durchhalten. Sie beschloss, zu Fuß von Irmas Haus über den Promenadenweg am Strand in den Ort zu gehen. Die Bewegung würde ihr gut tun.

Sie trat auf die Veranda. Es war Mittag, und die Sonne stand hoch im Norden. Im Süden lösten sich die letzten Wolken auf und verschwanden über den Horizont. Der Wind hatte morgens gedreht, das Meer beruhigt und die Hitze von Mosambik heruntergebracht. Himmel und Meer vereinigten sich zu einem unendlichen, schimmernden Blau. Schon oft hatte sie geglaubt, glücklich zu sein, aber nie zuvor hatte sie diese tiefe Ruhe erfüllt, nie waren ihre Sinne empfänglicher gewesen, hatte sie ihren Körper so gespürt wie jetzt. Die schlimme Zeit war vorbei, nur noch vierunddreißig Tage bis zum fünfundzwanzigsten Februar. Christina würde ein Sonntagskind werden.

Nach dem Gespräch mit ihren Eltern hatte sie alle Renovierungen an dem Haus im Flamboyant Drive erst einmal gestoppt. »Neue Küchenschränke in ein gemietetes Haus einzubauen ist Verschwendung, und den Videorecorder kann man reparieren lassen,« teilte sie Martin mit, »jetzt wird gespart.« Doch die Kakerlakennester unter dem Fußboden und hinter Wandverkleidungen aufzuspüren erwies sich als schwierig. Erst nächste Woche würden sie wieder einziehen können.

Christina trat um sich und beulte ihren Bauch aus. Sie lachte übermütig. Martin, sie und Christina, bald würden sie zusammen auf Inqaba sein. Für die ersten Monate nach der Geburt würde sie dorthin zurückkehren. Martin hatte es vorgeschlagen. »Ich werde ständig unterwegs sein und dich viel allein lassen müssen. Dort seid ihr zwei dann am besten aufgehoben.«

Warmer Wind strich über ihre Haut, trug süßen Karamellduft von verbranntem Zuckerrohr mit sich. Sehnsüchtig ging ihr Blick nach Nordwesten. Eine große Rauchwolke stand in der klaren Luft über den grünen Hügeln Zululands. Die letzten Zuckerrohrfelder wurden abgebrannt. Sie konnte es kaum erwarten, heimzukehren. Sie pflückte eine intensiv nach Jasmin duftende Sternblüte der Amatunguluhecke, die um die Veranda wuchs, und steckte sie sich hinters Ohr. Zwischen den ledrigen Blättern leuchtete eine himbeerrote, reife Frucht. Sie pflückte und aß sie.

Sie schmeckte wie eine Kreuzung von Pflaume und Aprikose, ihre Großmutter hatte davon Marmelade gemacht. Dann ging sie ins Haus. »Beatrice!«, rief sie. Irmas Hausmädchen kam aus der Küche geeilt. »Ich geh zu Fuß nach Umhlanga, es ist herrlich heute. Du brauchst nicht auf mich zu warten, ich werde erst am späten Nachmittag nach Hause kommen.«

»Wir brauchen Tomaten und Lammkoteletts für heute Abend«, antwortete Beatrice. Ihre braune Haut glänzte fettig, und Schweißperlen standen ihr auf der Stirn. »Zu heiß heute«, stöhnte sie theatralisch und schickte einen gequälten Blick unter den Augenlidern hervor, »meine Beine sind ganz schwer.«

Jill lachte, sie wusste genau, was die Zulu damit sagen wollte. »In Ordnung, du kannst jetzt Schluss machen, komm um sechs wieder, um das Essen zu kochen. Und rühre den Fernseher nicht an«, ermahnte sie. Sie wusste, dass Beatrice, kaum dass sie aus dem Haus war, ihre Arbeit liegen ließ, den Fernseher auf dröhnende Lautstärke drehte und es sich davor gemütlich machte. Nicht genug damit, die Schwarze vergaß meist auch, ihn abzuschalten, und wenn Martin und sie spät von einer Verabredung kamen, waren sie häufig aufs Äußerste von lautstarken Stimmen alarmiert worden, die aus dem Inneren des Hauses drangen.

»Tut mir Leid, Madam, hab ich vergessen«, flötete dann eine nicht im Geringsten von ihren Vorhaltungen beeindruckte Beatrice.

»Yebo, Madam«, grinste Beatrice jetzt erfreut, schien auf einmal mit neuem Leben erfüllt zu sein. Im Nu hatte sie ihre Schürze abgebunden und den hellblauen Hausmädchenkittel aufgeknöpft. Sie trug einen einteiligen Badeanzug darunter. »Ich geh schwimmen«, verkündete sie, »kann ich den Sonnenschirm mitnehmen?«

»Natürlich, aber schwimm nur, wo es erlaubt ist, hörst du? Außerhalb des bewachten Badestrandes ist es zu gefährlich.«

Beatrice grinste und trabte in die Küche, und Jill hörte, wie die Eisschranktür geöffnet wurde. Das Mädchen schnorrte sich sicher eine Cola, wie schon so häufig. Jetzt steckte sie den Kopf noch einmal durch die Tür. »Telefon ist tot«, bemerkte sie lakonisch, »schon gestern Abend.« Damit verschwand sie.

»Verdammt, warum hast du nichts gesagt«, rief Jill hinter der Zulu her. Martin und sie waren gestern Nacht erst spät von einer Einladung zurückgekehrt, und heute hatte sie noch nicht versucht zu telefonieren. Verärgert verließ sie das Haus, beschloss, gleich in Umhlanga Rocks bei der Telefongesellschaft vorbeizugehen. Über die hölzerne Veranda, die die ganze Breite des kleinen Hauses einnahm, stieg sie die lange, gewundene Steintreppe hinunter, die den Höhenunterschied von rund fünfzehn Metern vom Haus zum Strand überwand. Rechts und links hatte Irma den Küstenurwald einfach wachsen lassen, der so dicht war, dass nur dämmriges Licht durch das dichte Blätterdach fiel. Blühende Lianen schlangen sich um knorrige Bäume, Num-Num-Blüten dufteten betörend. Stachelige Opuntien mit leuchtend gelben Blüten verwehrten den Zugang zum Strand. Kleine Vögel huschten durch die Zweige, braun glänzende Skinke glitten von den sonnenerhitzten Steinstufen in den kühlen Schatten.

Jills weites Sommerkleid flatterte im Wind, die Sonne brannte ihr auf der Haut. Ihr Ärger ebbte ab. Der Strand war sehr belebt, in Gauteng hatten bereits die Sommerferien begonnen. Der Aussichtsturm der Rettungsschwimmer war voll besetzt, am Fuß des Turms lagen Rettungsbojen und Surfbretter bereit. Während der Hochsaison kamen sie mehrere Male am Tag zum Einsatz. Zwischen den Baken, die den Badestrand begrenzten, wimmelte es von Menschen, die sich enthusiastisch in die Brandung warfen. Jill wurde an die frisch geschlüpften Ledernackenschildkröten erinnert, die sie an einem der einsamen Strände Maputalands, der nördlichsten Region Natals, beobachtet hatte. Zwei junge Frauen – trotz des schwarzen Schadors, der sie von Kopf bis Fuß verhüllte, war ihre Jugend in ihren graziösen Bewegungen und den blitzenden schwarzen Augen zu erkennen – standen bis zu den Knien im bewegten Meer. Ein Brecher rollte über sie hinweg, durchnässte sie bis auf die Haut. Bevor sie kreischend an Land rannten, standen sie für Sekunden als schwarze Statuen im glitzernden Licht, der hauchdünne Stoff des Schadors zeichnete ihre Figuren genauestens nach. Die Kleinere schien schwanger zu sein.

Über dem Rauschen der sich brechenden Wellen hörte sie die hellen Rufe der Jungen auf ihren Surfbrettern, die hinter der Brandungslinie auf die perfekte Woge warteten. Ein Skiboot, eines der flachbödigen Brandungsboote mit hochtourigen Außenbordmotoren, röhrte durch das ruhige Wasser zwischen den beiden Felsenriffen, die Granny's Pool bildeten, und brachte ein paar Hochseeangler zurück. Aus dem Lautsprecher plärrte eine weibliche Stimme, die berichtete, dass nördlich von Umhlanga Delfine gesichtet worden wären und dass man jetzt Tickets für das Delfin-Beobachtungsboot kaufen könne. Von Durban her näherte sich, nur wenige Meter über der Brandung fliegend, knatternd ein Hubschrauber.

Jill seufzte, wich mit einem Satz eben noch einem Inlineskater aus, der im Slalom durch den Strom der Flanierer auf dem Strandweg sauste. Urlaubszeit in Umhlanga war laut, bunt und heiß, die Strände, Geschäfte und Parkplätze waren überfüllt, die Preise der Hotels und Restaurants stiegen ins Astronomische. Inbrünstig wünschte sie sich nach Inqaba. Ihr Blick ging den Strand entlang nach Norden zur Lagune. Kein Mensch war in der flirrenden Helligkeit zu erkennen. Sie nahm sich vor, morgen ein paar Stunden dort zu verbringen.

Vor dem Leuchtturm verließ sie den Strandweg und stieg die Treppe zum Oyster Box Hotel hinauf. Der Weg durchs Hotel war der kürzeste ins Zentrum Umhlangas. Sie grüßte die auf der Terrasse herumstehenden Kellner. In der hohen Eingangshalle studierte der Oberkellner, ein distinguiert aussehender Inder, den sie kannte, solange sie sich erinnern konnte, das Tagesmenü. »Hallo, Anil.« Sie winkte. Seinen Nachnamen hatte sie nie erfahren. Etwas erstaunt sah sie, dass er sich wegdrehte, ohne sie zu grüßen. Sie war sicher, dass er sie gesehen und ihren Gruß gehört hatte. Achselzuckend verließ sie das Hotel durch die vordere Drehtür und wanderte durch den prächtigen Garten des Hotels. Der Anblick von einer Familie Mungos, die unter den uralten Natalfeigenbäumen Haschen spielten, ließ sie die Reaktion von Anil gleich vergessen.

Es waren nur knappe hundert Meter in das geschäftige Ortszentrum. »Einen wunderschönen guten Morgen«, rief sie fröhlich dem schwergewichtigen Ortspolizisten Nzama über den Verkehrslärm zu. Er sah sie an, machte eine Handbewegung, als wolle er den Verkehr anhalten und zu ihr gehen, ließ dann aber seine Hand wieder sinken und starrte sie nur unverwandt an. Tom Miller, der junge Apotheker, mit dem sie zusammen in die Schule gegangen war, stand vor seinem Schaufenster. Als er sie erblickte, verzog er sich blitzartig ins Innere des Geschäfts. Verwirrt sah sie ihm nach und dann wieder hinüber zu Nzama. Der zog hastig den Schirm seiner Polizeimütze über die Augen und schien sich außerordentlich für etwas auf dem Boden zu interessieren. Anil, der Oberkellner, fiel ihr wieder ein. Was war los? Bildete sie sich das alles ein?

Christina bewegte sich. Vermutlich spielen die Hormone mal wieder verrückt, dachte Jill glücklich und lief über Umhlangas Hauptkreuzung, rettete sich aus der stickigen Wärme in die trockene Kühle des klimatisierten Zeitschriftenladens. Das Zeitungsregal stand neben dem Eingang. »Hallo, Lucy, lange nicht gesehen«, grüßte sie die blond gelockte Kassiererin und legte die *Daily News* auf den Verkaufstisch. »Geht es dir gut? Was machen die lieben Kleinen?«

»Jill …!« Mit schreckgeweiteten Augen starrte Lucy sie an, der Kugelschreiber fiel ihr aus der Hand. Sofort verschwand sie unter dem Tresen, grabbelte hektisch dort herum.

Jill lehnte sich über den Tisch, um zu sehen, was Lucy da trieb. »Sag mal, was ist hier eigentlich los? Alle sind so komisch, Tommy Miller, unser Sheriff, selbst der Oberkellner vom Oyster

Box Hotel laufen vor mir weg. Hab ich die Krätze?« Sie lachte laut und drehte die Zeitung so, dass sie die Schlagzeilen lesen konnte.

Das Lachen blieb ihr im Hals stecken, ihr Herz stolperte. Ihr Blickfeld engte sich ein, alles, was sie wahrnahm, war die Überschrift auf der Titelseite der Zeitung und eine Namensliste, die darunter gedruckt war.

Sie las sie langsam und laut, als wäre sie des Lesens kaum mächtig. »SAA IMPALA auf dem Weg nach Kapstadt vor Durban ins Meer gestürzt. Keine Überlebenden.«

Sie schwankte, fühlte Lucys Hand wie eine Stahlklammer auf ihrem Arm, ihre Stimme hallte in ihren Ohren, aber sie verstand die Worte nicht. Ihre Beine gaben nach, sie musste sich am Tisch festhalten. Jemand schob ihr einen Stuhl in die Kniekehlen. Sie fiel auf den Sitz, die Zeitung raschelte in ihren Händen. Mit dem Zeigefinger unterstrich sie einen Namen. »Mrs. C. Court von der Inqaba-Farm«, las sie vor. Sie starrte auf die Buchstaben, sah dann Lucy an. »Das ist meine Mutter, Carlotta Court ist meine Mutter. Wie kommt der Name meiner Mutter auf diese Liste, Lucy?«

Lucy konnte nicht antworten. Ihr Kinn zitterte zu stark.

»Ich muss meine Mutter anrufen, sie muss das in Ordnung bringen. Das kann doch so nicht stehen bleiben. Kann ich hier telefonieren?« Die andere Frau schob ihr schweigend das Telefon über den Tisch, und Jill wählte. Sehr langsam, denn es kostete sie eine ungeheure Anstrengung, die Scheibe des Apparats zu drehen, die vertrauten Ziffern in die richtige Reihenfolge zu bekommen.

»Nelly?«, sagte sie kurz darauf. »Wo ist Mama? Ich muss sie sprechen. Nelly? Hast du gehört? Ich muss Mama sprechen …«

Doch das Klappern des Telefonhörers, der am anderen Ende hingeworfen wurde, war das Einzige, was sie hörte, bis die Stimme ihres Vaters an ihr Ohr drang. »Kätzchen …«, sagte er und stockte.

»Dad? Wo ist Mama?« Sie lauschte kurz und legte dann den Hörer wieder auf die Gabel, ganz sacht, während man die Stimme

Phillip Courts ihren Namen rufen hörte. »Mein Telefon ist kaputt«, flüsterte sie noch. Dann war die Verbindung unterbrochen. Die Zeitung rutschte auf den Boden. Für einen endlosen Augenblick saß sie reglos auf dem Stuhl,

»Sie ist tot. Meine Mutter ist tot«, sagte sie endlich, so laut, dass die wenigen anderen Kunden neugierig aufmerkten. Einen Augenblick herrschte tiefstes Schweigen im Laden. »Carlotta Court ist meine Mama, sie ist mit dem Flugzeug abgestürzt«, erklärte ihnen Jill, hechelte dabei wie ein verwundetes Tier. Ein Hauch von Maiglöckchenduft wehte ihr um die Nase, und eine Stimme rief ihren Namen.

»Mama?«, wisperte sie fragend. »Mama?« Sie spähte hinaus auf das geschäftige Treiben in der sonnenüberfluteten Straße, erwartete, sie zwischen den vielen Menschen zu entdecken, aber sie suchte vergebens. »Es kann nicht sein«, sagte sie entschieden, »ich muss sie noch so vieles fragen, bisher war ich Kind, ich lerne sie doch erst jetzt als Erwachsene kennen …« Sie vergrub ihr Gesicht in den Händen. Dunkelheit umfing sie.

Dann lachte sie plötzlich auf, es klang wie ein Husten. »Welch ein Unsinn, Lucy, natürlich ist es nicht meine Mutter! Dass ich daran nicht eher gedacht habe. Sie hasst das Fliegen, weißt du, sie hat schon Höhenangst, wenn sie auf einem Pferd sitzt, außerdem tut sie keinen Schritt ohne meinen Vater. Sie ist gar nicht lebensfähig ohne ihn. Also ist es ein Irrtum, irgendein Idiot bei der Zeitung hat die Namen verwechselt. Ich werde die zur Schnecke machen.« Die Worte ihres Vaters verbannte sie aus ihrem Gedächtnis.

Sie hob die Zeitung auf, faltete sie sorgfältig, legte sie zurück ins Regal und ging mit merkwürdig unkoordinierten Bewegungen zur Tür, wie eine schlecht geführte Marionette. Im Schaufenster starrte sie das Spiegelbild einer dunkelhaarigen, leichenblassen Frau mit einem Achtmonatsbauch unter einem gelben Flatterkleid aus aufgerissenen Augen an. Sie erkannte sich nicht.

»Jill, warte, ich rufe dir ein Taxi, das dich nach Hause bringt«, rief Lucy hinter ihr her, »du kannst doch jetzt nicht …«

Aber sie ging weiter, setzte einen Fuß vor den anderen, sah nichts, hörte nichts, fühlte nichts, ging die Straße hinunter, über die Kreuzung. Jemand rief ihren Namen. Autos hupten, Bremsen kreischten, eine raue Männerstimme brüllte etwas. Sie vernahm nur einen Geräuschebrei, der an ihr vorbeirauschte wie ein schäumender Strom, lief weiter, die Treppe zwischen Oyster Box und Beverly Hills Hotel hinunter zum Meer. Blindlings lief sie die Strandpromenade entlang.

Irgendwann fand sie eine leere Bank unter einer vom ewigen Seewind verkrüppelten Pinie und fiel in sich zusammen, als hätte jemand der Marionette die Fäden durchgeschnitten. Sie fühlte sich bleiern müde. Ihre Lider wurden schwer, Möwenkreischen, das Tosen der Brandung und ferne Kinderschreie mischten sich, überdeckten das Rauschen in ihren Ohren, wurden leiser und leiser, bis ihre Gedanken verschwammen.

Das Hämmern der Rotoren eines Seenotrettungs-Hubschraubers, der dicht über dem Wasser die Küste entlangflog, schreckte sie auf. Die ersten Häuserschatten berührten den Strand, sie merkte, dass sie ganz offensichtlich geschlafen hatte. Verwirrt vergrub sie ihr Gesicht in den Händen, fühlte in sich diesen unerklärlichen Druck, diese große Angst, konnte sich nicht erklären, woher sie gekommen war. Ohne etwas wahrzunehmen, starrte sie über das Meer, bis ihre Augen tränten, aber die Leere in ihrem Kopf wich nicht. Ein Flugzeug glitzerte hoch über ihr in der Sonne. Es flog eine Schleife über dem Wasser und nahm dann Kurs nach Süden. Nach Kapstadt.

Und da erinnerte sie sich. Der Absturz. Ihre Mutter. Ihr Herz machte einen Sprung, sie schnappte nach Luft, musste krampfhaft gähnen. Sterne tanzten vor ihrem Gesicht, wieder musste sie gähnen. Wie eine Erstickende rang sie nach Sauerstoff. Noch einmal gähnte sie, fühlte die bleierne Schwere in ihren Gliedern, diese unendliche Müdigkeit, versuchte das Gedankenkarussell in ihrem Kopf anzuhalten.

Der Lichtblitz traf sie unvermittelt. Natürlich. Sie hatte geschlafen, es war ein Traum gewesen, ein böser, tonnenschwerer Albtraum, ganz sicher. Unfähig, noch still zu sitzen, sprang sie auf. Anfänglich noch wackelig auf den Beinen, lief sie dann mit langen, beschwingten Schritten den Strandweg entlang. Nur ein Traum! »Es war nur ein Traum!«, rief sie lachend einer Gruppe bunt gekleideter Urlauber zu und eilte weiter, bis sie Irmas kleines Haus erreicht hatte. Sie öffnete die Pforte, stieg schwerfällig die sechzig Stufen hoch zur Veranda und schloss die Glastür auf.

Das Fernsehen brüllte. Beatrice hatte wieder vergessen, es auszudrehen. Sie würde etwas massiver mit dem Mädchen werden müssen. Die Fernbedienung lag auf dem Tisch. Sie nahm sie hoch. Der amerikanische Sender CNN lief, und irgendeine unglaublich glamourös aussehende junge Frau las die Nachrichten. Jill wollte eben ausschalten, als die Worte »Breaking News« als Laufband erschienen. Neugierig wartete sie, wollte erfahren, welche Katastrophe sich am anderen Ende der Welt ereignet hatte.

Ihre Finger wurden plötzlich steif, als das Bild eines Jets, einer Boeing, über den Monitor flimmerte. Der Name am Bug war IMPALA. Ein Archivbild, sagte die Unterschrift. Die Kamera strich über die leere Oberfläche des Meeres. Die Stimme der schönen Ansagerin berichtete dazu, dass nach dem Absturz vor der Natalküste Südafrikas keine Überlebenden gefunden worden waren.

Nun wusste sie, dass ihre Mutter nicht mehr lebte. Die Fernbedienung fiel ihr aus der Hand, sie wich zurück, aus der Tür hinaus auf die Veranda, stolperte rückwärts, bis sie ins Leere trat und die Steintreppe hinunterstürzte.

*

Als sie sich ihrer wieder bewusst wurde, dauerte es eine Weile, bis sie erkannte, wo sie sich befand. Sie lag auf dem Rücken im dichten Gestrüpp in Irmas Garten, das linke Bein angewinkelt, das rechte ausgestreckt. Über ihr blitzte gelegentlich ein wenig Himmel durch das bewegte Blätterdach. Die Sonne war schon hinter dem Haus verschwunden, sein Schatten dämpfte alle Farben, kündigte den Abend an. Es roch feucht, Baumfrösche sangen ihr eintöniges Lied, die Brandung donnerte in ihren Ohren. Die Flut muss hoch sein, dachte sie. Wie lange sie hier lag und wie sie hierher gelangt war, konnte sie beim besten Willen nicht erinnern. Sie zog ihr linkes Bein an und stand auf, fand dann zu ihrem maßlosen Erstaunen, dass sie sich überhaupt nicht gerührt hatte. Der Befehl wurde von ihrem Kopf ausgesandt, aber ihre Muskeln weigerten sich, ihn auszuführen. Sie stemmte ihren Oberkörper mit den Armen ein paar Zentimeter hoch. Ein heißer Schmerz explodierte in ihrem Oberschenkel, schoss bis in die Hüfte zur Wirbelsäule, und sie fiel mit einem Aufschrei zurück. Eine Gigantenfaust presste ihren Unterleib zusammen, krampfartiges Zittern, begleitet von Kälteschauern, lief in Wellen durch ihren Körper. Selbst die schwache Bewegung ihrer Atemzüge war Agonie. Es dauerte eine Ewigkeit, ehe sie merkte, dass das nicht nur von dem verletzten Bein herrühren konnte.

Mit der rechten Hand tastete sie an ihrem Bein herunter und griff in etwas Feuchtes, Körperwarmes, Glitschiges. Ihr Bein? Mühsam hob sie den Kopf und schaute zwischen ihre Beine.

Als sie begriff, was sie sah, schrie sie.

Sie schrie und schrie und schrie. Das Letzte, was sie sah, war ein winziges Puppengesicht mit zusammengekniffenen Augen und verklebten schwarzen Haaren, das Letzte, was sie hörte, war Schreien, aber sie erkannte ihre eigene Stimme nicht. Sie war sich sicher, dass es ihre Tochter war, die da um Hilfe schrie.

\*

Die Büsche verdeckten sie, ihre Hilferufe wurden von der Brandung übertönt, so dass erst Dary, ihr Dobermann, den Martin in seiner Verzweiflung von Inqaba geholt hatte, um sie zu suchen, sie Stunden später aufstöberte. Sie wusste nichts davon, Martin erzählte ihr das viel später. Ihre Erinnerung setzte erst wieder einen

Tag nach der Operation ein, bei der ihr mehrfach gebrochener Oberschenkel gerichtet worden war und der eingeklemmte Nerv im Rückgrat befreit. Vergeblich versuchte sie, einen Fetzen dieses Albtraums zu erfassen, der sie hierher gebracht hatte. Jedes Mal, wenn eine Ahnung in ihr hochkroch, erschien jemand in einem weißen Kittel, gab ihr eine Spritze, und sie versank wieder in watteweicher Weiße.

Fünf Tage nach dem Unfall kämpfte sie sich durch die Watte an die Oberfläche und schob ihren Arzt zur Seite, verhinderte, dass er ihr eine weitere Beruhigungsspritze gab. »Ich will meinen Mann sprechen«, verlangte sie, und als Martin an ihrem Bett stand, sah sie ihn an. »Bitte sag's mir«, bat sie.

Er nickte und nahm ihre Hand und sagte ihr, dass ihr Baby den Treppensturz nicht überlebt hatte und dass ihre Mutter tatsächlich in das Flugzeug gestiegen war. Die Hand, die ihre hielt, war eiskalt und schweißnass.

»Wo ist Christina? Ich will zu ihr.«

»Das geht nicht!« Der Satz explodierte aus Martins Mund.

»Ich muss! Ich muss sie wenigstens noch einmal sehen, ich muss ihr erklären, was passiert ist. Warum ich ihr nicht helfen konnte.«

»Man hat den Fötus in die Pathologie gebracht«, sagte die kühle, professionelle Stimme des Arztes hinter ihr.

»Den Fötus.« Wen meinte er? Christina? »Das ist kein Fötus, das ist meine Tochter«, schrie sie, »und ich will sie sehen!«

»Ich würde es nicht empfehlen.« Wieder die körperlose Stimme des Arztes.

»Warum nicht?«

Der Arzt räusperte sich, sagte aber nichts, und eine eisige Ahnung packte ihr Herz. Flehentlich sah sie Martin an. »Versteh doch, ich hab ihr nicht geholfen … ich muss …« Sie wartete einen Moment, aber ihre Stimme gehorchte nicht richtig. »Bitte.«

Martin packte den Arzt am Arm und zog ihn zur Tür. Vehement redete er auf den Mann im weißen Kittel ein.

»Wir müssen sie auf Inqaba beerdigen«, flüsterte sie. Es kostete sie ungeheure Kraft, diese Worte herauszupressen.

Beide Männer wandten sich ihr zu, keiner antwortete ihr. Dann drückte der Arzt auf den Klingelknopf neben ihrem Bett, wartete am Fenster, bis eine Schwester erschien. Leise gab er ihr einen kurzen Befehl. Sie verließ den Raum im Laufschritt und kehrte sofort wieder zurück. Er nahm eine Spritze aus der Schale, die sie ihm reichte, zog eine Flüssigkeit auf und trat an ihr Bett.

»Nein!«, schrie sie und schlug seine Hand zur Seite. »Ich will wissen, wo sie ist! Ich will sie sehen!«

»Liebling …« Martin wollte sie in den Arm nehmen, aber sie schob ihn weg.

»Keiner rührt mich an! Was habt ihr mit Christina gemacht? Ist sie schon beerdigt? Ich muss sie doch auf diesem Weg begleiten. Ich muss mich verabschieden.«

Etwas in ihren Augen veranlasste den Arzt, die Spritze sinken zu lassen. »Föten werden nicht beerdigt, sie werden wie amputierte Gliedmaßen verbrannt …« Er machte eine hilflose Geste.

»Amputiert …?«, stotterte sie, ihr Widerstand kam ins Wanken, und in diesem Moment gab der Arzt ihr doch die Spritze, und sie schlief wieder ein.

*

Ihre Mutter fand man nicht. Nicht einmal das Flugzeug wurde aufgespürt. Am Tag nach dem Absturz durchwühlte ein Orkan den Meeresboden, schob Sandgebirge auf, legte Felsformationen frei, veränderte die Unterwasserlandschaft vollkommen. Tagelang suchten Hubschrauber, Militärschiffe und Taucher die Gewässer südlich von Durban bis nach East London ab. Nichts. Kein Ölfleck, keine Wrackteile. Sie dehnten die Suche bis nach Richardsbay im Norden aus, obwohl es völlig außerhalb der Route der Impala lag. Wieder nichts. Es war, als hätte die Hölle das Flugzeug verschlungen.

Irma, die sofort nach dem Unglück nach Durban gefahren war,

half ihr, wich nicht von ihrer Seite. An einem feuchtwarmen, windstillen Tag, drei Wochen nach dem Absturz fuhren alle Angehörigen der vermissten Passagiere und Crewmitglieder auf einem Marineküstenboot hinaus aufs Meer. Genau zu der Stunde und in dem Koordinatenkreuz, wo die SAA IMPALA sich befunden haben musste, als sie vom Radarschirm des Durbaner Towers verschwunden war, drehten sie bei. Es wurde eine kurze ökumenische Andacht gehalten, und jeder der Trauernden warf etwas ins Meer, Blumen, Kränze, kleine Gegenstände.

Jill, die sich nur mit Martins und Irmas Hilfe auf dem schaukelnden Schiff auf ihren Krücken halten konnte, schickte ihrer Mutter die Querflöte ins Grab, hörte über dem Rauschen der Wellen die tanzenden Töne, die Mama ihr entlockt hatte, sah sie in ihrem leuchtend blauen Kaftan auf ihrem Platz in der Weite der afrikanischen Landschaft sitzen, erinnerte sich, wie glücklich sie dort gewesen war, und brach endlich zusammen, konnte endlich weinen.

Ihr Vater, der neben ihnen an der Reling stand, sah aus, als wäre er zu grauem Stein erstarrt.

Nach der Trauerfeier bat er Irma, Martin und sie zu sich und teilte ihnen mit monotoner Stimme, die ihm nicht zu gehören schien, mit, dass er Inqaba ihnen überlassen und nach Europa gehen würde. »Irgendwo nach Südfrankreich vielleicht, man wird sehen«, sagte er und hielt Jill lange stumm im Arm. Seine Hände fühlten sich merkwürdig leblos an. Kalt, klamm, ohne Kraft. Auch jetzt durchbrach keine Gefühlsregung seine Oberfläche. »Ihr werdet schon zurechtkommen.«

»Warum?«, fragte sie ihn ein paar Mal. »Was wollte sie in dem Flugzeug, sie hatte doch Angst vorm Fliegen, sie ist doch nirgendwo ohne dich hingegangen … Sie muss doch etwas gesagt haben, als sie ging … bitte, Daddy!«

Er aber schüttelte nur den Kopf, senkte den Blick, schüttelte wieder den Kopf, wandte sich ab. Eine Antwort bekam sie nicht. Es war, als hätte er alle Worte verloren.

Als die heiße Zeit vorbei war und sie es ertragen konnte, wählte sie einen Platz neben den Gräbern von Catherine und Johann und allen anderen Steinachs, die im Laufe der Zeit dort ihre Ruhe gefunden hatten, pflanzte prächtige Hibiskussträucher und einen rosa Tibouchina, der im Februar blühen würde. Zur selben Zeit, wie ihre Tochter geboren worden wäre. Sie verbrachte lange Stunden am leeren Grab von Christina.

## 9

So kehrte Jill mit Martin an den Ort ihrer Zuflucht zurück. Irma begleitete sie. Das Unglück hatte auch sie deutlich gezeichnet. Ihre sprühende Lebhaftigkeit war verschwunden, sie war still geworden. Sie verlor stark an Gewicht, ihre Haut wurde fahl und faltig. Doch sie fand die Kraft, Jill aufzufangen. Sie übernahm weitgehend die Aufgaben ihrer Cousine Carlotta, zog die schleifenden Zügel im Haushalt wieder an. Sie wurde zum ruhenden Pol der Familie.

Jill träumte fast jede Nacht von ihrer Mutter. Von ihr und Christina, zerriss sich innerlich vor Schuldgefühlen, war überzeugt, dass sie ihre Tochter hätte retten können.

»Steh auf, Juliane, du kannst es, hilf ihr, sieh, ich helfe dir«, rief ihre Mutter im Traum wieder und wieder und streckte ihr die Hand hin.

Und wieder und wieder versuchte sie sich zu bewegen, die Hand zu ergreifen, und schaffte es nicht. Sie sah das Gesichtchen Christinas, den winzigen Rosenknospenmund, die schwarzen Haare, den milchig blauen Glimmer zwischen den zusammengekniffenen Lidern, hörte ihre Schreie, aber schaffte es nicht. »Wir haben sie amputiert«, sagte der Arzt dann in ihrem Traum, und sie wachte schreiend auf.

Sie nahm ab, zog sich in ihr Innerstes zurück, es war, als wäre ein Licht in ihr ausgelöscht worden. Martin und sie redeten weniger miteinander als sonst, beide bewegten sich vorsichtig, keiner berührte den Tod ihres Kindes mit Worten. So konnte sich das Schuldgefühl, das auf ihr lastete, ungehindert entwickeln. Nur einmal fragte sie ihn, als sie nachts mal wieder wach lagen. »Du hast sie doch richtig gesehen – ich möchte so gern wissen, wie sie aussah …« Ihre Stimme versickerte.

Für eine Ewigkeit kam keine Antwort. »Sie hatte sechs Zehen an jedem Füßchen«, flüsterte er dann, »wie alle Bernitts.«

»Bernitts?«, erwiderte sie erstaunt. »Die Steinachs werden mit sechs Zehen geboren. Sieh«, sie streckte ihm ihren Fuß hin, bog den kleinen Zeh zurück, »da saß er, sie haben ihn mir nach der Geburt entfernt.«

»Eigenartig«, murmelte er, schon fast eingeschlafen, »sechs Zehen haben wir Bernitts auch.«

Am nächsten Morgen erinnerte sie sich an diese Unterhaltung nur dunkel. Sie war ja auch nicht wichtig. Der verletzte Nerv im Rückgrat erholte sich, ihr Bein heilte. Mit regelmäßigen Übungen baute sie seine Muskeln wieder auf. Es wurde kräftiger, aber ihr Gang hatte sich verändert.

»Jill, was ist mit dir, schmerzt dein Bein?«, fragte sie Irma. »Du gehst so schleppend. Da scheint etwas nicht in Ordnung zu sein, du solltest zum Arzt gehen.« Irma, ganz in fließendes Schwarz gekleidet, flatterte um sie herum wie eine besorgte Glucke.

Jill schüttelte stumm den Kopf, in ihren Augen spiegelte sich das Dunkel ihrer Seele wider. Natürlich war etwas nicht in Ordnung. Die Last, die ihr das Leben aufgebürdet hatte, wog zu schwer. Es war nichts, was der Arzt mit einer Spritze heilen konnte. Sie war allein mit dieser brennenden Leere in ihrem Inneren, konnte nicht weinen, nicht schlafen, nicht essen. Im Spiegel sah sie eine Frau mit fahler Haut, die dunklen Haare durch die Luftfeuchtigkeit wirr und unordentlich, die mit hängenden Schultern daherschlurfte. Es war ihr gleich. Sie wandte sich einfach ab.

Sie verließ kaum ihre unmittelbare Umgebung, einmal nur raffte sie sich auf, fuhr zu Mamas Platz. Schon von der Biegung aus entdeckte sie, dass schon jemand dort saß. Für Sekunden glaubte sie, es wäre ihre Mutter. Ihr Herz blieb fast stehen. Dann erkannte sie, dass es Irma war. Ihr erster Impuls war, einfach umzudrehen, Mamas Platz wollte sie mit niemandem teilen. Doch dann sah sie, dass Irma weinte. Es war das erste Mal, dass sie ihre Tante weinen sah. Beschämt stellte sie fest, bisher nicht daran gedacht zu haben, wie Irma unter dem Tod ihrer Cousine, zu der sie das innige Verhältnis einer Schwester gehabt hatte, leiden musste. Zu sehr war sie mit ihrem eigenen Verlust beschäftigt. Sie fuhr hinauf zur Kuppe, parkte, knallte laut mit der Tür, um ihrer Tante Zeit zu geben, sich zu fassen.

Irma sah auf, ihr Augen-Make-up, das sie stets großzügig auftrug, war verschmiert, die Tränensäcke waren geschwollen. Nässe glänzte auf der Haut. Sie erhob sich vom Korbsessel, streckte Jill beide Arme entgegen und zog sie an sich. Lange standen sie so, schwiegen gemeinsam. »Ich vermisse sie so sehr.« Irmas Stimme schwankte. »Als meine Eltern starben, bin ich bei deinen Großeltern aufgewachsen, und Carlotta wurde meine kleine Schwester. Ich hatte sonst niemanden.«

»Weißt du, was passiert ist? Warum ist Mama in das Flugzeug gestiegen? Sie war doch auf dem Weg zu dir«, traute sich Jill zu fragen, »Dad hat mir keine Antwort gegeben. Mama hatte Höhenangst, außerdem eine derartige Flugangst, dass schon der Anblick eines Flugzeuges bei ihr kalte Schweißausbrüche hervorrief. Sie konnte einen Flug nur mit Beruhigungsmitteln überstehen. Außerdem ist sie noch nie ohne Daddy geflogen. Da stimmt doch was nicht. Bitte, wenn du es weißt, sag es mir. Ich habe ein Recht, es zu wissen.«

Irma wischte sich die Augen. »Hat Phillip gar nichts gesagt, auch keine Andeutung gemacht?«

Jill schüttelte den Kopf. »Mama auch nicht. Mein Telefon war das ganze Wochenende gestört, und ich habe es nicht gewusst.

Vielleicht hat sie versucht, mich zu erreichen. Nächste Woche wollte ich mir endlich ein Handy kaufen«, setzte sie mit kläglicher Stimme hinzu.

Irma warf ihr einen kurzen Blick zu. »Er hat sie betrogen.«

»Betrogen?«, wiederholte sie verständnislos. »Worum betrogen? Um Geld? Das kann nicht sein.«

»Geld? Wie kommst du denn darauf?« Irma schien zutiefst erstaunt. »Nein, er hatte eine andere Frau.«

Der Satz krachte mit der Wucht eines herabstürzenden Felsens auf sie nieder. »Das glaub ich nicht«, wisperte sie, »nicht Daddy.«

Irma sagte nichts, konzentrierte sich auf eine verdächtig aussehende Hautstelle auf ihrer Hand.

Jill stellte sich ihre Eltern vor, deren Alltag, die Freunde. Betrachtete jede Frau in dem Umfeld ihres Vaters. Ratlos schüttelte sie den Kopf. »Wer soll das denn gewesen sein?«

Wieder schwieg Irma, zuckte nur mit den Schultern und hob die Hände in der klassischen Geste, die Nichtwissen unterstrich. Ihren Blick hielt sie abgewandt.

Jill war außer sich. »Und deswegen ist Mama weggelaufen, deswegen ist sie umgekommen, wegen einer anderen Frau ist meine Mutter jetzt tot? Hätten sie nicht darüber reden können? Warum hat sie nicht gekämpft? Sie hat ihn geliebt, das weiß ich. Irma, er war ihr Leben.«

Wieder zuckte Irma die Schultern.

Jill bekam nicht den kleinsten Hinweis, blieb allein mit dem neuen Bild ihres Vaters, das sich, wie mit dicken schwarzen Strichen gezeichnet, über das legte, das sie von ihm bisher in sich getragen hatte, es zu einer Fratze entstellte. Sie wehrte sich dagegen, aber es gelang ihr nicht. Ihr Versuch, ihre eigene Reaktion zu ergründen, sollte Martin sie betrügen, scheiterte daran, dass sie nicht einmal den Gedanken daran ertragen konnte. Nichts in ihrem bisherigen Leben hatte sie auf so etwas vorbereitet. Verstört verkroch sie sich in die hintersten Windungen ihres dunklen Seelenschneckenhauses.

Martin, der den Architektenberuf unter anderem ergriffen hatte, um der Farm seines Vaters zu entfliehen, stand nun mit der Verantwortung für Inqaba allein da, denn der alte Harry war nach der Wahl Mandelas nach England zurückgekehrt.

»Zeit, nach Haus zu gehen, kann mich von den Kaffern doch nicht herumkommandieren lassen«, hatte er verkündet, der England mit siebzehn verlassen hatte und in den folgenden einundfünfzig Jahren nie wieder dort gewesen war. Er packte seine Habseligkeiten, die in einen Koffer passten, und verschwand aus ihrem Leben. Einfach so. Nach dreißig Jahren.

Martin war fahrig und gereizt. »Wie, glaubst du, soll ich mein Projekt zu Ende bringen, wenn ich hier alles am Hals habe? Wir müssen einen Verwalter einstellen«, verlangte er, »wir können nicht auf Inqaba bleiben. Wir haben noch das Haus am Flamboyant Drive. Das kostet auch Geld. Was soll daraus werden?«

Es interessierte sie nicht. »Mach, was du für richtig hältst«, sagte sie, »ich bleibe hier. Kündige Mary den Mietvertrag.«

»Leon war hier, er will mit dir über das Foto von Catherine reden.« Deutlich war ihm anzusehen, wie unangenehm es ihm war, sie darauf anzusprechen. »Erinnerst du dich? Wir wollten herausfinden, was es mit ihrer Widmung auf sich hat …«

»Leon?« Widerwillen bäumte sich in ihr auf. »Halt mir bloß Leon vom Hals, er soll sich hier nicht blicken lassen!« Dann sank sie wieder in sich zusammen, hörte einfach nicht mehr zu.

Seine Schultern sanken nach vorn. Von Tag zu Tag schien er ihr hilfloser gegenüberzustehen, und eines Abends holte er zu einem Verzweiflungsschlag aus. Es war ein kalter, trockener Wintertag, sie hockte allein mit sich vor dem Kamin, war sich seiner Anwesenheit kaum bewusst. »Jetzt ist's genug«, brüllte er, riss sie vorübergehend aus ihrer Lethargie, »Schluss jetzt. Du hast dein ganzes Leben noch vor dir und meins im Übrigen auch. Es ist an der Zeit, dass du dich zusammenreißt.« Die verzweifelte Liebe in seinen Augen straften den groben Ton Lügen.

Sie sah es ein. Gehorsam versuchte sie, sich zusammenzureißen.

In den folgenden Wochen verbrauchte sie ihre ganze Kraft, allen vorzuspielen, dass sie den Schock überwunden und sich dem Leben wieder zugewandt hatte. Wie ein Krebs wucherte der Schmerz in ihr, fraß sich durch Widerstände, verschlang ihre Lebenslust, ließ sie hohl und leer und so unendlich müde zurück. Nur selten verließ sie noch Inqaba, eigentlich nur, wenn sie es nicht vermeiden konnte.

Von ihren Freunden zog sie sich zurück. Rief Lina an, machte sie Ausflüchte, und als ihr diese ausgingen, musste Nelly sie verleugnen. Danach ging sie nicht mehr ans Telefon, und allmählich klingelte es seltener. Nur Angelica, ihre einzige Verbindung zu ihrem früheren Leben, die sie kannte wie sich selbst, kümmerte sich nicht um ihre Abwehr und kam regelmäßig.

So auch heute. Es war ein milder Tag, der Duft von verbranntem Gras hing karamellsüß in der Luft. Die Zuckerrohrernte war in vollem Gang. Schwungvoll fuhr ihre Freundin im Familienkombi vor und sprang heraus. »Jilly, du kommst mit, wir gehen in die Stadt und kaufen die Läden leer. Es ist Anfang September, der Frühling ist da, und ich habe nichts im Schrank.« Ihr Ton war forsch und laut, ihre Miene besorgt.

Jills Gesicht war bleich, die Augen waren gerötet, Martins schwarzer Schlabberpullover hing ihr bis zu den Knien. Sie schaute ihre Freundin wortlos an. Die Worte hatte sie nicht einmal verstanden. »Verdammt, Jill, ich mach mir Sorgen um dich.« Angelica nahm ihr Gesicht in beide Hände, hielt ihren Blick fest. »Ich weiß nicht, wie ich es ausdrücken soll, du weißt, ich kann nicht gut mit Worten umgehen, aber – das Licht in deinen Augen stirbt, und das macht mir Angst!« Sie versuchte Jills Blick einzufangen.

Jill fühlte sich wie eine Puppe in ihrem kräftigen Griff. So unendlich müde. Kraftlos. Teilnahmslos ließ sie ihren Blick über den staubig grünen Busch schweifen, über die weißlichen Felsen, die sich aus der Erde streckten, aus der blutroten Erde, wie die blanken Knochen von Skeletten. Gelber Staub lag über dem Land, bedeckte jede Oberfläche. Die Frühlingsregenfälle waren bisher ausgeblieben. Wortlos drehte sie sich um und ging ins Haus, Angelica folgte ihr.

»Hallo, Angelica«, grüßte Martin, der eben von einem Ausritt zurückgekehrt war und hinter ihnen eintrat, »was machen die Gören und Alastair?« Er küsste sie betont forsch auf die Wange.

»Meinen Gören geht es gut, aber deiner Frau nicht, Martin, es muss etwas passieren.« Wie eine Amazone stand sie da, die Arme in die Seiten gestemmt, das Indianerprofil scharf gegen das gleißende Licht von draußen.

Jill stand neben ihnen, und auch wenn sie ein kilometerweiter Abgrund getrennt hätte, sie hätte nicht weiter von ihnen entfernt sein können. Ihr war es egal, was sie redeten. Nichts würde einen Unterschied machen. Christina war tot, Mama und Tommy auch, Dad war aus ihrem Leben verschwunden und sein Abbild zerstört. Es war zu viel. Als klammerte sie sich an einen Strick über einem Abgrund und verlöre langsam, aber unaufhaltbar die Kraft, rutschte mit zunehmender Geschwindigkeit in die Tiefe. Ohne dass Angelica und Martin es bemerkten, verließ sie den Raum.

»Schick sie nach Deutschland oder Alaska, irgendwohin, wo sie endlich auf andere Gedanken kommt, sonst geht sie kaputt«, hörte sie Angelicas Stimme noch, ehe sie die Haustür schloss, sich in ihren Wagen setzte und davonfuhr.

Ihre Gedanken wanderten, ab und zu schreckte sie auf, fand sich zu ihrem Erstaunen ein paar Kilometer weiter, erinnerte sich nicht an die Fahrt bis dorthin, versank wieder in Gedanken. Hinter Umhloti kam sie zu schnell um die Kurve, wurde bis zum äußersten Fahrbahnrand hinausgetragen. Sie ließ das Steuer los, den Fuß aber auf dem Gashebel und blickte hinaus über die vom ewigen Seewind verkrümmten Bäume in den schimmernden Dunst des Ozeans, sah nichts mehr, nur noch Licht und kristallblaue Weite. Das Quietschen der Reifen wurde leiser, das Donnern der Brandung unter ihr nur ein Flüstern, und dann war da nichts außer einem singenden Ton.

Ich fliege, dachte sie noch und fühlte nur Erleichterung. Dann krachte es, sie schloss die Augen und wartete auf das Nichts.

Ihr Wagen prallte seitlich auf ein größeres Hindernis, wurde zurück auf die Straße geworfen, ihr Fuß rutschte vom Gas, der Motor spuckte und starb. Zeitlupenlangsam schwang das Heck herum, das Fahrzeug schlitterte seitwärts über die Gegenfahrbahn, wo dichter Busch fast bis auf den Asphalt wucherte, kippte langsam nach rechts in den unter der Pflanzendecke verborgenen Graben und federte wieder zurück. Ihr Kopf wurde gegen die rechte Türverstrebung geschleudert, Wind und Wellen rauschten mächtig in ihren Ohren, dann war Stille.

Irgendwann stieg sie aus den trüben Tiefen ihres Bewusstseins hoch, meinte schon, Licht zu sehen. Aber sie schaffte es nicht, verlor sich erneut in der lockenden Dunkelheit, wirbelte davon, wurde kleiner und kleiner, war fast verschwunden, als ein scharfes Stechen unter ihrem Jochbein sie zurückholte.

Unmutig hob sie die Hand, um es wegzumassieren, doch sie gehorchte ihr einfach nicht. Verwundert befahl sie ihrem Zeigefinger, sich zu bewegen. Er war tonnenschwer, rührte sich kaum. Eine Weile saß sie so, beschäftigte sich mit ihrem Körper, versuchte ihn zu spüren, eine Bestandsaufnahme zu machen. Dieses pochende Stechen, das ihren Kopf ausfüllte, schien die einzige Verbindung mit ihm zu sein. Sie konzentrierte sich auf einen Fleck hinter ihren Augen und versuchte sich zu erinnern, wo sie war und wie sie hierher gekommen war.

Mit großer Anstrengung gelang es ihr, den Kopf zum Fenster zu drehen. Es stand einen Spalt offen. Ein paar abgerissene Blätter klebten auf der Windschutzscheibe, im Hintergrund segelte eine schneeweiße Wolke durch tiefes Blau. Sie sah ihr nach, bis sie über den Fensterrahmen hinaussegelte und aus ihrem Blickfeld entschwand. Ein Blutstropfen rann ihr von der Schläfe und breitete sich scharlachrot auf dem weißen Baumwollstoff ihrer Sommerhose aus. Sie beobachtete ihn interessiert. Mein Lebenssaft. Sie musste lächeln. Welch eine pathetische Beschreibung.

Blitzschnell schob sich eine kleine schwarze Hand durch den Fensterspalt auf der Fahrerseite, griff in ihre Haare, zerrte und riss. Der Schmerz, der ihr dabei durch den Schädel schoss, weckte sie grob auf. Ihre Glieder gehorchten, sie schlug die Hand beiseite, richtete sich auf. Zwei runde schwarze Augen funkelten sie an, dann stob der junge Pavian höhnisch kreischend davon. Jetzt hörte sie auch wieder die Brandung, die rhythmisch an den Strand rauschte, Motorengeräusch, das näher kam. Als sie leidlich sicher war, dass ihre Beine sie tragen würden, stieg sie aus. Eine Woge von Übelkeit und Schwindel schlug über ihr zusammen, schwarze Pünktchen tanzten vor ihren Augen, der Boden unter ihr schwankte, als wäre sie völlig betrunken. Sie torkelte vorwärts, wartete, bis die schwarzen Pünktchen langsam verblassten, und machte einen Schritt auf die Fahrbahn. Den herannahenden Laster übersah sie.

Ein Motor röhrte, Bremsen jaulten, Reifen quietschten nervenzerfetzend über den Asphalt. Sie fuhr herum. Ein Zuckerrohrtransporter, ein riesiges Ungetüm von einem Sattelschlepper rutschte mit der Breitseite auf sie zu. Er war rot und füllte ihr gesamtes Gesichtsfeld. Schon spürte sie die Druckwelle. Gleich würde es vorbei sein.

Aber es war nicht vorbei, es kam anders. Etwas in ihr entschied sich für das Leben. Mit einem Hechtsprung schnellte sie auf die andere Straßenseite, landete im Gras auf der Böschung, rollte ein paar Meter über dorniges Gestrüpp den Abhang hinunter und blieb am Stamm einer wilden Banane hängen. Grässliches Kreischen von reißendem Metall erfüllte die Luft, dann ein dumpfer Aufprall. Gebannt starrte sie auf die Böschungskante über ihr. Langsam, aber unaufhörlich schob sich die Schnauze des Zuckerrohrtransporters in ihre Sicht, bis er den Himmel über ihr verdunkelte. Er neigte sich ihr zu, schwankte ein paar Mal hin und her und stand. Keine drei Meter über ihr hing der Laster, ein Rad ohne Bodenberührung. Sie atmete durch, lockerte ihre zum Sprung gespannten Muskeln.

Die Tür flog auf, ein Mann, kreidebleich im Gesicht, die Augen irr aufgerissen, kletterte herunter. Für Momente hielt er sich am Vorderrad seines Gefährts fest, als traute er sich nicht, ohne Hilfe zu gehen. Er sah sich um. Als sein Blick sie erfasste, ließ er los, sprang die paar Schritte zu ihr hinunter, baute sich vor ihr auf. »Sind Sie lebensmüde?«, brüllte er. »Wollen Sie sich umbringen?«

Ruhig sah sie ihn an. Wollte sie das? Noch einmal durchlebte sie die letzten paar Sekunden, sah den riesigen Lastwagen auf sich zuschleudern, und wie vorhin spürte sie den übermächtigen Impuls, sich zur Seite zu werfen, sich in Sicherheit zu bringen. Langsam rappelte sie sich auf. Alle Knochen taten ihr weh, ihr Kopf summte wie ein Bienenstock, aber ihr Blick war klar. Jeden Grashalm, jedes Blatt, die Fliege auf einem Blutfleck auf ihrer Hand, ihre schillernden Augen, alles sah sie überscharf, auch ihre Entscheidung da oben. Sie war im Kern ihres Seins entstanden, ohne den Filter ihrer Trauer und Sehnsüchte. Instinktiv, ohne nachzudenken. Sie wollte leben.

Sie sagte es ihm. »Nein, das wollte ich nicht, ganz sicher nicht.« »Was ist passiert?«, fragte der Lastwagenfahrer. »Sie sind ja verletzt! Soll ich einen Krankenwagen rufen?« Er reichte ihr seine Hand, sie schloss sich kalt und schweißnass um ihre, und zog sie die Böschung hoch. Er war ein älterer Mann mit tiefen Magenfalten rechts und links der Nase und gelblichen Augäpfeln. Seine Hände flogen, als er sich eine Zigarette ansteckte. Er hielt ihr die Packung hin, schnippte eine Zigarette heraus. »Wollen Sie auch eine?«

»Nein, danke«, sagte sie artig. »Es tut mir Leid, Sie so erschreckt zu haben.« Sorgfältig zupfte sie ein paar Kletten ab, die sich in den Fasern ihres Pullovers verfangen hatten.

»Das übersteh ich«, brummte der Mann zwischen zwei Zügen, »aber was ist damit?« Er zeigte auf den Anhänger, der quer zur Fahrbahn stand, und den Haufen Zuckerrohr, unter dem ihr Auto begraben lag.

Über das Mobiltelefon des Lastwagenfahrers rief sie Martin und die Polizei an. Dann setzte sie sich auf den Felsen, der noch die Spuren ihres Aufpralls trug, und wartete. Allmählich begriff sie, dass sie fast dieses Leben verlassen hatte, einfach so.

»Das Leben ist schön und kostbar, keiner hat das Recht, es wegzuwerfen«, hatte Mama gesagt, die Erinnerung an Zärtlichkeit und Wärme stieg in ihr hoch, und der Schmerz war wieder da, links, unter dem dritten und vierten Rippenbogen, und dann kamen die Tränen. Sie legte den Kopf auf die gekreuzten Arme und weinte vor Scham über ihre Schwäche.

Martins Geländewagen schoss um die Kurve, bremste hart, lose Steinchen spritzten wie Schrotschüsse gegen das Blech des Lasters. Bevor der Wagen ganz hielt, sprang Angelica heraus und rannte auf sie zu. »Mein Gott, Jill, bist du verletzt, ist der Krankenwagen unterwegs? Du musst sofort ins Krankenhaus! Martin, hilf mir hier. Wir müssen sie irgendwo hinlegen!«

»Liebling, kannst du mich verstehen?«, schrie Martin sie an, als spräche er mit einer, die entweder vollkommen taub war oder mit Drogen vollgepumpt oder schwachsinnig.

Jill trocknete verstohlen ihr Gesicht. »Ich versteh euch ausgezeichnet. Ich brauche weder einen Krankenwagen, noch möchte ich mich hinlegen. Bis auf die paar Kratzer geht es mir gut.« Ihre Stimme klang so normal, als würde sie eine Einkaufsliste ablesen.

Es riss Martin und Angelica die Köpfe herum. Zum ersten Mal schienen sie sie wirklich zu sehen. »Dir geht es gut?« Martin streckte die Hand aus, wollte sie berühren, zog sie zurück und machte eine hilflose Geste, die das Chaos vor ihnen einschloss.

Sie stand auf und bürstete Grashalme, Staub und Zuckerrohrhalme von ihrem schwarzen Pullover ab. »Es geht mir gut, wirklich. Ich möchte mich entschuldigen, dass ich mich so habe gehen lassen. Es war feige. Es wird nicht wieder vorkommen.« Als sie neben Martin zum Auto ging, waren ihre Schritte fast wie früher, lang und schwingend, und ihre Schultern gestrafft. Sie spürte keine Müdigkeit, körperlich nicht und seelisch auch nicht. Eine ungekannte Energie trieb sie vorwärts, ihr Blut pulste bis in die Fingerspitzen, rötete ihre Wangen, und in ihren Augen glänzte das Blau des Himmels.

Auf der Fahrt nach Hause fing sie die heimlichen Blicke ihres Mannes und ihrer Freundin auf, die tiefe Verwirrung ausdrückten. »Bist du sicher, dass alles in Ordnung ist mit dir?« In Angelicas Stimme schwangen Unsicherheit, Ungläubigkeit und Nervosität.

»Es geht mir gut, wirklich«, erwiderte sie und erklärte ihnen, was passiert war. »Wenn ich mich tatsächlich hätte umbringen wollen, wäre ich nicht zur Seite gesprungen. Ich werde es schaffen«, setzte sie hinzu und meinte ihr weiteres Leben.

Und sie schaffte es.

*

Bis spätnachts saß sie mit Irma und Martin zusammen und redete. Zum ersten Mal redete sie. Über Mama, Tommy und ihren Vater … nicht über Christina. Die Worte flossen aus ihr heraus wie Eiter aus einer Wunde, und allmählich nahm der Druck ab, ihr Atem ging freier. Die Zeit des Heilens hatte begonnen.

»Ihr werdet wieder ein Baby haben.« Irma streichelte sie. »Ihr seid beide noch so jung. Solche Dinge passieren. Es ist ein Unfall gewesen, nicht irgendein körperlicher Defekt.«

Mit gesenktem Kopf ließ sie die Worte über sich ergehen. Es waren die Worte, die alle gesagt hatten, immer wieder. Natürlich hatten sie Recht. Aber so stark war sie noch nicht. »Das wird noch Zeit brauchen«, sagte sie, wählte mit Bedacht diese neutrale, Abstand gebietende Antwort, »wir werden nichts überstürzen.« Dabei legte sie ihre Hand auf Martins, machte klar, dass niemand in diesen privaten Bereich eindringen durfte.

Noch einmal würde sie nicht ertragen können, dass ein Kind in ihr heranwuchs – seine Bewegung zu spüren, es so gut zu kennen, als hätte sie es schon in den Armen gehalten –, um es dann wieder zu verlieren. Dann würde Martin wieder mit diesem leeren Ausdruck an ihrem Bett stehen, sie würde seine klammen Hände auf ihrer Haut fühlen. Die Erinnerung daran war ein körperlicher Schmerz. Sie fror, wie sie es getan hatte, als sie nach Christinas Tod in seine leblosen Augen blickte, die sie nicht wahrzunehmen schienen. Er hatte sich in sein Innerstes zurückgezogen, vor ihr stand nur noch seine äußere Hülle. »Wir brauchen Zeit«, wiederholte sie. Wenn ich um Christina weinen kann, endlich über sie reden kann, dann vielleicht. Vielleicht.

Irma fuhr eine Woche später zurück nach Kapstadt. »Ruf mich sofort an, wenn du mich brauchst, hörst du? Ich kann in wenigen Stunden bei dir sein.« Sie trug noch immer Schwarz, dazu einen wagenradgroßen schwarzen Strohhut, der ihr Gesicht geheimnisvoll beschattete. »Es gibt mir ein wunderbar verruchtes Aussehen, findest du nicht? Außerdem sieht man die Falten nicht so«, lächelte sie ironisch. »Seitdem ich so stark abgenommen habe, sehe ich aus wie eine vertrocknete Pflaume.«

Jill schlang ihre Arme um den Hals ihrer Tante und hielt sie lange fest. »Danke für alles«, murmelte sie, »ich weiß nicht, wie wir es ohne dich hätten schaffen sollen.« Mit einem Finger fuhr sie die tiefen Lachfältchen um die Augen der älteren Frau nach. »Ich bin sicher, dass jede einzelne mir eine Geschichte erzählen könnte. Du hast sie dir verdient.«

Irma verdrehte die Augen. »So etwas kann auch nur jemand sagen, der erst anfängt zu leben. Meine Erfahrungen möchte ich nie missen, ohne sie könnte ich nicht schreiben. Aber sie müssen mir ja nicht gleich als Runen ins Gesicht geschrieben stehen.«

Jill lachte immer noch, als Irma schon in einer Staubwolke entschwunden war.

*

Am nächsten Morgen sprang sie energiegeladen schon um sechs Uhr aus dem Bett. Martin stand noch unter der Dusche. Seit mehr als einer Stunde hatte sie wach gelegen und über ihr Leben nachgedacht, nicht über das, was vergangen war, sondern das, was noch vor ihr lag, und war zu einem Entschluss gekommen.

»Ich brauche etwas zu tun«, sagte sie ihm, als sie zum ersten Mal seit langer Zeit wieder zusammen auf der Terrasse frühstückten. »Ich muss wieder ins Leben zurückkehren. Ich werde dir den Papierkram für die Farm abnehmen, und ich möchte ein Projekt mit Nelly und den anderen Frauen aufziehen. Sie stellen wunderbare Perlarbeiten her, und ich möchte sie verkaufen, vielleicht sogar nach Übersee. Das gibt ihnen und vielleicht auch mir ein zusätzliches Einkommen. Was sagst du dazu?« Sie goss sich einen Kaffee ein, hielt ihre Kaffeetasse in beiden Händen, beobachtete ihn über den Rand. Ihre Augen strahlten. »Irgendwann werde ich mir auch wieder meine Doktorarbeit und das Vogelbuch vornehmen.«

»Perlarbeiten.« Seine Miene war skeptisch, als sei es für ihn schwer vorstellbar, dass ein solches Unterfangen von Erfolg gekrönt sein könnte. »Ja, nun, wenn du dazu Lust hast, warum nicht? Das mit dem Papierkram …«, er zögerte. »Ehrlich gesagt, ist es einfach zu zeitraubend, dich einzuarbeiten. Es geht schneller, wenn ich das nebenbei erledige. Ich hab zu viel um die Ohren. Meine Arbeit am Vergnügungspark, die Erntearbeiten, die Saat fürs nächste Jahr, den Verkauf. Ich muss mir überlegen, ob wir noch andere Früchte außer Ananas anbauen sollten, wir brauchen das Geld.« Sein Blick streifte sie, doch rutschte gleich wieder ab. Sie registrierte diesen Blick, maß ihm aber keine Bedeutung bei, fand nur, dass er müde und abgekämpft wirkte. Nach dem Frühstück lief sie den Weg hinunter ins Dorf. Da es Sonntag war, würde sie die Frauen zu Hause antreffen und nicht auf dem Feld. Der Weg lag tiefer als das umliegende Land, wand sich als roter Schnitt durch den wuchernden Busch. Er war nicht sehr breit, und jetzt, kurz vor Sommerbeginn, glühten die Blüten der Flammenbäume zwischen jungem Grün, rote Krönchen wippten an den Zweigenden der Korallenbäume. Die Frauen saßen unter dem ausladenden Natal-Mahagonibaum, dem Indaba-Baum des Dorfes, unter dem das gemeinsame Leben der Bewohner stattfand, schwatzten und lachten miteinander. Die älteren Frauen um Nelly, die in ihrer Mitte mit dem Rücken am Baumstamm lehnte, trugen die traditionelle Kopfbedeckung der verheirateten Frauen, einen Hut mit breitem Rand aus Stroh, der fest mit dem Haar verflochten war, und Röcke aus steifem Rindsleder. Einige stickten Perlbänder, andere flochten Körbe. Eine junge Frau nährte ihr Baby. Kleine Kinder rannten zwischen ihnen herum, spielten mit Autos, die sie aus Draht gebastelt hatten, oder kickten leere Bierdosen durch den roten Staub. Vier kleine Mädchen sangen zusammen, klatschten den Takt, setzten ihre Füße in zierlichen Tanzschritten, grazil und elegant wie kleine Antilopen.

Für einen Augenblick blieb sie noch unentdeckt im sonnengesprenkelten Schatten eines Papayabaums stehen. Irritierende Gefühle von Sehnsucht und Neid stritten sich in ihr, mit beiden wusste sie nichts anzufangen. Den Kopf über sich selbst schüttelnd, trat sie aus dem Schatten und ging auf die Frauengruppe zu. Ein Zicklein stob meckernd davon. Es gehörte zu der Herde schwarzer Ziegen, die, die Vorderbeine auf den Stamm gestellt, das junge Grün von den Schattenbäumen rupfte. Im Gatter von Ben Dlaminis Hofstätte dösten ein paar Kühe. Schillernde Schmeißfliegen umsummten grünliche Dunghaufen. Ein leichter Wind küselte durch das Dorf, vertrieb den strengen Ziegengeruch. »Sakubona, Nelly, ich muss mit euch reden«, rief sie.

Die Frauen sahen hoch, grüßten sie vielstimmig, die Kinder drängten sich lärmend um sie, bettelten um Süßigkeiten. Sie hatte ein paar Bonbons eingesteckt und warf ihnen eine Hand voll zu. Kreischend stritten sie sich darum. Jill hockte sich neben Nelly. Die Zulu hatte ihre Beine gerade von sich gestreckt und strickte. Minutenlang wurden Neuigkeiten ausgetauscht. Wer gestorben war, wer geheiratet hatte, wer ein Kind bekam, wie die Ernte ausfallen würde. Dann endlich konnte Jill zur Sache kommen. Sie reichte ein Blatt aus einer Modezeitschrift herum, das sie herausgerissen hatte. Es zeigte eine schwarze Schönheit auf einem Laufsteg, und sie trug Perlgehänge, die denen, die diese Zulufrauen hier herstellten, aufs Haar glichen.

»Hau, Ma'm«, riefen die Frauen erstaunt, studierten das Foto mit lebhaftem Interesse, kommentierten jede Kleinigkeit, schnalzten die Zunge über die Hungerfigur des Models. Alle redeten durcheinander. Dann erklärte Jill, was sie vorhatte.

»Ich besorge die Perlen, ihr stellt den Schmuck her. Sobald ich die Stickereien verkauft habe, bekommt ihr einen Teil des Geldes. Für den Rest kaufe ich wieder Perlen.«

Ihr Vorschlag wurde für geschlagene zwei Stunden aufs Lebhafteste diskutiert, dann wurden sie sich einig. Ein paar Tage später brachte sie den Zulufrauen die ersten Glasperlen, die von besonderer Qualität waren, und einige Entwürfe für Perlgehänge, deren Muster sie schamlos von denen in der Zeitschrift abgeguckt hatte. Allabendlich nach ihrer Feldarbeit saßen nun die Frauen des Dorfes zusammen und stichelten ihre kleinen Kunstwerke.

Jill besuchte sie regelmäßig, brachte häufig Süßigkeiten für die Kleinsten mit und einmal einen Ball für die Älteren. Besonders ein kleiner Junge von etwa sechs Jahren, er hieß Mzamo, hatte es ihr angetan. Seine Mutter war bei weitem die geschickteste Stickerin. Am zweiten Tag lief er einfach hinter ihr her, bis zum Haus, ohne dass sie es merkte. Auf einmal stand er da, sah sie ernst aus großen, dicht bewimperten Augen an.

»Was möchtest du, Mzamo?«, fragte sie. Es war ihr nicht recht, dass er ihr bis hierher gefolgt war. Hier hatte er nichts zu suchen.

Mzamo lächelte schüchtern, ein umwerfendes, anrührendes Lächeln, zeigte dabei eine doppelte Zahnlücke vorn, streckte eine warme kleine Hand aus und schob sie in ihre. Sie kapitulierte.

Die Taschen mit Süßigkeiten voll gestopft, hüpfte Mzamo singend ins Dorf zurück. Danach tauchte er fast jeden Tag auf, schien unersättlich. Sie versuchte streng mit ihm zu sein, aber sein Lächeln und der Blick aus seinen großen, dunklen Augen hätte einen Eisblock zum Schmelzen bringen können. Dem hatte sie nichts entgegenzusetzen, obwohl sie genau wusste, dass er sich bei dem Rest der Dorfjugend allerlei Vorteile mit den Süßigkeiten erkaufte. Eines Tages schenkte sie ihm einen Ball. »Ngiyabonga«, sang er und tanzte den Weg hinunter, den Ball mit hoch erhobenen Armen über dem Kopf tragend. Noch lange konnte sie sein Singen hören.

Die ersten Muster schickte sie an Harrods. Sie bekam nicht einmal eine Antwort, verkaufte kein Stück, konnte den Zulufrauen mit dieser Nachricht nicht unter die Augen treten. Also nahm sie Geld von ihrem Konto und zahlte. Pünktlich zum verabredeten Termin erschienen die Frauen vor dem Haus und wollten Perlen für den nächsten Auftrag abholen. Ihre ursprüngliche Vereinbarung hatte Jill mit vierzehn Frauen getroffen. An diesem Tag standen fünfundzwanzig vor der Tür, begleitet wurden sie von über einem Dutzend kreischender Kinder. Die Sache hatte sich herumgesprochen. Verbissen investierte sie erneut Geld in Perlen, änderte ihre Entwürfe, plante, Muster an die großen Kaufhäuser in Frankreich oder Deutschland zu senden, träumte von Bloomingdales in New York, konnte sich nicht vorstellen, dass diese kunstvollen Perlenbänder keinen Anklang finden sollten.

Am nächsten Monatsende, nachdem sie zähneknirschend die Lieferung des ersten Monats an einen Souvenirladen mit Rabatt verkauft hatte, weil die Stücke keine traditionellen Muster aufwiesen, lieferten die Frauen fast die doppelte Menge ab. Mit einem Blick erkannte sie, dass ein großer Teil der ihr dargebotenen Sachen nicht mit ihren Qualitätsglasperlen, sondern den sonst üblichen hergestellt worden waren. Alle Frauen der Umgebung schienen ihre alten Perlenerzeugnisse zusammengesucht und mitgebracht zu haben. Entschlossen sortierte sie die Sachen aus, weigerte sich, andere anzunehmen als die, die sie entworfen und finanziert hatte.

Die Frauen murrten untereinander, schimpften, fuchtelten mit den Armen. »Ich will mein Geld«, schrie eine, eine dicke Matrone mit wogender Brust in einer lila Strickjacke und rosa Rock.

Sofort stimmten die anderen mit ein, die, die nicht zum Dorf gehörten und kein Geld zu erwarten hatten. Die Dicke baute sich vor ihr auf, sie verströmte einen beißenden Geruch von Rauch und Schweiß. Theatralisch hielt die Frau ihr einen Perlengürtel vor die Nase, wie er von den Zulufrauen üblicherweise getragen wurde. »Ich habe diesen gemacht, mit meinen eigenen Händen«, rief sie mit durchdringender Stimme und sah sich Beifall heischend um.

»Yebo, das hat sie«, bestätigten die anderen, scharten sich im engen Kreis um ihre Wortführerin, bildeten eine Mauer, die Jill den Weg abschnitt.

»Ich kann also Geld erwarten, denn es ist gute Arbeit«, rief die Aufwieglerin, und wieder stimmten die Freundinnen ihr zu. Mehrere trillerten schrill, rückten vor, standen so nah, dass Jill sie berühren konnte. Der Geruch von Schweiß, vermischt mit dem von billiger Seife, Rauch, dem Tiergeruch ihrer Rindslederröcke, stieg ihr in die Nase. Instinktiv wollte sie zurückweichen, stieß aber gleich mit dem Rücken gegen die Hauswand. Ihr Blick flog über die Köpfe der Menge, suchte nach Martin oder Ben, aber keiner war zu sehen. Zentimeter für Zentimeter schob sie sich an der Wand entlang zur Tür. Die Frauen folgten, ließen sie nicht aus den Augen, ihre schrillen Stimmen wurden zu einem Geräuschebrei.

Ein paar Kinder drängelten sich durch, ganz nach vorn, streckten ihr die Hände entgegen. »Süßigkeiten, Süßigkeiten«, schrien sie, »Ball, wir wollen auch einen Ball.« Sie zupften an ihrer Kleidung, und ein Junge riss einen Knopf von ihrer Bluse und zog sie ihr aus den Shorts. Triumphierend lachend lief er weg. Die anderen zerrten an ihr, bohrten ihre kleinen Hände in ihre Taschen. Sie hielt sich die Taschen zu, es half nichts, die kleinen Hände krabbelten sogar die Beine ihrer Shorts hoch.

Das war zu viel. »Geht nach Hause«, schrie sie, so laut sie konnte, »haut ab, ihr gehört nicht hierher. Suka!« Sie holte aus, erwischte ein Kind, dessen Hand tief in ihrer Tasche steckte, am Kopf. Es fiel hin, rappelte sich auf, warf sich heulend seiner Mutter in den Arm.

»Rassistenschwein«, kreischte die wild, »Rassistenschwein!«

In diesem Moment erreichte sie die Tür ihres Hauses, stieß sie auf, schlüpfte hinein, knallte sie wieder zu und verriegelte sie. Dann holte sie das Gewehr ihres Vaters, schoss durchs Fenster einmal in die Luft und brüllte in die danach entstandene Stille, dass sie abhauen sollten, sofort, schnell. Und nie wiederkommen. Sonst würde sie scharf schießen. Die Menge stob schrill johlend auseinander. Den Frauen ihres Dorfes rief sie zu, dass sie am nächsten Tag ihr Geld bekommen würden.

Später fuhr sie nach Mtubatuba zur Bank und hob die Summe ab, die etwa fünfhundert Mark betrug. Mzamo hockte vor ihrer Tür, als sie kam, schob seine kleine Hand in ihre und hüpfte neben ihr her ins Haus. Aus großen, vertrauensvollen Augen lächelte er sie an. Aber es gelang ihm nicht, sie aufzuheitern. Sie legte das Geld in den Bücherschrank, in dem sie auch die Süßigkeiten aufbewahrte, gab ihm ein paar Bonbons, und er trollte sich.

Abends beichtete sie Martin ihr Fiasko, erzählte ihm auch von den Frauen aus den anderen Dörfern. »Es hat keinen Sinn. Irgendetwas mache ich falsch. Ich werde unseren Frauen morgen das Geld bringen, danach ist Schluss. Lieber ein Ende mit Schrecken als ein Schrecken ohne Ende, wie meine Mutter zu sagen pflegte.« Die wütende Reaktion der Frauen erwähnte sie nur in einem Nebensatz.

Mitten in der Nacht schreckte Jill aus dem Schlaf, warum, konnte sie später nicht mehr sagen. Als sie die Augen aufschlug, erblickte sie im wechselnden Mondlicht blutunterlaufene Augen, die sie aus zwei Löchern einer wollenen Gesichtsmaske anstarrten. Ihr Herz stolperte. Ein Albtraum war wahr geworden. Sie wollte aufschreien, aber der Mann hielt ihr mit der Hand den Mund zu. Die Hand war schwarz. Ein anderer kniete auf Martin, ein blinkendes Messer in seiner Faust.

Dann ging alles sehr schnell. Es waren drei Männer, und sie wussten genau, wo sie zu suchen hatten, nahmen jeden Pfennig des Geldes aus dem Bücherschrank mit, durchwühlten ihr Schlafzimmer nach Schmuck. Geistesgegenwärtig streifte sie unter der Bettdecke ihren Verlobungsdiamantring vom Finger. Sie fanden ihn nicht. Wortlos stießen die Männer sie ins Badezimmer, verschlossen die Tür und zwangen Martin mit vorgehaltener Pistole, den Safe im Büro zu öffnen. Als sie feststellten, dass der kein Geld enthielt, schlugen sie Martin zusammen. Jill hörte seine Schmerzenslaute und wurde fast wahnsinnig vor Angst, trommelte an die Tür, versuchte sie einzutreten, schrie aus dem vergitterten Fenster. Es kam niemand.

Es dauerte zwei Stunden, bis sie den Schlüssel im Schloss hörte. Voller Angst, dass die Kerle zurückgekommen waren, packte sie eine Schere als Waffe und stellte sich hinter die Tür. Doch es war Martin. Gesicht und Oberkörper waren blutverschmiert, ein Auge zugeschwollen, seine Kleidung zerrissen. Er zitterte. »Ich habe die Polizei gerufen, sie muss gleich da sein. Leon und Len sind auch auf dem Weg. Die Kerle kriege ich, das kann ich dir versprechen, und dann gnade ihnen Gott.«

Aber das Versprechen konnte er nicht halten. Die Polizei verhörte die Dorfbewohner, doch niemand hatte etwas gesehen oder gehört, alle behaupteten, nicht zu wissen, wer die anderen Frauen waren, woher sie gekommen waren. Das Geld blieb verschwunden, Jill musste wohl oder übel noch einmal zur Bank gehen, und Martin begleitete sie mit einem Gewehr, als sie die Frauen ausbezahlte. Mzamo saß im Schatten der Hütte seiner Mutter und spielte mit einer brandneuen, feuerroten Spielzeugfeuerwehr. Als er sie sah, schlüpfte er unter der Kuhhaut hindurch ins Hütteninnere und blieb unsichtbar.

Stunden wälzte sie sich schlaflos im Bett, als sie auf einmal wusste, wie es gelaufen war. Sie rüttelte Martin wach. »Dieser kleine Bengel, Mzamo, hat ihnen gesagt, dass ich das Geld im Haus aufbewahrt habe und wo. Er hat gesehen, wo ich es hingelegt habe. Ich könnte mich ohrfeigen. Wie dumm bin ich nur gewesen. Den werde ich mir vorknöpfen.« Sie war wütend auf sich selbst, fühlte sich verraten, an der Nase vorgeführt wie ein Tanzbär.

»Das wirst du nicht«, sagte Martin in einem Ton, der keinen Widerspruch duldete, »ich werde Len und Leon Bescheid sagen. Die werden sich darum kümmern. Du hältst dich da raus.«

Sie gehorchte. Es dauerte nur ein paar Stunden am nächsten Morgen, dann wussten sie, wer die drei Einbrecher waren. Spätnachmittags kamen Leon und sein Freund bei Martin vorbei.

»Wir haben den Herren zu einer Erfahrung verholfen, die sie nicht vergessen werden«, feixte Len. Beide Männer trugen einen Sjambok in der Hand, eine biegsame Peitsche aus Rindsleder. An den Spitzen war das Leder rot verschmiert. »Von jetzt ab müsst ihr auf der Hut sein«, warnte Leon seinen Bruder, »sie sind wie Hyänen, die Blut geleckt haben. Es ist nicht auszuschließen, dass sie wiederkommen.«

Für Sekunden beschlich sie eine Vorahnung von Dunkelheit und Schmerz, von der Düsternis des Tages, an dem die Rechnungen präsentiert würden. Mitten in der Frühsommerhitze fror sie.

Martin zog mit Len und Leon einen neuen Zaun, vier Meter hoch, und sie legten eine Dornenkrone aus Natostacheldraht als Abschluss, die sie gleich weiter auf den schon vorhandenen Zaun zogen. Der neue Zaun trennte den Zugang vom Weg der Farmarbeiter zum Haus. Nur das Ehepaar Dlamini bekam einen Schlüssel. Die anderen mussten läuten.

Nelly erschien wie immer zur Arbeit am nächsten Tag. »Sie werden die Bisse der Peitsche als ein Zeichen tragen. Sie werden nicht vergessen können«, sagte sie, starrte Jill mit schwelendem Blick an.

Jill zuckte zusammen. »Sie haben es sich selbst zuzuschreiben«, erwiderte sie scharf. Nellys Verhalten ging ihr gründlich auf die Nerven. »Sie haben den Boss zusammengeschlagen. Auge um Auge, Zahn um Zahn, so ist das hier in Afrika.« Sie sagte es laut, mit Nachdruck, denn sie musste sich selbst überzeugen.

»Es war nicht richtig«, war alles, was die Zulu antwortete, und Jill wusste nicht, ob sie das Verhalten der Einbrecher oder das von Leon Bernitt und Len Pienaar meinte. Für Wochen mied sie das Dorf, mehr aus einer gewissen Scham heraus als aus Angst. Doch eines Tages wurde Nelly krank. Jill kochte einen Topf mit Hühnersuppe, pfiff Dary und machte sich auf den Weg zur Hütte ihrer alten Nanny. Sie band Dary davor an einen Pfosten und trat durch die Brettertür ein.

Nelly lag in einem Bett, einem richtigen europäischen Bett, viktorianischer Stil, das Carlotta vor Jahren ausrangiert hatte. Es stand mitten im kreisrunden Raum. Ihre Augen waren blutunterlaufen, glänzten fiebrig. »Sakubona, Nelly, ich habe dir eine Suppe gekocht.« Zwischen Nellys Küchenutensilien, die in einer Anrichte mit zerkratzter, hellgrüner Kunststoffbeschichtung standen, suchte sie eine Suppenschüssel und einen Löffel. Ein Tablett fand sie auch. Jill füllte die Schüssel. Sie half der Zulu, sich im Bett aufzusetzen. Die alte Frau trug eine Wolljacke über ihrem Nachthemd. Es hatte geregnet, und die letzte Nacht war kühl gewesen. Jill setzte das Tablett vor Nelly ab. Erwartungsvoll sah sie zu, wie ihre Nanny die Suppe probierte. Nichts außer ihrem Schlürfen und dem Schmatzen ihrer Lippen war zu hören.

»Du hast das Salz vergessen«, sagte Nelly. Mehr nicht. Aber sie aß die Suppe auf.

Jill stellte den Topf auf die Anrichte. »Ich komme morgen wieder.« Dann band sie Dary los und ging nach Hause. Die Sache war abgeschlossen. Doch das Gefühl von Druck, einer knisternden Spannung wie der eines nahenden Gewitters, wich nicht.

Vergeblich bemühte sie sich, wieder eine Stellung beim Parks Board zu bekommen. Die Kassen der Umweltbehörde waren leer, wie die fast aller öffentlicher Institutionen. So arbeitete sie unentgeltlich in einem Schutzprogramm für seltene Vögel. Die Erkenntnisse archivierte sie, um sie später in ihrer Doktorabeit zu verwerten.

*

Jede Nacht vor dem Einschlafen kamen wieder die Bilder, zerrissen sie die Schreie, von denen sie glaubte, dass es Christinas waren. Sie gellten ihr im Ohr, wenn sie in den Schlaf hinüberglitt, voller Angst vor ihren Träumen. Doch eines Nachts, Monate später im brütend heißen Januar 1997, trat etwas ein, aus heiterem Himmel, das sie nicht mehr zu hoffen gewagt hatte.

In der Stunde vor Sonnenaufgang, die beginnende Helligkeit blitzte durch die Vorhangritzen, wachte sie auf und wurde gewahr, dass sie zum ersten Mal seit dem Tod Christinas und ihrer Mutter nicht geträumt hatte. Behutsam, um Martin nicht zu stören, schob sie das Moskitonetz beiseite und stand auf. Durch das abgedunkelte Zimmer tastete sie sich zur Tür, öffnete sie leise und setzte sich auf die Veranda. Mit klopfendem Herzen sah sie der Sonne zu, die sich mit einem Feuerwerk von Farben über den Horizont schob und in den überirdisch leuchtenden Himmel stieg, und endlich wurde es ihr klar.

Es war sie selbst gewesen, die geschrien hatte, nicht Christina. Sie hatte ihr nicht helfen können, weil der Nerv, der ihre Bewegungen von der Taille abwärts steuerte, verletzt gewesen war und sie sich nicht rühren konnte. Da wusste sie, dass nicht nur ihr Bein verheilt war. Sie verstand, dass sie keine Schuld traf, dass sie Opfer war, wie Christina auch. Nun erlaubte sie sich endlich, um ihr Baby zu weinen. Leise und nur für sich, aber mit jeder Träne wurde ihr leichter. Die Gewissheit, dass Christina immer bei ihr sein würde, solange sie lebte, und dass sie auch Mama und Tommy nicht wirklich verloren hatte, gab ihr eine innere Ruhe, die sie an die friedliche Stille eines Waldsees in den Bayerischen Bergen erinnerte. Sie spürte ihre Gegenwart. Es machte sie nicht mehr traurig.

Sie stand auf. Jetzt würde sie wieder hineingehen, um ihm zu sagen: Martin, Liebling, lass uns wieder ein Baby haben! Als sie ins Schlafzimmer zurückkehrte, überschäumte vor Glück, schlief er immer noch. Sie hob das Moskitonetz und starrte irritiert auf ihn hinunter. Wie konnte er jetzt schlafen? Heute war der Beginn ihres neuen Lebens, und er schlief. Sie hob eine Hand, um ihn wachzurütteln, ließ sie dann aber wieder sinken. Er war sehr spät aus der Transkei von der Baustelle des Vergnügungsparks zurückgekehrt und schien todmüde zu sein, zu müde, um zu erzählen, ob es Neuigkeiten gab, und welche. Er hatte sich eine ganze Woche dort aufgehalten, hatte sich nur zweimal bei ihr gemeldet, und jedes Mal konnte sie sich des Gefühls nicht erwehren, dass er ihr etwas verschwieg.

Doch er wehrte ab. »Alles in Ordnung, mach dir keine Sorgen. Ich bin bloß müde.« Das und Ähnliches antwortete er ihr auf ihre drängenden Fragen, und sie glaubte ihm, weil sie ihm glauben wollte.

»Ich bin völlig erledigt«, hatte er gestern Abend gemurmelt, als er sie mit einem Kuss begrüßt hatte.

»Ich mach dir etwas zu essen. Willst du ein Bier?«

»Nein, nein.« Sein übernächtiges Gesicht war geisterblass. Ohne etwas zu essen, war er dann gleich ins Bett gegangen.

Sachte legte sie sich jetzt neben ihn unter das dünne Laken. Vorsichtig streichelte sie ihm über die Wange, fühlte, dass sie schweißnass war. »Es hat Zeit bis nachher, wir haben noch unser ganzes Leben vor uns«, flüsterte sie. Er stöhnte unterdrückt und machte eine Abwehrbewegung, wachte aber nicht auf. Nach einer Weile stand sie wieder auf.

Es versprach ein stiller Hochsommertag zu werden, die Backofenhitze der vergangenen Wochen war durch eine Reihe gewaltiger Gewitter vorübergehend gebrochen worden. Martin schlief immer noch. Rasch ging sie in die Küche und schickte Nelly, die schönsten Papayas zu pflücken und zwei der kleinen, aromatischen Limetten. Dann weckte sie ihn mit einem langen Kuss.

»Lass uns wieder ein Baby haben«, flüsterte sie, als er aufwachte, »und dann noch eins und noch eins …« Übermütig warf sie sich in seine Arme. Dass sein Kuss lau ausfiel und seine Hände klamm waren, merkte sie nicht. »Ich drehe noch ein paar Runden im

Swimming-Pool, dann gibt's Frühstück«, rief sie ihm noch im Hinausgehen zu, »mach zu, es ist ein ganz wunderbarer Tag.«

»Sakubona«, rief sie fröhlich Dabulamanzi-John zu, der die veralgten Seiten des Pools schrubbte. Sie deckte den Veranda- tisch mit einer gestärkten weißen Tischdecke, die noch von ihrer Großmutter stammte, arrangierte üppige Bougainvillea-Dolden in einer Vase. Dann ging sie zurück in die Küche. »Nelly, bitte press frischen Orangensaft aus und back ein paar Brötchen. Sind die Guaven schon reif? Ich möchte sie mit Sahne essen. Haben wir genug Käse und Schinken?« Sie hatte in der vergangenen Zeit kaum wahrgenommen, ob und was sie gegessen hatte. Alles hatte nach trockener Pappe geschmeckt und war ihr am Gaumen kleben geblieben.

»Kein Schinken, kein Käse.« Nelly wischte mit gesenkten Lidern auf dem Küchentisch herum. Sie wirkte angespannt.

»Meine Güte, Nelly, warum hast du nicht Bescheid gesagt? Heute ist ein besonderer Tag, und ich will ihn feiern.«

»Kein Käse, kein Schinken, kein Geld. Kein Geld für mich.«

»Was heißt das? Hat mein Mann vergessen, dir deinen Monats- lohn zu zahlen?«

Nelly nickte, wienerte noch immer die Tischplatte. »Diesen Mo- nat und letzten und den davor auch. Kein Geld für Ben und auch keins für Dabulamanzi-John und die anderen.«

Jill stand ganz still, fühlte den atmosphärischen Druck eines he- rannahenden Unheils. Ihr Herz klopfte hart. Hatte er es einfach vergessen? Oder? Oder was? Es musste eine einfache Erklärung dafür geben, entschied sie, weigerte sich, sich heute aufzuregen. »Ich regle das sofort, wenn mein Mann aufgestanden ist«, sagte sie, »es tut mir entsetzlich Leid – ich habe es nicht gewusst … nicht gemerkt. Es tut mir so Leid.« Sie berührte Nellys Schulter. Dann wartete sie auf Martin, doch das Leuchten des Tages war matter geworden.

Die Papayas wurden matschig, der Kaffee kalt, das Rührei trock- nete ein. Ungeduldig lief sie zum Bungalow hinüber. »Martin, bist du wieder eingeschlafen?« Aber Martin war verschwunden. Sie setzte sich aufs Bett. Wieder schien es ihr, als könnte sie nur schwer atmen, als würde die Luft zu wenig Sauerstoff enthalten. Energisch rief sie sich zur Ordnung, sah sich rasch im Zimmer um. Seine Jeans fehlten und ein blaues Baumwollhemd und – sie spähte in den Schrank – seine Docksides. Er war tatsächlich aufgestanden und hatte sich davongeschlichen, ohne mit ihr zu reden. Eine Mischung aus Empörung, böser Vorahnung und Besorgnis legte sich schwer auf ihr Gemüt.

Erst Stunden später tauchte er wieder auf, verschwand aber im Schlafzimmer, bevor sie ihn zur Rede stellen konnte, und drehte den Schlüssel von innen herum. »Lass mich bitte, ich habe rasende Kopfschmerzen. Ich leg mich hin.«

Es blieb ihr nichts anderes übrig, als zu warten. Um fünf erschien er, die Haare hingen ihm ungekämmt ins Gesicht, sein Hemd war völlig zerknittert. Offenbar hatte er darin geschlafen. »Kann ich was zu essen bekommen?«, fragte er, Müdigkeit machte seine Stimme rau.

Sie bat Nelly, Brötchen aufzubacken und ein frühes Abendbrot herzurichten. Dann setzte sie sich zu ihm, und plötzlich begann er zu reden. Dabei zerkrümelte er das noch warme Brötchen zwischen den Fingern. Er sprach mit kraftloser, fadendünner Stimme, und sie hörte wie erstarrt zu, ihr Gesicht in den Händen vergraben, weil sie den Schmerz in seinen blicklosen Augen nicht mehr ertragen konnte.

»Sie weigern sich zu zahlen«, flüsterte er schließlich, und danach senkte sich minutenlanges, bleischweres Schweigen zwischen sie.

»Wer weigert sich, was zu zahlen?« Warum war ihre Kehle plötzlich wie zugeschwollen, waren ihre Beine so schwer? Energisch rief sie sich zur Ordnung. Sie würden ein Baby haben, was zählte da Geld?

»Mein Honorar.«

»King Charles? Jake? Das kann ich mir gar nicht vorstellen. Das ist sicher ein Missverständnis. Red noch einmal mit ihnen, und so lange lebst du noch ein wenig länger auf meine Kosten.« Sie zwang sich zu einem Lächeln.

»Wir … haben kein Geld mehr.« Es schien ihn alle Kraft zu kosten, die er besaß, die nächsten Worten zu formulieren. »Du auch nicht.«

»Was bedeutet das?«, krächzte sie durch das Sandpapier, das ihre Kehle auskleidete.

Er wandte sich ab, starrte auf seine Füße. »Wir haben alles verloren und mehr Schulden, als wir jemals abzahlen können.« Die Stille, die nach diesen Worten herrschte, war ausgefüllt mit dem Hämmern ihres Herzens und den harschen Atemzügen, mit denen Martin nach Luft rang.

»Das ist doch völlig unmöglich.« Minutenlang blieb sie vom Schreck überwältigt stumm, ehe ihre Logik wieder Oberhand gewann. »Erstens hast du Verträge«, sie hob die Hand, zählte die Punkte an ihren Fingern ab, »zweitens, es ist alles geprüft und abgenommen worden, das hast du mir erzählt, und drittens hat dieser Schweinekerl King Charles doch seinen Anteil bekommen!« Zehn Prozent auf alle Rechnungen hatte er verlangt. Und bekommen. Dieser Gangster.

»War ihm wohl nicht genug«, sagte Martin mit einem müden Schulterzucken, »er hat alles genommen und ist weg.«

»Was heißt, er ist weg – wie weg?«, rief sie, ihre Stimme kletterte, ihr Gesicht wurde fleckig, während sie diese Ungeheuerlichkeit zu begreifen suchte, das, was es für ihr zukünftiges Leben bedeutete.

»Weg wie verschwunden. Nicht mehr da«, antwortete er kurz, »hoppla über die Grenze nach irgendwo.«

»Und was meinst du mit ›er hat alles genommen‹? Das … das Geld, auch unser Geld, das in der Vorfinanzierung steckt … und auch das, was aus Übersee kam?« Sie las die Antwort auf ihre Fragen in seinen Augen, und ihre Schultern sackten nach vorn. Er nickte nur. Zu mehr schien er nicht mehr in der Lage zu sein. »Das kann doch nicht sein, es waren Gelder aus Deutsch-

274

land – eine Art Entwicklungshilfe. Passt denn da niemand auf? Wird das nicht geprüft? Man kann das doch nicht so einfach auszahlen!«

Aber, so entnahm sie seinen nächsten, gestammelten Worten, so war es geschehen. Rechnungen waren präsentiert, Gelder gezahlt worden, und die waren im Sumpf von King Charles' privaten Konten in Übersee versickert. Sie nahm die Glaskaraffe mit dem Orangensaft, schleuderte sie quer über die Terrasse an die Hauswand. »Scheiße!«, schrie sie. »Verdammte Scheiße!« Sie sprang auf, lief hin und her, suchte Ordnung in den Wasserfall von Gedanken zu bringen, der über sie hereinstürzte. Endlich fischte sie einen aus der Flut heraus. »Wir schleifen ihn vor den Kadi und nehmen ihm alles wieder ab – mit Zinsen …«

»Verklagen …«, er rollte kleine Teigkugeln aus den Brötchenkrumen, reihte sie zu einer Kette auf, »… ein Phantom? Der sitzt sicher längst auf einer Südseeinsel. Außerdem kostet das Geld – allein die Anwaltskosten …«

»Aber ich hab ja noch das Geld meiner Eltern, das sollte doch reichen? Übrigens müssen wir als Erstes die Löhne zahlen, auch wenn wir uns einschränken müssen.«

»Wir hängen mit allem drin, was wir haben.« Seine Stimme versickerte wie Wasser im Sand.

»Das kann nicht sein, das Geld gehört mir, es lautet auf meinen Namen«, stammelte sie.

»Ich hatte deine Vollmacht …«

Es ist seltsam, dachte sie, dass es eine Stille gibt, die in deinen Ohren dröhnt, in deinem Kopf kreischt, die so laut ist, dass man außer ihr nichts hören kann. »Alles?« Zu ihrem Erstaunen brachte sie das Wort fehlerfrei, ohne Zittern heraus.

»Fast alles.«

Und das war's. Das Geld, das ihr Überleben für die nächsten Jahre garantieren sollte, das für die Löhne der Farmangestellten, die Erneuerung des Dachs, die Gästebungalows, ohne die sie nicht konkurrenzfähig waren, die Reparaturen an den Wasser-

und Stromleitungen bereits verplant war, war einfach verschwunden. Aufgelöst wie eine Fata Morgana im Regen.

Sie musste ihre Kehle freihusten, um ihre Stimme für die nächste Frage zu stärken. »Und Inqaba, mein Land?« Ihr Blick ging von der Terrasse über die sanfte Hügellandschaft hinaus in die Weite, bis zum Horizont in der dunstigen Ferne. Über das Land, das Johann Steinach urbar gemacht hatte, das Schweiß und Blut von Generationen ihrer Familie gedüngt hatten, über Inqaba, den Ort ihrer Zuflucht. Sie beobachtete ein kurzes Aufflackern in Martins Augen, ehe sein Blick wegglitt, und fühlte einen heißen Stich im Magen. »Nicht die Farm, bitte, bitte – nicht Inqaba ...«

»An die kann keiner ran«, sagte er, während er das Muster auf der Tischdecke mit dem Fingernagel nachfuhr.

Ihr Herz stolperte vor Erleichterung, sie verdrängte die Frage, woher sie das Geld nehmen sollten, die Farm zu erhalten. Das Schweigen zwischen ihnen wurde greifbar, drückte sie auseinander wie ein Keil, und langsam verwandelte sich ihr anfänglicher Schrecken in Wut. Sie brodelte in ihr hoch wie ein giftiges Gebräu. »Wie hast du das tun können? Du hattest kein Recht dazu! Warum hast du mir nichts gesagt?«, brach es endlich aus ihr hervor.

Er fuhr hoch. »Wie denn? Du warst doch überhaupt nicht ansprechbar. Außerdem weißt du doch gar nicht, was es heißt, kein Geld zu haben, du denkst doch, es bedeutet, dass du dir für ein paar Monate keine neuen Klamotten leisten kannst!«

»Das stimmt nicht!«, schrie sie, fast irrsinnig vor Wut und Angst und Empörung. »Du weißt verdammt noch mal, dass das nicht stimmt!« Ein Teller flog denselben Weg wie die Saftkaraffe, zerbarst klirrend an der Wand.

»Kannst du dir vorstellen, was es für mich hieß, jahrelang Almosen von dir, meiner Frau, annehmen zu müssen, jahrelang dem Erfolg hinterherzujagen, vor solchen Idioten wie dem Reeder zu katzbuckeln?«, seine Stimme kippte. »Ich wollte dir das Leben bieten, das du früher gewohnt warst, ich wollte dich auf Händen tragen, alles Böse von dir fern halten. Nach allem, was du in den vergangenen Jahren durchgemacht hast, wollte ich dir das Glück in den Schoß legen, träumte davon, dass wir dann wieder ein Baby haben würden. Aber der Erfolg blieb aus, und nicht weil meine Entwürfe schlecht waren, sondern weil niemand mehr hier investieren will. Ich war verzweifelt, meine Selbstachtung in Scherben, und dann kam Jake, und plötzlich fiel die Mauer, gegen die ich seit Jahren angerannt war, und ich konnte meine Zukunft sehen, unsere Zukunft. Der Ausblick hat mich völlig geblendet, ich habe mit beiden Händen zugegriffen, und als ich merkte, dass etwas schief läuft, hing ich schon viel zu weit mit drin. Von da an habe ich nur noch versucht zu retten, was noch zu retten war, irgendwie die Sache umzudrehen, all das von dir wegzuhalten. Ich hoffte, mich allein aus diesem Schlamassel befreien zu können.« Er atmete stoßweise, die Haare hingen ihm ins Gesicht, das jetzt bar jeder Maske war. »Ich liebe dich, alles, was ich will, was ich je wollte, ist, dich glücklich zu machen … .« Eine Träne rollte langsam über seine Wange. Er wischte sie nicht weg.

Vor ihrem inneren Auge brach ihre gesamte Welt zusammen, für Momente wurde ihre Liebe zu ihm darunter begraben, und sie machte den Fehler, den sie sich ihr Leben lang nicht verzeihen sollte. »Hör auf, Krokodilstränen zu heulen«, fuhr sie ihn an, »ich glaube dir kein Wort, du hast mich betrogen. Du hast einfach über meine Zukunft entschieden und sie zerstört. Du hast mich behandelt wie ein unmündiges Kind, du kannst mich nicht lieben … ich hasse dich …«

Er fuhr hoch, duckte sich wie vor einem Schlag, sein Stuhl kippte hintenüber. »Ich kann nicht mehr, ich muss jetzt allein sein …«, stammelte er, stürmte von der Terrasse, zuckte zusammen, als das Salzfass neben ihm an der Mauer zersplitterte, stieß die Fliegentür auf, stürzte ins Haus und war weg.

»Bleib hier, ich bin noch nicht fertig!« Sie sprang auf, rannte hinter ihm her, stolperte über die Scherben und fiel hin. Ein scharfer Schmerz lenkte sie von ihm ab. Ihr Knie blutete.

»Scheiße«, fluchte sie, beugte sich hinunter, um den Splitter herauszuziehen, doch da hörte sie Hufgeklapper vom Hof. Sie vergaß den Schmerz, rannte durchs Haus zum Eingang. »Bleib hier«, schrie sie, so laut sie konnte, »bist du verrückt, du kannst doch nachts nicht ausreiten – das ist viel zu gefährlich, du siehst doch nicht die Hand vorm Gesicht … Martin, bleib hier … bitte … bitte …!« Sie rannte ins Freie.

Aber das Trommeln der Hufe verlor sich in der Dunkelheit, die Nacht verschluckte ihn, und sie blieb allein zurück.

Martin hatte die automatischen Scheinwerfer ausgelöst, die jetzt einer nach dem anderen wieder erloschen, bis sie allein im Vollmondlicht mitten auf dem Hof stand, um sie herum Wispern, Rascheln, schattige Bewegungen. Büsche und Bäume, bizarre schwarze Wesen im milchigen Licht, griffen mit langen Armen nach ihr. Angst rann eiskalt durch ihre Adern. Um ihn. Um sich selbst. Um ihre Liebe.

Sie warf den Kopf zurück und heulte den Mond an wie ein zu Tode verwundetes Tier.

# 10

Es war diese kurze Spanne, dieser silbrige Augenblick zwischen gestern und heute, nicht mehr Nacht, aber noch nicht Morgen, in dem alles noch möglich war. Sie meinte sogar, seine warme Nähe zu spüren, seinen Atem zu hören, diese beruhigende Hintergrundmusik ihrer Nächte. Instinktiv wollte sie die Hand ausstrecken, um ihn zu berühren, ihn bitten, komm zu mir, nimm mich in den Arm. Aber sie tat es nicht, sie wusste, sie würde ins Leere greifen, und sie wusste, dass sie das nicht ertragen könnte. Sie hielt die Augen weiter geschlossen, wollte glauben, dass sie ihn nicht verloren hatte, ihr Leben so war, wie es sein sollte. Sie zwang sich, gleichmäßig zu atmen, entspannte ihre Muskeln, einen nach dem anderen. Wärme strömte in ihre Glieder, machte sie leicht, ihre Gedanken schwammen davon, sie trieb im warmen Meer ihrer Gefühle dahin.

Fast gelang es ihr, der Wirklichkeit zu entwischen. Sie spürte seine Gegenwart neben sich, hörte seine Schlafgeräusche. Schon schien alles gut, schon war sie sich sicher, dass das andere der Traum gewesen war. Ihre Lippen bogen sich in einem glücklichen Lächeln, sie seufzte. Doch als sie eben in die Bewusstlosigkeit des Schlafes hinüberglitt, zerriss ein Geräusch, schrill wie das irre Gelächter eines Betrunkenen, urplötzlich ihren Traumvorhang, und sie fuhr hoch.

Ihr Herz jagte, es dauerte Sekunden, ehe sie die heiseren Weckrufe der Hagedasch-Ibisse erkannte. Fluchend wühlte sie sich unter dem Moskitonetz hervor, stürzte zum Fenster und spähte ins Perlmuttlicht des beginnenden Tages. Zwei der reihergroßen Ibisse, die sich auf einem Baum vor ihrem Schlafzimmer niedergelassen hatten, starrten sie mit unverschämten Knopfaugen an. Sie stieß das Fenster auf und warf eine Sandalette nach ihnen, die in den Gitterstäben des Einbruchsschutzes hängen blieb.

Die Vögel breiteten ihre metallen schimmernden Flügel aus. »Ha-ha-hadida«, lachten sie höhnisch und glitten davon.

»Ha-ha-hadida!«, spottete sie hinter ihnen her. Wütend über die frühe Störung rüttelte sie grob am Gitter. Es knirschte, bewegte sich in seiner Verankerung, brach an einer Stelle weg. »Verdammt«, sagte sie halblaut und kratzte verdrossen an der rostzerfressenen Bruchstelle. Die weiße Farbe löste sich in Stücken, legte die Zerstörung, die ständige Feuchtigkeit und tropische Hitze verursacht hatten, frei. Das Haus fiel um sie herum zusammen, und sie hatte kein Geld, den Zerfall aufzuhalten. Grübelnd drehte sie an ihrem Verlobungsring. Er saß lose dieser Tage.

Zu viele Sorgen, zu wenig Schlaf, dachte sie, und dieser Schmerz, der nicht aufhören wollte. Erst Christina und Mama und dann noch Martin. Der Schmerz war körperlich, wie eine schwere Verwundung. Sie hatte sich kaum aufrecht halten können in den ersten Tagen nach Martins Tod, ging gekrümmt, bekam kaum Luft. »Als hätte mir jemand das Herz herausgerissen«, sagte sie zu Angelica, »als wäre nur ein großes, blutiges Loch zurückgeblieben. Leer … einfach nur leer.«

Sie hob die Hand mit ihrem Verlobungsring ins Morgenlicht. Der große Diamant sprühte Feuer. »Jeder soll sehen, wie ich dich liebe«, hatte er gesagt, als er ihr den Ring angesteckt hatte. Er hatte für den Ring einen großen Kredit aufgenommen. Erst viel später hatte sie davon erfahren, hatte lange gebraucht, die Wut und Enttäuschung zu verarbeiten und die Schulden zu tilgen.

Sie berührte den kühlen Stein mit den Lippen. Außer ihm besaß sie kaum noch Schmuck. In den letzten Monaten hatte sie fast alles verkauft, um die Löhne und laufenden Kosten des großen Farmbetriebs zahlen zu können. Sie war kurz davor, Irma um Geld zu bitten. Nur die Tatsache, dass sie keine Ahnung hatte, wie sie ein solches Darlehen jemals zurückzahlen sollte, hielt sie noch davon ab. In dem Jahr nach Martins Tod war der Verfall allmählich immer deutlicher geworden, der schon zu Zeiten ihres Vaters erschreckend weit fortgeschritten war. Der Ring war das Einzige, was sie noch zu Geld machen könnte. Martins Verlobungsring. Sie zog ihn ab, wog ihn in der Hand. Eine blank geriebene, ringförmige Vertiefung, weiß gegen ihre braune Haut, markierte die Stelle, wo er seit sieben Jahren ihren Finger umschloss. Der Ring rollte auf ihrer Handfläche hin und her, der Stein funkelte und blitzte, als wäre er lebendig. Das gesamte Dach würde sie mit dem Erlös renovieren können, sogar für neue Fenster würde es reichen. Oder für einen weiteren Gästebungalow. Nach kurzem Zögern steckte sie ihn mit einer raschen Drehung wieder an. Er war ihre eiserne Reserve, wenn es keinen anderen Ausweg gab.

Die Sonne stieg hinter den Hügeln hervor in den kristallblauen Dezemberhimmel, die Strahlen stachen ihr in den Augen, Tränen prickelten unter ihren Lidern. Mit dem Handrücken wischte sie sie weg, wusste, dass sie nicht nur von den blendenden Lichtblitzen herrührten. Sie wandte sich vom Fenster ab, ging durchs Zimmer in ihr Badezimmer und stellte sich unter die Dusche. Fast eine halbe Stunde stand sie unter dem lauen Strahl. Beide Arme ausgestreckt an die Fliesenwand gestemmt, den Kopf gesenkt, versuchte sie ihren eigenen Gedanken zu entfliehen, stellte sich vor, dass alles, was sie quälte, aus ihr herausfloss, mit dem Wasser in den Abfluss strudelte und nur eine gnädige Leere blieb. Durch den strömenden Wasservorhang starrte sie auf das gleißende Rechteck des Badezimmerfensters, sah jedoch den leuchtenden Hochsommermorgen nicht, sondern nur den Tag, an dem das Licht starb.

*

Martin war in die Nacht galoppiert. Sie hatte ihre Verzweiflung und Reue hinter ihm hergeschrien, aber er reagierte nicht. Unfähig sich zu rühren, unfähig, einen klaren Gedanken zu fassen, einfach unfähig, sich dieser Situation zu stellen und folgerichtig zu handeln, saß sie danach allein in ihrem Schlafzimmer, ohne Licht, dem Fenster den Rücken zugekehrt, in dumpfer Erwartung des Unausweichlichen, wie eine zum Tode Verurteilte, die auf das Kitzeln des Fallbeils in ihrem Nacken wartet. Ihr Herzschlag zählte die Sekunden, es wurden Minuten daraus und dann Stunden, aber es passierte nichts. Niemand hämmerte an die Tür und überbrachte ihr eine Hiobsbotschaft, niemand kam. So saß sie noch, als draußen die kurze Morgendämmerung rasch in die Schwüle des Januartages überging.

Der Tag begann, wie kein Tag zuvor auf Inqaba. Kein Traktorgeräusch, kein kehliges Zulu der Ananaspflückerinnen, auch Nellys laute Stimme fehlte, nur das schrille Kreischen eines aufgescheuchten Vogelschwarms störte die Stille. Gegen acht Uhr schleppte sie sich hinüber in die Küche. Sie war leer. Verwirrt rief sie nach Dabulamanzi-John, der um diese Zeit im Garten sein musste. Vergeblich. »Ben«, schrie sie, »Nelly, Dabu, wo seid ihr?«

Aber nur das Echo ihrer eigenen Stimme antwortete ihr.

Ein Pferd schnaubte. Sie fuhr hoch. Martin? War er zurückgekehrt? Rufend rannte sie zum Stall, riss die Stalltür auf. Aber es stand nur Martini, der alte kastanienbraune Hengst ihres Vaters, in seiner Box. Die anderen Boxen waren leer. Libertano, ihr Apfelschimmel, fehlte. Die anderen vier Pferde, die früher hier standen, hatte noch ihr Vater verkauft. Sie lehnte ihren Kopf an den warmen Pferdehals, atmete den strengen Geruch seines Fells, war für Sekunden wieder in ihrer Kindheit, in die dieser Geruch gehörte, fand für kurze Augenblicke Entspannung. Dann sattelte sie den Hengst, führte ihn nach draußen und schwang sich hinauf. Unsicher sah sie sich um. Wo sollte sie suchen? Im Norden, im Osten, am Wasserloch? Entmutigt ließ sie die Zügel schleifen. Allein nach Martin zu suchen war Wahnsinn. Rasch glitt sie wieder aus dem Sattel, schlang die Zügelenden um den Eisenring, der neben der Stalltür angebracht war, und lief ins Haus.

Sie rief Angelica an. »Ist Martin bei euch?«

Das Gleiche fragte sie Lina, Jake und andere. Jedes Mal war die Antwort dieselbe. »Nein, er ist nicht hier, was ist passiert?«

»Wir kommen«, sagte Angelica, »ruf du Leon an. Es ist egal, ob du ihn leiden kannst oder nicht, wir brauchen ihn jetzt. Ihn, diesen grässlichen Ein-Arm-Len und dessen Leute. Sie können mit ihren Pferden dorthin gelangen, wo kein Auto mehr fahren kann.«

Sie suchten den ganzen Tag und im Licht der Scheinwerfer der Geländewagen und starken Taschenlampen auch die Nacht durch. Leon fand seinen Bruder am folgenden Abend. Er musste noch gelebt haben, nachdem Libertano gescheut und ihn fünf Meter über den Abhang ins felsige Flussbett geworfen hatte. Martins Rückgrat war gebrochen, die Obduktion ergab, dass zwei seiner ebenfalls gebrochenen Rippen seine Lunge durchbohrt hatten. Er war in seinem Blut ertrunken.

Als Leon und Ein-Arm-Len mit zwei weiteren Männern ihn auf einer provisorischen Trage brachten, rannte sie ihnen entgegen, wollte die Decke wegreißen, mit der sie ihn verhüllt hatten, wollte ihn sehen, fühlen, wollte ihm sagen, dass nichts außer ihm ihr wichtig war, dass sie alle anderen Probleme gemeinsam meistern würden. Aber Alastair, der kurz die Decke zurückgeschlagen hatte und bleich geworden war, hielt ihre Hände fest. »Nicht, Jill, nicht. Er ist tot. Sieh ihn dir nicht an, behalt ihn in Erinnerung, wie er war …«

Doch mit der Kraft der Verzweiflung und der Liebe riss sie sich los, war mit einem Schritt neben der Trage, zog die Decke herunter und blickte ihrem Mann ins Gesicht.

Sie war weder in Ohnmacht gefallen, noch hatte sie geschrien, das erinnerte sie noch, aber dann riss der Erinnerungsfaden, und die nächsten zwei Tage waren ein leeres schwarzes Loch. Genaues wusste sie nicht mehr. Irgendwo hatte sie gelesen, dass eine nur sieben Meter hohe Welle mit der Wucht von dreißig heruntersausenden Tonnen auf ein Hindernis aufprallte. So fühlte sie sich, als hätte eine solche Welle alle Lebenskraft aus ihr herausgeprügelt.

Angelica war ständig um sie herum, Lina meistens auch, und auch Nelly war wieder da. Sie brachte frisch gebackene Brötchen mit Honig und Orangensaft. Einen Augenblick blieb sie neben ihr stehen, die warmen Hände mit den zarten Innenflächen strichen ihr über den Arm. »Wir werden warten, bis es dir besser geht, Jilly, dann reden wir«, sagte sie.

Jill lehnte sich an den großen, weichen Körper, roch den Geruch ihrer Kindheit, ihrer Zuflucht, ihrer Sorglosigkeit, war dankbar, dass Nelly bei ihr war. An diesem Tag starb das Kind in ihr. An diesem Tag musste sie sich dem Leben stellen, ohne den Schutz, den ihr früher Mama, Daddy, Nelly, später dann Martin gegeben hatten. Wie unter einem Schirm hatte sie gelebt, der jedes Unwetter von ihr fern gehalten hatte. Nun war sie allen Elementen allein ausgeliefert.

Als es ihr besser ging, redeten sie. Sie, Nelly, Ben, Dabulamanzi-John. Vorher hatte sie mit Angelica und Alastair gesprochen. Davor hatte sie all ihren Mut zusammengenommen und sich Überblick über ihre finanzielle Lage verschafft. Es war relativ einfach. Alles Geld, das sie besaß, würde für die täglichen Unkosten noch etwa eine Woche reichen. Eine einzige Woche.

»Danach bin ich pleite«, sagte sie zu den Farringtons und den Konnings, »ich meine richtig absolut, restlos pleite! Pleite, wie nichts zu essen, pleite, wie Inqaba verlieren, pleite, wie auf der Straße stehen und aus Mülltonnen essen. So eine Art pleite.«

Der Schock bleichte alle Farbe aus Angelicas Gesicht. »Wie konnte das passieren?«

Sie erklärte die Sache mit der Vollmacht und dass sie sich um nichts gekümmert hatte. »Ich hab ja kaum gemerkt, was um mich herum vorging.« Nachdenklich kaute sie an den Nägeln. »Es war wohl einfach zu viel für Martin.«

»Du gibst dir die Schuld?«, fragte Lina, die bisher nur stumm zugehört hatte. »Hör auf damit. Er hätte mit dir reden müssen.«

»Ich kann es dann leichter ertragen, ich muss nicht nur auf ihn wütend sein … Ich habe ihn so geliebt, ich will mich nicht nur immer durch den Filter meiner Wut und Enttäuschung an ihn erinnern …«

Am vierten Tag kam Irma an, und an diesem Abend konnten die Freunde zum ersten Mal alle in ihre eigenen Häuser zurückkehren. »Die Kinder haben unsere Abwesenheit sicherlich weidlich ausgenutzt«, lächelte Angelica, »ich muss erst einmal wieder Ordnung in den Haufen bringen. Nächste Woche dann reden wir über die Finanzen, und versuch erst gar nicht, uns davon abzuhalten. Wir haben Nelly, Ben und Dabulamanzi einen Abschlag auf ihren Lohn gegeben, sie werden also vorerst für dich sorgen. Ich komme morgen wieder, und übermorgen wird Lina nach dir sehen, und ansonsten haben wir beide unser Telefon am Bett. Du musst versprechen, uns anzurufen, wenn du nicht klarkommst, hörst du?«

Sie versprach es, und dann war sie mit Irma allein und konnte mit ihr, die so viel älter war als sie, die so viel mehr vom Leben gesehen hatte und Zusammenhänge begriff, wo sie selbst keine sah, die Beweggründe verstand, die ihr unbegreiflich waren, reden. Erst kamen ihr die Worte stockend, dann wurden sie zu einem Fluss, der, immer reißender werdend, viele Steine einfach wegstrudelte, und nachdem sich der aufgewühlte Schlamm gesetzt hatte, war das Wasser klar. Alles breitete sie vor Irma aus, ließ nichts weg und lauschte dann, wie Irma Begebenheit für Begebenheit nahm, umdrehte, dahinter sah, die Zusammenhänge aufspürte, und begann allmählich zu verstehen.

Irma gab ihr Martin wieder. Sie vermochte Jill verständlich zu machen, dass ihr Mann nicht aus Gewinnsucht oder Bösartigkeit gehandelt hatte, sondern weil er sie liebte, weil er endlich nicht mehr als Versager vor ihr dastehen wollte. »Und der Ferrari?«, warf Jill ein, noch immer zweifelnd.

»Das klassische Symbol!«, rief Irma aus. »Siehst du das nicht? Dafür hätte er keine Worte gebraucht. In einem einzigen Gegenstand wäre sein Erfolg mit einem Paukenschlag jedem offenkundig geworden. Du hättest seinen Vater kennen sollen, ihm hätte so ein knallrotes Ungetüm ungeheuer imponiert.«

*

An einem der nächsten Werktage kehrte Irma von einer Vertragsbesprechung aus der Stadt zurück. Sie trug ein todschick tailliertes schwarzes Kostüm, das ihre schlanke Figur betonte, hauchzarte schwarze Strümpfe und hohe Absätze. »Mein Kampfanzug, dann wissen die gleich, dass ich es ernst meine«, hatte sie ironisch gelächelt, als sie sich morgens verabschiedete. Sie setzten sich mit einem Drink ins Wohnzimmer, und Irma berichtete über den Ausgang der Verhandlungen. Das Geräusch eines Autos drängte sich in ihre Unterhaltung. Beide hoben den Kopf. Kurz darauf knallte eine Wagentür. Dary fing an, in der Küche zu toben, und die beiden jungen Rottweiler, die Neil und Tita ihr geschenkt hatten, fielen mit hohem Welpengekläff ein. Irma drückte Jill, die aufstehen wollte, zurück in den Sessel und ging nachsehen.

Jill hörte eine tiefe männliche Stimme, kühl und bestimmt, dann Irmas, laut, protestierend. Sekunden später erschien Leon im Wohnzimmer. Mit wenigen Schritten war er neben ihr, zog sie hoch, und bevor sie es verhindern konnte, küsste er sie auf die Wange. »Jill, wie geht es dir? Wir haben uns große Sorgen gemacht.« Er drehte sich zu Irma um, den Arm noch um Jill gelegt. »Ich möchte mit der Witwe meines Bruders allein sprechen«, sagte er.

Jill, die bei dem Wort Witwe heftigst zusammengezuckt war, begehrte auf. »Alles, was du zu sagen hast, kann Irma hören. Sie ist meine nächste Angehörige, stellvertretend für meine Familie.«

Leon zog die Brauen zusammen, zuckte dann die Schultern. »Gut, wie du willst. Ist auch egal. Deine Leute machen Ärger, hab ich gehört, und deine finanzielle Situation ist eine Katastrophe. Ich bin bereit, Vergangenes vergangen sein zu lassen, und möchte dir helfen …« Er machte eine Pause, schien auf ihre Reaktion zu warten, doch Jill verzog keine Miene, wartete auf den Hammer, der mit Sicherheit auf sie hinuntersausen würde. »Du brauchst jetzt einen Mann im Haus, Jill. Ich habe das mit Lorraine besprochen, und sie ist der gleichen Meinung. Du ziehst zu uns, wir haben noch ein hübsches Zimmer frei. Stell dir vor, du könntest dich von alldem hier erholen. Lorraine freut sich schon, sie will dich mit in ihren Gartenclub nehmen und zu ihrem Frauenkreis. Sie machen da Seidenmalerei und tauschen Kochrezepte aus. Das wird dir doch sicher gefallen, nicht?« Sein Arm lag noch immer um ihre Schultern, er drückte sie an sich.

Jill sah ihn nur an, konnte sich kaum etwas Grässlicheres vorstellen, als mit Lorraine Kochrezepte und Intimitäten auszutauschen, sagte aber nichts. Wartete.

Ein Schatten huschte über Leons braun gebranntes Gesicht. Er ließ seinen Arm von ihrer Schulter fallen, trat einen Schritt zurück. »Nun, du kommst also zu uns, und mein Freund Len schmeißt Inqaba, bringt deinen Leuten mal Mores bei. Dann werden wir einen solventen Käufer finden, und du bist diesen Klotz am Bein los und kriegst wohl noch genügend heraus, um irgendwo ein einigermaßen angenehmes Leben zu führen.« Bei seinen nächsten Worten machte er ein Gesicht wie ein Erwachsener, der einem Kind einen Lolli verspricht. »Ich kann dir jetzt schon verraten, dass Len sehr interessiert ist, Inqaba zu kaufen. Er braucht unbedingt ein Freizeitlager für seine Leute. Er hat das Land angrenzend an eure Nordgrenze aufgekauft. Es wäre logisch, wenn er Inqaba übernimmt.«

Sie konnte ihn nur weiterhin sprachlos anstarren. Hatte er mit Klotz Inqaba gemeint, hatte er wirklich sagen wollen, dass sie Inqaba verkaufen sollte? An Ein-Arm-Len, die Verkörperung des Bösen? »Bist du verrückt …«, platzte sie heraus. »Das ist … sehr freundlich von dir«, verbesserte sie sich sofort, »aber ich komme gut allein klar.« Sie presste die Worte durch die Zähne, mühsam darauf bedacht, nicht zu zeigen, wie sehr er sie anekelte, wie sehr sie wünschte, dass er verschwinden würde. Sie war sich absolut sicher, dass sie sich damals mit ihrem Tritt einen unversöhnlichen Feind gemacht hatte, egal wie viel Süßholz er jetzt raspelte. Ein Mann wie Leon vergaß eine solche Demütigung nicht. Nie.

Die nächsten Worte bestätigten ihre Vermutung auf der Stelle. Sein ganzes Gehabe änderte sich schlagartig. »Quatsch, ich seh doch, was hier los ist. Außerdem gibt es da noch ein kleines Problem.« Er grinste tückisch. »Ich habe einen außerordentlich interessanten Brief gefunden. Hör doch mal!« Er fischte einen dünnen Bogen Papier aus der Hosentasche und hob ihn hoch. Er war mit einem engmaschigen Gitter spinnenfeiner Schriftlinien bedeckt. Die waagerechten Zeilen wurden von senkrechten gekreuzt. Das Ergebnis war verwirrend. »Die Steinachs hatten wohl nicht einmal Geld, um sich Papier leisten zu können.« Er zog seine Mundwinkel verächtlich nach unten.

»Geliebter Konstantin«, las er langsam, denn offenbar hatte er

Mühe, die wie im Karomuster übereinander laufenden Worte zu entziffern, »es beweist mir Deine große Liebe, dass du mir den kostbarsten Gegenstand, der sich in Deinem Besitz befindet, überlässt, Deine Pistole, die Du von Deinem lieben Bruder bekommen hast, die der wiederum von seinem König, Otto von Griechenland, für hervorragende Tapferkeit erhalten hat. Er gab sie Dir, damit Du vor den Gefahren auf diesem dunklen Kontinent geschützt bist. Ich werde sie stets bei mir tragen, aber, so ein gütiger Gott will, nie benutzen müssen, denn ich wähne mich nicht in Gefahr auf Inqaba. Allerdings habe ich es ihm noch nicht gesagt.«

Leon warf ihr einen brennenden Blick zu. »Gefahr auf Inqaba! Sie kann nur die Gefahr meinen, die Johann Steinach, dein Ururgroßvater, für sie war«, er hielt einen Finger auf eine Stelle des Briefes. »Hier, hör dir das an.«

Mühsam las er weiter. »Ein grausames Schicksal hat uns damals auseinander gerissen, doch ich bin Gott aus tiefstem Herzen dankbar, dass er Dich auf Deinen Reisen vor Unheil bewahrt hat und es in seiner Güte möglich machte, dass wir uns wiedersahen. Ach, nur die doppelte Grausamkeit, dass jeder von uns mit einem anderen verheiratet ist! Ich liebe Dich mehr als mein Leben, und für Dich und unser ungeborenes Kind werde ich die Kraft finden, es ihm zu sagen. Unsere Ringe werden uns ewig verbinden, auch wenn wir sie nicht offen tragen können. Um ihn immer bei mir zu haben, habe ich ein geheimes Täschchen eigens zu diesem Zwecke in meinen Rock …«

Leon ließ den Brief sinken. »Hier fehlt der Rest, aber es ist ja wohl klar, was passiert sein muss. Hier, siehst du das Datum?« Er hielt ihr das Blatt unter die Nase, wartete aber nicht auf ihre Antwort. »Der 7. Mai 1854. Kurz danach verschwindet Konstantin, und Johann Steinach hat sich unseren Besitz einverleibt. Mein Vorfahr ist nie wieder gesehen worden. Seine schwangere Frau saß in einem Zelt in d'Urban, wie Durban damals noch hieß, mit einem Kind allein da, ein paar Monate später kam das zweite.

Weißt du, was ich glaube?« Er packte die Armlehnen ihres Sessels, lehnte sich über sie, schob sein Gesicht dicht vor ihres. »Ich glaube«, zischte er, »dass Johann Steinach ihn vor Eifersucht ermordet, ihn irgendwo auf Inqaba verscharrt und sich das Bernitt-Land unter den Fingernagel gerissen hat.« Er richtete sich wieder auf. »Hiermit verspreche ich dir, Jill, dass ich herausfinden werde, wo Konstantin von Bernitt liegt, und ich werde mir mein Land wiederholen, darauf kannst du dich verlassen!«

»Hau ab«, sagte sie ruhig. Nichts in ihrer Haltung oder Stimme verriet, welch übermenschliche Anstrengung es sie kostete, keine Angst zu zeigen. »Hau ab, du jämmerlicher Wurm, und wage nicht, hier noch einmal aufzutauchen.«

Leon packte sie an den Oberarmen und zog sie mühelos aus dem Sessel, und jetzt bemerkte sie, dass Irma sie allein gelassen hatte. Ihr schlug das Herz bis zum Hals. Seine Hände pressten ihr das Blut ab, der volle Mund unter dem schwarzen Schnurrbart war nur Millimeter von ihrem entfernt. Mit einem Knurrlaut presste er ihn auf ihre Lippen, schlang die Arme um ihre Schultern, hielt sie wie mit einer Schraubzwinge fest. Sie konnte sich nicht rühren, nicht schreien, die Hand, die an ihr heruntertastete, nicht wegschlagen, selbst ihre Beine hatte er zwischen seinen festgeklemmt. »Wir haben noch eine kleine Rechnung offen, Schwägerin, erinnerst du dich?«

»Lass sie los«, sagte eine Stimme, die sie kaum als die von Irma erkannte, mit tödlicher Ruhe. »Ganz langsam, halte deine Hände immer so, dass ich sie sehen kann!«

Und da stand Irma. Schlank, elegant, die glatten weißen Haare schimmerten um ihr markantes Gesicht, das schwarze Kostüm saß perfekt. Über Kimme und Korn des Gewehrs in ihren sehnigen Händen aber sprühten die babyblauen Augen kaltes Feuer. Der Waffenlauf bewegte sich wie eine angreifende Schlange. »Beweg dich, los!« Ihre Stimme war kraftvoll, verriet nichts von ihren einundsiebzig Jahren.

Leon löste seine Lippen von Jills, gab sie zögernd frei. Seine

Hände flogen zu Fäusten geballt hoch, Hass loderte in den eisgrauen Augen.

»Zurück!« Das Gewehr zeigte ihm, wohin. »Hände an die Wand«, kam Irmas emotionslose Stimme, als er bis dorthin zurückgewichen war, »Jilly, hol den Brief«, befahl sie, und für eine Sekunde flog Irmas Blick zu ihr. Im selben Moment sprang Leon vorwärts, und so schnell, dass es gleichzeitig erschien, krachte ein Schuss. Präzise zwischen seinen Füßen zeigte eine schwarze Brandspur, wo das Projektil in den Teppich gefahren war. »Ich hatte gesagt, Hände an die Wand«, bemerkte Irma, »das nächste Mal ziele ich etwas höher, und wie du siehst, kann ich ziemlich gut schießen. Lass dich nur nicht durch mein Äußeres täuschen. Das ist nur Tarnung.« Sie lachte belustigt auf.

Jill, sprachlos über die unerwartete Verwandlung ihrer Tante, zu Leon hinüber. Ihre Blicke trafen sich, und seiner war eine offene Kriegserklärung. Mit drei Schritten war sie bei ihm, nahm den Brief aus seiner Tasche und trat wieder zurück. Den Flintenlauf in seinen Rücken gebohrt, trieb Irma Leon vor sich her. Ihre hohen Absätze klackten auf dem Fliesenboden, das Kostüm raschelte. Energisch stieß sie ihn durch die Eingangstür zu seinem Wagen.

»Den Brief kannst du behalten. Das ist eine Kopie, das Original liegt bei meinem Anwalt im Safe«, brüllte er, während der Motor aufheulte.

Irma wartete unbeirrt mit der Waffe im Anschlag, bis sich das automatische Tor hinter ihm geschlossen hatte. »So«, sagte sie mit tiefster Zufriedenheit in ihrer Stimme und einem Lächeln auf ihrem fröhlichen Großmuttergesicht, »der kommt nicht wieder.« Sie legte den Sicherungsbügel der Waffe um und stellte sie an die Wand. Dann zog sie den Kostümrock hoch und setzte sich graziös in einen Sessel, die schlanken Beine korrekt geschlossen nebeneinander platziert, verwandelte sie sich wieder in eine elegante Dame.

»Der kommt wieder, garantiert, so eine Niederlage steckt der nicht einfach so weg, nicht von zwei Frauen. Er wird sich rächen«, sagte Jill, wissend, dass sie Recht hatte.

»Dann brenn ich ihm eins aufs Fell«, lachte Irma, »und wir hetzen die Hunde hinter ihm her.«

Jill fühlte eine Art verrücktes Lachen in sich aufsteigen, versuchte es zu unterdrücken, aber es bahnte sich unaufhaltsam seinen Weg, brach wie eine Explosion aus ihr hervor. Beide Frauen hingen, irre Lachsalven ausstoßend, in den Sesselpolstern. »Guter Gott, was würde ich dafür geben, hätte ich sein Gesicht fotografieren können, du im todschicken Kostüm und hohen Hacken, ganz die Grande Dame, mit dem Gewehr im Anschlag, und er, als hätte er einen Geist gesehen …«, japste Jill endlich.

Irma wischte sich die Lachtränen und schwarze Mascaraspuren weg und zog sich die Kostümjacke aus. »Ich bin auf der Farm aufgewachsen, er müsste wissen, dass die Frauen von Inqaba zähe Luder sind, auch wenn sie Valentino tragen. So, und was ist das jetzt für eine merkwürdige Sache mit diesem Brief?« Sie setzte sich ihre Lesebrille auf, zog das Papier zu sich heran, drehte es rechts herum und links herum, hielt es ans Licht. »Über Kreuz, meine Güte, wie interessant. Sieh einer an, die zarte Catherine! So ein sanftes Täubchen, wie es die Familienlegenden erzählen, war sie offensichtlich nicht … ich möchte wissen, woher sie diesen Konstantin kannte … ich denke, ich werde mal ein bisschen nachgraben … irgendetwas stimmt hier nicht … oh ja …« Sie versank in der Lektüre des Briefes.

»Ich geh ins Bett. Morgen wird ein harter Tag.« Jill stand auf und küsste sie auf die Wangen. Ihre Tante nickte abwesend und las weiter. Morgen sollte Martin beerdigt werden. Man hatte seine Leiche obduziert, und erst vor zwei Tagen war diese zur Bestattung freigegeben worden.

»Hast du von deinem Vater gehört? Wann kommt er?« Irma senkte den Brief, sah sie über den Brillenrand an.

Jill brachte es fertig, ein Aufschluchzen zu unterdrücken. »Er kommt nicht zur Beerdigung.« Sie spürte Irmas prüfenden Blick von der Seite, wartete auf die logische Frage nach dem Warum. Doch Irma stellte diese Frage nicht, schonte sie, und sie war ihr zutiefst dankbar dafür, so brauchte sie sich selbst nicht damit auseinander zu setzen. Kurz bevor sie einschlief, überfiel sie die Gewissheit, dass Leon und der Brief Catherines ihr und Inqabas Schicksal entscheiden würden. Es wurde eine unruhige, von dunklen Träumen begleitete Nacht, und sie endete früh, noch vor Anbruch des Morgens.

\*

Nach der Beerdigung, als die Farmarbeiter in ihr Dorf zurückgegangen waren, sich die Menge verlaufen, die Freunde zurückgezogen hatten, blieb Jill noch eine Weile allein am Grab. Sie schlüpfte aus ihren schwarzen Schuhen, schlug den schwarzen Schleier hoch, der während der Beisetzung ihr Gesicht verborgen hatte, und setzte sich auf die Bank unter dem Tibouchina, den sie für Christina gepflanzt hatte.

Die Zweige warfen sonnenflirrenden Schatten auf Martins Grab, die ersten Blütentrauben zeigten ihre rosa Spitzen, überall schimmerte frisches Grün. Auch der alte Tulpenbaum trieb aus. Das Holz der Bank, glatt poliert und seidig, hatte die Wärme der Septembersonne gespeichert, und die rote Erde unter ihren nackten Füßen war weich und durchlässig vom letzten Regen. Inqaba verkaufen? Wie könnte sie das je?

Die Mauern, in deren Schutz sie aufgewachsen war, die alles Böse aussperrten, ihr Zuhause, ihre Eltern, Martin und das Geld, waren eine nach der anderen weggebrochen. Nackt und allein, so stand sie da. Wie neugeboren in einer feindlichen Umwelt. Niemand war da, der sie laufen lehrte, sie schützte, wenn Gefahr drohte. Zum ersten Mal war sie nur auf sich angewiesen. Eine gewisse klinische Neugier regte sich in ihr. Zum ersten Mal würde sie herausfinden, wer sie wirklich war. Flüchtig fragte sie sich, ob die Begegnung mit sich selbst eine erträgliche werden würde.

Versunken sah sie einem Nektarvogel zu, der, um die Blüten der

Hibiskusbüsche schwirrend, den Honigtau aus ihren Kelchen trank. Ihr Herz sprang, als sie ihn erkannte. Sein Kopf schillerte grün, die Brust glühte in Scharlachrot. Der Scharlachbrust-Nektarvogel. Aufgeregt beugte sie sich vor. Es war ein Weibchen, und dort, auf dem höchsten Ast des Tibouchinas, funkelte das Männchen. Ein Pärchen dieser noch nie in Südafrika gesichteten Vögel hatte sich auf Inqaba eingenistet. Die Juwelen für ihren Garten der Vögel.

Ein Anfang. Ganz sicher, ein Anfang. Gedanklich schob sie ihre Doktorarbeit beiseite. Sie war nicht mehr wichtig. Nur noch Inqaba und die Zukunft zählten.

*

Am nächsten Tag, dem Tag nach der Beerdigung, rief Jill ihre Freunde an und bat sie, zu kommen. Sie brauchte ihren Rat. Die Farringtons und Konnings kamen, und Jill legte ihnen dar, wie sie sich die Zukunft vorstellte. »Wenn ich Inqaba erhalten will, brauche ich Leute. Die aber kann ich nicht bezahlen, also habe ich mir Folgendes ausgedacht.« Sie sprach für eine geschlagenen halbe Stunde, ohne dass sie einer der Freunde unterbrach. »Was haltet ihr davon?« Mit dieser Frage beendete sie ihren Vortrag.

»Lass es mich mal zusammenfassen«, sagte Alastair und faltete seine langen, sommersprossigen Hände, »du willst einen Teil des Lohns für deine Arbeiter in Anteilen an der Farm bezahlen?«

Jill nickte.

Alastair kniff die hellen Augen zusammen, tippte ein paar Zahlen in einen Taschenrechner. »Du brauchst ein gewisses Überbrückungskapital, aber wenn eure Ananasernte gut ist, kommst du dieses Jahr über die Runden. Knapp, aber es könnte klappen. Allerdings nur, wenn deine Leute da mitmachen, und das kann ich mir ehrlich gesagt nicht so richtig vorstellen.«

»Ich werde eine Auktion veranstalten und alle Antiquitäten verkaufen, die ich besitze. Meinen Schmuck und das Silber natürlich auch, bis auf Martins Verlobungsring. Das sollte doch als Überbrückungskapital reichen.« Das Heben ihrer Stimme machte den Satz zur Frage.

Und so geschah es, doch eine Auktion war überflüssig.

Ihren Schmuck und das Silber schickte sie zu einem Juwelier nach Johannesburg. Ihre antiken Möbel aber kauften ihre Freunde und ließen sie, ihren vehementen Protest fröhlich ignorierend, als Leihgabe, wie sie es bezeichneten, da stehen, wo sie jetzt standen. »Jetzt bürgen wir für dich«, sagte Marius, als er über das goldene Holz des alten Aufsatzschrankes strich. »Ein wunderschönes Stück, es gehört hierher wie du.«

»Wir erwarten natürlich, dass wir uns immer ohne Eintritt zu zahlen in deinem Vogelgarten aufhalten können. Außerdem werde ich hemmungslos Ideen bei dir klauen.« Tita berührte die prächtige rote Blütendolde eines Flaschenputzers. »Die scheint ein Leckerbissen für Nektarvögel zu sein. Gleich morgen lasse ich eins dieser Bäumchen vor meine Terrasse pflanzen.«

»Ich werde zur Eröffnung einen Artikel schreiben«, kündigte Neil an, »und ich habe eine gute Freundin in der Presseabteilung des Südafrikanischen Touristenbüros. Wenn Inqaba in deren Liste der empfehlenswerten Ausflugsziele erscheint, bringt das viel. Wir werden ein Interview mit dir machen und ein paar eindrucksvolle Fotos mit Oskar.«

»Ich wiederum habe einen Freund«, Irma lächelte zweideutig, »in der Presseabteilung von South African Airways. Ich werde ihm vorschlagen, etwas über Inqaba in seinem Magazin zu bringen.«

Jill brach in Tränen aus und fiel ihren Freunden in die Arme.

»Übrigens, Irma«, sagte Neil und nahm ihre Tante zur Seite, »ich habe, wie du mich gebeten hast, in unseren alten Archiven nachgeforscht, ob ich irgendetwas über Konstantin von Bernitt und deinen Ururgroßvater herausbekommen kann. Einen Hinweis habe ich. Leider sind die Kakerlaken in den Archiven, und immer da, wo es interessant wird, haben sie ein Loch gefressen. Ausge-

rechnet da fehlt die Hälfte des Artikels, das heißt, nur die rechte
Hälfte ist lesbar. Aber ich lass mir die linke von einem unseren
jungen Genies am Computer zusammenstückeln.«

\*

Mit Ben Dlamini und den anderen redete Jill in Alastair Farringtons Anwesenheit. »Es ist besser, wenn du als Mann dabei bist«,
sagte sie, als sie ihn darum bat, »du weißt doch, was für grauenvolle Chauvis die Zulus sind. Mich kennen sie nur als Tochter
meines Vaters und Frau meines Mannes. Sie werden mich schon
noch als Person kennen lernen, aber darauf kann ich nicht warten.« Sie schickte Bongi zu Ben und ließ ihm ausrichten, er und
seine Leute sollten sich am Morgen unter dem Indaba-Baum
einfinden, dem Versammlungsbaum, unter dem alle wichtigen
Sachen besprochen wurden, die das Dorf betrafen.
Ein schwüler, bleigrauer Tag brach an. Besorgt musterte sie den
Himmel, suchte ihn nach den aufquellenden Wolkenformationen
ab, die einen Gewittersturm ankündigten. Aber noch drückte nur
eine einheitlich weißgraue Wolkendecke auf das Land, verwandelte es in eine dampfende Waschküche, dämpfte alle Laute. Um
sieben Uhr morgens, vor der schlimmsten Hitze, trafen sie sich
unter der ausladenden Krone des uralten Indaba-Baums. In sei-
nen winzigen Blütenbüscheln summten die Bienen, und ihr süßer
Duft erfüllte die Luft. Ben hatte auf einem einfachen Holzstuhl
Platz genommen, alle anderen hockten um ihn herum auf dem
Boden.
Jill sah sich um. Es gab keine Möglichkeit für sie und Alastair, sich
auch zu setzen, und sie durchschaute den schlauen Schachzug des
alten Ben. »Wir setzen uns nicht zu seinen Füßen, wir sind keine
Bittsteller«, flüsterte sie Alastair zu. »Wir brauchen auch Stühle.«
Sie beauftragte zwei der jüngeren Männer, Stühle vom Haupt-
haus zu holen, und wartete, sich leise mit ihrem Freund über ihr
Vorgehen beratend. »Lass bitte mich hauptsächlich reden, sie sol-

len gleich begreifen, dass ich es bin, mit der sie verhandeln. Dich brauche ich als Rückendeckung, geht das in Ordnung?«

»Natürlich«, nickte er, »das ist eine gute Strategie.«

Die Männer kehrten mit den Stühlen zurück, und sie nahmen in einiger Entfernung Ben Dlamini gegenüber Platz. Ben, der Ben, der sonst im blauen Overall eines Arbeiters herumlief, der die Straßen reparierte und in den Ananasfeldern schuftete, dieser Ben hatte die Insignien seiner Häuptlingswürde angelegt. Kragen und Kopfband aus dem Schwanz des Leoparden, Kuhschwänze, die um die Ellbogen und am Gürtel befestigt waren und über seine Oberschenkel hingen. Perlenketten lagen um seinen Hals, die seinen Rang bezeichneten. In der Faust hielt er den Isagila, den Stock mit der schweren Kugel, der aus einem Stück aus dem Baum des schlafenden Büffels geschnitzt wird. Sie sah einen stolzen Zulu vor sich, Oberhaupt aller Menschen seiner Hautfarbe der Umgebung, Stockkämpfer von großem Ruf, Beschützer seiner Leute. Benjamin Sibusiso Dlamini.

Neben Ben stand sein Iphoyisa. Eigentlich wird das Wort mit Polizist übersetzt, aber Jill wusste, dass ein solcher Mann mehr ein Leibwächter und Mittelsmann zwischen den Bittstellern und dem Häuptling war, aber sie wusste auch, dass hoch gestellte Persönlichkeiten direkt mit dem Häuptling sprachen, vor allen Dingen, wenn es sich dabei, wie hier bei Ben, um einen eher unbedeutenden Häuptling handelte. Verstohlen lächelte sie in sich hinein. Ben war trickreich wie Imfene, der Pavian. »Sakubona, Häuptling«, grüßte sie ihn, »ich bin gekommen, um mit meinen Freunden zu reden.«

Für gut zwanzig Minuten tauschten sie Höflichkeiten aus, erkundigten sich nach der Familie, der engeren und der weiteren, besprachen das Wetter, die Ernte, die Heuschrecken, die über die Felder hergefallen waren, und dass Oskar wieder ausgebrochen war. Erst dann kam Jill zur Sache. »Ein großes Unglück ist über Inqaba hereingebrochen, der Mann meines Hauses ist tot …«

»Yebo«, murmelten alle Anwesenden, »er ist tot – mögen die Amadlozi ihm wohl gesinnt sein …«

»Die Ernte war schlecht«, fuhr sie mit erhobener Stimme fort, »und durch böse Mächte hat meine Familie ihr Geld verloren.« Böse Mächte. Genauso war es gewesen. Sie war zufrieden mit ihrer Wortwahl. »Wir werden Inqaba verlieren …«

Nun sprangen einige der Männer auf, schüttelten ihre Kampfstöcke, die Frauen schnatterten aufgeregt durcheinander. Ben hob seine Hand, und schlagartig kehrte Ruhe ein. »Ich habe den Bruder des Masters gesehen …?«

Sie nickte. Bei den Zulus übernahm nach dem Tode eines Mannes automatisch dessen Bruder den gesamten Haushalt und manchmal auch die Frau. »Der Häuptling hat richtig gesehen«, unbewusst passte sie ihre Ausdrucksweise seiner an, »der Bruder meines Mannes will, dass ich die Farm verkaufe, aber …«, sie hielt ihre Hand hoch, um sich Gehör zu verschaffen, »… aber in unserer Kultur ist das anders. Mir gehört die Farm, und kein anderer darf darüber bestimmen.«

»So ist es!«, rief Alastair, genau im richtigen Moment. »Du machst das ganz prima«, flüsterte er ihr aus dem Mundwinkel zu.

Sie holte tief Luft, ehe sie weiterredete. Jetzt ging es um die Wurst. »Ich habe dem Häuptling einen Vorschlag zu machen. Ich werde keinen entlassen, alle können hier weiterarbeiten …«

»Yebo«, riefen die Männer, »yebo!« Ein paar Frauen trillerten und schrien ein triumphierendes »Aiihh!«.

»Ich werde euch die Hälfte eures Lohns in bar auszahlen, wie immer, für die andere Hälfte gebe ich euch ein Stückchen von dem Land, auf dem ihr eure Hütten gebaut habt, so dass …«, wieder hob sie die Hand, um Ruhe zu schaffen, »… so dass ihr nach einer bestimmten Zeit Besitzer der Grundstücke seid. Danach habt ihr die Möglichkeit, auf die gleiche Art und Weise die Felder, die um euer Dorf herum liegen, auch zu erwerben.«

Jetzt herrschte absolute Stille. Ben Dlamini hatte sich vorgebeugt, ihr angespannt zugehört. Hier und da entdeckte sie den Ausdruck tiefsten Misstrauens auf den dunklen Gesichtern. Das war zu erwarten gewesen und verständlich. Die Geschichte der Zulus und der Weißen, die ihr Land besiedelten, war von Verrat, Betrug und Raffgier geprägt. Erst nach einiger Zeit würden Ben und seine Leute erkennen, dass sie es wirklich ehrlich mit ihnen meinte.

»Dieses Land«, rief sie, »dieses Land wird den dritten Teil von Inqaba ausmachen. Ihr werdet reiche Weidegründe für euer Vieh haben, es wird fett werden, und die Kühe werden viele Kälber werfen. Ihr werdet bedeutende Männer sein, man wird in den Umuzis mit Respekt von euch sprechen, der Wind wird euern Ruf mit sich über die Hügel nehmen, er wird mit den Flüssen ins Meer fließen und sich über die Welt verteilen. Er wird mächtig sein wie das Donnern der Himmel.« Sie ballte ihre Hand zur Faust.

»Meine Güte, Jilly, woher nimmst du solche Worte?«, gluckste Alastair.

»Was erwartet die Madam, dass wir dafür tun?« Bens Argwohn war unüberhörbar. Er schien wenig beeindruckt von ihrer Wortgewalt.

»Wir werden rechtsgültige Verträge beim Magistrat machen, und ihr werdet euch verpflichten, für mich zu arbeiten.« Sie war sich klar darüber, dass es ihr gut passieren konnte, dass keiner der Männer einen Grund sehen würde, sich weiter auf der Farm abzuschuften, wenn sie erst einmal fette Weidegründe für ihr Vieh besaßen. Ein Zulu war ein Genussmensch. Viel Muße, eine Frau, die gutes Essen kochte und stets frisches Utshwala, Hirsebier, vorrätig hatte, die Gesellschaft der anderen Männer und gelegentliche Stockkämpfe, das war ihre Vorstellung eines guten Lebens. Ein Blick auf Bens listige Miene sagte ihr, dass seine Gedanken bereits in diese Richtung liefen. Seine nächsten Worte bestätigten ihre Annahme.

»Jetzt, wo ich ein bedeutender Mann mit viel Land sein werde und mein Ruf um die Welt läuft, werde ich Vieh und Maschinen brauchen, um es zu bestellen. Werde ich die von Madam bekommen?«

Sie unterdrückte ein Lächeln. Der alte Gauner. Das würde eine interessante Partnerschaft werden, aber sie würde auf der Hut sein. »Maschinen und Vieh werdet ihr euch mit dem Geld kaufen können, das ihr verdient«, sagte sie, »so wie auch ich mir nur Maschinen kaufen kann, wenn ich das Geld dazu verdiene.«

»Aber Madam wird mehr verdienen als wir, also ist es nur gerecht, wenn sie die Maschinen kauft.« Ben verzog keine Miene.

»Ich werde nur Geld verdienen, wenn ihr eure Seite des Vertrages erfüllt und für mich arbeitet«, konterte sie, »so dass die Häuser für die Gäste fertig gestellt werden, die übers Meer zu uns kommen, um unser schönes Land zu sehen. Dafür werden sie zahlen. Nur dann werde ich Geld haben, euch wiederum mit Land und Geld zu bezahlen, und nur dann werdet ihr euch Vieh und Maschinen kaufen können. Es liegt also bei euch, ob ihr viel Vieh und Maschinen haben werdet, die euch zu bedeutenden Männern machen. So ist es und nicht anders.«

Über Bens Gesicht zog ein Lächeln, leuchtend wie die aufgehende Mondsichel, die entzückten Ausrufe der anderen, die Rufe der Frauen, alles fand sich zu einem Rhythmus, wurde zu Gesang, der ihre Körper ergriff, bis alle Zulus in einer einzigen mächtigen Wellenbewegung vorwärtssprangen und ihre Lebensfreude austanzten. Alastair und sie gingen unbemerkt von den Tanzenden nach Hause.

Spät am Abend dieses Tages suchte Ben sie auf. Er erschien ihr angetrunken. Offenbar war das Hirsebier reichlich geflossen. Seine Worte aber versetzten sie sofort in höchste Alarmbereitschaft.

»Ich habe eine Person auf unserem Land gesehen, den Freund des Bruders deines toten Mannes, den, der nur einen Arm hat. Ja!« Das Wort war wie eine Explosion. Er hieb eine Faust durch die Luft.

Sie wartete angespannt.

Ben starrte ins Leere, schien etwas zu sehen, was sie nicht sehen konnte. »Er ist uSathane, der Satan«, flüsterte er heiser, »ubulala ngehlaya, er tötet mit einem Lachen … mit einem

Lachen …« Er schien weit weg, in einer Welt, zu der sie keinen Zutritt hatte.

Ihr lief ein Kälteschauer über den Rücken, als sie den mörderischen Ausdruck in Bens blutunterlaufenen Augen sah.

Nach einer Weile belebte sich seine Miene wieder. Sein Blick kehrte zu ihr zurück. »Ist uSathane hier mit deiner Erlaubnis?«

»Nein«, flüsterte sie, fragte nicht, warum, wollte nicht wissen, was uSathane ihnen angetan hatte. Wollte nicht wissen, was Ben Dlamini plante, wenn er ihn erwischte. Wollte einfach nichts damit zu tun haben.

Bestimmt nicht.

\*

Jetzt drehte sie das Wasser ab und schob den Duschvorhang zur Seite. All diese Ereignisse lagen Monate zurück, waren Vergangenheit. Draußen wartete das Heute und das Morgen, die Chance zu überleben. Und Leon. Der Gedanke traf sie wie ein Schlag, bevor sie sich davor schützen konnte. Flüchtig tauchte sein Gesicht vor ihr auf, schärfer geschnitten als das seines jüngeren Bruders Martin, doch die Ähnlichkeit war stark genug, um ihr jedes Mal, wenn sie ihn sah, einen Stich zu versetzen. Aber dann schob sich seine Persönlichkeit vor, die härter und kraftvoller war als die Martins. Und bösartiger. Sie sah Leons Augen vor sich, die seltsam undurchsichtig waren, flach, als läge ein Schleier über dem Eisgrau, der seinen Blick ausdruckslos machte. Nach seinem letzten Auftritt hier hatte sie gelernt, diesen leeren Blick zu fürchten. Mit Macht verbannte sie sein Bild und dachte an Erfreulicheres, wie ihr Verhältnis zu den Farmarbeitern. Das Erstaunliche war, überlegte sie, als sie endlich aus der Dusche stieg und sich in ihr Handtuch hüllte, dass sie heute als Person wahrgenommen wurde. Es bestand keine Frage mehr, wer der Ansprechpartner der Zulus war und wer der Chef von Inqaba. Nachdem sie an jenem Tag mit Alastair den Weg vom Dorf zum Haus erklommen hatte, hatte sie sich noch einmal umgedreht.

Auf dem Platz unter dem Indaba-Baum herrschte ausgelassene Freude. Dabulamanzi-John sprang einen Handstandüberstand nach dem anderen, wirbelte wie ein rasendes Rad über den Platz. Die anderen Männer bildeten einen Kreis um ihn zum Tanz, und bis in die späte Nacht hörte sie ihre Freudengesänge, das Stampfen, den kraftvollen Puls der Trommeln, der in der stillen Luft zu ihr hinaufgetragen wurde. Sie sind die Seele unseres Landes, hatte sie gedacht, Inqabas Seele, und erinnerte sich heute noch, wie gut sie sich dabei gefühlt hatte.

Die Monate, die dann folgten, waren eine rasante Schussfahrt steil in ein schwarzes Tal gewesen. Rechnung auf Rechnung kam ins Haus, fast alle auf Martins Namen. Und sie zahlte, verkaufte alles, was sie entbehren konnte. Jede Rechnung war wie ein Beben, das ihre Erinnerung an Martin erschütterte.

Sie ließ das Handtuch fallen und stellte den Föhn an. Er röchelte asthmatisch vor sich hin, gab nur noch kalte Luft von sich. Seufzend legte sie ihn weg und frottierte ihre kurzen Haare leidlich trocken. Kritisch betrachtete sie ihre Frisur im Spiegel, nahm kurz entschlossen eine Schere, schnippelte hier und da, wo sich Wildwuchs zeigte, plusterte dann ihre Haare unzufrieden auf. Sie versprach sich, von den ersten Einnahmen das Geld für einen Friseurbesuch abzuzweigen und einen neuen Föhn zu kaufen. Doch schon jetzt wusste sie, dass sie dieses Versprechen nicht halten würde. Es gab so viele Dinge, die viel wichtiger waren. Ungeduldig zerrte sie ein dunkelblaues T-Shirt und Jeans aus dem Schrank. Die Hosen waren ihr ziemlich weit geworden, eine ganze Größe kleiner würde ihr jetzt passen, ein Nebeneffekt des letzten Jahres, der einzig positive. Sie stieg in ein Hosenbein. Ein hässliches Geräusch, und der zerschlissene Stoff gab über ihrem Knie nach und riss auf. Sie fluchte und fügte Jeans zu ihrer Wunschliste dazu.

Ein knappes Jahr war seit Martins Tod vergangen, ein Jahr, in dem sie sich nichts außer ihrem täglichen Brot leisten konnte, und das war karg genug. Jeden Pfennig steckte sie in ihren Vogelgarten, den Bau der Gästehäuser und die dringend notwendigen Reparaturen am Haus. Aus dem Bungalow, in dem sie und Martin gelebt hatten, war sie ausgezogen. Die Entscheidung fiel ihr leicht, denn in jedem Winkel, jedem Schatten glaubte sie Martin zu sehen, und wenn die Nacht kam, geisterten die Schatten durch ihre wirren Träume. Sie bewohnte nun die Zimmer ihrer Eltern, Schlafzimmer mit Ankleideraum und einem Badezimmer und ein kleines Wohnzimmer. Der ganze Trakt war durch eine schmiedeeiserne Sicherheitstür vom Rest des Hauses getrennt. Den Bungalow hatte sie in eine weitere Gästeunterkunft verwandelt. Das Arbeitszimmer ihres Vaters benutzte sie als ihr eigenes Büro, das sie dringend brauchte, denn die ersten Reservierungen für die Eröffnung im Februar waren bereits eingegangen.

Die Abende, die sie dort verbrachte, um lange Zahlenkolonnen, die wie eine kriegerische Armee vor ihren Augen über das Papier marschierten, in eine Formation zu rechnen, die ihr sagen würde, dass sie es irgendwie doch schaffen könnte, waren von einer Einsamkeit geprägt, die nichts mit Alleinsein zu tun hatte. Allein ist man, wenn keine andere Person anwesend ist. Aber sie war einsam, meinte niemanden mit ihren Problemen belästigen zu können, fühlte sich, als kämpfte sie in einem luftleeren Raum gegen das Ersticken. Das Schlüsselwort war Geld. Damit wäre sie von ihrer Einsamkeit erlöst, könnte unbefangen mit ihren Freunden umgehen, wahrheitsgemäß auf die Fragen nach ihrem Wohlergehen antworten.

Kamen jedoch Angelica oder Lina oder Tita und Neil, beobachtete sie, wie die Blicke von einem verrotteten Fensterrahmen zur abgeblätterten Farbe, verrosteten Gittern wanderten, sah, wie besorgt sie waren, hörte die immer wiederkehrende, nur aus tiefster Freundschaft gestellte und doch ihre Nerven zermürbende Frage: »Wie geht es dir, Jill, brauchst du etwas, sollen wir dir helfen?« »Oh, danke, gut geht's mir, ich schaffe das schon, kein Grund, die Rettungstrupps zu schicken.« Das oder Ähnliches antwortete sie dann, lächelte, wenn sie viel lieber gerufen hätte: »Nein, mir geht's nicht gut, ich brauche eure Hilfe, mir wächst alles über den Kopf, ich schaffe es nicht ohne euch!« Doch sie meinte, ihre Freunde, die gemeinsam das Netz gespannt hatten, das sie bisher vor dem Abstürzen, auch dem seelischen, bewahrt hatte, nicht so sehr enttäuschen zu dürfen, noch konnte sie Irma um Geld bitten, obwohl auch die es gerne gegeben hätte. Nein, das würde sie nicht fertig bringen. Schon ihr Stolz verbot das. So saß sie über den Zahlen, bis sie wie aufgescheuchte Ameisen herumwimmelten und ihr Kopf bald platzte. Abends aß sie, was vom Tag übrig war, und manchmal waren es nur Kartoffeln, die sie kalt, vor dem offenen Kühlschrank stehend, aus der Hand verschlang. War ja egal, es war einfach etwas, das ihren hungrigen Magen füllte.

Als wäre sie ein losgetretener Stein, rollte sie den Steilhang hinunter, immer schneller, immer größer wurden die Sprünge, und bei jedem Aufschlag verletzte sie sich stärker, und eines Tages schlug sie auf den Boden des Abgrunds auf.

Es passierte auf der Heimfahrt von der Bank. Der Filialleiter hatte sie hinzitiert, sie, Jill von Bernitt, geborene Steinach von Inqaba. Er ließ sie eineinhalb Stunden warten. Es war der erniedrigendste Moment ihres Lebens, als Mr. Osman sich gemütlich in seinem Drehstuhl zurücklehnte, die Fingerspitzen seiner schönen Hände aneinander legte und sie betrachtete.

»Madam«, sagte er, »Sie haben kein Geld mehr.« Er lächelte.

Das war ihr nicht unbedingt neu. Sie schwieg.

»Gar keins«, sagte er. »Wie gedenken Sie, Ihre Schulden zu zahlen? Die erste Rate beträgt zehntausend Rand.« Wieder lächelte er. Er hatte gelbe Zähne.

Früher hatte in diesem Stuhl Mr. Packard gesessen, der nette, weißhaarige Mr. Packard, der mit ihrem Vater im Internat gewesen war, der keinen ihrer Geburtstage vergaß. Eineinhalb Jahre nach der ersten Wahl war ihm gekündigt worden, und Mr. Osman war an seine Stelle getreten. Er kam aus einer reichen Gewürzhändler-Dynastie und hatte die unangenehme Angewohnheit, immer zu lächeln. Es erweckte in ihr archaische Impulse.

»Ich werde sie zahlen«, antwortete sie, »ich gebe Ihnen mein Wort.« Er roch nach Curry, immer.

»Ich will nicht Ihr Wort, ich will Sicherheiten«, lächelte Mr. Osman fröhlich und tippte die Spitzen seiner schlanken Finger aneinander. »Inqaba ist eine bedeutende Farm.« Er streichelte seinen Bart. Vor ihm stand ein Bild einer Frau in golddurchwirktem Sari. Jill kannte sie. Es war Mrs. Osman, eine zickige Schönheit, die zu viel Schmuck trug.

»Willkommen im Club«, sagte sie. Leon, Len, Popi und nun Mr. Osman. Wie ein Schwarm hungriger Haie umkreisten sie ihr Land. »Ich brauche noch zweitausend Rand für Pflanzen – besonders für Nektarpflanzen, ehe ich mit Inqaba als ›Garten der Vögel‹ Geld verdienen kann. Ich plane ein ganzes Gebiet nur für Nektarvögel. Sie sind eine große Attraktion. Sie werden viel Geld bringen.« Hoffentlich. Heimlich kreuzte sie ihre Finger. »Ich muss sie haben.«

Diesmal lachte Mr. Osman laut. »Zwei Wochen«, sagte er, »der 22. August, danach ist Schluss. Zehntausend, oder wir übernehmen Inqaba.«

Sie knallte die Tür zu seinem Büro so heftig zu, dass die Fenster im Schalterraum klirrten, warf sich ins Auto und jagte blindlings los, irgendwohin, landeinwärts. Vor einem ländlichen Einkaufszentrum fand sie sich wieder, parkte unter einem Schattenbaum, schaltete den Motor aus und öffnete die Tür. Sie schwitzte, obwohl es kühl war. Es roch säuerlich. Sie hatte Angst.

Sollte dieser unsägliche Mr. Osman mit einem Federstreich alles zunichte machen, wofür sie gekämpft hatte? So kurz vor dem Ziel? Viele Bäume und Büsche bekam sie über Max Clarke aus privater Anzucht. Billig, hieß das. Das Ganze hatte sie bisher eine Schleimbeutelentzündung in der rechten Schulter und ein paar Muskelzerrungen gekostet. An der Seite von Dabulamanzi und Musa, seinem Sohn, hatte sie Pflanzlöcher ausgehoben, Felsbrocken herumgewuchtet und bis zu den Hüften im Wasserloch gestanden, um Pflanzen im sumpfigen Boden zu verankern. Neun-

zehn Blutegel hatte sie sich an einem Abend von den Beinen ge-
pflückt. Ihre Hände waren kräftig genug geworden, um ohne weiteres jemanden damit erwürgen zu können, wie sie zu Angelica
bemerkt und dabei inbrünstig an Leon gedacht hatte.

Eine jüngere Frau in einem geblümten Flatterkleid und leichtem
Leinenblazer kam aus der Bank des Einkaufszentrums. Sie trug
eine prall gefüllte schwarze Sporttasche fest an den Körper gepresst und über der Schulter eine braune Umhängetasche, eilte,
die Augen auf den Boden gerichtet, zu dem weißen Pkw, der neben Jills Wagen stand. Nervös, wie es schien, fummelte sie mit
dem Schlüssel. Er fiel ihr aus der Hand und rutschte unter
den Wagen. Bei dem Versuch, ihn aufzuheben, entglitt ihr nicht
nur die schwarze Sporttasche, sondern auch die Umhängetasche.
Beide fielen auf den Boden, die Letztere öffnete sich, und ihr
Inhalt verstreute sich auf dem Asphalt. Die Frau packte die
schwarze Tasche am Henkel und stellte sie auf das Wagendach.
Dann kroch sie hastig über den Boden, sammelte den Inhalt
der braunen Tasche ein, angelte dann den Schlüssel unter dem
Wagen hervor und schloss auf.

Jill sah nur flüchtig hinüber, nahm die Frau nur aus den Augenwinkeln wahr, schaute dann wieder blicklos über den Parkplatz.
Jemand hupte, das Auto der Frau fuhr an, aus der Parklücke heraus und entfernte sich mit quietschenden Reifen. Jill hielt sich
den Kopf. Er schmerzte, als wäre er durch einen Eisenring eingeschnürt. Zwei Wochen. Woher sollte sie in zwei Wochen zehntausend Rand bekommen? Und die zweitausend für die Pflanzen?
Früher hatte sie das ohne nachzudenken ausgegeben. Für Neben-
sächlichkeiten. Ihre Augen waren heiß und trocken. Zu viele ungeweinte Tränen, dachte sie, lehnte sich aus dem Auto, um die
Tür zuzuziehen, und stutzte.

Die prall gefüllte Tasche der Frau lag zu ihren Füßen auf dem auf-
gebrochenen Asphalt des Parkplatzes. Jetzt erinnerte Jill sich, wie
die Reifen gequietscht hatten, wie überaus nervös die Frau ge-
wirkt hatte, als sie ihren Krimskrams aufsammelte. Dann hatte sie

es wohl sehr eilig gehabt und so die Tasche auf dem Dach vergessen. Jill bückte sich und wuchtete sie hoch. Die Sporttasche war aus festem Material. Der Reißverschluss stand ein paar Zentimeter offen. Sie zog ihn weiter auf. Vielleicht konnte sie herausfinden, wie die Frau hieß und ihr dann ihr Eigentum zurückgeben. Die Tasche sprang, durch die pralle Füllung auseinander gedrückt, auf. Ein großer Packen Geldscheine fiel heraus, mehrere Samtsäckchen, wie sie Juweliere für ihre Kostbarkeiten benutzen, eine Pistole. Sie kramte weiter. Papiere in durchsichtigen Plastikumschlägen, Aktien, der Kaufvertrag für ein Haus, Briefe. Sie schob sie beiseite, öffnete behutsam die Samtsäckchen. Diamanten, zum Teil ungeschliffen, einiger Brillantschmuck, ein paar schwere Goldketten und zehn Goldbarren, jeder mindestens eine Unze schwer. Dann fielen zwei Pässe heraus. Laura und Charles Beresford. Adresse irgendwo in La Lucia. Mrs. Beresford hatte offenbar ihr Banksafe ausgeräumt, wie es schien, restlos. Mit dem Daumen blätterte Jill durch die Geldscheine. Dollars, Deutsche Mark, Schweizer Franken und ungefähr fünftausend Rand. Alles in allem zählte sie um die zweihunderttausend Mark.

Langsam sank sie in ihren Sitz zurück. Der Besitz von Rohdiamanten ohne Schürflizenz war, soweit sie wusste, noch immer ein Verbrechen, das gleich hinter Mord rangierte, es sei denn, man hieß Oppenheimer und besaß eine Diamantenmine. Den Verlust dieser Diamanten also würden diese Beresfords nicht einfach als Versicherungsschaden angeben können, und auch die Nervosität der Frau fand darin eine plausible Erklärung. Jills Hände waren plötzlich schweißnass. Ihre Gedanken rasten, ihr Kopf platzte fast. Einfach wegfahren? Niemandem etwas sagen, die Tasche verstecken, das Geld nur allmählich in Inqabas Schuldenstrom fließen lassen? Und allein die fünftausend Rand würden sie retten, ihr erlauben, alle Pflanzen zu kaufen. Schon hatte sie den Motor angelassen, lagen ihre Hände auf dem Ganghebel, als sie sich im Spiegel erblickte. Die dunklen Haare hingen ihr ins Gesicht, ihre Augen war fiebrig groß, hektische Flecken brannten auf ihren wachsbleichen Wangen. Eine Irrsinnige starrte ihr entgegen. Zutiefst erschrocken stellte sie den Motor ab, stopfte mit fliegenden Händen den Inhalt in die Tasche zurück und zog den Reißverschluss zu. Ihr schwarzes T-Shirt war durchgeschwitzt, ihr Herz zappelte im Käfig ihrer Rippen herum, als wollte es ausbrechen.

Ohne es bewusst entschieden zu haben, startete sie den Wagen und fuhr vom Parkplatz. Eine viertel Stunde später stand sie vor einem massiven, kupferbeschlagenen Metalltor, das in eine hohe weiße Mauer eingelassen war. Die Stacheldrahtwurst und drei feine Drähte, die auf der Mauer entlangliefen, sprachen für sich. Sie drückte auf die diskrete Klingel, ließ ihre Augen über die Umgebung huschen. Bald hatte sie das Auge der Überwachungskamera entdeckt. Auf Anfrage nannte sie ihren Namen. Jill Bernitt von der Inqaba-Gästefarm. Das Tor schwang sofort auf, und sie fuhr auf einer langen Einfahrt auf ein schlossähnliches weißes Gebäude zu, das weit hinten unter Palmen in einem tropischen Garten lag. Die Frau vom Parkplatz, die Laura Beresford sein musste, stand in der Tür, zernüllte ihr Taschentuch in den Händen, die Spuren kürzlicher Tränen waren noch deutlich. Sie grüßte mit schwankender Stimme.

Schweigend griff Jill auf den Beifahrersitz, hob die Tasche heraus und hielt sie Mrs. Beresford hin. Diese starrte die Tasche an, wurde schneeweiß. »Oh, mein Gott«, hauchte sie, setzte sich auf die Treppe, die zur Haustür führte, als trügen sie ihre Beine nicht mehr. »Du lieber Gott.«

Jill setzte die Tasche neben ihr ab. »Ich habe sie geöffnet und Ihre Adresse gefunden.«

Laura Beresford blickte Jill in die Augen, und dann fing sie an zu sprechen. Die Worte kamen immer schneller, strudelten gleichsam aus ihr heraus. Die Beresfords hatten ihre Auswanderung nach Australien bis in die letzte Einzelheit geplant. Morgen waren ihre Flüge gebucht, heute hatte sie das Banksafe geleert. Die Tasche enthielt ihr ganzes Vermögen. »Alles, was wir haben«, sie machte eine Handbewegung, die das Haus, das Land, alles ein-

schloss, »wie kann ich Ihnen das danken, Mrs. Bernitt ...« Sie
stand auf und bat Jill mit einer graziösen Bewegung ins Haus.
Während die andere Frau redete, war Jills Blick über den Garten
geschweift. Traumhaft schön angelegt, wunderbar gepflegt, seltene Pflanzen. »Ich heiße Jill«, sagte sie und folgte Laura Beresford. Auf ihre Frage, was mit dem Haus passieren würde, wenn sie
nach Australien auswanderten, stiegen Laura die Tränen in die
Augen.

»Unser Haus ...«, sie stockte, »... unser Haus wird abgerissen,
der Garten umgepflügt.« Ein Komplex mit Doppel- und drei-
stöckigen Reihenhäusern war geplant, Swimming-Pool, ordentliche Beete mit niedrigen Pflanzen. »Wegen des Meerblicks.«
Es schien der jungen Frau körperliche Schmerzen zu bereiten.
Sie folgte Jills verlangendem Blick auf eine Gruppe Strelitzien.
»Möchten Sie ein paar Pflanzen haben? Die werden alle herausgerissen.«

Jill erzählte ihr von Inqaba, und Laura Beresfords blaue Augen
strahlten. Zwei Tage später stand Jill mit Ben, Dabulamanzi,
Musa und mehreren Farmarbeitern im Garten der Beresfords.
»Die, die und diese alle dort«, sagte sie und wies auf einen prachtvollen, rot blühenden Frangipani und zwei Dutzend Strelitzien.

»Die Flaschenputzer auch, Ma'm?«, fragte Musa, und sie nickte.
Es waren ausgewachsene, vier Meter hohe Bäume.

»Und auch die.« Sie berührte die pieksigen Blüten der Protea
Caffra, der einzigen in Natal heimischen Protea, konnte es immer
noch kaum fassen. Sie bekam alle Pflanzen, die sie sich für Inqaba
wünschte, mehr als sie brauchte. Mehr als sie sich für das Vierfa-
che der fünftausend Rand hätte kaufen können. Um sich selbst
wieder ins Gesicht sehen zu können, hatte sie Laura von ihrem
ersten Impuls erzählt. Die sah sie nur an. »Ich hätte nie geglaubt,
die Tasche wiederzusehen. Nicht in unserem Land. Damit haben
Sie unser Leben gerettet. Die Tasche bedeutet unser zukünftiges
Leben. Sie werden für immer in meinem Herzen sein.«

Der Tag, an dem die Frist von Mr. Osman endete, raste so unaufhaltsam auf sie zu wie ein Hochgeschwindigkeitszug. Sie hatte schon den Verlobungsring abgezogen, doch dann verkaufte sie Libertano an einen Freund ihres Vaters, der schon lange ein Auge auf das schöne Pferd geworfen hatte und einen hohen Preis zahlte. Eine Stunde vor Bankenschluss am letzten Tag stürmte sie an Mr. Osmans aufgescheuchter Sekretärin vorbei und warf ihm zehntausend Rand auf den Tisch. »Ich will eine Quittung«, sagte sie, sah schweigend zu, wie er mit einem Gesicht, als hätte er auf eine Zitrone gebissen, seinen Namen unter das Papier setzte. Zu Hause hockte sie in Libertanos leerem Stall und weinte, bis das Licht des Morgens die nächtlichen Schatten auflöste. Martini, der Hengst ihres Vaters, der zu alt war, den keiner mehr kaufen wollte, lauschte ihr mit unruhig spielenden Ohren.

Das war im August, vor vier Monaten gewesen.

\*

Ihr Garten der Vögel war fertig, die Bungalows auch, in einem Monat würde Eröffnung sein. Bis dahin musste sie überleben. Entmutigt pulte sie ein paar Fäden aus dem Riss in ihrer Hose. Es war erschütternd, in welch kurzer Zeit völlig solide aussehende Gegenstände sich in dieser Hitze und Feuchtigkeit auflösten. Wie ihr eindrucksvoll demonstriert worden war, stellten sich Designer-Jeans als wenig strapazierfähig heraus, doch für neue fehlte ihr einfach das Geld. Also brauchte sie alles auf, was ihr Kleiderschrank hergab. Manchmal führte es dazu, dass sie mit edlen italienischen Leinenhosen und schreiend cyclamfarbenem Seidentop durch den Busch streifte.

Jetzt fischte sie eine Tube Alleskleber aus einer Schublade, legte den Jeansstoff übereinander und klebte den Riss am Knie einfach zu. Nach einigem Überlegen schnitt sie das Innenfutter der kleinen Münztasche vorn ab und klebte es von innen gegen den Riss. Zufrieden richtete sie sich auf. Das würde halten, vermutlich länger als die übrige Hose. Sie verließ das Zimmer, um mit Musa die

Fischarten zu besprechen, die sie plante in dem neu angelegten Teich auszusetzen.

Gegen ein Uhr an diesem Tag im Dezember 1997 passierte etwas, was passieren musste. Früher oder später.

Ein Orkan brach los, fast ohne Vorwarnung, und das machte ihn so besonders gefährlich. Eben noch war dieser Dezembermittag klar und warm gewesen, mit leuchtenden Farben und einem weiten Himmel, als sich wie aus dem Nichts im Süden Nebelschleier bildeten, den Horizont auslöschten und die erste Bö die Küste hochfegte. Sie deckte ein Dach in Amanzimtoti ab, öffnete es wie eine Ölsardinenbüchse und überpuderte das fassunglose Paar, das nackt im Bett darunter lag, mit Steinstaub. Am Flughafen entwurzelte sie eine Palme, warf sie auf einen alten Volkswagen und zerquetschte ihn wie eine Kakerlake. Der junge Mann darin wurde zu einem Päckchen zusammengedrückt. Dann fuhr die Bö durch Durban und zerstörte die Nester der wilden Ibiskolonie im Botanischen Garten, tötete alle Nestlinge dieser Brutperiode.

Sie trieb eine schwarze Wolkenbank vor sich her, die von Amanzimtoti bis Kosi-Bay den Tag verschluckte. Ein höllischer Sturm war geboren, der schlimmste seit Jahren. Blitze zuckten von Wolke zu Wolke, Donner krachte, das Meer tobte. Gierig warf es sich auf den Strand, die rücklaufenden Wellen saugten Berge von Sand hinaus ins Meer, rissen Seetang von den Felsen, brachen Muscheln und Seeanemonen aus ihrer Verankerung, bewegten tonnenschwere Steine, die dort seit Jahrmillionen festgewachsen schienen.

Die gewaltige Strömung über dem Meeresboden wirbelte den Sand hoch, färbte die Wellen ockergelb. Keine vierhundert Meter vor der Küste südlich von Durban, in einer Tiefe von nur dreißig Metern spülte sie einen eigenartig geformten, algenbewachsenen Felsen allmählich frei. Der Algenbewuchs löste sich an einer Stelle in einem Stück, und hätte jemand genau hingesehen, hätte er entdeckt, dass es kein Felsen war, sondern eine metallen glänzende Fläche. Allmählich wurden ein paar Buchstaben freigelegt, die keinen Sinn zu ergeben schienen. IMPA. Wo das L und das A des Wortes aufgemalt gewesen waren, gähnte jetzt nur ein Loch. Die scharfen Zacken des auseinander gebrochenen Metalls umrahmten den Eingang zu einer dunklen Höhle. Zeitlupenlangsam fiel etwas, das aussah wie ein dünner weißer Zweig, aus der Dunkelheit.

Es war der skelettierte Arm eines Menschen. In den Knochenfingern glänzte eine goldene Kette. Auf dem Handrücken hing ein Anhänger, ein goldener Pfau mit Federn aus Brillanten, im fahlen Licht schillerte sein Opalkörper erschreckend lebendig in der Düsternis des nassen Grabes.

Jill erfuhr davon erst, als Neil sie über ihr Mobiltelefon anrief. »Sporttaucher haben die IMPALA gefunden, heute Morgen, der Sturm hat sie freigelegt. Es gibt Fotos, die ich dir zeigen möchte, bevor sie dir jemand anderes vor die Nase hält. Komm heute Abend zu uns. Tita macht etwas Leckeres zu essen, und ich erzähle dir die Einzelheiten.«

Sie fuhr allein zu den Robertsons. Neil, dessen sandblonde Haare einen Silberschimmer zeigten, öffnete ihr und führte sie ins Wohnzimmer. »Setz dich«, sagte er, wies auf die breite Couch. Dann fächerte er mehrere Fotos auf dem niedrigen Tisch vor ihr auf.

Sie zog sie heran. Meist waren es unscharfe Aufnahmen, auf denen kaum mehr als Sand und ein paar Fische zu erkennen waren. Aber auf einer waren ein glänzender Fleck, wo der Fotoblitz auf Metall getroffen war, und deutlich die Buchstaben IMPA zu sehen. Ihr Blick fiel auf die nächste, und sie erstarrte. In Großaufnahme zeigte es eine bleiche Knochenhand, darin verfangen Mamas Opalpfau. Mit einem Aufschrei wandte sie sich ab.

Tita fegte aus der Küche herein. »Verdammt, Neil, wie kannst du ihr diese Fotos vor dem Essen zeigen, hast du denn gar kein Feingefühl?«, rief sie aufgebracht und nötigte Jill ein Glas Cognac auf. »Hier, trink das, sonst machst du mir noch schlapp!«

Der Alkohol traf ihren Magen wie flüssige Säure, die Hand auf den Mund gepresst, rannte sie in die Gästetoilette und übergab sich. Als sie zurückkam, zankten sich ihre Gastgeber lautstark.

»Siehst du, was du angerichtet hast«, zischte Tita mit flammenden grünen Augen und raufte sich die kupferroten Locken.

»Ich würde auch kotzen, wenn ich Cognac auf nüchternen Magen trinken müsste«, raunzte ihr Mann. »Entschuldige, Jill«, er legte ihr einen Arm um die Schultern, »ich gestehe, dass ich ein gefühlloser Klotz bin.«

»Es ist schon gut«, sagte sie leise, »das war einfach zu viel. Als ich Mama zum letzten Mal sah, war sie lebendig, es ging ihr gut. Nun das Skelett ... ich kann sie nicht damit in Verbindung bringen. Ich habe nie wirklich geglaubt, dass sie mit dem Flugzeug abgestürzt ist. Ich weiß, dass das irrational ist, aber irgendwie habe ich fest geglaubt, dass sie nur verreist ist ...« Tränen erstickten ihre Stimme, Tita zog sie an sich, und sie weinte sich in der Geborgenheit der Umarmung diese große Last von der Seele. »Wann kann ich Mama begraben?«, flüsterte sie endlich.

»Es wird noch einige Zeit dauern, ehe das alles freigegeben sein wird«, warnte Neil, »die IMPALA liegt unter Bergen von Sand, die Polizei sucht fieberhaft die Hintergründe zu durchleuchten. Aber alles ist zappenduster«, fuhr er fort, als sie sich am Esstisch auf der schönen Terrrasse der Robertsons niederließen, »kein Mensch weiß, warum das Flugzeug heruntergekommen ist. Es war neu. Ein technischer Defekt als Erklärung fällt aus.«

»Die Motoren werden ausgesetzt haben«, bemerkte Tita trocken, stellte einen Korb mit Brot auf den Tisch und setzte sich.

»Welch kluge Erkenntnis«, frotzelte Neil, »darauf ist bestimmt noch niemand bei der Polizei gekommen.« Er brach ein Stück Brot ab und steckte es in den Mund. »Offiziell wirst du deine Mutter auch noch identifizieren müssen, Jill. Ich wollte nur, dass du auf diese Fotos vorbereitet bist. Der Anhänger wird helfen, und sie werden euren Zahnarzt bitten, das Zahnschema mit dem deiner Mutter zu vergleichen.«

»Ich werde das Begräbnis arrangieren, du kümmerst dich um gar nichts«, sagte Tita. »Ist deine Tante da?

»Ich werde sie gleich anrufen, sie wird sofort kommen.«

»Ich mag sie«, sagte Tita, »sie ist rücksichtslos ehrlich, sehr angenehm. Ich mag ihre Bücher. Regina, du kannst jetzt auftragen«, rief sie im selben Atemzug.

Gleich darauf erschien die Zulu mit einer dampfenden Schüssel, grüßte sie, und Jill antwortete, wie es sich gehörte, lüpfte dabei den Deckel und schnupperte hungrig. »Das riecht köstlich, Tita, ist das Curry? Ich habe seit Ewigkeiten keinen mehr gegessen. Für eine Person lohnt es sich nicht.« Und Lammfleisch war verdammt teuer geworden.

Der Curry war in der besten indischen Tradition bereitet, umrandet von vielen Schüsselchen, gefüllt mit verschiedenen Chutneys, Joghurt mit Kardamom und frischen Gurkenstücken, höllenscharfem Tomaten-Zwiebel-Salat, süßen Karottenraspeln mit Rosinen und Mango-Lassi als kühlendem Getränk. Jill aß und trank so viel, dass sie das Gefühl hatte, keinen Schritt mehr gehen zu können. Aber es tat so gut, mit ihren Freunden hier zu sitzen, Essen serviert zu bekommen, umsorgt und verwöhnt zu werden. Es wurde sehr spät, und nach einer Himbeercharlotte mit Mascarponesahne, Kaffee, Pralinen und einem großen Cognac, war sie so müde, dass sie fast da und dort eingeschlafen wäre.

»Bleib doch hier«, lud Tita sie ein, »es ist schon elf Uhr vorbei, und ob du nun heute Nacht oder morgen früh nach Hause kommst, es wird keiner auf dich warten, und hier bist du mehr als willkommen. Außerdem gefällt es mir nicht, dass du jetzt allein durch Zululand fährst. Es könnte dir sonst was passieren.«

Allein die Vorstellung, jetzt vom Tisch aufzustehen und geradewegs in ein frisch gemachtes Bett zu fallen, den nächsten Morgen mit den Robertsons und einem wunderbaren Frühstück zu beginnen, genügte, um sie nur noch willenlos nicken zu lassen. Um Mitternacht fiel sie ins Bett und schlief fast sofort ein, sanft gestreichelt von dem Wind, der die weißen Musselingardinen im gelben Turmzimmer der Robertsonvilla blähte. Das Atmen des Meeres, die Laute der afrikanischen Nacht vereinigten sich zu einem sanften Wiegenlied. In dem Augenblick, als sie die Schwelle zum Traumreich überschreiten wollte, waren alle bei ihr. Mama, Christina, Tommy und Martin. Mit einem Lächeln auf dem Gesicht schlief sie ein.

*

Bei der Identifizierung des Opals, mehr wurde ihr nicht zugemutet, denn das Zahnschema war schon von ihrem Zahnarzt als das ihrer Mutter bestätigt worden, erfuhr sie, dass Mamas Überreste erst nach eingehender Untersuchung freigegeben werden würden. Jill zerknüllte ihr Taschentuch zwischen den Fingern, als sie mit Tita und Neil, die sie in ihre Mitte genommen hatten, aus dem Polizeigebäude in die Sonne trat. »Wir feiern …«, sie stolperte über dieses Wort, »… wir feiern Eröffnung in etwas über zwei Wochen …«

»Haben wir nicht vergessen«, nickte Neil, »wir werden mit Fotoapparat und gespitztem Bleistift erscheinen, außerdem habe ich die Leute von TV 3 aufgescheucht, sie werden auch da sein und ausführlich berichten, genauso wie die Presseabteilung von South African Airways, wie mir Irma erzählte. Ich habe sie angerufen.«

»Aber die Beerdigung …?«

»Natürlich«, stimmte Tita zu, »die muss vorher stattfinden. Es wäre kein guter Beginn eines neuen Unternehmens, wenn die Gäste erst mal mit Tod und Vergänglichkeit konfrontiert werden. Außerdem willst du keine neugierigen Fremden dabeihaben. Neil, du musst was machen!«

Er erreichte, dass die Leiche Carlotta Courts als erste freigegeben wurde, und sie begruben sie neben Martin. Tita hielt Jill während der Zeremonie fest im Arm, Angelica stand auf der anderen Seite, und um sie herum alle, die ihr geblieben waren. Irma trug eine große Sonnenbrille, die ihre verquollenen Augen dahinter nur erahnen ließ. »Es ist mehr, als ein einzelner Menschen an Unglück verkraften sollte«, sagte sie ganz leise, als sie ihrer Cousine, die ihr mehr als eine Schwester gewesen war, ein Liliengebinde ins Grab warf. »Ich werde von jetzt an bei dir bleiben, Jill – wenn du mich haben möchtest?«

»Danke, ja, bitte …«, stammelte Jill zwischen den Schluchzern, die ihren Körper immer wieder wie Erdbebenstöße durchliefen. Dann war es vorbei. Irma fuhr zurück nach Kapstadt, um ihren Haushalt aufzulösen, und Jill stürzte sich mit aller Kraft in die Vorbereitung der Eröffnung.

Vier Tage vorher rief Neil an. »Jilly, ich hab eine Überraschung für dich. Über ein paar Verbindungen habe ich erreicht, dass ein deutsches Kamerateam, das gerade eine dieser politischen Betroffenheitsdokumentationen in Kapstadt abdreht, ihre Abreise ein paar Tage verschiebt und einen Bericht über Inqaba macht. Weißt du, Unternehmergeist im neuen Südafrika, Beteiligung deiner Arbeiter an der Farm, Aufbruch der Regenbogennation, diese Art …«

»Oh, fantastisch, das ist ja Klasse!«, rief Jill atemlos. Welche Aussichten. Fernsehen aus Übersee.

»Der Mann wird dich heute oder morgen anrufen, sei nett zu ihm. Er kann dir unglaublich nützen. Ein positiver Bericht über Inqaba in den deutschen Medien ist Gold wert. Nicht umsonst werden die Deutschen die Weltmeister der Fernreisen genannt.«

Der Reporter rief noch am selben Nachmittag an und stellte sich als Nils Rogge vor. Er vertrete einen der großen deutschen Fernsehsender, erklärte er. Seine tiefe Stimme war angenehm, etwas rau. Ähnlich wie die Martins. »Es wird ein allgemeiner Bericht werden über die Entschlossenheit der Südafrikaner aller Kulturen, aus dem Scherbenhaufen, den der Apartheidstaat hinterlassen hat, gegen alle Prognosen ein neues Südafrika zu bauen«, sagte er. »Ihre Gästefarm scheint uns ein wunderbares Beispiel dafür. Dieser Neil Robertson hat uns viel über Sie erzählt. Von Ihnen möchten ich dann Einzelheiten haben. Vor Kapstadt waren wir im Kongo, jetzt muss ich ein paar Berichte schreiben. Dazu brauche ich Ruhe, und außerdem hatten wir ein paar Tage Erholung geplant. Beides finden wir doch sicher bei Ihnen? Ich gehe davon aus, dass mein Kameramann und ich bei Ihnen unterkommen werden?«

»Natürlich, mit dem größten Vergnügen. Wann werden Sie ankommen? Ich hole Sie natürlich vom Flughafen ab.«

»Dabu«, schrie sie, als sie den Hörer hingelegt hatte, »du musst sofort meinen Geländewagen putzen und polieren, innen und außen, lüften und so weiter. Der Fernsehhochadel kommt!«

Dann rief sie Angelica an. »Klingt gut«, berichtete sie, »ein bisschen vage, und es wird vermutlich der siebenhundertfünfzigste Reisebericht mit sozialkritischem Touch werden – soll mir aber recht sein, solange ihn nur viele reiche Deutsche sehen.«

»Roll den roten Teppich aus«, riet ihre Freundin, »gib ihnen deine schönsten Zimmer und sorg dafür, dass sie eine unvergessliche Zeit bei dir verbringen, Lagerfeuerromantik am Wasserloch unter afrikanischem Sternenhimmel, tanzende Jungfrauen mit nackten Brüsten, Eingeborene in Leopardenfellen – Dabu hat doch noch eins, Ben sicher auch –, den ganzen Pipapo. Danach schick sie zu mir, ich werde sie mit südafrikanischem Wein abfüllen und das Beste auftischen, was ich zu bieten habe. Wir brauchen gute Presse, damit die Geldsäcke aus Übersee angelockt werden. Von den paar einheimischen Typen, die mal einen Tagesausflug zu uns machen, können wir nicht leben.«

Typisch Angelica, sie kennt ihre Prioritäten, dachte Jill. Vor zwei Jahren hatte sie ein kleines Restaurant aufgemacht, anfänglich selbst gekocht und dann das Glück gehabt, einen jungen Mann aus der Schweiz namens Jean Rütli, kennen zu lernen, der den Abschluss seiner Kochlehre mit einer Südafrikareise feierte. Er war bei ihr hängen geblieben. »Jean wird zur Höchstform auflaufen, dafür werde ich sorgen.«

Jill kicherte. »Ich lad dich zur Begrüßung ein, und du kannst die reiche Südafrikanerin aus der Zuckerbarondynastie spielen … «

Ihre Freundin lachte trocken. »Schön wär's, oder besser gesagt,

schön war's. Aber sei auf der Hut«, fügte sie nach einer kurzen
Pause hinzu, »ich trau den Typen von der Presse nicht. Erinnerst
du dich, wie sie dir das Wort im Mund umgedreht haben, als die
Sache mit deiner Mutter passierte?«

Wie könnte sie das je vergessen? Wie ein Schwarm Schmeißfliegen hatte sich die Presse auf ihre Familie gestürzt, in der Vergangenheit gewühlt, jeden Stein umgedreht, Tommy und seine Ermordung natürlich sofort gefunden, Parallelen gezogen, wo es
keine gab.

»Jill, war Ihr Vater auch im Widerstand tätig? Könnte es da einen
Zusammenhang mit dem Absturz des Flugzeugs geben? Ist Ihre
Mutter vielleicht an seiner Stelle geflogen – oder hat sie politisch
gearbeitet? Hatte sie einen Liebhaber, Jill? Hierher sehen, Mrs.
Bernitt, bitte …« Und dann klickten die Verschlüsse der Fotoapparate. Sie hatte die Mikrofone weggestoßen, war ins Haus
gerannt und hatte sich verkrochen.

»Ich werde vorsichtig sein«, versprach sie, »aber sie sind uns
wohl gesinnt. Sie wollen hier ein paar angenehme Tage in schö-
ner Umgebung erleben, ein paar Tiere sehen, gut essen und den
ganze Pipapo, wie du sagst. Sie werden mich nicht austricksen,
ich wüsste auch nicht, womit und warum.«

# 11

Die Hadidahs kreischten direkt vor ihrem Fenster, und sie
schoss im Bett hoch. Es war erst fünf Uhr, stellte sie empört
fest. Heute kamen die wichtigsten Gäste der Eröffnungsfeier,
der Fernsehjournalist aus Deutschland und sein Kameramann,
und sie hatte bis halb sieben ausschlafen wollen, um nicht mit
dunklen Ringen unter den Augen am Flughafen anzukommen.

Blitzschnell sprang sie aus dem Bett, ergriff ihr Gewehr, das am Nachttisch lehnte, lud durch und nahm die großen Vögel aufs Korn. Sie wollte gerade abdrücken, als ihr einfiel, dass sie nicht mehr allein auf Inqaba war. Völlig überraschend war gestern bereits ein Ehepaar aus Deutschland angereist.

»Sind Sie die Eigentümerin? Frau von Bernitt? Wir mussten unseren Flug vorverlegen, und nun sind wir etwas früher da. Es macht Ihnen doch sicher keine Umstände, nicht wahr?«, fragte die Frau, die sich als Iris Krusen vorstellte, etwa vierzig Jahre alt war und mit viel Modeschmuck klimperte, »wir stellen gar keine Ansprüche. Ein schönes Bett, etwas zu essen und nette Leute, damit kann man uns immer zufriedenstellen.«

Jill hatte sie voller Horror angestarrt. »Natürlich nicht«, krächzte sie, quälte sich aber ein breites Lächeln ab. Hektisch versuchte sie ihre Panik zu überspielen, denn die Gästebungalows waren noch nicht vorbereitet. Die Ankunft der deutschen Fernsehjournalisten am nächsten Tag war ohnehin mehr Stress als genug. Die Einweihung sollte übermorgen Nachmittag gegen vier stattfinden. Nervös bat sie die Krusens auf die große Terrasse, servierte ihnen Drinks, stapelte einen Stoß Bücher und Magazine mit wundervollen Bildern aus der Umgebung vor ihnen auf und floh zu Nelly in die Küche.

»Bongi ist im Laden«, informierte die Zulu sie, »einräumen.«

Sie nickte. Den Laden hatte sie auf Vorschlag von Angelica und Alastair eingerichtet. »Du willst doch keinen Restaurantbetrieb aufziehen, oder? Frühstück und Kleinigkeiten sind genug. Richte in jedem Bungalow eine kleine Küche ein, stell ihnen einen Grill auf die Terrasse, und bingo, schon floriert dein Laden. Warte es nur ab.« Angelica begleitete ihre Worte mit einigen Karateschlägen durch die Luft, die unterstrichen, wie einfach die ganze Sache sein würde.

Bingo, dachte Jill und fühlte sich völlig überfordert.

Auf der Rückseite der Küche hatten Dabulamanzi und Ben nach ihren Anweisungen einen weiteren Raum gemauert und Regale eingebaut. Dann war sie mit Angelica in zwei Autos losgefahren und hatte eingekauft. Berge, absolute Berge von tiefgekühlten Hähnchen, Würstchen, Rancher-Hacksteaks, Kisten mit Coca, Sprite, Säften und Mineralwasser, Kartons mit Ketchup, Cornflakes, Zucker, Salz und so weiter. »Ich bin völlig fertig«, stöhnte sie, als sie die letzte Kiste in ihren Geländewagen gewuchtet hatte, »ich muss was trinken, was essen und drei Tage schlafen. Und dann möglichst weit weg in Urlaub fahren, mir graust vor der Einweihung.« Ich kann das nicht, dachte sie, aber das darf ich niemanden merken lassen.

»Quatsch, alles wird ganz prima laufen«, sagte Angelica, die Unverwüstliche, Unerschütterliche, und schob einen Einkaufskorb mit Zahnbürsten, Zahnpasta, Toilettenpapier, Shampoo, Waschlappen, Seife, Rasiercreme, Rasierklingen und ähnlichem Schnickschnack heran. »Der Wagen mit den Konservendosen bringt jemand vom Laden, die Schokoriegel, Kekse, Lollis müssen wir noch kaufen, Pizzas und irgendwelche Fertiggerichte musst du in der Tiefkühltruhe vorrätig haben, das Zeug aus den Dosen ist nicht jedermanns Sache. Und Eiscreme, um Himmels willen, vergiss bloß Eiscreme nicht«, sprudelte sie, als sie die Sachen in ihrem Wagen verstaute. »Du glaubst gar nicht, was die Leute alles vergessen. Ich kenn das von mir. Irgendetwas lasse ich immer zu Hause, was so lebensnotwendig ist wie eine Zahnbürste oder Tampons.«

»Meine Güte, hör bloß auf, was hab ich mir da nur aufgehalst«, unterbrach Jill entnervt den Redefluss ihrer enthusiastischen Freundin, »wovon soll ich das bezahlen?«

»Lass es anschreiben, die kennen dich doch alle.«

Während Krusens in den Magazinen blätterten, war sie gemeinsam mit Zanele und dem Hausmädchen Fikile, das sie sich von den Farmarbeitertöchtern ausgesucht und die Nelly dann ausgebildet hatte, wie ein Wirbelwind durch das Häuschen gefegt, hatte Betten bezogen, Seife und Handtücher hingelegt und eine Vase mit Hibiskusblüten auf den niedrigen Couchtisch gestellt. In der Küche prüfte sie, ob Trinkwasser im Eisschrank stand. »Wo sind Kaffee und Tee?«, zischte sie Fikile an. »Ich hab euch doch gesagt, dass in jedem Bungalow ein Begrüßungs-Set liegen muss, damit sich die Gäste als Erstes Kaffee oder Tee machen können. Danach können sie ihre Vorräte aus unserem Laden aufstocken.« Das Mädchen stob davon.

»Nachdem du hier fertig bist, richte meinen ehemaligen Bungalow für die Journalisten her«, wies sie Zanele an, »ich werde nachher kommen und es nachprüfen.«

Unvermittelt erschien Iris Krusen neben ihr. »Ach, hier sind Sie.« Neugierig spähte sie durch ihre Brille mit dem roten Glitzerrahmen in den Bungalow. »Nein, wie niedlich. Werden wir hier wohnen? Wunderbar«, rief sie aus, als Jill die Frage bejahte. Verzückt betrat sie die kleine Terrasse des Hauses. Jill hatte den Bungalow direkt auf einen der mächtigen Felsen bauen lassen, die am Abhang aus dem Boden ragten, einer bildete den Abschluss dieser Terrasse. Alle Gästebungalows hatten Rieddächer und waren aus Stein gebaut. Den Außenputz hatte sie mit der roten afrikanischen Erde färben lassen. Das warme Terrakotta mischte sich farblich perfekt mit der Umgebung. »Absolut hinreißend«, seufzte Frau Krusen, »aber jetzt haben wir so einen klitzekleinen Hunger, Frau von Bernitt, hätten Sie eine Kleinigkeit für uns? Ein wenig Lachs vielleicht, mit Toast. Das macht doch sicherlich keine Umstände, nicht wahr?«

Jill öffnete den Mund, um ihr zu erklären, dass sie erstens kein Restaurant führte und zweitens für solche Sachen jetzt gar keine Zeit hätte, aber sie klappte ihn wieder zu. Stattdessen lächelte sie süß. »Eigentlich servieren wir nur Frühstück und tagsüber Kleinigkeiten wie Salate, aber ich werde sehen, was sich machen lässt. Und bitte nennen Sie mich Jill.« Im Eilschritt hetzte sie in die Küche. »Nelly, haben wir Lachs da? Ja? Ich könnt dich küssen! Bitte leg ein paar Scheiben auf eine Platte, mach Toast dazu, einen Klacks Butter, vergiss Petersilie als Dekoration nicht und schick Fikile damit zu den Gästen auf die Veranda!« Sie küsste

Nelly herzhaft auf die Wange. Diese stöhnte, brummelte, klickte und zischelte, aber zwanzig Minuten später saßen Krusens strahlend vor ihrem Lachs. »Wunderbar, wirklich ganz wunderbar, schottischer Wildlachs, nicht wahr?« Iris Krusen trug ihre dunkelblonden Haare in einem ordentlichen Pagenkopf, die Oberkopfhaare hatte sie zu einem Pferdeschwanz gebunden. Um ihren Hals leuchtete ethnischer Silberschmuck mit Türkisen.

»Wir tun alles für unser Gäste, Frau Krusen.« Diesmal gelang ihr ein ganz perfektes Gastgeberinnenlächeln. Von wegen Wildlachs.

»Wir werden gleich für nächstes Jahr buchen, Jill«, sie warf ihr einen koketten Blick zu, »und bitte nennen Sie uns Iris und Rainer. Ich finde es absolut fabelhaft, wie locker ihr Südafrikaner seid, man bekommt doch gleich eine ganz andere Beziehung zu den Menschen …«

»Ganz meiner Meinung«, sagte Herr Krusen, Rainer, »auch die Eingeborenen sind so freundlich.« Er war Lehrer, wie sie gleich darauf erfuhr, trug Bart und Brille und konnte jede Pflanze beim Namen nennen.

»Aber ja doch«, hatte Jill gelächelt und war an jenem Abend in einer ganz erstaunlichen Weise glücklich ins Bett gefallen.

Jetzt hatte sie noch immer die Vögel im Visier. Das Ehepaar Krusen machte einen ziemlich grünseligen Eindruck, sie würden bestimmt zutiefst schockiert sein, wenn sie so etwas typisch Afrikanisches wie kreischende Hadidahs abschießen würde. Seufzend stellte sie das Gewehr weg, klatschte ein paar Mal in die Hände, was aber auf die großen Vögel keinerlei Eindruck machte. Dann ging sie unter die Dusche und drehte das kalte Wasser an, was allerdings jetzt im Hochsommer cher warm aus der Leitung floss. Nasse Spuren auf dem honigfarbenen Fliesenboden hinterlassend, lief sie zu ihrem Kleiderschrank, der eine ganze Wand einnahm, und zog eine weiße Bluse und Jeans heraus. Beide waren in tadellosem Zustand, denn sie hatte sie erst vor einer Woche gekauft. Das schlechte Gewissen deshalb drückte sie noch immer. Energisch bürstete sie ihre Haare, bis sie glänzten, und schob ungeduldig den höchst unerwünschten Gedanken beiseite, was wäre, wenn Leon in den nächsten Tagen wieder wegen des vermaledeiten Briefs ankommen würde.

Warum ging ihr dieser Mensch nicht aus dem Kopf? Seit seinem Auftritt hier hatte sie nichts mehr von ihm gehört. Vor ein paar Tagen hatte sie Lorraine in einem Laden getroffen, aber die hatte auf ihren kurzen Gruß nicht geantwortet, war mit verächtlich geschürzten Lippen und empört wippender Lockenmähne an ihr vorbeigestakst. Eine Tatsache, die sie mit Erleichterung begrüßte. Leon jedoch drängte sich zu den unpassendsten Momenten unangenehm in den Vordergrund ihres Bewusstseins.

Kritisch prüfte sie ihr Gesicht. Wimperntusche und Lippenstift würden genügen, entschied sie, und ein Hauch von goldfarbenem Lidschatten. Sie fand, dass er das Blau ihrer Augen zum Leuchten brachte. Nach kurzem Zögern entschied sie sich gegen Jeans und Bluse, wählte ein leichtes schwarzes Leinenkleid mit schmalen Trägern und großzügigem Ausschnitt bis zum Brustansatz, das sie seit Martins Tod nicht mehr getragen hatte. Reporter sind auch Männer, dachte sie und tupfte ein wenig Parfum in ihre Halsgrube. Schließlich sollte der Bericht über ihre Farm so positiv ausfallen, dass die Gäste aus Übersee in hellen Scharen anreisen würden. Es gefiel ihr, was sie im Spiegel sah. Sie war sehr schlank geworden, ihre Haut zeigte jenes Goldbraun, das Irma mediterrane Bräune nannte, die nie wirklich ausblich, auch wenn sie die Sonne mied. Es war das Erbteil ihrer hugenottischen Vorfahren, wie die dunklen Haare, die glänzend um ihren Kopf lagen. Sie trug eine schwarze Swatch am Handgelenk, modern und billig, als einzigen weiteren Schmuck ihren Verlobungsring. Die Kombination wirkte überraschend edel. »Auf in den Kampf«, murmelte sie, schloss die schmiedeeiserne Abtrennung hinter sich und trat noch einmal auf die Terrasse, um zu sehen, ob Krusens schon frühstückten. Aber niemand war zu sehen.

Sie lief über die Seitentreppe auf den Weg, der ums Haus nach vorn führte, als ein großer, bedrohlich wirkender Schatten über sie hinwegglitt, und dann noch einer und noch einer. Die Schatten flirrten durch die Fächerkronen der iLalapalmen, drehten sich, tanzten ein Scherenschnittballett auf sattgrünem Büffelgras, huschten über fruchtbeladene Guavenbäume. Dic Glanzstare, die wie grün schillernde Juwelen auf den goldenen Früchten leuchteten, verschwanden blitzschnell unter den tief herunterhängenden Zweigen, und das zänkische Kreischen der Webervögel in dem hohen Gras verstummte mit einem Schlag. Sie sah hoch.

Drei riesige Ohrengeier zogen lautlos ihre Kreise in dem türkisblauen afrikanischen Morgenhimmel. Sie verzog das Gesicht. Sie hasste diese großen Aasfresser. Leichenfledderer. Auf wessen Tod lauerten sie heute? Sie waren immer die Ersten, wenn ein Lebewesen sich vorbereitete die letzte Schwelle zu überschreiten, hockten um den Sterbenden und warteten mit schrecklicher Geduld, bis er sich nicht mehr rührte. Dann begannen sie ihr Mahl. Ihr Blick folgte den großen Vögeln, die sich in langen Spiralen mit ausgebreiteten Schwingen aus dem Licht tiefer und tiefer schraubten und dann auf einer der großen Schirmakazien am Rande des Buschs landeten. Sie zogen ihre braunen Flügelschultern hoch, krümmten die Hälse und fixierten mit schief gelegten roten Kahlköpfen etwas am Boden unter sich.

Lag dort ein Kadaver? Unwillkürlich sog sie die Luft zwischen den Zähnen ein wie eine Katze, schmeckte sie. Aber da war nichts, kein klebriger Verwesungsgestank füllte ihren Mund, nur würziger Morgenduft aus nachtfeuchtem Gras und überreifen Guaven. Die Geier warteten unerbittlich. Ein unbehagliches Kribbeln lief ihr über die Haut. Vielleicht endete unter dem Baum gerade ein Leben? Wohl ein verletztes Tier, dachte sie, und noch bevor es tot wäre, würden sie ihm als Erstes die Augen auspicken.

So als wollten sie seine Seele auslöschen, dachte sie, sah für Sekundenbruchteile leere Augenhöhlen, die sie aus einem Gesicht anstarrten, das einmal einem Menschen gehörte hatte, und da, wo der Mund gewesen war, grinsten Totenkopfzähne. Abwehrend hob sie die Hände, aber das Bild ließ sich nicht wieder in die dunklen Tiefen ihrer Erinnnerung zurückstoßen. Sie hatte das Gesicht einmal gekannt. Der Mund hatte für sie gelächelt, die Lippen hatten ihre geküsst, die Augen hatten sie liebkost. Diese grauen Augen mit den grünen Pünktchen, die immer seine Seelenlage widerspiegelten. Martin.

Sie bog ihren Kopf zurück. Ein Vogellaut fing sich in ihrer Kehle, wie im Krampf schüttelte sie sich, die Haare flogen ihr ums Gesicht, das Schlüsselbund in ihrer Hand klingelte. Sie musste sich an den Stamm des hohen Avocadobaums lehnen, bis dieses Schütteln aufgehört hatte. Reglos stand sie an die warme Rinde des alten Baums gepresst, atmete. Ein, aus, ein, aus. Als sie sich wieder spürte, prüfte sie den Grund unter ihren Füßen, ehe sie den ersten unsicheren Schritt wagte, als stünde sie auf brüchigem Eis.

Ihr Blick streifte ihre Swatch. Mit einem Schlag war sie zurück in der Wirklichkeit. Schon acht, höchste Zeit fürs Frühstück. Die Journalisten landeten am späten Vormittag. Es waren Sommerferien, die Straßen würden überfüllt sein. Sie stieß sich von dem Baum ab, lief ums Haus auf den Hof. »Ich fahre in einer halben Stunde, um die Fernsehjournalisten abzuholen, Dabu«, rief sie dem Zulu zu, der mit seinem Sohn Musa, einem breitschultrigen Mann Mitte zwanzig, nur mit langen Khakihosen und einem olivfarbenen Schlapphut bekleidet, ein paar große Jutesäcke auf einen Jeep lud.

»Sakubona«, grüßte sie ihn lächelnd. Dabus Sohn Musa hatte nicht nur die Gärtnerseele seines Vaters geerbt, sondern besaß auch die Erlaubnis, Gäste im Geländewagen zu fahren. Er war für Inqaba ganz und gar unersetzlich. »Musa, du musst gegen zwei wieder auf der Farm sein, für den Nachmittag ist als Erstes eine Rundfahrt durchs Reservat geplant. Philani begleitet uns.« Dabulamanzis anderen Sohn, Philani, hatte sie auf ihre Kosten zum Game Ranger ausbilden lassen müssen. Ohne einen Wildhüter hätte sie ihren Park nicht eröffnen können.

»Okay«, bestätigte Musa, wuchtete einen weiteren Sack auf seinen Rücken, der wie geöltes Ebenholz glänzte, und grinste mit blitzenden Zähnen unter seinem Schlapphut hervor. Es war leicht zu verstehen, warum die jungen Mädchen des Dorfes sich aufputzten, wenn sie ihn trafen.

Eine Frauenstimme rief ihren Namen. Sie seufzte auf. Iris Krusen schien zu den fanatischen Frühaufstehern zu gehören. Noch vor ihrem ersten Kaffee sollte sie nun ihren ungewohnten Pflichten als Gastgeberin nachkommen. Am besten gewöhnte sie sich gleich daran. Sie setzte ein Lächeln auf. »Guten Morgen«, grüßte sie die Deutsche, die winkend vor ihrem Bungalow stand, der rechts vom Haupthaus lag.

»Guten Morgen«, hauchte diese leidend und betupfte ihre knallrot gebrannte Haut auf Nase, Armen und Ausschnitt mit weißer Creme. »Ich hab überhaupt nicht gewusst, dass die Sonne so schlimm hier ist«, klagte sie, »viel schlimmer als auf Mallorca. Das ist eine Insel im Mittelmeer«, setzte sie erklärend hinzu, »und da knallt die Sonne auch ganz schön.«

»Um diese Zeit steht sie hier fast senkrecht, und die UV-Strahlung ist ausgesprochen gefährlich. Sie sollten für zwei Tage lange Ärmel und lange Hosen tragen, sonst gibt's nässende Blasen, und eine Creme mit einem hohen Lichtschutzfaktor auftragen. Nicht unter 25«, warnte Jill, »außerdem wäre es gut, wenn Sie täglich eine Vitamin-A-Pille nehmen, solange Sie hier sind. Wir haben welche da. Ich werde Bongi damit zu Ihnen schicken.« Sie ging in die Küche. Trotz des frühen Morgens schlug ihr feuchtwarmer Dunst entgegen, vermischt mit dem Duft frisch gebackenen Brotes und, äußerst anregend auf ihre Lebensgeister, dem frisch aufgebrühten Kaffees. Nelly litt trotz ihrer kräftigen Statur unter zu niedrigem Blutdruck und trank jeden Morgen eine Kanne Kaffee, um auf die Beine zu kommen. »Morgen, Nelly!«, sie warf ihr Schlüsselbund auf den Tisch. »Hast du die Hadidahs gehört? Ich knall sie ab, wenn die mich noch mal wecken. Bekomme ich eine Tasse von deinem Kaffee?«

»Auf dem Tisch«, brummte Nelly. Sie presste ihre Hand auf den Rücken, ehe sie sich zum Ofen bückte und das Blech mit frischen

Brötchen herauszog. »Mehl und Butter ist alle, und der Herd will nicht, wie ich will, er wird zu heiß. Wir brauchen den Elektriker.« Jill unterdrückte einen Seufzer. Sie hörte Mehl, Butter und Elektriker, aber sie verstand nur Kosten, Kosten, Kosten. »Mehl und Butter bringe ich mit, den Elektriker rufe ich gleich an«, sagte sie. »Tut dein Rücken wieder so weh?« Liebevoll rieb sie der Zulu über die schmerzende Stelle.

»Yebo«, brummte die alte Frau, »das Gewicht des Lebens drückt auf meine Schultern. Ich bin nicht mehr kräftig genug, um es zu tragen. Es schmerzt und macht mich müde. Ich möchte mich in meinem Khaya ausruhen.«

Wie eiskalte Finger lief es Jill über den Rücken. Das klang, als wollte Nelly nun endgültig bei ihr aufhören. Wie sollte sie ihr neues Leben ohne Nelly schaffen? Niemand kochte und buk so gut wie sie, keiner konnte ein leckereres Frühstück auf den Tisch bringen. Sie war, wie Jill sich eingestehen musste, das warme Herz Inqabas, ganz und gar unersetzlich. Schweigend frühstückte sie, und noch immer nachdenklich stieg sie in ihren Geländewagen, schaltete die Klimaanlage auf Tiefkühltemperatur und fuhr los. Sie erreichte den Flughafen gerade rechtzeitig, fand sogar einen Parkplatz im Schatten. Energisch bahnte sie sich einen Weg durch den Passagierstrom, der sich aus der Ankunftshalle ergoss, und stand unmittelbar vor der Absperrung, als die ersten Fluggäste durch die Schwingtüren kamen.

Ohne vorher ein Bild von ihm gesehen zu haben, wusste sie sofort, dass er es war. Er überragte alle anderen um Kopfeslänge und trug einen Presseausweis an einer Schnur um den Hals. Das Handy am Ohr, den Safarihut ins Gesicht gedrückt, pflügte er rücksichtslos durch die Menschenmenge und benutzte seine große, über die Schulter gehängte Reisetasche als Rammbock. Sie hielt das Schild mit dem Namen Inqaba hoch, und er blieb vor ihr stehen, nickte, während er weiter im Stakkatotonfall in sein Handy sprach.

»Hast du sie gesehen?«, fragte sein Begleiter, ein mittelgroßer, kräftig wirkender Mann mit kurz geschorenen, dunklen Locken,

»sie ist doch vor uns ausgestiegen, sie muss doch hier noch irgendwo sein?« Er drehte sich um die eigene Achse, musterte die Menge suchend, langte dabei in seine Tasche und brachte eine Visitenkarte zum Vorschein. »Yasmin«, las er, Triumph in seiner Stimme, »hier ist ihre Nummer.« Er steckte die Karte wieder weg, hob seine Kamera und richtete sie auf Jill.

Der andere hatte das Gespräch beendet und verstaute das Telefon in der Tasche seines zerknautschten, hellen Leinenblazers. »Nils Rogge«, sagte er ohne weitere Höflichkeitsfloskel, tippte einen Finger an seinen Safarihut, »Frau von Bernitt, nehme ich an, oder wünschen Sie als Gräfin oder Frau Gräfin angeredet zu werden?« Das Grinsen, das seine Worte begleitete, das sarkastische Funkeln der blauen Augen erschienen ihr abfällig und unverschämt. »Das ist Axel Hopper.« Er wies mit dem Daumen auf den Kameramann, der eine grüßende Hand hob, aber dabei weiter filmte.

Sie nickte ihm nur flüchtig zu, konnte kaum ihre hochschießende Abneigung gegen Nils Rogge unterdrücken. »Hier würde keiner wissen, wen Sie mit dieser pompösen Anrede meinen, nennen Sie mich Jill, wie alle hier«, erwiderte sie eisig und schlängelte sich rasch durch die überfüllte Halle hinaus in Durbans Waschküchenluft, lief über die kleine Straße zu ihrem Auto. Mit Befriedigung hörte sie die unterdrückten Flüche der Herren Rogge und Hopper, die ihr durch das Menschengewimmel kaum folgen konnten. Betont lässig lehnte sie im Fahrersitz, als die beiden im Laufschritt, aus allen Poren schwitzend, das Auto erreichten, rief sich aber innerlich zur Ordnung. Schließlich wollte sie etwas von diesen grässlichen Typen, und ewig würden die ja auch nicht hier bleiben. Kurz darauf bog sie auf die Ringautobahn nach Norden ein. Nils Rogge lümmelte sich neben ihr auf den Sitz, zückte ohne Umschweife ein Notizbuch. »Wie ist das mit der steigenden Kriminalitätsrate, beunruhigt Sie das?«, fragte er, seine Stimme eine einzige Provokation, und spähte hinaus auf die jämmerlichen Bruchbuden aus Wellblech und Plastikplanen der Slums. »Wie Geschwüre«, murmelte er und schrieb etwas auf.

Bunte Plastiktütenreste wurden vom Seewind hochgewirbelt, trieben wie trunkene Schmetterlinge zwischen den Wellblechhütten. Einer davon schwebte über die Straße, klatschte auf ihre Windschutzscheibe und löschte ihre Sicht aus. Sie riss das Steuerrad herum, der Wagen machte einen scharfen Schlenker, holperte über einen Kantstein. Ein Schwarm schwarzer Kinder zerstob kreischend. »Gefährlich ist es überall«, sagte sie, als sie den Wagen wieder im Griff hatte, »sind Sie einmal nachts in New Yorks Central Park spazieren gegangen oder haben sich Harlem zu Fuß angesehen? Natürlich nicht«, gab sie die Antwort selbst, »das wäre leichtsinnig. Hier vermeidet man so etwas eben auch. Uns jedenfalls ist noch nie etwas passiert.« Das war zwar gelogen, wenn sie an die totenköpfigen Kerle dachte, aber das ging diesen Schnösel nun wirklich nichts an. Sie musste an der Ampel halten und ließ fast eine Wagenlänge Platz zu ihrem Vordermann. Sofort stürzten sich ein paar junge Kerle auf ihr Auto, putzten an der Scheibe herum, wedelten mit der Morgenzeitung; einer, der Blumen zu verkaufen hatte, versuchte sogar, ihre Tür zu öffnen. »Suka!«, schrie sie. »Hau ab!«

»Weiße Rassistin«, brüllte der Schwarze, zeigte ihr den Finger und schnitt eine Grimasse, ließ aber vom Auto ab.

»Ist der Abstand zum Vorderauto der Fluchtweg, falls uns jemand überfallen sollte?« Die Frage des Mannes auf dem Beifahrersitz kam sanft, fast beiläufig, Er schien in sein Notizbuch vertieft.

»Quatsch«, konterte sie hitzig, er hatte zwar Recht, aber das brauchte er ja nicht zu wissen. »Welch ein Unsinn – woher haben Sie denn diese Räuberpistole? Das scheint das Einzige zu sein, woran ihr Fernsehleute interessiert seid, irgendwelche blutrünstigen Geschichten.« Aus den Augenwinkeln bemerkte sie, dass Axel Hopper sie filmte. Sie zog ihr schenkelkurzes Kleid hinunter. Ohne viel Erfolg. Sie nahm den Fuß von der Bremse, langsam rollte der Wagen vorwärts. Der mit dem Putzfimmel rannte mit, rieb mit einem Lappen auf ihrer Windschutzscheibe herum. Dann schaltete die Ampel auf Grün, und sie ließ die Reifen quietschen. Wütend schlug der Fensterputzer auf die Karosserie. Der Schlag dröhnte durch den Innenraum.

»Ich suche nur nach einem Ansatzpunkt«, wich der Reporter aalglatt aus, zog seine Schultern zusammen, dass sein Kopf mit dem Safarihut fast darin verschwand. Er tat es wohl, um die Muskelverspannungen des langen Fluges zu lösen, aber unwillkürlich fielen ihr die Aasgeier ein, und jetzt bereute sie es zutiefst, die beiden Männer in ihr Haus eingeladen und ihre Zustimmung zu diesem Bericht gegeben zu haben. Nils Rogge zog seinen Hut, schleuderte ihn auf den Rücksitz und kratzte sich am Kopf. Er hatte kurz geschorene, von der Sonne gebleichte, dunkelblonde Haare, so kurz, dass sie wie ein Pelz wirkten. »Ist ja wie 'ne Sauna hier, fast wie im Kongo …«, knurrte er.

Sie drehte die Klimaanlage auf Anschlag. »Kongo? Sie sind also häufiger in Afrika?«

»Hmm.«

»Nur in Zentralafrika? Sie sagen, Sie kämen aus dem Kongo.« Meine Güte, war der zäh. Wie Pizzateig. Sie bog auf den North Coast Highway ein.

»Hmm.«

»Waren Sie auch schon in Natal?«

»Hmhm.«

»Durban. Einen Tag«, murmelte Axel Hopper.

Sie gab auf. Kurz hinter dem Einkaufszentrum La Lucia Mall bog sie nach La Lucia ab, um ihren Gästen einen der schönsten Vororte Durbans vorzuführen.

»Stopp! Anhalten!«, rief Nils Rogge auf einmal, und sie stieg vor Schreck derartig brutal in die Bremsen, dass sie sich fast den Kopf am Steuerrad stieß. »Axel, geh raus und nimm das auf!«, Nils deutete auf ein Schild, das am Straßenrand auf der breiten, gepflegten Grasnarbe vor den tropischen Gärten luxuriöser Häuser stand.

»Beware«, las Axel laut, »Monkeys crossing. Vorsicht, Affen überqueren die Straße«, übersetzte er und lachte los. Unmittelbar neben dem Schild rupfte ein Schwarzer in blauem Overall Unkraut.

Axels braune Augen tanzten, er lehnte sich weit aus dem Fenster und begann zu filmen.

Jill, die sofort erkannte, was die Journalisten an diesem Bild so reizte, fuhr hoch. »Das können Sie nicht aufnehmen, das ist würdelos. Sie sind ein verdammter Rassist«, fauchte sie und trat aufs Gas. Axel Hopper, immer noch mit seiner Kamera halb draußen hängend, schrie empört auf, drehte aber weiter. Es war ihr egal. Kein Fernsehjournalist würde mit einem solchen Bild nach Hause fahren, wenn sie es verhindern konnte.

»Das Schild ist da, der Mann ist da, es ist Fakt. Kapieren Sie das nicht?« Nils Rogge klang eher belustigt. »Und über Fakten zu berichten ist unsere Aufgabe. Ein Rassist ist nur, wer die Verbindung zwischen beiden zieht.«

Der Seitenhieb stach wie eine bösartige Wespe, aber wohlweislich reagierte sie nicht darauf. Sie hatte keine Lust, mit Nils Rogge eine Schlammschlacht auszutragen. Seine Stimme war ruhig, fast milde gewesen, aber ein rascher Blick in seine gletscherblauen Augen zeigte ihr, dass der »verdammte Rassist« ihn getroffen hatte und er richtig wütend war. Das, merkwürdigerweise, stimmte sie fröhlich. »The winner takes it all«, summte sie den Hit von ABBA vor sich hin, aber laut genug, dass er es hören musste, »and the loser has to fall …« Die Sache begann, ihr Spaß zu bringen. Bei der nächsten Gelegenheit fuhr sie zurück auf den Highway, und eine Stunde später öffnete sich das Tor von Inqaba für sie.

Irma erschien im Eingang und begrüßte die Gäste. Hinter Nils Rogges breitem Rücken verdrehte Jill die Augen, um Irma zu signalisieren, was sie über die beiden Männer dachte. Irma richtete sich daraufhin kerzengerade zu ihrer vollen Größe von einsvierundsiebzig auf und schaute hoheitsvoll drein, ein Trick, den sie immer benutzte, um ihr Gegenüber einzuschüchtern. Dieser Effekt wurde nur durch die Tatsache zerstört, dass sie ihren Kopf in den Nacken legen musste, um Nils Rogge in die Augen zu sehen. Es war kurz nach zwölf Uhr, und nachdem die Journalisten ausgepackt hatten, servierte Jill ihnen einen leichten Lunch. »Zwei unserer Gäste sind einen Tag zu früh gekommen und würden gern eine Rundfahrt durch den Park machen. Möchten Sie sich uns anschließen?«

Rainer Krusen kam eben auf die Terrasse, blinzelte durch seine Brille. »Wir haben in Ihrem Prospekt gelesen, dass das Ungewöhnliche an Inqaba die Tatsache ist, dass wir ungefährdet zu Fuß gehen können – wir würden gern einen Rundgang machen. Wir versprechen uns davon ein ganz besonderes Erlebnis, so nahe der Natur zu sein, den Tieren in ihrer eigenen Umgebung entgegenzutreten …«, schwärmerisch seufzend hob er die Hände, » …die kleinen Dramen am Wegesrand zu beobachten, die man sonst übersieht – Käfer, Schmetterlinge, Vögel …«

»Gibt's hier Schlangen?«, unterbrach ihn seine Frau, die ihm auf die Terrasse gefolgt war.

Jill nickte, fasziniert von der Tiefe von Herrn Krusens Empfindungen. »Ja, viele, aber die meisten sind ziemlich scheu und flüchten, sobald sie die Erschütterung unserer Schritte spüren.«

»Und die anderen?« Axel Hoppers nervöse Blicke verrieten, dass er in jeder Bodenritze eine lauernde Schlange erwartete.

»Ach, die sind eher selten, und Philani, unser Game Ranger, passt schon auf«, antwortete Jill. Unnötig, ihren Gästen Geschichten über angriffslustige schwarze Mambas zu erzählen, deren Opfer außerordentlich selten überlebten, in Natal bisher nur eines. Oder Puffottern, die sich auf ihre Tarnung verließen, auf den warmen Sandwegen liegen blieben und schneller zuschlagen konnten, als ein Maschinengewehr schießt. Sie einigten sich darauf, zu Fuß zu gehen, und Jill sagte Musa, dass er nicht zu fahren brauchte. Eine halbe Stunde später, die Nässe einer kurzen Regendusche glänzte noch auf Blättern und Steinen, trocknete auf der sonnengebackenen Erde aber schon weg, trafen sie sich auf der Terrasse. Die Krusens waren zünftig ausgerüstet, komplett mit Safarihut mit Nackenschutz und Buschstiefeln. Iris Krusen hatte die breite Krempe ihres khakifarbenen Huts keck über ein Auge gezogen, die halblangen Haare wippten um ihr Gesicht.

Sie roch nach Mückenschutz. Beide Journalisten trugen so etwas wie Arbeitskleidung. Khakihemden und Hosen mit unzähligen Taschen und Riegeln und Klappen, in die man Dinge hineinschieben konnte. Das Ganze wirkte ziemlich militärisch. Axel Hopper hatte zusätzlich zu der Filmkamera einen Fotoapparat umgehängt. Mehrere Objektive steckten in den Taschen seines Hemdes.

Überraschenderweise erschien auch Irma. »Ich komme mit«, verkündete sie, »ich muss ein bisschen Atmosphäre schnuppern. Brauch ich für mein nächstes Buch. Wohin gehen wir heute?«

»Zum Wasserloch, ein Stück den Fluss hoch und wieder zurück«, antwortete Jill und winkte Philani, dem frisch gebackenen Game Ranger. Sie stellte ihn vor. Iris Krusen und Axel machten ein paar Fotos von ihm, dann öffnete Jill das große Tor, und sie marschierten los, Philani mit geschultertem Gewehr voran. Die Luft war weich und schmeichelnd, es roch nach frisch geschnittenem Gras und reifen Ananas. Sie empfand es als ihren ersten Schritt ins neue Leben, und Zuversicht strömte heiß durch ihre Glieder. Sie würde es schaffen, niemand würde sie kleinkriegen. Am liebsten wäre sie über den sonnengefleckten Weg getanzt, hätte gesungen, allen ihre Kraft und Entschlossenheit verkündet.

Aber ein scharfes Klatschen zerstörte den Zauber. »Verdammt viele Mücken hier«, klagte Iris hinter ihr, »und alle fallen über mich her. Trotz Mückenschutz.« Sie streckte ihr mit anklagendem Blick einen nackten Arm entgegen und zeigte auf zwei böse rote Schwellungen.

Ihren Unmut unterdrückend, kramte Jill aus ihrer Notfalltasche eine Salbe hervor und reichte sie der Frau. »Hier, tragen Sie diese auf, sonst hilft nur wegwedeln.«

»Vorwärts, vorwärts!«, rief Irma ungeduldig. Nach der langen Zeit auf der Farm war sie tiefbraun gegerbt, trotz der Warnung ihres Arztes, die Haut ihrer sehnigen Arme war mit braunen Altersflecken und frischen weißen Operationsnarben übersät. Schlapphut mit Nackenschutz, das Hemd mit aufgekrempelten

Ärmeln in Jeans gesteckt, kräftige Wanderschuhe und über die Hosenbeine gezogene Baumwollsocken zeugten von ihrer Buscherfahrung.

Unter einer der großen Schirmakazien vor dem Zaun in der Nähe des Küchengartens blieb sie zwischen wuchernden Kürbispflanzen stehen. »Mist, verdammter«, schimpfte sie und bückte sich. »Jill, meine Liebe, das sieht wie Nashornkot aus, und ich bin mitten hineingetreten! Merkwürdiger Ort für Nashornkot, hier im Gemüsegarten, findest du nicht auch? Sieh dir das an. Scheint ein Rhinozeros mit Verdauungsstörungen zu sein.« Sie kicherte.

Jill erreichte sie noch vor Philani. Mehrere fußballgroße Kotballen lagen zu Irmas Füßen. »Tatsächlich, Nashorndung«, bestätigte sie, beugte sich hinunter und brach den Kot mit einem Stock auf. Er war innen noch feucht, ohne Insektenbefall. »Er ist ganz frisch. Vermutlich ist das Vieh noch in der Nähe.« Flüchtig untersuchte sie die tiefen Hufabdrucke, die zwischen den Büschen ins Kürbisfeld führten. Die zertrampelten Kürbisranken ließen sie Böses ahnen. »Philani«, zischte sie und zeigte auf den Haufen, »Oskar ist wieder ausgebrochen!« Beunruhigt suchte sie die Umgebung mit den Augen ab. Oskar war mit zunehmendem Alter jähzornig geworden, und es gab nur ein Lebewesen, das er liebte und das ihn beruhigen konnte, und das war Jill. In letzter Zeit jedoch schien sein Geruchsinn gestört zu sein, denn immer häufiger erkannte er sie nicht, und das beunruhigte sie am meisten.

Philani nickte und gab ihr ein Zeichen, dass er das Nashorn bereits entdeckt hatte. Es stand in etwa fünfzig Meter Entfernung halb durch ein paar Guavenbäume am Rand des Gartens verdeckt und getarnt durch die Farbe des Schlamms, in dem er sich offensichtlich kurz vorher gesuhlt hatte. Nashörner sind so gut wie blind, verlassen sich fast nur auf ihr feines Gehör und ihre Nase. Oskars große Ohren waren auf die Menschen ausgerichtet, aber der Wind stand günstig für sie, er hatte sie noch nicht gewittert. Philani befahl mit einer Handbewegung den Rückzug. Die Krusens und Axel Hopper hoben ihre Kameras.

Jills Handy klingelte. Die schrillen Töne zerrissen die Stille, der Nashornbulle warf den Kopf hoch, zuckte witternd mit der Nase, kurzsichtig blinzelte er mit seinen kleinen Augen zu ihnen herüber. Blitzschnell griff sie in die Brusttasche, um das Gerät auszuschalten, verhedderte sich, fluchte leise, weil sie vergessen hatte, es abzuschalten. Und wieder klingelte es. Das Nashorn stampfte im Schaukelgang in ihre Richtung, stoppte dreißig Meter vor ihnen, schlug mit dem Kopf, schnaubte. Die Situation hatte sich ins Gegenteil verkehrt. Aus Jägern drohten Gejagte zu werden.

»Langsam zurückgehen«, befahl Philani, seine Stimme nicht mehr als ein Hauch, »keine hastigen Bewegungen!« Er hob sein Gewehr, deckte sie, und Schritt für Schritt zogen sie sich zurück. Das Glück schien ihnen hold zu sein, das mächtige Tier verlor das Interesse für sie, rupfte ein Büschel Gras ab, kaute darauf herum, ließ sich von flinken Madenhackern mit allen Anzeichen von Genuss die Ohren ausputzen. Leise beschleunigten sie ihren Rückzug. Da strauchelte Rainer Krusen, knickte um und fiel seitwärts in einen Büffeldornbusch. Ein Dorn, groß und bösartig wie ein Angelhaken für Haifische, bohrte sich tief in seinen Oberarm. Unwillkürlich riss er den Arm zurück, der Dorn arbeitete sich weit unter seine Haut. Er grunzte vor Schmerz. Die Kamera entglitt ihm, schlug auf einem Stein auf, und der Nashornbulle hob aufmerksam seine Nase.

Ein Windstoß tanzte hinter ihnen über den Busch, fuhr durch den Gemüsegarten, nahm ihren Geruch auf, trug ihn hinüber zu dem Tier. Oskar merkte auf, sah Jill geradewegs in die Augen, die Ohren wie Antennen auf sie ausgerichtet. Ein schneller Blick über die Schulter sagte ihr, dass sie es nicht mehr bis zum Tor schaffen würden, sollte das Nashorn sie angreifen. Obwohl Oskar sicher über tausend Kilo wog, konnte er eine Geschwindigkeit von fünfzig Stundenkilometern leicht erreichen. Das Telefon hielt sie noch in der Hand, bemerkte jetzt erst, dass sie aus Versehen auf das grüne Telefonsymbol gedrückt und den Anruf angenommen hatte. Den Finger schon auf dem Aus-Knopf, erkannte sie jetzt die Nummer auf dem kleinen Bildschirm. Es war die Nummer von Angelica, ihrer besonnenen, kompetenten Freundin, die genau wusste, dass sie mit Gästen unterwegs war, da sie erst vor etwas mehr als einer Stunde miteinander telefoniert hatten. Sie würde nur anrufen, wenn es außerordentlich wichtig wäre. Sie zögerte. »Angelica«, wisperte sie dann hastig, den Apparat dicht am Mund, »ich ruf dich gleich wieder an …«

Aber Angelica, die so schnell nichts aus der Bahn werfen konnte, ignorierte ihre Worte, schien in Panik zu sein. »Popi ist wieder aufgetaucht!«, rief sie eine Oktave höher als sonst. »Er ist hier in der Gegend und macht die Leute verrückt. Sie rotten sich schon zusammen!«

Der Nashornbulle schnaubte, senkte den Kopf, seine Muskeln spannten sich. Tausend Kilo Jähzorn und schlechte Laune setzten sich in Bewegung. Frau Krusen quiekte. Nach zehn Metern blieb Oskar stehen. Es schien nur ein Scheinangriff, eine Drohung gewesen zu sein. Jill stockte der Atem, ihre Hände waren plötzlich glitschig geworden, konnten das Telefon kaum halten. Aber nicht der drohende Angriff Oskars rief diese Reaktion bei ihr hervor, es waren Angelicas Worte.

Popi tauchte plötzlich aus dem Nichts auf. Zufall?

Er war der Winterwind, der ihre Angst entfachte wie einen Grasbrand. Er fegte über ihr Land, über die Hügel, heulte in die Täler, durch die flachen Kronen der Schattenbäume, fuhr durch die Häuser, bis die Flammen loderten. Würden sie bald ein röhrendes Feuer sein, das sie alle verschlang? Sie musste an Malcolm und Jenny denken, die es damals erwischt hatte, die in ihrem eigenen Blut ertrunken waren. »Ich kann jetzt nicht, ruf dich gleich wieder an«, raunte sie ins Telefon und schaltete es aus.

Der Nashornbulle scharrte unschlüssig mit den Hufen, schüttelte sein mächtiges Haupt mit den zwei nadelspitzen Hörnern, äugte kurzsichtig blinzelnd mit aufmerksam aufgestellten Ohren zu ihnen hinüber. In diesem angespannten Moment, als alle den Atem anhielten, warteten, ob das mächtige Tier sie angreifen, wie ein

Panzerfahrzeug über sie hinwegwalzen würde, sich ohne Zweifel in Lebensgefahr wähnten, schnaubte der Bulle, aber nicht angriffslustig, sondern leise, fragend. Jill deutete mit einer Handbewegung an, dass sich keiner rühren sollte. Sie stieß einen Pfiff aus, hoch und kurz, aber von einer bestimmten Tonfolge. Oskar warf den Kopf hoch, setzte sich in Bewegung und lief in langsamem, schwingendem Trott auf sie zu. Er kam näher, seine Nüstern blähten sich, die Ohren spielten. Die Krusens erstarrten zu Salzsäulen, Philani, Irma und die Journalisten konnte sie nicht sehen, denn sie ließ Oskar nicht aus den Augen. Ein paar Meter vor ihr blieb er stehen, streckte den Kopf vor, spitzte die Lippen.

»Oskar«, flüsterte sie, bückte sich langsam, riss ein paar Kürbisranken ab und hielt sie ihm hin. Der tonnenschwere Nashornbulle kam mit vorsichtigen Schritten auf sie zu, schnaubte hörbar. Wieder spitzte er die Lippen und gab einen Laut von sich, ein zärtliches Maunzen.

Eine Kamera klickte. »Nicht!«, fauchte sie.

Dann spürte sie die weichen Lippen, die ihr das Grünzeug aus der Hand nahmen. Sie ließ ihre Finger an seinem Kopf hochgleiten, kraulte ihn sanft hinter den Ohren und betete, dass ihre Gäste die Gelegenheit ergreifen würden, um sich zurückzuziehen. Eine schöne Überschrift würde das in der Zeitung geben, Gäste zur Einweihung des neuen Naturparks Inqaba von liebeskrankem Nashornbullen zu Tode getrampelt. Aus den Augenwinkeln beobachtete sie zutiefst erleichtert, dass zumindest die Krusens allmählich zum Zaun zurückwichen.

Oskar schlug mit dem Kopf, ihre Hand flog weg, die Madenhacker flatterten irritiert hoch. Er hatte genug. Witternd hob er die Nase. Doch der Wind hatte gedreht, trug den Menschengeruch weg von ihm. Äsend entfernte er sich allmählich, und ihre Spannung ließ etwas nach. Als er nach mehr als hundert Metern im Busch verschwunden war, wagte sie es, sich umzudrehen und zu vergewissern, dass Irma und ihre Gäste nicht zu Schaden gekommen waren.

Was sie sah, brachte sie an den Rand eines Lachkollers. Krusens standen, immer noch Salzsäulen ähnelnd, eng ans Tor gepresst, Nils und Axel hingen wie reife Früchte jeder an einem Ast eines dicht belaubten Avocadobaums, Philani hockte in der Krone einer Akazie, etwas tiefer lag Irma bäuchlings über dem ersten Hauptast desselben Baumes.

»Ist er weg?«, fragte Irma etwas gequetscht. Auf Jills Nicken hin kraxelte Philani vom Baum herunter, sprang zu Boden und half dann ihrer Tante aus der misslichen Lage. Nils Rogge und Axel Hopper hangelten sich behände von ihren Ästen herunter. »Erste Reporterregel bei Gefahr: in Deckung gehen«, erklärte Nils mit schiefem Grinsen.

»… und dableiben und filmen, bis die Gefahr vorbei ist«, ergänzte Axel fröhlich. Er hielt die Filmkamera wie ein Baby im Arm.

Rasch zogen sie sich wieder in die Sicherheit der Hausumzäunung zurück. »Ich werde Oskar in sein Gehege zurückbringen lassen. In einer Stunde können wir erneut losgehen«, verkündete Jill. »Oskar darf nicht noch einmal ausbrechen«, wandte sie sich leise an Philani, »wir müssen den Zaun erhöhen, so etwas darf nicht wieder vorkommen. Sonst spreche ich mit der Parkleitung von Hluhluwe, dass sie ihn nehmen. Schließlich ist es die Möglichkeit, Inqaba zu Fuß zu erkunden, die so viele anspricht. Sie wollen dabei nicht in Gefahr laufen, von einem wild gewordenen Rhinozeros platt gewalzt zu werden.«

»Er wird seinen Weg wieder zurückfinden«, prophezeite Philani fröhlich grinsend, »er liebt unseren Gemüsegarten. Und Madam.«

Sie folgte ihren Gästen, bat sie auf die Terrasse. Die Krusens unterhielten sich aufgeregt, Irma und die Reporter wirkten völlig entspannt. »Du sorgst besser dafür, dass das Ungetüm nach Hluhluwe kommt«, bemerkte Irma, schüttelte ihre weißen Haare aus und untersuchte die olivgrünen Schmierflecken, die die Baumrinde auf ihrer Kleidung hinterlassen hatte. »Nächstes Mal hat er vielleicht keine gute Laune, oder er hat vergessen, dass er dich eigentlich liebt.«

Jill stellte sicher, dass ihre Gäste mit Getränken versorgt waren, und ging ins Haus, um Angelica zurückzurufen. Diese meldete sich sofort, und Jill erklärte ihr kurz, wo sie von ihrem Telefonanruf überrascht worden war. »Gott sei Dank hat Oskar heute seinen guten Tag gehabt, ich mag gar nicht darüber nachdenken, was er in seinem Jähzorn angerichtet hätte.«

»Popi hat seine Leute auf unsere Farm gehetzt!« Der Satz kam unvermittelt, und sie hörte deutlich, dass Angelicas Stimme schwankte.

Ihr fuhr der Schreck in die Glieder. »Das kann nicht wahr sein, wieso eure Farm? Wann? Wer hat ihn gesehen?«

»Seit Tagen treiben sich hier schon auffallend viele Schwarze herum, die nicht in der Umgebung wohnen, fast alles junge Männer. Wir haben die Polizei informiert, aber die kann oder will nichts machen. Es muss wohl erst etwas wirklich Schlimmes passieren, ehe die sich rühren.«

»Hast du Popi gesehen?«

»Nein, ich nicht, aber ein paar dieser schwarzen Kerle faselten, dass Blackie Afrika ihnen ihr Land zurückgeben wird … erinnerst du dich, er nennt sich so. Sie behaupten, unser Land hat einmal ihren Vorfahren gehört. Was absoluter Quatsch ist, denn das Land gehört seit gut hundertfünfzig Jahren den Farringtons.«

»Was werdet ihr machen?«

Angelica schnaubte erregt. »Was wohl? Wir schicken die Kinder zu meinen Eltern nach Kapstadt und laden einen Koffer mit unseren Wertsachen in unser voll getanktes Geländefahrzeug, damit wir die Farm innerhalb von Minuten verlassen können. Und wenn nichts passiert, die Kerle abziehen, packen wir unsere Wertsachen wieder aus, holen die Kinder zurück und leben weiter wie bisher.«

Jill konnte sich das lebhaft vorstellen. Vor dem Schlafengehen würden die Farringtons Türen und Fenster von innen mit schweren Eisenstangen sichern. Gewehre und Pistolen, geölt, geladen und griffbereit, sowie Funkgerät und Telefon standen immer am Bett. Zwei ihrer Ridgebacks liefen nachts frei auf dem Gelände herum, zwei schliefen im Haus. Noch vor einem Jahr waren es sechs gewesen. Zwei Rüden hatten das vergiftete Fleisch gefressen, das ihnen Eindringlinge eines Nachts vorgeworfen hatten, um unbehelligt ins Haus zu gelangen. Durch eine glückliche Fügung war keiner der Farringtons um die Zeit auf der Farm gewesen.

»Sie haben alles durchwühlt und mitgenommen, was nicht angenagelt war, aber sonst ist nichts weiter passiert«, hatte Angelica damals erleichtert berichtet, »Alastair bringt ein paar neue Sicherungen an, und ich werde meine Hunde eben besser trainieren. Aber du solltest dir auch etwas überlegen.«

Sie stand am offenen Fenster der Bibliothek und starrte hinaus über ihr Land, das wie mit Wasserfarben gemalt unter dem Schleier des verdunstenden Regens lag. Das Grün der Hügel verlief allmählich im Blau der Ferne, vereinte sich zu diesem unvergleichlichen, durchsichtigen Kobalt, das ihr in seiner Schönheit die Tränen in die Augen trieb.

Was sollten die Farringtons auch sonst unternehmen, wo sollten sie hin? Die Farm war alles, was sie besaßen, und alles, was sie je erstrebt hatten. Wie die Steinachs lebten auch die Farringtons schon seit Mitte des neunzehnten Jahrhunderts in Afrika. Der Rattenfänger forderte Land zurück, das seine Vorfahren für Geld, Gewehre oder Whisky an die Weißen verschachert hatten. »Ich habe schon verstärkt Wachen aufgestellt, alles Leute von Inqaba«, sagte Jill, »das wird genügen.«

»Hast du dich auch vergewissert, dass keiner mit den Landbesetzern verwandt oder befreundet ist?«, fragte Angelica.

Hatte sie natürlich nicht. »Das ist ein Problem«, gab sie zu, »dann wird es eng. Aber wie soll ich das herausfinden? Die stellen sich einfach dumm, und ich renne gegen eine Wand an.«

»Wir sollten uns zusammentun, um uns zu schützen«, unterbrach

Angelica ihre Gedanken, »ursprünglich hatten wir den Sicherheitsdienst von diesem einarmigen Ex-Polizisten engagiert, aber er wurde uns zu teuer. Jetzt werden wir wohl wieder in den sauren Apfel beißen müssen und ihn erneut anheuern. Du solltest auch …«

Jill unterbrach sie heftig. »Nur über meine Leiche.« Sie kreuzte heimlich ihre Finger, um Unheil abzuwehren. »Wir haben die Hunde und außerdem Kontaktmelder am Zaun.« Dary war tagsüber im Zwinger in der Nähe des Tors eingesperrt, die beiden Rottweiler, die Tita ihr geschenkt hatte, hielt sie im Zwinger unterhalb des Küchentraktes, in der Hoffnung, dass sie Eindringlinge verbellen würden. Das Problem jedoch war, dass sie mit Gästen im Haus die Hunde nachts nicht frei herumlaufen lassen konnte.

Sie ging ins Esszimmer, wo ein Stapel Stoffservietten lag, der noch für das Dinner heute Abend gefaltet werden musste, klemmte sich das Telefon zwischen Kinn und Schulter und nahm die erste von einem Stapel von zwei Dutzend Servietten hoch. Sie hörte, dass ihre Freundin etwas trank. »Was trinkst du?« Sie legte die zu einem Fächer gefaltete Serviette auf den Tisch. Zu dem Essen hatte sie nur vierundzwanzig Leute geladen, für den Empfang erwartete sie über hundert Gäste.

»Gin. Meine Nerven flattern, die Hände zittern, da hilft nur Gin ohne Tonic. Mir geht es schon deutlich besser. Vielleicht sollte ich auch wieder anfangen zu rauchen.« Ein alkoholisiertes Kichern kam über die Leitung.

»Du weißt, dass dieser einarmige Kerl mir nicht auf die Farm kommt, aber vielleicht können wir privat einen Sicherheitsdienst aufstellen, uns mit ein paar Nachbarn zusammentun und eine Art Netzwerk aufbauen. In Mpumalanga soll das schon an der Tagesordnung sein. Die Farmen halten untereinander mit Funk oder Telefon Kontakt, jeder muss sich regelmäßig melden. Wenn er das nicht tut, rücken die Männer aus und sehen nach dem Rechten.«

»Wen sollten wir schicken? Keiner von uns hat genug vertrauens-
würdige Leute für die Farm …«

Jill legte die letzte Serviette weg. »Nach der Einweihung besprechen wir das in Ruhe. Im Moment kann ich mir nicht einmal vorstellen, dass das Leben danach noch weitergeht, so sehr steht mir
die ganze Sache bevor. Ich wünschte, Martin wäre hier, und
Dad«, sagte sie nach einer Pause, »ich wünschte, ich wäre nicht
so verdammt allein mit jeder Entscheidung.«

»Unsinn, du schaffst das. Es wird alles wunderbar werden. Wir
sehen uns morgen. Halt die Ohren steif.« Angelica schwieg für
ein paar Sekunden. »Uns vertreibt niemand von unserem Land«,
sagte sie noch leise, »niemand!« Damit legte sie schnell auf.

Deutlich hatte Jill die Tränen gehört, die ihre letzten Worte zu
ersticken drohten, und wünschte, sie hätte die Zeit, zu ihr zu fahren und sie in den Arm zu nehmen.

»Ärger?« brach eine tiefe Stimme neben ihr in ihre Gedanken. Nils Rogges Stimme. »Ich habe einen Teil Ihrer Unterhaltung gehört.« Er entschuldigte sich nicht dafür, dass er gelauscht
hatte.

»Nur eine Freundin, die Kummer hat«, wehrte sie höflich ab. Das
Letzte, was sie diesem neuigkeitsgierigen Reporter erzählen würde, waren Geschichten über illegale Landbesetzer, die drohende
Vertreibung aus dem Paradies. Ihre Angst. Nicht auszumalen, was
er daraus machen würde.

Philani rettete sie. Er kam vom Küchentrakt, blieb unterhalb der
Terrasse stehen und sah hinauf zu ihr. »Geschafft«, verkündete er
knapp. »Oskar ist im Gehege, wir können wieder losgehen.« Er
zog seinen grünen Stoffhut, den er als Ranger trug, unter der
rechten Achselklappe hervor, setzte ihn auf und prüfte dann kurz
sein Gewehr. »Ich warte vorne.«

Die Krusens kippten den Rest ihres Whiskys, ergriffen ihre Fotoapparate und winkten Irma, die eben aus dem Haus auf die Terrasse trat. »Es geht weiter«, riefen sie. Zu siebt brachen sie auf.
Nach ein paar Schritten gesellte sich Nils Rogge zu ihr. »Ich habe

etwas von Sicherheitsdienst gehört und Farmern, die sich untereinander organisieren. Hat es eine Landbesetzung gegeben?«

Sie verfluchte im Stillen seine ganz ausgezeichnete Nase für eine gute Story. »Sie müssen sich verhört haben«, entgegnete sie hölzern und beschleunigte ihre Schritte.

Er hielt locker mit. »Ich habe mich nicht verhört. Gibt es Ärger?« Er betrachtete sie von der Seite. »Können wir helfen?«

Ach, du liebe Güte, bloß das nicht, schoss es ihr durch den Kopf. Irgendwie musste sie ihn von der Fährte abbringen. Sie blieb stehen, drehte sich zu ihm. »Es hat keine Landbesetzung gegeben, es wird keine geben, es ist absolut nichts passiert. Meine Freundin hat private Probleme«, erklärte sie mit Nachdruck und bemerkte gleichzeitig, dass er ihr ganz offensichtlich kein Wort glaubte. Verdammt! Frustriert trat sie einen Stein aus dem Weg.

Vor ihnen war Philani stehen geblieben und deutete auf einen Hibiskusbusch, kaum drei Meter entfernt, dessen rosa Kelchblüten vier Waldnektarvögeln umschwirrten. Grüngold irisierend schimmerten Kopf und Flügeldecken, dotterblumengelb leuchtete ihr Bauch. Stumm vor Entzücken verschoss Iris Krusen einen ganzen Film, legte hektisch einen neuen ein, als ihr Philani im dichten Laub einer Schlingpflanze das ovale Nest zeigte, aus dem das zarte Zirpen von Jungvögeln drang. Eines der Weibchen schlüpfte hinein, lugte kurz darauf unter dem geschickt gebauten kleinen Regendach des Nests wieder hervor.

»Werde ich Ihre Freundin morgen bei der Einweihung kennen lernen?« Nils Rogges Frage klang harmlos, aber Jill war sicher, dass sie das nicht war.

Seine Hartnäckigkeit war wirklich bemerkenswert. »Vermutlich«, wich sie aus, wollte nicht lügen, nicht bei einem Journalisten, der dadurch nur noch neugieriger wurde. Rasch folgte sie Philani ins Dämmerlicht eines baumbewachsenen Gebiets. Kurz darauf sah sie den unverwechselbaren, smaragdgrünen Farbblitz, als ein männlicher Smaragd-Kuckuck aus den dichten Baumkronen davonflog. Sein Weibchen, bronzegrün schimmernd, folgte ihm. Als sie nach über einer Stunde umkehrten, war Jill zufrieden. Krusens schienen begeistert zu sein, und darauf kam es ihr an. Die beiden Journalisten hatten kaum gefilmt oder fotografiert, aber beobachteten alles genau, die Landschaft, die Tiere und vor allen Dingen die Menschen. Nils Rogges Interesse schien besonders ihr zu gelten. Sie kam sich wie von ihm ausgezogen vor, fühlte sich bedrängt durch seine Neugier, seine Wissbegierde, durch diese Augen, denen nichts zu entgehen schien. Getreu dem Klischee des Jagdhundes, der eine Fährte aufgenommen hatte.

Irma ging allein, hatte jenen Ausdruck völliger Leere im Gesicht, der Jill signalisierte, dass sie sich auf der Jagd nach der Geschichte für ihr nächstes Buch in sich zurückgezogen hatte. Dann nahm sie kaum etwas von ihrer Umwelt wahr, war völlig unbrauchbar für das tägliche Leben. Nur das jetzt nicht, dachte sie alarmiert und zupfte Irma am Ärmel. Krusens und die Journalisten gingen an ihnen vorbei, folgten Philani und waren kurz darauf ihrem Blick entzogen.

»Ja?«, antwortete Irma, ihr Blick verwirrt, als befände sie sich in einem anderen Jahrhundert.

Jill kam der Gedanke, dass es vermutlich genauso war. »Wo warst du denn?«, lächelte sie.

»Mir geht der Brief Catherines nicht aus dem Kopf, irgendetwas steckt dahinter, da bin ich mir sicher. Dem Geheimnis werde ich schon auf die Spur kommen!« Irmas Augen glitzerten. »Ich werde mir den Dachboden vornehmen – ich kann mich da an etwas erinnern …«

»Wenn du heute und morgen nicht nur körperlich bei mir bleibst, helfe ich dir übermorgen, den Dachboden auf den Kopf zu stellen, ich versprech's dir!«

»Ja, natürlich«, sagte ihre Tante, konnte aber nicht verbergen, wie sehr sie diese Unterbrechung ihres Tatendrangs hasste. »Wann rückt die Meute morgen an?«

»Um vier Uhr nachmittags. Könntest du die Blumenarrangements übernehmen? Ich muss mich ums Essen und die Getränke kümmern. Außerdem haben wir heute Abend spätestens das Haus voll!« Sie legte ihre Arme um Irma. »Halt mich fest, Irma, ich weiß nicht, ob ich mein neues Leben allein meistern kann … es ist so viel …« Ein Kloß verschloss ihren Hals, sie konnte erst nicht weitersprechen, doch dann brach es aus ihr heraus. »Ich vermisse sie alle so sehr, weißt du, Mama, Tommy, Martin, Daddy – er ist nur zehn Stunden Flug entfernt, ich verstehe ihn nicht, warum meldet er sich nicht einmal auf meine Briefe? Ich habe Mama doch auch verloren … es tut so weh …« Sie schluckte hart, wollte nicht vor den Reportern in Tränen ausbrechen.

Abends waren die meisten Übernachtungsgäste eingetroffen. Die Journalisten, Krusens, zwei befreundete Paare aus Kapstadt und ein weiteres Paar aus Deutschland. Peter Kent, einer der Kapstädter, wurde von seiner Frau im Rollstuhl auf die Terrasse gerollt. Dunkle Schatten verdüsterten seine Augen, eine tiefe Narbe, die sich bis unter die kurzen Haare zog, verunstaltete seine rechte Gesichtshälfte. Messerstiche, dachte Jill, mehrere. Der arme Kerl. Sie musterte ihn. Er war braun gebrannt, machte einen sportlichen Eindruck. Das Unglück, das ihn in den Rollstuhl gebracht hatte, konnte noch nicht lange zurückliegen. »Ich bin Jill«, stellte sie sich vor, »willkommen auf Inqaba. Kann ich Ihnen irgendwie behilflich sein?«

Der Mann im Rollstuhl lächelte zu ihr hinauf, ein sympathisches Lächeln, aber seine grauen Augen wirkten müde. »Danke, aber Joyce, meine Frau«, er machte eine erklärende Handbewegung, »kann das am besten. Wir sind ein eingespieltes Team.«

Joyce, eine Frau Mitte vierzig, nickte und schob ihren Mann an den Tisch. Sie war eine typische weiße Südafrikanerin, die von Kindheit auf ein Leben zwischen Swimming-Pool, Tennisplatz und Golfplatz geführt hatte, blond, braun gebrannt, durchtrainiert. Allerdings trug sie keinerlei Schmuck und nur eine billige Uhr.

Jill wechselte ein paar belanglose Worte mit ihnen, machte dann weiter ihre Runde. In den nächsten Tagen würde sie sicherlich

Zeit finden, länger mit den einzelnen Gästen zu sprechen. Heute gab es zu viel für den morgigen Tag vorzubereiten. Als sie endlich völlig erledigt ins Bett fiel, war es weit nach Mitternacht.


## 12


Der große Tag stieg strahlend hell über den Horizont, die Luft war süß, und der kristallblaue Himmel über ihr erstreckte sich bis in die Ewigkeit. Mit der aufgehenden Sonne besuchte Jill die Gräber, saß unter Christinas Tibouchina und blickte hinaus über das erwachende Land, das, von den ersten Strahlen vergoldet, ihr zu Füßen lag. Ihr Land. Das trockene Gras duftete staubig süß, zwei Lerchen erhoben sich aus dem Meer von goldenen Halmen, stiegen jubilierend hoch, wurden kleiner und kleiner, zu winzigen Punkten, lösten sich in dem unendlichen Blau auf. Ihr Lied wurde vom Wind davongetragen. Es war so still, dass Jill meinte, den Flügelschlag eines Schmetterlings hören zu können. Alle Erdgebundenheit fiel von ihr ab. Für einen schwerelosen Moment war sie frei, ihr Herz klopfte. »Mein Land«, flüsterte sie, »unser Land.«

Unser Land, wisperten die Blätter, unser Land, antworteten die Felsen. Dein Land, raschelte das Gras.

Sie konnte Johann und Catherine sehen, ihre Mutter tanzte dort über die flirrenden Grasspitzen, Martin stand lachend da, und sie sah ein elfengleiches Wesen, flüchtig wie ein zartes Wölkchen, mal hier, mal da, nie lange genug, um es zu erkennen, aber sie wusste, dass es das Wesen Christinas war. »Wünscht mir Glück«, flüsterte sie, küsste ihre Fingerspitzen und legte sie auf Martins Grab und dann an den Stamm des Tibouchina. Einen kurzen Augenblick verharrte sie dort mit geschlossenen Augen, spürte, dass sie nicht allein war. Dann wandte sie sich ab. Es war Zeit, den Tag zu beginnen.

\*

Nils Rogge und Axel Hopper, die sich am Tag vorher, wie die Krusens auch, nach dem Rundgang im Gelände in ihren Bungalow zurückgezogen hatten und nur ab und zu unter lautem Platschen in den Swimming-Pool sprangen, erschienen um acht Uhr auf der Terrasse zum Frühstück. »Guten Morgen, Gräfin, gut geschlafen?«, grüßte Nils Rogge mit ironischem Zwinkern. Er trug ein schwarzes T-Shirt und ausgeblichene Jeans und hatte beeindruckende Muskeln. Und breite Schultern. Und unglaublich blaue Augen. Gletscherblau.

Jill rief sich zur Ordnung, sank mit spöttischem Lächeln in einen angedeuteten Hofknicks. »Guten Morgen, Mylord, wünschen Mylord Frühstück?«

»Touché«, antwortete der Journalist breit grinsend, blankes Vergnügen leuchtete ihm aus dem Gesicht.

»Oh, meine Güte, eine Gräfin! Das wusste ich nicht. Meinst du, wir können sie trotzdem Jill nennen?«, tuschelte Iris Krusen im Theaterflüsterton ihrem Mann ins Ohr.

»Hören Sie nicht auf Herrn Rogge, er scheint gern zu scherzen«, lächelte Jill und schaute sich dabei zufrieden auf der Terrasse um. Fünf der sechs Tische waren besetzt, die Mischung der Gäste schien harmonisch, schon ergaben sich untereinander Kontakte. Die Deutschen, ein attraktives Ehepaar um Ende vierzig namens Barkow, sprachen Englisch offenbar so gut wie Deutsch, was die Unterhaltung in Fluss hielt. Auch Krusens sprachen Englisch, aber nicht so fehlerfrei wie Barkows. Sie sah auf die Uhr. Um fünf Uhr nachmittags war offizielle Eröffnung. Das ließ ihr noch zweieinhalb Stunden, die Gäste herumzuführen.

Im Geiste hakte sie ab, was sie noch zu tun hatte. Mit Nelly und Ellen, Titas legendärer Herrscherin über alles Kulinarische, noch einmal das Essen besprechen. Das Personal von Angelicas Restaurant, das sie ihr für heute ausgeliehen hatte, in den Service einweisen. Mit Ben musste sie, stellvertretend für die anderen Farmarbeiter, abstimmen, wann sie mit ihrem Beitrag beginnen würden. Tänze waren geplant, Gesänge, eine Begrüßungszeremonie mit selbst gebrautem Hirsebier und ein Stockkampf zwischen den beiden besten Kämpfern der Region. Es hatte einige Überredungskunst gebraucht, Ben und die Seinen davon abzuhalten, ein rauschendes Fest zu veranstalten. Selbstverständlich würden alle Mitglieder aller Familien erscheinen. Nach Zulusitte wurde das erwartet, auch, dass sich der Gastgeber hocherfreut darüber zeigte und Unmengen von Fleisch, Mais- und Kürbisbrei über offenem Feuer für seine Gäste kochte. Es sollte ein Fest mit Stockkämpfen, viel, viel selbst gebrautem Bier und Auftritten von Isiphepho, dem berühmten Sangoma, werden, der mit Schlangen hantierte und als Zeichen seiner Unbesiegbarkeit den Kopf der Puffotter zwischen die Zähne nahm. Einer lebenden Puffotter, wie damals Umbani. Sie schauderte. Es würde ihre Gäste zu Tode erschrecken. Außer Nils Rogge und Axel Hopper, die erschütterte nicht viel, das hatte sie schon mitbekommen. »Das geht nicht, Ben«, teilte sie ihm mit.

»Es ist unsere Sitte«, hatte er mit einem sturen Zug um seinen breiten Mund geantwortet. Er sah ihr dabei gerade in die Augen. Seit er Landbesitzer geworden war, hatte seine Haltung sich ihr und den anderen Weißen gegenüber verändert. Er war nicht mehr in einer dienenden Position, das machte er sehr deutlich. Sein Kinn trug er hoch, sein Blick wanderte frei über sein Land.

»Es sind meine Gäste, Ben«, sagte sie sehr bestimmt, »ich heiße sie willkommen und werde für sie kochen. Der Garten der Vögel gehört nicht zu eurem Gebiet.« Nelly und die unvergleichliche Ellen würden für sie kochen, Jills Kochkünste beschränkten sich auf rudimentäre Gerichte wie Spaghetti mit Ketchup. Sie hatte sich vorgenommen, bei Ellen in die Lehre zu gehen. Irgendwann, wenn sie Zeit hatte.

Einen Stockkampf ließ sie sich jedoch aufschwatzen. »Das ist so

wundervoll afrikanisch«, gab Irma zu bedenken, »die Afrikaner unter deinen Gästen werden entzückt sein – und vermutlich
mitmachen. Denk dran, dass unser Bürgermeister auch ein Zulu
ist.«

»Bloß nicht«, murmelte Jill entsetzt, als sie an den übergewichti-
gen Mann dachte, der für seine Tanzeinlagen bei offiziellen An-
lässen berühmt war. Langsam wuchs ihr die Sache über den Kopf.
Axel Hopper neben ihr unterbrach ihre Gedanken. »Wir erwarten noch eine junge Dame, eine Yasmin Sowieso. Wir haben sie
auf dem Flug von Kapstadt kennen gelernt. Sie sagte, sie hätte
eine Reservierung hier. Würden Sie uns bitte Bescheid geben,
wenn sie angereist ist?« Er lächte zu ihr hoch, ein anziehendes,
jungenhaftes Lächeln.

Jill nickte. Eine Yasmin Kun hatte ein Einzelzimmer im Haupthaus reserviert. Sie sollte morgen anreisen. »Ist sie auch von der
Presse?«

»Nein, sie ist Model, eines der begehrtesten in Europa und Amerika. Außerdem ist sie wohl Ärztin, soweit ich weiß, Kinderärztin.
Sie erzählte uns, dass sie eine Erbschaft gemacht hat und sich hier
nach einer Praxis umsehen will. Sehr vernünftig, wenn Sie mich
fragen, Modelling kann man ja nicht ewig machen.«

Wieder nickte sie, hatte kaum zugehört, eilte hinaus, um Fikile zu
helfen das Frühstück aufzutragen.

»Jill, also wirklich, das ist wohl das leckerste Frühstück, das ich je
gegessen habe«, rief Iris Krusen ihr entgegen und klatschte in die
Hände. »Guaven, Mangos, Ananas, Papaya und hier Passionsfrüchte, meine Güte, und die da kenne ich nicht einmal. Und
dann Eier, frische Brötchen, Croissants – Sie werden großen Erfolg haben.« Sie türmte noch kaltes Fleisch und Leberpaté auf ihren Teller, schleppte ihn wie ein Eichhörnchen seinen Wintervor-
rat zu ihrem Tisch und stöhnte ekstatisch, als sie in die erste Ana-
nasscheibe biss.

Die Schüssel mit Früchtequark und den Korb mit dem süßen He-
fegebäck trug Nelly selbst herein, und das Oh und Ah der Gäste

ließ ihr dunkles Gesicht aufleuchten. Jill ging von Tisch zu Tisch, wechselte mit jedem ein paar Worte und begann, sich etwas sicherer in ihrer neuen Rolle zu fühlen. »Ich hoffe, Sie werden zur Einweihungsfeier heute Nachmittag kommen?«, fragte sie die Barkows auf Englisch, dankbar, dass sie nicht ständig die Sprache zu wechseln brauchte.

»Mit dem größten Vergnügen, Sie könnten uns nicht davon abhalten«, antwortete Karen Barkow, die sehr nordisch wirkte mit ihren leuchtend blonden Haaren, der schlanken, hochgewachsenen Figur. Ihre Aussprache verriet Jill, dass sie mit Sicherheit Jahre in Südafrika verbracht haben musste. Interessant. Sie würde sich einmal in Ruhe mit ihnen unterhalten müssen. Morgen. Wenn das je kommt, dachte sie in komischer Verzweiflung, denn im Moment hörte ihre Zeitrechnung mit der Einweihung heute auf. Zu viel hing davon ab.

Ein kleines Blinklicht neben der Tür und die wütend tobenden Hunde zeigten ihr an, dass jemand am Tor war. Sie brauchte sich nicht darum zu kümmern. Sie hatte einen von Bens Leuten als Wachtposten eingestellt. Kurz darauf kam Fikile auf die Terrasse, die wie Bongi und Nelly eine brandneue, dottergelbe Uniform trug. »Gäste, Ma'm.« Sie sah Jill dabei nicht an.

Flüchtig hatte Jill den Eindruck, als wäre etwas nicht in Ordnung, beruhigte sich aber mit der Tatsache, dass Fikile ihr das sofort gesagt hätte. Vermutlich war es diese Yasmin Kun. Rasch folgte sie ihr. Vor dem Haus parkte ein nagelneuer weißer BMW, der neue Gast, eine sehr schlanke Frau, hochelegant in kniekurzem schwarzem Kleid und großem Hut aus rotem Stroh, stand in der Eingangshalle, drehte ihr den Rücken zu. Trotzdem sah Jill, dass sie schwarze Haut hatte. »Guten Tag«, sagte sie, versuchte ihre Neugier nicht zu zeigen, »willkommen auf Inqaba.«

Die andere Frau drehte sich um. Aus ihrem atemberaubenden Dekolleté stieg ein Schwanenhals, der ein ebenmäßig schönes Gesicht mit hohen Wangenknochen trug wie ein Stengel eine kostbare Blume. Das Besondere an dem Gesicht jedoch war die

Farbe der Augen. Mal grau, mal grün, wie das Meer vor einem Sturm.

Vor ihr stand Thandi Kunene, ihre Kindheitsfreundin. Es gab keinen Zweifel. »Thandi! Wie kommst du hierher? Was machst du hier? Und wieso Yasmin Kun?« Sie machte einen Schritt auf die andere Frau zu.

»Hi, Jill«, Thandis Stimme war rauchig dunkel, »das ist mein Model-Name. Hab von deiner Eröffnung hier in Kapstadt gelesen, und das wollte ich mir nicht entgehen lassen.« Ihr Englisch war amerikanisch breit gewalzt, ihr Gehabe lasziv, ihr Haar war glatt und glänzend lackiert, sah aus wie eine Perücke.

Jill war sich sofort sicher, dass sie log. Schon als Kind hatte Thandi viel gelogen, und schon damals konnte sie es ihr ansehen. Doch sie hatte jetzt keine Zeit, dieses Geheimnis zu lüften. »Willkommen«, sagte sie förmlich, »komm, ich zeige dir dein Zimmer. Du wirst dich noch daran erinnern, es gehörte Tommy.«

Thandi glitt in dem katzenhaften Gang der Laufstegmodels neben ihr her. Goldreifen klirrten leise an ihren Handgelenken, am Hals funkelte ein Solitär. Mindestens ein halbes Karat, schätzte Jill und hielt ihr die Tür auf. Thandi rauschte ins Zimmer, drehte sich, berührte hier und da ein Stück Möbel, spähte aus dem Fenster und nickte dann. »Bisschen klein, aber okay. Ich hab ja gewusst, was mich erwartet. Lass mir meine Koffer aus dem Auto bringen«, ihr Ton war befehlsgewohnt, »ich möchte duschen und dann frühstücken. Und, Jill, bring mir eine Flasche Champagner aufs Zimmer. Bitte.« Das kam mit einem deutlichen Abstand zum letzten Satz.

Jill stand stocksteif, schluckte, gab sich einen Ruck. »Natürlich, gern. Das Frühstück ist schon in vollem Gang.« Damit zog sie die Tür leise hinter sich zu. Für einen Moment lehnte sie neben der Tür an der Wand, suchte ihre Fassung wiederzugewinnen. Mist, dachte sie voller Inbrunst, so ein verdammter Mist! Warum musste gerade das passieren? Was wollte sie hier? Sie demütigen, ohne Zweifel, aber warum? Sie hatte keinen Streit mit Thandi.

Außerdem konnte das doch nicht alles sein. Ihr Zwillingsbruder Popi tauchte aus dem Nichts auf. Und jetzt war auch sie hier. Zufall? Sie schüttelte die Gedanken von sich wie ein Hund die Nässe aus seinem Fell. Jetzt war keine Zeit dafür. Später, wenn alles vorbei war, würde sie darüber nachdenken. Morgen. Im Laufschritt eilte sie in die Küche und schickte Bongi mit einer Flasche Champagner auf Thandis Zimmer. Im Spiegel am Eingang ordnete sie mit zehn Fingern ihre Haare, prüfte den Sitz ihres fast knöchellangen weißen Leinenkleides, war dankbar, dass Lina, der dieses Kleid gehörte, genau die gleiche Figur hatte wie sie. Es saß perfekt. In Erinnerung an Thandis umwerfende Erscheinung knöpfte sie einen Knopf am Ausschnitt und einen über dem Knie auf. Dann ging sie auf die Terrasse, teilte Axel Hopper mit, dass Yasmin Kun angekommen sei und in Kürze zum Frühstück erscheinen würde.

Seine dunklen Augen blitzten, die weißen Zähne leuchteten. Er war ganz offensichtlich hocherfreut. Seine Filmkamera stand zwischen seinen Beinen auf dem Boden. Nils reagierte nicht, schrieb weiter in sein Notizbuch, das immer griffbereit neben ihm lag.

Ein Schatten huschte über sie hinweg. Automatisch sah Jill hoch und erblickte die drei Geier, die mit herabhängenden Beinen über ihr kreisten. Nach einem eleganten Segelflug landeten sie oben auf einer Akazie. Dort saßen sie, die Flügel hochgezogen, die Köpfe vorgestreckt, und starrten herunter, wie sie es am Tag zuvor getan hatten.

»Tolle Symbolik, halt drauf, Axel!«, hörte sie die Stimme von Nils Rogge, ein grobes, lautes Geräusch, das die leise, gepflegte Unterhaltung der anderen Gäste verstummen ließ. »Afrika liegt im Sterben, und die Geier lauern schon!« Er war aufgestanden, Axel Hopper hatte die Kamera schon auf der Schulter und filmte.

Jill holte tief Luft, ihr Lächeln maskierte die Aggression, die sie schon jetzt gegen die beiden Journalisten aus Deutschland empfand. »Ist das der Filter, durch den Sie Ihren Bericht filmen werden? Afrika stirbt? Dann bin ich keine gute Interviewpartnerin für

Sie. Ich will überleben, und ich lebe in Afrika. Ich bin Afrikanerin. Für mich ist nirgendwo sonst Platz.«

Das Kameraauge schwenkte zu ihr herum, fixierte sie, nahm etwas teuflisch Lebendiges an. Axel dahinter wurde vollkommen verdeckt. Sie starrte zurück, wurde flüchtig an eine aufgerichtete Kobra erinnert, unterdrückte den Impuls, die Zunge herauszustrecken. Die Geier in der Akazie schüttelten ihre Flügel. Nils lehnte sich neben sie an die Balustrade, grinste provozierend. »Irgendeine Überschrift brauchen wir, und die knallt doch!«

»Ich hatte Sie für Profis gehalten, die sich erst ein umfassendes Bild von unserem Land machen würden, ehe sie es für tot erklären, aber es scheint, dass ich mich geirrt habe«, erwiderte sie hitzig, aber leise, damit die anderen Gäste es nicht hörten, und quälte sich sofort ein schiefes Lächeln ab, um ihren Worten die Schärfe zu nehmen. Martin hatte immer behauptet, dass sie mit Killerinstinkt die Schlagader fand, wenn sie wütend war. Wie ein Raubtier, hatte er gesagt, und jetzt war er nicht mehr da, um sie rechtzeitig zu bändigen.

Wieder grinste Nils Rogge auf sie hinunter. Er hatte sehr weiße Zähne. »Ich verkaufe Nachrichten, Jill, das ist ein Produkt, und ich versuche nur, es so zu verpacken, dass keiner es übersehen kann. Was nützt es, wenn keiner sich den Bericht ansieht?«

Flüchtig berührten sich ihre Hände, die nebeneinander auf dem Geländer lagen. Als hätte er sie gebissen, zog sie ihre Hand weg. »Kommt Ihnen nie die Idee, dass viele Menschen diese ewigen Katastrophenberichte bis hierher haben?«, sie zog mit dem Zeigefinger eine Linie über ihren Hals. »Seien Sie wagemutig, bringen Sie etwas Erfreuliches, Sie können genug hier finden.«

»Interessiert niemanden.«

»Positiv ausgedrückt, gute Nachrichten sind keine Nachrichten?« Seine Augen sind nicht gletscherblau, dachte sie, viel intensiver. Himmelblau? Nein, kornblumenblau. Klingt kitschig, lächelte sie innerlich, aber genau das waren sie. Blau wie die Kornblumen, die sie in Bayern an den Feldrändern gesehen hatte.

»Typisch Journalisten«, ereiferte sich Iris Krusen, die sich zu ihnen herübergelehnt hatte, um mithören zu können, »müsst ihr immer nur zerstören? Könnt ihr nicht einmal aufbauen? Schreiben Sie konstruktiv, bringen Sie Touristen hierher, dann hat das Land genug Geld, um alle Missstände zu beseitigen.« Ihre Brille beschlug vor Erregung. Sie putzte sie mit unbeherrschten Bewegungen.

»Unser Geschäft sind Nachrichten, keine Touristenwerbung.« Nils Rogges Stimme klang gelangweilt. Der Rattanstuhl ächzte, als er sich wieder setzte. Er lehnte sich bequem zurück, legte ein Bein quer über das andere und kritzelte eifrig in sein Notizbuch. Dazwischen biss er in ein Croissant. Weder Jill noch Iris Krusen beachtete er weiter.

Jill versprach sich fest, alles zu versuchen, seinen arroganten Panzer zu knacken.

»Du meine Güte, wer ist denn das?«, rief Iris Krusen und lenkte die allgemeine Aufmerksamkeit auf eine Erscheinung wie ein riesiger schwarzer Schmetterling, die über den Rasen beim Swimming-Pool schwebte.

Es war Irma. Irma, eingehüllt in ein Flattergewand von hauchzartem schimmerndem Schwarz, ihr Gesicht von einem breitrandigen schwarzen Schleierhut beschattet. Innerlich musste Jill lachen. Vor ein paar Tagen war Irma von ihrem Hautarzt zurückgekehrt, schlechte Laune umhüllte sie wie ein grauer Umhang. »Ich darf überhaupt nicht mehr in die Sonne, gar nicht, hat er gesagt«, empörte sie sich, als sei es die Schuld ihres Arztes. »Ich werde in kurzer Zeit quarkfarben sein, Jahrzehnte älter aussehen. Nun gut«, knirschte sie nach einer Zeit des Überlegens, »skurrile Charaktere gehen immer, bringen Farbe und Schwung in die Sache, und wir brauchen einen hier auf Inqaba. Ich werde einen hervorragenden, skurrilen Charakter abgeben. Wart's nur ab!«

»Meine Tante Irma«, antwortete Jill, »Sie haben sie bereits gestern auf dem Rundgang kennen gelernt. Sie ist Schriftstellerin«, setzte sie hinzu, als erkläre das alles.

»Ah …«, sagte Iris Krusen und schaute fasziniert drein, »… das habe ich nicht gewusst, was hat sie denn geschrieben? Unter welchem Namen? Muss man sie kennen?«

»Sie schreibt unter dem Namen Irma Steinach. Romane über das pralle Leben, ziemlich erfolgreich. Wenn man sie auswringt, tropft alles heraus, Liebe, Tränen, Blut, Spannung …«

»Oh, tatsächlich? Ob sie mir ein Autogramm gibt?« Iris Krusen spähte neugierig zu dem Liegestuhl hinüber, in dem Irma sich niedergelassen hatte. Jill hatte die Büsche, die den Pool verdeckten, so weit entfernen lassen, dass er teilweise von der Terrasse aus zu sehen war.

»Mach mal 'n Take, man weiß nie«, brummte Nils Rogge in dem Kauderwelsch aus Englisch und Deutsch, das er mit seinem Kameramann sprach, und Axel hob gehorsam die Kamera.

Und dann inszenierte Thandi ihren Auftritt. Ein Raunen lief über die Terrasse. Jill musste zugeben, dass sie spektakulär aussah. Safarianzug in Khaki, Safarihut, elegante Buschstiefel, eine Golduhr umschloss ihr Handgelenk, ein breites Goldband glänzte an ihrer Kehle. »Hi«, lächelte sie, »guten Morgen.« Eine Stimme wie das tiefe Vibrieren einer Cellosaite.

Axel Hopper und Nils Rogge sprangen auf. Axel schob sofort einen Stuhl für sie zurecht. »Yasmin, setzen Sie sich zu uns. Sie sehen sensationell aus.« Seine Augen streichelten über ihren Po, wanderten hinauf über ihre Brust zu ihrem Mund und zurück. Den Kopf hatte er offensichtlich noch nicht entdeckt. Jill verbarg ihre Belustigung.

Thandi lächelte, glitt, geschmeidig wie eine Raubkatze, zwischen den Tischen hindurch zu ihnen, begrüßte die Reporter mit Luftküsschen und sank graziös in den dargebotenen Stuhl. Axel hob eine Hand, signalisierte Jill. »Wir brauchen noch ein Frühstück. Was möchten Sie, Yasmin, Kaffee oder Tee?«

»Nur Orangensaft, frisch gepresst. Früchte, ein Croissant, keine Butter«, orderte sie und sah Jill dabei unverwandt mit diesen ungewöhnlichen Augen an.

»Keinen Phutu, Thandi?«, fragte Jill sanft.

Für den Bruchteil eines Augenblicks glühte es in Thandis grau-grünen Augen auf wie Glut unter heißer Asche, dann hatte sie sich wieder im Griff. Jill war beeindruckt. Thandi war früher unbeherrscht gewesen, hatte alle ihre Launen und Gemütsregungen ausgelebt. Ganz offensichtlich hatte sie sich geändert. »Bitte nenn mich bei meinem Künstlernamen, Yasmin. Thandile existiert nicht mehr. Es gab sie einmal vor langer, langer Zeit«, sagte die elegante Schwarze mit rauchiger Stimme, »sie ist verschwunden wie das Land, in dem sie lebte.«

Axels Blick flog neugierig zwischen ihr und Yasmin hin und her. »Sie kennen sich?«

Yasmin richtete ihre Augen auf ihn, schüttelte ihren Kopf. »Wir kennen uns nicht, wir haben uns einmal gekannt, in dieser anderen Zeit, in dem anderen Land.«

Auch Jill verspürte keine Lust, dem Reporter zu erklären, was Thandile Kunene und sie verband. »Ich werde dir dein Frühstück sofort bringen lassen, Yasmin, normalerweise jedoch ist um zehn Uhr Schluss. Solltest du später frühstücken wollen, wäre es kein Problem, aber sag uns doch bitte am Abend vorher Bescheid.« Das Spielchen kann ich auch spielen, dachte sie. Ironisch lächelnd dankte ihr die schöne Zulu. Irritiert drehte Jill sich weg. Was war nur in Thandi – Yasmin, verbesserte sie sich schweigend – gefahren? Streit hatten sie nicht gehabt, nicht mehr als andere Kinder auch, Rivalinnen waren sie auch nie gewesen. Vielleicht hatte Yasmin Recht. Es war vor langer Zeit gewesen, heute nicht mehr wahr. Sie nahm sich vor, später ein paar ungestörte Worte mit ihrer Kindheitsfreundin zu wechseln, um herauszufinden, was diese so verändert hatte.

Sie bemerkte, dass Bongi die ersten Tische abräumte. Gut, denn jetzt musste im Eiltempo alles für heute Nachmittag vorbereitet werden. In einer halben Stunde erwartete sie die Ankunft des Personals von Angelicas Restaurant. Rasch entschuldigte sie sich bei ihren Gästen und stürzte sich in die Vorbereitungen. Es war kurz vor zwei, als sie fertig war. In der Küche herrschten unerträgliche Temperaturen. Heißer Dampf quoll aus der ständig rauschenden Geschirrspülmaschine und dem Herd, der seit vorgestern nicht mehr ausgeschaltet worden war. Er mischte sich mit der feuchtheißen Luft des Hochsommertages, die durch die weit geöffnete Tür hereinströmte.

Mitten drin standen Ellen und Nelly, in Figur und Temperament sehr ähnlich, die eine weiß mit einem glänzend blonden Knoten, die andere schwarz mit Kopftuch, und regierten mit eiserner Hand und durchdringender Stimme. Ellen war Herrin der Kochtöpfe, Nelly produzierte Berge von Partybrötchen, verschiedene Quiches, knuspriges Blätterteigkäsegebäck. Ein halbes Dutzend junger Mädchen huschte auf ihr Kommando umher, sie rührten, schnippelten, zupften, kneteten. Zanele trocknete sich ermattet ihr schweißüberströmtes Gesicht mit einem Geschirrhandtuch.

Irma steckte den Kopf herein. »Türkisches Dampfbad, unerträglich«, keuchte sie und zog sich schleunigst wieder zu den Blumensträußen zurück, deren Arrangement sie übernommen hatte. Jede Fläche war mit Platten voller Häppchen belegt, in Wannen mit zerstampftem Eis kühlten Dutzende von Bier- und Weinflaschen. Jill zählte noch einmal alles durch und entfloh dann dankbar nach draußen, wo wenigstens etwas Luftbewegung ihre schweißnasse Haut abkühlte. Keiner der Gäste war zu sehen, kein Geräusch vom Swimming-Pool zu hören. Anscheinend hatten sich alle in ihre vier Wände zurückgezogen. Die Bungalows waren durch geschickt gepflanzte Büsche gegen Blicke geschützt, um den Gästen größtmögliche Privatsphäre zu gewähren. Vermutlich machten sie sich fertig, ruhten vielleicht noch ein wenig. Diese schwülheiße, feuchtigkeitsgetränkte Luft drückte jeden nieder, machte müde, selbst die Einheimischen.

In den Tecoma-Büschen, die sie zwischen Küche und Haus gepflanzt hatte, gaukelten mehrere schwarz-weiße Ritterfalter von Blüte zu Blüte. Jill hatte von einem Schmetterlingsforscher an der Südküste ein paar Dutzend Puppen gekauft, die jetzt geschlüpft waren. In der Mitte des Hofs stand der prachtvolle Frangipani von Laura Beresford in voller Blüte. Unter dem großen Avocadobaum lagerten Dabulamanzi-John und Musa und tranken ein Bier. »Alles gut erledigt?«, rief sie zu ihnen hinüber, während sie dem Haus zustrebte.

»Yebo«, grinste Dabu und wedelte die Hand über perfekt getrimmte Büsche, penibel geschnittene Graskanten und die Blütenkaskaden der Bougainvilleen.

»Sieht gut aus«, rief sie im Weitergehen. Sie würde allen einen kleinen Bonus geben, entschied sie. Wenn alles gut ging und sie es sich leisten konnte. Es war sehr still, alle Geräusche waren durch die Hitzedecke erstickt. Eben wollte sie ins Haus treten, als Dary ohne Vorwarnung in hohes, aufgeregtes Bellen ausbrach. Vermutlich war ein Fremder am Tor. Der Wachtposten hatte strikte Anweisung, jeden zu kontrollieren und nur die hereinzulassen, die sich ausweisen konnten. Sie blieb stehen. Kurz darauf hörte sie das große Tor zurückrollen, das Geräusch eines Motors, und dann fuhr ein Geländewagen auf den Hof. Den Mann, der ausstieg, erkannte sie sofort. Massig, fettglänzende, rötliche Haut, dünne blonde Haare zur Bürste rasiert, feiste Hamsterbacken. Der linke Ärmel seiner Buschjacke war leer. Len Pienaar. Ein-Arm-Len. uSathane.

Mit einem Schritt stellte sie sich ihm in den Weg. »Was wollen Sie hier, verschwinden Sie sofort!« Er war fetter geworden, wirkte wie ein Fleischberg mit einem kleinen Kopf oben drauf, noch massiger und bedrohlicher als früher, aber sie ließ sich nicht einschüchtern.

Ein überhebliches Lächeln spielte um seine Mundwinkel. »Ihr Schwager hat mich gebeten, mich Ihnen als Schutz zur Verfügung zu stellen. Der Terrorist Thando Kunene ist mit seinen Leuten in der Gegend gesehen worden.«

»Das ist mir …«, sie verschluckte ein Kraftwort, »… das ist mir so egal, mit Thando werde ich fertig, ich brauche Sie nicht, ich will, dass Sie abhauen und nie wiederkommen! Ein für alle Mal.«

Er lächelte breiter, bis seine kleinen Augen fast in den Wülsten seiner Hamsterbacken verschwanden. »Nun, Jill, ich fürchte, Leon wird auch etwas dazu zu sagen haben. Wie ich höre, gehört seiner Familie ein großer Teil von Inqaba, und um diesen Teil zu schützen, bin ich hier, und Sie werden das nicht verhindern können. Ich habe auch gehört, dass Sie das Land Stück für Stück an die Zulus verkaufen. Auch um das zu verhindern, bis alle legalen Hürden für Leon aus dem Weg geräumt sind, bin ich hier.« Wieder lächelte er.

Sie schwankte, als hätte er ihr einen Hammer übergezogen. »Wovon reden Sie? Das Land gehört mir. Meine Familie hat es von Mpande, dem Zulukönig, bekommen und 1904 ist es von der Landkommission registriert worden.« Das hatte Irma recherchiert.

»Ach ja? Nun, Leon bestreitet, dass Johann Steinach dieses Land rechtmäßig von seinem Vorfahren erworben hat. Um es verständlicher auszudrücken, Jill, wir glauben, dass er Konstantin von Bernitt ermordet hat, um an sein Land zu kommen. Wir sind dabei, die alten Unterlagen zu durchforsten. Ich bin sicher, wir werden die Wahrheit finden.«

Ein Schweißausbruch durchtränkte ihr weißes Baumwolloberteil und die Shorts, in ihrem Kopf entstand prickelnde Leere, als ihr das Blut in die Beine sackte. Durchatmen, befahl sie sich, zwang sich, ihm ins Gesicht zu sehen, obwohl schwarze Punkte vor ihren Augen tanzten und ihr die Sicht verwischten. Langsam atmete sie ein, hielt die Luft an, spürte, wie ihr Blut wieder zu kreisen begann, die schwarzen Punkte verschwanden. Die Panik ebbte ab. Sie musterte ihn. Breitbeinig baute er sich vor ihr auf, selbstsicher, grinsend, Machtbewusstsein und männlichen Überlegenheitswahn verströmend. Seine Hand lag auf der Waffe, die er im Gürtel trug, aber das schien nur eine Demonstration zu sein, nicht die Ankündigung einer Aktion. Ihr Blick flog über den Platz vor dem Haus. Er war leer, kein Mensch zu sehen. Nicht einmal Irma, und Dabulamanzi-John und Musa hatten sich in Luft aufgelöst.

Früher wäre ihr Vater jetzt zur Stelle gewesen, Martin, Harry, ganz früher auch noch Tommy. Jetzt stand nur sie hier, ganz allein, und drohte wie ein junger Baum, seiner Stütze beraubt, im Sturm zu brechen. Sie holte Luft, wollte um Hilfe schreien, doch dann hielt sie inne. Wer würde schon kommen? Irma? Die hatte sich hingelegt und die Ohren mit Oropax verstopft. Die Zulus wiederum hatten ein feines Gespür für brenzlige Situationen und einen starken Selbsterhaltungstrieb. Keiner der Farmarbeiter, nicht einmal Ben, würde ihr zu Hilfe kommen.

Das hier musste sie allein erledigen. Trotzig warf sie den Kopf zurück. Sie würde mit eigener Kraft aus diesem Schlamassel herauskommen, und dann würde sie wissen, dass sie die Zukunft nicht zu fürchten brauchte. Kein Sturm würde sie dann mehr umwerfen können. Sie tat, was ihr Vater getan hätte. Wortlos drehte sie sich um, ging in sein Arbeitszimmer, das jetzt ihr Büro war, öffnete mit einem Schlüssel, den sie an einem Bund trug, den Gewehrschrank und nahm das halbautomatische Gewehr heraus, das er sie schießen gelehrt hatte. Dann ging sie durch die Halle zurück und trat vors Haus. Sie schwitzte nicht mehr. Ruhe, die kühl war und trocken, senkte sich über sie, machte ihren Blick klar und die Hand sicher.

Len Pienaar wandte ihr den Rücken zu, sprach dabei in sein Handy. Mit lautem Ratschen lud sie die Waffe durch, und er wirbelte herum. Erstaunlich, wie schnell der sich bewegen kann, obwohl er so dick ist, fuhr es ihr durch den Kopf, während sie ihn übers Visier betrachtete, seine ungläubig starrenden kleinen Augen, die rötliche Haut mit den vielen Pigmentflecken, diesen grässlichen, schmallippigen Schlitz von einem Mund.

Len Pienaar hielt ihren Blick fest, ließ das Handy fallen und griff zu seiner Waffe.

»Finger weg«, sagte sie scharf, bevor seine Hand auch nur das Halfter berührte, »ins Auto und dann raus!« Kimme und Korn ihres Gewehres zielten genau zwischen seine Augen. Sie musste an Irma denken und hätte fast gekichert. Die Steinachfrauen hatten doch was los!

Langsam verfärbte sich die sommersprossige Haut des Mannes von rötlich zu dunkelrot, seine Brauen sträubten sich, die Muskeln am Hals schwollen an.

Wenn er jetzt den Kopf senkt, greift er an wie Oskar, dachte sie, und dann muss ich schießen, und das will ich nicht. Ich weiß gar nicht, ob ich das kann, einfach so, auf einen Menschen. Sie stellte sich vor, dass sie jetzt den Abzug durchziehen würde. Sein Kopf würde zerplatzen wie eine Wassermelone, es würde Hirn, Blut und Fleischfetzen regnen. Prompt wurde ihr schlecht, und ihr war vollkommen klar, dass sie den Abzug nie durchziehen würde. Len Pienaar erschien ihr, wie er dastand, breitbeinig, lauernd, noch größer und bulliger als vorher, und auf einmal fühlte sie sich in ihr Zoologiestudium zurückversetzt, Lektion über das Verhalten von Revierrivalen. Prahlen, aufschneiden, aufblasen. Meiner ist größer als deiner, und ich kann weiter als du. Wie die kleinen Jungs.

Einen Versuch war es wert. »Ich kann einer Fliege das Auge rausschießen«, sagte sie, »freihändig. Hat mich mein Vater gelehrt. Also tun Sie genau das, was ich sage.«

»Einer Fliege vielleicht, aber auf einen Menschen würden Sie nicht schießen. Das können Sie nicht. Sie nicht!« Wieder dieses geringschätzige Lächeln.

»Wollen Sie es herausfinden? Könnte schmerzhaft werden«, sie bewegte den Lauf, so dass er zwischen seine Beine zielte, »und nachhaltigen Schaden verursachen.« Sein Grinsen zeigte, dass er sie nicht ernst nahm, und sie spürte, wie ihr die Situation entglitt. Sie musste Pienaar loswerden, und zwar jetzt. Irma hatte Leon einen Warnschuss zwischen die Füße gesetzt, und das wollte sie vermeiden. Der Knall würde Nils Rogge und Axel Hopper im Schweinsgalopp hierher bringen, die Kamera im Anschlag, Blutgeruch in der Nase.

Aber da war noch etwas anderes. Südafrika hatte sich in ein waffenstarrendes Land verwandelt. Jeden Tag hörte sie von Vorfällen, die es nie gegeben hätte, wenn nicht einer der Beteiligten bewaffnet gewesen wäre. Auch sie war so aufgewachsen, Waffen im

Haus waren selbstverständlich, jeder hatte sie. Die Grenzen der großen Farmen wurden mit Waffengewalt verteidigt. Die Zulus zerschnitten die Zäune, um ihre Rinder auf dem Gebiet des weißen Mannes zu weiden, der weiße Farmer erschoss die Rinder und manchmal auch einen Zulu.

Es war Zeit, diesen Teufelskreis des Bösen zu unterbrechen. Ausgelöst durch dieses Wort, half ihr ihre Erinnerung.

»Hier ist er also aufgetaucht. Ich habe mich schon gewundert, was aus ihm geworden ist«, hörte sie Neil wieder sagen, und jetzt wusste sie, wie sie Len Pienaar loswerden würde. Mit Worten.

»Wenn ich jetzt schieße«, sagte sie, zufrieden darüber, wie ruhig ihre Stimme klang, »dann passiert Folgendes: Aus dem Bungalow zu Ihrer Linken – sehen Sie ihn?«, mit Triumph im Herzen beobachtete sie, dass seine Lider flatterten, für einen winzigen Moment rutschte sein Blick weg und glitt hinüber zu dem Bungalow der Journalisten. »Aus dem Bungalow dort werden zwei Männer herausstürzen«, fuhr sie fort, »einer mit einer Fernsehkamera. Sie werden alles filmen, was hier passiert, und Ihr Bild wird heute Abend in den Nachrichten zu sehen sein. Wollen Sie das wirklich?« Sie unterschlug die Information, dass es Reporter aus Übersee waren, denen vermutlich Len Pienaar kein Begriff wäre.

Seine Lider flatterten wieder, fast unmerklich sackten die fleischigen Schultern. Für einen atemlosen Moment stand die Situation auf der Kippe, dann trat der Mann, den sie die Verkörperung des Bösen nannten, einen Schritt zurück, und sie wusste, dass sie gewonnen hatte.

Er hob sein Handy auf, und als er einstieg, drehte er sich noch einmal herum zu ihr. »Ich werde Sie von diesem Land vertreiben, und wenn es das Letzte ist, was ich in diesem Leben vollbringe, das verspreche ich Ihnen, und wenn ich das geschafft habe, mach ich Sie persönlich fertig. Und wenn Sie einmal zwischen die Fronten geraten und Ihre Zulufreunde auf Sie losgehen und massakrieren wollen, werde ich zusehen und Beifall klatschen und sicherstellen, dass Sie denen nicht entkommen können.«

Er sagte das mit so viel Gift in der Stimme, dass sich ihr Magen als Reaktion zusammenkrampfte. Der blufft nur, versuchte sie sich zu beruhigen, aber es gelang ihr nur teilweise.

Pienaar drehte sein Fenster herunter. »Ich frage mich, ob Sie wissen, dass sich in dem restlos verwilderten Bereich am Fluss, wo Sie Ihren Piepmatz gesucht haben, seit über zwei Jahren eine ganze Armee von Illegalen eingenistet hat?« Er lachte laut, als sie schneeweiß wurde. »Sie wissen es nicht, das sehe ich Ihnen an. Nun, wir haben nicht vor, uns das länger anzusehen.« Damit fuhr er vom Hof.

Ihre Knie gaben plötzlich nach. Illegale? Auf ihrem Land? Sie war dort gewesen, mehrfach, hatte nie etwas bemerkt. Wie war das möglich? Die Waffe rutschte ihr aus der Hand.

»Wenn sie dir feindlich gesinnt sind, zeigen sie sich nicht offen«, meldete sich Ben aus ihrer Kindheit, »sie verstecken sich und warten, bist du ganz nahe gekommen bist, und dann schlagen sie zu.« Er hatte von Schlangen geredet, aber meinte nicht nur die, die im Gras und in den Bäumen lebten, sondern auch die zweibeinigen.

Wer verbarg sich dort in dem Buschurwald? Oder stimmte es nicht, hatte Len Pienaar sie nur verunsichern wollen?

Wieder hörte sie Ben. »Du musst lernen, welches ihr magischer Kreis ist. Den darfst du nie betreten. Die Schlange wird dich nur angreifen, wenn du diesen verletzt.«

Nachdenklich ließ sie ihren Blick über den leeren Platz schweifen. Hatte sie seinen magischen Kreis verletzt? Natürlich. Sie war eine Frau und hatte ihn mit einer Waffe bedroht und ihn zum Nachgeben gezwungen. Einen machtbewussten Mann wie Len Pienaar musste das zutiefst verletzen, seinen Stolz aufstacheln.

»Du musst lernen, zu denken wie eine Schlange«, hatte Ben gesagt, »dann weißt du schon vorher, was sie tun wird, und sie wird dich nie erwischen.«

Sie bückte sich und hob das Gewehr auf. Der Kolben war schweißnass von ihren Händen, und sie wischte ihn ab. Leon und

Len. Popi? Waren sie ihre Nemesis? Musste sie, Jill, allein die Rechnung zahlen für die Jahre, die ihre Familie als Weiße von einem schwarzen Land gelebt hatte? Eine Bewegung am Küchenfenster ihres alten Bungalows, in dem Nils Rogge und Axel Hopper wohnten, lenkte sie ab. War sie beobachtet worden? Sie sah schärfer hin. Aber alles schien ruhig. Sie musste sich geirrt haben. Sie verschloss das Gewehr sorgfältig im Gewehrschrank und ging in ihr Zimmer, um sich für den Empfang zurechtzumachen. Während sie ihr verschwitztes Oberteil über den Kopf zog, überlegte sie ihre nächsten Schritte.

Was würde Len Pienaar jetzt unternehmen? Sie machte sich nichts vor. Für ihn war das jetzt nicht mehr die Sache seines Freundes Leon, jetzt würde es ihm persönlich um sie gehen. Wie immer, wenn sie Hilfe brauchte, fiel ihr als Erstes Neil Robertson ein. Vielleicht wusste der einen Weg, Ein-Arm-Len aus dem Weg zu räumen. Offenbar wollte der die Tatsache, dass er jetzt in Zululand lebte und eine eigene Sicherheitstruppe führte, nicht an die große Glocke hängen. Es war möglich, dass Neil die Leute kannte, die an dem ehemaligen Vuurplaas-Killer interessiert waren.

Auch Leon hasste sie, würde nie lockerlassen, also blieb ihr nichts anderes übrig, als ihn ernst zu nehmen und ihrerseits Recherchen anzustellen, was es mit diesem Brief von Catherine Steinach auf sich hatte. Neil hatte sich noch nicht wegen des Artikels gemeldet, den er in den alten Zeitungen entdeckt hatte. Heute Abend würde sie ihn fragen, wie weit seine Computerwhizzkids den Bericht zusammengestückelt hatten. Vielleicht konnte man schon schlau daraus werden. Leon und Len. Im Moment schien sie ein bemerkenswertes Talent zu entwickeln, sich Feinde zu machen. »Scheißkerle«, sagte sie laut zu ihrem Spiegelbild. Sie sah sich mitten im Zimmer stehen, nur mit einem knappen Slip bekleidet, die Arme verschränkt, das Kinn vorgeschoben, die Brauen zusammengezogen. Und dann musste sie lachen, erinnerte sich an Len Pienaars wütendes Gesicht und lachte lauter. »Ich kann weiter als ihr«, schrie sie in den leeren Raum, schlüpfte aus ihrem Slip und stellte sich unter die Dusche. »The winner takes it all, the loser standing small«, sang sie lauthals unter dem lauwarmen Wasserstrahl. Danach fühlte sie sich ganz wunderbar.

Der 25. Januar 1998 würde der Beginn ihres neuen Lebens werden.

*

Noch bevor die ersten Gäste erschienen, entdeckte sie die gesamte Jugend ihres Farmarbeiterdorfes, die sich im Hintergrund herumdrückte. Ihre Absicht wurde schnell klar. Als das erste Auto mit Angelica und Alastair vorfuhr, sprangen zwei der jungen Zulus vor und rissen die Tür auf. Grinsend nahmen sie dann das Trinkgeld in Empfang, das Alastair ihnen zusteckte. Sie seufzte. Es hatte keinen Sinn, sie zu verjagen. Es würde ihr nicht gelingen. »Nur zwei Mann pro Auto und keine Prügeleien um das Geld, verstanden?«, warnte sie Thobani, der ihr der Anführer zu sein schien. »Helft den Damen beim Aussteigen«, rief sie ihm nach, als er dem nächsten Auto entgegenrannte.

»Was machen all diese Eingeborenen hier?«, fragte eine zitternde Stimme, betonte das Wort »Eingeborene« auf besondere Art.

Sie drehte sich um, wollte eine kühle Antwort geben, ihre Zulujungs verteidigen, als sie Joyce Kent erkannte. Im Gesicht der Frau stand panische Angst. Jills Blick glitt zu Peter Kent, sie bemerkte die scharfen Linien, die wie Schnitte rechts und links neben seinem Mund saßen, die weißen Knöchel seiner Hände, mit denen er die Armlehnen seines Rollstuhls umklammerte, und schlagartig wurde ihr die ganze Tragik dieses sympathischen Ehepaares klar, verstand sie den Hintergrund der Frage.

Joyce hatte ihre Reaktion offensichtlich bemerkt. Sie holte tief Luft. »Wir wohnten damals noch in Johannesburg und kamen abends nach Hause«, sagte sie leise, »es war nicht einmal spät. Sie warteten in der Garage«, ihr Gesichtsausdruck, ihre Stimme waren wie tot, »einer hatte ein Messer, der andere eine Pistole.« Sie schob den Ärmel ihres langen Kleides hoch, und Jill sah, welche Schaden das Pistolengeschoss angerichtet hatte.

Sie legte Joyce einen Arm um die Schulter. »Sie brauchen keine Angst zu haben. Es sind die Kinder unserer Arbeiter, hier auf der Farm geboren wie ich, und ich kenne sie seit ihrer Geburt. Hier sind Sie sicher.« Sie spürte, wie Joyce sich etwas entspannte, doch ihre Hand blieb zur Faust geballt, ihr Kinn zitterte. Sie tat Jill unendlich Leid. Schnell drückte sie die andere Frau an sich. »Es wird vorbeigehen, glauben Sie mir«, flüsterte sie ihr zu.

Joyce nickte und schob Peter ins Haus.

Zwei Stunden später schaute Jill glücklich auf die überfüllte Terrasse, die von einem riesigen, an drei Seiten geöffneten Zelt geschützt wurde. Der Wetterbericht war nicht sehr ermutigend gewesen. Es war Gewitter vorausgesagt worden. Der Geräuschpegel schmerzte in den Ohren, das Gedränge war so dicht, dass sie kaum ihre Runde machen konnte, aber sie war euphorisch. Alle waren gekommen. Der Rundgang und ihr Vortrag waren mit viel Beifall quittiert worden, Ellen und Nelly hatten sich selbst übertroffen, und der Vorstand der Gesellschaft für Vogelkunde, die von Anfang an ihr Projekt unterstützt hatte, präsentierte ihr ein riesiges Poster mit allen Vögeln, die auf dem Gebiet von Inqaba lebten. In der Mitte, wie ein Juwel leuchtend, der Scharlachbrust-Nektarvogel.

Im Gedränge fiel ihr Yasmin auf, die neben Axel Hopper stand. Ihr hautenges, langes weißes Kleid ließ ihre Mitte frei. Ein Diamant funkelte in ihrem gepiercten Bauchnabel. Männer umschwirrten sie wie Motten das Licht. Axel, sehr gut aussehend in schwarzem T-Shirt und schwarzem Leinenblazer, machte jedoch deutlich, dass er sie als seine Eroberung betrachtete. Mit seinem breiten Rücken drängte er alle Konkurrenten ab. Yasmin ließ es geschehen, lächelte schläfrig und nippte am Champagnerglas.

Nach über einer Stunde, in der sie unzählige Hände gedrückt hatte, fast taub war von den vielen Luftküsschen, klatschte Jill in die Hände und bat alle Gäste, sich auf dem Vorplatz zu versammeln. Nelly und die anderen Frauen hatten frisches Bier gebraut, und Nelly goss jetzt eine Kelle Bier auf den Boden, opferte damit ihren Ahnen und reichte die traditionellen Biergefäße aus Ton unter den Gästen herum. Ein Lagerfeuer warf zuckendes Licht über den Hof, der Frangipani duftete, Axel Hopper filmte, Nils Rogge machte sich Notizen. Alle sahen glücklich aus.

Dann erschienen Thobani und sein Cousin Thabo, die besten Stockkämpfer der Region. Kuhschwänze hingen von ihren Gürteln, perlenbestickte Bänder umschlossen ihre Arme und lagen kreuzweise über ihren nackten Oberkörpern. Jeder trug ein Stirnband aus dem Fell einer Wildkatze, Thobani dazu seine rote Baseballmütze, den Schirm nach hinten gedreht. Aufreizend stolzierten sie vor den im Kreis sitzenden, unverheirateten Zulumädchen herum, zu den lauten Anfeuerungsrufen die bemalten Kampfstöcke schwingend. »Hier ist ein Büffel!«, schrie Thabo und schlug den Stock gegen seinen Schild, und Thobani antwortete: »Hier ist ein Büffel, aber er ist größer!« Wieder knallte ein dumpfer Stockschlag.

Die Stöcke wirbelten, die Mädchen sangen, klatschten, trillerten. Die Menge geriet in Schwingungen, der dicke Bürgermeister lachte dröhnend, stampfte ein paar Tanzschritte, sein schwarzes Gesicht glänzte im Feuerschein, die Zähne blitzten. Stöcke schlugen mit hellem Klang aneinander, auch Yasmin wiegte sich in sinnlicher Langsamkeit zum Gesang der jungen Mädchen, dann schneller, sie schlängelte sich in Wellen, der Diamant im Nabel sprühte Feuer. Mitgerissen sprangen die anderen Frauen auf, sangen, tanzten, stampften, feuerten die Kämpfer mit Trillerpfeifen an. Yasmin warf den Kopf zurück, gab sich völlig dem Tanz hin, war nicht mehr Yasmin, sondern Thandile Kunene, die Zulu.

Der Funke sprang auf Jill über, der Rhythmus hämmerte durch ihren Körper, rauschte im Blut, zuckte in ihren Muskeln. Sie konnte nicht mehr still halten. Ganz nah bei Thandi, wie früher, als sie noch Kinder waren, überließ sie sich der Musik, tanzte sich alles von der Seele, was sie belastete, das Paillettenmuster ihres hoch geschlitzten schwarzen Kleides schimmerte wie eine kostbare Schuppenhaut im Widerschein der Flammen.

»Halt drauf! Neuer Titel, Weiß tanzt mit Schwarz«, hörte sie Nils wie aus weiter Ferne rufen, wurde von dem kleinen Scheinwerfer auf Axels Filmkamera geblendet. Sie nahm es kaum wahr. Sie tanzte, bis ihr Herz jagte und ihr schwindelig wurde. Erst der tosende Beifall ihrer Gäste brachte sie zur Besinnung, und erst jetzt merkte sie, dass sie und ihre Kindheitsfreundin zum Schluss allein getanzt hatten. Yasmin war verschwunden, Thandi stand vor ihr, atemlos, die graugrünen Augen leuchtend, die schwarze Haut glänzend vor Schweiß.

»Willkommen zu Hause, Thandi«, flüsterte Jill.

Für einen Moment schaute die Zulu sie an, unsicher, schien zwischen Thandi und Yasmin zu schwanken. »Aiih, yabonga ghakulu«, hauchte sie ihren Dank auf Zulu, dann veränderte sich ihr Ausdruck. »Na, das war ja eine lustige Vorstellung, die du da gegeben hast«, lächelte sie biestig, fuhr sich durch ihre steifen, glatten Haare. »Muss mein Gesicht reparieren …« Sie hatte wieder Amerikanisch gesprochen. Yasmin war zurückgekehrt. Leise vor sich hin singend, tänzelte sie im Takt ins Haus, ihre Zuluseele offenbar im Kampf mit der New Yorker Modeprinzessin.

Jill bemerkte es mit Vergnügen. Welch ein Tag. Sie schloss ihre Augen, um in diesem Gewühl für einen Augenblick mit sich allein zu sein. »Ich habe es geschafft«, flüsterte sie. »Ich. Allein.« Sie war bisher nie stolz auf sich gewesen. Es war ein ganz neues Gefühl. Ein sehr angenehmes. Warm und süß wie Schokolade. Der Eindruck, beobachtet zu werden, veranlasste sie, die Augen wieder zu öffnen. Nils Rogge lächelte ihr über die Menge zu, hob sein Glas. Er überragte alle, hatte freien Blick über die Köpfe. Widerwillig gestand sie sich ein, dass er sehr attraktiv war, ganz besonders wenn er lachte. Sie anlachte. Beunruhigt über sich selbst, blickte sie ihm entgegen, während er sich zu ihr durchdrängte.

»Wunderbare Party«, sagte er und nahm einen Schluck aus seinem Glas, »was war da vorhin los?« Er lächelte nicht mehr.

Der Satz erwischte sie kalt, der Blick aus seinen blauen Augen war entnervend direkt und sagte ihr deutlich, dass er Len Pienaar gesehen haben musste. Und dass sie ihn mit dem Gewehr von Inqaba verjagt hatte. Sie konnte förmlich seine Nasenspitze zucken sehen, als er den Geruch der Story witterte. Innerlich verfluchte sie ihn, fand ihn nur noch aufdringlich, fast bedrohlich. »Ich weiß nicht, was Sie meinen«, sagte sie, während sie sich fieberhaft eine Ausrede zurechtlegte. Glücklicherweise entdeckte sie Neil, der mit Tita neben Irma, den Farringtons und den Konnings an der Tür stand. »Kommen Sie, ich möchte Sie mit Neil Robertson bekannt machen. Am Telefon haben Sie sich ja schon gesprochen.« Sie zog ihn hinüber.

Neil begrüßte Nils hocherfreut und verwickelte ihn sogleich in ein angeregtes Gespräch. Sie atmete auf. Die Gefahr war vorüber. Ab und zu spürte sie noch den Blick des Journalisten, vermied es aber sorgfältig, ihn zu erwidern, nahm sich vor, sich so weit wie möglich von Nils Rogge entfernt zu halten. Sie nahm sich ein Glas Orangensaft vom Tablett, das eine Serviererin an ihr vorbei-balancierte, und begrüßte Thabiso, den Freund von Tommy, sah, dass Jonas, Nellys Enkel, ebenso gekommen war wie Max Clarke. Der Botaniker nahm sie in den Arm und gratulierte ihr mit einem Kuss. »Ich bin beeindruckt. Ich werde meiner Familie nächstes Wochenende Inqaba zeigen.«

Leider konnte sie mit ihm nur ein paar Worte wechseln, die Gesellschaftsjournalistinnen zweier rivalisierender Tageszeitungen verlangten ihre Aufmerksamkeit, und da die Damen für ihre Eitelkeit bekannt waren, beeilte sie sich, deren Aufforderung zu folgen. Schon fast routiniert gab sie der einen ein improvisiertes Interview, als sie eine warme Hand auf ihrer nackten Schulter spürte. »Na, turteln Sie mit der Konkurrenz?«

Nils Rogges Stimme. Sie fuhr herum, öffnete den Mund, um ihm eine passende Antwort zu geben, doch sie kam nicht mehr dazu. Wie aus dem Boden gewachsen tauchte Leon vor ihr auf. »Hi, Jill«, sagte er mit einem unangenehmen Grinsen.

Als hätte jemand einen Schalter herumgeworfen, stieg ihr die Wut in den Kopf, aber bevor sie Leon zur Rede stellen konnte, drängte sich Lorraine zwischen sie und Nils, die warme Hand glitt ab. Er trat zurück. »Jilly, meine Liebe …«, ihre Schwägerin schmatzte zwei lautstarke Luftküsschen rechts und links neben ihr Ohr. Eine Lockenkaskade in Silberblond fiel ihr bis zur Mitte des Rückens, ihr Kleid war aus Goldlamé, die Schuhe waren hoch und spitz.

Fehlen nur noch die Flügel, dann kann sie im Weihnachtsmärchen als Rauschgoldengel auftreten, dachte Jill boshaft und stellte nach Luft ringend fest, dass ihre Schwägerin von »Poison« auf »Eternity« umgestiegen war und vermutlich eine ganze Flasche über sich ausgegossen hatte.

»… ich hab zu Leon gesagt«, plapperte Lorraine weiter, »Jill hat bestimmt in all dem Wirbel vergessen, unsere Einladung abzuschicken, oder sie ist verloren gegangen. Bei dieser Post ist das ja heute gar kein Wunder, nicht? Die Kaffern sind hoffnungslos. Nun, das hab ich gesagt und dass wir dir nicht böse sein und deswegen zu Hause in unserem Schmollwinkel sitzen bleiben dürfen, anstatt dich hier zu unterstützen. Schließlich gehörst du zur Familie, bist ja auch eine von Bernitt, auch wenn Martin tot ist … Also wirklich, nicht schlecht, deine Party … oh, sogar die Reporterin der Gesellschaftsseite ist hier, du musst mich einfach vorstellen..«, Lorraine sah sich mit glitzernden Augen um und redete und redete.

Wie ein Wasserfall rauschten die Worte an Jill vorbei, denn während der ganzen Zeit fixierte Leon sie mit einem sardonischen Grinsen, das ihr ein außerordentlich unbehagliches Gefühl in der Magengrube verursachte. »Warum bist du hier?«, fragte sie in eine Atempause Lorraines.

»Na, um dich zu unterstützen, das hast du doch gehört.« Er trank grinsend einen großen Schluck Champagner, den ihm eine von Angelicas adretten Serviererinnen gebracht hatte. »Den Rest hat dir ja Len heute erklärt.«

»Wenn du nicht auf der Stelle verschwindest, lass ich dich rauswerfen!« Wie oder von wem, wusste sie allerdings nicht, denn sie hatte nicht vor, noch einmal zur Waffe zu greifen. Aber vielleicht ließ er sich auch bluffen. Verstohlen sah sie sich nach Nils Rogge um, entdeckte ihn in einem angeregten Gespräch mit Marius Konning. Hilfe suchend sah sie zu ihm hinüber, erkannte in ihm die einzige Chance, dass Leon für heute Abend Ruhe geben würde, musste den Impuls unterdrücken, ihn zu rufen.

»Du scheinst weder mir noch Len zugehört zu haben«, sagte Leon, ihre Aufmerksamkeit erzwingend, »ein Teil von Inqaba gehört mir, und du wirst mich nicht von hier verjagen. Ich habe die Angelegenheit schon meinen Anwälten übergeben.« Metallisch hart hallte seine Stimme in ihren Ohren.

Aus den Augenwinkeln bemerkte sie erleichtert, dass Nils jetzt ungeniert und mit großem Interesse ihrer Unterhaltung lauschte und sich dabei langsam zu ihr durchschlängelte. »Nils«, winkte sie ihn heran, »haben Sie alles, was Sie möchten? Kann ich Ihnen noch ein Glas Champagner bringen lassen?«

Nils Rogge sah sie kurz an, dann sein frisches, volles Glas, dann Leon. Er musste gespürt haben, dass ihr Angebot eine Art Bitte um Hilfe war, denn er reagierte prompt. »Leider muss ich Ihnen unsere Gastgeberin kurz entführen«, lächelte er Leon an, und Jill fühlte sich an Dary erinnert, wenn er seine beeindruckenden Zähne fletschte. Dann nahm er sie am Ellenbogen und schob sie vor sich her, bis sie die gegenüberliegende Seite der Terrasse erreicht hatten. »Freund von Ihnen?«, fragte er in seiner lakonischen Art und reichte ihr sein noch unbenutztes Glas.

Sie nahm einen tiefen Schluck von dem Champagner und lächelte schief. »Schwager, Bruder meines verstorbenen Mannes. Kein Freund. Ganz bestimmt nicht.«

Er schwieg und wartete.

Sie schwieg auch. »Er will mir meine Farm wegnehmen«, rutschte es ihr dann heraus, und sie biss sich auf die Lippen.

»Kann er das?«

Sie sah hoch zu ihm, fand, dass sie ihm am liebsten alles erzählen würde, aber ihre warnende innere Stimme hielt sie davon ab. »Nein, nein …« Aber selbst in ihren Ohren klang das lahm und unwahr. Sie räusperte sich. »Natürlich nicht!«

Nils Rogge studierte ihr Gesicht eingehend, tastete sie mit seinem Blick ab, bis ihr die Haut kribbelte. »Soso«, sagte er leise, »Sie brauchen also keine Hilfe?«

»Nein.« Sie senkte ihren Blick, spürte genau, dass sie ihm nicht viel länger widerstehen konnte, kurz davor war, alles vor ihm auszubreiten, was sie quälte. Jetzt verstand sie, warum er als ein so herausragender Reporter galt. Auch er war ein Verführer von Menschen, ein Rattenfänger, und im Moment erprobte er seine Kunst an ihr.

»Es hat auch nichts mit diesem anderen Herrn zu tun, den Sie etwas drastisch mit dem Gewehr von der Farm gejagt haben?« Wieder dieser zupackende Blick, das Lächeln, das diese unvorhergesehene Wirkung bei ihr hatte. Offenbar war sie so allein innerlich, so hungrig nach Wärme, dass sie Gefahr lief, auf den erstbesten Annäherungsversuch hereinzufallen. Sie würde auf der Hut sein müssen.

Ruhig sah sie ihm in die Augen, ihre Gefühle wieder unter Kontrolle. »Sie müssen sich irren, ich habe niemandem mit dem Gewehr gedroht.«

Die Fältchen in seinen Augenwinkeln vertieften sich, die Mundwinkel zuckten. »Ah, ja.« Er trank einen Schluck. »Hab ich mir wohl eingebildet. Oder es war eine Fata Morgana.«

Sie nickte, glaubte nicht für eine Sekunde, dass er davon überzeugt war. Ein unterschwelliges Grollen hinter den Hügeln, ein Windstoß, der durch die Büsche fegte, enthob sie einer Antwort. »Entschuldigen Sie mich, ich glaube, es wird gleich ein Gewitter geben. Wir müssen die Zeltseiten herunterlassen.«

Sie schafften es gerade noch, bevor mit einem ohrenbetäubenden Krachen der erste Blitz herunterfuhr und der Himmel alle Schleusen öffnete. Die tintenblaue Nacht wurde schwarz, der

Regen rauschte mit mächtigem Trommeln aufs Zeltdach, fiel als Vorhang von den Rieddachkanten, durchnässte jeden auf der Stelle, der sich nicht in Sicherheit gebracht hatte. Das Zelt ächzte im Sturm, der Geräuschpegel im Inneren stieg, übertönte bald das Toben der Naturgewalten. Es herrschte blendende Stimmung. Mitten hinein ins Durcheinander ertönte das Klingeln einer Gabel gegen Glas. »Rede, Rede«, rief jemand, »Ruhe«, rief ein anderer, und einer nach dem anderen verstummte. Ein Stuhl schurrte über den Boden, alle sahen dorthin, auch sie, und da stand Leon.

»Meine Damen und Herren«, rief er, sah dabei aber nur sie an, »als Bruder des verstorbenen Martin von Bernitt, dem Hausherrn, möchte ich Sie heute hier willkommen heißen. Wir wollen alle die Leistung würdigen, die meine Schwägerin Jill hier erbracht hat …«

»Hör sofort auf«, sagte sie, nicht laut, es war ruhig genug im Zelt, dass er es auch so verstand. »Du bist nicht eingeladen, du hast hier nichts zu suchen.« Alle Blicke flogen zu ihr.

»Oh, liebe Jill, du weißt, dass das nicht stimmt, nicht wahr?« Seine Stimme hatte diesen seidigen Klang, den manche Menschen anschlagen, bevor sie zum tödlichen Stoß ausholen. »Denn ein Teil dieser Farm gehört mir, und das weißt du. Dein Urururgroßvater hat das Land von meinem gestohlen, und ich bin hier, um es wieder in Besitz zu nehmen.« Die letzten Worte musste er schreien.

Er wurde von lauten Rufen und Fragen der anderen unterbrochen. Neil bahnte sich seinen Weg zu ihm, Marius und Alastair in seinem Kielwasser. Nils Rogge lehnte an der Wand, ein Glas in der Hand, und sah interessiert zu. Thandi hatte sich von Axel frei gemacht, und Jill fiel auf, dass sie mit großer Unruhe umherblickte, auf die Uhr sah, sogar an einer Stelle die Zeltplane beiseite schob und hinausspähte. Es war offensichtlich, dass sie jemanden erwartete. Aber wen?

Die Antwort war so nahe liegend, dass Jill einige Zeit brauchte, ehe sie darauf kam. Popi. Es musste so sein. Er war in der Nähe, mit Sicherheit wusste er von dieser Einweihung, Berichte darüber hatten in mehreren Zeitungen, auch lokalen, gestanden, sogar das lokale Fernsehen hatte sie erwähnt. Ihr wurde eiskalt, als sie sich darüber klar wurde, was in der nächsten halben Stunde hier passieren könnte.

»… ich glaube, dass Johann Steinach Konstantin von Bernitt, meinen Urururgroßvater, ermordet hat«, hörte sie Leon brüllen, »ich werde …«

Dann erreichten ihn Neil und gleich darauf Alastair und Marius. Gemeinsam zogen sie ihn vom Stuhl herunter. Lorraine kreischte irgendetwas, Leon hatte sein Handy am Ohr, rief Unverständliches hinein, während ihn Marius und Alastair an den Armen packten und durch die Menge zerrten. Jill beobachtete die Szene, als wäre es ein Film, der vor ihr ablief und an dem sie vollkommen unbeteiligt war. Irma verschwand eben im Haus, und sie erriet, was sie vorhatte. Vermutlich würde sie gleich wieder auftauchen, das Gewehr im Anschlag und eine Mordswut im Bauch. Sie betete, dass sie sich irrte.

Unvermittelt durchschnitten raue Stimmen den Tumult im Zelt, und sie sah den Triumph auf Leons Gesicht. Im selben Moment erschienen Len Pienaar und zwei weitere Männer in Khakiuniformen. Sie mussten draußen gewartet haben. Unruhige Bewegung brach aus, als die drei Männer sich rücksichtslos ihren Weg pflügten. Die Menge der geladenen Gäste teilte sich vor ihnen wie die Wellen vor einem Schiffsbug. Ohne zu zögern, marschierte Len auf Leon zu.

Thandi fiel ihr auf, sofort. Sie stand ganz still, starrte Len Pienaar an. Ihr Gesicht war wie ein braune Maske mit brennenden schwarzen Augenlöchern. Was hatte sie nur? Wartete sie auf Popi?

Jills Herz fing an zu hämmern. Sollte er mit seinen Zulus hier auftauchen und womöglich auch Irma noch, versessen, die Männer mit dem Gewehr von der Farm zu jagen, würde es ein Blutbad geben, davon war sie überzeugt. Für keine Sekunde gab sie sich der Illusion hin, dass Leon, Len und seine zwei Männer unbewaffnet waren. Außerdem war sie sich sicher, dass noch eine beachtliche Anzahl von Anwesenden eine verborgene Waffe trugen, und Leon hatte mit seinen Ansichten sicher einige Sympathisanten unter ihnen. Len Pienaar bewachte einen Großteil der umliegenden Farmen mit seiner Schutztruppe. Sie kannten ihn ohne Zweifel als aggressiven, gefährlichen Mann. Keiner würde sich mit ihm anlegen. Sie fühlte, wie ihr der Schweiß in den Ausschnitt lief.

»Scheiße«, hörte sie Alastair sagen, »Neil, Marius, wir müssen die Frauen hier rausbringen, hier geht's gleich rund.«

»He, Leon! Ärger, Mann?« Ein-Arm-Len ging mit breitem Grinsen auf seinen Freund zu, seine Männer deckten ihm mit professionellem Gehabe den Rücken. Trotz des Ernstes der Situation wirkte es ziemlich albern. Leon riss sich in einem Augenblick der Unaufmerksamkeit von Marius und Alastair los, die zwei Begleiter von Len nahmen ihn in die Mitte, hastig konferierten sie miteinander.

Jill wurde gewahr, dass ein gewisser Geräuschpegel wieder eingesetzt hatte. Hier und da tuschelten einige miteinander, Füße scharrten, jemand nieste. Wie eine rückflutende Welle hatten sich die Gäste langsam ins Haus zurückgezogen, und sie wie Strandgut auf der Terrasse zurückgelassen. Wie befürchtet, tauchte jetzt Irma im Zelteingang auf, das Gewehr an der Hüfte im Anschlag, den Finger am Abzug. Zischend sog Jill den Atem durch die Zähne, wollte Irma warnen, aber alles passierte so schnell, dass sie der verwischten Bewegung nicht folgen konnte. Als das Bild wieder klar war, waren Lens Männer in die Knie gegangen, hatten die Waffen gezogen. Sie hielten sie mit beiden Händen und ausgestreckten Armen und zielten genau auf Irmas Kopf. Jill stand in der Mitte zwischen Irma und den vier Männern. Wie ein Knochen zwischen zwei Hunden. Sie unterdrückte eine Art wahnsinniges Kichern, das ihre Kehle kitzelte. Ihr war weiß Gott nicht nach Lachen zu Mute.

»Waffe runter, du alte Hexe«, befahl Len Pienaar.

Alastair machte einen Schritt auf ihn zu. »Was fällt Ihnen ein, Pienaar? Sie befinden sich hier auf der privaten Feier einer Lady, und soweit ich weiß, sind Sie nicht eingeladen. Verschwinden Sie.« Seine tiefe Abneigung gegen den Ex-Polizisten spiegelte sich in seinem abschätzigen Ausdruck wider.

Len Pienaar würdigte ihn nicht einmal eines Blickes.

Trotz der angespannten Situation musste Jill ein Schmunzeln unterdrücken. Alastair hegte sehr altmodische Ansichten über gute Manieren, ganz besonders den Damen gegenüber.

Irma rührte sich nicht, ihr Finger lag am Abzug.

»Nicht, Irma«, sagte Jill mit normaler Lautstärke, »nicht.«

Aber diese senkte den Lauf ihres Gewehrs um keinen Millimeter. Die Steinach-Frauen waren eben eigensinnig. Rasch warf Jill einen Blick in die Runde. Nils und Axel hatten sich in die Ecke bei der kleinen Treppe, die zum Weg hinunterführte, zurückgezogen. Nils machte unentwegt Notizen, Axel filmte. Sie war beruhigt. Solange diese beiden Reporter die ganze Szene für die Nachwelt aufnahmen, würde es wohl keiner wagen, den Krieg zu beginnen. Doch als sie sich umwandte, bemerkte sie, dass Neil, Alastair und Marius sich fast unmerklich langsam an die vier Männer heranschoben. Sie verständigten sich untereinander nur durch Blicke, und ihr war sofort klar, was sie vorhatten. Entsetzt hielt sie den Atem an. Neil war Ende fünfzig, Marius und Alastair waren zwar jünger, aber nicht so durchtrainiert wie Len und seine Männer.

Bevor sie sich einmischen konnte, warfen sich die drei von hinten auf Leon, Len und die beiden anderen. Leiber, Arme, Beine verknäulten sich ineinander, jemand grunzte, und in der nächsten Sekunde wälzten sich Alastair, Marius und Neil am Boden. Dann knallte ein Schuss, eine Lampe zersplitterte, und Leon wurde von Len und seinen Leuten in rasender Eile wie ein Sack Mehl aus dem Haus gezerrt.

Irma stand da, das Gewehr lässig in der Armbeuge, ein zufriedenes Lächeln auf dem Gesicht. »Die sind wir los«, verkündete sie fröhlich, »habt ihr gesehen, wie die gerannt sind?« Sie piekte Alastair mit dem Gewehrlauf. »Ihr könnt wieder aufstehen, Jungs, alles vorbei. Keine Gefahr mehr.«

Verlegen grinsend erhoben sich die beiden jüngeren Männer, halfen dann Neil auf die Beine. Alastair schien einen Schlag aufs Auge bekommen zu haben. Es war bereits stark angeschwollen.

»Meine Güte«, schimpfte Tita, während sie an Neil herumzupfte, untersuchte, ob er noch ganz war, »fällt dir in deinem Alter nichts Besseres ein, als dich mit solchen Männern herumzuprügeln? Leg dich mit Leuten an, die dich nicht gleich zu Brei schlagen.« Ihr Gesicht strafte die spöttischen Worte Lügen. Es war deutlich, dass sie Angst um ihn gehabt hatte.

Angelica warf einen Blick auf ihren lädierten Mann, drückte ein wenig an seinem Auge herum, bis er mit einem Schmerzenslaut zurückzuckte. »Ich hole Eis aus der Küche«, sagte sie kurz.

Auch Lina zog das Ganze ins Lächerliche. Sie schaute in die Runde. »Alle Zähne noch drin? Ja? Na, dann muss ich wenigstens nicht in Aktion treten.« Dann untersuchte sie doch noch Alastairs sich bereits verfärbendes Auge. »Ist nicht weiter schlimm«, murmelte sie, »wird deine Schönheit nicht nachhaltig beeinträchtigen.«

Jill war klar, dass die drei Frauen sich über den Vorfall lustig machten, um sich nicht mit der Tatsache auseinander setzen zu müssen, dass ihre Männer sich ziemlich leichtsinnig einer großen Gefahr ausgesetzt hatten. Irma brachte ihr Gewehr ins Haus, und Jill schickte ein Dankesgebet zum Himmel. Das war gerade noch gut gegangen. Es würde eine andere Gelegenheit geben, alles mit Leon zu klären. Bis dahin würde sie hoffentlich handfeste Beweise in der Hand halten, die sie ihm um die Ohren schlagen konnte.

Es ist an der Zeit, dass hier geredet wird, wir sollten ein Indaba abhalten, dachte sie, ein anständiges Zulu-Indaba, wie es hier üblich ist, wo jeder seinen Fall vor einem Schiedsrichter darlegen kann. Sie war sich sicher, beweisen zu können, dass Inqaba ihr gehörte.

Der dicke Bürgermeister drängte sich im Kreis seiner Leibwächter zu ihr hindurch. »Jill, es war eine sehr schöne Feier, ich werde immer daran denken, alle Besucher in unserer schönen Stadt zu Ihnen zu schicken.« Die Worte klangen einstudiert. »Ich werde jetzt gehen müssen. Geschäfte warten auf mich.« Mit einem Handschlag in traditioneller Manier, Handfläche, Daumen, Handfläche, verabschiedete er sich, und nach ihm gingen alle anderen Gäste. Zurück blieben nur ihre engsten Freunde, die Hausgäste und die beiden Reporter.

»Was ist an dieser Geschichte von diesem Herrn von Bernitt dran, dass Ihr Vorfahr seinen ermordet haben und sich sein Land unter den Nagel gerissen haben soll?«, fragte Nils Rogge, und an dem Glitzern in seinen Augen konnte sie erkennen, dass er mal wieder eine Story witterte. »Klingt faszinierend.« Er biss krachend in ein Baguettestück mit angetrocknetem Parmaschinken, das er sich vom Büfett geholt hatte.

»Natürlich nichts«, fauchte Irma ihn an.

»Dafür scheint der Herr Graf sich aber sehr sicher zu sein.« Sein Tonfall war süffisant. »Und wer ist dieser einarmige Fleischklops mit seinen Kettenhunden?«

»Ein ehemaliger Polizist«, mischte sich Neil ein, »Jill, morgen können wir Leon wohl das Gegenteil beweisen, dann kann ich dir mehr über den Artikel sagen, den ich in den Archiven gefunden habe. Er scheint nahe zu legen, dass Konstantin von Bernitt sein Land beim Spiel verloren hat.«

»An Johann Steinach?«, rief Jill überrascht. »Der hat gespielt? Das glaub ich nicht.«

»Wo könnte man das recherchieren?« Nils fragte ungerührt weiter. »Ich bin Journalist, vergessen Sie das nicht, ich bin auch ziemlich gut im Ausgraben von Nachrichten, die nicht gefunden werden sollen.«

»Im Geschichtenzimmer«, sagte Irma bestimmt, »hier entlang.« Neil und Nils folgten ihr auf dem Fuße, unterhielten sich dabei angeregt. Jill hörte, dass Neil seinem Kollegen genau erklärte, wer und was Len Pienaar war. Axel, der mit suchendem Blick umherirrte, fragte Jill nach Yasmin. »Sie war plötzlich einfach verschwunden, hat keinen Ton gesagt.« Seine schokoladenbraunen Augen wurden groß und tragisch, und Jill musste lachen, versprach nach dem Verbleib des Models zu forschen. Sie fragte Nelly und Zanele, stieß aber nur auf Schulterzucken, schickte Zanele dann zu Thandis Zimmer. »Klopf an, sieh nach, ob sie da ist.«

»Nicht da«, meldete die Zulu kurz darauf, »ist weggegangen.« Das war offensichtlich, aber wohin, um diese Tageszeit? Nur die Wege unmittelbar am Haupthaus waren beleuchtet. Außerhalb dieses Kreises war tiefe, undurchdringliche Nacht. Afrikanische Nacht. Jill meinte, vorhin das trockene Husten eines Leoparden gehört zu haben. Sie sah hinaus. Natürlich, dachte sie, Popi. Er musste hier irgendwo sein. Thandi traf sich mit ihrem Zwillingsbruder. Ein ungutes Gefühl ballte sich wie eine Faust in ihrem Magen. Was hatten die beiden vor? Sie glaubte nicht an einen Zufall oder eine harmlose Erklärung für Thandis überraschendes Auftauchen auf Inqaba. Thandi hatte gelogen. Ihr Mienenspiel hatte sie verraten.

»Jill«, es war Nil's Stimme, die sie rief, »wir haben alle brüllenden Hunger hier«, er grinste fröhlich in die Runde, die sich im Geschichtenzimmer versammelt hatte. Die Robertsons, die Farringtons, Irma. Lina und Marius hatten sich vor ein paar Minuten verabschiedet, weil der Babysitter nach Hause gebracht werden musste. Auch die Gäste, die auf Inqaba wohnten, hatten sich zurückgezogen.

»Das wird sich beheben lassen«, lachte sie, »Tita, Angelica, an die Front, mal sehen, was wir aus den Überresten zaubern können.« Eine halbe Stunde später kehrten sie stolz mit zwei großen Tabletts mit Salaten, Sandwiches, den verlängerten Resten der Vichyssoise, einer kalten Kartoffel-Lauch-Suppe und Getränken zurück. Die drei Journalisten – Axel war von seiner Suchexpedition mit hängenden Ohren unverrichteter Dinge zurückgekehrt –

lagen bequem auf dem Boden ausgestreckt, Irma und Tita saßen auf dem Sofa. Im Lampenlicht tanzten Mücken, und die Geckos hatten bereits ihre Abendmahlzeit begonnen. Ein Gecko erwischte einen fetten Moskito und verschwand mit seiner Beute hinter dem Bild eines angreifenden Löwen. Bevor Jill und ihre Helferinnen die Tabletts auf dem niedrigen Tisch absetzen konnten, mussten sie erst mehrere Bücher, deren Leinenbuchdeckel verstaubt und mit Wasserflecken übersät waren, und Stapel von Papier auf den Boden räumen. »Wo wollt ihr denn hier bloß anfangen zu suchen?«, fragte Jill, ließ ihren Blick über die deckenhohen Regale wandern.

Irma legte ein Stück Papier als Lesezeichen in das Buch, in dem sie geblättert hatte. »Wir fangen am Anfang an und hören am Ende auf, bis wir etwas gefunden haben. Irgendwo hier drin«, ihre Handbewegung umfasste die bis zur Decke voll gestopften Bücherregale, »muss der Schlüssel zu diesem Geheimnis liegen, und den werden wir finden.«

Aber sie fanden nichts. Das heißt, sie fanden Unmengen interessanter Unterlagen, die Irma begeisterten, aber nichts, was den Erwerb von Konstantin von Bernitts Land durch Johann Steinach belegte. Es war schon weit nach Mitternacht, als Neil gähnend am Sofa lehnte und sich mit den vom Staub der alten Bücher verdreckten Fingern durchs Gesicht fuhr. »Ich gebe bald auf. Langsam kenne ich die Geschichte aller Bewohner von Natal Mitte des neunzehnten Jahrhunderts, aber ich weiß nicht, wie Johann an das Bernitt-Land gekommen ist.« Ächzend drückte er sich auf die Füße und lief auf dem Holzboden hin und her. Hin und Her.

»Halt!«, kommandierte Nils Rogge auf einmal. »Gehen Sie noch einmal zurück, genau da lang, wo Sie eben gegangen sind.«

Neil runzelte die Brauen, tat, worum ihn Nils gebeten hatte.

»Und noch einmal«, forderte der ihn auf und schien auf etwas zu lauschen. »Hört ihr das denn nicht auch?«, fragte er dann in die Runde. »Neil, bitte, noch einmal.«

Und dann hörte es Jill und sprang auf. Sie deutete auf eine der

Holzdielen. »Ich glaube, es ist die hier. Darunter muss der Boden anders beschaffen sein.« Ihr Pulsschlag wurde schneller.

Nils nickte, klopfte das Holz ab. »Ja, die hier. Können wir das Brett hochheben?« Jill organisierte ein Stemmeisen und eine Taschenlampe. Mit den vereinten Kräften der anwesenden Männer hebelten sie die Planke hoch. Erdig feuchte, schimmelige Luft schlug ihnen aus einer Höhlung entgegen, und alle wichen zurück. Mit der Taschenlampe leuchtete Nils hinein, kratzte die Erde ab, stieß dann auf etwas Hartes. »Es sind Ziegel aus gebrannter Erde ...« Mit dem Stemmeisen lockerte er sie, dann machte er Platz für Jill. »Das ist Ihr Haus, Sie sollten als Erste sehen, ob irgendetwas dort versteckt ist.«

Sie brachen die Ziegel heraus, und Jill leuchtete in das entstandene Loch. Es hatte die Größe eines großen Koffers und war mit roh gebrannten Backsteinen ausgekleidet. Sie griff hinein. Es knisterte. »Da ist tatsächlich etwas«, jubilierte sie, gab die Taschenlampe Nils und hob ein Paket heraus. Es war ziemlich schwer. Wie eine Opfergabe trug sie es zu dem kleinen Tisch, Irma räumte ihn flugs frei, und sie setzte es ab. Alle drängten sich heran, Alastair zog die Lampe heran, Nils leuchtete zusätzlich mit der Taschenlampe. Vor ihnen lag ein Bündel, fest in Wachstuch eingenäht. Jill berührte es andächtig. »Es ist mit Wachs versiegelt, jede Kante, seht einmal.« Das Siegel war ein großer Wachsklecks, in den offenbar Johann Steinach unbeholfen seine Anfangsbuchstaben eingeritzt hatte. Als sie es mit großer Vorsicht brach und die Kantenversiegelung aufritzte, klopfte ihr das Herz bis zum Hals. Sie hatte das Gefühl, in etwas einzudringen, was verborgen bleiben sollte. Ein zweites Päckchen, auf die gleiche Weise eingesiegelt, lag vor ihr. Sie öffnete es behutsam.

Befreit von dem steifen Tuch, dehnte sich der seidige Stoff, der darunter zum Vorschein kam, als wäre er lebendig. Vergilbte Klöppelspitzen, steif und krümelig, bauschten sich vor ihr. Ein Zettel rutschte heraus und fiel auf den Boden, und Irma erwischte ihn als Erste. Sie setzte ihre Brille auf, entfaltete den Zettel mit behutsamen Fingern und überflog ihn. »Nun lies schon vor.« Jill konnte ihre Ungeduld kaum zügeln.

»… Diese Hefte enthalten mein Leben. Ich habe sie in mein Hochzeitskleid genäht, es ist alles, was ich vom Schiff gerettet habe. Vor sechs Tagen drang ein Stachel des Kaffirbaums, der am Fuße meines Küchengartens steht, tief in meinen Handballen ein. Johann versuchte, ihn mit seinem Jagdmesser zu entfernen, doch die Wunde begann zu schwären. Jetzt fault sie und eitert, vergiftet mein Blut. Bald wird mein ganzer Körper verfaulen. Ich werde es nicht überleben, ich weiß es. Ich werde Johann und meine Kinder allein lassen müssen. Und ihn auch … Catherine le Roux-Steinach, 20. Dezember 1854.« Irma ließ den Zettel sinken. Sie hatte Tränen in den Augen.

»Wen meint sie mit ›ihn‹?«, fragte Nils.

»Vielleicht hatte sie Fieber. Sie wusste bestimmt nicht mehr, was sie schrieb, seht euch doch die krakelige Schrift an«, sagte Tita und beugte sich vor, »geweint hat sie auch, die letzten Worte sind verschmiert.«

»Konstantin! Denkt an den Brief, den Leon hat«, rief Jill, »und sie schreibt ›meine Kinder‹, nicht unsere. Sie hatte drei. Eins davon muss Konstantins gewesen sein.« Sie kaute an einem Fingernagel, las den Zettel noch einmal. »Sie hatte ihr Hochzeitskleid schon von Deutschland mitgebracht … Sie kannte Johann doch noch gar nicht. Oder war sie so versessen darauf zu heiraten, irgendjemanden, dass sie das Kleid vorsorglich hat machen lassen?«

»Faszinierend«, murmelte Nils.

Mit angehaltenem Atem öffnete Jill dann behutsam das Bündel, bis sie mit Hilfe von Tita und Angelica das Kleid herausheben konnte. Die Seide entfaltete sich mit leisem Rascheln. Süßlich staubiger Duft wie von getrockneten Rosen stieg aus den Spitzen auf, am Ausschnitt nahm sie ihn besonders intensiv wahr. »Catherines Parfüm«, flüsterte sie. Zu dritt trugen sie das Kleid und legten es der Länge nach auf den Esstisch nebenan, dann wandte Jill sich wieder dem Paket zu. Es enthielt ein weiteres, mehrfach in

Wachstuch eingeschlagenes Paket, das ebenfalls entlang der Kanten mit Wachs versiegelt war. Die Buchstaben auf dem Siegel waren die von Catherine. CS.

Erstaunlicherweise waren die Tagebücher, die aus mehreren dünnen Schulheften und losen Blättern verschiedenster Art bestanden, geschützt durch das Tuch, so gut wie unbeschädigt geblieben, unberührt von Schimmelbefall und Kakerlakenfraß. Nur Stockflecken waren wie Sommersprossen über das vom Alter gelb gewordene Papier verstreut. Doch die waren sicherlich noch zu Zeiten Catherines in diesem feuchtheißen Klima entstanden. Mit zitternden Fingern schlug Jill den Deckel des ersten Heftes auf und betrat ein versunkenes Zeitalter.

»Und?«, fragte Irma nach Minuten knisternder Ungeduld. Es war ihr deutlich anzusehen, dass sie es nicht erwarten konnte, die Hefte in die Hände zu bekommen.

Widerwillig riss sich Jill von dem Text los, der wie der Brief an Konstantin im Karomuster kreuzweise geschrieben worden war. »Das wird ziemlich lange dauern, bis wir es entziffert haben …« Sie stöberte durch die losen Blätter, Packpapier war darunter, Zeitungsränder, alte Briefe, deren ursprünglicher Text durchgestrichen war und die Abstände zwischen den Zeilen und die Ränder neu beschrieben waren, sogar getrocknete Rinde. »Papier muss sehr rar gewesen sein«, bemerkte sie, »und Tinte oder Bleistift auch.« Einige Texte waren mit Kohle geschrieben worden und jetzt fast unleserlich.

Nils untersuchte das gewachste Baumwolltuch, in das Kleid und Tagebücher eingeschlagen gewesen waren. »Na, sieh einer an«, bemerkte er plötzlich mehr zu sich selbst und zog ein dünnes Päckchen hervor, das in das gleiche schützende Tuch eingepackt und Jill deswegen noch nicht aufgefallen war. »Darf ich?«, fragte er sie jetzt und deutete auf das Siegel. Als sie nickte, ritzte er das Siegel mit dem Fingernagel an und brach es sauber auf. Das Päckchen enthielt nur amtliche Papiere. Rasch sah er sie durch. »Geburtsurkunde Johann … Geburtsurkunde Catherine Le Roux«, murmelte er, »Unterlagen über die Schiffspassage … Heiratsurkunde Steinach … ha!« Sein Ausruf war so laut, dass alle aufschreckten. »Ich hab's! Da ist die Kaufurkunde.«

Jill warf den Kopf zurück, stieß einen Freudenschrei aus, dann warf sie sich schluchzend an Titas Hals. »Ich bin so froh … ich bin so froh …«, lachte sie, während ihr die Tränen herunterströmten, küsste in ihrem Überschwang alle, auch Nils. Sie küsste ihn wie alle auf die Wange, spürte, dass er sie für ein paar Sekunden festhielt, spürte die plötzliche Schwere in ihren Knien, alles verschwamm, die Stimmen der anderen war nur noch ein Wispern. Für den Bruchteil eines Augenblicks waren seine Lippen auf ihren, dann trat sie zurück, ihre Blicke blieben ineinander verflochten, ihre Hände berührten sich noch.

»Jill, wir haben es geschafft«, rief Irma, die mit allen Anzeichen von Erregung die Kaufurkunde noch einmal Wort für Wort durchgelesen hatte, »Johann hat das Land von Konstantin gekauft und bezahlt. Hier steht nichts von Spielschulden, es ist ein ganz normaler Kaufvertrag, den offenbar Johann aufgesetzt und geschrieben hat. Konstantin von Bernitt hat unterschrieben. Mit einem Rattenschwanz von Vornamen und vollem Titel.«

Jill ließ Nils' Hand aus ihrer gleiten, löste sich unwillig von seinem Blick und wandte sich mit der Trägheit einer Schlafwandlerin ihrer Tante zu. »Ich könnte die Welt umarmen«, sagte sie, »es ist der schönste Tag, den ich seit langem erlebe.« Nur sie allein wusste, dass sie nicht das Auffinden des Kaufvertrages meinte.

Danach begossen sie den Fund ausgiebig mit Wein. Jill backte noch ein paar Brötchen auf und organisierte Käse dazu.

»Nette Freunde haben Sie«, flüsterte ihr Nils zu, neben dem sie auf dem Boden saß, »beneidenswert.«

Neil, der den Kaufvertrag noch einmal eingehend studierte, sah sie über seine Lesebrille an. »Du musst aufpassen, dass Leon deine Farm nicht besetzt. Bevor du es merkst, hat er sich das Recht, hier zu siedeln, ersessen …«

»Machst du Witze?«, Irma sah hoch, legte ihren Zeigefinger

in Catherines Tagebuch. »Wenn einer sich illegal auf unserem Land niederlässt, jage ich ihn wieder runter.«

Neil wiegte seinen Kopf hin und her. »So leicht ist das nicht mehr, Irma. Bis heute werden die Farmarbeiter, wenn ihnen gekündigt wird, gleichzeitig auch von der Farm geworfen, sitzen also ohne Job und ohne Unterkunft da. Manchmal sind das Leute, die auf der betreffenden Farm geboren wurden, jahrzehntelang dort gelebt und gearbeitet haben und jetzt rausgeworfen werden, weil die Farmer verhindern wollen, dass sie Ansprüche auf das Land erheben. Die meisten von ihnen kriechen bei ihren Familien unter, deren Hütten sowieso schon überfüllt sind, oder bauen sich Hütten aus Plastikplanen oder Brettern auf jedem unbebauten Stück Land, das sie finden, egal, wem es gehört. Freunde von uns haben eine wunderschöne Villa am Hang von Camps Bay in Kapstadt, das Grundstück neben ihnen gehört ihnen auch, sie haben es als Investition gekauft. Seit Monaten leben da zwei schwarze Familien, kochen, schlafen, gehen aufs Klo, und alle Versuche, das Lager räumen zu lassen, schlagen fehl. Die Leute kommen einfach wieder und siedeln in einer anderen Ecke des Grundstücks. Darum wird ein neues Gesetz gemacht, man nimmt an, dass es Mitte des Jahres durch ist, und das hat es in sich.«

Jill nahm einen Schluck Wein, runzelte die Stirn. »Was heißt das?«

Neil nahm die Brille von der Nase, versteckte ein Gähnen hinter der Hand, stand auf und streckte sich. »Ich will euch nicht eure Träume versauen, das Gesetz ist ja erst im Entstehen begriffen …« Beide Hände in die Hüften gestemmt, bog er seinen Rücken durch, als hätte er Schmerzen vom unbequemen Sitzen auf dem Boden.

»Neil, nun zier dich nicht, ich will es auch wissen«, sagte Tita. Ihre sonnengebräunte Haut zeigte feine Fältchen im Lampenlicht, wie zerknittertes Seidenpapier. Sie lehnte sich im weizengelb gestreiften Sofa zurück und knetete ihre Schultermuskeln. »Was wird passieren, wenn nach Inkrafttreten dieses Gesetzes sich illegale Landbesetzer auf unserem Land niederlassen? Ganz konkret.«

Jetzt hatte Neil die Aufmerksamkeit aller. Nils hatte seinen Notizblock auf den Knien, lauschte konzentriert, den Stift im Anschlag.

»Das würde mich auch brennend interessieren«, bekannte Alastair, »denn meine Leute sind ständig dabei, irgendwelche Illegalen vom Land zu jagen. Die machen einen derartigen Dreck, dass wir eine Rattenplage haben …«

»Und vermutlich auch deutlich mehr Mambas?«, fragte Jill. »Ein Behördenmensch hat mir das einmal erzählt.«

»Stimmt«, nickte Angelica, »Ratten, Mambas, eine junge Frau starb an den Folgen eines Mambabisses. Es war entsetzlich. Außerdem gibt es die ersten Fälle von Cholera unter den Farmarbeitern.«

Neil lief auf und ab. »Ganz konkret also. Nehmen wir einmal an, eines Tages entdecken wir, dass sich zwanzig Leute in irgendeiner Ecke unseres Landes häuslich eingerichtet haben. Meine erste Reaktion wäre natürlich, alles abreißen und die Landbesetzer rauswerfen zu lassen. Aber damit mache ich mich dann strafbar.« Er rieb sich den Nacken, trank einen Schluck Wein, während alle an seinen Lippen hingen. »Als Erstes muss ich den Illegalen vierzehn Tage vorher schriftlich mitteilen, dass ich vorhabe, rechtliche Schritte einzuleiten. Wartet«, er hob die Hand, als die anderen durcheinander redeten, »es kommt noch besser. Ich muss mir von jedem Haushaltsvorstand diesen Brief unterschreiben lassen. Könnt ihr euch vorstellen, was das bedeutet? Sagen wir mal, es sind nur fünf Familien. In manchen Fällen sind es über zwanzig, mit mehr als zweihundert Familienangehörigen. Erst einmal muss ich herausfinden, wer der Haushaltsvorstand ist. Den muss ich zu fassen bekommen, was Tage dauern kann, denn diese Leute wissen genau, was auf sie zukommt, werden alles tun, um mich auszutricksen. Habe ich ihn endlich, muss ich sicherstellen, dass er kapiert, was er da unterschreibt. Beweisbar kapiert. Wenn die

Landbesetzer mein Wasser verbrauchen, kann ich nichts dagegen machen, ehe das Gericht die Verfügung gegen diese Illegalen erlässt. Und nur wenn sie nachweisbar dein oder das Leben deiner Familie bedrohen oder dein Land unwiderruflich zerstört wird, könntest du es schaffen, dass sie sofort entfernt werden. Müßig zu erwähnen, dass du deine Rechtsanwalts- und Gerichtskosten selbst tragen musst, die Landbesetzer aber das Ganze kostenlos als Armenbeihilfe bekommen.«

Jill hatte das Gefühl, gegen einen Expresszug gelaufen zu sein. »Wie bitte? Das kann doch nicht wahr sein!«

»Natürlich kannst du dir das Geld, wenn du gewonnen hast, von den Landbesetzern wiederholen, wir leben schließlich in einem Rechtsstaat«, grinste Neil mit einem Anflug von Galgenhumor. »Aber es kommt noch besser. Das Gesetz besagt, dass deine Gemeinde gegen dich rechtliche Schritte einleiten kann, weil du illegale Bauten auf deinem Land erlaubt hast.«

»Das ist ja hirnrissig«, rief Irma, stand auf, setzte ihre Brille ab, lief ebenfalls durchs Zimmer, »ich bin ja wirklich für das neue Südafrika zu haben, aber das geht zu weit.«

»So eine gequirlte Scheiße«, knirschte Alastair und schlug mit der Faust auf den Tisch, dass die Gläser tanzten.

Die anderen schwiegen fassungslos. Nils schrieb die Seiten seines Notizbuches voll, klappte es dann zu. »Na, das wird ein schönes Trara geben. Wenn du zum Beispiel in Urlaub fährst, müsstest du ständig jemanden auf deinem Land haben, der aufpasst …«

Neil nickte. »Es gibt bereits Leute, die Landbesetzungen organisieren, und die haben eindeutig politische Motive.«

Ein Bleigewicht drückte Jill zu Boden. Die vergangenen Jahre waren hammerhart gewesen, hatten alles, was sie an Kraft und Energie mobilisieren konnte, verbraucht. Wie sollte sie es durchstehen, wenn Leon einen Trick finden sollte, so Besitz von ihrem Land zu ergreifen? Wovon sollte sie die Rechtsanwaltskosten zahlen? »Was könnte Leon machen? Ich habe den Kaufvertrag gefunden, das ist doch wohl eindeutig.« Mit einem unangenehmen Gefühl im Magen sah sie, wie ernst Neils Gesicht wurde.

Er nahm den Kaufvertrag vom Tisch, setzte die Brille auf und überflog ihn. »Ich bin kein Jurist, Jill, aber ich könnte mir denken, dass er dieses Dokument vor Gericht anfechten wird. Du wirst beweisen müssen, dass es echt ist. Das kann sich hinziehen. Wenn er sich dann mit ein paar Leuten auf deinem Land niederlässt, ist das Gesetz vielleicht schon durch.«

»Na, Klasse, das sind ja tolle Aussichten.« Ihre Stimme stieg hysterisch an.

Neil blieb vor ihr stehen. Die sandfarbenen Haare hingen ihm über die Brauen, die hellen Augen sprühten. »Es gibt noch eine weitere Schwierigkeit. Wenn die Landbesetzer weniger als sechs Monate auf deinem Land hausen, müssen nur die Belange der Älteren, Frauen und Kinder bedacht werden, bevor man räumt, aber«, er hob einen Zeigefinger, »sollten sie schon länger als sechs Monate auf deinem Land sitzen, wird es als schweigende Zustimmung deinerseits aufgefasst, weil du so lange nichts getan hast. Zumindest musst du den Landbesetzern helfen, woanders menschenwürdig unterzukommen.«

Jill starrte ihn mit offenem Mund an, unfähig, etwas zu sagen.

»Liebling, lass uns nach Australien auswandern«, flüsterte Angelica, die blass geworden war, »dagegen kommen wir nicht an.«

»In den letzten zwei Monaten, also November und Dezember 1997, gab es sechzehn Tote bei Überfällen auf Farmen, und häufig wurde nichts gestohlen, also waren es politische Morde.« Auch Alastair war blass geworden, weiße Linien umklammerten seinen zusammengekniffenen Mund. »Die wollen uns aus dem Land jagen.«

»Bulala amaBhunu«, sagte Jill, »tötet die Farmer, tötet die Buren.« Alle starrten sie an. Keiner sagte etwas. Angelicas Hände zitterten, Tita umklammerte die Lehnen des Sofas. Axel, der die ganze Zeit über schweigend auf dem Boden gesessen hatte, den Rücken gegen eines der Bücherregale gelehnt, rieb sich trübsinnig das

Gesicht. »Erst Simbabwe, dann Südafrika, so wird's kommen, wenn nicht alle Vernunft annehmen. Ein Jammer ist das.«

Tita zog Jill neben sich auf das Sofa und legte den Arm um ihre Schultern. »Für dich gibt es eine Lösung. Lass dieses Dokument prüfen, bevor du es Leon präsentierst, dann umgehst du alle Schwierigkeiten. Du brauchst jemanden, der das hieb- und stichfest recherchiert und dann die Eintragungen im Grundstücksregister vom Anfang des Jahrhunderts vergleicht.«

»Und wo soll ich den finden, wie soll ich den bezahlen? Ich habe keinen Pfennig, alles steckt in Inqaba. Ich kann ja nicht mal zum Friseur gehen«, schrie Jill, zog wütend an ihren Haaren, »hier, ich habe selber daran herumgesäbelt. Und wenn ich die Recherche allein machen muss, dauert es Ewigkeiten. Ich weiß nicht einmal, wo ich da anfangen soll.«

»In den Stadtarchiven«, warf Nils ein, »außerdem könnte man in den privaten Archiven nachgraben. Ich habe inzwischen festgestellt, dass eure Vorfahren begeistert entweder Tagebücher geführt oder seitenlange Briefe an ihre Verwandten zu Hause in Europa geschrieben haben. Einige davon sind sogar als Bücher veröffentlich worden. In den Antiquariaten müssen noch Schätze liegen. Vielleicht kann man da Hinweise finden. Ich stelle mich freiwillig zur Verfügung.« Bei diesen Worten sah er sie unverwandt an.

Jill stieg das Blut in den Kopf, sie war sich seines Blickes sehr bewusst, stellte fest, dass er sie auf köstlich beunruhigende Weise aus der Fassung brachte. Die Vorstellung, tagelang mit Nils in einem engen Kabuff in der Stadtverwaltung zu sitzen und staubige Bücher zu durchwühlen, mit ihm allein, ohne Axel, hatte großen Reiz. Doch ihre Vernunft gewann, wenn auch mit Mühe, Oberhand. »Auch das kann ewig dauern. Die Zeit habe ich nicht. Ich muss mir etwas anderes einfallen lassen.«

Tita lächelte ihr bezauberndes Lächeln mit gekrauster Nase und tanzenden grünen Augen. »Wir werden meinen Vater darum bitten. Wie du weißt, ist er zuständig für Wunder. Außerdem beschäftigt er ohnehin ständig ein Heer von Anwälten, die vermutlich eine halbe Stunde brauchen, um die relevanten Unterlagen aufzustöbern. Über die Bezahlung brauchst du dir keine Sorgen zu machen. Er wird schon nicht verhungern. Lade ihn für ein Wochenende hierher ein, und er legt noch was drauf.«

Sie besprachen diesen Vorschlag ausgiebig, drehten und wendeten ihn und befanden ihn für gut. Jill holte einen Umschlag aus ihrem Büro und gab ihn Tita. »Das sichert dir freien Zugang zu Inqaba und einen Platz in meinem Herzen auf Lebenszeit.«

Sie leerten noch eine Flasche Wein, aßen die letzten Käsestücke, dann stand Tita auf. »Ich brauche meinen Schönheitsschlaf, und wenn ich meinen Mann so ansehe«, mit dem Daumen glättete sie die feinen Linien um Neils Augen, »braucht er ihn auch.«

Die Farringtons waren ebenfalls todmüde. Alastairs Auge zeigte bereits eine lebhafte rotviolette Färbung. Morgen würde es veilchenblau sein. Jill begleitete ihre Freunde nach draußen. Als das Tor sich rumpelnd hinter ihnen geschlossen hatte, schickte sie Irma ins Bett. »Ich räum hier auf, du gehst schlafen. Sonst darfst du die Tagebücher nicht lesen«, drohte sie. Irma, die blass und angestrengt wirkte, kapitulierte. Jill hängte Catherines Hochzeitskleid auf einen Bügel, trug es behutsam ins Geschichtenzimmer und hakte den Bügel über einen Nagel am Bücherbord. Sie strich über den Stoff. Süßer Parfumduft umschmeichelte sie, die Falten knisterten.

Auf einmal schwebte ein Lachen im Raum, ein Klingen wie von Geigen, und die Seide wisperte, als wollte sie ihr eine Geschichte erzählen. Aufgeregt lauschte sie, meinte die flüsternden Stimmen zweier Menschen zu hören, den seidigen Hauch einer Berührung zu spüren. Aber als sie das Kleid zurückfallen ließ, sich umwandte, war sie allein. Mit einem Ziehen im Herzen, das sie sich nicht erklären konnte, bückte sie sich, um aufzuräumen. Doch ein Luftzug strich über ihre Haut, leise Schritte fielen auf dem Holzboden. Dieses Mal war es keine Sinnestäuschung. Sie richtete sich auf.

Nils war gekommen.

Mitten im Zimmer standen sie sich gegenüber. Es war stickig, roch nach Staub und getrockneten Rosen, das gelbe Licht der Stehlampen lag auf Catherines Hochzeitskleid, leuchtete auf den Bildern an der Wand, schimmerte golden auf den Gesichtern der beiden Menschen. Ein wohliger Schauer kribbelte ihr wie träge fließender elektrischer Strom durch die Glieder. Vorsicht, ermahnte sie sich, er ist ein Wanderer, ein Weltenbummler, ein Verführer, der hat in jedem Hafen eine. In ein paar Tagen verlässt er dich und vergisst deinen Namen. Sei auf der Hut.

»Wenn du lachst, liebe ich das Leben«, sagte er und strich ihr die Haare aus der Stirn. Ihre Abwehr brach zusammen. Das Rauschen in ihren Ohren überdeckte ihre innere Stimme, sie schmiegte das Gesicht in seine Handfläche, atmete seinen Geruch, spürte, dass er sie an sich zog, und öffnete ihre Lippen. »Nicht hier«, flüsterte sie irgendwann. Sie schlossen die Tür des Geschichtenzimmers leise hinter sich, schlichen sich aus dem Haus und liefen hinüber in den Bungalow.

Später schalteten sie das Licht aus, zogen die Vorhänge zurück und öffneten die Fenster, um die Nacht, das Mondlicht, den Duft der Amatungulu und Daturas, das klare Lied der Baumfrösche hereinzulassen. Für eine Weile standen sie am Fenster, sie lehnte mit dem Rücken an seiner Brust, er hatte die Arme um sie gelegt. »Inqaba ist Zulu, es heißt ›Ort der Zuflucht‹, wusstest du das?«, sagte sie leise, bog ihren Kopf so, das sie ihn im silbrigen Licht sehen konnte, und fand seinen Mund dicht vor ihrem. Der Versuchung konnte sie nicht widerstehen. Sie fielen aufs Bett.

»Wer bist du, Nils Rogge?«, murmelte sie träge, als sie wieder Luft bekam. »Es ist das erste Mal, dass ich mit einem Mann schlafe, von dem ich nichts weiß.«

»Da gibt es nicht viel zu erzählen.«

Deutlich hörte sie die Abwehr. »Dann erzähl mir das Wenige.«

»Ich komme aus Hamburg, bin sechsunddreißig Jahre alt, bin Reporter, nicht verheiratet oder vorbestraft.«

»Bist du auch in Hamburg geboren?« So kommst du mir nicht davon, dachte sie und küsste seine Mundwinkel.

»Nein, in Paramaribo.«, er grinste frech, »ich wette, du weißt nicht, wo das ist.«

»Die Wette hast du gewonnen. Also, wo ist es?«

»Es ist die Hauptstadt von Surinam, und das liegt im Nordosten von Südamerika. Also mitten im Nirgendwo.«

»Was haben deine Eltern denn dort gemacht?«

»Mein Vater war Diplomat, jetzt ist er pensioniert. Alle drei Jahre packten wir unsere Sachen und zogen in ein anderes Land. Ich habe die Länder, in denen ich gelebt habe, noch nie gezählt. Ich bin mit so vielen Sprachen aufgewachsen, dass ich manchmal Mühe mit meiner Muttersprache habe. Meine Freunde sind über den ganzen Globus verstreut, ich sehe sie fast nie. Hat mich zu einem Einzelgänger gemacht.«

Sie dachte über das, was er gesagt hatte, nach. »Und wo bist du zu Hause? Gefühlsmäßig, meine ich.«

Er zuckte die Schultern. »Den Ort habe ich bisher noch nicht gefunden. Man könnte mich als Container-Pflanze bezeichnen, die ihre Wurzeln nie in die Erde senkt. Ich beneide dich um deine.« Er dachte einige Augenblicke nach. »Ganz außerordentlich sogar. Mehr, als ich es mir selbst erklären kann«, setzte er hinzu, und sie hörte das Erstaunen in seiner Stimme.

Die Scherenschnittschatten der rüschigen Daturas vor dem Fenster tanzten wie zierliche Ballerinas im Mondlicht über die Wand. Jill lag auf dem Rücken neben ihm, beobachtete eine Gottesanbeterin, die, auch als Scherenschnitt, an einem Zweig hochkletterte. »Vielleicht sollte ich dich beneiden. Du bist frei wie ein Vogel. Gibt es Probleme, kannst du einfach deine Koffer packen.«

»Ich war einmal krank«, sagte er, »mich hatte die asiatische Grippe erwischt. Der Arzt verordnete strikte Bettruhe. Da ich niemanden hatte, der für mich sorgen konnte, und Axel, der Einzige, der in Frage gekommen wäre, zu der Zeit durch den indonesischen Dschungel auf der Suche nach einer heißen Story über Rebellen kroch, wies er mich ins Krankenhaus ein. Dort wollte man wissen, wo meine nächsten Angehörigen leben, und da war ich in Schwierigkeiten.« Er unterbrach sich, küsste sie ausgiebig. »Mein Vater wohnt in Rom«, fuhr er dann fort, »meine Mutter, die sich schon vor achtzehn Jahren von ihm hat scheiden lassen, ist in Rio verheiratet. Unsere Familie, die aus der Potsdamer und Münchner Gegend kommt, habe ich nie kennen gelernt. Was würde passieren, wenn du so krank wärst, dass du Pflege brauchst?«

Sie stellte sich diesen Fall vor. »Irma, Angelica, Lina, Tita, Nelly – alle würden zur Stelle sein und mich gnadenlos verwöhnen …«

»Siehst du?« Er lachte leise.

»Aber du lebst doch jetzt in Hamburg?«

»Ich habe da eine Wohnung, die ich nur ein paar Wochen im Jahr sehe, nicht häufig genug, um auch nur eine Topfpflanze zu halten. Nach Hamburg bin ich gegangen, als ich mich entschloss, Journalist zu werden. Es ist die Medienhauptstadt Deutschlands und hat eine der besten Journalistenschulen. Seitdem bin ich selten länger als ein paar Tage am selben Ort.«

»Und jetzt hast du in jedem Hafen eine Freundin«, platzte sie heraus und hätte die Worte am liebsten sofort zurückgestopft.

»Ja, natürlich, so sind wir Reporter«, antwortete er ernst, aber das Glitzern in seinen Augen verriet ihn. »Es gab da mal jemanden, aber sie wollte eine Familie und mochte nicht warten. Kann ich auch verstehen. Aber dafür ist auch später noch Zeit.« Mit langsamen Bewegungen streichelte er ihren Arm hoch, verweilte ein wenig auf ihrer Schulter, dann glitt seine Hand abwärts.

Sie ließ sich ablenken.

Das Mondlicht wanderte langsam weiter, die Datura-Ballerinas tanzten in die Nacht, die Geckos kicherten, die Deckenbalken im Schatten über ihnen knisterten, und um vier Uhr morgens fiel sie endlich in ihr eigenes Bett, schlief tief und traumlos, bis die Hadidahs sie weckten.

# 13

Der Sonntag begann mit Gefühlen. Ihr Kopf schien kürbisgroß, die Lider brannten, die Zunge klebte am Gaumen, ihre Glieder waren so schwer, als hätte jemand Bleigewichte darangehängt. Sie hatte einen mordsmäßigen Kater. Trotz dieser Widrigkeiten sprang sie energiegeladen aus dem Bett, tänzelte durchs Zimmer, sang unter der Dusche. Der Tag konnte nur unglaublich schön werden. »Kätzchen hat einen Kater«, trällerte sie, und ihr Herz hüpfte.

Heute früh würden sie und Philani ihre Gäste bei dem ersten offiziellen Rundgang durch Inqaba begleiten, nachdem Musa sie mit dem Geländewagen durch einen Teil des angrenzenden Hluhluwe-Wildreservats gefahren hatte. Die großen fünf lebten dort, Löwe, Leopard, Elefant, Nashorn und Büffel. Gegen Mittag würden sie zurückkehren, dann war ein Grillfest an dem schattigen Rastplatz geplant, den sie gegenüber dem verwilderten Gebiet am Fluss unter dem alten Stinkwood-Baum angelegt hatte, danach die Erkundung der Umgebung mit Philani zusammen zu Fuß.

Auf der Terrasse fand sie ihre Gäste, die sich offenbar als verwandte Seelen entdeckt hatten, denn sie hatten ihre Tische zusammengeschoben und waren angeregt ins Gespräch vertieft. Lautes Planschen am Swimming-Pool sagte ihr, wo das Paar aus Kapstadt sich aufhielt. Thandi allerdings war nicht zu sehen. Jill musste ein nervöses Flattern im Magen unterdrücken. Sie spürte, dass da etwas im Busch war. Wortwörtlich.

Dann erschienen Nils und Axel. Ihr Gesicht begann zu glühen. »Hi«, sagte er sehr leise, begrüßte sie mit einem Handkuss, wollte wohl so wenig wie sie, dass jemand etwas von der vergangenen Nacht erfuhr. »Hast du gut geschlafen, ohne mich?«

»Natürlich nicht. Ich hab mich die ganze Nacht schlaflos im Bett gewälzt und mich nach dir verzehrt.«

Er lachte, ein intimes Lachen, und küsste noch einmal ihre Hand, jagte ihr eine Gänsehaut nach der anderen über den Rücken. Gegen Ende des Frühstücks beugte sie sich ganz nah zu ihm. »Wir haben noch fast eine Stunde Zeit. Lass uns verschwinden, ich weiß einen Platz, wo wir allein sind«, raunte sie, »wir treffen uns vor dem Haus.«

Kurz vor Sonnenaufgang musste es heftig geregnet haben, weit entfernt über dem Meer leuchtete eine schiefergraue Wolkenwand. Als er zu ihr trat, tauchte die Sonne strahlend aus dem Wolkenmeer auf, warf flirrende Schatten auf die regenglänzende Erde. Die Hände ineinander verflochten, wanderten sie über den Hof, den gepflasterten Weg hinunter und standen endlich in Catherines Küchengarten. Jetzt, nach dem Regen, entfalteten die Kräuter ihr volles Aroma. Basilikum, Koriander, Rosmarin parfümierten die weiche Luft. Prächtige Schmetterlinge bildeten eine kostbar schillernde Kette am Rand einer Pfütze.

»Welch ein wunderbarer Platz.« Nils setzte sich auf die kleine Steinmauer, die einst Catherine gebaut hatte, und zog Jill auf seine Knie. »Hier darfst du nie etwas verändern, dieser Ort hat magische Kräfte, ich spüre seine Geschichte. Hier ist das Herz von Inqaba.«

Ein Ameisenkribbeln lief über ihre Haut. Wie konnte er das ahnen? Es passte nicht zu seinem Image als abgebrühter Reporter. Sie glitt von seinem Schoß, nahm seine Hand. »Du hast Recht, komm mit.« Sie zog ihn zu dem Kreis der Korallenbäume. Jetzt im Februar war ihr Blätterwerk dicht, versteckte die aschbraunen Äste. Die Blütezeit war lange vorüber, nur hier und da prangte noch ein feuriges Krönchen als Nachblüte. Viele der schwarzen Samenschoten waren schon aufgeplatzt, die rot glänzenden Samen leuchteten hervor. Sie deutete auf den alten Korallenbaum, dessen abgestorbene Hälfte vor einiger Zeit zusammengebrochen war. Von dem oberschenkeldicken knorrigen Ast mit der weit gefächerten Krone war kaum etwas übrig. Ameisen bevölkerten das modrig zerfallene Holz, Lianen überzogen es mit kleinen weißen Trichterblüten, hier und da spross schon ein Sämling. »Früher hießen diese Bäume Kaffirbäume, und hier hat der gestanden, an dem sich Catherine verletzt hat. Wie die Steinachs hat er sich fortgepflanzt, von Generation zu Generation.«

Nils brach ein Krönchen, steckte es ihr über dem Ohr ins Haar und trat einen Schritt zurück. Regentropfendiamanten glitzerten auf dem leuchtenden Scharlach. »Mein Gott – ich wünschte, ich hätte eine Kamera hier«, flüsterte er andächtig.

Die Sonne hatte die Wolken weggetrocknet, ihre Strahlen brannten heiß auf ihrer Haut. Die Zikaden sangen, aber das unterstrich nur die tiefe Stille. Sie pflückte eine Schote, ritzte sie auf und zeigte ihm die glänzend roten Samen in ihrem schwarzen Bett. Dann erzählte sie ihm von den Früchten des Kaffirbaums und wen sie damit meinte. Als ihre Stimme verklungen war, nahm er ihre Hand, in der sie die Schote hielt, bog sie auf. Zwei der Samen suchte er aus, die größten und schönsten mit den schwärzesten Augen, die glänzten, als seien sie rot lackiert. »Diese beiden möchte ich pflanzen, und ich werde immer wieder herkommen, um zu sehen, ob sie gedeihen. Zeig mir den Platz, wo sie groß und stark werden können.«

Ihre Kehle war zugeschnürt, ihre Stimme gehorchte ihr nicht. Mit leuchtenden Augen zeigte sie stumm auf einen kreisrunden Fleck, der frei unter dem brennend blauen Himmel lag, den kein anderer Baum beschattete. Zusammen säuberten sie ihn von Unkraut, lockerten den Boden mit einem keilförmigen Stein und bohrten ein Loch. Sie legten die beiden Kaffirbaumfrüchte nebeneinander hinein, füllten das Loch wieder auf und traten die Erde fest. Dann suchten sie ein paar große Steine zusammen, legten sie im weiten Kreis um die Stelle. Jill zerkrümelte die Erde zwischen den Fingern. Sie war noch feucht vom Regen. Die Samen würden bald keimen und zwei Bäume daraus wachsen, und eines Tages würden auch sie Früchte tragen. Hand in Hand standen sie davor. Nils glättete noch einmal sorgfältig die Erde, bevor sie zurück zu den anderen gingen.

Kurz darauf ertönte Hupen. Musa wartete im offenen Geländewagen. Rasch kontrollierte Jill, ob Nelly und Bongi alles für das Picknick in den Wagen geladen hatten, und war zufrieden. Die Gäste stiegen ein und nahmen auf den erhöhten Sitzen Platz. Jeder hielt eine Kamera in den Händen, Rainer Krusen trug zwei weitere um den Hals, jede mit einem anderen Objektiv, Axel hatte seine schwere Filmkamera mit einem handlicheren Modell vertauscht. Am Tor von Hluhluwe parkten nur drei weitere Geländewagen anderer großer Farmen, die wie sie ihr Einkommen durch zahlende Gäste aufbesserten. Musa bog gleich auf den Sandweg nach Süden ab. Der Sturzregen am Abend vorher hatte Bodenrinnen in reißende Bäche verwandelt, Erde die Abhänge hinuntergespült, und schon nach wenigen hundert Metern mussten Philani und Musa aussteigen und den Weg freischaufeln.

»Wird noch wieder Gewitter heute geben«, sagte Musa mit prüfendem Blick auf den Himmel, »aber erst abends.«

»Wunderbar, so eins zu sein mit der Natur, zu wissen, was sie uns sagen will«, bemerkte Rainer Krusen auf Englisch, notierte sich etwas dabei. »Woran sehen Sie das, Musa, riechen Sie es, oder hat Ihr Sangoma das prophezeit? Ich finde das wahnsinnig interessant, habe vor, ein Referat vor meinen Schülern darüber zu halten.«

»Hab den Wetterbericht im Radio gehört, der ist meist zuverlässig«, lachte Musa, lachte dieses herrliche Lachen der Schwarzen, das im Bauch beginnt, in der Kehle gluckst, dann hervorbricht und alle mitreißt. Rainer Krusen machte Anstalten, verbissen auszusehen, aber auch er konnte nicht widerstehen und schmunzelte.

»Wir werden den Hluhluwe-Fluss gleich bei der Furt überqueren«, erklärte Jill, als das Gelände steiler wurde.

Musa lenkte den Wagen behutsam über den ausgewaschenen Sandweg. Der saftig grüne Busch, das Ried, das im leichten Wind schwankte und die Küken der Webervögel in ihren Nestern sanft wiegte, zeigten, dass sie sich dem Flussufer näherten.

Plötzlich war vor ihnen kein Weg mehr, er führte bis zu einer gezackten Abbruchkante und dann ins Nichts. Musa trat die Bremse durch, der Wagen rutschte wie auf Schmierseife auf dem nassen Matsch, blieb aber knapp vor der Kante quer stehen. Philani und er sprangen heraus, Jill folgte ihnen. Gemeinsam spähten sie hinunter. Fünf Meter unter ihnen strudelte der Hluhluwe dahin, ein paar Betonbrocken, mit denen der Weg zur Furt befestigt worden war, ragten aus den lehmgelben Fluten. Kleinere Stücke waren fünfzig Meter nach rechts auf einer Sandbank angeschwemmt worden, auf der zwei Büffel dösten. Feuchtigkeit stieg in Schwaden aus dem Ufergebüsch, schon bildeten sich weiße Wölkchen.

»Hier kommen wir nicht weiter«, sagte Jill, »wir müssen zurück und außen über die Straße.« Sie merkte auf, als sie hektisches Klicken vernahm. Die Krusens waren ausgestiegen und fotografierten alles. »Sie dürfen hier nicht aussteigen, Iris«, sagte sie, »wir sind in Afrika, da laufen alle möglichen Tiere frei herum, die es bei Ihnen nur im Zoo gibt. Große, hungrige Tiere.« Wie um ihre Worte zu bestätigen, hörten sie ein dumpfes Röhren, einen Ton, der aus Urzeiten zu kommen schien, sich in der Erde, in den Bäumen, in den Felsen fortsetzte und Rainer und Iris Krusen zu Statuen erstarren ließ.

»Was … was … war das?« Iris' Stimme stieg zu einem Quietschen. »Ein Löwe«, sagte Jill und dachte nicht daran, hinzuzufügen, dass die Raubkatze ein paar Meilen entfernt sein musste. Ein bisschen Nervenkitzel gehörte zum Kundenservice. »Langsam zurück ins Auto«, flüsterte sie und zwinkerte Musa und Philani dabei zu.

Beide begriffen sofort. Sie brachten ihre Gewehre in Anschlag, stellten sich schützend vor die Krusens, und die Webervögel in Schach haltend, die sie interessiert beäugten, zogen sie sich Schritt für Schritt rückwärts zum Auto zurück. Hastig kletterten Iris und Rainer Krusen wieder hinein und nahmen aufseufzend in ihren Sitzen Platz. Beide glänzten vor Schweiß. Nervös sah sich Iris Krusen um. »Sind Sie sicher, dass ein Löwe hier nicht hochspringen kann, Jill? Das sind doch höchstens eineinhalb Meter.«

»Das könnte er leicht, aber er wird es nicht. Er erkennt uns nicht als Beute, wenn wir im Auto sitzen.«

»Na, hoffentlich weiß er das auch«, brummte Rainer Krusen.

Axel setzte die Kamera ab. »Starke Szene«, bemerkte er. Nils grinste vergnügt. Offenbar hatte er die Vorstellung durchschaut. Musa legte den Rückwärtsgang ein und trat sanft aufs Gas, die Räder griffen. Langsam fuhren sie rückwärts durch überhängendes Gras und Palmwedel die Sandstraße hoch bis zum ebenen Teil. Dort zweigte eine Wendeschleife ab, die sich in eine Suhle öffnete. Die schlammverkrusteten Erhebungen darin stellten sich als drei Nashörner und mehrere Warzenschweine heraus. Musa stellte den Motor ab. Braune Madenhacker liefen über die Rücken der Nashörner, pickten die Zecken aus ihren Hautfalten, glänzend weiße Kuhreiher hielten Ausschau nach Futter, einer tat es den Madenhackern gleich und suchte die Ohren eines Nashorns ab. Nashörner in der Suhle geben ein eher statisches Bild ab. Sie dösen, sind kaum zu unterscheiden vom braunen Schlamm, blinzeln allenfalls, heben, wenn sie sehr energiegeladen sind, auch mal den Kopf. Rainer Krusen machte ein paar Fotos, und nach fünf Minuten fuhren sie weiter den Hügelhang hoch. Unter ihnen glänzten die Windungen des Flusses. Ein riesiges Krokodil sonnte sich im warmen Ufersand. Jill machte Nils darauf aufmerksam. »Es ist das gefährlichste Wesen Afrikas, wusstest du das? Wenn es dich gefressen hat, geben die Zulus ihm deinen Namen.« Sie lachte. »Ein Krokodil namens Nils.«

Er schaute sinnend hinunter. »Es ist ein Tier, das ist seine Natur. Das gefährlichste Wesen Afrikas ist ein Kind mit einer geladenen Kalaschnikow.«

»Das ist zynisch!«

»Ist es nicht, das ist Erfahrung.« Sein Ton war unendlich traurig. »Ihr lebt im Paradies hier, in den meisten Ländern Afrikas herrscht Anarchie, und Zentralafrika ertrinkt im Blut.« Er schwieg, hatte seine Hand auf ihren Nacken gelegt, der Daumen streichelte sie zärtlich.

»Gleich fang ich an zu schnurren«, flüsterte sie abgelenkt. Sie saßen auf den letzten zwei Plätzen, keiner konnte sie hören.

»Du hättest den Kerl gestern Morgen doch nicht wirklich erschossen.« Es war keine Frage, sondern eine Aussage, und sie hatte die gleiche Wirkung auf sie wie ein Eimer kaltes Wasser. Sie setzte sich kerzengerade hin. »Was soll die Frage?«

»Gestern bist du mir ausgewichen, heute würde ich gern eine Antwort haben.«

Er würde nicht lockerlassen, darauf würde sie sich wohl einstellen müssen. Es lag in seiner Natur. Er war kein zahmer Hauskater, ordnete seine Emotionen der Wahrheit unter. Ob ihr das gefiel oder nicht, war ihr noch nicht klar. Auf jeden Fall war es unbequem. »Wonach sah es denn für dich aus? Nach einer gepflegten Konversation?« Etwas wie Trotz hielt sie zurück, zuzugeben, dass sie dem Kerl kein Haar gekrümmt hätte.

»Liebling, das wäre Mord.«

»Menschen werden ermordet, Ungeziefer wird vernichtet.« Das rutschte ihr heraus, bevor sie darüber nachgedacht hatte. Manchmal passierte ihr das. Jetzt hörte der Daumen in ihrem Nacken auf zu streicheln. Sie verkrampfte sich.

»Hoppla, das klingt sehr unzivilisiert. Hätte ich nicht von dir gedacht.« Er nahm seine Hand weg, ihre Haut an der Stelle wurde kühl.

»Ich bin Afrikanerin«, erwiderte sie, wollte damit sagen, so sind wir.

»Und er ist Ungeziefer, das man zertreten darf? Was hat er denn getan, dass du ihn so nennst?«

»Hast du mal etwas von Vuurplaas gehört? Nein? Dann frage Neil Robertson. Er wird dir auch sagen, warum Len Pienaar für mich Ungeziefer ist. Vermutlich wird er dir erklären, dass das die falsche Bezeichnung ist, denn seine Opfer nennen ihn die Verkörperung des Bösen.«

Minutenlang trennte sie ein Vorhang aus Schweigen. Dann zog er sein Notizbuch heraus. »Wie schreibt man Vuurplaas?« Sorgfältig notierte er sich den Namen, schrieb noch einige Zeilen dazu. Dann schob er das Buch in seine Hosentasche.

Sie wünschte nichts sehnlicher, als eine Hand wieder auf ihrem Nacken zu fühlen. Sie gab sich einen Ruck. »Im Übrigen war ich nicht ehrlich mit dir«, gestand sie, »natürlich hätte ich ihn nicht erschossen, nicht einmal einen klitzekleinen Schreckschuss hätte ich abgegeben, aber behalt das für dich, sonst ist mein Ruf hier völlig im Eimer.« Sie erzählte ihm, womit sie Ein-Arm-Len gedroht hatte. »Nun weißt du, welche Rolle ihr zwei in diesem Drama zu spielen habt.«

»Hier gibt es doch schließlich auch Gerichte, die zuständig sind.« Sein Arm schob sich wieder um sie, seine Hand lag warm und sicher an ihrem Hals.

Sie schüttelte den Kopf. »So etwas regelt man hier selbst. Oder meinst du, ich soll ihn auf Hausfriedensbruch verklagen? Ich kann ihn schon lachen hören. In den Gerichten im alten Südafrika hatte er vermutlich so viele Freunde sitzen, dass sie stattdessen mich verhaftet hätten, auch wenn ich ihn nicht mit dem Gewehr bedroht hätte, und im neuen Südafrika haben die meisten Angst vor ihm. Es sind die, die er als Polizist gejagt und gefoltert hat, oder die Angehörigen derjenigen, die das nicht überlebt haben. Seine Opfer.«

Sein Notizbuch lag schon auf seinen Knien. Sie hielt es für ihn, er machte sich Notizen. »Hochinteressant. Axel …« Nils lehnte sich zu seinem Partner, sprach ein paar Minuten leise mit ihm, ehe er weiterschrieb.

Sie fuhren immer noch langsam, gelegentlich kreuzten kleinere Impala-Herden ihren Weg, zierliche Tiere mit leuchtend rostbrauner Decke und cremeweißer Zeichnung, Warzenschweinfamilien sausten durch den Busch, einmal stand eine Giraffe mitten in der Landschaft. Ganz still. Rührte sich nicht, sah aus wie eine überdimensionale Schnitzerei von der Art, wie man sie in Andenkenläden kaufen konnte. »Musa, es ist bald Zeit, zurück nach Inqaba zu fahren«, sagte Jill.

Der Zulu nickte und steuerte den Geländewagen in eine S-förmige Kurve. Saftiges Grün, Palmen, großblättrige Sumpfpflanzen, kleinere Bäume mit frischen Trieben wuchsen rechts und links vom Weg, bildeten ein sonnenflirrendes Dach. Sie kamen aus der Kurve heraus, und vor ihnen stand eine graubraune Wand aus runzliger Haut. Musa trat auf die Bremse. Eine Elefantenkuh, ein riesiges Tier, war aus dem Busch gewandert und mitten auf dem Weg stehen geblieben, ein Junges folgte mit flappenden Ohren, dann der Rest der Familie. Neun Tiere zählte Jill. Unterdrückte Freudenrufe der Gäste erregten die Aufmerksamkeit der alten Leitkuh. Sie stellte sich vor ihre Familie. Fotoapparate klickten, Axel filmte. Auf sanften Sohlen wanderten die Riesen gemächlich den Weg hinunter, rissen Zweige ab, einer schob einen kleineren Baum um. Ihre Kaugeräusche, das Rumpeln ihrer Bäuche war laut in der Stille des Buschs. Die drei Jungen, kaum mehr als zwei Monate alt, spielten übermütig zwischen den Beinen ihrer Eltern. Sie jagten sich, rauften miteinander, bewarfen sich mit Gras, suhlten sich schnaufend in Schlammpfützen. Die alte Kuh sicherte aufmerksam ihren Rückzug.

»Sie lassen uns nicht vorbei«, flüsterte Musa, der den Motor angelassen hatte, »mal sehen, ob ich sie bewegen kann, Platz zu machen.« Er fuhr behutsam an. Die Leitkuh stellte die Ohren auf, schwang ihren Körper und rannte mit erhobenem Rüssel los, direkt auf sie zu. Alle japsten erschrocken auf, die Kuh aber blieb nach wenigen Metern stehen. Es war ein Scheinangriff gewesen.

»Das hieß, verpisst euch, aber dalli«, flüsterte Axel und hielt den Auslöser seiner Kamera gedrückt. »Super, wirklich.« Auch Rainer Krusen und die anderen Gäste verschossen mehrere Filme.

Mit quietschendem Trompeten riss einer der Kleinen aus und verschwand im meterhohen Gras. Die Kuh wurde abgelenkt. Eine Dreiviertelstunde später hatte der Busch auch den letzten grauen Riesen verschluckt. Sie fuhren zurück nach Inqaba, und es stand fest, dass der Ausflug schon jetzt ein voller Erfolg gewesen war. Jill atmete auf. So viel hing davon ab, was diese zehn Menschen, die viel Geld dafür zahlten, um das alles zu sehen, zu Hause berichten würden.

Die weißen Wölkchen waren inzwischen zu ausgewachsenen Wolken geworden, und eine entlud sich in einem Platzregen. Musa parkte unter einer Schirmakazie, und Jill verteilte Erfrischungsgetränke. Der Regen hörte nach ein paar Minuten auf, Millionen von Wassertropfen glitzerten auf dem Grün, ein paar Webervögel badeten in einer Pfütze, mehrere blau schillernde Schmetterlingsschönheiten, von denen sie nur den lateinischen Namen kannte, tauchten ihre Rüssel in das Nass, nahmen Mineralien in zierlichen Schlucken auf. Sie seufzte. Es verging kein Tag, an dem sie nicht dankbar war, hier zu leben.

\*

Den ausgewaschenen Sandweg zum Grillplatz hatte sie einebnen lassen, die Geröllbrocken, die ihn nach dem letzten großen Regen versperrten, hatten Ben und seine Leute an die Seite geschoben. Sie bogen um die letzte Kurve, und vor ihnen lag der Rastplatz im luftigen Schatten des ausladenden Baldachins des White-Stinkwood-Baumes. Oberhalb des Hangs, der zum Fluss abfiel, standen mehrere aus Holzstämmen gehauene Sitzbänke und Tische. Rechts und links hatte Jill zwei Holzkohlegrills mauern lassen. Musa und Philani sprangen aus dem Wagen, begannen sofort, das Essen auszuladen und Kohle in die Grillwannen zu füllen. Sie stieg aus und spähte über die Kante. Träge floss das lehmgelbe Wasser unter ihnen dahin. Auf der schmalen Sandbank dicht am Ufer schliefen zwei Krokodile im Schatten einer überhängenden Palme. Moskitos sirrten in der feuchten Luft, Schwalben schossen dicht über der Oberfläche dahin. Die Furt, die zur anderen Seite führte, war um wenige Zentimeter überspült.

»Nein, ist das himmlisch«, rief Iris Krusen aus, »seht nur.« Sie wies auf den haushohen Tambotibaum am anderen Ufer, auf dem ein Fischadler eben in seinem Nest landete.

»Wir werden über eine kleine Brücke auf die andere Seite des Flusses gehen«, sagte Jill, »Hunderte von seltenen Vögeln nisten dort.«

Nils trat neben sie, nahm sie in den Arm. »Afrika«, sagte er leise, »sein Zauber lässt mich nie los, egal, was es mir antut.«

»Einmal Afrika, immer Afrika«, sagte Karen Barkow und machte ein feierliches Gesicht.

»Sie kennen Südafrika gut, nicht wahr?«, fragte Jill. »Ich kann es an Ihrem Englisch hören. Sie müssen lange hier gelebt haben.«

Karen Barkow lächelte, ein wenig wehmütig, nickte dann. »Ja, Sie haben Recht, wir haben lange hier gelebt. Jetzt leben wir in Deutschland.« Ihr Seufzer sprach Bände.

»Kommen Sie regelmäßig hierher?«, fragte Nils.

»Oh nein, es ist das erste Mal, seit langer Zeit«, jetzt leuchteten Karen Barkows Augen auf, »aber nun werden wir regelmäßig nach Natal kommen. Jetzt dürfen wir wieder.«

Das Geheimnis hinter diesen Worten reizte Jill. »Warum dürfen Sie erst jetzt wieder nach Südafrika?«

Karen Barkow zögerte, warf ihrem Mann, der schweigend zugehört hatte, einen fragenden Blick zu. Er nickte. »Es ist in Ordnung«, sagte er, »es ist vorbei.«

»Wir haben ein Visum gebraucht, damals. Vor Mandela.«

»Deutsche brauchen kein Visum für Südafrika«, bemerkte Axel, während er ein Obektiv wechselte, »damals auch nicht.«

»Wir schon«, antwortete Karen Barkow und hob ihr Kinn.

»Es war im alten Südafrika das Synonym für ein Einreiseverbot aus politischen Gründen«, sage Jill. Das erklärte auch, warum Karen Barkow manchmal nervös wirkte. »Haben Sie noch Angst?«, fragte sie die beiden.

Karen Barkow wechselte einen Blick mit ihrem Mann. »Nun, anfänglich haben wir dem Frieden nicht getraut, und der Moment der Einreise an der Passkontrolle wird nie einfach sein … Das riecht ja wunderbar«, schloss sie dieses Thema unmissverständlich.

Jill akzeptierte das, hatte kein Verlangen, in einer eben verheilten Wunde herumzustochern. »Gleich gibt es etwas zu essen«, rief sie und winkte alle heran. Rauchschwaden umwehten die Grills, auf denen Musa und Philani Lammkoteletts, Steaks, in Aluminiumfolie gewickelte Kartoffeln, Boerewors und Sosaties, in spezieller Soße marinierte Fleischspieße, grillten. Schüsseln mit frischem Salat und frische Brötchen standen schon auf dem Tisch.

»Ich habe rasenden Hunger«, verkündete Rainer Krusen und schaute begehrlich auf den Grill. Eine halbe Stunde später konnte er ihn stillen. »Ist es nicht ein Traum«, stöhnte er kurz darauf, »wir hier oben, zu unseren Füßen Afrika …« Das Wedeln seiner Hand umfasste den Fluss, den undurchdringlichen Uferurwald, den gleißend blauen Himmel, der durch das Blätterdach über ihnen blitzte.

»Da drüben«, flüsterte Jill, zeigte auf einen Wasserbock, der reglos am Wasser stand, kaum zu erkennen in dem gelbbraunen Ried. Ein Vogelzwitschern ertönte, eher ein eigenartiges Flöten. Jill, die mehrere Tonbänder mit Vogelstimmen besaß, konnte es identifizieren und horchte auf. Der Taveta-Honigvogel. In dieser Gegend kam er bisher nicht vor, war so selten, dass er auch in Mosambik und Simbabwe nur ein paar Mal gesehen wurde. Erstaunt drehte sie sich um, wollte den Busch nach dem Vogel absuchen und sah sich unvermittelt einer Mauer von Zulus gegenüber.

Wie aus dem Boden gewachsen standen sie am Rand des Rastplatzes. Lautlos, reglos, mit den Schatten verschmelzend. Im ersten Moment glaubte sie an ein Trugbild, dann kam Popi auf sie zu, und hinter ihm schlängelte sich Thandi heran. Ihr Herz machte einen Sprung. Der Rattenfänger und seine Gefolgsschar. Sie stand auf. Schlagartig verstummte jedes Gespräch, aller Augen starrten auf Popi und seine Leute. Wie in Momentaufnahmen nahm sie die Gesichter ihrer Gäste wahr, die eher überrascht als schockiert blickten, nur Joyce Kent sah aus, als hätte sie eine Keule getroffen, und Nils und Axel, die abgebrühten Reporter, zeigten ein Aufflackern ihrer professionellen Neugier.

»Yasmin«, rief Axel hocherfreut, »hallo. Wo waren Sie denn?«

»Hi«, sagte Yasmin, wedelte träge mit der Hand.

Verzweifelt suchte Jill nach einem Weg, die Situation zu entschärfen. »Popi, das ist ja eine Überraschung, möchtest du mit uns essen?«, rief sie, versuchte einen Scherz, gespannt, ob ihn das nicht aus dem Konzept bringen konnte.

Popi, wie Thandi schwarz gekleidet, kam auf sie zu, Hand in Hand mit seiner Zwillingsschwester, bis sie direkt vor ihr standen. »Sakubona, Jill«, grüßte er sie, »udadewethu«, setzte er hinzu, meine Schwester.

»Sakubona, udadewethu.« Thandi war das Echo ihres Bruders.

Jill entspannte sich etwas. Meine Schwester. Eine Höflichkeitsfloskel. Klang gut, nicht aggressiv. Hätte Popi die Farm illegal besetzen wollen, wäre er hier nicht so offen aufgetaucht. Sicher nicht. Sie atmete auf, betete aber, dass weder Musa noch Philani nach ihren Gewehren greifen würden, die sie zu ihrem Schutz bei sich trugen, und diese heikle Situation zum Kippen brachten. Aber das würden sie natürlich nicht, beruhigte sie sich selbst, denn schließlich waren Popi und Thandi mit ihnen verwandt, ihre eigenen Leute also. Ein Blick auf ihre Zulu-Begleiter bestätigte diese Annahme. Ungerührt wendeten sie die Steaks, schienen nicht überrascht zu sein. Vermutlich hatten sie gewusst, wer hier auf sie wartete, nahm Jill an und verwünschte ihre Unloyalität ihr gegenüber.

Joyce Kents Zähne klapperten wie Kastagnetten. Sie presste ihre Hand auf den Mund, und es war offensichtlich, dass sie kurz davor war, in Panik zu geraten. Beruhigend berührte Jill sie am Arm. »Keine Sorge, das hat nichts mit Ihnen zu tun, es wird Ihnen nichts passieren. Sie sind völlig sicher.« Fast hätte sie ihre Worte selbst geglaubt, so überzeugend klangen sie. Joyce zumindest nahm ihre Hand vom Mund und sank auf die Bank zurück.

Musa legte seine Grillgabel hin und baute sich vor Popi auf, Schultern hochgezogen, Kopf angriffslustig gesenkt, Arme in die Seiten gestemmt. Eine imposante Erscheinung. »Was wollt ihr hier?«, fauchte er auf Zulu.

Popi, selbst groß, musste zu ihm hochsehen. »Unseren Anspruch auf das anmelden, was unser ist«, antwortete er und stellte sich hin wie ein Matador, bevor er den Stier tötet. Schultern zurück, Beine breit, Kinn hoch. »Du weißt es. Du weißt, wer unsere Ahnen sind.«

»Nichts weiß ich! Euch gehört hier nichts. Geht weg.«

Popi rührte sich nicht. »Dem Vater des Vaters meines Großvaters, dem zweiten Sohn des großen Zulukönigs Mpande, Thulani genannt, gehörte das Land, das jetzt Inqaba heißt. Er hat es seinem zweiten Sohn genommen und dem Weißen gegeben, der gesagt hat, dass er Mpandes ersten Sohn vor einem Leoparden gerettet hat. Wir sind Thulanis Nachkommen. Wir verlangen unser Land.«

Während Jill ihn noch anstarrte, als wäre er ein Außerirdischer, lachte Musa auf. »Wenn du Land hier willst, Popi, der glaubt, dass er Inyathi ist, und doch nur blökt wie ein neugeborenes Kalb, wenn du Land willst, dann arbeite dafür wie wir.« Seine Augen ruhten auf Thandi. »Und Thandile mit ihrem angemalten Gesicht und den Kleidern, die wohl mehr kosten, als wir in vielen Monaten verdienen«, höhnte er, »was will die hier? Willst du mit deinen weichen Händen und langen Nägeln im Dreck kratzen? Willst du einen von uns heiraten, deinem Mann Hlonipha, Respekt, erweisen, wie es die Tradition verlangt, und auf Knien sein Essen servieren?« Er lachte lauter, mit weit offenem Mund und blitzenden Augen.

»Das ist ja rasend interessant«, hörte sie Nils murmeln, »könnte eine Story werden.« Sein Stift flog übers Papier.

Jill warf ihm einen wütenden Blick zu. Er redete von Storys, während diese eingebildete Matadorkarikatur ihr Inqaba stehlen wollte. »Die Übertragung des Landes war rechtmäßig, Popi, das weißt du so gut wie ich.«

Popi sah sie an. »Ich bin nicht mehr Popi, Popi gibt es schon seit einer langen Zeit nicht mehr«, er benutzte die gleichen Worte wie schon seine Zwillingsschwester, »ich bin Blackie Afrika …«

Irgendetwas an ihm, eine Erinnerung an früher, an den kleinen fröhlichen Popi, ihren Freund, mit dem sie gemeinsam durch den Busch gestreift war, Abenteuer erlebt hatte, Streiche ausgeheckt, ließ sie ihre Angst vor dem Rattenfänger vergessen, »Oh, um Himmels willen, Popi, red nicht diesen Unsinn, ich werde dich nicht Blackie Afrika nennen – das ist doch lächerlich, wir sind zusammen aufgewachsen …«

»Ich will mein Land«, unterbrach er sie harsch, ihre Worte mit einer Handbewegung zur Seite wischend.

Sie schaute auf das Land, das sich hinter dem Rastplatz erstreckte, sah das üppige Grün, gesprenkelt von fliegenden Wolkenschatten, in der Ferne das brennende Gelb des sonnengetrockneten Savannengrases, den Fluss, der unter ihr gemächlich dahinströmte, endlos, geheimnisvoll, märchenhaft. Das wollten sie ihr wegnehmen.

Nicht einmal den Gedanken daran ließ sie zu. Sie weigerte sich, in Betracht zu ziehen, dass es irgendjemandem gelingen könnte, sie von Inqaba zu vertreiben. Das Problem war lediglich, wie sie Popi zum Teufel schicken konnte, damit er ihr nicht den Tag verdarb. Eine Welle von Wut überschwemmte sie. Mühsam beherrschte sie sich ihrer Gäste wegen. »Sieh dir die Eintragung bei der Landkommission an und lass mich mit solchem Quatsch zufrieden …«

Ein weiches Plopp, Plopp drang an ihr Ohr, ein Schnauben, kurzes Wiehern. Erstaunt glitt ihr Blick von Popi ab, in die Richtung der Geräusche, und sie erblickte Len Pienaar und seine beiden Begleiter, alle drei lässig im Sattel ihrer Pferde sitzend, die Zügel in einer Hand haltend. Len erhob sich in den Steigbügeln, offensichtlich um die Szene besser überblicken zu können. Dann drängte er sein Pferd zwischen den Zulus hindurch, die jedoch kaum zur Seite wichen, und zügelte es. Er grüßte mit einem Kopfnicken und zwei Fingern an der aufgeschlagenen Krempe seines Hutes. Sein Safarianzug und der Hut, der das Emblem eines abgewandelten Hakenkreuzes trug, erinnerten an die Schutztruppenuniformen im früheren Deutsch-Südwest. Der linke Ärmel war unterhalb des Armstumpfes zugenäht. »Jill, meine Damen, da bin ich ja rechtzeitig gekommen, um ein Blutbad zu verhindern«, knurrte er, hakte die Zügel über den Sattelknauf und griff nach seinem Revolver.

Popi wirbelte herum, und Lens Pferd tänzelte nervös. Er sagte nichts, starrte nur unverwandt auf den einarmigen Mann in seiner Schutztruppenuniform. Seine schwarzen Augen sprühten Hass.

Jill war mit wenigen Schritten neben Pienaars Pferd. »Was zum Teufel machen Sie hier, verschwinden Sie auf der Stelle. Ich habe Ihnen schon mal gesagt, dass Sie auf Inqaba nichts zu suchen haben. Muss ich Ihnen erst die Polizei auf den Hals schicken?«

Len lachte laut. »Nur zu, mit denen unterhalte ich mich gern. Seinetwegen bin ich hier«, er zeigte mit dem Pistolenlauf auf Popi, »wir sind diesem Kerl schon länger auf der Spur, wir wissen, dass er seit langer Zeit immer wieder in dem verwilderten Gebiet auf der anderen Seite des Flusses unterkriecht, aber wir konnten ihn nie erwischen. Er bedroht die Farmen der Umgebung. Ich bin von den Farmern beauftragt worden, ihn einzukassieren, damit hab ich ein Recht, über Ihr Land zu reiten.« Man hörte Pienaars Stimme an, dass er Polizist gewesen war. »Er ist der Kopf einer Bande Illegaler, die Inqaba als Stützpunkt benutzen.«

Ach ja, dachte sie wütend, auf meinem Land! Was hat Popi auf meinem Land zu suchen?

»Geh da nicht hin«, hatte Nelly sie gewarnt, als sie damals auf der Suche nach dem Nektarvogel mit der scharlachfarbenen Brust gewesen war, hatte diesen verwilderten Teil Inqabas gemeint, der seit mehr als dreißig Jahren nicht mehr kultiviert wurde. Das also meinte sie, und deswegen hatte Len Pienaar auf der Farm herumgestöbert, damals nach Tommys Tod und auch später. Alles war direkt unter ihrer Nase passiert. Ben und Nelly hatten es gewusst und die Farmarbeiter mit Sicherheit auch. Langsam ebbte ihr Schock ab und wurde durch eine Wut ersetzt, die ihr den Kopf klärte und die Gedanken befreite.

Popi Kunene, der Rattenfänger, machte ein paar Schritte auf Len zu, blickte ihm noch immer forschend ins Gesicht. »Ich kenne dich«, flüsterte er heiser, »oh ja, wir sind uns schon einmal begegnet. Erinnerst du dich?«

»Wir auch.« Thabiso trat aus der Menge und stellte sich neben seinen Stammesgenossen, dicht vor Len Pienaars Pferd. Mit einem Finger fuhr er den weißen Streifen in seinen schwarzen Haaren nach, unter dem, wie Jill wusste, sich die Narbe verbarg, wo ihm ein weißer Polizist in den Kopf geschossen hatte. »Der das getan hat, lebt nicht mehr«, sagte er und sah dabei unverwandt nur Len an, »der, der das befohlen hat, sollte zittern. Ich habe lange auf diesen Tag gewartet«, setzte er hinzu. Seine Stimme klang wie Schmirgelpapier auf Stein, kratzte über Jills Nerven.

Die Hände von Lens Begleitern waren zu ihren Waffen geflogen. Das Ratschen, mit dem sie ihre Maschinenpistolen spannten, war sehr laut in der plötzlichen Stille. Axel filmte ungerührt, Nils' Stift flog über das Papier. Alle anderen schienen den Atem anzuhalten, lauschten mit offenem Mund, wendeten ihre Köpfe zwischen den Männern hin und her wie Zuschauer auf einem Tennisplatz. Rainer Krusen sah hingerissen aus, schien zu glauben, dass die Szene eine Inszenierung zu ihrer Unterhaltung war.

»Na, das ist doch was«, murmelte Nils dicht neben ihr, »jetzt haben wir ja richtig Action«, er sprach das Wort englisch aus. »Sind ja Zustände wie im Wilden Westen hier.«

»Bete lieber, dass wir hier alle lebend herauskommen«, sagte sie, gerade so laut, dass nur er es hören konnte.

Er zeigte mit dem Kinn auf Popis Leute. »Hältst du die für gefährlich?«, fragte er erstaunt, während er weiterschrieb.

Sie sah hinüber, verstand, was er fragte. Die Männer sahen nach nichts aus. Die meisten trugen zerschlissene, zusammengewürfelte Kleidung, manche hatten ein traditionelles Kuhfell über ihr grau gewaschenes T-Shirt geworfen, trugen Baseballkappen oder Leopardenstirnbänder, kurze Hosen, lange Hosen, ausgefranste, abgeschnittene Hosen. Alle hielten Kampfstöcke in den Fäusten, nicht wenige jedoch trugen auch Schusswaffen. Sie trugen sie offen. »Allerdings. Sieh sie dir genau an, besonders ihre Haltung. Sie stehen aufrecht da, sehen uns geradewegs in die Augen. Das sind disziplinierte, kampferprobte Ex-Terroristen, glaub mir. Und freie Männer«, setzte sie leise hinzu.

»Beeindruckend«, murmelte Nils.

»Ich denke allerdings nicht, dass Popi mir etwas antun würde, aber jetzt, wo die da auf der Bildfläche erschienen sind«, Jill nickte in Richtung der drei Reiter, »kann es schnell dazu kommen, dass einer die Kontrolle verliert und losballert. Bei den Zulus geht es immer um Land, seit Anbeginn der Zeit. Weidegrund für ihr Vieh, das ihr Reichtum ist, dafür kämpfen sie bis aufs Blut und unter Einsatz ihres Lebens. Auch heute noch. Und wenn Len Pienaar auch noch derjenige ist, der Thabiso damals in den Kopf geschossen hat, möchte ich nicht in seinen Schuhen stecken. Wir müssen hier weg, und zwar pronto, ich habe keine Lust, zwischen die Zulus und Len zu geraten.«

Er lehnte sich so nah zu ihr, dass sich ihre Schultern berührten, sprach leise, so dass nur sie es verstehen konnte. »Warum rufen wir nicht die Polizei? Ich hab meine Handy in der Hosentasche. Ich könnte es machen, ohne dass es jemand merkt.«

Trotz der angespannten Situation hätte sie fast gelacht. »Polizei? Hast du nicht gehört, was der Kerl gesagt hat? Auf die Polizei kannst du dich nicht verlassen. Ich würde mich nicht wundern, wenn die vollzählig zu Popis Leuten gehören. Vergiss es! Außerdem hast du hier vermutlich nur sporadisch Empfang, der ist in dieser Gegend noch ein bisschen löcherig. Wir müssen uns selbst helfen. Du kennst doch den Rest von Afrika, dann weißt du, wie es hier ist.« Seine Schulter war noch immer an ihre gepresst. Es war ein gutes Gefühl, und sie bewegte sich nicht.

Ein Schatten lief über sein Gesicht. »Ist es hier auch schon so weit? Wie bedauerlich, ich hatte gehofft, dass dieses Land einen anderen Weg geht.« Er schrieb sich etwas auf.

Unmerklich waren die Zulus näher gerückt, hatten den Kreis enger gezogen. Sie hielten ihre Waffen hoch, bildeten einen Staketenzaun damit, und plötzlich standen nur noch Len und seine Begleiter, Popi, Thandi und Thabiso im Zentrum dieses Zaunes. Lens Haut verfärbte sich dunkelrot, sein kleiner Mund zwischen den Hamsterbacken bewegte sich, aber angesichts der Waffen sagte er nichts. Thabiso ergriff den Kinnriemen seines Pferdes, hielt es fest, zwei andere Zulus, offenbar erfahren im Umgang mit Pferden, hielten die Tiere der anderen zwei Männer.

Jill wusste, dass sie jetzt blitzschnell handeln musste, um ihre Gäste unversehrt von hier wegzubringen. Nichts anderes zählte. »Wir müssen sofort alle in den Wagen steigen und weg hier«, flüsterte sie Nils zu, »ich werde fahren, ich hab das Gefühl, dass Musa und Philani hier bleiben werden. Bitte hilf mir.« Sehr leise unterrichtete sie ihre Gäste. Rainer Krusen und Nils hoben Peter Kent in den vordersten Sitz, alle anderen stiegen hastig nach ihm ein.

»Auch gut«, grinste Axel fröhlich, »brauch ich wenigstens nicht zu laufen.«

»Ich komme«, sagte Musa und setzte sich hinters Steuer, im selben Moment sagte Philani das Gleiche. Musa ließ den Motor an, Popi schaute nur flüchtig zu ihm hin und dann wieder zu dem Mann mit dem Schutztruppenhut und dem Emblem eines abgewandelten Hakenkreuzes an der hochgeklappten Krempe. Bevor sie ins Auto stieg, drehte Jill sich noch einmal um. Sie konnte der Versuchung einfach nicht widerstehen. »Einen besonders schönen Tag wünsche ich Ihnen«, sagte sie, sah Len Pienaar direkt in die Augen und hoffte, dass er darin lesen würde, was sie ihm wirklich wünschte.

»Wer außer uns hat etwas gegen uSathane vorzubringen?«, hörte sie Thabiso die Zwillinge fragen, dann fuhr Musa um die Kurve. Verstohlen atmete sie erst einmal tief durch.

»Mein Gott, was habt ihr nur für eine Gesellschaft hier«, murmelte Nils. »Was passiert jetzt mit den drei Männern? Ich hatte nicht das Gefühl, dass dieser Popi Kunene und der andere unbedingt Anhänger von Bischof Tutus Aufruf zum Vergeben und Vergessen sind. Ganz zu schweigen von dem Rest seiner finsteren Gesellen. Wir sollten Hilfe holen, wir können die doch nicht einfach so ihrem Schicksal überlassen.«

»Wen sollten wir denn um Hilfe bitten? Wir müssen uns da heraushalten, die machen das unter sich aus. Außerdem glaube ich, dass die Chancen durchaus gleich verteilt sind. Denk an Len Pienaars Vergangenheit, und ich wette mit dir, dass die beiden anderen Männer bei dem gleichen Verein waren wie er. Die können sich wehren.« Außerdem geschieht es ihnen recht. Aber das dachte sie nur. Ständig liefen im Fernsehen im Rahmen der Anhörungen der Wahrheitskommission die Live-Übertragungung der Amnestieverfahren. Einer nach dem anderen nahmen die Killer des Apartheid-Regimes, die weißen wie die schwarzen, vor Bischof Tutu und seinen Beisitzern Platz, beschrieben ohne Gefühlsregung in kalten Worten Verbrechen von so unglaublicher Scheußlichkeit, von einer Brutalität, die sich kein normaler Mensch ausmalen konnte. Und dann genügte es, dass sie einen Satz sagten. »Es tut mir Leid.« Der Staat, dem sie gedient hatten, hätte sie an den Galgen geschickt. Sie aber durften den Saal als freie Menschen verlassen, sie durften zurückkehren in ihre schönen Häuser, zu ihren Familien, durften ihr gutes Leben wieder aufnehmen. Nur die Allerschlimmsten bekamen langjährige Haftstrafen. Zurück blieben Menschen, deren Leben sie zerstört hatten, an Leib und Seele.

Sie schüttelte sich, schwor sich zu verhindern, dass Len Pienaar ungeschoren davonkam. Allein die Vorstellung, er könnte es schaffen, machte sie krank.

Sie beugte sich vor und tippte Philani auf die Schulter. »Sag Musa, er soll noch einen Abstecher zu den Nistplätzen der Bienenfresser machen, das wird alle ablenken.« Sie sagte es auf Zulu.

Philani nickte, und eine viertel Stunde später klickten wieder die Fotoapparate, war ein vergnügtes Gespräch im Gange, und die Begegnung mit dem Bösen, mit uSathane und seinen ehemaligen Opfern, verblasste hinter dem Eindruck der schillernden

Vögel, die in einer steilen Lehmwand am oberen Lauf des Flusses nisteten.

*

Kaum war sie zu Hause angekommen, entschuldigte sie sich bei ihren Gästen, flüsterte Nils zu, dass sie sich nach dem Essen vor seinem Bungalow treffen würden, und suchte Irma. Sie fand sie, in ihr schwarzes Schleiergewand gewickelt, den Sonnenhut tief ins Gesicht gezogen, am Swimming-Pool im Schatten auf einer Liege hingestreckt vor. Sie schien zu schlafen. Jill jedoch kannte sie gut genug, um zu wissen, dass sie mit großer Wahrscheinlichkeit hart arbeitete. Sie hatte die Angewohnheit, sich in Gedanken unter die Figuren ihrer Romane zu mischen, mit ihnen zu leben, sie zu beobachten und ihnen zuzuhören, und erst wenn ihre fiktiven Personen zu Freunden geworden waren, konnte sie darüber schreiben. Dann hackte sie wie ein hungriger Specht auf ihrer alten Schreibmaschine herum und brachte alles zu Papier. »Irma«, rief sie leise.

Es dauerte einen Moment, ehe Irma reagierte. Dann hob sie warnend eine Hand, zog ihren Block heran und kritzelte ein paar Zeilen. »So«, sagte sie mit deutlichen Anzeichen tiefster Zufriedenheit, »jetzt habe ich es notiert. Du kennst doch das erste Gebot aller Schrifststeller? Erst aufschreiben, dann Gott danken, sonst ist er weg, der Gedanke.« Sie lachte. »Was ist denn, Liebes?«

Kurz berichtete Jill, was geschehen war. »Wir sollten uns einen Auszug aus dem Grundstücksregister besorgen, ihn rahmen und ans Tor hängen, damit all diese Geier, die hinter meinem Land her sind, gleich nachlesen können, dass es hier nichts zu holen gibt.« Sie warf sich in einen Liegestuhl. »Himmel, bin ich wütend!«

Irma runzelte die Stirn. »Du musst damit rechnen, dass die Kune-Zwillinge hier noch einmal auftauchen, schließlich ist Thandi unser Gast, gut zahlender Gast, wenn ich dich daran erinnern darf.«

Jill zerrupfte eine rote Bougainvilleablüte. »Ich weiß, und mir wird angst und bange bei der Vorstellung, was Popi sonst noch anstellen wird, um an das Land zu kommen. Denk an das, was Neil gesagt hat. Len Pienaar erwähnte, dass Popi schon seit langem, ich vermute sogar, seit mehreren Jahren, auf dem Gebiet unserer Farm lebt. Und wir haben von Neil gehört, was das heißen könnte.« Jetzt war die Bougainvillea kahl, die Blütenblätter waren verstreut wie hingespritzte Blutstropfen. »Verdammt, wir müssen etwas tun. Popi wird sich nicht in Luft auflösen und seine Horde Männer schon gar nicht. Irma, was habe ich getan, dass man es mir so schwer macht?« Ungeweinte Tränen erstickten ihre Stimme.

»Nichts, mein Schatz, nichts, nur die Welt hat sich geändert. Das, was wir die gute alte Zeit nennen, gibt es nicht mehr. Wir müssen uns damit abfinden. Wir leben hier, wir gehören zu diesem Land, wir bleiben hier. Das sind Tatsachen. Das stellen wir nicht in Frage. Darum müssen wir kämpfen.«

»Ich bin aber so müde«, flüsterte sie, »Mama, Christina, Martin, Tommy …«

»Du kannst es, glaub mir, du hast noch Kraft. Geh früh schlafen heute, morgen wird es dir besser gehen, dann wirst du sehen, dass es weitergeht und wie es weitergeht.«

Später, es war schon dunkel geworden, und ihre Gäste saßen bereits beim Abendessen, fiel ihr Len Pienaar wieder ein. Sie schaute hinaus in die samtene Schwärze, horchte, ob sie Ungewöhnliches hören konnte. Vielleicht hatten Len und seine Männer einfach ihren Pferden die Sporen gegeben, ein paar Zulus niedergeritten und waren davongaloppiert. Doch sie hatte den Eindruck, dass die Zulus überhaupt keine Angst vor den Tieren hatten und wussten, wie man mit ihnen umgeht. Für flüchtige Sekunden blitzten Bilder in ihr auf, die sie lange verdrängt hatte, stieg ihr der Geruch von verbranntem Gummi in die Nase, sah sie wieder den Jungen vor sich, der mit dem Halsband hingerichtet wurde. Voller Unruhe hob sie den Kopf. Roch sie Verbranntes, war es Gummi? Sie atmete tief ein, und ihr fiel ein Stein vom Herzen, als sie feststellte, dass es eine Halluzination gewesen war. Die Luft, die sie einatmete, war rein, süß vom Duft der Amatungulu und der Feuchte der Nacht. Sie beschloss, nach dem Essen hinüber zu Bens Hütte zu gehen, um mit ihm zu sprechen, vergaß, dass sie sich mit Nils hatte treffen wollen.

Mit großer Erleichterung bemerkte sie, dass die Aufregung des Nachmittags die gute Laune ihrer Gäste nicht getrübt hatte. Nur Joyce und Peter Kent waren sehr still. Nach dem, was sie an jenem Abend in ihrer Garage erlebt hatten, war es kein Wunder, dass ihre Nerven brüchig waren. Thandi war nicht aufgetaucht, und Jill rechnete auch nicht mehr mit ihr. Ihr Gepäck befand sich zwar noch im Zimmer, und das war im Voraus bezahlt, aber es war schließlich Thandis Sache, auf welche Weise sie es nutzte. Jill konnte sich schwer vorstellen, dass sie, das elegante Model aus Paris, jetzt in einer Hütte auf einer Grasmatte am Boden schlief oder im Freien im Busch.

»Wer waren diese Schwarzen, die am Rastplatz auftauchten? Kannten Sie die?« Iris Krusen war schon beim Dessert angelangt. »Ich war ziemlich erschrocken zuerst. All die Gruselgeschichten über Überfälle und Geiselnahmen, von denen man in Südafrika hört, fielen mir wieder ein. Ich habe diese Berichte eigentlich immer für reichlich übertrieben gehalten. Uns ist in Südafrika noch nie etwas passiert.«

»Gibt ja auch keine Garantie dafür, die kostet extra und ist bei der Buchung gleich anzugeben«, warf Nils ein und grinste.

Alles lachte, und Jill antwortete betont fröhlich: »Kein Grund zur Aufregung, ich kenne den Anführer seit meiner Kindheit. Wir sind zusammen aufgewachsen. Die anderen waren seine Freunde.«

»Und diese Typen, der Einarmige und die zwei anderen, die aussahen, als wären sie aus einem Geschichtsbuch gestiegen? Mit diesem peinlichen Emblem am Hut?«, fragte Axel, der sich gerade über ein großes, blutiges Steak hermachte. »Sah ja aus wie ein amputiertes Hakenkreuz mit nur drei Schenkeln. Die haben doch schon versucht, uns die Einweihungsparty zu verderben, nicht wahr?«

»Der Anführer heißt Len Pienaar und hat einen privaten Sicherheitsdienst, der hier von vielen Farmern in Anspruch genommen wird, allerdings nicht von Inqaba. Die Männer befanden sich widerrechtlich auf unserer Farm. Das Emblem ist das einer verbohrten afrikaansen Widerstandsbewegung.« Damit war der Vorfall für ihre Gäste ganz offensichtlich erklärt und erledigt. Dankbar ging sie zu Nelly in die Küche, um selbst zu essen. Irma nahm ihre Mahlzeiten gewöhnlich in ihrem Zimmer ein, selten setzten sie sich zusammen. Meist hatte Jill ohnehin kaum Zeit, schlang ihr Essen herunter. So auch heute, sonst würde es zu spät werden, Ben Dlamini in seiner Hütte aufzusuchen.

Nelly war schon gegangen, nur noch Bongi und Zanele schrubbten Töpfe. Die Fliegentür war geschlossen, trotzdem umschwirrten Unmengen von Mücken die Deckenlampe, es roch nach kaltem Fett und überreifen Früchten. Sie bat Bongi, ihr ein Steak zu braten, füllte Tomatensuppe aus dem großen Topf in eine Suppentasse, nahm ein Brot und setzte sich an den Küchentisch. Sie schob einen Stapel schmutziger Dessertteller beiseite. »Ihr macht das sehr gut«, lobte sie die beiden Mädchen.

»Danke, Madam«, antworteten diese im Chor, wechselten untereinander einen schnellen Blick. Zanele schrubbte mit gesenktem Kopf weiter Töpfe, Bongi wendete das Steak in der Pfanne und schwieg.

Sie stutzte. Etwas lag in der Luft. Für gewöhnlich würden die beiden Mädchen pausenlos miteinander reden und lachen, mit ihr scherzen, aber heute waren sie seltsam still, in sich zurückgezogen, wichen ihr aus. Die wissen etwas, dachte sie, und wenn ich mich auf den Kopf stelle, ich bekomme es nicht aus ihnen heraus.

Dann servierte Bongi ihr das Steak. Sie aß einen Salat dazu. »Danke, das war lecker«, sagte sie, trank die Cola aus, stand auf und ging. In ihrem Zimmer zog sie sich rasch feste Schuhe an, vertauschte ihr helles Sommerkleid mit langen Hosen aus leichter Baumwolle und einem langärmeligen Hemd. Es war am Kragen zerschlissen, denn es hatte einmal Martin gehört, und sie konnte es nicht über sich bringen, es wegzuwerfen. Außerdem schützte es gegen Moskitos und dadurch gegen Malaria. Sie prüfte die Batterie ihres Handys, steckte es ein, nahm die starke Taschenlampe und ging aus dem Haus.

»Was hast du denn noch vor?« Sie erschrak, als sie Nils' Stimme hinter sich hörte. Er lehnte an der Wand vor der Eingangstür. »Wollten wir uns nicht treffen?«

Sie wurde rot, wie als kleines Mädchen. Es war nicht zu glauben. »Ich muss noch etwas erledigen«, stotterte sie.

»Das hab ich mir gedacht«, antwortete er trocken, »kann ich mitkommen? Vielleicht brauchst du einen starken Mann zum Schutz?« Er lächelte auf sie hinunter, sah unglaublich attraktiv aus, und ihr wurden die Knie weich. Einfach so.

»Ja«, sagte sie. Oh ja, bitte, mit dem größten Vergnügen, am schönsten wäre es, wenn du dabei den Arm um mich legen würdest, und dann zum Teufel mit aller Vorsicht. Aber das sagte sie nicht, das dachte sie nur. Natürlich. »Ich muss nur noch ein paar Worte mit den Nachtwächtern reden, sicherstellen, dass sie an ihren Plätzen sind und nicht schlafen, trinken oder mit Mädchen herumknutschen.« Alle Wächter waren auf ihrem Posten, zwei rochen nach Alkohol, aber sonst war alles in Ordnung. Keine Mädchen in Sicht, die sie ablenken konnten. Sie wanderten den Weg hinunter, am beleuchteten Swimming-Pool vorbei zu ihrem alten Bungalow.

Nils hielt die Tür für sie auf. »Komm rein, ich zieh mir schnell auch ein langärmeliges Hemd an.« Der Bungalow war leer, Axel saß vermutlich auf der Terrasse und tröstete sich mit einem Whisky über Thandis Verschwinden hinweg. Nils zog ein hellblaues Hemd über und stopfte es in seine Jeans. Zusammen gingen sie dann in die Dunkelheit. Sie schaltete die Taschenlampe ein.

»Das ist nicht nötig«, sagte er, »ich kann im Dunklen sehen wie eine Katze.« Seine Zähne blitzten.

»Es ist wegen der Schlangen, sie liegen nachts gern auf den warmen Wegplatten. Sie reagieren ziemlich unangenehm, wenn man auf sie drauftritt.« Der Chorgesang der Zikaden begleitete sie, die Rufe der Ochsenfrösche hallten durch die Nacht, es raschelte hier und da, und einmal knackten ein paar Äste. Der Weg war schmal, nur zwei Platten breit. Sie gingen nebeneinander, und einmal blieben sie stehen und küssten sich, lang und leidenschaftlich. Danach wanderten sie eng umschlungen weiter. Insgeheim wünschte sie sich, für immer einfach so weiterlaufen zu können, seinen Arm fest um ihre Schultern, immer weiter in die warme, geheimnisvolle Nacht, bis sie den Morgen und das Licht fanden und sich darin auflösten.

Als sie die zerfurchte Sandstraße, die direkt ins Dorf führte, erreicht hatten, brach Nils das Schweigen. »Wie leben eure Arbeiter? Wie auf den anderen Farmen in Baracken?«, fragte er, wich einer riesigen Kröte aus, die mitten im Taschenlampenkegel im Weg saß.

»Oh nein. Ursprünglich hat der Begleiter Johann Steinachs, ein Zulu namens Sicelo, ein Stück Land von ihm bekommen. Später dann, als mehr Arbeiter für die Farm benötigt wurden, sind meine Vorfahren klug genug gewesen, zuzulassen, dass jeder Familienvater sein Umuzi, seine Hofstätte, bauen durfte, wie es Tradition der Zulus ist. Eine Hütte für die Ahnen, die für die Eltern, eine für die Söhne und eine für die Töchter«, zählte sie an den Fingern ab, »dazu eine Kochhütte und eine für die Vorräte. Neben die Hütten pflanzten sie Schattenbäume, hielten Ziegen und Hühner.«

»Haben deine Vorfahren ihr Land an ihre Arbeiter verschenkt?«

»Nein, ganz so sozial eingestellt waren sie nicht. Nur das Land, das Sicelo erhalten hat, gehört heute seinen Nachkommen, Ben Dlamini und seiner Familie. Den anderen Arbeitern haben die Steinachs nach und nach genug für eine kleine Landwirtschaft zur

Verfügung gestellt, allerdings blieb es immer in unserem Besitz, bis ich ihnen ermöglicht habe, Grund zu erwerben und es mit ihrer Arbeit bei mir zu bezahlen. Ich nenne sie ›meine Zulus‹, sie fühlen sich zu Inqaba gehörig, reden immer von ›wir‹ und ›uns‹ und meinen uns alle, die Familien von Inqaba. Von den Arbeitern der umliegenden Farmen werden sie beneidet und als etwas Besonderes angesehen.«

»Kein moderner Management-Trainer hätte besser das Wir-Gefühl entwickeln können.« Hochachtung schwang in seiner Stimme.

Sie hielt ihre Augen fest auf den Weg geheftet, richtete die Taschenlampe immer unmittelbar vor sich. Jetzt blieb sie wie angewurzelt stehen, hielt ihn zurück. »Da!« Im Lichtkegel lag, säuberlich aufgerollt, den diamantförmigen Kopf auf die Windungen ihres Leibes gelegt, eine wunderschön gezeichnete Puffotter.

»Und nun?«, fragte er. Seinem Ton war deutlich anzuhören, dass er kein Freund von Schlangen war.

»Wir müssen sie verscheuchen, von allein verschwindet sie nicht, sie verlässt sich auf ihre Tarnung, und der Weg ist zu schmal.« Jill brach einen Stock von über einem Meter Länge. »Sicher ist sicher«, lächelte sie, schlug ihn vor der Schlange auf den Erdboden. Eine verwischte Bewegung, die Schlange ging in Angriffshaltung, und Nils machte einen Satz zurück. Sie lachte. »Sie tut dir nichts, du hast ihren magischen Kreis nicht verletzt, sie wird dich nicht verfolgen. Bleib einfach stehen.« Mit der Stockspitze stupste sie das Reptil. Die Puffotter fauchte mit eindrucksvoll aufgerissenem Rachen, entrollte sich und glitt in die Nacht. Vorsichtshalber trampelte Jill ein paar Mal kräftig auf den Boden, zog ihn dann weiter.

»Du kannst schießen, hast keine Angst vor Schlangen, kämpfst du auch mit Krokodilen?« Der Mond hatte sich hinter den Bäumen in den nachtblauen Himmel geschoben, ließ Nils' Gesicht gespenstisch weiß leuchten.

»Natürlich«, kicherte sie, »die verspeise ich zum Frühstück.«

Seine Hände gerieten wieder auf Abwege, sein Mund wanderte ihren Hals hinunter. Es kitzelte, und sie gurrte zärtlich. Ihr Herz jagte, Hitze floss wie ein träger Strom durch ihre Adern. Sie bog den Kopf zurück. So standen sie allein unter dem funkelnden afrikanischen Sternenhimmel, der Busch wisperte, die Zikaden sangen, und die Welt drehte sich ohne sie.

Lange bevor sie die Hütten der Farmarbeiter sehen konnten, hörten sie es schon. Dumpfes Brummen, rauer Gesang, rhythmisches Klatschen, unterbrochen von hellem Trillern. »Sie singen mal wieder«, stellte Nils fest, »sie tun es überall, weißt du, in ganz Afrika. Immer, in allen Lebenslagen. Ganz erstaunlich.«

»Es ist Kommunikation, so verstehen sie sich auch ohne gemeinsame Sprache«, antwortete sie abwesend, lauschte dann angestrengt. »Da ist irgendetwas los, das ist nicht das übliche Singen und Tanzen nach der Arbeit, das klingt aggressiver. Wir müssen vorsichtig sein.« Nach der nächsten Biegung lag das Dorf im trügerischen Mondlicht auf dem sanft abfallenden Hang vor ihnen. Sie blieben am Eingang stehen. »Kannst du den riesigen Natal-Mahagonibaum da hinten sehen?« Der Baum hob sich schwarz gegen den tiefblauen Nachthimmel ab. »In seinem Schatten halten die Zulus ihre Indabas ab, ihre Besprechungen, feiern ihre Feste oder treffen sich einfach nur mit Nachbarn. Vor dem Baum liegt Ben Dlaminis Umzuzi, am Rand des Dorfes. Der beste Platz, weil es an der höchsten Stelle liegt und weiter oben unser Land an seines grenzt. Da kann er nämlich wunderbar seine Rinder auf unser Land treiben, um sie dort grasen zu lassen. Er tut es immer, obwohl er weiß, dass er es nicht darf«, sie lachte kopfschüttelnd, »und wenn man ihn deswegen zur Rede stellt, ist er empört. ›Meine Rinder sind hungrig‹, lamentiert er dann, ›ich habe kein Gras für sie, auf deinem Land wächst Gras, also muss ich sie dorthin treiben.‹ Dann faltet er die Hände über dem Bauch, sieht zum Himmel und meint, dass die Zulus das immer so gemacht haben.« Sie lachte. »Ist natürlich Humbug, die Zulus haben ein sehr klar ausgeprägtes Gefühl für das, was Dein und Mein ist, ganz besonders bei Rindern und Land. Er vergisst einfach, dass ich auch hier geboren bin und alle ihre Tricks kenne.«

Sie gingen ein paar Schritte den Sandweg entlang, der mitten durch das Dorf führte. In regelmäßigen, aber großen Abständen wurde er von hölzernen Masten flankiert, an denen das Stromkabel entlangführte, das Phillip Court für sie hatte ziehen lassen. Eine einzelne brennende Glühbirne schwankte im Wind, ihr trübes Licht flackerte über Grasdächer, fest gestampfte lehmrote Erde, die glänzenden Blätter des riesigen Mahagonibaumes und die Menschen, die sich auf dem Platz davor drängten. »Oh, mein Gott.« Jill sog scharf den Atem ein. »Sieh dir das an.«

Im Kreis von weit über hundert Schwarzen waren die Pferde von Len und seinen Leuten am Indaba-Baum angebunden. Quer über die Sättel hingen bäuchlings ihre Reiter, eingeschnürt wie Rollbraten, aus mehreren Wunden an Kopf und Oberkörper blutend. Thabiso stand abseits, Popis Zulus sprangen in die Luft, brüllten ein paar Worte, machten mehrere Sätze vorwärts auf die Gefangenen zu, schüttelten ihre Kampfstöcke und Schusswaffen. Zum Schluss gingen sie in die Knie, stießen ein lautes Zischen aus wie aus hundert Schlangenrachen. Das Geräusch fegte über die Lauscher hinweg. Jill bekam eine Gänsehaut.

»Ein Freudentanz, kann ich verstehen«, kommentierte Nils.

Sie schüttelte den Kopf. »Es ist kein Freudentanz, das ist ein Kriegstanz«, flüsterte sie, »hoffentlich können wir ungesehen verschwinden. Ich glaube, die haben vor, Len Pienaar und die beiden anderen abzuschlachten. Wir müssen doch die Polizei alarmieren, am besten die in Durban, hier auf dem Land hat es keinen Zweck, die sind doch alle miteinander verwandt. Die helfen womöglich noch nach.«

»Ihr gottverdammten Kaffern«, brüllte Len da und spuckte einen Zahn aus, »macht mich sofort los!« Sein Gesicht war dunkelrot, er schien kurz vor einem Schlaganfall zu stehen. Seine Jacke war zerrissen, der Armstumpf blutete aus mehreren Kratzwunden.

»Jetzt wird es gerade interessant«, protestierte der Reporter, er kritzelte im Schein der Glühbirne in seinem Notizbuch. Als er fertig war, holte er eine kompakte silberne Kamera hervor und schoss ein paar Blitzlichtfotos.

»Bist du verrückt«, fauchte sie, »hör sofort auf damit!«

Er fotografierte ruhig weiter. »Warum soll ich aufhören – als Reporter muss ich das aufnehmen. Das sind doch Nachrichten. Die Opfer nehmen Rache an ihren Folterern, weil die Polizei nicht hilft, oder so ähnlich.« Er hatte ziemlich laut gesprochen. Popi musste ihn gehört und auch die Fotoblitze gesehen haben, denn er drehte sich in ihre Richtung. Bevor sie sich zurückziehen konnten, stand er vor ihnen.

Mit Unbehagen bemerkte sie, dass das Weiße seiner Augen rot war, die Pupillen waren stecknadelkopfgroß. »Verdammt, der hat Dagga geraucht«, flüsterte sie Nils zu, versuchte ihn erneut, am Fotografieren zu hindern. Vergebens.

»Was ist das?«, fragte er ebenso leise.

»Getrocknete Cannabis-Blätter, rauchen die Zulus seit Urzeiten. Sie sehen es als ihr Recht an … wenn du nicht aufpasst, pflanzen sie es mitten in deine Blumenbeete oder Maisfelder … sie sind unberechenbar, wenn sie high sind …«

»Bist du gekommen, um dir dein Pfund Fleisch aus uSathane zu schneiden?«, flüsterte Popi, starrte sie mit diesen unheimlich glühenden Augen unverwandt an. »Eins für Tommy und eins für deine Mutter?«

Die Worte fielen wie Steine, trafen sie im Magen und prügelten ihr den Atem aus dem Leib. Sie musste sich an Nils' Arm festhalten, bis sie wieder Luft bekam und die Sterne vor ihren Augen verblasst waren. »Was?«, krächzte sie, spürte, dass Nils seinen Arm um sie schlang und sie festhielt.

»Komm, udadewethu, komm …«, Popi winkte ihr, glitt von ihr weg, durch die huschenden Schatten des Mondes, selbst ein Schatten mit sanfter Stimme und glühenden Augen. »Komm, meine Schwester«, lockte er. Seine Freunde waren verstummt. Es

422

herrschte unheilvolles Schweigen, aller Augen waren auf sie gerichtet.

Und sie folgte ihm. Sie konnte nicht anders. Nils hielt sie am Hemdsärmel fest. »Nicht, Jill, das sieht mir zu gefährlich aus. Lass uns zurückgehen und die Polizei rufen, komm.«

Sie schüttelte ihn wortlos ab. Der Kreis der Zulus öffnete sich, ließ sie durch, bis sie vor den Pferden stand. Len Pienaar schwitzte stark. Sie konnte ihn riechen, diesen abstoßenden, säuerlich scharfen Geruch der Angst, und überlegte, ob er diesen Geruch von seinen Opfern so gewohnt war, dass er ihn an sich selbst nicht mehr bemerkte? Das Parfum des Todes? Wieder zuckten Fotoblitze, aber sie nahm sie nicht wahr.

Len Pienaar verrenkte seinen Hals, schielte nach oben, bis er sie erkannte. »Holen Sie die Polizei, Jill, die werden uns abstechen … Verdammt noch mal«, brüllte er, als sie sich nicht rührte, »stehen Sie nicht rum wie ein Ölgötze, Sie können doch nicht einfach dabei zusehen – haben Sie kein Handy da?« Er musste nach Luft schnappen, denn normales Einatmen ließen seine Bauchlage und die strammen Seile, die ihn zusammenschnürten, eindeutig nicht zu. Er konnte nur hecheln.

Ein nervöses Geräusch, fand Jill. Es reduzierte ihn auf Hündchengröße. Sie hörte ihn, aber registrierte seine Worte nicht. Tommy und Mama? Die Rufe der Ochsenfrösche dröhnten wie Paukenschläge in ihren Ohren, das hohe Schrillen der Zikaden tat weh. »Tommy und Mama? Was meinst du damit, Popi?«, fragte sie mit dünner Stimme, die sie nicht als ihre erkannte. Ihre Worte zitterten in der Luft, flatterten herum wie ängstliche Vögel.

»Er tanzt auf den Knochen unserer Freunde …« Popis Stimme war sanft wie der Wind in den Bäumen.

»Yebo«, seufzten seine Freunde, »er tanzt auf den Knochen unserer Freunde und der unserer Kinder. Aber nun werden wir auf seinen Knochen tanzen … .« Einige hielten Pangas in den Fäusten, die breiten Hackmesser der Zulus.

»Was zum Teufel meint er«, fragte Nils, der sich zu ihr durchge-
boxt hatte, »wer ist Tommy?«

Seine Worte holten sie von weit her zurück, sie tauchte auf wie
aus einem kalten, dunklen See. Sie hatte neben Tommy im Lei-
chenschauhaus gestanden und war zu Mama in ihr nasses Grab
geschwommen. »Tommy? Das war mein Bruder. Jemand hat ihn
mit einer Paketbombe in die Luft gejagt. Er hatte ein großes Loch
in der Brust, und mittendrin klebte der Paketaufkleber.« Das
Reden bereitete ihr ungeheure Mühe.

»Guter Gott«, platzte er heraus, »und deine Mutter?«

Sie sah ihn an, als sähe sie ihn zum ersten Mal. Mama? Die war
in ein Flugzeug gestiegen, obwohl sie vor Flugangst verging,
um Dad zu verlassen, weil er sie mit einer anderen Frau betrogen hatte. Aber das konnte sie diesem Fremden doch nicht sagen. Es ging ihn doch nichts an. »Sie ist mit dem Flugzeug abgestürzt. Keiner weiß, wie es dazu kam. Es ist einfach vom Himmel
gefallen.« Ihre Haut fühlte sich klamm an, gefühllos wie vom
Zahnarzt betäubt. Sie knetete ihre Finger, massierte ihre Hände,
drückte, kniff, kratzte sich sogar, nur um etwas zu fühlen, um die
Gedanken zu verdrängen, die wie giftige Wespen in ihrem Kopf
summten.

»Dein Bruder war ein Träumer, seine Pläne waren selbstmörderisch …« Martin hatte das gesagt, vor so vielen Jahren, dass sie es
fast vergessen hatte. Nein, nicht vergessen, aus ihrem Gedächtnis
verbannt hatte sie es, erinnerte sie sich. Denn als sie nachhakte,
Martin zu einer Antwort drängte, woher er das über ihren Bruder
wusste, hatte sie keine Antwort von ihm bekommen. Auch als sie
ihm auf den Kopf zusagte, dass Leon ihm am Grab und später auf
ihrer Hochzeit etwas über Tommy gesagt hatte, etwas, das mit
seinem Tod zu tun haben musste, hatte er geschwiegen, und tief in
ihr hatte sich die böse Ahnung festgesetzt, dass er etwas über den
Tod ihres Bruders gewusst hatte.

Würde sie es jetzt erfahren, würde sie mit der Wahrheit leben
können? Sie musste allen Mut zusammennehmen, ehe sie die

Frage stellte, vor deren Beantwortung sie solche Angst hatte. »Was meinst du damit, Popi? Was heißt das, ein Pfund Fleisch für Tommy und eins für Mama? Was weißt du?«

Popi rannte mit langen, nervösen Schritten vor den Pferden mit den Gefangenen hin und her, schien wie mit Strom aufgeladen zu sein. Er blieb vor Len Pienaar stehen. »Frag ihn, wer die Bombe gebaut hat, die Tom, unseren Bruder, getötet hat.«

Wie in Trance wandte sie sich uSathane zu, ihr Herz jagte. »Wer hat die Bombe gebaut?«

»Holen Sie mich erst hier raus, vorher sag ich nichts.« Selbst in dieser Lage legte Ein-Arm-Len seine Arroganz nicht ab.

Popi machte ein Handzeichen. Die Worte hatten kaum Lens Mund verlassen, als die Kampfstöcke zweier Zulus in seine Nieren krachten. Er schrie schrill auf. »Antworte«, befahl Popi, nicht laut, aber in einem Ton, der Jill das Blut gefrieren ließ.

Len Pienaar spuckte ihm vor die Füße.

Johlend schleppte eine Gruppe junger Männer, einige von ihnen waren noch Halbwüchsige, etwas Schweres heran, sie drängten sich durch, bis sie neben Popi standen, und warfen es vor den drei Gefangenen auf den Boden. Jill japste. Es waren drei alte Autoreifen. Einer der Zulus zeigte seine Zähne in einem breiten Grinsen und zog mit seinem Zeigefinger einen Kreis um seinen Hals. Frenetisches Geschrei antwortete ihm. Len Pienaar ächzte, die beiden anderen Männer wimmerten. Jetzt verdichtete sich die Menge, drängte vorwärts. Die Pferde schnaubten aufgeregt, schlugen mit den Köpfen, schwangen ihre Hinterteile herum und versuchten auszukeilen. Lachend trieben mehrere Männer Pflöcke in den Boden und banden jedes Pferd mit einem Hinter- und Vorderhuf daran fest. Einer trat dem jüngeren von Pienaars Begleitern wie nebenbei in den Leib.

»Er war's und Leon«, kreischte der auf, »ich sag Ihnen, was Sie wollen, nur holen Sie uns hier raus … bitte …« Seine Worte endeten in einem lang gezogenen Jaulen, als der Zulu wieder zutrat.

Leon? »Leon?«, schrie sie, ihr Herz hämmerte wie ein Maschinengewehr, verschlang Sauerstoff, dass ihr schwarze Flecken vor den Augen tanzten. »Wieso Leon?« Ihr herumirrender Blick fiel auf Thabiso. »Bitte … warum Leon? Welchen Grund könnte er gehabt haben? Ihr müsst es mir sagen«, flehte sie, »bitte.«

Thabisos Augen waren klar, das Weiße war weiß, die Pupillen waren normal groß. »Thomas, der dein Bruder war und meiner auch, wollte uns helfen, das Land wiederzubekommen, das unseren Vorfahren gestohlen wurde, und er hat die Arbeiter aller Farmen zusammengerufen und aufgefordert, für bessere Bedingungen zu streiken …«

Ihr wurde kalt. Ein Streikaufruf der Landarbeiter. Thomas musste klar gewesen sein, dass er sich damit in Todesgefahr begab. »Und Leon, der Bruder meines Mannes, was hat er gemacht?«, fragte sie noch einmal. Und Martin? Welche Rolle spielte er? Das fragte sie nicht, das verdrängte sie sofort.

Popi antwortete ihr. »Der da«, er trat Len Pienaar in die Seite, »der da und ein paar Farmer töten jeden, der sich mit uns Kaffern«, er spuckte das Wort aus, »einlässt, und Thomas stand an der Spitze ihrer Liste.«

Was hatte Neil damals, vor Jahren, nach Toms Tod gesagt? Dass es in Zululand eine Gruppe Männer gibt, die so geheim ist, dass sie nicht mal einen Namen hat, und diese Männer sich geschworen haben, jeden zu töten, der sie von ihrem Land verjagen will? Len, Leon … Martin? Der Gedankenwirbel ließ sich nicht aufhalten. »Thabiso, was ist mit meinem Mann? Hat er mitgemacht?« Nur mit größter Kraftanstrengung schaffte sie es, diese Worte hervorzupressen, und sie zitterte vor der Antwort, die die Erinnerung an ihn für immer zerstören könnte.

Thabiso dachte nach, schüttelte langsam den Kopf. »Nein. Dein Mann hat nicht mitgemacht, aber er hat es gewusst.« Er machte eine Pause, und sie hörte ihr Herz hämmern. »Er hat deinen Bruder sogar gewarnt, aber Tommy hat nicht auf ihn gehört …«

Er hatte es gewusst. Der Hammerschlag traf sie hart. Er hatte Thomas zwar gewarnt, aber nichts gegen Len und Leon unternommen. Sie brauchte endlose Minuten, um einzusehen, dass es starke und schwache Menschen gab. Martin war schwach gewesen, aber dass er ihren Bruder gewarnt hatte, zeigte auch Stärke. Und seine Liebe zu mir, dachte sie, und etwas von der Last fiel ab. So sehr war sie mit sich beschäftigt, dass sie den Benzingeruch, der sich auf einmal ausbreitete, kaum wahrnahm.

Der Jüngere von Lens Leuten schlotterte. »Bitte, Mrs. Bernitt, riechen Sie das Benzin denn nicht? Holen Sie uns hier raus, ich sag Ihnen auch alles. Das Flugzeug, das abgestürzt ist …«

Sie fuhr herum, starrte ihn an. »Das Flugzeug nach Kapstadt? Die IMPALA, die vor zwei Jahren abgestürzt ist?« Das Flugzeug, in dem Mama gestorben war. Sie trat auf den Mann zu, hockte sich vor ihn hin, drehte sein Gesicht so, dass sie ihm in die Augen sehen konnte. Er gab einen unterdrückten Schmerzenslaut von sich. Es kümmerte sie nicht. »Raus mit der Sprache, ich will sofort wissen, was das heißt!«

»Es war eine Bombe. Sie galt einem schwarzen Parlamentsmitglied«, stotterte der Mann, »er setzte sich für Landumverteilung ein, wie die das in Simbabwe machen. Er wollte unser Land an die Ka… Schwarzen geben …« Sein Unterkiefer zitterte. »Wir haben ihm eine Paketbombe geschickt. Er hat sie zu spät bekommen und erst im Flugzeug aufgemacht …« Er greinte.

Sie ließ sein Gesicht los, sein Kopf fiel zurück, er schrie auf. Sie stand auf, trat vor Len Pienaar und starrte ihn an, den Mann, der ihre Familie zerstört hatte. »Erst Tommy«, flüsterte sie, »dann meine Mutter, und dann Christina … meine ganze Familie..« Meine ganze Familie, schrillte es in ihrem Kopf, mein Leben. Mit einem Schritt war sie bei einem der Leute von Popi, der eine Maschinenpistole in der Faust hielt. Sie entriss ihm die Waffe, hob sie und krümmte den Finger.

Doch Nils packte sie grob am Arm, entwand ihr die Waffe, warf sie auf den Boden. »Jill, komm zu dir! Haben die das vor, was ich denke, dass sie vorhaben?«, er zeigte auf die Männer mit den Autoreifen, die schon die Benzinkanister in den Händen hielten. »Wollen die den dreien diese Reifen umlegen und sie anzünden? Das ist Lynchjustiz, wir müssen das verhindern! Jill, um Himmels willen, das kannst du nicht mitmachen!«, schrie er, schüttelte sie.

Ihr Kopf schnappte vor und zurück. Seine Worte rauschten an ihr vorbei, ihren Inhalt erfasste sie nicht. »Lass mich ... Weißt du, was der gesagt hat? Was das heißt?« Vergeblich versuchte sie sich von ihm zu befreien. »Verstehst du nicht, er und Leon, der Bruder meines Mannes, haben die Bombe gebaut, die meinen Bruder getötet hat ... und die, die das Flugzeug zum Absturz gebracht hat, in dem meine Mutter saß ... Christina ... dafür muss er büßen ... und Leon auch ...« Sie schluchzte.

»Aber nicht so, verdammt noch mal, Jill! Die Kerle gehören vor ein ordentliches Gericht. Wenn man die hier ermordet, wirst du nie erfahren, was wirklich passiert ist.« Diesmal fasste er sie gröber an.

Verwirrt sah sie ihn an, sah das Entsetzen, den Abscheu in seinen Zügen und wachte mit einem Ruck auf. »Natürlich«, murmelte sie, »du hast Recht, natürlich ...« Sie berührte ihn am Arm.

Er sah auf sie hinunter, und nach einem winzigen Zögern, das sie zutiefst erschreckte, nahm er doch ihre Hand in seine. »Wir müssen hier weg, ehe es zu spät ist, sonst gehen wir mit drauf. Ich hab so was schon mal in Ruanda gesehen – sie machen keinen Unterschied zwischen Freund und Feind, die hacken alle in Stücke.«

Der Jüngere, der geredet hatte, hatte sich in die Hose gemacht. Ein schmierig brauner Fleck breitete sich über seine Khakihose aus. Es stank, und die ersten Fliegen ließen sich gierig auf der Stelle nieder. Einer der Zulus bemerkte es, zeigte darauf, rief etwas, und alle schrien und lachten durcheinander. Die Frauen, die sich etwas abseits zusammenballten, trillerten und schüttelten die Stöcke, die sie vorher von den Büschen am Feldrain hinter dem Indaba-Baum gebrochen hatten.

Die Menschenmasse schloss den Kreis um sie, brodelte wie Lava im Trichter eines Vulkans vor dem großen Ausbruch. »Wozani!«,

schrie einer der Zulus und stampfte auf den Boden. »Kommt!«
Seine Augen glühten rot, die Pupillen waren zusammengezogen.
Er war jung, sicher noch keine fünfundzwanzig, wie fast alle, die
sich um Popi Kunene scharten. »Bulala! Tötet!«, brüllte er.

»Wozani!«, antworteten die anderen und stampften gleichzeitig,
dass der Boden unter ihren Füßen erbebte. »Bulala!« Das Wort
hallte über die Hügel.

Wieder schrie der Erste etwas, und die anderen antworteten, ihr
Stampfen wurde stärker und schneller, ölig glänzende Körper
wanden sich, Pangas pfiffen durch die Luft, Maschinenpistolen
wurden geschüttelt, und jetzt wusste auch Jill, dass ihnen nicht
mehr viel Zeit blieb. Sie löste ihr Handy vom Gürtelclip und
wählte Neils Nummer. Glücklicherweise war der Empfang einigermaßen. Er antwortete selbst. Eine Hand vor die Muschel haltend, erklärte sie ihm schnell, was hier ablief, wobei sie sich häufig
wiederholen musste, weil das Gebrüll der Zulus alles übertönte.

»Ich höre es«, sagte Neil, »sieh zu, dass ihr da wegkommt.« Dann
legte er auf.

Erleichtert nickte sie Nils zu. »Neil weiß Bescheid, und jetzt
nichts wie raus hier.«

Aber dafür war es zu spät. Die Zulus schienen sie nicht mehr wahrzunehmen, auch Popi nicht, noch Thandi, die bei den Frauen
stand. Sie bewegten sich im Takt zu ihrem Sprechgesang vorwärts, steigerten sich allmählich in Raserei, drängten sie und Nils
bis an die Pferde zurück. Schon bildete sie sich ein, den Gestank
von verbranntem Gummi, geröstetem Fleisch riechen zu können.
Jemand entsicherte mit metallischem Ratschen eine Maschinenpistole, mehrere andere folgten. Sie bekam eine Gänsehaut.

»Cha, nein!« Das Wort donnerte über den Platz, übertönte den
Tumult, ließ das Geschrei verstummen. Ben Dlaminis massige
Gestalt bahnte sich einen Weg durch die Menge, die sich respektvoll vor ihm teilte. Dankbar sah sie, dass er nicht allein war, sondern Musa, Philani und etwa fünfzehn andere Männer ihn begleiteten, die sie alle als ihre Farmarbeiter erkannte. Ben blieb vor

den Pferden mit den zusammengeschnürten Männern stehen. Zu seinen Arbeitshosen trug er ein Leopardenfell über den nackten Oberkörper geworfen, die eisgrauen Haare glänzten im Mondlicht, in seiner Faust hielt er einen reich verzierten Kampfstock. »Ihr werdet diese Männer nicht töten!«

Einige der Zulus murrten aufsässig, der, der den Benzinkanister geholt hatte, zündete ein Feuerzeug an.

Bens Kampfstock wirbelte durch die Luft, brach den Arm des Mannes, das Feuerzeug fiel auf den Boden, und Musa sprang vor und trat es aus. Schlagartig senkte sich Stille über den Indaba-Platz. Nicht einmal der Mann mit dem gebrochenen Arm wagte es, einen Schmerzenslaut auszustoßen. Er hielt den zerschmetterten Arm mit seiner gesunden Hand, biss sich auf die Lippen und schwieg. Ben wandte sich erst an Popi Kunene und dann an seine Stammesgenossen. »Diese Männer zu töten ist nicht klug. Sie sollen sagen, was sie getan haben. Ich will, dass sie vor der Wahrheitskommission stehen und den Familien ihrer Opfer in die Augen sehen und erklären, warum und wie ihre Angehörigen getötet wurden.« Langsam drehte sich Ben Dlamini im Kreis, sah jeden an. »Und ich will, dass sie uns allen sagen, dass es ihnen Leid tut.«

»Yebo«, antwortete man ihm, »sie sollen es sagen, wir wollen es hören. Wir wollen endlich trauern können.«

»Dann sollen sie ins Gefängnis gesperrt werden und dort ihr Leben leben, bis es zu Ende ist. Es wird ein langes Ende sein und kein gutes Leben. Yebo!«

»Yebo«, kam das dumpfe Echo, jetzt einstimmig. Die meisten von Popis Männern hatten sich auf die Erde gehockt, verhielten sich auf einmal völlig passiv. Die Raserei, die sie ergriffen hatte, der Dagga-Rausch schien verflogen. Auch die Frauen, die als Gruppe am schwierigsten zu kontrollieren waren, viel schwieriger als die Männer, hielten sich zurück. Ben Dlaminis Autorität schien absolut.

»Mein Gott, was für ein Mann«, sie hörte Nils' Bewunderung

deutlich, spürte, wie er neben ihr erleichtert durchatmete. »Das war knapp«, sagte er leise.

»Du musst jetzt gehen«, wandte sich Ben an Jill, »und nimm deinen Mann mit.« Er hatte ihr einen Befehl gegeben. Es war der Häuptling, der hier sprach.

»Wir gehen«, antwortete sie, stieß mit einem Fuß gegen einen der Autoreifen, »und wir nehmen die Kerle mit. Die Polizei ist schon auf dem Weg.« Sie formulierte es nicht als Frage. Sie war die Chefin von Inqaba, Ben hatte keine Autorität über sie. Das musste klargestellt werden.

Der alte Zulu sah sie aus blutunterlaufenen Augen eine geschlagene Minute schweigend an, dann nickte er. »Musa und Philani werden euch begleiten. Bindet sie los«, befahl er seinen Söhnen und zeigte auf die Pferde, nicht auf die Gefangenen.

So geschah es.

Auch die Kunene-Zwillinge schienen Ben Dlamini zu respektieren. Sie machten keine Anstalten, die Übergabe der Gefangenen an die Polizei zu verhindern. »Wir werden in den nächsten Tagen kommen und über die Farm und unsere Ahnen reden«, sagte Popi zu ihr, »und wir werden dir etwas zeigen.«

Für Sekunden erinnerte sie sich nicht einmal mehr, was er meinte. Dann fiel es ihr wieder ein. »Da gibt es nichts zu reden. Ihr habt kein Recht auf die Farm, egal, was ihr mir zeigen wollt.«

»Glaub bloß nicht, dass du dir die Farm allein unter den Nagel reißt«, Thandi war wieder Yasmin, ihr Amerikanisch so platt, als spielte sie in einem texanischen Western mit, »dein Land kannst du behalten, aber ich will Mäuse sehen. Ich werde mir hier eine Praxis einrichten und meinen Leuten helfen, und dazu brauche ich mehr Geld, als ich besitze.«

»Vergiss es«, sagte Jill, fühlte sich mit einem Schlag so müde, dass ihr fast im Stehen die Augen zufielen. Das überwältigende Bedürfnis wegzulaufen packte sie. Vor sich selbst, Len Pienaar, den Kunene-Zwillingen. Inqaba. Einfach weg, woandershin.

»Wir werden kommen«, wiederholte Popi Kunene leise, aber

mit einer unmissverständlichen Drohung in der Stimme, »ich will, was meins ist.« Damit glitt er in die Dunkelheit hinter dem Mahagonibaum, Thandi folgte ihm.

Jill nahm an, dass er zu seinem Lager im Busch zurückkehrte, irgendwo im verwilderten Teil oberhalb des Flusses. Nun, dem würde sie ein Ende bereiten, nahm sie sich grimmig vor, gleich morgen. »Es ist mein Land«, schrie sie ihm nach, »niemand wird es mir je nehmen. Ich schick euch die Polizei auf den Hals.« Als Antwort zitterte ein Kichern in der Luft, ein hämisches Geräusch, böse, aufgeladen mit einer Drohung, die die feinen Härchen auf ihren Armen hochstehen ließ.

»He, Jill, sorgen Sie dafür, dass diese Schweine mir die Fesseln abmachen, sofort«, zeterte Len und ruderte mit seinem blutverschmierten Armstumpf. Schweiß tropfte von seinem hochroten Gesicht auf die Erde, sammelte sich in einem dunklen Fleck.

Keiner würdigte ihn eines Blickes. Bens Söhne banden, wie befohlen, die Pferde los, Nils übernahm das des Mannes, der geredet hatte. »Ich kann ganz gut mit Pferden umgehen«, erklärte er Jill, als er den kastanienbraunen Hengst am Halfter durchs Dorf leitete. Der zusammengeschnürte Mann wippte im Takt der Hufe hin und her, auf und nieder. Er wimmerte nicht einmal mehr. Jill hatte den Verdacht, dass er vor Angst ohnmächtig geworden war.

»Musa, wir nehmen die Sandstraße zum Haupthaus, nicht die Abkürzung. Wenn wir Glück haben, können wir die Polizei abfangen, ehe das Sirenengeheul die Gäste aufweckt. Kein Grund, sie zu beunruhigen«, wies sie Bens Sohn an.

Die Zulus in ihrem Rücken murrten, einer brüllte ein paar Worte, bekam lautstarke Zustimmung.

»Bloß weg hier, lange kann Ben sie nicht in Schach halten«, flüsterte sie Nils zu, drückte die Wahlwiederholung ihres Handys. Neil meldete sich sofort, berichtete, dass die Polizei schon unterwegs sei. »Wir haben die drei Kerle mitgenommen«, sagte sie, »hoffentlich merken die Gäste nichts.«

Der Wunsch jedoch wurde ihr nicht erfüllt. Blaulichtblitze zuckten durch die Dunkelheit, das gespenstische Jaulen von Sirenen erfüllte die Luft, laut genug, um jeden im Umkreis von einem Kilometer aufzuwecken. Fünf Polizeiautos und ein Mannschaftswagen holperten über die schmale Straße, bremsten quietschend, als die Gruppe plötzlich in ihrem Scheinwerferlicht auftauchte. Die Polizisten sprangen heraus, und danach ging alles ziemlich schnell.

Unter ihnen waren nur zwei Weiße, die drei höchsten Ränge bekleideten Afrikaner. Drei stämmige schwarze Polizeibeamte warfen sich auf ihren Befehl hin Len und seine Begleiter kurzerhand über die Schulter, eingeschnürt wie sie waren, und beförderten sie in den Mannschaftswagen. Minutenlang noch hörte sie Len schimpfen und schreien, aber auch mit der Polizei hatte er kein Glück. Befriedigt stellte sie fest, dass niemand auch nur Anstalten machte, ihm die Fesseln abzunehmen. Im rotierenden Blaulicht sah sie ihn zwischen den schwarzen Polizisten sitzen. Irgendjemand hatte ihm seinen breitkrempigen Hut verkehrt herum auf den Kopf gesetzt. Es wirkte lächerlich.

Nils und sie gaben im Polizeiwagen sitzend ihre Geschichte zu Protokoll, und dann war es vorbei. »Wir lassen die Pferde morgen abholen«, sagte der, der offenbar das Kommando führte. Dann sprangen die Motoren an, Sirenen heulten auf, Blaulicht zuckte, und der Konvoi verschwand in die Dunkelheit, zwei Wagen und der Mannschaftswagen mit den Gefangenen in Richtung Stadt, die anderen drei fuhren weiter den schmalen Weg hinunter zum Dorf der Farmarbeiter.

Nils und sie standen allein mitten auf der Straße. In der Ferne hörten sie den Aufruhr, den die Polizei im Dorf verursachte, grobe Stimmen wurden vom leichten Wind herübergeweht, Geschrei. Es war kurz nach zwölf, die afrikanische Nacht pechschwarz, Wolken verdeckten den Mond, Bäume die Nachtbeleuchtung des Haupthauses. Zu ihrer Bestürzung stellte sie fest, dass sie sich unbehaglich fühlte, dass die Geräusche, die geheimnsivolle Schwärze nicht mehr ihre Freunde waren. Inqaba hatte sich verändert.

»Ich brauch jetzt etwas Hochprozentiges«, sagte Nils und legte seinen Arm um sie, »habt ihr einen ordentlichen Whisky da?«

Sie schloss das Fußgängertor auf, ließ ihn eintreten und verschloss es sorgfältig hinter ihm. Das Haus lag beleuchtet vor ihnen, Irma stand im Eingang, neben ihr Krusens und Barkows. Letztere wirkten besonders aufgeregt. Sie beruhigte ihre Gäste mit der Ausrede, dass ein paar Farmarbeiter betrunken gewesen waren, sich geprügelt hätten und von der Polizei mitgenommen worden waren. Zu ihrer Erleichterung akzeptierten sie die Erklärung und verschwanden wieder in ihren Bungalows. Irma wartete, bis sie außer Hörweite waren. »Was ist los?«, fragte sie dann besorgt. »Die Zulus sind unruhig, ich kann sie hören. Es liegt was in der der Luft. Was ist passiert?«

Jill erzählte es ihr mit kurzen Worten. Zu mehr war sie heute Nacht nicht mehr fähig. »Ich bin zum Umfallen müde, Irma, ich muss ins Bett, lass uns morgen weiterreden. Heute war es ein bisschen viel auf einmal.«

Ihre Tante gab ihr einen Kuss. »Gehen Sie vorsichtig mit ihr um, Nils, sie hat einiges hinter sich. Wenn Sie ihr wehtun, schieße ich Ihnen Ihren Familienschatz ab.« Sie blinzelte mit babyblauen Augen.

»Das wird nicht nötig sein«, grinste er und legte seinen Arm um Jill, »wo finde ich den Whisky?« Mit einer Flasche Whisky und zwei Bechergläsern gingen sie schweigend, aber eng umschlungen hinüber in den Bungalow, der einmal ihrer und Martins gewesen war und in dem jetzt Nils und Axel schliefen. Letzterer offensichtlich fest, denn lautes Schnarchen drang durch seine Tür.

»Ohne diesen Ben wäre es happig geworden«, begann Nils.

»Ich will nicht darüber reden«, sagte sie nur, als sie sich in seine Arme kuschelte.

Viel später, als sie zum wiederholten Mal aus ihrem unruhigen, traumgeplagten Schlaf hochschreckte, setzten sie sich für eine

Zeit auf die Terrasse. Sie schalteten kein Licht ein, schon wegen der Mücken. Über ihnen glitzerten Myriaden von Sternen, die Mondsichel stand schon wieder tief über dem Horizont, zauberte silbrigen Schimmer auf Büsche und Bäume. Die Nacht war feucht, die Luft schwer von dem Jasminduft der Amatungulu. Ein Nachtvogel schrie, Fledermäuse schossen lautlos an ihnen vorbei, drüben in Hluhluwe brüllte ein Löwe. Auch im Dorf schliefen noch nicht alle. Stimmen wurden herübergetragen. Aber sie waren nicht laut, es war kein grobes Gebrüll. Die Zulus sangen wieder, eine leise, windverwehte Melodie. Sie füllte ihre Sinne und ihr Herz, löschte für diesen Augenblick alles Hässliche aus, erinnerte sie wieder, was Inqaba war. Die Zuflucht.

Nils musste es auch gespürt haben. »Das ist es, was jeder sucht, nicht wahr?«, sagte er. »Hier findet man zu sich selbst zurück. Alles ist nur auf Gefühle reduziert, die Welt bleibt draußen.« Sie schwiegen gemeinsam, eng umschlungen. »Auf Inqaba habe ich zum ersten Mal begriffen, dass ihr Weißen in diesem Land Afrikaner seid«, flüsterte er irgendwann, »keine Europäer, die hier nur vorübergehend leben.« Er machte eine nachdenkliche Pause. »Ihr könnt nicht zurück nach Hause, eure Heimat ist Afrika. Auf Gedeih und Verderb.«

Amen, dachte sie und schlief in seinen Armen unter dem endlosen Sternenhimmel ein.

# *14*

Die rauen Schreie der Hadidahs sorgten dafür, dass sie nicht verschliefen. »Scheißvögel«, maulte Nils, rollte sich auf die andere Seite und schlief weiter. Irgendwann, lange nach Mitternacht, waren sie aufgewacht und hatten sich wieder ins Bett gelegt.

Leise stand sie auf, lehnte sich über ihn, wünschte sich, dass sie das sichere Nest seiner Arme noch nicht verlassen musste. In dieser Nacht hatte sie seine Stärke gebraucht, um den Boden unter ihren Füßen wiederzufinden. Und er hatte sie ihr gegeben.

»Lass dir das doch nicht bieten, Dagga rauchen, mit Waffen herumfuchteln«, hatte er gesagt, »es sind schließlich deine Angestellten. Und diesen Popi würde ich mit einem Fußtritt von der Farm jagen. Es gibt ein Gesetz dagegen, dass er deine Farm besetzt, also schick ihm die Polizei auf den Hals.«

So einfach war das in seiner Welt. Er kannte nicht die Hintergründe dessen, was in dem Dorf passiert war, er gehörte nicht dazu, brauchte nicht unter die Oberfläche zu sehen. Sie beneidete ihn. Für einen flüchtigen Moment sehnte sie sich danach, mit ihm zu gehen, in seiner Welt leben zu können, auf diesen geraden Straßen zu gehen, die keine Schatten hatten, in denen sich das Böse verbarg, und deren Nächte gut bewacht waren.

»Was denkst du, du siehst merkwürdig aus.« Er war aufgewacht, zog sie zu sich hinunter.

»Ans Frühstück«, log sie und stemmte sich auf seine Brust, »und daran, dass wir keins kriegen werden, wenn ich nicht jetzt sofort in die Puschen komme.«

»Hmm«, machte er und küsste sie, »wer will schon Frühstück …«

Sie kicherte. »Alle anderen.« Damit befreite sie sich und ging unter die Dusche. Beim Frühstück wurde sie von den anderen Gästen mit Fragen bestürmt, was diese nächtliche Ruhestörung zu bedeuten hatte.

»Da waren welche besoffen und haben randaliert«, antwortete Rainer Krusen für sie und sah dabei wichtig in die Runde, »die Polizei hat sie gleich eingesackt. Beruhigend zu wissen, wie das hier läuft. Anders als im Rest von Afrika, kann ich Ihnen aus eigener Erfahrung sagen, also damals in Tansania …«

Die anderen nickten, gaben sich damit zufrieden »Geht uns ja sowie so nichts mehr an, wir fahren ja bald wieder«, flüsterte Karen Barkow ihrem Mann zu. Sie klang ziemlich erleichtert.

Die Sonne glitzerte auf dem Wasserloch, der Wind war warm, die kupferrosa Bougainvilleablüten glühten vor dem azurblauen Himmel. Keiner sprach mehr über die vergangene Nacht, die Unterhaltung drehte sich um die Tiere, die man bereits gesehen hatte, die man hoffte, noch zu sehen. Krusens zogen eine Liste hervor, auf der alle Vögel vermerkt waren, die es auf Inqaba geben sollte. Hier und da hatte Rainer Krusen einen säuberlichen Haken hinter die gemacht, die sie beobachtet hatten. »Sieht gut aus«, meinte er, »werden wir wohl alle schaffen.«

Neil rief an und ließ sich berichten, was in der Nacht vorgefallen war, sonst verlief der Morgen ohne Störung, Popi tauchte nicht auf, nicht einmal die Polizei meldete sich. Die Gäste, die alle Leihwagen hatten, fuhren mit Karten und Informationen ausgerüstet auf eigene Faust ins Gelände. Irma hatte sich mit Catherines Tagebüchern unter die Korallenbäume zurückgezogen und war nicht ansprechbar. Nils und Axel liehen sich den Geländewagen aus, um sich die Gegend anzusehen. Axel nahm dieses Mal seine große Filmkamera mit. »Bis heute Abend dann«, riefen sie und fuhren vom Hof.

Erleichtert schloss sie die Tür ihres Büros hinter sich. Es gab zu vieles zu erledigen, zu vieles, über das sie nachdenken musste. Eine Weile saß sie am Schreibtisch, das Kinn in die Hände gestützt, starrte vor sich hin, schob ein paar Papiere hin und her, zwang sich daran zu denken, was sie gestern erfahren hatte. Ihr Gehirn schien aus Watte, bleierne Müdigkeit senkte sich auf sie, die nichts mit zu wenig Schlaf zu tun hatte. Nach einer halben Stunde gab sie auf. Es ging nicht. Nicht heute. Einem Impuls folgend, rief sie Angelica an. »Hast du eine Tasse Kaffee für mich? Ja? Ich bin in einer halben Stunde da.« Aus Bongis Laden holte sie Eiscreme für Angelicas Kinder, legte den Gegenwert in die Kasse, lieh sich Irmas kleinen roten Flitzer aus und fuhr los.

Kaum hatte Angelica das Tor einen Spalt geöffnet, sausten Jill die Kleinen entgegen, Vicky und Michaela, die nach Patrick und Craig geboren worden waren, und sprangen ihr lachend in die

Arme. Sie waren verschmiert und klebrig und rochen nach Erd-
beermarmelade, zwitscherten ununterbrochen wie ein Schwarm
Vögelchen, gaben ihr feuchte Küsschen, zogen sie an den Haaren, kletterten auf ihr herum, zerrten an ihrem Herzen. Erst nach
über einer Stunde tauchte sie wieder auf, zerzaust, erhitzt, eis-
cremeverschmiert, lachend, erwischte sich bei der Überlegung,
wie Kinder von ihr und Nils aussehen würden. Sofort drückte sie
den Gedanken weg. »Du kannst dir nicht vorstellen, wie ich mich
danach gesehnt habe«, sagte sie zu Angelica und warf sich neben
sie in einen Terrassenstuhl.
Angelica schenkte ihr eine Tasse Tee ein und schob ihr die Platte
mit dem Biskuitkuchen hin. Forschend sah sie ihr ins Gesicht.
»Was ist passiert?«
»Ich will nicht darüber reden.« Jill steckte ein Stück Kuchen in
den Mund, trank ihren Tee, blickte die Freundin nicht an.
»Willst du nicht oder kannst du nicht?«
»Ich kann es nicht ertragen.«
Angelica nickte nachdenklich. »Lass uns schwimmen gehen«, sie
zeigte auf die Kinder, die im Swimming-Pool tobten, »du kannst
dir einen Bikini von mir leihen.« Später lagen sie nebeneinander
auf den Liegen, tranken Pfirsichsaft mit einem winzigen bisschen
Sekt. Jill spürte die forschenden Blicke ihrer Freundin, fand aber
keinen Weg, über das zu reden, was seit der Einweihung passiert
war. Sie lag da, in der prallen Sonne, saugte mit jeder Pore die
Hitze in sich hinein, bis ihre Haut brannte und ihr Gesicht hoch-
rot anlief. Dann sprang sie wieder ins Wasser, planschte ausgelassen mit Vicky, die vor einem halben Jahr zwei geworden war, hielt
das vergnügt quietschende kleine Mädchen im Arm, schmiegte
sich an die glatte, feste Haut, versuchte nicht daran zu denken,
dass Christina jetzt fast genauso alt wäre.
»Hast du etwas mit diesem Reporter?«, durchbrach Angelica ihre Gedankenbarriere. Sie hielt Michaela, ihre Jüngste, auf dem
Schoß und fütterte sie mit Bananenstückchen.
»Wenn du mit deiner überaus taktvollen Frage meinst, ob wir

miteinander geschlafen haben, ist die Antwort Ja, aber eigentlich geht dich das überhaupt nichts an.« Sie lächelte schief, strich Vicky die feinen hellen Haare aus den Augen. »Sie sieht dir ähnlich, sie hat dein Lachen«, sie küsste die kleinen Füßchen, »aber glücklicherweise wohl nicht deine Schuhgröße.« Behutsam hüllte sie die Kleine in ein Handtuch und trug sie hinüber zu ihrem Liegestuhl, setzte sich, hielt sie zwischen den Knien und rubbelte sie ab. Neugierig beugte sich Angelica vor, die glatten blonden Haare fielen ihr ins Gesicht. »Nun lenk nicht ab, Jilly, natürlich geht mich das etwas an, wer sonst wacht über dein Wohlergehen? Also heraus mit der Sprache, liebst du ihn?«

Sie legte ihr Kinn auf Vickys Kopf, drückte sie an sich, dachte nach. Zuckte die Schultern. Lehnte sich hinüber, nahm ein Papiertaschentuch aus einer Packung auf dem Tisch und putzte der Kleinen die Lecknase. »Ich weiß es nicht. Wirklich nicht. Mir wäre wohler, wenn ich mir darüber klar wäre.« Die feinen Haare Vickys wellten sich sanft, als sie rasch in der Sonne trockneten. Sie ordnete sie mit den Fingern, dann pellte sie eine Banane ab und fütterte das kleine Mädchen. »Er ist verdammt attraktiv, ich muss dauernd an ihn denken und bekomme weiche Knie dabei. Das heißt ja zumindest, dass ich ziemlich in ihn verknallt bin. Strohfeuer, nannte es meine Mutter, schnell entzündet, schnell verbrannt.«

»Und ist es ein Strohfeuer?«

»Manchmal kannst du einem wirklich auf die Nerven gehen. Woher soll ich das wissen, es ist noch zu früh.« Die Erinnerung an seine kühlen, trockenen Lippen überfiel sie, sie schmeckte, roch ihn, spürte ihn in jeder Faser ihres Körpers. Energisch schüttelte sie sich, als wollte sie ihn abschütteln. »Außerdem kann ich das jetzt überhaupt nicht gebrauchen, es ist zu kompliziert. In ein paar Tagen fährt er wieder, und das war's. Kurz und süß.«

»Aha«, sagte Angelica, »soso.« Aber sie lächelte.

Spätnachmittags machte Jill sich auf den Heimweg. Während der Fahrt nach Inqaba wälzte sie das Problem, ob sie Leon anzeigen sollte oder abwarten, was Len Pienaar und seine Leute aussagten. Die Vorstellung, zur Polizeistation zu fahren, den Polizisten mühsam zu erklären, wer Leon war, was er getan und was sie von Lens Leuten darüber gehört hatte, erfüllte sie mit tiefer Unlust. Es würde Stunden dauern, sie würden fragen, fragen, fragen und alles in Frage stellen, sie in die Ecke drängen, schließlich war Leon ein geachtetes Mitglied der Farmervereinigung, sie würde sich verteidigen müssen, die Männer würden ihr nach kurzer Zeit so gründlich auf die Nerven gehen, dass sie vielleicht ausrasten und sie anschreien würde, und im Handumdrehen säße sie in der Zelle wegen Beleidigung.

Jetzt lachte sie laut über sich selbst, wich in letzter Sekunde einem riesigen Schlagloch aus, landete prompt im nächsten. Leise fluchend ging sie mit der Geschwindigkeit herunter. Der Zustand der Straßen verfiel rapide, wie alles hier. Wie Inqaba. Grübelnd fuhr sie weiter, erwiderte den Gruß einiger bunt gekleideter Zulufrauen, die am Straßenrand gingen und große Bündel Zuckerrohr auf dem Kopf nach Hause trugen. Noch lange hörte sie ihre hellen, lachenden Stimmen, beneidete sie, wünschte sich ihre Unbeschwertheit.

Dann stand sie an der Kreuzung, die sie rechts auf die Straße nach Hlabisa bringen würde, von der die Sandstraße nach Inqaba abzweigte, links führte sie nach Mtubatuba. Dort war die Polizeistation. Sie drehte ihr Steuerrad nach rechts, trat aufs Gas und fuhr nach Hause. Heute nicht, vielleicht morgen, und vielleicht löste sich das Problem durch ein Geständnis von Len Pienaars Leuten. Der Jüngere mit dem Kotfleck auf der Hose konnte seine Haut vermutlich ohnehin nur retten, indem er Polizeiinformant wurde. Len Pienaars und Leons Genossen würden ihm sicherlich nicht sonderlich wohl gesinnt sein. Eine halbe Stunde später öffnete sich das Tor Inqabas, und sie parkte ihr Auto im Schatten des Carports. Die *Daily News* lag auf dem Telefontisch im Eingang. Jemand musste sie mitgebracht haben. Sie nahm sie hoch. Der Name Pienaar auf der ersten Seite erregte sofort ihre Aufmerksamkeit. Sie entfaltete die Zeitung. Unter der Überschrift war ein kurzer, fett gedruckter Absatz.

Geheimer Farmerbund enttarnt, las sie, mehrere Attentate auf ANC-Aktivisten stehen vor der Aufklärung. Mit klopfendem Herzen überflog sie den ausführlichen Bericht über die Festnahme des Mannes, den sie die Verkörperung des Bösen nannten, und den letzten Absatz, der sich damit befasste, dass die Polizei zum ersten Mal einen der Leute Len Pienaars zum Geständnis bewegen konnte. Während sie überlegte, mit welchen Methoden sie das wohl geschafft hatten, las sie, dass Pienaar mit einem Haftbefehl ins Zentralgefängnis von Durban eingeliefert worden war und der Farmer Leon Bernitt ebenfalls, und zwar noch während der Nacht.

Sie ließ das Blatt sinken. Das Geständnis war also umfassend gewesen. Sie lehnte ihren Kopf an die Wand, geschüttelt von heftigen Emotionen. Bilder flimmerten vor ihrem inneren Auge, von Tommys Leiche, Mamas Gesicht, während sie in den Tod stürzte. Die Zeitung rutschte ihr aus den Händen, raschelte zu Boden.

»Seit wann liest du denn Zeitung?«, fragte Irma hinter ihr. »Ich denke, du willst nichts von der Außenwelt wissen?« Sie trug Catherines Tagebücher unter dem Arm.

»Seit ich aus meinem Paradies vertrieben worden bin«, flüsterte sie, hob die *Daily News* auf und gab sie Irma. »Hier, sieh dir das an.«

Irmas Augen blitzten, als sie die Worte las. »Endlich«, stieß sie hervor, ein Lächeln im gebräunten, faltigen Gesicht, das mehr ein Zähneblecken war, »die werden Leon verurteilen, dann hast du keine Sorgen mehr. Oh, wie ich ihm das gönne«, sagte sie voller Inbrunst, »keiner hat das mehr verdient. Aber wenn sie ihn und Len vor die Wahrheitskommission stellen sollten, und sie kommen mit einem ›tut mir Leid‹ wieder frei, dann übe ich Lynchjustiz.« Sie ballte ihre altersfleckige Faust.

»Irma!« Manchmal war Jill sich nicht sicher, ob Irma nur blutrünstig tat oder ob sie derartige Aussprüche ernst meinte.

»Ja, ja, ich weiß, wir alten Afrikaner sind nicht mehr zeitgemäß«, Irma hob die Hand, »ich werde niemanden abknallen, sondern Beschwerde beim Obersten Gerichtshof einlegen, ganz zivilisiert. Keine Angst, Jilly, ich werde mich benehmen. Jetzt ziehe ich mich wieder in Catherines Zeit zurück, da gab es diese Probleme noch nicht. Da waren die Regeln klar und einfach. Auge um Auge, Zahn um Zahn. Im Übrigen hoffe ich, dass du ein oder zwei Tage auf mich verzichten kannst. Ich möchte ein paar Sachen, die mir in Catherines Tagebüchern aufgefallen sind, in der Killie-Campbell-Africana-Bibliothek in Durban recherchieren und werde in meinem Haus in Umhlanga übernachten. Es hat keinen Sinn, jeden Tag zweimal diesen langen Weg zu fahren.«

»Das ist kein Problem, fahr nur, Irma. Sobald du die Tagebücher ausgelesen hast, möchte ich sie lesen. Du hast mich neugierig gemacht.« Jill verabschiedete sich, um auf die Terrasse zu gehen, die Gastgeberin herauszukehren und ein wenig mit ihren Gästen zu plaudern. Iris Krusen kam ihr entgegen, den Arm voller Lebensmittel. Sie war offensichtlich im Laden gewesen. »Wie war Ihr Tag? Waren Sie mit allem zufrieden, konnte Ihr Mann viele der Vögel von der Liste streichen?«, fragte sie interessiert.

»Wir haben einen wunderbaren, umwerfend schönen Tag heute gehabt, Rainer hat vier Filme voll geknipst. Mittags waren wir im Eingeborenendorf und haben uns lange mit den Leuten unterhalten. Sogar Bier haben sie uns angeboten. Dann haben wir einige Fotos gemacht«, sie zog die Brauen hoch, »das war allerdings nicht billig. Die Preise sollten Sie doch noch einmal überdenken, Jill.«

»Wer hat denn Geld für Fotos verlangt?«, fragte sie, bemüht ihren Ärger nicht zu zeigen. Wer zum Teufel machte da Geschäfte, von denen sie nichts wusste?

»Sie scheint die Frau des Häuptlings zu sein – eine ältere Frau, groß, imposante Erscheinung, beeindruckende Persönlichkeit.«

»Nelly!« Jill fragte nicht. Das konnte nur Nelly sein. Oh Nelly!

»Richtig«, nickte Iris Krusen, ihre Haare schwangen um ihr Gesicht, »Nelly. Wunderbare Frau, die Geschichten, die sie erzählt, sind faszinierend. Ich habe einige mitgeschrieben, Rainer will sie seinen Schülern erzählen.«

»Wofür hat Nelly Geld verlangt?«, fiel Jill ihr ins Wort. Den Kragen werde ich ihr umdrehen, dachte sie wütend.

Erstaunt blickte Iris Krusen sie an. »Aber da steht doch ein Schild, das die Preise angibt. Vorn, am Eingang zum Dorf. Eine Hütte von außen, fünf Rand, von innen, fünfzehn Rand, tanzende Frauen, sechzig Rand. Darauf haben wir dann verzichtet, wir hatten schon hundert Rand für unsere Aufnahmen bezahlt. Ist ja nicht so viel, wenn man es umrechnet. Ein Rand ist ja nur knapp dreißig Pfennig, aber trotzdem, es läppert sich.«

Jill riss sich mühsam zusammen. »Ich glaube, Nelly hat da etwas missverstanden, ich werde zusehen, dass sie das Geld wieder herausrückt.« Aus ihr herauswringen würde sie es. Aber sie sagte nichts, stellte sich nur vor, was sie Nelly gleich erzählen würde.

»Ach, lassen Sie nur. Diese Nelly schien so kompetent, sie hatte alles organisiert«, Iris Krusen hob die Schultern, »und man möchte den Eingeborenen natürlich auch etwas Gutes zukommen lassen nach diesen Jahren der Unterdrückung, etwas für die Völkerverständigung tun … die armen Menschen … diese Schicksale. Außerdem haben wir irre viele Vögel gesehen«, plapperte Iris weiter, »auch ein paar sehr seltene. Rainer ist begeistert und hat schon die meisten abgehakt. Ich werde nachher zu Ihnen kommen, um gleich wieder für nächstes Jahr zu buchen.«

Danke, lieber Gott, dachte Jill. »Das zu hören macht mich glücklich«, sagte sie laut, »was werden Sie heute Abend machen?«

»Eigentlich wollten wir das Restaurant Ihrer Freundin ausprobieren, sie hat uns auf der Einweihung ihre Karte gegeben. Ist es zu empfehlen?«

Jill lachte. »Angelica ist meine beste Freundin, natürlich kann ich es nur empfehlen, abgesehen davon, ist ihr Koch genial. Ich kann Ihnen versprechen, dass Sie einen wunderbaren Tag mit einem wunderbaren Abend abschließen werden. Ich werde sie anrufen, damit Sie besonders verwöhnt werden.«

Iris Krusen lächelte geschmeichelt und verschwand in ihrem Bungalow. Jill setzte sich die Sonnenbrille auf, zog ihre Leinenschuhe an und machte sich auf den Weg ins Dorf. Sie ging leise, machte einen Umweg, damit niemand Nelly warnen konnte, und als sie dem Eingang näher kam, sah sie es, das Schild mit den Preisen.

Es war ziemlich groß, bestand aus ein paar Brettern, die, wie sie sofort sah, vom Bau der Gästebungalows stammten. Die Schrift war ungelenk, die Liste lang. Der erste Posten hieß »Frauen im Stammeskostüm, sie tanzen nicht«, der Preis war dreißig Rand. Der zweite Posten war »Frauen im Stammeskostüm, sie tanzen«, und hier erhöhte sich der Preis auf das Doppelte. Neben dem Schild war ein primitiver Stand aufgebaut, auf dem eine Pyramide gelber Ananas leuchtete, mehrere Stauden Bananen, grüne Mangos, die gerade zu reifen begannen, und ein paar Avocados. Sie nahm an, da nirgendwo im Dorf ein Avocadobaum stand, dass diese Früchte von einem ihrer Bäume stammten. Hinter dem Stand hockten zwei Mädchen, barbusig, mit buntem Perlenschmuck an Hals und Beinen und einem Röckchen aus Perl- und Wollschnüren. Die beiden Mädchen waren entzückend, noch sehr jung. Ihre Haut war glatt und goldbraun, ihre Gesichter waren herzförmig, die Lippen voll und wunderschön geschwunden. Verlegen kicherten sie hinter vorgehaltenen Händen, schlugen ihre seelenvollen dunklen Augen zu ihr auf, ließen die Lider flattern wie Schmetterlingsflügel. Sie grüßte und ging vorbei, hatte nicht das Herz, mit ihnen zu schimpfen. Außerdem waren mit Sicherheit nicht sie verantwortlich.

»Nelly«, schrie sie, während sie die Dorfstraße entlanglief, »komm her. Auf der Stelle!« Aus den Eingängen der Kochhütten quoll Rauch, drang durch die Ritzen der Grasdächer, wurde von einem stetigen Wind verteilt. Der Abend nahte, es wurde gekocht. Ein paar Kinder, die in den langen Schatten der späten

Sonne in einer Pfütze gespielt hatten, vernahmen ihren Ton und verschwanden blitzartig unter der Kuhhaut, die den niedrigen Eingang der Hütten verdeckte, die Gruppe Frauen, die schwatzend und lachend davor standen, drehten sich ruckartig zu ihr um, verstummten. Sie verfolgten Jills Weg mit verstohlen funkelnden Blicken, steckten tuschelnd die Köpfe zusammen.

Dabulamanzi-John saß auf einem alten Gartenstuhl, den sie ihm einmal geschenkt hatte, vor seiner Hütte und trank Bier aus einem bauchigen Tongefäß. »Sakubona«, grüßte er zu ihr hinüber und wischte sich den Mund. »Gunjani – geht es gut?«

Einen Moment blieb sie bei ihm stehen, erkundigte sich nach seiner Gesundheit und wie die Ernte dieses Jahr werden würde, erörterte auch kurz das Problem der Raupen, die sämtliche Blätter der Passionsfruchtpflanzen im Küchengarten abgefressen hatten. »Sie werden nicht mehr blühen und keine Früchte tragen. Wir müssen etwas unternehmen.«

Er setzte seinen Bierkrug ab. »Madam kauft Gift, ich töte sie.« Mit einem breiten Grinsen steckte er sich seine Pfeife in den Mund. Er schob sie einfach durch eine seiner Zahnlücken. Da blieb sie dann hängen. »Hamba kahle«, sagte er und hob eine Hand.

»Sala kahle«, antwortete sie, wie es die Tradition vorschrieb, und ging weiter. In einer Dreiviertelstunde spätestens würde es dunkel sein, und sie hatte vergessen, die Taschenlampe mitzunehmen. Schon von weitem hörte sie Nellys befehlende Stimme, und als sie um die nächste Biegung kam, sah sie dann ihre alte Nanny. Trotz ihrer Wut auf die Zulu konnte sie kaum ein Lachen unterdrücken. Unter dem Indaba-Baum thronte Nelly in einem zerfledderten Korbsessel mit hoher, kunstvoll geflochtener Rückenlehne, der wirkte, als hätte er einmal einer Königin gehört, und trieb ein paar jüngere Frauen an, die Matten aus Gras für das Eindecken der Bienenkorbhütten webten, für die die Zulus berühmt waren.

Angrenzend an Ben Dlaminis Maisfeld, auf leicht abschüssigem

Grund, stand bereits eine Hütte. Sie war fast fertig. Eine Frau saß auf dem Dach und legte ein Netz von Stricken, die aus Grashalmen geflochten waren, über das halbkugelförmige Dach, um es sturm- und wasserfest zu machen. Das Gerüst aus biegsamen Stöcken für die zweite Hütte stand auch schon, und zwei der Frauen befestigten eben die dritte Lage der gewebten Grasmatten, die sie nach und nach um das Gerüst legten. Ein Mädchen kniete auf dem Hüttenboden aus Kuhdung und der Erde eines Ameisenhügels und polierte ihn mit einem großen, runden Stein, bis er glatt war und glänzte wie blutrote Seide.

Schlagartig wurde Jill klar, dass hier ein traditionelles Zuludorf entstand, und jetzt wusste sie auch, was Nelly vorhatte. Weiter im Süden, unweit von König Shakas Kraal, gab es ein traditionelles Dorf, das heute als Touristenattraktion geführt wurde, aber ursprünglich 1984 für den Film *Shaka Zulu* gebaut worden war. Nachdem die Dreharbeiten zu dem Film beendet waren, entschied man weise, das Dorf als Kulturgut zu erhalten. Heute brachte es gute Einnahmen, nicht zuletzt als Kulisse für zahlreiche Spiel- und Dokumentarfilme.

Hochachtung unterwanderte ihren Ärger, und als sie Nelly grüßte, hatte sie ihren scharfen Ton verloren. »Sakubona, Nelly, gunjani.«

»Sakubona«, antwortete die alte Zulu mit rasselndem Atem, warf ihr ein abwartendes Lächeln und einen schnellen Blick unter gesenkten Lidern zu.

Sie redete nicht drum herum. »Nelly, was hat es mit dem Schild am Eingang auf sich? Das kann ich nicht erlauben.«

Die alte Frau nickte, als hätte sie das erwartet. Sie saß breitbeinig in ihrem Königsstuhl, trug ihr übliches dunkelblaues Alltagskleid, darüber jedoch einen flaschengrünen Umhang und auf ihrem Kopf den ausladenden roten Hut der verheirateten Frauen, der so groß war, dass er als Sonnenschutz diente. Ihre Hände lagen auf den Oberschenkeln, die Füße standen fest auf dem Boden. Sie steckten in schwarzen Schuhen, die wohl zu eng waren, denn sie

klafften auf dem Fußrücken auseinander, hatten längst die Fuß-
form angenommen.

Mit geradem Rücken lehnte Nelly an der Lehne ihres Korbthrons.
Den Blick hielt sie nicht gesenkt, sondern hatte das Kinn erhoben,
sie schaute in die Ferne, auf einen Punkt, der sehr weit weg zu liegen schien. Ihr großflächiges Gesicht war von Linien durchzogen
wie verwitterter Stein von Rissen. Es strahlte Würde aus, erzählte
von ihrem Leben. Nelly, die alte Zulu, wurde dem Eindruck des
Stuhles gerecht, und Jill fand nichts mehr zum Lachen.

Sie wartete geduldig. Die anderen Frauen, die nur kurz zu ihr
hinübergeschaut hatten, arbeiteten wieder, und der Bau der zweiten Hütte schritt schnell voran. Schon jetzt konnte sie den Grundriss des Umuzis, der Hofstätte, erkennen. Es war deutlich, dass
die bereits vollendete Hütte die größte sein würde, bestimmt für
die Großmutter und, wie man sagte, für die Geister der Ahnen.
Rechts, immer vom Eingang des Umuzis ausgehend, etwas unterhalb der großen Hütte, stand die Hütte der ersten Frau des
Häuptlings, links die der Ikhohlo, der Frau-linker-Hand, rechts
vom Eingang schliefen die unverheirateten Söhne, links die unverheirateten Töchter. Vorratshütten, von Pfählen getragene halb-
runde Hüttendächer, standen in der Nähe der Unterkünfte.

Nelly räusperte sich, und Jill wandte sich ihr zu. Der rote Hut
warf einen Schatten über ihr Gesicht. Jill hoffte nur, dass Nelly
die aus getrocknetem Gras gewobene Kopfbedeckung nicht wie
üblich fest mit ihrem Haar verflochten hatte und dann so lange
tragen würde, bis sie allmählich auf dem Kopf verrottete. Erst
dann würde der Hut entfernt werden und das Haar wieder gewa-
schen, mit Kräutern gegen Ungeziefer behandelt und ein neuer
Hut eingeflochten.

»Über dieses Land«, begann Nelly und beschrieb mit ihrem rechten Arm einen weiten Bogen, »hast du nicht zu bestimmen.« Nun
blickte die Schwarze ihr gerade in die Augen.

Jill spürte ihre Kraft, sah die lange Reihe der starken Frauen der
Zulus hinter ihr, König Shaka Zulus Mutter Nandi, die seine

engste Beraterin war, seine Schwester und seine Tanten, die einige seiner militärischen Lager führten, die Frauen des Widerstands gegen die Apartheid und die vielen Namenlosen heute, die ohne ihre Männer, die in den großen Städten arbeiteten, ihre Kinder großzogen, Häuser bauten, das Land bestellten.

Nelly hielt noch immer ihren Blick fest. »Es ist unser Land, Jill, du selbst hast es so bestimmt. Wir haben ein Papier, das sagt, dass das Land uns. gehört.« Wieder senkte sich eine lange Pause zwischen die beiden Frauen. Jill nahm widerwillig die Worte auf, fraß sie förmlich in sich hinein, verdaute sie, bis sie einsehen musste, dass Nelly im Recht war. Hochachtung packte sie vor Nelindiwe Dlamini, genannt Nelly, gleichzeitig spürte sie die ersten heißen Stiche von Scham.

»Wir sind arm«, fuhr die alte Zulu fort, musste husten, bekam kaum Luft danach, »wir sind alt. Das Stehen in der Küche ist beschwerlich für mich, ich werde nicht mehr lange für dich arbeiten können. Wenn der nächste Winter kommt, höre ich auf. Jonas, unser Enkel, ist weit weg in eGoli, in Johannesburg, er wird nicht da sein, um uns zu helfen. Mit diesem Dorf werden wir genug Geld verdienen, um jemanden zu bezahlen, der uns hilft, die Felder zu bestellen. Wir werden in Ruhe zu unseren Ahnen gehen.« Zwei große Tränen rollten ihr übers Gesicht.

Das Blut stieg Jill in die Wangen, ihre Kehle wurde eng, sie konnte Nellys traurigem Blick nicht begegnen, sah nur die alte Frau, die Afrika ein Leben abgetrotzt hatte, die ihr, der Weißen, die sie großgezogen hatte, Kraft und Liebe gab, wenn sie verzagte. »Ich war im Irrtum, Nelly, verzeih mir bitte«, flüsterte sie, nahm sich vor, auf irgendeine Art zu versuchen, alles wieder gutzumachen, was Nelly je an Demütigungen widerfahren war. Ihr Herz floss über vor Reue, einfach weil sie eine weiße Südafrikanerin war und sich schon dadurch versündigt hatte. Tränen nahmen ihr die Sicht, als sie Nelly stumm um Verzeihung bittend ansah. Da huschte ein Lächeln über das schwarze Gesicht, die dunklen Augen blitzten auf, und erst da merkte Jill, dass sie mal wieder auf die schlaue alte Frau hereingefallen war. Die auf dem Bau geklauten Bretter fielen ihr ein, die Avocados, die von ihrem Baum stammten, die Ananas, die von ihren Feldern geerntet worden waren, und letztlich stammten wohl auch das Gras für die Dächer und das Holz für das Gerüst von ihrem Land. Sie schaute hinüber zu Bens Viehgatter. Es war leer. Nirgendwo auf Bens Grund konnte sie die braunen Rücken grasender Kühe noch die schwarzen Ziegen entdecken, die frische Blätter von Büschen knabberten. Der Rückschluss war eindeutig. Bens Vieh graste irgendwo auf Inqabas Land. Mal wieder.

Sie fuhr herum, Nellys und ihr Blick trafen sich, und dann lachte die alte Zulu aus vollem Halse, ohne zu husten, die schweren Brüste, ihre Schultern, der Hut auf ihrem Kopf, ihr ganzer Körper bebte vor Vergnügen. »Aii, Jilly«, rief sie und wischte sich die Lachtränen von den Wangen.

Jill fühlte sich vorgeführt, ausgetrickst, ausgelacht. Wütend suchte sie nach Worten. Sie stand da, starrte Nelly an, die in ihrem Königsstuhl hing und mit jeder Faser ihres Körpers sich ihrem Vergnügen hingab, und dann packte es sie auch. Sie lachte, bis sie kaum noch Luft bekam. Das Lachen schallte in die stille Abendluft, steckte die anderen Frauen an, verbreitete sich blitzschnell wie ein Grasbrand. Als wäre eine Lunte gezündet worden, lief das Gelächter durchs ganze Dorf, zwitscherte durch die Bäume, flog über das weite Land, bis es alle mit Lebensfreude erfüllte, ehe es allmählich abebbte.

Jill richtete sich auf, wischte sich die Augen. Die Sonne sank schnell, gleich würde es dunkel sein, sie musste sich sputen. Aber noch konnte sie nicht gehen. Erst musste sie richtig stellen, was falsch gelaufen war. Der Respekt, den die Zulus für sie hegten, stand auf dem Spiel. »Das Land, auf dem ihr lebt, gehört euch«, begann sie, wählte ihre Worte sorgfältig, »und alles, was darauf wächst, ist eures. Eure Tiere können darauf grasen. Ist das so?« Sie sprach laut, bestrebt, dass die anderen hörten, was sie Nelly, Ben Dlaminis Frau, zu sagen hatte.

Nelly nickte, wachsam, misstrauisch. »Yebo.«

»Nun, das, was auf meinem Land wächst, ist demnach meins und nicht eures. Ihr könnt Ananas, Avocados, andere Früchte und Gemüse bei mir kaufen, um sie auf eurem Stand den Touristen anzubieten. Ich werde euch einen guten Preis machen, einen sehr guten, aber ich werde unnachgiebig die Polizei rufen, wenn man mich bestiehlt. Hast du das verstanden, Nelly?«

Nach ein paar Augenblicken, in denen sie reglos dasaß, mit keiner Miene verriet, was in ihr vorging, nickte Nelly, lächelte dann, nickte wieder. »Es ist gut«, sagte sie zufrieden und reichte ihr die Hand, packte sie in dem traditionellen Dreiergriff, besiegelte dann diesen Vertrag mit einer Umarmung. »Hamba kahle, Jilly«, sagte sie.

»Sala kahle«, antwortete Jill mit einem Kuss, wandte sich ab und machte sich durch die kurze Spanne der Dämmerung auf den Weg nach Hause. Mal sehen, wie lange das hält, dachte sie belustigt, denn sie kannte die Zulus gut. Es würde nicht lange dauern, und dann würde wieder einer von ihnen ihre Grenzen testen, seinen Vorteil ausnutzen, sehen, wie weit er gehen konnte, ehe sie es merkte und sich wehrte. Sie würde die Augen offen halten müssen. Doch sie fühlte sich so gut nach diesem Lachen, so frisch und voller Kraft.

»O Nelly«, flüsterte sie mit kindlicher Zärtlichkeit, »Nelly, Nelly …« Ihre Lider brannten, Tränen stiegen in ihr auf, unvermittelt sah sie Martin vor sich, dachte an Christina und erkannte, woher ihre Tränen rührten. Sie war einsam. Horchte sie in sich hinein, war da nichts als hallende Leere, war alles, was sie hörte, ihr eigenes Echo. Nils' Stimme war noch zu leise.

\*

Am Dorfausgang war der Stand leer geräumt, die beiden jungen Mädchen waren verschwunden. Der Widerschein der hinter den Horizont gesunkenen Sonne lag über dem Land, ließ das sommertrockne Gras golden aufleuchten. Sie trocknete ihre Tränen. Niemand sollte sie sehen. Die Schatten wurden schnell länger, tiefer, und dann fiel die Dunkelheit wie ein weiches Tuch, legte sich über den Busch und das Gras, hing wie Spinnweben zwischen den Zweigen der Akazien. Sterne funkelten über ihr, eine Wolke schob sich über den jungen Mond, und bald konnte sie ihre Hand vor Augen nicht mehr sehen. Sie wartete, bis die Wolke weitergezogen war, ehe sie weitereilte, als ein schabendes Geräusch sie erstarren ließ, und dann hörte sie eine Stimme. »Sakubona, Jill.« Sie erkannte sie sofort als die von Popi. Eine böse Vorahnung überfiel sie. Was wollte er? Wieder diese lächerliche Geschichte über seine Vorfahren erzählen?

»Hi, Jill.« Thandi stand vor ihr, an ihrem Hals und den Handgelenken schimmerte Gold, in der Hand hielt sie eine brennende Taschenlampe. Sie musste im Haus gewesen sein, denn statt des edlen Safarianzugs trug sie ein knappes schwarzes Oberteil und schwarze Jeans. Ein zweiter Taschenlampenkegel huschte über den Rand des Buschs, und Popi trat heraus.

»Was macht ihr hier?«, fragte sie scharf, ein ungutes Gefühl ballte sich in ihrem Magen zusammen. Popis Taschenlampe leuchtete über die Vegetation, die den Weg begrenzte. Sie meinte, hier und da Schatten zu erkennen, die tiefer waren als die von Bäumen, sah das Aufblitzen von Zähnen, das Weiße von wachsamen Augen, wusste, dass seine Leute nur wenige Meter entfernt waren. Vermutlich befanden sie sich auch auf der anderen Seite des Weges. Es gab kein Entrinnen für sie. Angst kroch in ihr hoch. Ihr Pulsschlag erhöhte sich.

Jetzt standen die Kunene-Zwillinge direkt vor ihr. »Ich möchte dir etwas zeigen, Jill.« Popi bückte sich, öffnete die Schnürsenkel seiner Sportschuhe und zog sie aus. Thandi streifte ihre Leinenschuhe ebenfalls ab. Beide hoben einen Fuß, leuchteten mit ihren Taschenlampen auf eine Stelle unter dem kleinen Zeh.

Befremdet Jill sah hin, entdeckte verwirrt eine winzige weiße Narbe, im hellen Licht des Mondes deutlich zu erkennen, eine

Narbe, wie sie verursacht wird, wenn ein Glied chirurgisch entfernt wird. Wie bei Tommy. Wie bei ihr. Sie sah die beiden Zulus an. »Was soll das? Wie kommt ihr zu dieser Narbe?« Als hätten die beiden sie gestohlen.

»Wir haben sie von Geburt an, wie du und Tommy.« Thandi lächelte ihr berühmtes Lächeln. »Kapierst du nicht? Wir sind deine Geschwister, Halbgeschwister. Dein Vater ist auch unser Vater.«

Der Himmel stürzte nicht ein, der Boden tat sich nicht auf, es passierte eigentlich gar nichts, außer dass unter diesem Schlag ihr Herz zersprang. Sie rang nach Luft. Es musste ein Traum sein, das alles war so irrwitzig, so etwas konnte man nur träumen. Sie versuchte sich zu schütteln, sich wachzumachen, aber immer noch standen Thandi und Popi da, barfuß, einen Fuß ausgestreckt, einen erwartungsvollen Ausdruck in ihren graugrünen Augen.

»Thuleleni ist unsere Mutter«, erläuterte Thandi, offenbar um ihr auf die Sprünge zu helfen, »dein Vater hat sie vergewaltigt. Wir sind hier, um dir zu sagen, dass wir unseren Teil des Erbes von Inqaba beanspruchen.« Sie ließ ihren Leinenschuh von einem Finger baumeln. Der Namenszug innen war italienisch.

Für Sekunden schien die Welt aufzuhören, sich zu drehen. Weder das Seufzen vom Wind noch die Stimmen von Tier oder Mensch, nicht einmal das Rascheln von Blättern konnte Jill hören. Es herrschte tiefe, absolute Stille. Thuleleni. Der Name versetzte sie um zwei Jahre zurück an den Abend, als ihr Leben noch heil gewesen war, als sie zum letzten Mal mit ihrer Mutter, ihrem Vater und Martin auf der Terrasse beim Essen saß. Mit Christina im Bauch. Es war Abend gewesen wie jetzt, und bis auf die Lichtpfützen der beiden Lampen auf dem Tisch war es dunkel.

Sie sah die schwarze Frau vor sich, das braune Kleid hing lose um ihre zierliche Figur, ihre Wangen waren eingefallen, die Augen groß und von fiebrigem Glanz. »Wer bist du?«, hörte sie sich fragen. »Du hast hier nichts zu suchen. Wie heißt du?«

»Thuleleni«, hatte die Frau geantwortet, ihre Stimme so zart wie ein Windhauch, und dabei ihre Augen auf Phillip Court gerichtet. Er, ihr Vater, war aufgestanden, hatte ein paar Worte gemurmelt und war dieser Frau in die Dunkelheit gefolgt. Als er endlich wieder an den Tisch zurückkam, war er verändert gewesen. Krachend hatte er sich in seinen Stuhl geworfen, war nervös gewesen, fahrig, sogar ein Weinglas hatte er zerbrochen und sich daran geschnitten.

»Wer war das?«, hatte sie ihren Vater gefragt. »Kanntest du sie? Ich glaube, ich habe sie schon mal gesehen.«

»Ach, niemand«, hatte er geantwortet, seine wegwerfende Handbewegung unterstrich, dass er dieser Frau keine Bedeutung zumaß.

Sechs Tage später war ihre Mutter in ein Flugzeug gestiegen und abgestürzt. Sie, die solche Flugangst hatte, dass sie lieber zu Fuß nach Kapstadt gelaufen wäre. Sie, die nie einen Schritt ohne ihren Mann tat. Sie, die so glücklich gewesen war in ihrer Ehe. Mit aller Kraft wehrte Jill sich gegen die Erinnerung an die folgenden Tage, an den Treppensturz, an ihr Aufwachen im Krankenhaus. An Christina. Sie zwang sich, an ihre Mutter zu denken. Und an ihren Vater.

Warum, das hatte sie ihn immer und immer wieder gefragt und keine Antwort bekommen. Hatte sie jetzt eine von Thandi und Popi erhalten? Sollte sie glauben, dass ihre Mutter herausgefunden hatte, dass ihr Mann einer schwarzen Farmarbeiterin Gewalt angetan und dabei Zwillinge gezeugt hatte? War ihre Mutter daraufhin in ein Flugzeug gestiegen, um ihn zu verlassen, und in den Tod geflogen?

Jede Faser ihres Seins wehrte sich gegen die Vorstellung, dass ihr Vater, ihr Daddy, eine andere Frau gezwungen hatte, sich auszuziehen, sie vielleicht auf den Boden geworfen, ihr die Knie auseinandergedrückt und sie vergewaltigt hatte. Nein, nein, nicht Daddy, davon war sie überzeugt.

»Verdammt«, hatte ihr Vater gesagt, und schon damals war sie

sich sicher gewesen, dass er nicht den Schnitt in der Hand meinte, den er sich an dem zerbrochenen Weinglas zugezogen hatte.
Und dann war er ans andere Ende der Welt gezogen und hatte
sich bei seinem einzigen Kind nicht mehr gemeldet. Warum,
Daddy, bitte, sag mir, warum!

»Das glaube ich nicht« war alles, was sie jetzt herausbrachte. Sie
schüttelte benommen den Kopf wie ein Boxer, der bei neun noch
am Boden lag. »Wann soll das gewesen sein?«, krächzte sie.

Thandi antwortete. »Umame lebte damals auf Inqaba. An einem
Abend im Dezember 1968 half sie bei der Weihnachtsfeier der
Farmervereinigung aus. Als sie ging, mitten in der Nacht, bot ihr
dein Vater an, sie mit nach Inqaba zu nehmen. Es waren noch drei
andere Weiße dabei, einer davon von der Bernitt-Farm, und alle
waren betrunken. Sie fuhren irgendwo in ein Zuckerrohrfeld und
fielen über sie her. Wir sind das Ergebnis.«

Wie sollte sie nur die Bilder ertragen, die jetzt wie ein Film in
ihrem Kopf abliefen? Wie sollte sie in ihren Gedanken den
Mann bezeichnen, der sich an Thuleleni vergangen hatte?
Daddy? Nein, das Wort Daddy war zu nah. Daddy hatte sie im
Arm gehalten. Sie kannte ihn zu gut. Seinen Geruch, wie seine
Bartstoppeln kratzten, wenn er ihr seinen Gutenachtkuss gab, die
Zartheit, mit der er sie streichelte. Seine Liebe, seine Wärme …
nein, nicht Daddy. Phillip Court dann? Andere nannten ihn so.
Ihn konnte sie objektiver sehen. Aber die Bilder in ihrem Kopf
blieben dieselben, die kalte Faust, die ihr Herz zusammenpresste,
löste sich nicht. Sie räusperte sich. »Ihr lügt.«

Thandi lachte. Einmal die Tonleiter rauf und wieder runter. Jill
überlegte, ob sie es schaffen würde, ihr das Gesicht zu zerkratzen,
bevor sich Popi dazwischenwerfen konnte. Ein winziger Rest
Selbstbeherrschung hielt sie davon ab.

»Du siehst doch, dass wir nicht lügen«, sagte Popi und wies auf
seine Zehen, »unserem Vater gehörte die Farm, und jetzt ist es
nur richtig, dass wir zwei Teile davon bekommen.«

Jetzt sah sie den Zulu an. Nun gut, dachte sie, jetzt streiten sie sich um Inqaba wie ein Rudel hungriger Hyänen um Beute. Zu ihrer Verwunderung spürte sie keine Angst, beobachtete die ganze Szene mit kühlem Abstand, stufte ihre Reaktion aber richtig als eine Art Schock ein. Schon öfter hatte sie erlebt, dass ihre Emotionen erst durchbrachen, wenn alles vorbei und sie allein in ihrem Zimmer war. Sie machte eine kurze Bestandsaufnahme, um ihre eigenen Gedanken zu ordnen. Ben und seine Leute besaßen bereits einen Teil von der Farm, und das war in Ordnung so und ein gewisser Schutz. Musa hatte das am Sonntagabend Popi gegenüber eindrucksvoll demonstriert. Leon behauptete, Johann Steinach hätte seinen Urahn ermordet und dann sein Land gestohlen, Popi und Thandi behaupteten, Abkömmlinge von dem zweiten Sohn Mpandes zu sein, besaßen obendrein je zwei winzigen Narben unter ihren Zehen, die beweisen sollten, dass sie auch die Kinder ihres Vater waren. Ihre Geschwister. Daraus leiteten sie den Anspruch auf Inqaba ab. Ihr Inqaba, ihren Zufluchtsort.

Sie blickte über das Land, das im Mondlicht zu ihren Füßen lag, geheimnisvoll unter den fliegenden Wolkenschatten, lauschte dem Chor der Nachttiere, der einst ihr Wiegenlied gewesen war, atmete die warme Luft und die Düfte Afrikas, die sie schon am ersten Tag ihres Lebens wahrgenommen hatte. Als sie dann antwortete, war ihre Stimme klar und schwankte nicht. »Inqaba gehört mir, und so wird es bleiben. Immer.« Damit schwang sie herum und ließ Popi und Thandi, ihre Kinderfreunde, stehen. Hinter sich hörte sie ein Zischen wie aus Schlangenkehlen oder von wütenden Wildkatzen, und plötzlich traten die Schatten aus dem Busch und standen auf dem Weg. Hinter ihr, vor ihr und um sie herum. Fast alle hielten Kampfstöcke in den Fäusten, zwei trugen Pangas und mehrere auch Schusswaffen, zwei sogar Maschinenpistolen.

Ihr Herz hämmerte gegen die Rippen, ihr Mund war trocken. Eine Wolke schob sich vor den Mond, sie konnte nichts mehr erkennen, wagte nicht sich zu rühren aus Angst, einem von Popis Leuten in den Arm zu laufen. Oder Popi selbst. Die Katze fiel ihr ein, die er vor vielen Jahren erwürgt hatte. Ihr wurde eiskalt. Jetzt wurde ihr klar, dass Popi nicht mehr ihr Freund war. Er war ihr Feind. Die Erkenntnis brachte sie nahe daran, ihre Fassung zu verlieren. Wie die Zulus dann reagieren würden, wollte sie sich nicht ausmalen.

Thandi war das schwächste Glied der Kette. Sie hatte lange in ihrer, der weißen Welt gelebt. Sie musste sie packen. »Pfeif die Hunde zurück, Thandi«, rief sie in die Dunkelheit, ihre Stimme unnatürlich hoch, »die beiden Reporter sind auf dem Weg hierher. Sie bringen ihre Filmkamera.« Sie konnte die Worte kaum durch ihre Kehle pressen. »Im Übrigen will ich, dass du das Haus verlässt. Du bist mir nicht mehr willkommen. Ich werde dir die Rechnung hinlegen.« Glücklicherweise wanderte die Wolke weiter, der Mond kam hervor, und sie konnte die schattenhaften Gestalten wieder erkennen.

Thandile Kunene sah sie kühl an, dann flüsterte sie ihrem Bruder etwas zu. Jill lehnte sich vor, um es verstehen zu können, aber die Schwarze sprach zu leise, schien Schwierigkeiten zu haben, ihren Bruder umzustimmen, aber endlich nickte er. »Qheluka«, befahl er, »geht zur Seite«, und seine Leute zogen sich wieder in den Busch zurück, der Weg lag leer im Mondlicht vor ihr. Mutig geworden, wandte sie sich noch einmal um, bevor sie ging.

»Inqaba ist meins, vergesst das nie«, schrie sie auftrumpfend. Dann rannte sie los. Mit langen Schritten lief sie nach Hause, gewann mit jedem Schritt, mit dem sie sich von dem Rattenfänger entfernte, mehr Kraft und Kampfeslust. Die Zulus zischten hinter ihr her, das Geräusch begleitete sie noch lange. Popi und seine Leute hatten ihr den Krieg erklärt, und sie schwor sich, sich nicht kleinkriegen zu lassen.

Nils und Axel waren nicht zu sehen, als sie eintraf, doch der Geländewagen parkte auf dem Hof. Kaum war sie innerhalb der schützenden Hausmauern, verließ sie ihre Kraft. Sie fing an zu zittern. Mit beiden Händen hielt sie sich an der Wand fest, wartete, aber das Zittern wollte nicht weichen. Der Schock hatte eingesetzt, sie fühlte, wie ihr Mut zusammenbrach. Was hatte sie dem Rattenfänger und seinen Leuten entgegenzusetzen? »O Gott, hilf mir«, wimmerte sie. Irma war in Durban, sie fühlte sich so allein wie noch nie, dachte sogar daran, zu Nelly zu laufen, sich in ihren Armen zu vergraben, alles Hässliche auszuschließen. Nelly würde sie streicheln, mit zärtlichen Worten trösten, auch heute noch.

Doch sie brachte das jammernde Kind in sich zum Schweigen und lief, froh, dass ihr bisher kein Gast begegnet war, ins Wohnzimmer, nahm wahllos eine Flasche Cognac heraus, kein Glas, und flüchtete sich ins Geschichtenzimmer. Leise schloss sie die Tür hinter sich. Mondlicht strömte durch das schmale Fenster, über die Holzdielen, die Wände lagen im Schatten. Sie setzte sich auf den Boden, lehnte sich gegen das Sofa, starrte durch die Glastür hinaus. Ab und zu nahm sie einen tiefen Schluck aus der Cognacflasche. Der Alkohol, den sie nicht gewohnt war, verwandelte sich in ihrem Magen in ein wärmendes Feuer, das sich im ganzen Körper verteilte, machte ihr die Beine schwer, stieg ihr in den Kopf. Nach einer Weile stellte sie die Flasche neben sich auf den Boden, verbarg ihr Gesicht in den verschränkten Armen und schluchzte ihre Verzweiflung heraus.

Irgendwann hörte sie, dass der Türgriff leise heruntergedrückt wurde, spürte den Luftzug, als die Tür geöffnet wurde, hörte eine Diele knarren. Sie hob den Kopf. Es war Nils.

Wortlos kniete er sich vor ihr auf den Boden, nahm ein Taschentuch aus seiner Tasche, hob ihr Gesicht und wischte es trocken. Dann zog er sie hoch und nahm sie in die Arme. »Was ist? Kannst du drüber reden?« Seine Stimme war rau und warm.

Mit aller Kraft kämpfte sie ihre Tränen hinunter, schluckte, um ihre Stimme zu klären, aber sie konnte nicht gegen ihre Gefühle ankommen. Das Verlangen, mit einem Menschen zu sprechen, war zu groß. Die Worte brachen wie ein Wasserfall aus ihr heraus. Sie erzählte ihm alles, von dem Tag angefangen, als Thuleleni auftauchte. Alles.

Der Mond verblasste schon, als ihre Stimme verklang. Nur noch das leise Lachen der Geckos und das Rauschen des kräftigen Windes, der während der Nacht aufgekommen war, waren im Raum zu hören. Nils stand auf, zog sie mit sich. »Komm«, sagte er, »ich bring dich jetzt ins Bett, und morgen besorge ich dir die Nummer deines Vaters. Du musst mit ihm reden.«

Als sie seinen Bungalow erreichten, fiel sie ins Bett, schlief in seinen Armen ein und wachte nicht einmal auf, als die Hadidahs vor dem Schlafzimmer ihre Weckrufe ausstießen. Als sie endlich die Augen aufschlug, war es schon fast Frühstückszeit.

## 15

Hastig machte sie sich fertig, zog sich ein weißes T-Shirt und Shorts an und rannte hinüber ins Haupthaus. Die meisten der Gäste saßen schon beim Frühstück. Joyce und Peter Kent kamen ihr in der Eingangshalle entgegen, Peter hielt einen Koffer auf seinen Knien, Joyce schob den Rollstuhl, Bongi trug einen weiteren Koffer. Die Kents verabschiedeten sich von ihr. »Es war wunderbar, aber es ist noch ein wenig anstrengend für Peter«, erklärte Joyce, doch Jill hatte den Eindruck, dass die Vorfälle der letzten Tage zu sehr an den Nerven der beiden Kents gezehrt hatten. Das konnte sie problemlos nachvollziehen. Sie ließ das Tor für die scheidenden Gäste öffnen.

Auf dem Weg zu ihrem Büro musste sie an Thandis Zimmer vorbeigehen. Die Tür war geschlossen, kein Laut drang heraus. Zögernd klopfte sie, und als niemand antwortete, drückte sie die Klinke nieder. Das Gepäck war verschwunden, die Schranktüren standen offen. Thandi war offenbar ausgezogen. Ohne dass sie es bemerkt hätte. Vermutlich sehr früh morgens oder noch in der

Nacht. Der Gedanke beunruhigte sie. War Thandi allein hier gewesen? War Popi dabei gewesen? Sie ging zum Fenster, sah hinaus. Der weiße BMW war auch weg. Da die Gäste das Tor selbst von innen aufmachen konnten, war das nicht verwunderlich. Wie aber war Thandi von draußen hereingekommen? Das Tor wurde endgültig um zehn Uhr abends geschlossen, wer später kam, musste vorher Bescheid sagen, damit ihm geöffnet werden konnte.

Beklommen schloss sie die Tür hinter sich. Sie fragte Bongi und Zanele, aber die wussten nicht, ob und wann Thandi im Haus gewesen war, hatten niemanden gesehen, der nicht dorthin gehörte. Sagten sie zumindest. Jill war sich klar, dass durchaus eines der Mädchen Thandi das Tor geöffnet haben konnte, aber im Moment musste sie sich damit begnügen. Dann rief sie Irma von ihrem Büro aus an. Sie erreichte sie bei Freunden, erzählte ihr von Popi und Thandi und den Narben und dem Aufruhr, der seitdem in ihrem Seelenleben herrschte. »Ich kann es einfach nicht glauben. Nicht Daddy.«

»Ach du Schreck«, kommentierte Irma, und das blieb für längere Zeit das Einzige, was sie sagte.

»Weißt du, wo ich Daddy erreichen kann?«

»Nein.« Beide versanken wieder in Brüten. »Ausgerechnet eine Zulu«, murmelte Irma zwischendurch.

»Welchen Unterschied würde es machen, wenn Thuleleni weiß gewesen wäre?«, fragte Jill. »Vergewaltigt ist vergewaltigt, betrogen ist betrogen.«

»Auch wahr«, sagte Irma, verfiel wieder in Schweigen. »Ich bin in zwei Stunden zu Hause«, sagte sie dann unvermittelt und legte auf.

Jill fragte Nils um Rat. Nach einer viertel Stunde kam er zu ihr. »Ich habe einen Freund in Frankreich wegen der Nummer angerufen. Er hat versprochen, sich gegen Mittag zu melden. Ich muss noch mal mit Axel los, die Umgebung erkunden. Ich werde rechtzeitig hier sein.« Sie küssten sich, und sie winkte ihm, bis sie ihn nicht mehr sehen konnte. Die Nacht in seinen Armen, in der sie fest und traumlos durchgeschlafen hatte, hatte geholfen, ihr Nervenkostüm wieder einigermaßen zu reparieren.

Sie nahm den Stapel Rechnungen in Angriff, die sich in den letzten Tagen auf ihrem Schreibtisch gestapelt hatten, und sortierte sie in »brandeilig«, »eilig« und »Warteschlange«. Dann legte sie alle drei Stapel in eine Schublade und schob sie zu. Die Zahlen auf ihrem Konto brauchte sie sich nicht anzusehen, sie waren tiefrot, daran änderten auch die Einnahmen von ihren ersten Gästen nichts, obwohl diese mit Kreditkarte und im Voraus bezahlt hatten. Bei guter Belegung, kalkulierte sie, würde sie sich zwar langsam aus dem Sumpf emporarbeiten können, aber ein Jahr würde es mindestens noch dauern, ehe sie auch nur Licht sähe. Die Frage, ob sie das durchhalten könnte, stellte sie sich nicht. Sie hatte Angst vor der Antwort. Einige ihrer entfernten Nachbarn hatten aufgegeben, ihre Farmen verkauft. Manche hatten Glück gehabt und Käufer aus Übersee gefunden, die sich Hals über Kopf in das Land, die Wildtiere, die Menschen verliebt hatten. Ohne zu murren zahlten sie Fantasiepreise. Der billige Rand machte es möglich.

Sie drängte jeden Gedanken an Verkauf zurück, ging stattdessen die Kosten des vergangenen Monats durch, suchte nach Posten, wo sie einsparen konnte. Sie fand keine. Wie sie erwartet hatte. Verzweifelt kaute sie an ihrem Bleifstift, strich dann den Föhn und den Friseurbesuch, von dem sie träumte. Ihre Privatentnahmen mussten so gering wie möglich bleiben. Die Ananasernte war mäßig gewesen, der Mais einigermaßen ertragreich dieses Jahr, aber die Preise, die sie dafür bekommen würde, waren lächerlich. Früher hatte ihr Vater Sojabohnen angebaut und im Winter Weizen, doch seitdem die Regenfälle spärlicher geworden waren, hatte es eine Missernte nach der anderen gegeben. Das Bleistiftende sah bereits aus, als hätte es eine Maus angenagt. Vielleicht sollte sie Tabak anbauen? In Simbabwe wurden so viele Farmer verjagt, dass es bald eine Tabakknappheit auf dem Weltmarkt geben müsste. Sie schrieb »Tabak« auf einen Zettel und dann drei Fragezeichen. Einige ihrer Nachbarn exportierten Tee nach Europa. Sie schrieb es auf. Dann gab es noch Papayas, Mangos, Passionsfrüchte, die in Übersee gefragt waren. Doch alle diese Projekte waren langfristig, es war nichts dabei, was ihr sofort Geld bringen würde. Frustriert warf sie den Bleistift hin und stand auf.

Sie lief im Zimmer umher, streckte sich, dehnte ihre Arme. Ihr Verlobungsdiamant funkelte am Ringfinger. Verheißungsvoll, auffordernd. Sie starrte ihn an. Vier Monate Überleben, vielleicht sogar fünf würde er ihr bringen, wenn sie sehr sparsam wäre. Oder er würde, wenn sie seinen Verkaufserlös der Bank als großen Köder in den Rachen warf, um einen Teil der Schulden zu tilgen, ihr Luft schaffen, bis Inqaba sich allein tragen konnte. In diesen Zeiten, in denen der südafrikanische Rand sich auf Schussfahrt ins Bodenlose befand, stellte ein Diamant einen unvergänglichen Wert da.

Mein Grundstück in der Hosentasche nannte Marius die Steine, die er als Geldanlage gekauft hatte, und nähte sie mit seinen präzisen kleinen Chirurgenstichen in den Gürtel ein, den er tagsüber nie ablegte. Nachts lag er auf seinem Nachttisch. Neben seiner Pistole. Lina besaß einen Ring, der vier Halbkaräter hielt. Schon zweimal war sie mit Marius zu einem Kongress nach Übersee geflogen, und die Halbkaräter waren auf dem Hinflug echt gewesen, auf dem Rückflug funkelten an ihrer Stelle Zirkone. Auf diese Weise umging sie die Devisenbeschränkung. Mit einem Ruck zog Jill den Ring ab, wickelte ihn in ein Kleenex-Tuch und steckte ihn in ihre Geldbörse. Es war das Einzige, was genug Geld bringen würde, Inqaba zu retten. Dann rief sie Tita an. »Wo kann ich einen Diamanten verkaufen, ohne übers Ohr gehauen zu werden?«

Tita fragte nicht, welchen Diamanten, und wenn sie ahnte, dass es der Verlobungsring war, sagte sie es nicht. Sie gab Jill die Adresse eines Diamantenhändlers. »Ich kenne ihn gut. Ich werde ihn anrufen, ihm sagen, dass du von mir kommst. Ist alles in Ordnung, Jill?«, fragte sie beiläufig.

»Ich will es schaffen, Tita. Allein. Verstehst du das? Ich muss wissen, ob ich das Zeug habe, Inqaba ohne Unterstützung zu retten.« Sie war der Frage ausgewichen.

Tita seufzte. »Ach, Jilly, sei nicht zu hart mit dir. Jeder braucht Hilfe, und auf dem Gebiet, das dich betrifft, fällt es mir leicht, sie zu geben. Denk dran, wer mein Vater ist. Versprich mir, Bescheid zu sagen, bevor du untergehst.«

Jill versprach es, schluckte die Tränen herunter, die ihr dieser Tage leicht kamen. Es tat gut, Menschen wie Tita und Neil Robertson zu ihren Freunden zu zählen.

Um halb zwölf fuhr Irma mit ihrem roten Flitzer auf den Hof und sprang heraus. Jill kam eben aus dem Küchentrakt und staunte wieder, wie jung ihre Tante wirkte. Ihre Bewegungen waren energisch, flüssig, hatten nichts von der müden Steife des Alters. »Jilly, ich bin völlig durchgeschwitzt. Ich ziehe mich schnell um, dann treffen wir uns am Swimming-Pool«, rief Irma, riss sich den schwarzen Hut vom Kopf und lief mit fliegenden schwarzen Schleiern ins Haus.

Als sie erschien, saß Jill am Rand des Beckens und ließ ihre Füße ins Wasser hängen. Es kühlte wunderbar. Die Sonne stand fast senkrecht, die Hitze des Tages war auf dem Höhepunkt. In glühend heißen Wellen prallte sie von der niedrigen Mauer ab, die den Pool einfasste, ließ die Blätter der Bougainvilleen schlapp herunterhängen. Jill sprang ins Wasser und kraulte zehn Längen, dass die Wellen an den Seiten überschwappten. Niemand sonst war hier, also brauchte sie keine Rücksicht zu nehmen. Dann zog sie sich an einer Seite hoch und setzte sich auf den Fliesenrand, strich sich die tropfenden Haare aus dem Gesicht.

»Erzähl es mir noch einmal«, sagte Irma und legte sich in einen Liegestuhl, hörte ihr mit geneigtem Kopf zu.

Als sie Irma noch einmal alles geschildert hatte, das mit den Narben der Zwillinge und deren Behauptung, dass Phillip Court auch ihr Vater sei, sagte keine der beiden Frauen etwas. Das Schweigen dehnte sich auf lange Minuten. »Ich glaub's einfach nicht«, brach es Jill endlich, »es kann nicht sein.«

»Was sonst könnte deine Mutter so schockiert haben, dass sie freiwillig und allein in ein Flugzeug steigt?« Irmas Stimme klang dumpf unter dem Hut, den sie sich übers Gesicht gestülpt hatte. Dasselbe hatte Jill sich auch schon wieder und wieder gefragt. Wie hätte sie unter diesen Umständen reagiert? Vermutlich mit Gegenständen geschmissen, gestand sie sich ein, getobt, geschrien, aber sie wäre nicht einfach gegangen. Ihr Blick streifte über das Land, blieb an den Korallenbäumen hängen, die aus den Früchten von Catherines Bäumen gewachsen waren, und ihre Gedanken schweiften ab.

Wie hatte wohl Johann Steinach reagiert, als seine Frau ihm gesagt hatte, dass sie ein Kind von Konstantin erwartete? Hatte er getobt und geschrien? Hatte er sie geschlagen? Hatte er es überhaupt je erfahren? Konstantin war im Mai 1854 verschwunden. Vielleicht hatte Catherine ihrem Mann nie gebeichtet, dass sie von Konstantin ein Kind erwartete. Ihr Sohn Stefan, geboren Juli 1854, blieb Catherines einziger Sohn. Zwei Jahre zuvor hatte sie, nach einigen Fehlgeburten, schon eine Tochter mit Namen Viktoria bekommen, Maria Johanna kam im September 1855 auf die Welt.

Noch einmal glitt Jill ins Wasser, diesmal schwamm sie langsam, dachte nach dabei. In ihrem Kopf wirbelte alles durcheinander. Konstantin, Catherine, Thuleleni, Daddy. Ihre Mutter. Automatisch liefen ihre Gedanken weiter. Christina. Gerade wollte sie sich zur Ordnung rufen, da drängte sich Martins Stimme aus der Vergangenheit dazwischen.

»Sie hatte sechs Zehen an jedem Füßchen«, hatte er gesagt, »wie alle Bernitts.«

»Die Bernitts?«, hörte sie sich antworten. »Die Steinachs haben sechs Zehen bei der Geburt. Unter dem kleinen Zeh einen noch kleineren. Sieh.« Sie hatte ihm den Fuß entgegengestreckt.

An seine Antwort erinnerte sie sich noch wortwörtlich. »Eigenartig«, hatte er gemurmelt, kurz bevor er eingeschlafen war, »sechs Zehen haben wir Bernitts auch.«

Jetzt stürzten ihre Gedanken auf sie nieder wie ein Wasserfall. Die Bernitts hatten sechs Zehen. Die Steinachs hatten sechs Zehen. Daddy aber war kein Steinach, er war ein Court aus Cornwall. Die sechs Zehen mussten durch Konstantin in Mamas Familie gekommen sein. Und nicht ihr Vater, sondern ein Bernitt hatte Thuleleni vergewaltigt. Wie ein Fanfarenstoß hallte es in ihr nach. Conrad oder Leon mussten dabei gewesen sein. Martins Vater oder sein Bruder. Sie holte tief Luft, überprüfte noch einmal ihre Logik und fand keinen Fehler. »Ich hab's«, schrie sie dann, »ich hab's, Irma! Popi und Thandi sind nicht meine Halbgeschwister, Thuleleni hat ihre Kinder belogen. Einer der Bernitts war's. Oder Popi lügt, das ist mir egal. Das Endergebnis zählt. Sie haben keinen Anspruch auf die Farm.« Sie schrie ihren Triumph über ihr Land. »Ich muss Daddy erreichen.«

Irma hatte ihren Hut in den Nacken geschoben und starrte sie vollkommen verwirrt an. »Das erklär mir mal bitte.«

Jill stieg aus dem Pool und erklärte es ihr. »Die sechs Zehen kommen aus der Bernitt-Familie, sie müssen mit Catherines Kind von Konstantin in die Familie gekommen sein, das Kind, von dem sie in ihrem Brief schrieb. Daddy hat Thuleleni nicht vergewaltigt, Popi und Thandi sind nicht seine Kinder, Mama hätte nicht …«, sie stockte. »O mein Gott, Mama wäre noch am Leben, wenn … sie ist umsonst …« Sie versank wieder in einem Morast von schwarzen Gedanken. Ihre Haare trockneten in wirren Locken, die Sonne brannte ihr auf der Haut. Sie merkte es nicht.

»Warum hat Carlotta dann geglaubt, dass er Thuleleni vergewaltigt hat?« Irma schien mit sich selbst zu reden.

»Ich weiß es nicht«, flüsterte sie kläglich, »ich weiß es nicht. Ich muss ihn erreichen, er muss es mir jetzt sagen. Ich kann so nicht weiterleben. Und ich muss es Popi beweisen können.«

»Wie willst du ausfindig machen, wo er wohnt? Alles, was wir wissen, ist, dass er irgendwo an der Côte d'Azur lebt.«

»Nils«, flüsterte sie, »er kennt überall irgendjemanden, er hat schon einen Freund in Frankreich angerufen, ihn gebeten, nach der Nummer zu forschen. Bald wissen wir vielleicht mehr.«

Nils und Axel kehrten gegen ein Uhr zurück, und kurz darauf rief ein Mann auf Inqaba an, der nur Französisch sprach, von dem sie nur die Worte Nils Rogge verstand. Sie rannte los, um ihn zu holen.

»Ça va«, grüßte er seinen Freund, lauschte für ein paar Minuten, schrieb sich etwas auf einen Zettel. »Merci«, sagte er dann und reichte ihr den Zettel. »Er lebt im Hinterland von Juan Les Pins. Hier ist seine Nummer.«

Sie standen zu viert, die beiden Männer, Irma und sie, in ihrem Arbeitszimmer. Mit zitternden Händen wählte sie, musste es dreimal wiederholen, weil sie sich verwählt hatte. Dann kam sie durch. Sie zwirbelte die Schnur, biss sich auf die Lippen, zählte die Fliesen auf dem Boden, während das Telefon klingelte. »Daddy?«, fragte sie, als ein Mann sich mit »'allo« meldete.

»Kätzchen«, sagte dann die Stimme, die sie so lange vermisst hatte, und sie fing an zu weinen. Unterbewusst nahm sie wahr, dass Nils Irma und Axel aus der Tür schob und diese leise hinter sich schloss. Sie war allein mit ihrem Vater.

»Daddy … geht es dir gut?« Sie hörte das Echo ihrer eigenen Stimme in der Leitung.

»Nun ja«, antwortete er nach einer Pause, »ich bin gesund.«

Wie sollte sie es ihm bloß sagen? Daddy, alles in Ordnung, Popi und Thandi sind nicht deine Kinder? Mama hat das falsch verstanden? Oder anders: Daddy, du hast Thuleleni nicht vergewaltigt, warum ist Mama dann in das Flugzeug gestiegen, warum hast du mich verlassen? Sie lehnte mit geschlossenen Augen an der Wand, fand nicht die richtigen Worte.

»Was ist, Kätzchen? Brauchst du Hilfe?«

»Nein … doch … Daddy«, sie musste schlucken, »die Kunene-

Zwillinge … du bist nicht ihr Vater.« Nicht ihr Vater, nicht ihr Vater, rief das Echo in der transatlantischen Leitung. Es rauschte und knisterte, sie hörte ihn atmen. Die Sekunden tickten vorbei, wurden zu Minuten. »Ich weiß«, hörte sie schließlich, »ich weiß.« Ihr fiel fast der Hörer aus der Hand. Er hatte es laut und unmissverständlich gesagt. Ich weiß. »Die Zwillinge wollen als deine Kinder zwei Drittel der Farm«, stammelte sie, »je ein Drittel für sie, ein Drittel für mich.«

»Steht ihnen nicht zu, wirf sie raus.« Seine Stimme klang leblos, metallisch, wie eine Computerstimme.

Vollkommen durcheinander, war sie nicht im Stande, die übereinander purzelnden Erwiderungen, die ihr auf der Zunge lagen, zu formulieren. Warum bist du dann abgehauen, Daddy, welchen anderen Grund gab es für Mama, in das Flugzeug zu steigen, warum lässt du mich allein, warum hilfst du mir nicht? Das wollte sie eigentlich alles fragen, aber sie bekam nur ein Wort heraus. »Warum?« Ihr Echo kam zu ihr zurück, begleitet von seinem Schweigen. »Dad!«

»Betrogen ist betrogen.« Damit legte er auf.

Sie stand da, den Hörer in der Hand, sprachlos. Nach einer Weile legte sie ihn auf, langsam und sorgfältig, und setzte sich in ihren Sessel, stützte ihr Kinn in die Hand. Reglos saß sie da, starrte vor sich hin. Minutenlang. Dann nahm sie die Vase, die mit Hibiskusblüten gefüllt auf dem Tisch stand, von der sie sich erinnerte, dass sie über zweihundert Rand gekostet hatte, und warf sie mit einem Aufschrei an die Wand. Die Hibiskusblüten rutschten mit dem Wasserschwall daran hinunter und fielen auf den Boden. Sie sahen hübsch aus, Rosa und Gelb zu dem Honiggold der Fliesen. Sekunden später stürzten Irma, Nils und Axel herein. »Was ist passiert?«, schrie Irma. »Ist etwas mit Phillip?«

Sie drehte sich um zu ihr. »Ich weiß, hat er gesagt. Als ich ihm sagte, dass er nicht der Vater der Kunene-Zwillinge ist, war das seine einzige Antwort. Ich weiß. Kannst du das verstehen? Was fällt ihm eigentlich ein? Er kann doch nicht einfach verschwinden, mir nicht sagen, wohin, zulassen, dass ich mich vor lauter Sorgen verzehre …« Sie konnte kaum Luft holen, so sehr wurde sie von Zorn und Enttäuschung geschüttelt. »Er hat sich gedrückt und mich mit allem hier allein gelassen.«

Nils und Axel standen ihrem Ausbruch mit allen Anzeichen der Hilflosigkeit gegenüber. Nils tätschelte ihr unbeholfen den Rücken. »Schsch. Es gibt sicher für alles eine Erklärung, ich weiß zwar nicht, was los ist, aber dein Vater hat bestimmt gute Gründe.«

»Welche Gründe sollte ein Vater haben, sein einziges Kind so zu behandeln?« Sie lief in höchster Erregung im Zimmer umher, berührte hier etwas, veschob dort etwas, hob eine heruntergefallene Hibiskusblüte auf und zerpflückte sie, ohne es zu merken.

Irma zog sie fest an sich. »Könnten Sie uns bitte einen Moment allein lassen?«, bat sie die beiden Reporter und wartete, bis diese die Tür hinter sich geschlossen hatten, dann redete sie weiter. »Menschen in extremen Situationen handeln manchmal für andere unverständlich. Phillip muss mit der Schuld leben, dass etwas, was er getan hat, der Auslöser für den Tod deiner Mutter war. Du weißt nicht, was zwischen den beiden vor sich gegangen ist, was wirklich geschehen ist.«

Dann fiel Jill wieder ein, was sie in dem Moment, als sie es hörte, sofort von sich geschoben hatte. Sie machte sich los, sah Irma an. »Als ich ihn fragte, warum er verschwunden ist, obwohl er weiß, dass die Kunene-Zwillinge nicht seine Kinder sind, sagte er nur: ›Betrogen ist betrogen‹, und hat aufgelegt.« Sie zuckte bei ihren eigenen Worten zusammen. Mit einem Schlag wurde ihr klar, wusste sie jetzt, warum ihr Vater sie allein gelassen hatte. Sie starrte aus dem Fenster.

Irma sprach es aus. »Damit hat er es dir gesagt. Auch wenn es schwer fällt, sich das vorzustellen, aber er hat deine Mutter offenbar mit Thuleleni betrogen …«

Jill drehte sich um und verbarg ihr Gesicht in der Halsgrube ihrer Tante, hielt sich die Ohren zu. »Er hat dich nur verlassen, weil er genau wusste, dass du stark genug bist, alles allein zu packen. Schuld, der keine Sühne folgt, zerstört. Er wird sich bestimmt wieder bei dir melden, wenn er über alles nachgedacht hat. Hab so lange Geduld, mein Liebes. Vielleicht gibt es eine andere Erklärung.«

Sie nickte, erlaubte sich noch einen Moment in der schützenden Umarmung, ehe sie sich mit einem Kuss von ihrer Tante löste. Es tat so gut, von Irma gehalten zu werden, tat so gut, ihre sanfte, ruhige Stimme zu hören, die plausiblen Erklärungen, die ihren Zorn dämpften. »Ich glaube es trotzdem nicht. Es ist nicht seine Art.« Gemeinsam verließen sie das Zimmer. Es waren neue Gäste angekommen, die für den Bungalow gebucht waren, den die Kents frei gemacht hatten. Sie begrüßte sie, erledigte die Formalitäten und erklärte ihnen an Hand einer Karte, wo sie was in Inqaba finden würden. Es waren Touristen aus England. Angenehme, interessierte Leute in den Vierzigern. Sie vergaß ihre Gesichter, sobald sich die Tür des Bungalows hinter ihnen geschlossen hatte.

An der Tür ihres Schlafzimmers fand sie einen Zettel von Nils vor, dass er mit Axel noch einmal weggefahren war. Sie entfernte den Zettel, wollte eben eintreten, als sie ein Geräusch aus Thandis Zimmer vernahm. Sie erstarrte. War die Zulu zurückgekehrt? Sie zögerte, aber nur kurz, dann klopfte sie. »Ich bin's, Jill, mach auf.«

Die Tür öffnete sich langsam. Thandi stand vor ihr. Umwerfend schön, ohne Perücke, ihre eigenen Kraushaare in Form geschnitten, das Gesicht ohne Make-up. »Was willst du?« Der Ton war hochmütig, aber sie trat einen Schritt zurück.

»Reden.« Jill ging hinein. Was, wusste sie allerdings noch nicht. Die beiden Frauen sahen sich an. Die Luft knisterte. »Was ist passiert, Thandi? Was willst du? Du wirst doch niemals hier leben, sieh dich doch nur an.« Jill drehte sie so, dass sie in den großen Spiegel, der an der Wand hing, blicken musste.

Thandi lächelte ihrem Spiegelbild zu. Leinenschuhe, Khakishorts, weiße Bluse, aufgekrempelte Ärmel, Goldkette um den Hals. In Modelpose stützte sie eine Hand in die Hüfte, stellte einen Fuß vor den anderen. »Ich brauche das Geld«, sagte sie zu Jill im Spiegel, »ich werde alt – für ein Model«, setzte sie hinzu, als Jill laut loslachte, »ich hab gut gelebt, das Geld so schnell ausgeben, wie ich es verdiente, habe geglaubt, dass das ewig so geht, bis ich einen Unfall hatte. Einen kleinen, nichts Schlimmes, aber in den Tagen, die ich im Krankenhaus zubringen musste, bin ich zu Sinnen gekommen. Ich hab mein Medizinstudium wieder aufgenommen und beendet. Jetzt bin ich Kinderärztin. Ich brauche das Geld, um eine kleine Klinik in Zululand zu finanzieren. Und dann wird Yasmin Kun aufhören zu existieren. Dann gibt es nur noch Dr. Thandile Kunene. Und lass dich nicht von meinem Äußeren täuschen, Jill, ich bin stark und kann arbeiten, und ich kann mich durchsetzen. Wenn du denkst, der Dschungel hier ist gefährlich, hast du den von der internationalen Modelszene noch nicht kennen gelernt.« Thandi bog ihre Finger zu Krallen, zeigte ihre langen roten Nägel. »Glaub mir, ich kann auf mich aufpassen.« Sie lächelte ein kaltes, hartes Lächeln.

Jill glaubte ihr aufs Wort, starrte sie entgeistert an, zu krass war die Wandlung von dem lasziven Jetset-Model zu der klar und knapp redenden Ärztin, in deren Sprache nicht eine Spur des aufgesetzten amerikanischen Akzents mehr zu hören war. Bevor sie sich fassen konnte, redete Thandi weiter. »Ihr Steinachs habt lange genug von uns gelebt, von unserem Land, wie Parasiten habt ihr es ausgesaugt, wir wollen nur das zurück, was uns gehört …«

»Weil ihr behauptet, die Nachkommen von Mpandes zweitem Sohn zu sein, oder weil ihr mir weismachen wollt, dass wir denselben Vater haben?« Jills ganze Angst bündelte sich jetzt in Wut. Das Blut stieg ihr ins Gesicht, ihre Wangen glühten.

»Du hast die Narben gesehen. Wir haben es erst erfahren, als wir einen Brief fanden, den uns Thuleleni, unsere Mutter, hinterlassen hat. Darin teilte sie uns das mit. Sie ist letztes Jahr gestorben.«

Sollte sie Thandile jetzt die Wahrheit um die Ohren hauen? Oder lieber in der Hinterhand halten, um sie vor größerem Publikum wirksamer einzusetzen? Vielleicht kannten die Zwillinge die Wahrheit nicht, dann war das Überraschungsmoment umso größer. Sie entschied sich schnell für das Letzere. »Dann sieh dich vor, Thandi, Tochter von Thuleleni«, fauchte sie, die Augen zu Schlitzen geschlossen, »denn ich kann auch kämpfen. Ihr kriegt keinen Quadratzentimeter von Inqaba!« Sie öffnete die Tür, widerstand dem Impuls, sie zu knallen, sondern schloss sie sanft.

Verstört stand sie einen Moment da, musste mit der Regung fertig werden, dass sie, bei aller Wut auf Thandi, ihr die Anerkennung nicht verweigern konnte. Kinderärztin. Südafrika brauchte Ärzte so nötig, dass es sogar eine Anzahl aus Kuba importiert hatte, und Kinderärzte brauchte das Land besonders. Nachdenklich ging sie in ihr Zimmer, saß dort lange, ohne etwas zu tun, dachte über alles nach. Ihr Vater konnte nicht der Vater der Zwillinge sein, das stand fest. Conrad von Bernitt war tot, Leon konnte sie unmöglich fragen. Es blieb nur ihr Vater. Der Zettel mit seiner Telefonnummer klebte noch auf dem Telefon. Einem Impuls gehorchend wählte sie und wartete, als sie das Freizeichen hörte. Sie ließ es klingeln, bis sie automatisch aus der Leitung geworfen wurde. Enttäuscht legte sie wieder auf. Vermutlich saß ihr Vater irgendwo in einem Bistro und trank seinen täglichen Espresso, vielleicht plauderte er mit Freunden oder spazierte auf der Promenade von Juan Les Pins, schäkerte mit einer Freundin. Es machte sie wütend und frustriert, daran zu denken. Sie räumte ihren Schreibtisch auf und ging auf die Terrasse, um die Gäste zum Nachmittagstee zu begrüßen.

Nach einer halben Stunde hatte sie diese Pflicht hinter sich, merkte erfreut, dass sie eine gewisse Routine bekam. Nils und Axel waren noch nicht zurückgekehrt, so ging sie in die Küche, nahm sich einen Sandwich und machte sich auf den Weg zu Irma, um ihr von der Begegnung mit Thandi zu erzählen. In diesem Moment steuerte Nils den Geländewagen auf den Hof. Jill ging den Männern entgegen. »Hi«, lächelte sie und hob ihr Gesicht, um sich von Nils küssen zu lassen. Er roch nach Bier. »In welcher Kneipe habt ihr denn euren Tag verbracht?« Sie kicherte über ihre eigene Frage.

»Wir haben gearbeitet«, protestierte Axel, »wir haben mit Ben Dlamini geredet und mussten Bier trinken, um ihn nicht zu beleidigen. Solche Bottiche voll.« Er formte mit den Händen ein bauchiges Gefäß von immensen Ausmaßen und grinste.

»Ach ja, ihr Armen. Habt ihr gutes Material über das Leben im Dorf bekommen? Schöne Bilder, die Inqaba anpreisen? Die mir viele Gäste mit viel Geld einbringen? Das ist eure Pflicht, das wisst ihr doch, nicht wahr?« Sie kicherte wieder.

»Was?«, Nils schien abgelenkt. »Ja, oh ja, sehr gut, danke. Ist etwas teuer geworden, aber gut. Wir werden das Material gleich noch sichten. Das wird allerdings einige Zeit dauern. Wollen wir nachher zusammen essen gehen? Zu deiner Freundin Angelica vielleicht? Ich komme rüber, wenn wir fertig sind. Axel«, er lächelte anzüglich, »hat andere Pläne.«

Sie wollte. Sehr gern.

Es wurde ein ausgelassener Abend, und als sie sich später in seinem Schlafzimmer gegenüberstanden, seine Hände sie berührten, war sie glücklicher, als sie seit langem gewesen war.

*

Als sie am nächsten Morgen aufwachte, platzte sie fast vor Glück und Tatkraft. Nils lag auf dem Bauch neben ihr, das Gesicht im Kissen vergraben, und schlief fest. Sie knabberte vorsichtig an seinem Ohr, rief sich zur Ordnung, als ihr Mund einfach weiterwanderte, schlug behutsam das Laken zurück und stand auf. Sie hatte sich entschlossen. Gleich nach dem Frühstück würde sie zu dem Diamantenhändler fahren, ihm den Diamanten aus Martins Verlobungsring verkaufen und ihn bitten, einen Zirkon einzusetzen. Es machte keinen Unterschied. Für sie nicht, und nur das zählte.

Sie schrieb Nils einen Zettel, legte ihn auf den Nachttisch, widerstand dem Impuls, ihn zu küssen, schloss die Tür so leise sie konnte hinter sich und ging hinüber in ihr eigenes Zimmer. Eine Dreiviertelstunde später befand sie sich in Irmas rotem Auto auf dem Weg nach Durban. Es war erst Viertel nach sieben.

Der Diamantenhändler führte ein bekanntes Juweliergeschäft mitten in der Stadt. Sie musste klingeln, und erst nach einer Gesichtskontrolle wurde sie eingelassen. So wurde das dieser Tage in ähnlichen Geschäften überall gehandhabt. Der bullige Türsteher zeigte ihr den Weg nach oben in das Büro des Juweliers. Als sie eintrat, dachte sie im ersten Moment, sie wäre allein, bis sie ein uralten, schwarz gekleideten kleinen Mann in einem Rollstuhl entdeckte. »Kommen Sie herein, Jill«, sagte er mit dünner Stimme, »entschuldigen Sie, wenn ich nicht aufstehe.« Er lächelte sie aus strahlend blauen Augen an, die tief in ihren Höhlen lagen, aber die Klarheit und das Feuer eines jungen Mannes hatten.

Sie zeigte ihm den Ring, wartete angespannt, während er ihn mit der Lupe äußerst genau betrachtete. Die Haut seiner Hände war sehr weiß, mit Altersflecken übersät, die Finger waren lang, von Arthritis gekrümmt. Auf dem Hinterkopf trug er ein schwarzes Käppchen. Während sie ihm zusah, überfiel sie aus heiterem Himmel die Angst, dass der Diamant nicht echt sein könnte, dass Martin das Geld für etwas anderes verwandt oder den Diamanten irgendwann ausgetauscht hatte. Bei gewissen Tätigkeiten, zum Beispiel wenn sie den Garten umgrub, trug sie den Ring nicht, er hätte ihn nehmen können. Ihr Herz machte einen Sprung, klopfte hart, ihr Atem ging unregelmäßig. »Ich hab deine Vollmacht mitgenommen«, hatte er gesagt. Hatte er nicht nur die, sondern auch den Ring genommen? Der Stein glitzerte in der Hand des alten Juweliers. War das Glitzern echt? Die Zeit dehnte sich, die Straßengeräusche, die durch das offene Fenster drangen, wichen zurück, ein Dröhnen baute sich in ihren Ohren auf, Lichtflecken erschienen vor ihren Augen.

Aber dann nickte der alte Mann, und sie musste sich vor Erleichterung hinsetzen. Schnell wurden sie sich handelseinig, auch was den Zirkon betraf. »Das mache ich Ihnen umsonst. Grüßen Sie die schöne, anbetungswürdige Tita von mir«, lächelte er schelmisch und sah ganz und gar nicht mehr alt aus. In ihrem Beisein wies der Juwelier telefonisch seine Bank an, den vereinbarten Betrag auf ihr Konto zu überweisen.

Als sie draußen auf der Straße stand, wusste sie, dass sie und Inqaba finanziell überleben würden, konnte sich kaum beherrschen. Sie lief die Straße hinunter, wirbelte durch die vom Verkehr widerhallenden Häuserschluchten wie ein Papierfetzen im Wind, über die Promenade am Ende der Weststreet, hinunter auf den Strand. Dann war es mit ihrer Beherrschung vorbei. Sie schrie, lachte, tanzte, bis sie kaum noch Luft bekam. »Ist das Leben nicht toll?«, rief sie ein paar jungen Schwarzen zu, die grinsten und winkten und sie vermutlich für völlig übergeschnappt hielten.

Sie sang den ganzen Rückweg, war vollkommen heiser, als sie auf Inqaba ankam. Wäre ihr bei ihrer Ankunft Leon begegnet oder Popi, sie hätte sie mit ihrer schieren Lebenskraft hinweggefegt. Aber niemand wartete auf sie. Bevor sie ins Haus ging, suchte sie Nelly, konnte sie nicht finden, erwischte aber Bongi. »Wo ist Nelly?«, fragte sie .

»Heute nicht da.« Bongi sah auf ihre Füße.

»Ist sie krank?«

Ein stummes Kopfschütteln. Mit dem Zeh malte Bongi Kreise in den Sand, schubste eine Ameise zurück, die versuchte, über die Linien zu krabbeln. Jill erlöste sie von dem offensichtlichen Dilemma, ihr die Wahrheit sagen zu müssen, aber Nelly gegenüber nicht unloyal zu sein. »Es ist gut, Bongi. Sonst alles in Ordnung?«

»Ja, Ma'm, alles in Ordnung.« Bongi zeigte ihre prächtigen, schneeweißen Zähne in einem erleichterten Lächeln und stob davon.

Jill beschloss, Nelly zur Rede zu stellen. Noch war sie hier angestellt, noch hatte sie regelmäßig zu erscheinen. Mit einem Unmutslaut trat sie einen Kiesel über den Hof. Sie würde der alten Zulu schon beibringen, dass man ihr nicht einfach so auf der Nase herumtanzen konnte. Dann ging sie in ihr Arbeitszimmer, zog einen Stapel Rechnungen aus der Schreibtischschublade und schrieb die Überweisungen aus. Selten hatte ihr etwas so tiefe Befriedigung beschert. Als sie ihre letzte Unterschrift geleistet hatte, war der Stapel auf Normalgröße geschrumpft. Sie blätterte die Rechnungen noch einmal durch. Keine Mahnung mehr dazwischen. Aufseufzend legte sie alles zurück in die Schublade und schob diese zu. Dann rief sie ihren Friseur an und machte einen Termin. Das Telefon noch in der Hand haltend, überlegte sie, ob sie ihren Vater anrufen sollte, ihm sagen, dass Martin es am Ende doch geschafft hatte. Sein Ring würde Inqaba helfen zu überleben. Was würde er antworten? Was wollte sie, dass er antwortete? Zu ihrem Erstaunen stellte sie fest, dass es ihr im Grunde genommen gleich war, was er dachte. Sie brauchte ihn nicht mehr. Ich bin erwachsen geworden, dachte sie und lächelte dabei. Dann stand sie auf, sah auf die Uhr. Zwei schon durch, Gelegenheit, sich um die Gäste zu kümmern, die um diese Zeit meist von dem ersten Rundgang zurückkehrten. Die Mittagshitze im Busch, wenn die Sonne im Zenit stand und alle Feuchtigkeit aufsog, die Zunge spröde im Mund klebte und kein trockener Faden am Leib blieb, war selbst für sie schwer erträglich. Dann zogen sich auch die Tiere zurück in die Tiefe des Buschs, in die feuchten Schatten der Flussläufe, verschliefen diesen Teil des Tages. Außerdem hatte es längere Zeit nicht richtig geregnet, hatte nur kurze, wenn auch heftige Duschen hier und da gegeben, was die Hitze doppelt unerträglich machte.

Schnelle Schritte erklangen auf dem Gang. Jemand rannte. Dann hämmerte es gegen ihre Tür, und bevor sie sie öffnen konnte, hatte Bongi sie schon aufgestoßen. »Ma'm«, japste sie, »Ma'm, der Boss ist da.« Schwer atmend stand sie vor ihr.

Sie war verwirrt. »Was meinst du mit ›der Boss ist da‹? Boss von wem?«

In diesem Moment erschien eine hochgewachsene Gestalt hinter Bongi, und auf einmal konnte sie kein Glied mehr rühren. Sie konnte nur noch starren.

»Hallo, Kätzchen«, sagte ihr Vater lächelnd und stellte seinen Koffer ab. Die Worte zitterten zwischen ihnen, kein anderes Geräusch war zu hören.

»Dad«, wisperte sie heiser und verstummte, unfähig zu begreifen, wieso er jetzt plötzlich vor ihr stand. »Wie kommst du so schnell hierher?«, fragte sie schließlich mit dünner Stimme.

»Glück und Beziehungen«, antwortete er und ließ seinen Blick über ihre Gestalt wandern. »Du bist dünner geworden … und anders.« Seine Arme, die erst halb ausgestreckt waren, sanken zurück an seine Seiten.

Sie musste sich räuspern, ehe sie antworten konnte. »Es sind zwei Jahre gewesen, Dad, harte Jahre – ich war allein.« Aus den Augenwinkeln sah sie, dass sich Bongi auf Zehenspitzen verdrückte.

Mit ein paar Schritten war er am Fenster, schaute hinaus. »Hat sich viel verändert hier«, er drehte sich zu ihr, »sieht gut aus.« Dann starrte er auf seine Schuhspitzen. Lange sagte keiner von ihnen etwas. »Tut mir Leid mit Martin.« Er sah sie immer noch nicht an. Dann hob er den Kopf, seine hellen Augen waren rot gerändert, vielleicht von Tränen. »Es tut mir Leid, Jill«, sagte er endlich in einem nüchternen Ton.

Er meinte nicht nur Martin, das hatte sie genau verstanden. Sie machte zwei Schritte auf ihn zu, er streckte die Arme aus und zog sie an sich. »Dein Fell ist gesträubt wie das einer wütenden kleinen Katze«, murmelte er, während er ihr leicht über die Haare strich.

Lange Zeit standen sie am Fenster, und allmählich verlor sie ihre Steifheit. Sie beschloss, noch nicht über Mama zu sprechen, nicht über das, was Popi und Thandi behaupteten. Nicht jetzt. Für wenige kurze Stunden wollte sie so tun, als wäre alles noch in Ordnung, sonst würde jedes Wort, das sie mit ihm wechselte, einen Bezug zu Mama und Thuleleni haben und zu dem, was er getan, zu dem, was die Katastrophe ausgelöst hatte. Es war ihr völlig klar, dass sie unsinnig handelte. Doch das brauchte sie. Sie brauchte es, um die Kraft zu haben, den Schmerz zu ertragen, den er ihr zufügen würde, wenn sie ihm die Frage stellte: Warum ist Mama in das Flugzeug gestiegen, warum?

Aber jetzt war jetzt. »Komm, ich zeig dir, was sich alles verändert hat«, rief sie, konnte den Stolz in ihrer Stimme nicht unterdrücken. Sie führte ihn überall herum, zeigte ihm alles, die Bungalows, den kleinen Laden, das umgebaute Haupthaus, badete in seinem Lob, war glücklich. So glücklich. Nur die Krusens saßen auf der Terrasse im Schatten eines großen Sonnenschirms, tranken Sekt mit Orangensaft und betrachteten ihre Filmausbeute auf dem Monitor ihres Camcorders. Ihr Vater zeigte sich von seiner charmantesten Seite, flirtete mit Iris Krusen, bis diese leuchtende Augen bekam.

Es war Jill, die den Feuerschein zuerst bemerkte. »Mein Gott, Dad, was ist das?« Sie beschattete ihre Augen mit beiden Händen. Ihre Sonnenbrille lag im Büro. »Ich kann es nicht erkennen. Ist es ein Buschfeuer? Kannst du es sehen? Wo ist es?«

Er fuhr herum, lief zum Geländer. Auch er schirmte sich mit den Händen gegen die Sonne ab. »Ist die Ananaslagerhalle noch am selben Platz? Ja? Dann brennt die, komm«, rief er und lief zum Auto. Im Vorbeirennen nahm sie ihr Handy vom Tisch in der Eingangshalle und folgte ihm. Er setzte sich wie selbstverständlich ans Steuer des Geländewagens, sie rutschte auf den Beifahrersitz, öffnete mit der Fernbedienung das Tor, und sie rasten los.

Die Halle, eigentlich nichts weiter als ein flachgiebeliges Dach auf hohen Stützen, an allen Seiten offen, brannte lichterloh. Der schwarze Rauch roch süßlich nach verbranntem Ananaszucker, große Ascheflocken flogen herum. Die Ananaspflückerinnen rannten schreiend durcheinander, Ben Dlamini, sein offenes Hemd im Feuerwind flatternd, versuchte in Windeseile seinen Anhänger mit Früchten zu füllen, um einen Teil der Tagesernte für Inqaba zu retten. Nahm sie jedenfalls an. Die Möglichkeit, dass er die Ananas für sich selbst rettete, war genauso groß.

»Ben«, brüllte Phillip Court, und dem großen Zulu fielen die Ananas aus der Hand, die er gerade mit Schwung auf den Anhänger befördern wollte. »Lass das, es ist zu gefährlich, schieb den Anhänger weg, hörst du!«

Ben gehorchte, ohne zu mucken, auf der Stelle. Er packte die Achse des Wagens und zog. Phillip Court sprang hinzu, befahl den Pflückerinnen, die ihn mit offenem Mund anstarrten, auch zu helfen, griff selbst zu. Und alle taten, was er befahl. Gemeinsam hievten sie den Anhänger aus der Gefahrenzone. Jill stand daneben, für sie blieb nichts zu tun, nichts zu helfen, nichts zu sagen. Es störte sie sehr.

Ben schwitzte stark, war noch schwärzer als sonst durch den Ruß, der sein Gesicht verschmierte. Heftig nach Atem ringend, hielt er sich an dem Anhänger fest. »Sakubona, Boss«, keuchte er, hob eine Hand. Mehr bekam er nicht heraus.

»Eh, Sakubona, Ben.« Phillip reichte ihm die Hand, die sein ehemaliger Vorarbeiter im Dreiergriff packte. Die beiden Männer grinsten sich an. Jill hätte ebenso gut unsichtbar sein können. »Lasst die Halle abbrennen«, befahl er dann, »Ben, spring ins Auto, ich nehm dich mit zum Haus.«

Ben tat, wie ihm geheißen, doch zu ihrer Freude bemerkte sie den verlegen fragenden Blick, mit dem er sie streifte. Sie nickte. Es war jetzt nicht die Zeit für einen öffentlichen Streit mit ihrem Vater. Phillip Court wendete den Geländewagen und fuhr zurück. Ein paar Minuten später stiegen sie auf dem Hof aus.

»Wo zum Teufel kommst du denn her, Phillip?«, rief Irma und lief mit wehenden weißen Haaren auf sie zu. »Ich hab von Bongi gehört, dass du vom Himmel herabgefallen bist, dachte, sie hat Dagga geraucht oder so etwas.« Sie streckte den Hals vor und starrte ihn an, als glaubte sie noch immer, eine Erscheinung vor sich zu haben. »Wie seht ihr überhaupt aus, was ist passiert?« Schnell erzählte Jill es ihr.

»Jemand war dort«, sagte Ben, wischte sich dabei sein Gesicht mit einem angekokelten Hemdzipfel ab, »die Frauen haben Männer gesehen. Sie sind weggerannt.«

Phillip drehte sich zu Jill um. »Wer kann das gemacht haben? Hast du mit jemandem Streit?« Sein Ton gab ihr die Schuld.

Ärger kroch in ihr hoch. Sie vermutete, dass Popi die Halle aus Wut über ihre Reaktion auf seine Forderungen als ihr Halbbruder angesteckt hatte. Bevor sie antworten konnte, fuhr jedoch Irma dazwischen.

»Phillip, mein Lieber, ich würde den Mund nicht so weit aufreißen. Jill hat genug durchgemacht. Du hast sie mit allem allein gelassen, und lass dir das sagen, sie macht ihre Sache gut.« Eis klirrte in ihrer Stimme, ihre Augen blitzten. Es war unschwer zu erkennen, dass sie sehr wütend war. »Es ist Zeit, dass du redest.«

Ihr Vater versteifte sich. »Ich komme später ins Dorf«, sagte er dann zu Ben und ging mit Jill und Irma ins Haus. »Ich muss mich erst waschen, ich komme gleich.« Damit verschwand er in der Gästetoilette. Jill ergriff die Gelegenheit, aus ihren nach Rauch stinkenden Sachen zu schlüpfen. Sie wusch ihre Hände, kühlte Nacken und Gesicht mit Eiswürfeln. Ganz hatte sie noch nicht begriffen, dass ihr Vater hier war, und auch nicht, warum.

Sie fand ihn in seinem ehemaligen Arbeitszimmer, das jetzt ihres war. Irma saß im Sessel neben dem Gewehrschrank. Beklommen blieb Jill in der Tür stehen, spürte Angst vor dem, was sie zu hören bekommen würde. Sie suchte nach Worten, fand keine. »Warum, Dad?«, war alles, was sie zum wiederholten Mal herausbrachte.

Irma blickte ihn kühl an. »Was sie meint, Phillip, ist, warum ist Carlotta in das Flugzeug gestiegen und warum behaupten die Kunene-Zwillinge, dass du ihr Vater bist. Also rede jetzt endlich.«

Jill zitterten plötzlich die Knie, und sie sank in ihren Schreibtischstuhl. Sie hatte dieses absurde Verlangen, wegzulaufen, sich die Ohren zuzuhalten, sich zu verkriechen. Nicht zu hören.

Nach langem Zögern nickte er. »Gut, ihr habt ein Recht darauf.«

Konzentriert beobachtete sie einen dunkelbraun glänzenden Shongololo, einen Tausendfüßler, der über das Fensterbrett durchs offene Fenster marschierte. Das Rascheln seiner unzähligen Füßchen rauschte in ihren Ohren lauter als der kräftige Wind in den Baumkronen vorm Haus.

»Es war 1969 in einer heißen Januarnacht. Wir waren zu viert, Leon von Bernitt und zwei andere, die ihr nicht kennt. Leon vertrat zum ersten Mal seinen Vater, der krank war …« Er sah keine der beiden Frauen an, starrte ins Nichts.

Also Leon. Immer wieder Leon. Jill lehnte sich in ihrem Stuhl zurück, schloss die Augen, wollte allein mit sich sein, wenn sie das erfuhr, was ihr Leben zerstört hatte.

Ihr Vater fuhr fort. »Wir kamen von einem Treffen der Farmervereinigung in einer Kneipe. Wir hatten alle reichlich getankt …«

»Heißt übersetzt, dass ihr völlig betrunken wart?«, warf Irma ein.

»Ja, völlig besoffen.« Er machte eine Pause, diesmal blickte er Jill an. »Erinnerst du dich an den Abend, dem letzten, an dem wir alle zusammen aßen? Eine schwarze Frau kam, um mich zu sprechen. Sie hieß Thuleleni. Diese Thuleleni arbeitete damals in der Küche dieses Hotels, in dem wir getagt hatten. Als wir im Kleinlaster der Bernitts heimfahren wollten, war sie zufällig auch auf dem Nachhauseweg. Leon lud sie ein, ein Stück mitzukommen, und sie willigte ein.« Seine Stimme wurde leiser. »Sie war sehr schön damals, sehr jung, und kokett …« Er verstummte, gab sich dann aber einen Ruck. »Ich weiß bis heute nicht genau, was passiert ist. Einer der anderen fasste sie an, sie kicherte und lachte und flirtete mit uns. Leon fuhr an die Straßenseite. Weit und breit war kein Mensch zu sehen. Wir nahmen sie mit nach hinten, auf die Ladefläche, im Wagen war eine Decke …«

Es war totenstill im Zimmer, der Shongololo war verschwunden. Jill hielt die Luft an, merkte es nicht einmal.

Ihr Vater sah sie an. »Ich schwöre dir, ich weiß nicht, was dann passiert ist, ich war so betrunken, dass ich einen totalen Filmriss hatte. Aber vier Monate später tauchte Thuleleni bei uns auf und behauptete, von mir vergewaltigt worden zu sein und jetzt ein Kind von mir zu bekommen. Sie verlangte Geld, behauptete, es alles aufgeschrieben und den Brief einem schwarzen Anwalt gegeben zu haben. Eines Tages erschien sie mit den Zwillingen. Sie hatten diese merkwürdige Augenfarbe, mal graublau, mal graugrün. Leon Bernitt hat graue Augen, soweit ich mich erinnere, ich habe auch graue, aber mit Blau drin, die anderen hatten braune. Ich war mir sicher, der Vater zu sein. Außerdem drohte sie, es Carlotta zu sagen. Ich gab ihr Geld. Immer wieder. Über die Jahre wurde daraus eine große Summe. Dafür ließ sie mich in Frieden.« Noch immer hielt er ihren Blick fest, es wurde ihr schon fast zu viel. »An diesem Abend vor zwei Jahren nun erschien sie plötzlich, um mir zu sagen, dass sie todkrank wäre und bald sterben müsste.«

Jill erinnerte sich an die fiebrigen Augen der Zulu. »Was hatte sie?«

Phillip Court sah sie nicht an. »Sie hatte Aids. Keine Angst«, sagte er, hob die Hand, als Jill vor Schreck nach Luft schnappte, »sie hat sich erst Ende der achtziger Jahre angesteckt. Nun wusste sie, dass ihr nicht mehr viel Zeit blieb, und wollte die Zukunft ihrer Kinder sichern. Sie erzählte mir das mit den sechs Zehen, um mir endgültig zu beweisen, dass ich der Vater bin. Woher sie wusste, dass dieser Defekt in unserer Familie vorkam, weiß ich nicht. Aber sie konnte nicht wissen, dass die sechs Zehen von der Steinach-Seite kamen. Ich wusste also, dass ich nicht der Vater sein konnte, und ich wusste, dass sowohl Conrad als auch Leon mit diesem Makel geboren worden waren. Wie das zusammenhängt, weiß ich bis heute nicht. Es war und ist mir auch egal. Es machte keinen Unterschied. Ich fühlte mich entsetzlich schuldig.«

»Und Mama?«, flüsterte sie nach einer Weile. »Hat sie davon erfahren, ist es deswegen, dass sie …?«

Er nickte. »Ja. Sie hat Thuleleni im Dorf aufgesucht und sie gefragt, was sie von mir wollte. Es war ihr eigenartig vorgekommen.« Er seufzte tief. »Wir hatten einen entsetzlichen Streit. Ich wusste nicht, was ich ihr sagen sollte. Sie packte sofort ihre Sachen, sie wollte zu dir, Irma. Sie war fast irrsinnig vor Wut und Enttäuschung. Und dann ist sie in das Flugzeug gestiegen.«

So war es also gewesen. Jill hielt ihre Augen geschlossen. Sie brauchte ein paar Sekunden, um das zu verdauen, um die Bilder, die jetzt auf sie einstürmten, zu verdrängen.

»Ich hätte es wieder hinbiegen können, da bin ich mir sicher«, flüsterte er, »aber dann ist das Flugzeug … einfach so …«

»Nicht einfach so, Daddy.« Sie öffnete die Augen und sagte ihm, was sie über Len Pienaar und Leon von Bernitt erfahren hatte. »Die Bombe galt einem schwarzen Parlamentsmitglied, das sich für die Landumverteilung einsetzte. Das genügte, um in die Schusslinie von Pienaar und Leon zu kommen. Ich habe es gerade erst erfahren. Beide sitzen seit zwei Tagen in Durban im Gefängnis.« Wie sie es erfahren hatte, würde sie ihm später erzählen.

»Das ist gut so«, flüsterte er rau, »das rettet ihnen das Leben, denn das würde ich ihnen sonst nehmen. Wann wird ihnen der Prozess gemacht?«

Da Jill davon keine Ahnung hatte, beschloss sie, Neil Robertson anzurufen, um zu hören, ob er etwas erfahren hatte. Sie erreichte ihn in der Redaktion. »Sie haben beide einen Antrag gestellt, vor der Wahrheitskommission aussagen zu dürfen, offenbar schon vor längerer Zeit. Es scheint, dass dieser Antrag gewährt wird.«

»Du meinst, die können sich hinstellen, ein paar Krokodilstränen vergießen und sagen, dass es ihnen Leid tut, und dann marschieren sie als freie Männer aus dem Gerichtssaal?«, schrie sie empört.

»So in etwa.« Neils Ton war anzuhören, dass er ihre Ansicht teilte.

Irma und ihr Vater wechselten einen Blick, als sie das berichtete. »Ich weiß nicht, ob ich das ertragen könnte«, sagte er.

*

Sie saßen noch lange zusammen. Jill berichtete, was in den letzten Tagen vorgefallen war. Irgendwann ging sie in die Küche, entdeckte zu ihrer Genugtuung, dass Nelly wieder am Tisch stand und ihren Teig knetete, als wäre nichts gewesen, machte einen Salat, legte frische Brötchen dazu und wies Bongi an, etwas später Kaffee und Kuchen in ihr Arbeitszimmer zu bringen.

Dann redeten sie weiter.

»Ich werde ins Dorf gehen und ein Wörtchen mit den Herrschaften reden«, verkündet Phillip.

»Wie lange hast du vor, hier zu bleiben?« Irma fragte das.

»Ich weiß noch nicht«, antwortete er zögernd, »eine Zeit lang.«

»Und dann ist Jilly mit allem wieder allein, oder?« Sie wartete gar nicht auf seine Antwort. »Jill hat hier dieser Tage zu entscheiden, Phillip, sie ist der Boss, nicht du. Besser, wenn du dich möglichst gleich daran gewöhnst.«

»Das ist richtig, Dad«, sagte Jill, »du hast mir vor zwei Jahren die Führung von Inqaba übertragen. Ich habe hier das Sagen, und so wird es bleiben.«

Er hatte seine Hände in den Hosentaschen versenkt, wippte auf den Fußballen. Starrte sie unter gesträubten Brauen an. »Soso, aus dem Kätzchen ist eine Katze mit Krallen geworden.«

Sie wartete.

»Das beruhigt mich ungemein, ich hatte schon geglaubt, ich müsste hier bleiben, um dir zu helfen.« Nun lächelte er. »Ich will nämlich wieder zurück nach Juan Les Pins. Mir geht es gut dort.«

Sie stand auf. »Du willst dich sicher umziehen und ein bisschen ausruhen nach diesem anstrengenden Tag. Ich zeig dir dein Zimmer.« Sie nahm einen Schlüssel aus der Schreibtischschublade. »Hast du noch mehr Gepäck?«

Er schüttelte den Kopf, nahm seinen Koffer und folgte ihr. Sein Schritt war schleppend, die Haltung nicht mehr so straff. Die vergangenen Stunden mussten ihn ziemlich geschlaucht haben. In dem Zimmer, das ebenfalls im Haupthaus lag, öffnete sie Gardinen und Fenster. Ein leichter Wind blähte den weißen Baumwollstoff auf, trug den Duft der Amatunguluhecke herein. Ihr Vater lehnte am Fenster, atmete tief ein. »Ich hatte vergessen, wie schön Inqaba ist«, murmelte er, fuhr sich dann über die Augen. »Ich leg mich für ein paar Stunden hin, ich bin furchtbar müde. Wann wirst du zu Abend essen?«

»Ist dir acht Uhr recht? Dann hast du gut drei Stunden Zeit.« Damit schloss sie die Tür hinter sich.

Nils, der sie offenbar schon einige Zeit gesucht hatte, fand sie im Laden, wo sie die Tageseinnahmen zählte. »Hallo, Liebling.« Sie lächelte zu ihm hinauf, schloss die Augen und ließ sich küssen. Mit einem Fuß schob sie die Tür des Ladens zu. »Jetzt sind wir ungestört«, flüsterte sie.

»Wohin gehen wir nachher essen?«, fragte er später.

»Wir essen hier. Ich habe einen sehr speziellen Gast, den ich dir vorstellen möchte … meinen Vater. Er ist heute vollkommen überraschend aus Frankreich gekommen.«

»Oh!« Er strich ihr übers Gesicht. »Und, gab es Stress?«

»Nein, nein, nicht wirklich. Wir haben lange geredet, er hat Irma und mir alles gesagt.« Sie machte sich los, beschäftigte sich mit den Geldscheinen in der Kasse. »Ich weiß jetzt, warum meine Mutter in das Flugzeug gestiegen ist. Aber ich kann nicht darüber sprechen. Ein anderes Mal vielleicht. Es ist sehr privat. Aber ich muss dir ein paar andere Sachen erzählen. Stell dir vor, was ich von Neil Robertson gehört habe. Das könnte dich auch als Journalist interessieren.« Sie berichtete ihm die Sache mit Len Pienaar, Leon und der Wahrheitskommission. Sofort zog er sein Notizbuch hervor und schrieb mit, was sie sagte. »Ich werde Neil gleich anrufen. Das ist wirklich interessant. Vielleicht bekommen wir eine Drehgenehmigung. Gab's sonst noch etwas? Es stinkt in der ganzen Gegend nach verkohltem Zucker. Hat etwas gebrannt?«

»Allerdings.« Sie brachte ihn auf den neuesten Stand der Dinge. »Ich glaube, dass es Popi und seine Leute waren und dass es nicht der einzige Vorfall bleiben wird. Ich werde mir eine Strategie überlegen müssen, wie ich ihn aufhalten kann.«

# 16

Eineinhalb Tage lang passierte nichts. Jill verbrachte diese Zeit fast ausschließlich mit ihrem Vater, mühte sich, die brüchige Verbindung zu ihm wieder zu stärken. Bei dem gemeinsamen Abendessen vorgestern hatte er Nils Rogge und Axel Hopper mit amüsanten Anekdoten unterhalten, war charmant gewesen, aufgeschlossen, hatte sie über ihre Arbeit ausgefragt, und Jill erkannte hinter dieser aufgesetzten Maske, dass ihm Nils außerordentlich gut gefiel. Erleichtert war sie an dem Abend ins Bett gesunken. Allein. Ihr tatsächliches Verhältnis zu Nils wollte sie vorerst für sich behalten. Alles brauchte ihr Vater noch nicht zu wissen.

Gestern war ihr Vater frühmorgens mit Philani und zwei Gästen zu dem großen Rundgang aufgebrochen und erst am späten Nachmittag zurückgekehrt. Er schien völlig erledigt, vertrug das Klima wohl nicht mehr, schließlich herrschte tiefster Winter in Europa, aber er war begeistert. Ausführlich berichtete er von den vielen Vögeln, die er noch nie zuvor in Inqaba gesehen hatte. »Meine Hochachtung, Kätzchen«, bemerkte er, »du hast hart gearbeitet.«

Ein Lob süß wie Honig. Den Rest des Tages hatte sie mit der Erledigung des angefallenen Papierkrams verbracht, staubtrockene, langweilige Arbeit, die aber gemacht werden musste. Vorläufig hatte sie niemanden, der ihr das abnehmen konnte. Das Geld für eine derartig qualifizierte Person stand einfach noch nicht zur Verfügung. Wenigstens war der Stapel der Rechnungen erträglicher geworden, nachdem sie sich mit dem Erlös von Martins Diamanten selbst an den Haaren aus dem Sumpf gezogen hatte.

Nach dem Abendessen gingen sie und Nils hinüber zu seinem Bungalow, immer noch darauf bedacht, dass ihr Vater nichts mitbekam. Lange saßen sie auf der kleinen Veranda vor dem Schlafzimmer. Jill trug ein langärmeliges weißes Hemd von Nils, um sich gegen die Mücken zu schützen. Sie hatte eine Flasche Prosecco mitgebracht und zwei frische Avocados, die groß genug waren, um vier Leute satt zu bekommen.

Die Flasche war fast leer, eine der dunkelgrünen Früchte mit dem gelben Fleisch hatten sie gegessen, die andere hoben sie sich fürs Frühstück auf. »Natal ist ein gesegnetes Land«, sagte Nils, als er die letzten Reste aus der Avocadoschale kratzte, »alles wächst hier, ohne dass man etwas dafür zu tun braucht, das Meer ist randvoll mit Fischen, nirgendwo ist das Gras grüner und üppiger«, er beugte sich hinüber und küsste sie ausgiebig, »und nirgendwo laufen schönere Frauen herum. Ich glaube, ich bleibe hier.«

Es wurde ein langer Abend und eine kurze Nacht, und als sie frühmorgens versuchte, diese köstliche Trägheit zu überwinden, um sich in das Tagesgeschäft zu stürzen, erinnerte sie sich an diesen Satz. Ich glaube, ich bleibe hier.

»Unsinn«, mischte sich ihre innere Stimme ein, »das meint er nicht so, bald, vielleicht schon morgen, wird er unruhig und will weiterziehen. Denk nicht mal daran, dass es was werden könnte.« Unwirsch befahl sie dieser unbequemen, stockvernünftigen Stimme zu schweigen. Für kurze Zeit zumindest wollte sie in dieser Vorstellung schwelgen.

Heute stöhnte ganz Natal unter stickiger Schwüle. Eine dichte Wolkendecke lag über dem Land, hielt die feuchte Gluthitze darunter fest. Feuchtigkeitsschwaden trieben vom Meer herauf, jeder Gegenstand war nass, und stellte man ein kaltes Glas auf den Tisch, bildete sich sofort eine große Pfütze. Es war schlimmer als in einem Dampfbad, und die Menschen bewegten sich langsam, lagen ermattet im Schatten oder schleppten sich abgekämpft und verschwitzt durch ihren Arbeitstag. Nicht so die Krusens. Dick mit Sonnenschutzcreme bestrichen, einen breitkrempigen Hut auf dem Kopf, Fotoapparate umgehängt, marschierten sie energiegeladen mit einem schlapp wirkenden Philani in den Busch.

Jill, die sie beobachtete, freute sich, nicht an Philanis Stelle sein zu müssen, zog sich einen Bikini an und ging schwimmen. Ihr Vater kraulte bereits durchs Wasser, Irma lag, den Hut über das Gesicht gestülpt, im tiefsten Schatten, Nils und Axel waren in die Stadt zu Neil Robertson in die Redaktion gefahren, um mehr über die Sache mit Len und Leon zu erfahren.

Das Sirren der Insekten war ohrenbetäubend, die Steine um das Schwimmbecken waren so heiß, dass sie sich die Füße darauf verbrannte. Sie glitt ins Wasser, kraulte ein paar Längen, tauchte, und ließ sich dann reglos auf dem Rücken treiben.

Auf einmal schob Irma den Hut vom Gesicht. »Hört ihr das?«, fragte sie lauschend. »Da, jetzt … als ob jemand trompetet.«

Jill rollte sich auf den Bauch, schwamm in die flache Zone, versuchte sich das Wasser aus den Ohren zu schütteln, um überhaupt etwas zu hören. Als das nicht gelang, kletterte sie heraus und hüpfte auf einem Bein herum, ihr Ohr zum Boden geneigt. Es nutzte gar nichts.

»Ich hör's«, stimmte ihr Vater zu, sprang plötzlich auf, »da trompetet einer, und zwar ein Elefant. Verdammt, wie kann das angehen? Haben wir Elefanten auf Inqaba, Jill?«

»Was? Nein, natürlich nicht. Bist du sicher?« Aber dann löste sich etwas in ihrem Ohr, und sie hörte es auch. »Ach, du heiliger Strohsack, das sind wirklich Elefanten!« Auch sie war aufgesprungen, warf sich ihr helles Hemd über, schlüpfte in die Sandalen und rannte los. Ihr Vater folgte ihr auf dem Fuße. Das Trompeten kam immer näher. In das Geräusch aber mischte sich ein anderes.

»Da schreit jemand«, rief ihr Vater, »ist heute denn jemand in den Busch gegangen?«

Schlagartig fiel es ihr ein. Die Krusens. Ach du liebe Güte. Sie rannte ins Arbeitszimmer, riss ein Gewehr aus dem Schrank. »Vielleicht kommen die von Hluhluwe herüber, wir müssen sie verjagen«, schrie sie mit sich überschlagender Stimme.

Ihr Vater hatte schon seine alte Elefantenbüchse in der Hand und war auf dem Weg nach draußen. »Wir nehmen den Geländewagen …« Sie sprang auf, während er schon losfuhr, tippte gleichzeitig die Nummer der Parkverwaltung von Hluhluwe, des großen Tierreservats, das an Inqaba grenzte, ins Handy ein und verlangte, als sich jemand meldete, den obersten Wildhüter. Mit wenigen Worten machte sie ihm klar, was sie vermutete.

»Scheiße«, schrie der Mann am anderen Ende, »wir kommen.« Die Verbindung wurde abrupt unterbrochen.

Aber ein Blick um die nächste Biegung sagte ihr, dass es schon zu spät war. Die Büsche in etwa hundertfünfzig Meter Entfernung wackelten wild, Bäume schlugen hin und her, krachende Geräusche von brechenden Stämmen, begleitet von dem Knall eines Gewehres und schrillem Trompeten, jagten ihr Schreckensschauer über den Rücken. In diesem Moment schossen die Krusens aus dem Busch. Mit jedem Atemzug stieß Iris Krusen einen markerschütternden Schrei aus, Rainer Krusen umklammerte seinen Camcorder, die Hüte hatten sie verloren und alles andere, was sie mitgeführt hatten, wohl auch. Philani folgte ihnen auf den Fersen, feuerte gelegentlich in die Luft. Ihr Vater trat auf die Bremse.

Kurz darauf brachen die Elefanten aus dem Grün. Die Leitkuh, ein graubrauner Koloss, hatte die Ohren aufgestellt, den Rüssel erhoben und raste wütend trompetend hinter den Fliehenden her. Ihr Vater drückte anhaltend auf die Hupe. »Schieß in die Luft, Jill, schnell.«

Sie tat, wie ihr geheißen, und die Leitkuh stoppte. Ihren schweren Kopf hin und her schaukelnd, mit den Ohren schlagend, stampfte sie auf der Stelle. Zu Jills maßlosem Erstaunen stoppte auch Rainer Krusen, drehte sich um und filmte, was das Zeug hielt. Iris Krusen allerdings hörte nicht auf, zu rennen und zu schreien, bevor sie den Geländewagen erreicht hatte und durch die von Jill aufgehaltene Tür zu ihr auf den Vordersitz gesprungen war. Japsend nach Atem ringend, keines Wortes fähig, hing sie in dem Polster. »Scheibenkleister«, keuchte sie nach ein paar Minuten, »das wär fast dumm gelaufen. So hautnah wollte ich das nicht erleben. Wo ist Rainer?«

Stumm deutete Jill nach draußen. Rainer und die Leitkuh standen einander gegenüber, gerade mal dreißig Meter voneinander entfernt. Er filmte, die Kuh wirbelte ordentlich Staub auf, trompetete kurz, machte ein paar spektakuläre Scheinangriffe, zog sich dann langsam zurück.

»Fantastisch«, schrie Rainer Krusen, nachdem die Elefanten im Wald verschwunden waren, »verdammt fantastisch, ich hoffe, das kostet nichts extra!«

»Ist im Angebot mit inbegriffen«, grinste ihr Vater mit deutlicher Erleichterung, »das ist unser Spezialservice.«

»Ich glaub das nicht«, murmelte Jill und schickte ein paar Stoßgebete zum Himmel, unter anderem eins, das Rainer Krusen davon abhalten sollte, seine Buchung fürs nächste Jahr auf Grund dieses Erlebnisses wieder zu streichen. Es stellte sich heraus, dass sie sich deswegen nicht die geringsten Sorgen zu machen brauchte.

»Iris, mein Schatz«, hörte sie Rainer Krusen, »damit schlagen wir alle. Wir werden das ganze Jahr auf den Partys etwas zu erzählen haben.« Jill verdrehte ungläubig, aber zutiefst dankbar die Augen und stieg aus, um mit den Game Rangers des Wildreservats zu reden, die eben in drei Geländewagen angerast kamen.

»Wir werden uns darauf einrichten müssen, dass nicht nur die Elefanten herübergekommen sind, auch Löwen sind kürzlich in der Region gesehen worden. Wir bitten jeden Besucher, uns mitzuteilen, wann und wo sie Löwen gesichtet haben. Hier handelte es sich um zwei jagende Weibchen. Das war vor ein paar Tagen. Natürlich können sie weitergezogen sein.«

Aus den Augenwinkeln sah sie, wie die Krusens sich aufgeregt aus dem Wagen lehnten. »Hab ich das richtig verstanden, die Löwen sind los?«, quiekte Iris und sah sich hektisch um.

»Pass auf, hinter dir!«, schrie ihr Mann, und als alle entsetzt herumfuhren, die Wildhüter ihre Gewehre hoben, lachte er. »April, April«, sang er fröhlich.

Jill hätte ihn mit Freuden erwürgen können. »Ich werde dafür sorgen, dass in den nächsten Tag niemand auf Inqaba unbegleitet herumläuft«, sagte sie den Game Rangers. Sie stellte es sich als unmöglich vor, das unwegsame Gelände, den Busch mit seinem flirrenden, die Blicke täuschenden Blätterdach, die Schluchten beim Fluss nach diesen Meistern der Tarnung abzusuchen. »Wie wahrscheinlich ist ein Angriff?«

Die drei Männer, zwei Zulus und ein Weißer, wechselten ein paar Worte in Zulu. Einer der Zulus antwortete. »Es hat lange nicht mehr richtig geregnet, und sie haben seit über einer Woche nicht mehr gefressen. Sie werden sehr hungrig sein.«

Der Weiße nickte. »Die ältere Löwin hat einen eiternden Dorn in ihrer Flanke. Wir versuchen schon seit einiger Zeit, sie zu betäuben, um ihn herauszuziehen. Bisher ist es uns nicht gelungen. Sie ist«, er lächelte schief, »ziemlich schlecht aufgelegt.«

Nun hatte sie also nicht nur einen rabiaten Popi mit seinen blutrünstigen Leuten am Hals, sondern auch noch zwei hungrige, schlecht gelaunte Löwinnen. Tolle Aussichten, dachte sie. Frustriert schlug sie auf die Motorhaube.

»Du musst Ben Bescheid sagen, damit er und seine Leute Vorkehrungen treffen können«, sagte ihr Vater, offenbar sehr darauf bedacht, ihre Position als Leiterin von Inqaba zu beachten.

»Du hast Recht. Philani«, wandte sie sich an ihren Game Ranger, »sag deinem Vater, er soll Posten aufstellen und Feuer anzünden, um die Löwinnen abzuschrecken.«

Philani setzte sich sofort in Trab. Sein Gewehr trug er nicht mehr über die Schulter gehängt, sondern schussbereit in der Faust. Danach besprachen sie mit den drei Wildhütern, wie sie weiter vorgehen würden. Ihr Vater und sie erklärten sich bereit, die Grenze abzufahren, die Game Rangers mussten die Elefanten zurück ins Reservat treiben. »Wir haben bereits Treiber angefordert. Sie sollten gleich hier sein.«

»Wie lange werden Sie brauchen?«

Ein vergnügtes Lächeln blitzte über das nussbraun gegerbte Gesicht des weißen Rangers. »Elefanten haben ihren eigenen Rhythmus. Sie nehmen es übel, wenn man sie zur Eile zwingt. Wir können sie eigentlich nur höflich bitten, wieder nach Hause zu gehen. Kann 'ne Weile dauern.«

Die beiden Zulus lachten laut, als sie das hörten, schüttelten ihre Köpfe bei der Vorstellung, einen wilden Elefanten zur Eile anzutreiben. »Yebo, Indlovu hat keine Furcht.«

Sie und ihr Vater stiegen zu den Krusens in den Wagen und fuhren zurück zum Haus. Irma wartete bereits im Hof auf sie. »Was ist bloß passiert?« Ungläubig lauschte sie dem, was ihr Jill zu erzählen hatte. »Die Krusens haben ja wirklich einen Schutzengel gehabt, das hätte schief gehen können. Ich nehme an, sie werden gleich abreisen und nie wiederkommen.«

»Die?«, lachte Jill etwas überdreht. »Im Gegenteil. Die würden für so ein Erlebnis auch extra bezahlen. Vielleicht sollten wir das in unser Programm aufnehmen. Von Elefanten gehetzt und fast aufgespießt, fünfhundert Rand, oder von Löwen gejagt und fast gefressen, tausend Rand, mit Auffressgarantie, zweitausend Rand. Im Voraus zu zahlen.« Sie kicherte wild. »Ich bin sicher, dass Rainer Krusen gerade überlegt, wie er an die Löwen rankommt.«

Irma schaute verwundert drein. »Leute gibt's … Was passiert jetzt?«

»Philani, Dad und ich fahren sofort die Grenze ab, um das Loch in unserem Zaun zu suchen. Wir können nur hoffen, dass die Treiber die Elefanten schnell wieder hinübergeleiten, und beten, dass die Löwinnen drüben geblieben sind.«

Sie fanden das Loch erst nach langen Stunden der Suche. Es bestand nicht der geringste Zweifel, dass jemand auf Hluhluwe- wie auf der Inqaba-Seite den Zaun auf einer Länge von über fünfzig Metern systematisch zerschnitten hatte. »Popi«, sagte sie, und Philani nickte.

»Jetzt langt es«, sagte sie, »ich rufe die Polizei an, so geht es nicht weiter. Als Nächstes geht jemand drauf. Das können wir nicht riskieren. Dad, könntest du vielleicht in die Stadt fahren und ein paar Rollen Zaun besorgen, damit wir das Loch hier zumindest provisorisch schließen können? Natürlich müssen wir damit warten, bis die Elefanten wieder zurückgetrieben worden sind.« Doch ihre Befürchtung, dass die Parkverwaltung nicht schnell genug sein würde, war unbegründet. Noch während sie sprach, erschienen hinter dem Zaun des Wildreservats ein paar Leute in Khakiuniform, die Gewehre umgehängt, und besahen sich die Zerstörung. Einer von ihnen begann, in sein Funkgerät zu sprechen.

»Sie müssen sich jetzt zurückziehen«, schrie ein anderer herüber, »die Elefanten sind im Anmarsch. Unmittelbar danach schließen wir den Zaun.«

Sie zogen sich wie geheißen etwa zweihundert Meter zurück auf einen kleinen Hügel, von dem aus sie die Szene bestens übersehen konnten. »Rainer Krusen würde durchdrehen, wenn er das jetzt filmen könnte«, schmunzelte sie. Gemeinsam stiegen sie auf die Aussichtssitze, in denen sonst die Gäste saßen. Sie hörten die Elefanten, bevor sie sie sahen. Jill erkannte sofort das kreischende Trompeten der alten Leitkuh, die ohne Unterlass schrie. Der Lärm der Treiber hatte sie in höchsten Alarm versetzt. Erst erschienen in vollem Lauf zwei Muttertiere mit drei Jungen. Mit fliegenden Ohren, quietschend vor Angst, rasten die Kleinen hinter ihren Müttern her. Ihnen folgten ein paar junge Bullen und dann die Tanten der Herde, die älteren Tiere, die zusammen mit den Muttertieren für die Kleinen sorgten. Den Schluss bildete das Leittier.

Die alte Kuh blieb immer wieder stehen, griff mit lauten Trompetenstößen die Treiber an, die sich blitzartig in Sicherheit bringen mussten. Zwei von ihnen sprangen in den Fluss, aus dem sie aber Sekunden später, wild mit Armen und Beinen rudernd, wieder an Land kamen. Jill sah eben noch, wie zwei Krokodile, die in der Sonne auf einer Sandbank gedöst hatten, ins Wasser sprangen und mit wenigen Schwanzschlägen an der Stelle waren, wo eben noch die Treiber schwammen. Die Mütter und ihre Jungen befanden sich nun nur noch fünfzig Meter von den beiden Zäunen.

»Die Kleinen sind völlig in Panik geraten«, bemerkte Jill, »sieh dir diese armen Kerlchen an, hoffentlich verletzen sie sich nicht.« Aber die Game Rangers von Hluhluwe hatten die Überreste der

Zäune beiseite geräumt, und in der nächsten Dreiviertelstunde wechselten die Elefanten ungehindert auf das Gebiet des Wildreservats. Die Treiber folgten ihnen, trieben die Tiere in das Innere des Parks. Man hörte die Geräusche noch für einige Zeit. Bald zeugte nur noch eine Staubwolke, die in den Akazien hing, von den Geschehnissen. Auch die legte sich bald als feiner roter Puder über das zerfetzte Grün, und dann war Stille. Nun wurde das Loch auf der Hluhluwe-Seite sofort geschlossen.

Philani, dessen Gesicht vor Schweiß glänzte, flickte das Loch in ihrem Zaun notdürftig. Er würde später mit Helfern zurückkehren und den Schaden dauerhaft reparieren. Gesagt hatte er kaum etwas, aber der Schrecken der vergangenen Stunden stand ihm noch deutlich im Gesicht geschrieben.

»Das hätte aber ins Auge gehen können«, bemerkte Phillip Court, nahm seinen Schlapphut ab und wischte sich das Gesicht mit einem Taschentuch ab. »Hast du die Polizei angerufen? Die müssen was unternehmen. Und ich werde mir Popi und Thandi vorknöpfen und die Sache mit diesen vermaledeiten sechs Zehen klären. Das ist meine Sache.«

Für einen langen Augenblick saß sie still, dann schüttelte sie den Kopf. »Nein, Dad, bitte nicht. Das werde ich machen.«

Gereizt öffnete er den Mund zu einer Antwort, doch dann klappte er ihn wieder zu. Seine Kiefermuskeln bewegten sich, als kaue er auf etwas herum. »Okay«, sagte er dann. Er sah sie dabei nicht an.

Jill setzte sich auf den Fahrersitz und wendete. Sie brauchte jetzt dringend eine Dusche und ein paar private Momente mit Nils.

Die Elefantenjagd hatte den Großteil des Tages gedauert. Sie erreichten das Haus erst gegen sechs Uhr. Es herrschte noch immer drückende Hitze, die ihr den Atem nahm, als sie aus dem Auto stieg. Der Himmel hing tief, wie eine schwefelgelbe Decke lag er über dem Land, die Sonne schien rötlich durch einen Staubschleier. »Morgen früh muss ich nachsehen, welchen Schaden die Elefanten angerichtet haben. Heute wird es zu spät. In etwas über einer Stunden wird es dunkel.« Sie schlug die Autotür zu und ging eilig ins Haus. Nils und Axel waren offenbar noch nicht von ihrer Zusammenkunft mit Neil Robertson zurück, denn der Leihwagen, ein Landrover, den sie sich nach ihrer ersten Tour besorgt hatten, stand noch nicht auf dem Hof. Sie war ganz froh darüber, so konnte sie sich erst in Ruhe duschen.

Vorher aber rief sie die Polizei an, die lokale, und schilderte ihnen, was passiert war. Es stellte sich heraus, dass die Parkverwaltung von Hluhluwe sie bereits verständigt hatte. »Sie haben Anzeige gegen unbekannt erstattet. Wenn Sie eine Vermutung haben, wer das gemacht haben könnte, Mrs. Bernitt, kommen Sie doch bitte morgen zu uns auf die Wache.«

Sie versprach es. Kurz darauf lehnte sie an der Fliesenwand ihrer Dusche, ließ das lauwarme Wasser über sich hinwegströmen, ließ sich das Gespräch mit der Polizei noch einmal durch den Kopf gehen. Die Kunene-Zwillinge steckten hinter dem Brand und dem Vorfall mit den Elefanten, darüber gab es für sie keinen Zweifel. Sollte sie der Polizei einfach alles überlassen? Was würde dann passieren? Sie versuchte, das Wasser kälter zu stellen, aber es gelang ihr nicht. Vermutlich kochte es schon draußen in den Wasserrohren, und der Hochtank, der hinter einer Baumgruppe versteckt war, hatte sich im Laufe der langen Hitzeperiode auch aufgeheizt.

Irgendwann würden sie Popi stellen, vielleicht auch ein paar seiner Leute. Irgendwann würde er vor Gericht stehen. Würden sie ihm dann etwas beweisen können? Was würde er bekommen? Ein Jahr? Zwei Jahre? Gar nichts? Und dann kommt er wieder, und der Tanz geht erst richtig los, dessen war sie sich sicher. Nein, sie musste sich mit ihm direkt auseinander setzen. Sie, allein, gegen Popi, den Rattenfänger. Der Gedanke war wie flüssige Säure in ihrem Magen. Aber es hieß entweder sie oder Popi. So einfach war das.

Das Wasser hatte auch das letzte Staubkörnchen von ihr heruntergespült, und langsam fiel auch die Anspannung von ihr ab. Der Vorfall mit den Elefanten hatte sie ziemlich erschreckt. Rainer

Krusens Aktionen hatten alles ein wenig ins Komische gezogen, aber es war ihr völlig klar, dass ihre Gäste nur mit viel Glück einem ziemlich entsetzlichen Schicksal entgangen waren. Als sie klein war, hatte sie einmal miterlebt, wie ein Schwarzer, der von einem alten Elefantenbullen zu Tode gestampft worden war, nach Hause ins Dorf gebracht wurde.

»Na, der sieht aus wie rohes Hackfleisch«, hatte der alte Harry bemerkt. Im selben Moment hatte sie die Leiche gesehen. Noch Jahre danach konnte sie kein Hack sehen, ohne dass sich in ihr alles zusammenkrampfte. Sie stellte die Dusche ab, nahm das Handtuch, und während sie sich abtrocknete, versuchte sie zu erkennen, ob Nils' Wagen schon wieder auf dem Hof stand. Von dem Fenster aus konnte sie ihn jedoch nicht entdecken. Sie schaute auf ihre Uhr, die auf einem Tischchen lag. Es war sieben. Gleichzeitig verspürte sie einen Mordshunger. Spontan rief sie Angelica an und reservierte zwei Plätze. Dann machte sie sich auf die Suche nach ihrem Vater, um ihm von dem Anruf bei der Polizei zu berichten. Sie klopfte an seine Tür und öffnete sie, als er antwortete.

Auf seinem Bett lag aufgeklappt sein Koffer, er faltete gerade ein paar Hemden hinein. Befremdet sah sie ihm zu. »Was machst du da, Dad?«

»Ich fliege morgen zurück«, antwortete er ruhig, rollte seine Socken zusammen und verstaute sie in den Lücken zwischen den anderen Sachen.

Die Ankündigung traf sie wie ein Schlag. »Warum denn das?«

»Du brauchst mich nicht mehr, du kommst hier sehr gut allein zurecht. Außerdem ist es mir zu heiß.« Sorgfältig legte er seine langen Hosen in die Bügelfalten. Dann sah er sich suchend im Zimmer um, öffnete die Schranktüren, sah nach, ob er etwas vergessen hatte. »Ich habe einen Flug um zwölf nach Johannesburg gebucht. Ich muss also schon vor acht Uhr hier los.«

Ihr Herz tat weh, als sie das hörte. Er konnte nicht schnell genug von hier wegkommen. Von ihr wegkommen, setzte sie in Gedan-

494

ken hinzu. Die meisten Flüge nach Europa verließen Johannesburg erst spätabends, er hätte also reichlich Zeit gehabt und erst spätnachmittags zu fliegen brauchen. Er hätte überhaupt noch nicht zu fliegen brauchen, dachte sie wütend.

Er musste ihren Gesichtsausdruck beobachtet und richtig gedeutet haben. »Du vermutest richtig«, sagte er, »ich räume das Feld und überlasse es dir. Ich werde zu alt für Afrika.«

»Du bist erst achtundfünfzig, du bist nicht zu alt, auch nicht für Afrika«, stieß sie hervor. »Ich brauche dich doch.« Das sagte sie sehr leise.

Nachdenklich schaute er aus dem Fenster, ließ seinen Blick über das wandern, was einmal ihm gehört hatte. Mit einem milden Lächeln sah er dann sie an. »Für dieses Afrika schon. Ich verstehe es nicht mehr.« Er streckte eine Hand aus und strich ihr übers Haar. »Mein Kätzchen ist eine junge Löwin geworden … du gehörst hierher. Du hast genug Kraft. Die Hyänen werden dir nicht nehmen können, was deins ist. Mich brauchst du dafür nicht mehr.«

Sie weinte später, als sie allein war in ihrem Zimmer. Sie weinte um ihn, um ihre Mutter, um ihre Tochter und ihren Mann, um alles, was sie verloren hatte. Und um sich selbst. Um ihre Kindheit, die unwiderruflich vorbei war, um das Leben, das hätte sein können, um die heile Welt, die es nicht mehr gab. Sie schaute durch die Gitter vor ihren Fenstern in den Himmel, der fein säuberlich in Stücke geschnitten war, sah das Blinken des metallenen Zauns, der sich wie ein Schnitt unterhalb des Hauses quer durch den Busch zog, hinter dem Küchentrakt hochlief und dann den Hofbereich von der Straße trennte. Zwar hatte ihre Mutter versucht, ihn mit Kletterpflanzen zu tarnen, doch man sah seinen Verlauf deutlich. Sie versuchte, sich vorzustellen, was Johann und Catherine gesehen hatten, wenn sie von diesem Platz über ihr Land geblickt hatten. Das Paradies?

Ihr fiel etwas ein, was Catherine geschrieben hatte, als sie das erste Mal den Boden von Inqaba betrat.

»Afrika ist ein ständiger Kampf, es gibt hier nichts, was sanft und mild wäre. Alles ist unbändig und so voller Kraft, dass mir angst wird. Ich werde diesem Land etwas von der Kraft entreißen müssen, um hier zu bestehen. Das werde ich sicherlich tun. Denn das Land ist großartig. Ich werde nie wieder woanders leben können.«

Das hatte Catherine geschrieben. Jill stand noch am Fenster, sah einem Adler nach, der sich höher und höher in den Abendhimmel schraubte. Ein feuriger Rand um die Hügelkuppen zeigte, wo die Sonne untergegangen war. Ihre letzten Strahlen vergoldeten den Vogel, das Symbol der Freiheit und der Weite, er schwang sich höher, ein winziger glühender Punkt im endlosen Firmament. Das Herz klopfte ihr im Hals. Sie sah den Zaun nicht mehr, auch nicht die Gitter. Sie stand da und schaute dem Adler nach, bis die Nacht über den Himmel zog wie ein dunkelblauer Samtvorhang und aus dem goldenen Adler ein funkelnder Stern wurde.

Jetzt hatte sie gesehen, was Catherine gesehen hatte.

Nun konnte auch sie es sehen.

*

Sie stand sehr früh auf, weil sie die Befürchtung hegte, dass ihr Vater Inqaba verlassen würde, ohne sich von ihr zu verabschieden. Ihre Vermutung erwies sich als richtig. Schon um sechs Uhr saß er, fertig zur Abreise in einen leichten Anzug gekleidet, auf der Terrasse und ließ sich von Bongi Rührei mit Speck, eine große Kanne Kaffee und die frischen, duftenden Brötchen Nellys servieren.

Sie setzte sich zu ihm. »Du willst also wirklich abreisen?«

Er nickte kauend, schluckte. »Ja. Es ist besser so, glaub mir. Jetzt erscheint dir mein Handeln vielleicht unverständlich, und du bist verletzt, aber es kann nur einen Boss hier geben, und dank deiner Leistung erkenne ich an, dass du das bist.«

Seine Worte bereiteten ihr eine gewisse Genugtuung, aber das war es nicht, was sie von ihm wollte. Sie wollte seine Liebe spüren, seine Sorge für sie als seine Tochter, brauchte ihn als Verbindungsglied zu ihrer Vergangenheit. Hatte ihre Mutter unter dieser Kühle auch gelitten? Oder hatte er sich ihr gegenüber anders benommen? Es war müßig, darüber nachzudenken. »Wohin fliegst du heute Abend, nach Frankreich?«, fragte sie.

Noch immer kauend schüttelte er den Kopf. »Nein, ich mache mich auf, Afrika wiederzufinden. Ich habe mir ein Zelt gekauft, das in einen Rucksack passt, ein Gewehr und einen Sonnenschutzhut. Ich gehe in die Karoo.«

»Was willst du in der Karoo? Sag es mir. Warum bleibst du dann nicht bei mir?«

»Kannst du dir das nicht denken? Endloser Busch, blaue Berge, Horizonte, die weiter sind, als das Auge erfassen kann, Farben wie nirgendwo auf dieser Erde. Keine Menschen.« Er wischte sich über die Stirn, Sehnsucht glühte in der Tiefe seiner Augen. »Nach Carlottas Tod bin ich vier Wochen allein durch die Karoo gelaufen. Es hat mir das Leben gerettet.« Mehr erzählte er nicht davon, als wollte er diese Zeit für immer nur für sich bewahren. Danach sprachen sie belangloses Zeug, bis er um sieben aufstand, sich streckte und verkündete, dass er schon jetzt fahren würde. »Ich will noch einmal Carlottas Grab besuchen, und in Johannesburg am Flughafen wartet ein alter Freund auf mich. Ich werde meine Sachen bei ihm lassen.«

Sie fragte nicht, ob sie ihn zum Grab begleiten sollte. Es war offensichtlich, dass er allein mit seiner Frau sein wollte. Sie musste das akzeptieren. Draußen legte er ihr seine Hände auf die Schultern, küsste sie auf beide Wangen. Sie brachte es fertig, kühl und beherrscht zu wirken, als er ins Auto stieg und vom Hof fuhr. Zum letzten Mal. Er würde nie wieder zurückkehren, das war ihr klar.

Mit gesenktem Kopf und versteinerter Seele ging sie ins Haus, grüßte ein paar frühe Gäste und zog sich dann in ihr Arbeitszimmer zurück, um die Rechnung für Rainer und Iris Krusen vorzubereiten, die am morgigen Nachmittag abreisen würden. Inständig hoffe sie, dass der Tag glatt verlaufen und nicht ein weiteres Zeichen der Rache der Kunene-Zwillinge über sie hereinbrechen würde. Später plante sie, mit Philani in den Busch zu fahren, um festzustellen, wie umfangreich die Zerstörung war, die die wütenden Elefanten angerichtet hatten. Der Gedanke, dass viele Nester der seltenen Vögel, die es nur auf dem Gebiet von Inqaba gab, zerstört sein würden, ließ ihr den Zorn auf Popi in den Kopf steigen. Dieser Zorn verdrängte die Gefühle, die die Worte und die Abreise ihres Vaters aufgewühlt hatten. Inqaba brauchte ihre Fürsorge.

Auf der Terrasse traf sie die Krusens und fragte, ob sie sich einen Moment zu ihnen setzen dürfte. Beide schienen hocherfreut. »Wir wollten Sie ohnehin noch sprechen, Jill«, sagte Iris mit einem raschen Blick auf ihren Mann, der diesen mit einem Nicken quittierte, »wir haben gesehen, dass das Dach der kleinen Schule im Dorf nicht dicht ist, und haben uns erkundigt, was es kosten würde, es zu reparieren. Wir möchten das Geld dafür gern spenden. Für uns ist es nicht sehr viel.«

Im ersten Moment empfand sie es fast als einen Vorwurf, dass sie die Schule hatte verkommen lassen, merkte aber schnell, dass Krusens das nicht im Entferntesten beabsichtigten. »Das ist außerordentlich großzügig von Ihnen. Sie werden in die Geschichte des Dorfes eingehen. Man wird Sie in Gesängen preisen, Ihnen einen Zulu-Namen geben.«

»Glauben Sie? Oh, wie wunderbar. Wir lieben Afrika«, sagte Iris und hatte verdächtig glänzende Augen, »wir möchten etwas von dem, was wir hier erleben durften, zurückgeben. Sollen wir das Ihnen überreichen oder Ben Dlamini? Er sagte uns, dass Sie das Land an die Zulus überschrieben haben?«

»Nicht ganz«, sagte sie, »Ben und seine Leute kaufen es von mir mit ihrer Arbeit. Aber ich habe ihnen einen sehr günstigen Preis gewährt. Das Geld sollte an Ben Dlamini gehen, der Häuptling des Dorfes ist. Außerdem ist er unser bester Mann auf der Farm.«

»Ach, wie interessant. Wir finden das ganz prima, das ist im
Geiste Mandelas, nicht wahr? So wird Südafrika es schaffen.«
»Ich werde Sie gleich nach dem Frühstück hinfahren.«
Und das tat sie. Sie schickte Bongi ins Dorf, um Ben vorzuberei-
ten, und er empfing die Krusens mit großer Würde, hatte sich der
Gelegenheit angemessen in sein Leopardenfell gehüllt und saß
unter dem Indaba-Baum. Fast alle Dorfbewohner waren anwe-
send, als Iris vortrat und Ben den Scheck mit ein paar stockenden
Worten überreichte.
Ben empfing das Geld mit beiden Händen, wie es höflich war.
»Eh, yabonga gakhulu«, sagte er und dann einen langen Satz auf
Zulu.
»Ihr Herz ist so groß, dass es die Welt beherbergt«, übersetzte
Jill, was Ben mit großen Gesten verkündete, »der Sänger von
Lobliedern wir eines für Sie singen … Sie werden die Wärme der
Sonne sein … der Donner in den Hügeln … das Flüstern des
Flusses …«
»Oh«, sagte Iris Krusen und brach in Tränen aus. Danach schrieb
sie einen zweiten Scheck über dieselbe Summe aus. »Für Bü-
cher«, erklärte sie und reichte ihn Ben. Jill verbarg ein Lächeln,
hoffte nur, dass die Krusens in ihrer Begeisterung nie enttäuscht
würden. Ben war ein durchtriebener Opportunist.
Das Ehepaar verabschiedete sich zwei Stunden später von Jill.
»Bis nächstes Jahr«, schluchzte Iris, konnte sich kaum von ihr
trennen. Dann stiegen sie in ihr Leihauto, und Iris winkte aus dem
Rückfenster, bis sie um die nächste Biegung verschwanden.
Jill rief Philani, und gemeinsam fuhren sie den Weg ab, den
die Elefanten genommen hatten. Mehrere Bäume waren umge-
stürzt, Büsche zertrampelt, Zweige abgebrochen, und immer wie-
der fand sie Nester, die dabei zerfetzt worden waren. Mehrere tote
Jungvögel lagen am Boden, zwei lebten noch, und die aufgeregten
Eltern flatterten kreischend um sie herum. Vorsichtig befestigte
sie das Nest mit den jämmerlich piepsenden Vögelchen in einer
Astgabel, in der vagen Hoffnung, dass die Eltern es wieder anneh-

men würden. Philani schüttelte den Kopf, machte eine Handbewegung, die zeigte, dass es besser wäre, die Tiere zu töten. Doch sie brachte es nicht fertig, obwohl sie ihm insgeheim Recht gab.

Ihre Fahrt dauerte mehrere Stunden. Die zerstörten Bäume und Büsche würden bald wieder wachsen, die eigentlichen Opfer waren die Vögel, aber auch da hielt sich der Verlust in Grenzen. Jill atmete auf. Auf dem Rückweg bemerkte sie eine Bewegung im Busch und musste sofort an die beiden Löwinnen denken. »Halt an, Philani«, befahl sie leise und bedeutete ihm, langsam die paar Meter zurückzufahren, wo sie diese Bewegung glaubte gesehen zu haben. »Kannst du etwas erkennen?«

Sie entdeckten es beide gleichzeitig. Eine Erscheinung tauchte aus dem langen Gras auf, das auf der hohen Böschung wuchs. Wehende schwarze Schleier, schwarzer Hut, leuchtend blaue Augen. »Irma«, rief Jill konsterniert, »was zum Teufel machst du hier? Niemand darf hier zu Fuß herumlaufen. Willst du dich unbedingt von den Löwinnen fressen lassen?« Sie stieg aus, reichte Irma, die von der Böschung herunterrutschte, die Hand.

Ihre Tante nahm den Hut ab, schüttelte ihre weißen Haare aus und wischte sich mit einem Ärmel übers Gesicht. »Ich wollte sehen, was Catherine gefühlt hat. Zu ihrer Zeit gab es hier noch Löwen und viele Leoparden, es gab keine Wege, und nur wenn du wohlhabend warst, hattest du einen Ochsenwagen.«

»Und? Wie hat sie sich gefühlt?«, fragte Jill und hielt ihr die Autotür auf.

»Es hat mir Schwierigkeiten bereitet, erst mein Gedächtnis zu leeren, in dem solche bequemen Sachen wie Telefon, Auto und Eisschrank gespeichert waren. Erstaunliche Erfahrung.« Irma überlegte einen Moment. »Ich fühlte mich nicht so sehr als Fremdkörper wie jetzt in diesem Metallungetüm.« Sie schlug gegen die Autotür.

Philani startete den Motor und fuhr weiter. Jill drehte sich zu ihrer Tante um. »Wozu brauchtest du diese Erfahrung? Warum willst du in Catherines Haut schlüpfen?«

Irma lehnte mit geschlossenen Augen auf dem Rücksitz. »Es fasziniert mich«, sagte sie, »ich fühle mich in ihre Geschichte hineingezogen. Was ist passiert, das diese junge Frau veranlasst hat, dem zivilisierten Europa den Rücken zu kehren, alles zurückzulassen, ihre Familie, Freunde, Bücher, Musik, die ganze abendländische Kultur, und sich auf eine völlig ungewisse Reise über das Meer zu begeben, um im wilden Afrika ihre Heimat zu suchen? Ich weiß nichts von ihr.«

Bis sie zu Hause auf den Hof fuhren, dachte Jill darüber nach. Aber die Antwort fand auch sie nicht. Auf dem Hof stand ein ihr unbekannter Wagen und lenkte sie ab. Sie ging ins Haus. In der Eingangshalle wartete eine junge Familie mit zwei quarrigen Kindern. Koffer, Tragetaschen, Kinderrucksäcke stapelten sich zu ihren Füßen. Niemand schien sich bisher um sie gekümmert zu haben.

Rasch stellte sie sich vor. »Ich hoffe, Sie haben nicht zu lange gewartet?« Als sie erfuhr, dass sie bereits eine halbe Stunde so herumstanden, entschloss sie sich, doch jemanden für die Rezeption einzustellen. Sie waren bereits für zwei Monate ausgebucht. Die Gäste wechselten ständig, wie in fast allen Game Lodges. Kaum einer blieb länger als ein paar Tage. Es mussten die begleiteten Rundgänge koordiniert werden und die Fahrten in den großen Wildpark. Ihre Idee, kurze Seminare über Pflanzen und Fauna abzuhalten, vielleicht im Anschluss an einen südafrikanischen Grillabend, fand sie ausgezeichnet weil profitträchtig, aber dazu brauchte sie jemanden, der ihr etwas Arbeit abnahm.

Sie schaute sich in der Halle um. In die Nische, in der jetzt eine riesige Kübelpalme stand, könnte sie einen Tresen einbauen, Telefon und Fax legen lassen, und schon besäße Inqaba eine Rezeption. Die Palme müsste sie nur wenige Meter zum Eingang rücken. Fehlte nur noch jemand, der diesen Posten ausfüllen konnte. Nachdem sie die junge Familie abgefertigt und sie zu ihrem Bungalow geführt hatte, holte sie sich eine Zeitung aus dem Laden und schloss die Tür ihres Arbeitszimmers hinter sich. Im Geiste ging sie die jungen Frauen aus dem Dorf durch. Keine von ihnen hatte genügend Bildung, um einen Computer zu bedienen, auch wenn sie Schulung erhielte. Vor ein paar Wochen hatte sie von Neil Robertson einen Computer gekauft, dessen Betriebssystem für seine Zwecke zu langsam war. Ihr genügte es.

Eine viertel Stunde später hatte sie drei Adressen aus den Stellengesuchen ausgewählt. Sie rief sie nacheinander an und verabredete sich für die kommende Woche mit zwei jungen Frauen und einem jungen Mann. Alle drei waren indischer Herkunft, was ihr sehr gelegen kam, denn die Inder standen im Ruf, gut mit Zahlen und Computern umgehen zu können. Es war halb sechs Uhr, als sie den Hörer auflegte. Sie schaute aus dem Fenster. Der Tag war fast vorüber, kein Zeichen von Popi. Zum zweiten Mal heute atmete sie auf.

\*

Rasch sah sie mit Bongi die Lagerbestände des Ladens durch, schloss die Kasse ab und deponierte das Geld im Safe. Der Stapel Randnoten wuchs zwar mit jedem Tag, obwohl sie erst seit einer guten Woche geöffnet hatten, doch morgen musste sie schon wieder einkaufen fahren. Viel würde dann von dem Geld nicht übrig bleiben. Sie nahm sich ein Eis aus der Tiefkühltruhe, spendierte auch Bongi eins, trug das in ihrem Buch aus und beschloss, sich mit einem Bad im Swimming-Pool zu belohnen.

Die Kinder der Familie, die vorhin angekommen war, zwei kleine Jungs, tobten mit Nils und Axel im Becken herum. Der Liegerasen stand bereits unter Wasser. Für einen Moment blieb sie in der Deckung eines Hibiskusbusches stehen und beobachtete Nils. Sie sah, wie er mit sicheren Händen die Kleinen hielt, sie sich auf seine breiten Schultern setzte und das Wasser wie ein Delfin durchpflügte. Und sie sah, wie sehr ihn die Kinder mochten. Sie spürte ein Ziehen, eine Handbreit unter dem Nabel, wurde prompt rot, geriet gefühlsmäßig für Momente so durcheinander, dass sie hinter dem Hibiskus stehen blieb, bis sie sich wieder im Griff hatte. Dann zupfte sie den smaragdgrünen Bikini zurecht, ehe sie an den Pool ging. »Hallo«, sagte sie.

Nils schwamm mit einem der blondschöpfigen Jungs auf den Schultern an den Beckenrand. »Hallo«, antwortete er, brachte es fertig, eine Liebeserklärung in dieses eine Wort zu legen. »Komm rein.« Er streckte seine Hand aus.

Eine unbeschwerte Stunde lang spielte sie, vergaß einfach alles, bildete sich ein, dass das ihre Familie, ihr Mann wäre. Für diese Stunde konnte sie sich kaum erinnern, ihn je nicht gekannt zu haben, wusste, dass sie den Zeitpunkt verpasst hatte, an dem sie sich seelisch unbeschadet von ihm zurückziehen konnte. Sie musste sich gegen den Schmerz stählen, den er ihr zufügen würde, wenn er sich verabschiedete. Er würde sagen, wir treffen uns wieder, ganz bald, bestimmt, aber er würde gehen, und sie würde zurückbleiben. In seiner Welt war kein Platz für sie. Darauf musste sie sich vorbereiten. Allein der Gedanke machte sie halb verrückt.

»Schluss für heute.« Er setzte den kleinen Jungen am Beckenrand ab und kletterte aus dem Wasser. »Ich muss noch an meinem Bericht feilen«, sagte er zu ihr, »um acht Uhr stehe ich ganz zu deiner Verfügung.« Das Lächeln in seinen Augen, die Berührung seiner Hand auf ihrem Nacken war genug, dass ihr die Knie weich wurden.

Sie machte sich steif, versuchte zu widerstehen. Es half gar nichts. Verstohlen lehnte sie sich an ihn. Seine nasse Haut über den harten Muskeln war kühl und doch warm, über die Maßen köstlich anzufassen. Sie fuhr zurück, als hätte sie sich verbrannt. »Ich rufe Angelica an, sie soll etwas Schönes für uns kochen. Kommst du mit, Axel?« Dieser nickte erfreut. Geflissentlich übersah sie die flüchtige Enttäuschung, die über Nils' Gesicht huschte. Für die Zeit, die er noch hier sein würde, plante sie, möglichst selten mit ihm allein zu sein. Es war einfach zu gefährlich. Sie wickelte sich ihr Handtuch um, verknotete es über der Brust und ging hinüber zum Haupthaus in ihr Zimmer. Floh, wäre vielleicht der treffendere Ausdruck gewesen.

Axel sagte in letzter Sekunde die Verabredung zum Abendessen ab. Sein Grund dafür war derart fadenscheinig, dass Jill die Vermutung hegte, dass Nils ihn dazu verdonnert hatte. Schon nach der Vorspeise war ihr Entschluss ins Wanken geraten, sich von ihm fern zu halten. Sie blieben, bis Angelica mit den Schlüsseln klingelte. Als sie wenige Minuten vor Mitternacht wieder auf den Hof fuhren, war der Tag vorbei, und nichts war geschehen. Verstohlen atmete sie auf.

Sie stiegen aus dem Auto, Nils schloss ab, legte seinen Arm um sie, und so gingen sie hinüber in seinen Bungalow. »Lass uns noch einen Moment auf der Veranda sitzen, einfach nur so – ich will nicht, dass dieser Tag je endet.«, flüsterte sie.

Es passierte, als sie sich gerade in die Rattansessel gesetzt hatten. Sie hörte ein Rascheln, dem sie keine Bedeutung beimaß, ein Schatten flog an ihrem Kopf vorbei, und dann knallte etwas neben ihnen auf die Fliesen der Veranda. Sie schrie und sprang auf. Er war mit einem Satz am Lichtschalter, schaltete das Licht ein und bückte sich, um den Gegenstand zu untersuchen.

Es war ein Stein, ein Zettel war mit Klebeband daran befestigt. Nils hob ihn auf, riss den Zettel ab, entfaltete ihn, und sie steckten die Köpfe zusammen, um ihn zu lesen. »Das nächste Mal bist du dran.«

Mit einem Schritt waren sie am Geländer, versuchten in der Dunkelheit zu erkennen, woher der Stein kam. Einmal meinte sie, einen Schatten zu sehen, wo keiner sein konnte, sah aber schnell ein, dass eine Wolke vor dem Mond sie getäuscht hatte. Bis auf den Gesang der Zikaden war es still. »Nichts«, flüsterte sie, »oder kannst du etwas sehen?«

Er kam nicht dazu, zu antworten. In diesem Moment klingelte ihr Handy, und sie ärgerte sich sofort, dass sie vergessen hatte, es auszustellen. Ohne auf die Nummer zu sehen, ließ sie es klingeln.

»Wenn's was Wichtiges ist, wird derjenige sich schon melden«, murmelte sie und nahm seine Hand.

»Warum gehst du nicht dran? Ich hab die Reporterkrankheit, ich kann kein Telefon kingeln hören, ich muss wissen, wer es ist.«

»Na gut, wenn's dich glücklich macht …« Sie meldete sich. Im ersten Moment verstand sie gar nichts, so leise war das Flüstern am anderen Ende. »Sprechen Sie lauter, ich kann kein Wort verstehen … irgend so ein Scherzbold«, sagte sie mit der Hand über der Sprechmuschel.

Wieder dieses Flüstern.

»Hören Sie, ich lege auf, wenn Sie solchen Unsinn machen.« Kaum hatte sie das gesagt, verstand sie etwas.

»Tante Jill, kannst du mich hören? Patrick hier …«

Patrick Farrington, Angelicas Ältester? »Patrick, sprich lauter, ich versteh dich nicht. Ist etwas passiert?« Warum klopfte ihr Herz plötzlich so hart? Warum wusste sie genau, dass wieder ein Wendepunkt in ihrem Leben gekommen war, nach dem nichts mehr so sein würde wie vorher?

»Ich bin angeschossen, Mum auch und Craig …« Seine Stimme versiegte, er unterdrückte ein Husten. »Hilfe … die wollen unser Land …« Dann war die Verbindung unterbrochen.

»Was ist?«, fragte Nils. »Du bist schneeweiß geworden.«

Sie schüttelte nur den Kopf, während sie die Nummer der Polizei eintippte. Die Polizei meldete sich. Mit knappen Worten berichtete sie, was Patrick gesagt hatte, und gab die Adresse der Farm an.

Nils hörte angespannt zu. »Ich begleite dich«, sagte er nur. Sie nickte dankbar. Den Stein, der noch zu ihren Füßen lag, und die Warnung auf dem Zettel hatten sie vergessen. Nils hämmerte inzwischen an Axels Tür, der verschlafen öffnete. »Zieh dich an«, befahl er seinem Kameramann.

Sie rannte hinüber zum Haupthaus, lief in ihr Zimmer, steckte die Hauswaffe ein und lief zu ihrem Wagen. Nils und Axel keuchten heran. Keine zehn Minuten nach Patricks Anruf rasten sie in ihrem Geländewagen vom Hof. Jill gab Nils ihr Handy. »Bitte ruf Marius Konning an.« Sie diktierte ihm die Nummer. »Sag ihm, wo wir hinfahren, sag ihm, was los ist, sag ihm, dass wir ihn als Arzt brauchen.«

»So, und nun die Farmervereinigung«, sagte sie, als er das Gespräch beendet hatte.

»Farmervereinigung, haben die eine Bürgerwehr gebildet?«, fragte er, während er wählte.

»Weiß ich nicht, aber alle kennen sich. Wenn ein Hilferuf kommt, sind sie da. Vielleicht können die die Straßen absperren, um die Kerle zu fassen.« Als Nils alle Anrufe gemacht hatte, erklärte sie kurz, was Patrick gesagt hatte.

»Mit anderen Worten: Landbesetzer sind bei ihnen eingedrungen, haben ihn, seine Mutter und vermutlich seinen Bruder angeschossen. Hat er etwas über den Rest der Familie gesagt?« Nils stützte sich mit Beinen und Armen an den Seiten ab, um nicht gegen die Tür geschleudert zu werden. Axel auf dem Rücksitz umklammerte seine Kamera.

Sie konnte nur den Kopf schütteln, denn das war es, was ihr so furchtbare Angst machte. »Wenn das Popi mit seinen Leuten war, bring ich ihn um, das verspreche ich!«

»Das wäre Unsinn«, widersprach Nils, »das wäre, als ob du einen Kopf der Hydra abschlägst. Es wächst immer wieder ein neuer nach. Du hast mir selbst gesagt, dass seine Leute gefährlich sind. Du solltest dich mit ihm einigen, sonst wirst du nie in Frieden hier leben können.«

»Mit Popi einigen? Ihm den größten Teil meines Landes überlassen? So weit kommt's noch!« Das Blut schäumte in ihren Adern, aber ihr Kopf war klar. Schweigend fuhren sie weiter, bis sie die Abbiegung zu der Farrington-Farm erreichten. Das Tor war zerstört, hing nur noch in seinen Angeln. Sie fuhr langsamer.

»Die Polizei ist schon da«, rief Axel, »ich kann das Blaulicht sehen.«

»Gott sei Dank«, murmelte Jill und trat aufs Gas. Der Polizeiwagen, ein geländegängiger Wagen mit vergittertem Abteil, stand mitten auf dem Hof, die Fahrertür stand offen, das Blaulicht flackerte über das Haus, das völlig dunkel war. »Hört ihr was?«, flüsterte Jill, griff in ihr Handschuhfach und nahm die Autowaffe heraus, sie hielt die Hauswaffe in der Faust. »Hier«, sie reichte sie Nils, »kannst du etwas damit anfangen?« Leise stieg sie aus.

Er antwortete nicht, aber seine Art, die Waffe zu handhaben, gab ihr die Antwort. Er prüfte nur kurz, ob sie geladen und entsichert war, und folgte ihr. »Axel, bleib im Auto, setz dich ans Steuer, falls wir es eilig haben«, flüsterte er, »bleib hinter mir, Jill.«

Doch sie stand schon an der offenen Eingangstür, wollte eben eintreten, als sie über einen Körper stolperte. Sie unterdrückte einen Entsetzensschrei. Es war der Polizist, ein junger Zulu. Seine Uniformbrust war eine nasse, glänzende Fläche. Er war von Kugeln durchsiebt, aber er atmete noch, allerdings sehr flach und unregelmäßig.

Nils hielt sie am Arm fest, legte einen Finger auf die Lippen. Sie lauschten. Erst hörte sie nur das Schrillen der Zikaden, irgendwo schlug ein Fensterladen. Dann aber war da noch etwas. Ein Tier wimmerte, und ihr fielen die drei Hunde der Farringtons ein, der vierte war vor einiger Zeit einem Schlangenbiss zum Opfer gefallen. Keiner der großen Ridgebacks war zu sehen. Sie schlich zurück zum Auto, gab Axel ihr Telefon, sagte ihm kurz, was sie gefunden hatten. »Ruf die Polizei noch einmal an. Drück die Wahlwiederholung. Wir brauchen mehrere Krankenwagen.«

Bestrebt, keinen Laut zu machen, schlichen sie und Nils weiter. In der Eingangshalle lagen zwei von Angelicas Hunden. Jemand hatte sie geköpft. Das Abendessen kam ihr hoch, sie presste ihre freie Hand vor den Mund, würgte, schluckte. Die Hand, die die Pistole hielt, zitterte. »Einer muss noch irgendwo sein, sie hatten drei Hunde«, presste sie hervor. Wieder dieses Wimmern. »Es kommt aus dem Kinderzimmer«, wisperte sie und zeigte ihm den Weg. Vorsichtig stießen sie die Tür zu dem Raum auf. Fahles

Licht drang von außen herein, gerade genug, um zu erkennen, dass der Raum leer war. Aber dann hörte sie es wieder und wusste, woher es kam. Sie gab Nils ihre Pistole, legte sich auf den Bauch und sah unters Bett. »Patrick?«, flüsterte sie. »Bist du es? Hier ist Jill …«

Es waren Craig und seine kleinen Schwestern. Sie lagen in die hinterste Ecke unter ihr Bett gedrückt, hatten sich hinter Decken und Spielzeug versteckt. Michaela und Vicky waren blutverschmiert, und ihr blieb das Herz stehen, bis sie merkte, dass es Craigs Blut war, dessen Arm stark blutete. Er sah sie aus schockgeweiteten Augen an, presste seine Kiefer zusammen, konnte aber doch nicht verhindern, dass seine Zähne leise klapperten. Die Mädchen sagten gar nichts. Wie kleine Tiere hatten sie sich zusammengerollt, ihre Gesichter in den Armen vergraben, die Händchen auf die Ohren gepresst, als stellten sie sich tot.

»Wo sind deine Eltern und Patrick?«, fragte sie, während sie ihn vorsichtig aufs Bett legte und mit dem Taschentuch, das Nils aus seiner Hosentasche zog, einen provisorischen Druckverband an seinem Oberarm anlegte. Es schien ein Durchschuss zu sein.

Seine Antwort war wie ein Windhauch. »Schlafzimmer, Dad ist in Johannesburg …«

»Wo sind diese … Kerle?«

»Weg, ich glaube, sie sind weg..« Seine Unterlippe bebte. Seine beiden Schwestern krochen neben ihn, kuschelten sich eng an seinen Rücken. Jill streichelte sie, deckte sie mit einem Laken zu, nicht um sie warm zu halten, sondern um ihnen das Gefühl von Sicherheit zu geben. Aufatmend stand sie auf. »Ich glaube, wir können es wagen, Licht anzumachen«, sagte sie leise zu Nils, und als er nickte, drückte sie den Schalter nach oben. Das Zimmer war vollkommen verwüstet, überall Blut, selbst an den Wänden. Es konnte unmöglich von Craig allein stammen. Dann entdeckte sie den dritten Hund der Farringtons. Auch er war geköpft worden. Sie riss die Bettdecke von einem der Betten und warf sie über das Tier, ehe der kleine Junge es sehen konnte. »Bleib hier liegen,

Craig, wir kommen gleich wieder, der Arzt ist auch schon unterwegs.« Damit schlüpften sie auf den Gang.

Angelica lag auf dem Rücken im Flur vor dem Schlafzimmer. Sie trug ein weißes T-Shirt mit großen, leuchtend roten Rosen. Erst als Jill sich zu ihrer Freundin hinunterbeugte, bemerkte sie, dass jede Rose um ein Einschussloch blühte, auf den Lippen stand hellroter Schaum. Mit einem unterdrückten Angstlaut suchte sie ihren Puls, fand ihn mit Mühe. »Sie lebt«, sagte sie zu Nils, »noch.«

»Jill …?« Patricks Stimme war dünn und schwach, und sie fuhr herum. Er saß im Schrank im Gang hinter seiner Mutter, umklammerte mit der rechten Hand ein Gewehr, mit der linken das Mobilteil eines Telefons. Seine linke Gesichtshälfte war eine blutige Maske, aus einer großen Wunde in seinem Oberschenkel pumpte Blut. »Lebt Mum noch?«, fragte er, die rechte Gesichtshälfte so weiß wie die Wand hinter ihm. »Bitte, lebt sie noch?«

Danach ging alles sehr schnell. Minuten nachdem sie Patrick gefunden hatten, hörten sie die Sirenen mehrerer Polizei- und Krankenwagen, und kurz darauf wimmelte es von Menschen im Haus. Sanitäter verbanden Patricks Oberschenkel. Die Wunde am Kopf war ein Streifschuss und glücklicherweise nur oberflächlich. Ein Polizeibeamter, ein schwergewichtiger jüngerer Zulu mit mitfühlenden Augen, hockte sich vor den Jungen, hörte sich an, was er zu sagen hatte, während ein Sanitäter die Kopfwunde untersuchte. »Zwei von denen hab ich erwischt, aber sie hatten AKs …« Er fing an zu zittern, seine Zähne klapperten, er konnte nicht weitersprechen, nur seine aufgerissenen Augen redeten für ihn. Jill legte ihren Arm um ihn.

Der Sanitäter stand auf. »Bin gleich zurück«, sagte er und verschwand.

»Wie viele waren es, mein Junge?«, fragte der Polizist. Er hatte eine tiefe Stimme, die an Geborgenheit und Wärme erinnerte. Er legte seine große Pranke auf Patricks Schulter, und Jill fühlte, wie das Zittern langsam abebbte.

»Mindestens zehn, vielleicht auch mehr«, flüsterte der Junge, »sie schrien bulala amaBhunu und ballerten um sich …« Vor seinem schreckensstarren Blick schien die Szene noch einmal abzulaufen. »Mum lag schon im Gang … und … sie antwortete mir nicht … die Kerle waren bei Craig, dann kamen sie wieder …« Er schluchzte auf.

Die Erwachsenen hielten ihn, schwiegen und warteten, bis er weitersprechen konnte. »Ich hab Dads Gewehr genommen und einfach auf sie geschossen … zwei haben furchtbar geschrien, und plötzlich war überall Blut … dann sind sie abgehauen, und ich hab die Hunde gefunden.« Seine Augen rollten zurück, und Jill fing ihn auf.

»Jill? Wo seid ihr?« Marius Konnings Stimme kam vom Eingang. Sekunden später war er da, warf einen Blick auf Patrick, fühlte schnell den Puls. »Ich komm gleich zu ihm«, sagte er, während er sich neben Angelica kniete und seine Tasche öffnete. »Sie hat einen Lungendurchschuss«, sagte er, und Jill hörte die Sorge in seiner Stimme. Zwei Sanitäter erschienen mit einer Trage im Gang. Mit unendlicher Vorsicht halfen sie Marius, ihre Freundin hinaufzuheben. »Bringt sie in den Wagen und kommt dann mit einer zweiten Trage. Der junge Mann hier muss auch mit.« Er kniete sich vor Patrick, der wieder bei sich war, murmelte beruhigende Worte. »Deine Mum wird schon wieder, keine Sorge, Pat, ich werde sie selbst operieren.« Er hielt ihn im Arm, bis die Sanitäter mit der zweiten Trage kamen und den Jungen darauf legten. Dann stand er auf.

»Patrick, wo ist dein Dad?«, fragte Jill. »Ich brauche seine Nummer, hat er sein Handy mit?«

»Die Nummer klebt am Telefon«, sagte Patrick, dann schloss er die Augen, und die Sanitäter trugen ihn hinaus.

Jill zog Marius ins Kinderzimmer. »Craig muss auch ins Krankenhaus, und die Mädchen haben zumindest einen Schock.«

»Was um Himmels willen ist hier passiert?« Entsetzt deutete Marius auf all das Blut.

»Der Hund ...« Sie zeigte mit abgewandtem Gesicht auf die Überreste des großen Ridgeback. Es war Fritz gewesen, wie sie an seinem geschlitzten Ohr erkannte. Mit sanften Fingern untersuchte Marius den Jungen, der sie gar nicht zu sehen schien. »Wir bringen dich gleich ins Krankenhaus, Craig, deine Mum und dein Bruder sind schon auf dem Weg dahin. Ich fahre mit Angelica und Patrick,«, wandte er sich an Jill, »Craig kommt in den zweiten Krankenwagen mit den Mädchen. Kannst du mit ihnen fahren? Sie brauchen jemanden, den sie kennen und dem sie vertrauen.«

»Natürlich. Ich sag Nils Bescheid, dann komme ich.« Nils und Axel filmten im Schlafzimmer. Axel hatte den Scheinwerfer seiner Kamera eingeschaltet und auf den geköpften Hund gerichtet. Sie schirmte ihre Augen mit einer Hand ab, den Anblick konnte sie nicht mehr ertragen. Nils sah hoch. Auch er war bleich, seine helle Hose blutverschmiert, auf seinem dunklen Hemd hob sich das Blut nicht ab, es glänzte nur nass. »Ich fahre mit Craig und den kleinen Mädchen ins Krankenhaus, Marius fährt mit den beiden anderen. Ich lasse dir den Wagen da, irgendjemand wird mich schon wieder nach Hause fahren, aber warte nicht auf mich.«

Er stand auf und nahm sie in den Arm. »Wird deine Freundin durchkommen?«

Als Antwort konnte sie nur mit den Schultern zucken, weil ihr die Stimme versagte. Für Sekunden vergrub sie ihr Gesicht in seiner Halsbeuge, schloss das Grauen aus. Dann hob sie den Kopf, zog die Nase hoch. »Es ist gut. Ich fahr jetzt und rufe von unterwegs Alastair und Irma an.« Sie küsste ihn schnell, lief hinaus und kletterte hinten in den zweiten Krankenwagen, der gleich darauf mit heulenden Sirenen hinter dem herfuhr, der Angelica, Patrick und Marius ins Krankenhaus brachte. Der dritte Krankenwagen stand hell erleuchtet auf dem Hof, und sie sah, wie die beiden Notärzte, die mit Marius angekommen waren, sich um den verletzten Polizisten bemühten.

Sie erreichte Alastair sofort am Telefon. Aus den Hintergrundgeräuschen schloss sie, dass er zu einem fröhlichen Umtrunk in irgendeiner Bar war. »Jilly, du hast das falsche Telefon«, rief er mit einer Stimme, die ihre Annahme bestätigte, »ich bin in Johannesburg – du hast doch Angelicas Nummer.«

Sie konnte nicht gleich antworten, aber Alastair schien etwas zu ahnen. »Jill? Ist etwas passiert?« Seine Ton war auf einmal stocknüchtern. »Ist es Angelica?«

So kurz wie möglich berichtete sie ihm, verschwieg, wie schlimm es um Angelica stand, erwähnte auch nichts von den Hunden, sagte ihm nur, dass Marius die ganze Familie ins Unfallkrankenhaus von Umhlanga brachte. »Patrick ist ein Held«, schloss sie, »er hat die Kerle in die Flucht geschlagen.«

»Ich komme«, sagte Alastair und unterbrach die Verbindung.

\*

Die ganze Nacht kämpften Marius und seine Kollegen um Angelicas Leben. Sobald die Kinder versorgt waren und ruhig unter der Aufsicht der Nachtschwestern schliefen, wartete Jill vor dem Operationssaal, in dem Angelica operiert wurde. Gegen sechs Uhr früh kam ein hohläugiger, kreidebleicher Marius heraus. Sein Mundschutz hing unter seinem Kinn, die Kappe hatte er in die Tasche gesteckt. Das Licht im Gang malte grünliche Schatten unter seine Augen. Mit beiden Händen rieb er sein Gesicht, schüttelte sich, massierte seinen Nacken und gähnte herzhaft. Dann entdeckte er sie.

»Marius?« Mehr bekam sie nicht heraus.

Ein schwaches Lächeln huschte über seine müden Züge. »Geschafft«, sagte er, »wir haben sie zusammengeflickt. Wenn sie die nächsten Stunden übersteht, wird sie so gut wie neu.«

Jill setzte sich auf die nächste Bank und bekam einen Weinkrampf. Marius setzte sich neben sie, legte den Arm um sie, zog sie an sich und hielt sie einfach nur fest. Irgendwann drückte ihr jemand einen Becher mit heißem Kaffee in die Hand. »Mit einem Schuss Cognac und ein paar Löffeln Zucker«, hörte sie die

Stimme einer Schwester. Gehorsam trank sie das starke Gebräu, und langsam versiegten ihre Tränen. Lautstark putzte sie sich die Nase und richtete sich auf.

»Besser?«, fragte Marius, wischte ihr mit seiner Kappe das Gesicht trocken und stieß die Tür zur Intensivstation auf. »So, nun kannst du Angelica einmal kurz sehen, und dann fährst du nach Hause.«

Sie schüttelte den Kopf. »Ich hab kein Auto hier, ich muss mir irgendwo eins leihen. Ein Taxi nach Inqaba kann ich mir nicht leisten. Vielleicht kann ich so lange hierbleiben, bis Irma kommt und mich abholt?«

Sein Lächeln war schon um einen Hauch fröhlicher. »Das wird nicht nötig sein. Hier ist jemand, der dich abholen will.« Er deutete hinter sich.

Sie drehte sich um. Nils kam eben den Gang herunter, hob eine Hand und lächelte sie an. Dieses Lächeln traf sie mitten ins Herz. Ihr wurde heiß, das Blut stieg ihr in den Kopf, ihr Puls flatterte.

Marius schloss die Tür zur Station auf und warf ihr einen Seitenblick zu. »Sieh an, so ist das also …? Netter Kerl.« Dann blieb er vor dem Kontrollfenster eines matt beleuchteten Raumes stehen. »Da liegt sie.«

Jill sah hindurch, konnte ihren Schock kaum verbergen. Angelica war nicht zugedeckt. Ihr Brustkorb war verbunden, mehrere Schläuche kamen unter den Verbänden heraus. Zwei Ärzte arbeiteten noch an ihr. Einer justierte den Tropf, ein anderer las etwas von einem der piepsenden Geräte ab. Eigentlich erkannte sie Angelica nur an ihren blonden Haaren und den großen Füßen, deren Sohlen vom ewigen Barfußlaufen auf der roten afrikanischen Erde rötlich verfärbt waren. Tränen stiegen ihr in die Augen. Lange starrte sie ihre Freundin an. Du schaffst es, du schaffst es, du musst es schaffen, befahl sie ihr schweigend, versuchte, ihr etwas von ihrer eigenen Kraft zu übertragen. Sie stand so, bis Marius sie am Arm berührte. »Ruf mich ungefähr um elf Uhr an, dann wissen wir mehr.« Er brachte sie zur Tür der Intensivstation. Noch einmal winkte er ihr zu, dann verschwand er in Angelicas Zimmer.

Als sie sich umwandte, stand Nils vor ihr. »Du siehst aus wie eine halb ersäufte Katze«, stellte er fest, zog ein T-Shirt und ein paar Jeans aus einer Plastiktüte. »Hab mir gedacht, dass du diese blutverschmierten Klamotten ausziehen möchtest, und hab deine Tante gebeten, mir etwas einzupacken.« Er reichte ihr die Tüte, in der sich auch eine Unterhose befand.

Sie sah an sich herunter. Ihr grünes, rückenfreies Kleid war über und über mit rostbraunem Blut besudelt, das zu großen, steifen Flecken getrocknet war. Selbst ihre weißen Leinenschuhe waren blutverkrustet. Sie musste in das Blut der Hunde getreten sein. Sie schüttelte sich, und auf einmal konnte sie nicht schnell genug aus ihrer Kleidung herauskommen. »Danke«, sagte sie, küsste ihn auf den Mund, nahm ihm die Tüte ab und stellte sich in einem der Patientenbadezimmer unter die Dusche, bis mit dem Blut auch der Schock der Nacht von ihr abgewaschen war und sie wieder klar denken konnte.

Zusammen mit Nils schaute sie nach den Kindern. Craig war aufgewacht, aber immer noch käsig blass. Leise sagte sie ihm, dass es seiner Mutter schon viel besser gehe. Patrick, im Bett neben ihm, schlief fest. Sie redete mit der Schwester, die bei den Kindern Wache hielt, erfuhr, dass Michaela und Vicky im Nebenzimmer lagen und dass sie außer dem Schock keine Verletzungen davongetragen hatten. Lange stand sie neben den kleinen Mädchen, die sich in einem Bett fest aneinander gekuschelt hatten. Das andere Bett war unbenutzt. Schlaftrunken schlangen die Kleinen ihr die Ärmchen um den Hals, klammerten sich an sie. Sie murmelte Koseworte, erzählte ihnen von ihrer Mutter und dass ihr Vater kommen würde.

»Komm«, sagte Nils, »du musst jetzt nach Hause.«

Aber sie schüttelte den Kopf. »Ich kann sie nicht allein lassen. Ich bleibe hier, bis Alastair eintrifft. Er hat sicher die erste Maschine genommen und müsste bald hier sein.« Es war mittlerweile acht

Uhr. Sie konnten nichts weiter tun, als sich ins Wartezimmer zu setzen. Kaum saß sie neben Nils, hatte ihren Kopf an seine Schulter gelegt, war sie eingeschlafen.

Das Nächste, was sie hörte, war seine Stimme. »Jilly, wach auf, Liebling.« Er rüttelte sie sanft an der Schulter. »Augen auf, komm …«

Vollkommen benommen hob sie den Kopf und sah hoch. Alastair stand vor ihr. Im grünlichen Licht der Deckenbeleuchtung war sein sonst so braun gebranntes Gesicht fahl, die Augen waren fast schwarz. Erschrocken sprang sie auf. »Alastair …? Angelica …?« Er fuhr sich mit der Hand über die rotbraunen Haare. »Noch schläft sie, aber Marius sagt, sie kommt durch.« Tränen hinderten ihn, weiterzureden. Den Arm um ihn gelegt, wartete sie schweigend, bis er sich wieder gefasst hatte. »Patrick hat eine Menge Blut verloren, aber er ist jung und widerstandskräftig. Er wird bald wieder herumlaufen.« Seine Hände ballten sich zu Fäusten, die Adern an seinem Hals traten hervor. »Ich bring die Kerle um, wenn ich sie erwische«, presste er hervor. Dann beugte er sich zu ihr herunter, küsste sie auf die Wange. »Danke, Jill. Für alles.«

Sie legte ihm die Finger auf die Lippen. »Brauchst du etwas von zu Hause? Oder wirst du bald heimfahren?«

»Ich bleib noch ein bisschen. Vielleicht wacht sie auf, dann will ich bei ihr sein. Marius hat mir erlaubt, an ihrem Bett zu sitzen.« Noch einmal drückte er sie, und dann ging er. Kurz darauf schwang die Tür zur Intensivstation hinter ihm zu.

Nils legte seinen Arm um ihre Schultern. »Es ist fast neun Uhr, und wir gehen jetzt frühstücken … Es hat gar keinen Zweck, zu protestieren, für heute habe ich das Kommando übernommen. Gib mir den Schlüssel, ich fahre.«

»Ich habe völlig vergessen, mich nach dem Polizisten zu erkundigen. Hast du etwas gehört?«

Er fuhr über die Brücke, die den Highway überspannte, hinunter nach Umhlanga. »Er ist tot«, sagte er, »er ist im Krankenwagen gestorben, noch bevor sie losfahren konnten.«

Beklommenheit senkte sich als kalte Wolke auf sie nieder, machte ihr auf einmal das Atmen schwer. Sie lehnte den Kopf an die Rückenlehne, hatte das Fenster weit geöffnet und ließ sich den warmen Fahrtwind ins Gesicht blasen, konnte die Bilder der Nacht, als sich die Sonne in Finsternis und der Mond in Blut verwandelte, nicht mit dem lichtüberfluteten Land, das vor ihr lag, in Einklang bringen. Der Polizist war noch so jung gewesen. Ob er verheiratet war? Vielleicht Kinder hatte? »Lass uns herausfinden, wo seine Familie wohnt«, sagte sie in das Schweigen, »vielleicht können wir helfen.«

»Ich habe ihre Adresse, wir können heute Nachmittag hinfahren. Er war ein ganz junger Mann, der erst vor einem halben Jahr Polizist geworden war. Er hinterlässt seine Frau.«

Sie schwiegen, bis sie kurz darauf auf dem Parkplatz des Cabana Beach Hotels parkten. Er stieg aus und half ihr heraus. Sie gingen vorbei an dem üppig bepflanzten Eingang durch die hohe Eingangshalle, die Treppe hinunter und durch einen gefliesten Gang hinaus auf die Meerseite. Das Donnern der Brandung und die warme Feuchtigkeit des Meeres umfingen sie. Sie liefen den gepflasterten Weg unter den riesigen Baumstrelitzien hindurch, vorbei an duftenden Amatungulu, bis zu der Stelle, wo sie die Küste von der schemenhaften Silhouette Durbans im Süden bis zu den im Wasserschleier der Gischt verlaufenden Hügeln des Nordens überblicken konnten. Die Sonne war heiß, das Meer funkelte wie ein diamantbestickter Teppich, Möwen schrien, ein leichter Wind fächelte, der Geruch nach Salz und Tang hing in der Luft, legte sich auf ihre Lippen, ein paar Kinder lachten. Es war ein ganz normaler Sommertag am Meer von Umhlanga Rocks.

Keine fünf Kilometer weiter lagen fünf Menschen im Krankenhaus, die sie liebte, die heute Nacht nur mit großem Glück dem Tod entronnen waren, und unten, im Keller, lag ein junger Zulu, der so stolz gewesen war auf seinen Beruf und ihn mit dem Leben bezahlt hatte.

Da fiel ihr etwas ein, was von der Lawine der Ereignisse begraben worden war. »Was stand noch auf dem Zettel, der um den Stein gewickelt war, der auf die Veranda gekracht ist?«

Nils stand breitbeinig da, die Hände in den Taschen seiner Leinenhosen, wippte auf seinen Fußballen. »Das nächste Mal bist du dran«, antwortete er. »Glaubst du, dass sich das auf den Überfall bei den Farringtons bezog?«

»Glaubst du das nicht?«, sie musste schreien, um das Donnern der Brandung zu übertönen. »Das war Popi, ich weiß es. Er hat den Stein geworfen, und er hat die Farringtons überfallen.«

»Dann müsste es ihn zweimal geben. Er kann nicht gleichzeitig den Stein geworfen und die Farringtons niedergeschossen haben.«

»Hast du vergessen, dass er eine Zwillingsschwester hat? Steine werfen kann Thandile Kunene sehr gut. Doktor Thandile Kunene«, setzte sie mit triefendem Sarkasmus hinzu, »sie behauptet, Kinderärztin zu sein, aber ihr hippokratischer Eid scheint sie nicht davon abzuhalten, bei der Ermordung weißer Kinder mitzumachen. Das wird sie mir büßen, das schwöre ich dir, wenn notwendig mit ihrem Leben«, sagte sie, und Hass verbrannte ihr Herz.

»Damit würde ich sehr vorsichtig sein. Das kannst du nicht behaupten, bevor du die Fakten hast.« Er streckte ihr die Hand entgegen. »Komm, lass uns frühstücken gehen und versuchen, ein wenig Abstand zu bekommen.«

Aber sie zuckte zurück, fand für kurze Momente keine Brücke zu ihm, war Lichtjahre von ihm entfernt. Dann war der Augenblick vorüber. Sie beschloss, die Sache mit Thandi und Popi in Zukunft allein mit sich auszumachen. Und mit den beiden, die es anging. Nun ergriff sie seine Hand. Zusammen wanderten sie zu der Terrasse des La Spiagga, die neben dem Wachturm der Lebensretter wie ein Balkon über den Strand gebaut war. Sie setzten sich an den Tisch ganz vorn am Geländer. »Du bleibst hier, ich bestelle für uns bei der Wirtin. Ich kenne sie.« Er stand auf und ging ins Restaurant. Sie sah ihn am Tresen stehen und lebhaft mit der Wirtin diskutieren.

Ihr Kinn auf die Hand gestützt, beobachtete sie ein paar Delfine, die weit draußen auf den Wellenkämmen tanzten. Ein Schwarm von Seeschwalben jagte dicht über der Wasseroberfläche dahin. Das Meer glitzerte, sie musste ihre Augen zu Schlitzen schließen, weil sie keine Sonnenbrille dabeihatte. Der junge schwarze Polizist ging ihr nicht aus dem Kopf. Ob er gewusst hatte, dass er die Sonne nie wieder sehen würde, nie wieder die Köstlichkeit eines frühen Morgens erleben?

»He, alles in Ordnung mit dir?« Nils' Stimme war weich, die Hand, die ihr Gesicht streichelte, auch.

Erst jetzt merkte sie, dass ihr Tränen über die Wangen gerollt waren. Mit beiden Händen wischte sie die Nässe weg, schluckte. »Ja, ja, alles in Ordnung, die Sonne hat mich geblendet.« Wenn sie ihm jetzt erklärte, was diese Tränen verursacht hatte, wusste sie, dass sie ihre Fassung verlieren würde. Das wollte sie nicht. Das konnte sie nicht. Das würde sie nicht mehr aushalten.

Das Frühstück war, wie ein Frühstück sein sollte. Ein Korb frischer Croissants, dampfender Kaffee, Müsli mit Milch, Rührei mit Schinken und alles, was sonst noch dazugehört. Zu ihrem Erstaunen hatte sie Hunger und aß alles auf, bis zum letzten Krümel, was Nils ihr vorlegte. Genauso erstaunlich empfand sie es, dass sie sich danach unglaublich viel besser fühlte.

Danach liefen sie noch einmal die Promenade auf und ab, und sie hatte zunehmend das Gefühl, sich auf einem anderen Planeten zu befinden. Diese lichterfüllte Welt, die sie umgab, mit dem strahlenden Himmel, der sich darüber spannte, konnte unmöglich dieselbe sein, in der ihre Freundin mit ihren Kindern von einer Horde Männer in dunkler Nacht überfallen und schwer verletzt, der junge Polizist erschossen worden war.

Die Sonne stieg höher, es wurde immer heißer, sie wurde müde und lethargisch, und ihre Gedanken schwammen davon. »Ich möchte nach Hause«, sagte sie zu Nils.

# 17

Irmas energische Schritte waren im Gang zu hören. »Jill, bist du da?« Auf ihre Antwort hin öffnete sie die Tür zu ihrem Arbeitszimmer und trat ein. Sie trug ein ärmelloses, helles Etuikleid und wirkte erhitzt. »Ich war bei Angelica. Sie ist zwar aufgewacht, steht aber immer noch unter Schmerz- und Beruhigungsmitteln. Sie hat fürchterliche Schmerzen in der Lunge. Jeder Atemzug muss ihr wahnsinnig wehtun.« Sie nahm ihren schwarzen Wagenradhut ab, warf ihn auf einen Sessel und fächelte sich mit den Händen Kühlung zu. »Meine Güte, ist das eine Bullenhitze.«

Jill, die an der Abrechnung gearbeitet hatte, aus der hervorging, wie viel Ben und seine Leute im vergangenen Monat mit ihrer Arbeit auf das Land abbezahlt hatten, das sie bestellten, schob die Papiere beiseite. Einen Moment unterhielten sie sich über die Farringtons. »Hat Angelica schon sagen können, was passiert ist? Kann sie sich erinnern?«

Irma öffnete den kleinen Kühlschrank, der in einem Schrank eingebaut war, nahm eine eisgekühlte Cola und trank einen tiefen Zug aus der Flasche. »Die Polizei durfte heute fünf Minuten mit ihr reden. Die, die sie überfallen haben, waren offenbar ausnahmslos Schwarze, aber sie hat niemanden erkannt, kann also nicht sagen, ob es dieser Kunene und seine Gang war.«

Jill überlegte, ob sie ihrer Tante von dem Stein erzählen sollte, der auf ihrer Veranda gelandet war, entschied sich dann aber dagegen. Es würde nichts bringen, außer dass Irmas Schlaf gestört würde. »Weißt du, was werden soll, wenn Angelica aus dem Krankenhaus kommt?«, fragte sie. »Die Kinder wird sie wohl erst mal nach Kapstadt zu ihren Eltern schicken. Vermutlich wird sie auch dorthin fahren, wenn es ihr besser geht. Aber dann?« Was hatte Angelica damals gesagt, als Popis Leute auftauchten und behaupteten, dass die Farrington-Farm ihren Vorfahren gehörte?

»Wir schicken die Kinder zu meinen Eltern nach Kapstadt, laden

einen Koffer mit unseren Wertsachen in unser voll getanktes Geländefahrzeug, damit wir die Farm innerhalb von Minuten verlassen können. Und wenn nichts passiert, die Kerle abziehen, packen wir unsere Wertsachen wieder aus und leben weiter wie bisher.«
Sie wiederholte die Worte zu Irma. »Sie können die Farm unter diesen Umständen doch kaum noch verkaufen. Die Farm bedeutet ihr Leben und ihre Existenz. Alastair ist Farmer mit jeder Faser seines Körpers.« Sie redete von den Farringtons, aber dachte dabei an sich und Inqaba.

»Verkaufen? Wo sollen sie denn hin? Wie ich Alastair kenne, schaltet der jetzt erst recht auf stur. Seine Familie wird er nach Kapstadt schicken, aber er wird hier bleiben, jeden Abend mit seinem Gewehr auf dem Schoß warten, dass sie kommen. Und wenn sie kommen, wird er ihnen einen Sieg nicht leicht machen.«

Die beiden Frauen sahen sich an. Keine sprach aus, wie eine solche Begegnung aussehen würde. Zu häufig hatten sie darüber in der Zeitung gelesen. Die Stimmen, die plötzlich die Stille der Nacht zerrissen, das Krachen der eingeschlagenen Türen, das Jaulen der sterbenden Hunde, das Gebrüll, das immer näher kam, bis dann die letzte Tür zersplitterte. Jill wischte sich über die Augen, wollte das Bild auslöschen, das sie jetzt vor ihrem inneren Auge sah, konnte nur mühsam verhindern, dass Angst den Damm ihrer Selbstbeherrschung und Selbsttäuschung durchbrach.

»Man kann sich von solchen Gangstern doch nicht kleinkriegen lassen«, bemerkte Irma, als hätte sie ihre Gedanken gelesen. Mit allen Fingern fuhr sie durch ihre weißen Haare, schaute Jill an, ihre Augen sehr blau gegen die sonnengebräunte Haut. »Uns kriegen sie hier nicht weg, Jilly, bestimmt nicht. Wir werden Vorkehrungen treffen. Komm, lass uns drüber reden.«

Jill folgte ihr auf die Terrasse, hörte ihr zu, weniger den Worten als ihrem Ton, registrierte ihre energischen Bewegungen, glaubte ihr aufs Wort, dass sie Popi und seine Leute mit furchtlos blitzenden Augen und dem Gewehr im Anschlag empfangen würde. Das Blut von Johann und Catherine floss in ihren Adern, bestes, widerstandsfähiges Pionierblut. Mein Blut, dachte sie, richtete sich innerlich auf. Das Gefühl, das diese Erkenntnis in ihr auslöste, war ein gutes.

»Jeder von uns sollte eine Waffe tragen«, sagte Irma, »zu jeder Zeit.« Sie öffnete ihre geräumige Handtasche und zog eine silberne Pistole hervor. »Hier, mein ständiger Begleiter.«

Jill schob die Hand ihrer Tante samt Pistole mit einem Griff zurück in die Tasche. »Steck sie weg, was sollen die Gäste denken?« Sie wies auf mehrere Gäste, die im Schatten der Sonnenschirme saßen und ihren Tag auf auseinander gefalteten Landkarten planten. »Auf Inqaba kann ich unmöglich mit einer Waffe herumlaufen«, protestierte sie leise, damit sie niemand hören konnte, »mir laufen doch die Gäste weg. Das kann ich mir nicht leisten.« Sie ging Irma voraus an den kleinen Tisch ganz hinten, zog ihr einen Stuhl zurecht.

Aufstöhnend ließ Irma sich in dem Rattansessel nieder, zog ihr Kleid bis über die Knie zurück, zeigte dabei wohlgeformte Beine ohne Krampfadern. »Dann leg deine Pistole dahin, wo du am schnellsten herankommst, und wie ich schon sagte, wir sollten einen zweiten Zaun ziehen, der näher am Haus ist, einen mit richtig Wumm dahinter. Außerdem solltest du den gesamten Zaun entlang einen schmalen Korridor für die Hunde ziehen, in dem sie Tag und Nacht frei laufen können.«

»Mit dem Ausdruck ›richtig Wumm dahinter‹ meinst du einen elektrisch geladenen Zaun? Dann leben wir in einem Hochsicherheitsgefängnis, lebenslang, nur ohne Anklage, Gerichtsverhandlung und Urteil. Und ohne Aussicht auf Pardon. Wo leben wir eigentlich?«

»In einem afrikanischen Land«, war die trockene Antwort Irmas. »Mach dir keine Sorgen über die Kosten für den Zaun, ich werde ihn bezahlen. Das letzte Buch macht sich gut.« Sie fasste sich in komischer Parodie an die Kehle. »Ich bin am Verdursten, Jilly, hast du irgendetwas Kühles, Langes für mich?«

»Natürlich«, nickte sie und sah sich suchend um. Weder Bongi noch Zanele waren zu sehen, zwei Gäste saßen vor leeren Gläsern. Sie würde einmal streng mit den Mädchen reden müssen. »Ich hole etwas aus der Küche.« Sie stand auf, schlängelte sich zwischen den Tischen durch, froh, einen Augenblick mit ihren Gedanken allein zu sein. An sich war der Zaun das einzig Richtige, zumindest der Auslauf für die Hunde, obwohl sie sich keinerlei Illusionen darüber machte, dass ein paar vergiftete Fleischstücke oder gut gezielte Schüsse die Hunde außer Gefecht setzen würden. Sie lief den Gang zur Küche hinunter.

Schon bevor sie die Tür zum Küchentrakt aufstieß, hörte sie Nelly singen, Bongi und Zanele fielen ein. In ihrer wundervollen, cremigen Singstimme erzählte Nelly von Jonas, ihrem Enkel, der große Brücken bauen und ein berühmter Mann sein würde, die beiden Mädchen antworteten, hell und klingend. Jill lehnte sich an die Wand, schloss die Augen und lauschte. Es erinnerte sie so sehr an ihre Kindheit, an die sonnengefüllten, funkelnden Tage, in denen Worte wie »Landbesetzer« noch nichts mit ihrem Alltag zu tun hatten, wo sie mit ihren Freunden durch den Busch streifte, sich keiner von ihnen darum kümmerte, dass sie unterschiedliche Hautfarben hatten oder wer das Land sein Eigen nannte. Der Busch gehörte ihnen, die Tiere waren ihre Freunde. Die Erinnerung daran schlug ihr wie eine Faust in den Magen, nahm ihr den Atem. Das Gefühl von Verlust war so stark, als wäre jemand gestorben.

So stand sie draußen vor der Tür, lauschte den Zulufrauen, ließ den Rhythmus ihres Gesangs durch ihren Körper laufen. Ihre Hand lag auf dem Griff, aber sie mochte ihn nicht herunterdrücken, wollte diesen Augenblick bis in die Ewigkeit ausdehnen.

»Hallo, einen wunderschönen guten Morgen wünsche ich Ihnen«, grüßte sie einer der neuen Gäste, ein distinguiert aussehender älterer Mann mit einem üppigen weißen Schnurrbart.

Sie fuhr zusammen, grüßte wieder, brachte ein Lächeln zustande, aber der Augenblick war zerstört. Sie drückte die Türklinke nieder und trat ein. »Sanibona, Nelly, Bongi, Zanele.«

Nelly und die Mädchen unterbrachen ihr Lied, grüßten mit breitem Lachen. Sie öffnete den Kühlschrank, nahm Orangensaft und Wodka, stellte die Flaschen mit zwei Gläsern auf ein Tablett. Dabei erklärte sie den Mädchen freundlich, dass sie regelmäßig über die Terrasse gehen müssten, um zu sehen, ob einer der Gäste etwas benötigte, versuchte ihnen klar zu machen, dass es eben diese Gäste waren, die ihren Job ermöglichten. Sie zupfte ihnen die dottergelbe Uniform zurecht. »Ihr seht hübsch aus«, sagte sie.

»Aii«, lachten die beiden Mädchen verlegen. Bongi strich die Falten ihres Rockes glatt, berührte ihre Kappe, die ihr so gut zu ihrer seidig schimmernden braunen Haut stand.

»Zwei Gäste haben nichts mehr zu trinken«, erinnerte sie die Mädchen, nahm das Tablett mit den Getränken. »Habt ihr von dem Überfall auf Mrs. Farrington gehört?«, fragte sie und beobachtete dabei die Reaktion der drei Frauen sehr genau.

»Oh ja, Madam, arme Mrs. Farrington, und dann die Kinder, die armen Kinder!«, rief Bongi, verzog betrübt ihr rundes Gesicht.

»Ich werde Gott bitten, sie schnell wieder gesund zu machen«, ergänzte Zanele.

Nelly schrubbte einen Topf.

»Wenn ich Popi und Thandi Kunene eine Nachricht zukommen lassen will«, fuhr Jill fort, ihre Worte sorgfältig wählend, »wem kann ich da Bescheid sagen, Nelly?«

Nelly spülte den Topf ab, drehte ihr dabei den Rücken zu. Fast eine Minute lang war nur das Rauschen des Wasserstrahls und das Klappern des Topfes zu hören. »Weiß nicht«, antwortete die Zulu dann.

»Ich will ihnen klar machen, dass mich niemand von Inqaba verjagen wird. Ich lasse mich nicht einschüchtern, auch nicht von dem, was den Farringtons passiert ist. Es macht mich sehr wütend, und von jetzt an werde ich eine Waffe tragen. Wenn sie Krieg wollen, dann muss es so sein. Wem könnte ich das sagen, damit er es weitergibt und Popi und Thandi auch mitteilt, dass ich sie sprechen will? Morgen Vormittag hier im Haus.« Am helllichten Tag auf sicherem Terrain.

Nellys Gesicht war zu der sattsam bekannten undurchdringlichen Maske erstarrt. Ein kurzer Blick unter gesenkten Wimpern streifte sie. »Weiß nicht«, sagte ihre alte Nanny, »Mehl ist alle.« Zufrieden schloss sie die Tür hinter sich und ging zurück zu Irma. Nelly hatte sehr wohl verstanden. Die Nachricht würde die Kunene-Zwillinge erreichen, über welche Wege, wusste sie nicht, wollte sie auch nicht so genau wissen. Am Tisch angekommen, an dem Irma bereits wieder in einem der Hefte las, die Catherines spinnenfeine, gekreuzte Schrift zeigten, setzte sie das Tablett ab. Die Flaschen waren beschlagen, Nässe leckte am Glas herunter, bildete eine Pfütze. »Orangensaft mit Wodka, wie immer?«, fragte sie Irma, goss sich selbst aber reinen Orangensaft ein.

Sie trank ein paar Schlucke. »Dein Vorschlag mit dem Auslauf für die Hunde ist gut, und dein Angebot, die Kosten zu übernehmen, finde ich wunderbar, und ich würde es gern annehmen. Allerdings ist es zwecklos, den Laufzwinger den gesamten Zaun entlang zu bauen. Dann bräuchten wir ein ganzes Rudel Hunde.« Von ihrer Nachricht an die Kunene-Zwillinge sagte sie nichts.

»Wir müssen den Zaun näher am Haus ziehen und ihn elektrisch laden«, Irma leerte ihr Glas schnell, warf ihr einen blitzblauen Blick zu, »das hält sie wenigstens auf. Langsam müssen wir uns ducken, die Einschläge kommen näher.«

Abwehrend schüttelte Jill den Kopf. »Was hat das Angelica gebracht? Es hat keinen Unterschied gemacht.« Gewaltsam schob sie die Vorstellung weg, was Angelica gesehen haben musste, als sie die ersten Kugeln trafen. Noch viel tiefer hatte sie die Erkenntnis vergraben, dass der Anruf von Patrick nur eine Dreiviertelstunde nach ihrem Abschied von Angelica bei ihr einging. Vermutlich hatten die Killer bereits im Schatten des Hauses gewartet, als sie und Nils ihre Freundin verließen. Dabei fiel ihr ein, dass sie Alastair noch fragen wollte, wie sie den Elektrozaun überwunden hatten.

»Jill, wir müssen realistisch sein. Inqaba ist nicht mehr das, was das Wort bedeutet, unsere Zuflucht. Wir sind zwei Frauen und allein. Die Gäste, die wir beherbergen, sind kein Schutz, eher eine Gefahr. Durch sie sind wir erpressbar. Wir sitzen wie zwei Kanarienvögel im Käfig, vor dem ein Rudel hungriger Raubkatzen herumschleicht, und die Käfigstäbe sind angesägt. Über kurz oder lang kriegen die uns!«

»Nein«, rief Jill, dabei rutschte ihre Stimme aus. Nein, nein, nein, schrie sie innerlich, ich will nicht ins Gefängnis. Ich will nicht. Irma legte Catherines Tagebuch langsam auf den Tisch, markierte die Stelle, wo sie gelesen hatte, und schlug es dann zu. »Dann muss ich dir sagen, dass ich die Farm verlassen werde. Ich will nicht eines Tages mit ansehen müssen, wie du niedergemetzelt wirst.« Die Hand, die auf dem zugeschlagenen Heft lag, bebte.

»Du kannst mich doch nicht allein lassen.« Jill geriet in Panik. Irma sah auf ihre Hände, ihr Gesicht war bleich. Dann stand sie auf. Der Stuhl schurrte über den Holzboden. »Du bist alles, was ich habe. Ich kann die Angst, dass dir etwas passiert, nicht ertragen. Wenn du deine Meinung geändert hast, ruf mich an. Ich bin in Kapstadt.« Sie nahm die Tagebücher und verließ die Terrasse. Ihr Rücken war steif, ihre Bewegungen hölzern, sie hielt den Kopf gesenkt.

Jill war unfähig zu reagieren, wartete, dass sie sich umdrehte. Sie tat es nicht. Erst als der Motor von Irmas Auto ansprang, fiel die Lähmung ab, sie hastete hinterher. »Warte!«, schrie sie dem Wagen nach, aber er verschwand, ohne anzuhalten, um die Biegung. Ihre Tante hatte sie verlassen. Jetzt war sie wirklich allein.

\*

Angelica erholte sich langsam. Jeden zweiten Tag besuchte Jill sie, wechselte sich mit Lina ab, die an den anderen Tagen zum Krankenhaus fuhr. Mehr als einmal traf sie Tita Robertson dort, beladen mit Geschenken für die Kinder. Heute, am Mittwoch, vier Tage nach dem Überfall, erwartete sie ihre Freundin, gestützt von Kissen, im Bett sitzend. Sie sah jämmerlich aus, ihre Knochen standen spitz hervor, ihre Haut war gelblich fahl, dunkle Schatten lagen um ihre Augen. Aber sie brachte schon wieder ihr altes, alle Unbill überwindendes Lächeln zustande. Kurz nach dem Mittagessen, das bei Angelica aus einem weiteren Tropf und dünnem Tee bestand, kam Alastair, begleitet von Marius.

Nach einer eingehenden Untersuchung zeigte dieser sich mit seiner Patientin zufrieden. »Sie ist zäh wie eine Katze mit neun Leben, aber ein paar hat sie jetzt aufgebraucht. Eine der Kugeln hat das Herz nur knapp verfehlt.«

Alastair hatte seinen Stuhl nahe an das Bett seiner Frau gezogen, hielt ihre Hand. »Den Kindern geht es besser, die Wunden waren nur Fleischwunden, kein Knochen ist verletzt. Michaela und Vicky sind völlig unverletzt.«

»Nur die Wunden auf ihrer Seele werden nie vernarben«, flüsterte seine Frau und sank müde in die Kissen zurück.

Jill verabschiedete sich rasch, denn sie konnte sehen, wie sehr es ihre Freundin anstrengte, Besuch zu haben. »Kann ich dich kurz etwas fragen – draußen?«, flüsterte sie Alastair zu.

»Wie sind die Kerle nur über euren Elektrozaun gekommen?«, platzte sie heraus, kaum dass er die Tür hinter sich zugezogen hatte, »der hat doch Kontaktmelder. Ist der Alarm nicht losgegangen?«

»Jemand hat sie hereingelassen, noch habe ich nicht herausbekommen, wer das war«, der Ausdruck auf seinem Gesicht machte deutlich, dass derjenige sich besser nicht erwischen lassen sollte. »Ich hatte für diese eine Nacht, die ich abwesend war, einen Nachtwächter vom Sicherheitsdienst engagiert. Den hat man bewusstlos in den Büschen neben dem Tor gefunden.«

Stockend berichtete sie ihm von dem Streit mit Irma. »Mir ist, als ob ich eingemauert werden soll.«

Er sah sie an. Eine schwere Traurigkeit ging von ihm aus. »Ich kenne das Gefühl, es ist der Preis, den wir zahlen müssen. Irma hat Recht. Ich wollte ohnehin mit dir reden. Wir haben eine Art Bürgerwehr gebildet, sind alle untereinander mit Funk verbunden, melden uns regelmäßig, und wenn ein Alarm kommt, sperren wir die Straßen ab und so weiter. Du solltest mitmachen.«

Sie versprach, sich bei ihm zu melden, um die Einzelheiten zu erfahren. »Da gibt es noch etwas.« Sie erzählte ihm von dem Stein, der Sekunden vor Patricks Anruf auf ihre Veranda geworfen wurde. »Habt ihr schon die Namen der Killer? Ich glaube, dass Popi Kunene, der Rattenfänger, dahintersteckt.«

Langsam schüttelte er den Kopf. »Das ist nicht sicher. Meine Freunde von der Farmervereinigung und die vom Sicherheitsdienst haben sofort die Straßen gesperrt, aber sie kamen wohl zu spät, und die Polizei hat überhaupt noch keine Hinweise.«

»Was wird nun?« Sie blickte über seine Schulter durch das Fenster der Intensivstation auf Angelica, die mit geschlossenen Augen, gespenstisch bleich in ihrem Kissen lag, nur ganz flach atmete, weil der Drainageschlauch noch immer in ihrer Lunge steckte.

Für einen Moment schloss er die Augen, sah er so unendlich müde und kaputt aus, dass sie ihn am liebsten in den Arm genommen hätte. »Ich werde sie nach Kapstadt bringen, die Kinder natürlich auch. Unsere Familie wird sich um sie kümmern.«

»Und du?« Bevor sie die Frage ausgesprochen hatte, wusste sie die Antwort.

»Und ich?«, er brachte ein Lächeln fertig. »Ich bleibe hier. Was soll ich sonst machen, genau wie deine lebt meine Familie seit sechs Generationen in Zululand. Wer mich von meinem Land verjagen will, muss mich mit den Füßen voran wegtragen.« Er küsste sie auf die Wange. Dann schlüpfte er leise in das Krankenzimmer seiner Frau, zog den Stuhl heran, nahm ihre Hand in seine und wachte über ihren Schlaf. Im abgedunkelten Licht des Raumes schienen die beiden in einer Welt für sich zu existieren.

Sein letzter Satz verfolgte Jill auf der Fahrt nach Hause. Wer mich von meinem Land verjagen will, muss mich mit den Füßen voran wegtragen. Das, dachte sie, war eine ziemlich wahrscheinliche Möglichkeit. Seit der Unabhängigkeit waren über fünfhundert weiße Farmer ermordet worden, das ergab eine Zahl von drei pro Woche. Bedrückt öffnete sie das Tor zu Inqaba und wartete, bis es sich geschlossen hatte, um sicherzugehen, dass niemand mit ihr hereingeschlüpft war. Sie fuhr auf den Hof, als Philani eben mit dem Geländewagen voller Gäste hinunter zum Fluss fahren wollte. Ein Blick sagte ihr, dass der Wagen von Nils noch nicht wieder da war. Sie brauchte jetzt dringend Ablenkung, der Papierkram, der sich im Büro stapelte, konnte warten. »Philani, warte fünf Minuten, ich komme mit«, sie sprang aus dem Auto.

Keine fünf Minuten später, sie hatte sich nur Martins Hemd über die Jeans gezogen, kletterte sie zu den Gästen auf die Aussichtssitze, die ihr erfreut Platz machten und sie mit Fragen bestürmten. In ihrer Umhängetasche steckte ihre Pistole neben ihrem Handy. Daran würde sie sich jetzt gewöhnen müssen.

\*

Der Anruf, auf den sie so gewartet hatte, kam am Abend. Es war Tita. »Jilly, gute Nachrichten. Mein Vater hat nachgraben lassen, und du hast jetzt eine lückenlose Dokumentation, angefangen von König Mpandes Unterschrift, dem Kaufvertrag zwischen Konstantin von Bernitt und Johann Steinach bis zur endgültigen Eintragung von Inqaba. Jetzt hast du Ruhe von dieser Seite, dein Schwager kann seinen Brief als Toilettenpapier verwenden, um es einmal gepflegt auszudrücken.«

Sie tanzte mit einem Freudenschrei durchs Zimmer. »Tita, wie kann ich das nur gutmachen.« Leon und Len, zwei geschafft, dachte sie, bleibt nur noch einer übrig. Popi.

»Ich werde mir etwas ausdenken«, antwortete Tita Robertson, und Jill hörte das Lächeln in ihrer Stimme, »komm doch morgen Mittag zum Lunch und hol dir die Unterlagen ab.«

Zeitlich passte es ihr eigentlich überhaupt nicht, denn morgen sollten die drei Bewerber um die Stellung am Empfang sich vorstellen, aber sie sagte zu. Irgendwie würde sie das schon hinbiegen. Sie wollte gerade mit einem Dank auflegen, als Tita sich noch einmal meldete. »Dein Vater ist schon wieder weg?«

»Ja, Sonnabendmorgen.« Einfach so, hat mich ein zweites Mal einfach allein gelassen. Das dachte sie allerdings nur.

»Kam etwas überraschend, nicht wahr?« Enttäuschung schwang in Titas Ton. »Er hat sich nicht bei uns gemeldet. Du weißt ja, dass wir uns praktisch aus der Sandkastenzeit kennen. Wir dachten, dass er jetzt hier bleiben würde. Immer hat er geschworen, dieses Land nie zu verlassen. Wir haben auf seinen Anruf gewartet.«

Die Frage nach dem Warum hing unausgesprochen zwischen ihnen. Warum ist er zurückgegangen, warum hat er sich nicht bei uns, seinen ältesten Freunden, gemeldet. Sie zögerte. Außer Nils und Axel wusste niemand von der Sache mit Popi und Thandi, und nur Nils wusste, was es mit den kleinen Narben unter den Zehen der Zwillinge auf sich hatte. Aber nicht einmal ihm hatte sie erzählt, was ihr Vater ihr und Irma gesagt hatte. »Er meint, er sei zu alt für Afrika.« Sie merkte selbst, wie lahm das klang. »Es tut mir Leid, Tita, ich versteh's auch nicht, aber ich muss es akzeptieren.«

Nach einem langen Schweigen stimmte Tita zu. Jill verabschiedete sich und überlegte, ob sie Irma anrufen sollte, um ihr die guten Neuigkeiten zu überbringen. Sie zu bitten zurückzukehren. Würde sie dann ihr zuliebe den Zaun ziehen, mit richtig Wumm dahinter? Sie grübelte noch darüber nach, als es klopfte. Auf ihre Aufforderung trat ein junger Schwarzer in einem eleganten hellgrauen Anzug ins Zimmer. »Jonas«, rief sie erstaunt, »komm herein. Wie geht es dir?« Meine Güte, schoss es ihr durch den Kopf, was muss er verdienen, um sich so kleiden zu können.

»Ngiyabonga«, dankte er ihr und berichtete, dass sein Studium abgeschlossen sei. »Ich habe ein gutes Examen gemacht, aber

Arbeit ist schwer zu finden. Die Firmen haben kein Geld.« Seine Hände hingen linkisch herunter, er starrte angestrengt auf die Spitzen seiner braunen Schuhe, die unter der rötlichen Staubschicht auf Hochglanz gewienert waren.

Sie musterte ihn genauer. Die Hacken seiner Schuhe waren abgelaufen. Ihr Blick wanderte höher. Das blaue Hemd war sauber und gebügelt, aber bei näherem Hinsehen bemerkte sie die ausgefransten Manschettenränder. »Suchst du einen Job, Jonas?« Die Frage kam ganz impulsiv.

»Ja, Mrs. Bernitt.« Ein erleichtertes Lachen brachte seine Augen zum Strahlen. »Yebo, Ma'm.«

Sie überlegte schnell. Jonas hatte eine abgeschlossene Hochschulausbildung, war also restlos überqualifiziert als Empfangschef. Aber mit Zahlen würde er als Ingenieur wohl bestens umgehen können, er sah gut aus, und, was das Wichtigste war, er wollte arbeiten. Und er war Jonas, Nellys Enkel, sie kannte ihn seit seiner Geburt. »Als Ingenieur kann ich dich nicht einstellen …« Sie erklärte ihm, was sie ihm anbieten konnte.

Er wippte begeistert auf den Fußspitzen. »Ich werde einen wunderbaren Tresen bauen, hier und hier«, er klopfte die Wand ab, »können wir ihn befestigen.« Er lieh sich von ihr Bleistift und Papier, warf eine Konstruktion für einen Tresen aufs Blatt, die einer Brücke nicht unähnlich war, aber es gefiel ihr. Im Handumdrehen hatte er ihr die Kosten ausgerechnet. Jetzt stand er da, strahlte sie an und wartete.

»Komm«, sagte sie, ging ihm voraus ins Büro. Sie gab ihm eine Adresse. »Hast du einen Führerschein?« Als er nickte, händigte sie ihm den Schlüssel zu dem kleineren Geländewagen aus. »Fahr zu dieser Firma, kauf ein, was du für diesen Tresen brauchst, und sag ihnen, sie sollen mir die Rechnung schicken.« Die Firma, von der sie alle ihre Materialien für das Haus bezog, hatte von dem Erlös ihres Diamanten eine respektable Summe bekommen. Es stand nur noch eine Rechnung offen. Sie würden keine Schwierigkeiten machen.

Mit seiner Zeichnung unter dem Arm lief Jonas hinaus zum Wagen. Durchs Fenster konnte sie ihn sehen. Er strahlte Energie und Unternehmungslust aus, grüßte zwei Gäste mit ausgesuchter Höflichkeit. Mit aufkeimender Hoffnung im Herzen, endlich Hilfe zu bekommen, erledigte sie den Rest ihrer Arbeiten.

*

Als sie am nächsten Morgen die Augen öffnete, war es erst kurz nach fünf Uhr. Nicht einmal die Hadidahs hatten sich gemeldet. Einen Moment blieb sie liegen, versuchte zu analysieren, warum dieser dumpfe Klumpen in ihrem Magen brannte, dieses ungute Gefühl, das nervöse Stiche ihre Nerven entlangjagte. Es war nichts, was sie gehört hatte. Die Geräusche waren die eines Sommermorgens. Tauben gurrten schläfrig, ein Hufschmiedvogel hämmerte wie ein Schmied ein Stück Eisen sein eintöniges Lied, Insekten sirrten. Es war auch nicht die Erinnerung an den Streit mit Irma, der drei Tage zurück lag. Erst als sie eine raue Stimme vernahm, die etwas in Zulu rief, wusste sie, woher ihr Unbehagen rührte.

Popi und Thandi würden heute kommen, dessen war sie sich sicher. Nelly hatte zu eindeutig reagiert. Nun, sie würde vorbereitet sein. Energisch schluckte sie den Klumpen herunter. Eine halbe Stunde später war sie geduscht und angezogen und ging in die Küche, um sich Kaffee und ein Honigbrötchen zu holen. Keiner ihrer Gäste war zu sehen, und einem Impuls folgend, ging sie, den Kaffeebecher in der einen, das Brötchen in der anderen Hand, in den Küchengarten und setzte sich auf die Steinmauer. Kauend dachte sie nach über das, was sie ihren ehemaligen Kindheitsfreunden sagen würde.

Das mit den Zehen natürlich. Als Erstes. Das würde ihr große Genugtuung bereiten. Dann waren da noch der Steinwurf und der Überfall auf Angelica. Zum Schluss würde sie ihnen unmissverständlich klar machen, wem Inqaba gehörte. Das würde die

Sache dann erledigen. Mitten in ihren Überlegungen fiel ihr siedend heiß ein, dass sie vergessen hatte, Nelly zu sagen, wo sie
Popi und Thandi sprechen wollte, nämlich in ihrem Büro. Sie
gedachte auf dem hohen Lehnsessel hinter dem Schreibtisch zu
sitzen, und die beiden sollten vor ihr auf dem niedrigen Sofa Platz
nehmen. Das würde die richtige Perspektive ergeben. So hatte sie
sich das vorgestellt.

Komm in meinen Salon, sagte die Spinne zur Fliege und lächelte
süß. Sie würde die Spinne sein.

Sie leerte ihren Kaffeebecher und sah auf die Uhr. Kurz nach
sechs. Schwere Regenwolken hingen über dem Tal, es war trotz
der frühen Stunde drückend heiß, und ihr lief das Wasser unter dem kurzärmeligen Oberteil in den Bund ihrer Shorts. Sie
lehnte sich so weit auf der Mauer zurück wie möglich, bis sie
gerade eine Ecke des Bungalows erkennen konnte. Die Vorhänge waren geschlossen. Nils schlief also noch. Sie hatte ihn
seit gestern Morgen nicht mehr gesehen. Mit Axel war er so
spät von einem seiner Ausflüge zurückgekommen, dass sie schon
geschlafen hatte. Nur im Unterbewusstsein hatte sie das Knir-
schen der Reifen auf dem Hof vernommen. Sie war kurz hochge-
schreckt, hörte seine Stimme, lächelte und schlief beruhigt wieder ein.

In den letzten Tagen war er viel unterwegs gewesen. Sie hatte den
Eindruck, dass sich sein Projekt dem Ende näherte, was bedeutete, dass er bald abreisen würde. Wohin, hatte sie sich noch nicht
gefragt, wollte es nicht wissen, wollte das Hier und Jetzt genießen, sich nicht ausmalen, wie es sein würde, wenn sie wieder allein wäre. Kategorisch verbat sie sich den unerfüllbaren Traum,
die unsinnige Hoffnung, dass er bleiben könnte. Er war ein Rei-
sender, ohne Wurzeln, sein nächster Auftrag konnte ihn nach
Uganda oder Sydney führen. Sie würde zurückbleiben. Ihre Wurzeln steckten zu tief in der roten Erde Natals, ihr Geflecht war zu
weitläufig. Um von Inqaba fortzugehen, müsste sie ihre Wurzeln
kappen, hätte keine Kraft mehr, in einem anderen Land neue zu

bilden. Sie würde von innen vertrocknen, wie es ein Baum täte, der seiner Wurzeln beraubt wäre. Deswegen erlaubte sie sich nicht, zu träumen.

Das Geräusch eines Autos, das vom Hof fuhr, drang an ihre Ohren. Das hieß, dass die ersten Gäste schon unterwegs waren. Sie musste auf der Terrasse nach dem Rechten sehen. Sie steckte das letzte Stück des Honigbrötchens in den Mund, wischte sich die Finger an den Shorts ab und sprang mit Schwung von der Mauer hinunter. Rasch ging sie zum Haus.

»Jill.« Die Stimme, die ihren Namen aussprach, war sanft.

Sie glaubte an eine Sinnestäuschung, blieb nicht stehen. Doch eine Hand auf ihrem Arm hielt sie zurück. Erschrocken fuhr sie herum, erstarrte in der Bewegung, zu überrascht, um zu reagieren. Vor ihr, im sonnenflirrenden Schatten der Guavenbäume, standen Popi und Thandi Kunene.

»Du wolltest uns sprechen«, sagte Thandile. Das Weiße ihrer Augen und ihre schneeweißen Zähne leuchteten. Der Schmuck war verschwunden, sie trug Schwarz, ein ärmelloses Oberteil und schmale Hosen. Es stand ihr ganz ausgezeichnet zu ihrer goldbraunen Haut.

Schweigend verfluchte Jill sich für ihre Unachtsamkeit, die Waffe im Haus liegen gelassen zu haben. Doch ihr Handy hatte sie in der Hosentasche. Blitzschnell nahm sie es heraus und tippte wortlos die Nummer der Polizei ein.

Popi machte einen langen Schritt, entwand ihr das Telefon und schaltete es aus. Dann reichte er es ihr zurück. »Das wäre nicht sehr klug«, sagte er, »wir sollten erst reden.«

Eine lange Schramme, die sich von seiner Stirn bis zum Kinn zog, fiel ihr auf. Sie war kaum verschorft, blutete noch an einer Stelle. Er musste sie sich kürzlich zugezogen haben. Bei dem Überfall auf die Farrington-Farm? Als sie Angelica fast ermordet hatten? Die Kinder angeschossen? Die Hunde geköpft? Eine blutrote Welle von Wut schlug über ihr zusammen. Mit einem Aufschrei bückte sie sich, hob einen faustgroßen Stein hoch, um ihn Popi an den Kopf zu schleudern. Doch jemand hinter ihr hielt ihren Arm fest, nahm ihr den Stein aus der Hand. Es war einer von Popis Leuten. Zu ihrem Entsetzen entdeckte sie, dass sich mindestens noch fünf von ihnen im Küchengarten aufhielten. Ihre olivgrünen T-Shirts, die verwaschenen Hosen verschmolzen farblich mit dem Blattwerk. »Was wollen die hier? Ich will euch allein sprechen. Suka!«, schrie sie die Männer an.

Doch als wären sie Statuen, aus schwarzem Holz geschnitzt, verharrten die Männer. Popi nahm wieder diese arrogante Haltung ein, die sie bis aufs Blut reizte. »Nun gut«, höhnte sie, »es ist mir egal, wer es hört, was ich euch zu sagen habe. Also sperrt eure Ohren auf«, sie wandte sich Thandi zu, »mein Vater ist nicht euer Vater, und er hat eurer Mutter nie etwas angetan. Sie hat gelogen und damit meine Mutter in den Tod getrieben.« Sie hob eine Hand, als Popi etwas sagen wollte. »Halt, die Geschichte geht noch weiter. Seht ihr, in der Familie der Steinachs gibt es die erbliche Missbildung von sechs Zehen, aber auch in der Familie der Bernitts, und durch die ist sie in die Steinach-Familie gekommen, schon vor hundertfünfzig Jahren. Mein Vater ist ein Court, er hat nichts damit zu tun. Leon von Bernitt war an jenem Abend dabei, ich habe meinen Vater gefragt. Auch er hat sie vergewaltigt. Du bist Ärztin, Thandi, erklär's deinem Bruder.« Sie wartete einen Moment, um diese Neuigkeit sacken zu lassen, dann vollendete sie lächelnd ihren Triumph. »Wisst ihr, was das heißt? Leon Bernitt ist euer Vater, na, wie findet ihr das?« Zufrieden beobachtete sie, mit welcher Wucht ihre Worte einschlugen.

Die Zwillinge standen da, als hätte sie ihnen mit der Keule eins übergezogen. In den Minuten, die folgten, war nur die Hintergrundmusik der Zikaden zu hören. In Popis Gesicht arbeitete es, Thandi schien unter Schock zu stehen. Sie drehte sich weg, und Jill sah, dass ihr Tränen in den Augen standen. Krokodilstränen, ohne Zweifel.

»Ich wäre gern deine Schwester gewesen …« Thandile Kunene sagte es so leise, dass Jill glaubte, nicht richtig gehört zu haben, aber dann, als Thandi ihr das Gesicht zuwandte, wusste sie, dass ihre Kindheitsfreundin genau das meinte.

Sie sahen sich an, sie und die schöne Zulu, keiner von ihnen sagte etwas. Jills Gefühle gerieten aus den Fugen. Sie hasste Thandi, sie hasste Popi, dessen war sie sich sicher. Als sich ihre Blicke voneinander lösten, hatte diese Sicherheit einen winzigen Riss bekommen.

»Ein weiterer Posten auf seinem Konto«, sagte Popi endlich, »wir haben das nicht gewusst, wir haben wirklich geglaubt, was uns unsere Mutter gesagt hat, und ich bin sicher, dass auch sie die Wahrheit nicht kannte. Trotzdem ändert sich nichts. Wir wollen auf dem Land unserer Vorväter leben.«

»Dann sag das deinem Vater. Vielleicht gibt der euch ja die Hälfte seiner Farm ab«, fauchte sie, wütend auf sich selbst, dass sie auf Thandis Gesäusel hereingefallen war. Der Riss in ihrem Panzer schloss sich. »Eure Mutter hat sehr viel Geld aus meinem Vater herausgepresst, und aus Leon und den zwei anderen vermutlich auch. Inqaba ist die schönste Farm weit und breit. Deswegen hat sie bewusst gelogen und damit den Tod meiner Mutter verursacht.« Schwer atmend brachte sie ihre Gefühle unter Kontrolle, bevor sie weiterreden konnte. »Außerdem werdet ihr euch nicht nur mit mir um Inqaba streiten müssen«, sagte sie, »euer Vater, mein Schwager, behauptet, dass ihm mindestens die Hälfte gehört.« Teile und herrsche. Wer hatte das noch gesagt? Sie erinnerte sich im Moment nicht mehr, aber vielleicht konnte sie erreichen, dass Leon und die Zwillinge aufeinander losgingen und sie in Frieden ließen.

»Du verstehst das offenbar nicht«, sagte Thandi, »unsere Familie hat hier vor euch gelebt.«

»Das interessiert mich nicht, hörst du?«, schrie sie. »Johann Steinach, mein Vorfahr, hat Inqaba von Mpande, dem König der Zulus, bekommen, weil er seinen Sohn gerettet hat. Was hat das mit uns zu tun, wenn er es Thulani, seinem anderen Sohn, weggenommen hat?«

»Dein Vorfahr hat den unseren bei seinem Vater, dem König, schlecht gemacht«, sagte Thandi, die Ärztin.

Jill lachte, selbst in ihren Ohren klang es etwas schrill, aber die Situation war irrwitzig genug. »So ein Quatsch. Warst du dabei?«

»Nein, aber der Vater der alten Lena, die unsere Großmutter ist. Er war der Sohn von Thulani, er hat es seiner Tochter Lena erzählt. Es ist überliefert.«

Jill starrte sie an. Auf einmal erschien ihr das, was vor hundertfünfzig Jahren passiert war, nicht mehr so weit entfernt, rückten Johann und Catherine, Konstantin und Sicelo näher. Wie alt mochte die alte Lena sein? Solange Jill sich erinnern konnte, hieß sie so. Sie war eine Sangoma, eine, die um die Wirkung aller Kräuter wusste, und man sagte ihr übersinnliche Kräfte nach. Ihre Augen unter den schweren Lidern glühten wie heiße Kohlen. Als sie klein war, hatte Jill furchtbare Angst vor diesen Augen gehabt. Auch heute beschlich sie ein unangenehmes Kribbeln, wenn Lena erschien. Es gab ein paar ungeklärte Todesfälle unter den Zulus, und das Gerücht, dass die alte Lena etwas damit zu tun hatte, zog wie Rauch durch die Ritzen der Hüttenwände. Bewiesen wurde ihr nie etwas. Manche glaubten, es gäbe sie gar nicht, sie sei eine böse Sinnestäuschung, erschiene nur, um Menschen Unheil zu bringen. Ihre unangenehmste Eigenschaft in Jills Augen war, dass sie aus dem Nichts auftauchen konnte, als wäre sie tatsächlich nur eine Illusion. Dann stand sie da, eine verschrumpelte, mumienhafte Frau in stinkenden Lumpen, gackerte mit zahnlosem Mund in einer Weise, als wüsste sie mehr als alle anderen.

»Es macht keinen Unterschied. So hat es Mpande bestimmt, so ist es gemacht worden. Das Land gehört mir. Schert euch zum Teufel.« Sie schob Thandi beiseite und ging. Nach den ersten Metern lief sie, als würde sie gejagt. Erst als sie auf dem Hof angelangt war, verlangsamte sie ihre Schritte. Auf der Terrasse setzte sie sich wieder an den kleinen Tisch in der Ecke, musste sofort an den Streit mit Irma denken. Sie unterdrückte die Erinnerung.

Trotz der frühen Stunde war sie nicht die Erste. Ein noch nicht wieder abgedeckter Tisch zeigte, dass einige Gäste bereits unterwegs waren, das musste das Auto gewesen sein, das sie gehört hatte. Bongi ging mit der Kaffeekanne herum, und sie hielt ihr den Becher hin, den sie noch immer umklammerte.

Als die heiße Flüssigkeit ihre Kehle hinunterrann, versuchte sie, ihre Gedanken zu ordnen. Sie hatte vergessen zu fragen, wo Popi und Thandi sich jetzt aufhielten. Vermutlich irgendwo auf ihrem Land. Sie dachte an das, was Neil Robertson über das neue Gesetz, die illegalen Landbesetzungen betreffend, gesagt hatte. Sie musste das Lager Popis aufspüren, und sie musste ihn von ihrem Land vertreiben. Fast eine Stunde saß sie so allein, drehte und wendete die Möglichkeiten, sich der Kunene-Zwillinge zu entledigen. Sie beschloss, sich selbst auf die Suche nach dem Lager zu machen.

Ein schwerer Regentropfen klatschte auf ihren Arm, unterbrach ihre Gedanken, dann noch einer, und während sie blitzschnell ihren Tisch und dann die anderen abräumte, kamen die Tropfen dichter, und keine Minute später prasselte der Regen so stark aus dem grauen Himmel, dass die Welt um sie herum im Nebel verschwand. Im Nu stand die Terrasse unter Wasser, jeder Tropfen verursachte beim Aufprall einen munteren kleinen Springbrunnen, vom Rieddach fiel der Regen wie ein silberglänzender Vorhang. Irgendwo in der Nebelwelt hörte sie seine Stimme. Sie lief ins Haus, ergriff ihren Regenschirm, der Übergröße hatte, klemmte sich einen weiteren unter den Arm für Axel. »Nils, bleib da, ich komme mit einem Schirm rüber«, schrie sie und rannte zum Bungalow. Popi und Thandi waren vergessen.

Mit einem Sprung tauchte sie unter dem Wasserfall durch, der von der Dachkante des Bungalows stürzte, und wollte an die Tür klopfen. Sie war nicht verschlossen und schwang nach innen auf. Den Schirm ließ sie aufgeklappt draußen stehen und trat ein. Aus Axels Zimmer, dessen Tür einen Spalt offen stand, scholl Lachen, das intime gurrende Lachen einer Frau, Bettsprungfedern knirschten, dann sagte Axel ein paar Worte, die aber zu leise waren. In sich hineinlächelnd hob sie die Hand, um bei Nils zu klopfen, als die Frau an der Tür vorbeiglitt und sie einen Blick auf sie erhaschte.

Ihre erhobene Hand sank herunter. Es war Thandile Kunene. Blitzschnell trat sie zurück. Thandi hatte sie nicht bemerkt, auch Nils wusste noch nicht, dass sie hier war. Was sollte sie tun? Sich davonschleichen? Lautlos zog sie sich zum Eingang zurück.

»Jill«, Nils' Tür flog auf, »kommst du, um mich vorm Ertrinken zu retten?« Mit einem langen Schritt war er bei ihr, zog sie in die Arme, küsste sie ausgiebig. Ein leises Klicken verriet ihr, dass Axel seine Tür geschlossen hatte. Er wollte also nicht, dass sie wusste, mit wem er ins Bett ging. Natürlich hatte sie mitbekommen, dass Axel von Anfang an um Thandi herumgeschnurrt war, und im Prinzip war es ihr gleichgültig, was ihre Gäste in ihren Räumen unternahmen, solange es dem Ruf Inqabas nicht schadete. Aber Thandile Kunene? Nein. Auf keinen Fall.

Einen Schirm ließ sie für Axel im Eingang stehen. Hand in Hand mit Nils hüpfte sie in großen Sätzen durch aufspritzende Wasserlachen hinüber zum Haus. Der Regen kam waagerecht, der Schirm machte keinen großen Unterschied. Bis zur Taille wurde sie völlig durchnässt. »Setz dich ins Esszimmer, ich werde dir dein Frühstück dorthin bringen lassen. Ich muss mich umziehen und Jonas einweisen. Er müsste jeden Augenblick erscheinen.« Hoffentlich.

Während sie in ihrem Zimmer die nassen Shorts herunterpellte, dachte sie über die Situation nach. Sie konnte Axel nicht verbieten, sich mit Thandi zu treffen, aber Thandi hatte von ihr Hausverbot erhalten. Sollte sie es Axel gegenüber durchdrücken? Würde er es akzeptieren? Noch radikaler, sollte sie doch die Polizei rufen und die beiden Kunenes des Überfalls auf die Farrington-Farm bezichtigen? Die Antwort auf die wichtigste Frage – würde das ihr Verhältnis zu Nils verändern? – gab den Ausschlag. Er würde sie nicht verstehen, sie hatte keine Beweise. Zähneknirschend, gegen alle Instinkte angehend, entschloss sie sich, ihren Mund zu halten, so zu tun, als hätte sie Thandi nicht gesehen.

Jonas wartete bereits in der Eingangshalle auf sie. Heute Morgen trug er das gleiche Hemd wie jeden Tag, aber es war frisch gebügelt. Offenbar wusch und bügelte er es jeden Abend. Das gefiel ihr. Nachdem sie ihm erklärt hatte, was sie von ihm erwartete als Empfangschef, was sehr schnell ging, denn seine Auffassungsgabe war schon immer außergewöhnlich gewesen, drückte sie ihm einige Geldscheine in die Hand. »Kauf dir ein paar Hemden und eine zweite Hose. Arbeitskleidung.« Sie lächelte. Die Erwägung, ihm eine repräsentative Uniform zu kaufen, hatte sie schnell verworfen. Es war schlicht zu teuer. Außerdem war Jonas Dlamini kein Lakai.

Jonas nahm Platz hinter seinem schönen neuen Tresen, der einer schwungvollen Brücke nicht unähnlich war, legte Schreibutensilien, Anmeldeformulare zurecht, ordnete die verschiedenen Prospekte, darunter einen von Angelicas Restaurant. Einer der Gäste, eine grauhaarige Frau in Wanderschuhen, kam aus dem Esszimmer, stutzte, als sie den neuen Empfang sah, und trat dann erfreut lächelnd heran. »Könnten Sie mir eine Route ausarbeiten, wo ich die meisten Vögel sehen werde? Ich gebe Ihnen eine Liste von denen, die ich bereits abgehakt habe.«

»Oh ja, Madam, mit Vergnügen«, antwortete Jonas und strahlte Jill über den runden Rücken der Frau an.

Aufs Höchste zufrieden ließ sie ihn allein und erlaubte sich einen kurzen Gedanken daran, dass sie ihn zum Manager ausbilden könnte, der ihr eines Tages den Großteil des Papierkrieges abnehmen würde. Der Regen hatte aufgehört, Nässe tropfte noch von den Blättern, rann aus dem Rieddach, aber die Sonne war durch die Wolken gebrochen, und die Feuchtigkeit verdampfte rasch. Sie sah auf die Uhr. Kurz nach elf. Durch Jonas hatte sie unerwartet freie Zeit, genug, um Lorraine die Dokumentation zu bringen, die ihr Tita vor zwei Tagen geschickt hatte. Ihre Schwägerin konnte die Papiere dann mit ins Gefängnis nehmen, um sie Leon zu geben.

Sie hatte ganz sicher nicht die Absicht, ihren Schwager im Gefängnis zu besuchen. Schon allein aus dem Grund, weil sie nicht garantieren konnte, dass sie sich beherrschen könnte. Jedes Mal, wenn ihre Gedanken wegliefen, von Tommy zu Mama, dem Flugzeugabsturz, und dann von Christina zu Leon sprangen, überfiel sie archaische Wut, durch keinen Zivilisationsanstrich gemildert. Dann wollte sie nur eins. Auge um Auge, Zahn um Zahn. Auch jetzt kochte es wieder in ihr hoch, aber sie zwang sich zur Ruhe. Kurz entschlossen holte sie die Dokumente aus dem Büro, um sie Nils zu zeigen. Vielleicht würde er sie begleiten.

Höchst interessiert blätterte er sie durch. »Natürlich komme ich mit. Vielleicht erfahren wir da Näheres, was mit Len Pienaar und Leon passieren wird.« Schnell trank er seine vierte Tasse Kaffee, ohne die er angeblich seinen Kreislauf nicht in Gang bekam, und stand auf. Er sah an sich herunter. Seine ausgewaschenen Jeans waren nass und schlammbespritzt. »Ich glaube, ich muss mir andere Hosen anziehen. Kommst du mit rüber in den Bungalow?«

»Nein, nein«, antwortete sie hastig, »nein, jetzt nicht.« Auf keinen Fall wollte sie Thandi begegnen. Die Gefahr, dass sie wie wütende Raubkatzen übereinander herfallen würden, war zu groß. Die Sonnenbrille ins Haar geschoben, das schwarze T-Shirt in ihre langen Leinenhosen gesteckt, lehnte sie am Wagen und wartete.

Kurz darauf erschien er wieder, und sie fuhren vom Hof. Ein paar Kilometer schaffte sie es, die Frage herunterzuschlucken, die ihr ständig wie Galle hochkam, dann aber stellte sie sie doch. »Was geht zwischen Thandi und Axel vor? Ich hab sie zusammen im Bungalow gesehen.«

Er grinste. »Was wohl! Der gute Axel ist vernarrt in die Frau. Er redet nur noch von ihren Brüsten, ihrem knackigen Hintern und ähnlich gelagerten Qualitäten. Er zappelt hilflos in der Venusfalle, aber es bereitet ihm ganz offensichtlich größtes Vergnügen.«

»Die wird ihn verschlingen und dann ausspucken wie eine Wür-

geschlange ihre Beute«, prophezeite sie, »ohne darüber nachzudenken.«

»Würgeschlange?« Er strich ihr eine Haarsträhne aus dem Gesicht. »Ach, den Eindruck habe ich aber gar nicht«, ein sinnliches
Lächeln umspielte seine Lippen, »nein, ganz und gar nicht.«

»Du kannst doch nicht vergessen haben, dass sie und ihr Bruder
mich von meinem Land vertreiben wollen. Es sind Verbrecher,
Nils, mit Sicherheit auch für den Überfall auf die Farrington-
Farm verantwortlich. Meine Güte, denk doch an Angelica und die
Kinder.« Aufgewühlt drehte sie sich zu ihm, der Wagen schlin-
gerte quer über die Fahrbahn. In den nächsten Sekunden war sie
damit beschäftigt, ihn wieder in die Fahrspur zu bringen.

Nils' Antwort kam ganz ruhig. »Ich glaube nicht, dass die Kunene-Zwillinge den Überfall angezettelt haben. Ich bin mir sogar
ziemlich sicher, dass es so nicht abgelaufen ist.«

»Und woher nimmst du diese Sicherheit?«, fragte sie aufgebracht.

Schulterzuckend blickte er aus dem Seitenfenster. »Ich habe noch
nichts Konkretes, noch ist es nur ein Gefühl.«

Verbissen schwieg sie für die nächsten Minuten, wollte ihn mit
Fragen überschütten, wusste genau, dass sie gegen eine Mauer ge-
stoßen war. Schwieg, um sich keine Blöße zu geben. Als ihre Wut
etwas abgekühlt war, sie ihrer Stimme wieder trauen konnte,
schob sie ihm den Umschlag mit den Dokumenten zu. »Bitte sieh
sie dir noch einmal an. Ich denke, sie sind hieb- und stichfest.«
Vor ihnen zuckelte Bens Treckergespann. Es war hoch mit Ananas beladen, und der süße Früchteduft wehte zu ihnen herein.
»He, Ben, lass uns vorbei«, rief sie. Doch es gab keine Möglichkeit für ihn, die Straße frei zu machen. Mit Fußgängergeschwin-
digkeit schlichen sie weiter.

Nachdenklich kaute Nils auf seiner Unterlippe, während er las.
Dann nickte er. »Die sind wasserdicht. Aber vergiss nicht, dass er
sich in den Kopf gesetzt hat, dass Johann Steinach seinen Vorfahren Konstantin umgebracht und irgendwo verscharrt hat.«

»Glaubst du ernsthaft, er fängt mit dem Quatsch wieder an?«

»Leon von Bernitt ist ein Schwein, Jill, ein böses, niederträchtiges Schwein, und rachsüchtig obendrein, lass dir das von jemandem gesagt sein, der schon einige böse Schweine erlebt hat. Dem ist es scheißegal, ob seine Anschuldigungen haltbar sind, der will dich von deinem Land herunterekeln, damit dieser unsägliche Len es kaufen kann. Die Geschichte mit dem Freizeitgelände für seine Leute glaube ich im Übrigen auch nicht.«

Sie warf ihm einen erstaunten Blick zu. »Warum denn das nicht? Wozu sonst würde er es brauchen?«

Er lehnte sich zurück, streckte seine langen Beine aus. »Seit ich hier bin, habe ich den Eindruck, als schwele Unheil unter der schönen Oberfläche Südafrikas. Vergleiche es mal mit der Kruste auf erkalteter Lava, unter der es in der Tiefe noch glüht.«

»Du glaubst, sie rotten sich zusammen, um Mandela zu stürzen?«, rief sie, vermied gerade noch, eine Ziege umzufahren.

»Nein«, er schüttelte den Kopf, »aber nein. Am 2. Juni 1999 findet die zweite demokratische Parlamentswahl Südafrikas statt. Mbeki wird Mandelas Nachfolger sein. Faktisch regiert er schon heute. Mandela ist Geschichte. Noch tappe ich im Dunkeln, aber ich bin sicher, dass ich Recht habe. Irgendetwas geht da vor.«

»Ach, du heiliger Strohsack.« Mehr fiel ihr als Kommentar momentan nicht ein. Ihre Gedanken wirbelten durcheinander wie trockene Blätter im Herbststurm. »Vorläufig sitzen die beiden ja im Gefängnis«, sagte sie, »und ich hoffe, da verrotten sie. Wenn das Verfahren eröffnet worden ist, werde ich als Nebenklägerin auftreten. Schließlich haben sie meine Mutter auf dem Gewissen.«

»Hm.« Es war nicht klar, ob er ihr überhaupt zugehört hatte. Er blickte mit zusammengekniffenen Augen aus dem Fenster, war offenbar weit weg.

Sie fuhr weiter. Fünf Minuten später bog sie auf den unbefestigten Weg zur Bernitt-Farm ein. Den Eingang verschloss ein stacheldrahtbewehrtes, mit einem Elektrodraht gesichertes Tor. Sie hielt, starrte mit offenem Mund durch den Drahtzaun, vergaß zu hupen.

Die Auffahrt zu Leons Haus war etwa hundert Meter lang. Rechts und links parkten Autos, ließen nur eine schmale Gasse frei, durch die gerade ein Wagen passte. Männer in uniformähnlichen Safarianzügen, khakifarbenen Schirmmützen mit Nackenschutz, einige trugen Hüte mit aufgeschlagener Krempe, und umgehängten Gewehren liefen in der Nähe des Zaunes herum. Jeder hielt einen unfreundlich aussehenden Hund an der Leine, meist Schäferhunde oder Rottweiler. Rechts und links vom Tor entdeckte sie zwei Wachen, die im Schatten der Bäume gestanden hatten und jetzt zum Tor kamen. Auch sie hatten Gewehre umgehängt, ihre Hunde geiferten aufgeregt an der Leine.

Aber das, was ihre ganze Aufmerksamkeit fesselte, war die Gruppe der Männer, die vor dem Haus um einen Tisch herumsaßen. Es waren vielleicht zwanzig. Alle trugen diese Safarianzüge, alle hatten Schnellfeuergewehre oder Maschinenpistolen griffbereit neben sich gestellt. Sie redeten, lachten, beides sehr laut. Dazwischen tranken sie Bier aus der Dose. Lorraine mit hochgesteckten Locken kommandierte zwei schwarze Mädchen in adretten Uniformen und passenden Häubchen herum, die einen Imbiss servierten. Eine von ihnen war groß und kräftig wie ein Mann. Im Hintergrund hockte ein schwarzer Gärtner und rupfte Unkraut.

Und mittendrin, am Kopf des Tisches, lümmelten sich Len Pienaar und Leon von Bernitt in ihren Stühlen, hielten breit grinsend dicke Zigarren zwischen den Zähnen und Bierdosen in der Hand. Pienaars Armstumpf war verbunden.

Einer der Wachtposten fragte sie, was sie wollte, aber sie brachte kein Wort heraus. Nicht einmal ihre Gesichtsmuskeln hatte sie unter Kontrolle. Ihr Mund stand offen, ihre Augen waren aufgerissen.

»Wir wollen Leon Bernitt sprechen«, sagte Nils neben ihr ruhig, packte sie am Arm. »Ganz ruhig, Liebling«, flüsterte er, »wir werden das klären. Lass dir nichts anmerken. Klapp deinen Mund zu, setz ein arrogantes Lächeln auf – so ist es gut«, lobte er, als sie ihre Gesichtszüge mühsam in die verlangte Form zwang.

»Oh, hallo, Jill«, rief Leon überschwänglich, als er die Zigarre schwenkend aufs Tor zukam, und grinste auf eine Art, die ihr durch und durch ging und sofort wieder Mordgelüste weckte. Aber die ruhige Hand auf ihrer Schulter hielt sie zurück. »Bist du gekommen, um meine Freilassung zu feiern?« Er musterte sie. »Nein, wohl nicht. Nun, das wäre auch zu viel erhofft gewesen, nicht wahr, Schwägerin? Du liebst mich nicht.« Er lachte mit weit offenem Mund, ein dröhnendes Höhöhö. Seine grauen Augen blieben jedoch wachsam.

Mistkerl, dachte sie siedend vor Wut, Schwein. Ihr hochmütiger Gesichtsausdruck verriet jedoch nichts. »Wie bist du denn rausgekommen? Hast du die Wachen gebissen, und die sind an deinem Gift verreckt?«

Das Lachen verstummte schlagartig. »Was willst du hier? Und was will der da?« Er deutete auf Nils.

»Erst mal will ich wissen, wie du und der da hinten«, sie wies mit dem Kinn auf Len Pienaar, »hierher kommt. Ich denk, ihr seid im Gefängnis?«

Leon stand breitbeinig vor ihr, den Kopf leicht zurückgelegt, den Arm in die Seite gestemmt, Zigarre im Mundwinkel. »Hältst du uns für blöd? Wegen der alten Kamellen haben wir schon Mitte letzten Jahres einen Antrag auf Amnestie gestellt, und der ist genehmigt worden. War ja klar. Der andere Scheiß reicht nicht aus, um uns festzuhalten. Also, was willst du von mir?« Mit herablassender Verachtung ließ er seinen Blick über ihren Körper wandern.

Sie ertrug es mit zusammengebissenen Zähnen, reichte ihm den Umschlag durch den Zaun. »Es sind natürlich Kopien. Die Originale liegen beim Anwalt.« Das stimmte zwar nicht, sie lagen zu Hause auf dem Schreibtisch, aber es hörte sich gut an.

Leon zog ein paar der Papiere hervor, überflog sie. »Was hier steht, interessiert mich nicht.« Und dann sprach er, wie Nils vorausgesagt hatte, über den angeblichen Mord durch Johann Steinach an Konstantin von Bernitt. »Wenn ich mit der Wahrheitskommission durch bin, kümmere ich mich um dich, meine Liebe. Genieß die Zeit bis dahin.« Er schwang auf dem Hacken herum. »Van Vuuren«, brüllte er, und einer der Männer, die am Tor gewacht hatten, kam im Eilschritt angerannt. Leon gab ihm mit einem Befehl den Umschlag, und der Mann brachte ihn ins Haus.

»Leon«, rief sie hinter ihm her, »ich hab noch eine Neuigkeit, die außerordentlich wichtig ist für dich.«

»Was hast du vor?«, flüsterte Nils.

»Rache.« Sie schüttelte seine warnende Hand ab.

Leon blieb stehen, drehte sich um. »Ja? Und die wäre?«

»Es ist besser für dich, wenn du herkommst, damit nicht alle mit anhören, was ich dir sagen werde.« Sie starrte ihm in die Augen, bis ihre tränten, wich seinem Blick nicht aus, bis er mit den Schultern zuckte und wieder zum Tor kam.

Er nahm die Zigarre aus dem Mund, paffte eine Rauchwolke weg. »Nun? Was ist? Mach zu, ich hab noch andere Sachen zu tun.«

»Was ich zu sagen habe, ist schnell gesagt. Erinnerst du den Dezemberabend vor neunundzwanzig Jahren nach der Weihnachtsfeier der Farmervereinigung?« Sein Gesicht zeigte keine Regung. »Du, mein Vater und zwei andere trafen ein Zulumädchen namens Thuleleni. Sie war sehr schön, und ihr wart betrunken und seid über sie hergefallen. Klingelt es jetzt?«

Seine Miene versteinerte, die Asche auf seiner Zigarre wuchs.

»Aber nur einer von euch hat sie vergewaltigt. Du. Thuleleni wurde schwanger und bekam Zwillinge. Sie nannte sie Thando und Thandile Kunene. Es sind deine Kinder. Der Rattenfänger ist dein Sohn.« Voller Genugtuung sah sie die Wirkung ihrer Worte. Leon erstarrte völlig, langsam verließ alles Blut sein Gesicht, seine Farbe wechselte von gesunder Sonnenbräune zu fahlem Gelb. Die Falten, die von seiner Nase zum Mund liefen, vertieften sich zu Schnitten. Seine Kinnbacken kauten und arbeiteten, als sei der Brocken, den er zu schlucken hatte, zu groß. Die Asche seiner Zigarre fiel unbeachtet auf die Erde.

»Wenn du zweifelst, lass einen Bluttest machen.« Damit drehte sie sich um, zog Nils mit und sprang ins Auto, startete den Motor, wendete und fuhr los. Hinter der nächsten Kurve, vollkommen außer Sichtweite von Leon und seinen Leuten, hielt sie an und drehte sich Nils zu. »Das sollte dem Schwein zu denken geben. Leon von Bernitt, der nur von Kaffern redet und sie am liebsten alle umbringen würde, hat Kinder mit einer Zulu. Mal sehen, was seine Freunde in ihren komischen Uniformen dazu sagen werden.« Sie kicherte nervös. Ihr schlug das Herz immer noch bis zum Hals. »Was haben die vor, kannst du es mir sagen?«

Nils erschien sehr nachdenklich. Er rieb sich die Nase. »Irgendein niederträchtiges Komplott, und was, das werde ich rauskriegen. Nur eines ist sicher, als Freizeitpark will er Inqaba nicht, eher als Trainingslager. Kannst du beim Buchladen in Mtubatuba vorbeifahren? Ich hatte dort ein Buch bestellt. Das brauche ich.« Er versank wieder tief in Gedanken. Das Buch stellte sich als eine Dokumentation über die Gräueltaten der Polizei unter dem Apartheidregime heraus. Kaum saß er wieder neben ihr im Auto, schlug er es auf, ließ seinen Zeigefinger über die Einträge laufen. Plötzlich hielt er inne. »Wusst ich's doch«, murmelte er, »da ist er ja.«

»Wer ist wo?« Sie konnte ihre Neugier einfach nicht zurückhalten.

»Len Pienaar, sein Werdegang, seine Taten, sein Leben, und ganz besonders wichtig, seine Kontakte. Die werde ich jetzt einmal eingehend studieren. Vielleicht kann ich mir einen Reim darauf machen. Danach werde ich Neil Robertson anrufen.«

Zu Hause erwartete sie eine Überraschung. Als sie auf den Hof fuhren, stand Irma in der Tür. Mit einem Aufschrei sprang Jill aus dem Wagen, warf sich ihr an den Hals. »Du bist wieder da, danke, es ist so schön, ich habe dich so vermisst«, stammelte sie schluchzend, mochte die ältere Frau nicht wieder loslassen, merkte kaum, dass Nils allein ins Haus ging

Irma hielt sie fest, streichelte ihr übers Haar, murmelte Koseworte. »Ich brauche dich und Inqaba«, sagte sie einfach. Es dauerte Minuten, ehe sich Jill beruhigt hatte. »Ich benötige viel mehr Hintergrundmaterial über Catherine und ihre Zeit«, erklärte Irma, »und das finde ich nur in Durban. Ich werde im Spatzennest in Umhlanga Rocks wohnen, da bin ich in der Nähe der Bibliotheken. An den Wochenenden würde ich aber gern hier bleiben. Da ist es mir in Umhlanga zu heiß, zu feucht und zu voll.«

Jill lachte, noch zittrig. Ihre Tante betrachtete jeden Touristen in Umhlanga als Eindringling, der ihr gewaltig auf die Nerven ging. »Lässt du dein Haus in Kapstadt eigentlich einfach leer stehen?«

»Um Himmels willen, wo denkst du hin? Dann hab ich im Handumdrehen illegale Siedler auf dem Grundstück. Eigentlich sollte ich es loswerden. Die verrückten Deutschen kaufen in Kapstadt sämtliche Häuser und Appartements auf, die eine einigermaßen angemessene Lage haben, und zu Preisen, da machst du dir keine Vorstellung. Kommt vermutlich daher, dass unser Rand von einem Schwächeanfall zum anderen taumelt.«

»Neuerdings kaufen die auch die Wildfarmen auf, und nicht nur die Deutschen. Aber ich weiß nicht, ob wir Südafrikaner klug daran tun, das zuzulassen, oder ob das nicht ein Fehler ist. Diese Ausländer wissen nichts von Afrika, urteilen nach Kriterien, die ihren Ursprung in europäischen Erfahrungen haben. Sie kennen unsere Kultur nicht, ich befürchte, dass sie auf ihrer Suche nach dem, was sie in Europa nicht finden, in Afrika viel kaputtmachen.«

»Die Kolonisation des Geldes«, bemerkte Irma achselzuckend, »sie führen nur das fort, was wir seit Jahrhunderten verbrochen haben.«

Jill zog die Brauen hoch. »Fehler mit Fehlern zu rechtfertigen ist kaum der richtige Weg.«

»Ach, Jilly, ich denke, wir müssen das unserer jetzigen Regierung überlassen. Sie sind da qualifizierter als wir, ihre ehemaligen Unterdrücker.« Ihr Lächeln war milde, aber sprach Bände.

Natürlich hatte Irma Recht. »Entschuldige, ich wollte nicht überheblich klingen. Komm, ich habe auch eine Neuigkeit.« Das, was sie bei Leon gesehen hatte, verschwieg Jill vorläufig. Irma würde sie es erzählen, wenn sie wusste, was es zu bedeuten hatte. Auch die Begegnung mit den Kunene-Zwillingen behielt sie für sich. Warum sollte sie Irma unnütz belasten? In der Eingangshalle wies sie auf Jonas. »Darf ich dir unseren Empfangschef vorstellen?«

Irma begrüßte Jonas erfreut, machte ihm ein paar Komplimente über sein Aussehen, erkundigte sich nach der Familie. Wie es sich gehörte. Jill trug Irmas Koffer in ihr Zimmer und setzte ihn auf dem Bett ab. »Was willst du eigentlich recherchieren oder, besser gesagt, wozu?«

Irma schloss ihren Koffer auf und zog ein paar Kleidungsstücke hervor. »Genau weiß ich das noch nicht«, war die Antwort, »aber man kann nie wissen.«

»Heißt das, frag nicht weiter, ich will nicht darüber reden?«

»Genau, liebe Nichte, das heißt es. So, und nun verschwinde, ich muss auspacken und mich ein wenig hinlegen. Ich bin todmüde von der Fahrt, außerdem bin ich mitten in der Nacht aufgestanden.« Damit schob sie Jill hinaus. »Weck mich in zwei Stunden mit einem Kaffee«, rief sie, ehe sie die Tür verschloss.

Sie traf Nils in der Eingangshalle. »Meine Tante ist zurück, ist das nicht wunderbar? Sie will noch ein wenig in Natals Geschichte herumgraben. Catherines Aufzeichnungen lassen ihr keine Ruhe.«

»Interessante Frau«, murmelte er, »ich werde mich mal länger mit ihr unterhalten.« Dann hob er demonstrativ das Buch, das er gekauft hatte. »Das muss ich durcharbeiten. Ich bin drüben im Bungalow. Essen wir nachher zusammen?«

*

Freitags war Bettenwechsel. Fast alle Gäste reisten am Wochenende an oder ab, und Jonas hatte alle Hände voll zu tun. Ihr verschaffte er ungewohnte Zeit, und sie tat etwas, was sie sehr lange nicht mehr getan hatte. Sie nahm sich einen ganzen Tag frei, gönnte sich endlich den Friseurbesuch und stöberte über eine Stunde in der Bibliothek von Umhlanga Rocks, schleppte vergnügt einen Stapel von acht Büchern ins Auto. Eins wählte sie aus und spazierte in bester Laune zum Oyster Box Hotel. Nach einem Schwätzchen mit Anil, dem indischen Oberkellner, setzte sie sich auf die Terrasse, die vor dem Leuchtturm hoch über dem Meer lag, und bestellte sich Tee mit Scones, Marmelade und viel Sahne. Der Roman, den sie ausgewählt hatte, spielte in den kanadischen Wäldern. Der Held legte sich mit Grizzlybären an oder kämpfte sich durch endlose Schneestürme. Ein wunderbares Buch. Nicht für eine Sekunde erinnerte es an ihre eigenen Probleme.

Danach fuhr sie zu Lina. Ihre Freundin hatte sich in letzter Zeit verändert, redete meist über Sachen, die sie gekauft hatte oder zu kaufen beabsichtigte, warf mit Namen wie Gucci oder Versace herum und ließ ihre goldenen Kreditkarten blitzen. Aber sie bringt mich zum Lachen, dachte Jill, und das ist unbezahlbar. Auf ihr Klingeln rollte das Tor zurück. Lina wartete vor dem Haus. Jill fuhr aufs Grundstück und stieg aus dem Auto. Konsterniert starrte sie ihre Freundin an. Ihr glänzendes dunkelbraunes Haar war verschwunden, weißblond gefärbte Stoppelhaare standen um ihr Gesicht. Zu ihren italienisch dunklen Augen war das ein überraschender Kontrast. »Was ist denn in dich gefahren?«

Lina grinste, die italienischen Augen glitzerten. »Ich hab eine Midlife-Crisis. Da wirkt ein Wechsel der Haarfarbe meist Wunder.«

Jill bog sich vor Lachen. »Und, hat es geholfen?«

Lina fuhr sich über die Stoppeln. »Nein, ich bin immer noch fünfunddreißig«, sagte sie und zog ein verdrießliches Gesicht.

»Was sagt Marius dazu?«, fragte Jill und wischte sich die Lachtränen ab. Marius war eher konservativ und stand äußerlichen Wandlungen Linas immer sehr skeptisch gegenüber.

»Ich habe ihn vom Flughafen abgeholt. Er kam von einem Kongress aus Übersee. Als Erstes lief er an mir vorbei, und als ich ihn dann einfing, kriegte er seinen Mund nicht zu und kein Wort heraus. Im Auto sah er mich von der Seite an, als hätte er Angst, dass ich eine Außerirdische bin, aber alles, was er sagte, war: ›Ich hoffe, du siehst nur aus wie eine Blondine und denkst nicht wie eine.‹ Danach tat er so, als wäre nichts.« Der Hochglanzlack schmolz unter ihrer Lachsalve dahin, darunter kam die alte Lina zum Vorschein, und Jill verbrachte zwei muntere Stunden bei ihr. Sie verabredeten sich für die kommende Woche zum Dinner. »Bring deinen Reporter mit«, befahl ihre Freundin und zwinkerte anzüglich.

Sie versprach es. Wenn er dann noch da ist, setzte sie in Gedanken hinzu. Auf dem Weg nach Hause schaute sie noch bei Angelica im Krankenhaus vorbei. Es ging ihr besser. Die Schläuche, die vorher überall aus ihr heraushingen, waren entfernt worden, und sie lag auf der normalen Station. Als sie eintrat, stand Alastair auf, der am Bett seiner Frau gesessen hatte.

»Jill, wie gut, dass du kommst. Vielleicht kannst du diese Frau zur Vernunft bringen. Mich kostet sie noch den Verstand.« Erregt lief er im Zimmer auf und ab, zerwühlte seine Haare, nachsichtig lächelnd beobachtet von seiner Frau. »In einer Woche wird sie entlassen. Aber sie will nicht nach Kapstadt, sie will hier bleiben, sie will zurück auf die Farm«, rief Alastair, die Angst in seinem Ton unmissverständlich, »mach ihr bitte klar, dass das einfach nicht geht.« Er sah müde aus, abgekämpft, zerfurcht vor Sorgen.

Jill betrachtete ihre Freundin, entdeckte den wohlbekannten obstinaten Zug um den Mund, das gehobene Kinn. »Ich glaub, das hat keinen Zweck«, sagte sie, »wenn sie nicht will, will sie nicht, und zehn wilde Elefanten schaffen es nicht, sie umzustimmen, das weißt du besser als ich. Aber erklär's mir mal, Angelica, warum willst du nicht nach Kapstadt?«

»Das ist schnell getan. Die Queen Mother hat das mal glasklar gemacht, als man sie und die Kinder im Krieg aufs Land verfrachten
wollte. Meine Kinder werden nicht ohne mich gehen, sagte sie,
ich werde nicht ohne den König gehen, und der wird London
nicht verlassen. Klar genug?«

Jill wandte sich Alastair zu und zuckte die Schultern. »Ich würde
es genauso machen. Ihr könnt doch nicht für den Rest eurer Tage
eine Telefonehe führen, und du kannst nicht verlangen, dass Angelica in Kapstadt sitzt und vor lauter Sorge um dich kaputtgeht.
So etwas lässt sich besser zu zweit durchstehen.«

»Besser hätte ich es nicht formulieren können«, stimmte ihre
Freundin zu, lehnte sich in den Kissen zurück, lächelte Jill zu.

Alastair warf die Arme in einer Geste der Hilflosigkeit in die
Luft und verließ den Raum. »Er wird sich wieder einkriegen«,
meinte seine Frau und musterte Jill, »du siehst gut aus. Warst du
beim Friseur? Oder ist es Nils?«

*

Erfrischt, als wäre sie in Urlaub gewesen, erreichte sie nachmittags Inqaba. An ihre Schlafzimmertür gepinnt fand sie eine Nachricht von Nils vor. »Muss dich sprechen, sobald du wieder da
bist.«

Fröhlich vor sich hin summend, brachte sie ihr Make-up in Ordnung, bürstete den Gelfestiger, den der Friseur einmassiert hatte,
aus ihren Haaren heraus, bis sie wieder glänzten. Die violett-
schwarzen Wolken, die sich über ihr zusammenbrauten, veran-
lassten sie, einen Schirm mitzunehmen. Dann machte sie sich auf
den Weg. Irma lag am Swimming-Pool und verstaute gerade eilig
Notizbücher und Sonnenmilch in ihrer geräumigen Tasche. »Das
da oben«, sie deutete zum Himmel, »kommt gleich runter, und es
sieht unangenehm ergiebig aus.«

Dann stand Jill vor Nils' Bungalow. Durch die halb geöffnete Eingangstür konnte sie eine Reisetasche sehen. Eine gepackte Reise-

tasche. Aber diese Tatsache drang nicht in ihr Bewusstsein. Im selben Moment setzte der Regen ein, als hätte da oben jemand eine Badewanne ausgeschüttet. Sie machte einen Satz unter das Vordach und rief nach Nils. Er erschien mit Axel, die Männer nahmen sie in die Mitte und rannten mit ihr durch den Wolkenbruch zum Haus. Eine Bö schlug den Schirm hoch, und sie wurden klatschnass. Keiner der anderen Gäste war zu sehen. Sie hatten sich wohl in ihre Bungalows zurückgezogen. Der Regen hörte so abrupt auf, als hätte jemand den Hahn zugedreht. »Den Schirm kann ich wegwerfen.« Lachend schüttelte sie sich die Nässe aus den Haaren, sah hoch zu Nils, ihr Lachen spiegelte sich in seinen Augen. In diesem Augenblick war sie glücklich, bedingungslos, überschäumend, herzhüpfend glücklich.

»Ich muss etwas mit dir besprechen«, sagte er.

Sie hörte die Worte, seinen Ton, sah seinen Gesichtsausdruck. Die gepackte Reisetasche fiel ihr ein, und sie wusste, dass der Moment gekommen war. Alles Gefühl rann aus ihr heraus, ihr Lachen, ihr Glück starb. Sie zog sich innerlich hinter eine Mauer zurück, um den Einschlag nicht in voller Härte spüren zu müssen. Sie senkte den Kopf, sah ihm nicht in die Augen bei dem, was er ihr nun mitteilen würde. Er sollte nicht sehen, wie sehr sie litt.

»Wir haben einen neuen Auftrag bekommen.«

Natürlich. Sie wartete, fragte nicht wann und nicht wo. Atmen tat sie auch nicht.

»Wieder im Kongo«, fuhr er fort, »da ist aber noch etwas …«

Sie hörte kaum noch hin, seine Worte erreichten sie aus weiter Ferne, rannen an ihr herunter wie Wasser. Ihr einziges Bestreben war, mit sich und ihrem brennenden Schmerz allein zu sein.

»Ich habe andererseits die Stelle eines Afrikakorrespondenten angeboten bekommen, Sitz Südafrika. Wo der sein wird, kann ich mir aussuchen. Im Zeitalter von Mobiltelefon und Internet ist es eigentlich egal. Sie wollen mich aber erst in zwei Monaten haben. Es würde mir Zeit geben, das Buch zu schreiben, das ich schon so lange in mir herumtrage. Ich würde es gern hier schreiben, in deinem Bungalow. Axel geht allein in den Kongo, er trifft sich dort mit einem anderen Journalisten. Mittwoch fliegt er von Johannesburg ab. Wie ist es, kann ich deinen Bungalow noch eine Weile mieten?« Seine Hand lag auf ihrem Arm.

Es dauerte, bis sie tatsächlich verstand, was er gesagt hatte. Sie stand stockstill, kostete jedes seiner Worte. Er bleibt hier, dachte sie, fühlte sich schwindelig, als wäre sie ein Blatt, vom Wind herumgewirbelt. Er bleibt hier! Langsam hob sie ihre Augen zu ihm. »Ja«, sagte sie. Mehr bekam sie nicht heraus.

Es war genug. Taktvoll ging Axel ihnen schon voraus auf die Terrasse. Als sie ihm endlich folgten, eng umschlungen, strahlend, hatte er bereits den zweiten Kaffee getrunken und butterte eine goldgelbe Brioche. Er zeigte auf eine dickbäuchige Regenwolke, eine Nachzüglerin, die von Süden her über den Himmel zog. »Fängt gleich wieder an, wir sollten besser reingehen.«

In den nächsten fünf Minuten bestätigte sich seine Annahme. Jill holte Kaffee und frischen Schokoladenkuchen aus der Küche, und gemeinsam zogen sie auf die überdachte Veranda des Bungalows um. Axel entschuldigte sich, murmelte, dass er noch etwas zu erledigen hätte, und verließ den Bungalow.

»Axel ist ungewöhnlich feinfühlig«, lächelte sie, fest in Nils' Arme geschmiegt.

Seine blauen Augen leuchteten in dem sonnenverbrannten Gesicht. »Sonst würde es ihm auch ziemlich übel ergehen«, sagte er und grinste dabei dieses zähneblitzende, unverschämte, anmachende Grinsen, das ihr wie süßer Wein sofort in den Kopf stieg und die Glieder schwer werden ließ. »Hmm«, murmelte er nach einer Weile, »du schmeckst nach Schokoladenkuchen … davon will ich mehr …«

*

Um achtzehn Uhr weckte sie Irma wie versprochen mit einem Kaffee. »Willst du nicht einfach weiterschlafen bis morgen früh?«, fragte sie, während sie ihrer Tante eine Tasse eingoss.

»Um Himmels willen, nein, schlafen kann ich, wenn ich tot bin. Ich musste nur ein paar Stunden aufholen, die ich heute Morgen verloren hab.« Irma setzte sich im Bett auf, trank gierig die Tasse aus und reichte sie ihr. »Noch eine, bitte, mein Kreislauf schläft noch.« Sie musterte Jill. »Du strahlst wie ein Kronleuchter. Gibt es etwas, was ich noch nicht weiß?«

Für einen Moment antwortete sie nicht. Dann brach es aus ihr heraus. »Er bleibt hier!«, rief sie, konnte sich nicht beherrschen, trillerte wie eine Zulu, wirbelte durchs Zimmer, fühlte ihr Glück in jeder Pore.

Der Blutdruck ihrer Tante stieg schnell, und Jill verließ sie, um ihre Runde unter den Gästen zu machen, die fast alle auf der Terrasse zu einem Drink vor dem Abendessen zusammengekommen waren. Alle Bungalows waren nur mit zwei Personen belegt, und so waren im Moment auch nur zehn Gäste da. Daraus ergab sich oft eine intime, freundschaftliche Atmosphäre. Die Lachsalven, die ihr entgegenschallten, zeugten davon, dass sich einige der Gäste untereinander angefreundet hatten. Mehrere machten sogar ihre Ausflüge gemeinsam. »Ich sag's Ihnen, der Geier hat mich angesehen, als überlegte er, wann ich wohl reif bin«, erzählte gerade die ältere Dame, die sich von Jonas die Vogelroute hatte planen lassen. »Ich hab ihn aufs nächste Jahr vertröstet. Wir kommen nämlich wieder. Zur selben Zeit nächstes Jahr.« Nachdem sich das Gelächter gelegt hatte, stellte sich heraus, dass alle anderen Gäste das Gleiche planten.

Mein Gott, ist das Leben schön, dachte Jill und verließ die Terrasse mit einem Winken, um in die Küche zu gehen. Heute hatte sie nicht vor, Nils mit irgendjemandem zu teilen. Ellen hatte ihr auf ihren Hilferuf hin am Telefon einige Rezepte diktiert. »… dann das Fleisch von beiden Seiten anbraten, mit Rotwein ablöschen, Deckel drauf, drei Minuten köcheln und etwas Sahne einrühren, fertig.«

»Kann ich nicht«, hatte sie geantwortet.

»Unsinn, du isst gern und du bist verliebt, du kannst das.«

Genau nach Rezept legte sie die Lammfilets in Öl mit Knoblauch und Kräutern ein, die sie im Küchengarten schnitt, pflückte eine Limette, träufelte deren Saft in die Marinade und stellte das Fleisch in den Eisschrank. Danach schnitt sie Tomaten, verrührte Olivenöl, Balsamico-Essig, Salz, Pfeffer und Zucker, zupfte frisches Basilikum darüber und fand das Ergebnis sehr ansprechend. Zu zweit allein würden sie auf der Veranda des Bungalows essen. Sie hoffte nur, dass Axel wieder sein Taktgefühl zeigen und sich verdrücken würde. Zwei Baguettes wickelte sie in Aluminiumfolie ein und legte sie beiseite. Sie sah auf die Uhr. Schon halb sieben. Höchste Zeit, um mit Bongi im Laden abzurechnen. Sie wartete sicher schon. Außerdem musste besprochen werden, was eingekauft werden sollte. Als sie die Ladentür öffnete, bestätigte der mürrische Gesichtsausdruck der jungen Zulu, dass sie mit ihrer Annahme richtig lag. Sie entschuldigte sich, beeilte sich mit der Abrechnung.

Als Bongi gegangen war, rief sie Nils von ihrem Handy aus an. »Rühr dich nicht von der Stelle. In einer halben Stunde gibt es etwas zu essen. Auf deiner Veranda – und schick Axel in die Wüste.« Sie kicherte, als sie auflegte.

Dann packte sie alles, was sie vorbereitet hatte, in einen Korb, legte zwei Flaschen Wein und eine herrlich duftende Ananas dazu und machte sich auf den Weg. Kochen würde sie in der Küche des Bungalows. Vorher zog sie sich blitzschnell um. Heute Morgen hatte sie sich trotz schlechten Gewissens einen einteiligen Hosenanzug in Umhlanga gekauft, hatte eigentlich schon beschlossen, ihn wieder zurückzugeben. Er war mitternachtsblau, rückenfrei, mit vielen, vielen Knöpfen vorn. Ihr lief ein wohliger Schauer über die Haut bei dem Gedanken, dass er sie nachher aufknöpfen würde. Wie er sie aufknöpfen würde. Ihr wurde ganz heiß, als fühlte sie schon seine Berührung auf ihrer Haut.

Die Zubereitung des Essens dauerte fast eine Dreiviertelstunde, weil Nils seine Finger nicht von diesen provokativen Knöpfen lassen konnte. Als sie endlich bei Kerzenlicht, das die kupferrosa

Bougainvilleablüten in der Vase zum Glühen brachte, auf der Veranda saßen, war Axel nicht einmal zu hören. »Ist er weggegangen?«, fragte sie, legte Nils zwei Lammfilets auf den Teller und löffelte Soße darüber.

Er grinste. »Nein, ich hab ihn vorläufig auf die Terrasse des Haupthauses ausquartiert, und für heute Nacht hab ich ihm Oropax und eine Schlafpille verordnet.« Seine blauen Augen tanzten, seine Hände waren warm, das Lammfilet wurde kalt.

Später dachte sie immer wieder zurück an diesen Augenblick, fragte sich, ob sie irgendetwas gehört oder gesehen hatte, und immer war die Antwort Nein. Nein, sie hatte nichts gehört, nichts gesehen. Keine Vorahnung kräuselte die Oberfläche ihres Bewusstseins. Auch Nils bestätigte ihr später, dass es ihm nicht anders ergangen war.

Das Erste, was sie vernahmen, war das Splittern des Fensters des kleinen Wohnzimmers, das Erste, was sie sahen, war der Feuerschein. Mit einem Aufschrei sprangen sie beide auf, der Tisch mit ihrem Essen fiel um, der Wein ergoss sich über ihren neuen Hosenanzug. Sie merkte es nicht einmal. Nils riss die Tür zum Wohnraum auf, die sie wegen der Mücken geschlossen hatten.

Die knautschige weiße Couch war eine gigantische Fackel. Wie ein brennender Komet mit einem Feuerschweif flog der zweite Molotow-Cocktail auf die Veranda, zerbarst auf den Fliesen, verspritzte brennendes Benzin und entzündete den umgekippten Wein, ein dritter zersplitterte am Fenstergitter von Axels Zimmer. Innerhalb einer Minute war das Wohnzimmer ein Feuermeer. Der umgekippte Wein brannte mit blauer Flamme, züngelte die Tischdecke hoch, sprang auf Jills Hosenanzug über. Sie schrie.

Nils kippte den Inhalt der Blumenvase samt dornbewehrten Bougainvilleen über sie. Zischend erloschen die Flammen. Ein höllischer Schmerz blieb. Später sollte sie herausfinden, dass die Kunststofffasern des Anzugs im Muster des Stoffes in ihre Haut geschmolzen waren, jetzt aber kümmerte sie sich nicht darum.

»Wir müssen übers Geländer«, schrie Nils, »durchs Wohnzimmer kommen wir nicht mehr durch.«

Axel stand plötzlich am Fuß des Bungalows. Er musste sofort vom Haupthaus herübergerannt sein. »Spring, Jill, ich fang dich auf!« Er breitete seine Arme aus, und nach kurzem Zögern ließ sie sich fallen. Zusammen kugelten sie in die Dornenbüsche, ihr Hosenanzug wurde in Fetzen gerissen, hier und da auch ihre Haut, aber ansonsten blieb sie unverletzt. Mit einem dumpfen Aufschlag landete Nils neben ihr, fluchte, weil er sich den Fuß umgeknickt hatte. Humpelnd folgte er ihr und Axel durch den dichten Dornenbusch am Fuß des Hauses bis auf den Weg. Schwer atmend blieben sie in zehn Meter Entfernung stehen, trotzdem fühlte Jill die Hitze, als wäre sie unter einen Grill geraten.

»Wir müssen unsere Unterlagen retten!«, rief Nils und hetzte, so schnell es sein verletzter Fuß erlaubte, auf das Haus zu. Sie schrie seinen Namen, aber er reagierte nicht. Mit einem Stein schlug er das Gitter am Fenster des Schlafzimmers ein, das Axel bewohnt hatte. Nur die Vorhänge des gegenüberliegenden Fensters brannten. Ihre Faust an die Zähne gepresst sah sie zu, wie die beiden Männer einstiegen und im Rauch verschwanden, fuhr mit einem Aufstöhnen zusammen, als das Verandadach in einem Funkenregen krachend zusammenbrach. Die ganze Zeit liefen die Bilder des Überfalls auf die Farrington-Farm als Horrorfilm vor ihren Augen ab.

Jemand rief sie, der Ton schnitt glatt durch sie hindurch. Sie wirbelte herum. Aber es war nur Jonas. Er kam mit dem Gartenschlauch im Schlepp angerannt. Dankbar entriss sie ihm den Schlauch, zerrte ihn zum Haus und spritzte in das eingeschlagene Fenster, versuchte verzweifelt, Nils und Axel zu entdecken.

Einige Männer rannten auf sie zu, im ersten Moment erschrak sie, aber dann erkannte sie ihre Gäste. In Windeseile bildeten sie eine Schlange zum Swimming-Pool. Drei schöpften mit Putzeimern Wasser, zwei andere hasteten zum Haus und kippten es auf die Flammen. Kurz darauf erschien Irma, nicht in wehendem

Schwarz, sondern in Jeans und lockerem Hemd. Auch sie trug einen Eimer und reihte sich in die Kette ein.

»Hören Sie auf damit«, schrie Jill, »Irma, die Kerle sind hier noch irgendwo, nehmt die Wagen und verlasst die Farm. Schnell!« Dann hielt sie es nicht mehr aus. Sie spritzte sich von oben bis unten mit dem Gartenschlauch ab, drückte ihn Jonas in die Hand, befahl ihm, immer damit aufs Schlafzimmer zu zielen, und rannte los. Jemand packte sie am Arm, wollte sie zurückhalten, aber sie schüttelte ihn ab. Die nach innen gebogenen Gitter waren glitschig vor Nässe und schon warm, die Tür des Schlafzimmers stand offen, das konnte sie durch den dichten Rauch erkennen.

Sie zog sich am Fenstergitter hoch und stieg ein. Der Fliesenboden war heiß. Offenbar brannte bereits die Bodenkonstruktion darunter. Und dann war plötzlich Axel neben ihr und Nils auch. Beide rauchgeschwärzt, Axels Haare waren zu einer Igelfrisur weggebrannt, er trug seine Kamera, beide hatten ihr Notebook unter den Arm geklemmt. Gemeinsam schleppten sie einen Metallkoffer. »Durch den Eingang kommen wir nicht raus, also ab durchs Fenster«, befahl Nils und half ihr. Dann kletterte er hindurch, Axel schob den Metallkoffer hinterher, den Nils auffing, und im Nu waren sie wieder draußen und brachten sich in Sicherheit. »Habt ihr alles gerettet?«, fragte sie hustend, ihre Kehle war kratzig vom Rauch.

»Alles, bis auf die Klamotten. Gott sei Dank. Aber der Bungalow ist hin«, bestätigte Axel. Auch er hustete ununterbrochen, spuckte aus, und was er spuckte, war schwarz. »Woher zum Teufel kamen diese Brandsätze?«

»Verdammt, mein Handy ist da drinnen …«, sie zeigte in die Flammenhölle vor ihr, »wir müssen die Polizei alarmieren.«

»Hab ich als Erstes«, keuchte Axel, »die sind schon auf dem Weg.«

Nils legte seinen Arm um sie. »Alles okay, Liebling?« Aufmunternd grinste er auf sie hinunter, seine Zähne schneeweiß in seinem rußschwarzen Gesicht.

»Ja, alles okay. Aber wir müssen hier weg, schleunigst. Diejenigen, die diese Molotow-Cocktails geworfen haben, sind vielleicht noch hier … Gnade uns Gott, wenn wir denen in die Hände fallen … .«

Und dann hörten sie es. Durch das Röhren der Flammen hörten sie es. Stimmen, Männerstimmen, grölende Männerstimmen. Jill wurde leichenblass. »Sie sind hier! Mein Gott, sie überfallen die Farm … Hauen Sie ab«, schrie sie den Gästen zu, die mit offenem Mund dastanden, ihre erste Aufforderung entweder nicht gehört oder nicht ernst genommen hatten, »wir werden überfallen. Fahren Sie weg, wenn Sie können, oder schließen Sie sich ein. Schnell, verdammt, bewegen Sie sich, es geht um Ihr Leben!«, kreischte sie mit sich überschlagender Stimme.

»Um deins auch«, sagte Nils und zerrte sie in die Büsche in Deckung. Durch die Blätter spähte sie hindurch.

Selbst Irma rannte, als wenn der Teufel hinter ihr her wäre. In gewissem Sinne war er das ja auch. Sekunden später hörte Jill erleichtert mehrere Wagen starten, hoffte, dass alle Gäste die Farm verlassen würden, und Irma auch. »Ich muss an ein Telefon kommen, ich muss Alastair anrufen, damit er alle alarmiert …« Sie machte Anstalten, zum Haupthaus zu laufen.

»Verdammt, Jill, bleib hier, ich hab dir doch gesagt, dass ich die Polizei gerufen habe. Sie wird gleich hier sein. Wenn du jetzt zum Haus rennst, gehst du ein idiotisches Risiko ein, dass die uns entdecken könnten«, zischte Axel mit einer Vehemenz, wie sie es noch nicht von ihm gehört hatte, »und halt jetzt deinen Mund.« Aber die Polizei schaffte es nicht rechtzeitig.

Aus dem Dunkel der afrikanischen Nacht stürmten sie in das Licht der Flammen. Ein Haufen Männer, zerlumpt, ausnahmslos schwarz, Kampfstöcke schwingend, Maschinenpistolen in der Faust, brüllend. »Bulala amaBhunu, bulala amaBhunu, bulala amaBhunu, tötet die Farmer!« Der grauenvolle Rhythmus hämmerte auf sie ein, ihr ganzer Körper wurde von diesen Worten erschüttert. Ihr Puls raste.

»Zurück«, flüsterte Nils, »wir müssen uns unsichtbar machen …«
Sie duckten sich noch weiter. Noch waren sie durch die flackernden Schatten, die die Büsche warfen, geschützt. »Lass sie einfach hier durchlaufen, wenn wir Glück haben, zerschlagen sie nur ein paar Sachen, klauen den Rest, aber wir bleiben ungeschoren.« Nils flüsterte dicht an ihrem Ohr. »Hast du alles im Safe?«
»Ja, und das ist feuersicher.« Wie hypnotisiert verfolgte sie den Weg der Horde, die keine drei Meter entfernt an ihnen vorbeilief, wurde an Wanderameisen erinnert, die jedes Lebewesen überfallen, das ihnen im Weg ist. Ziehen sie durch Häuser, muss man diese räumen. Nichts und niemand kann die Massen aufhalten. Hinterher ist das Haus von Ungeziefer befreit, es lebt keine Maus, kein Skorpion, keine Schlange mehr, aber auch nicht der Haushund, wenn man ihn drinnen vergessen hat und er nicht entkommen konnte. Zurück bleiben glatt genagte Skelette.
Die grölende Truppe hatte den Bungalow erreicht, die Männer schleuderten Steine durch die brennende Tür, entdeckten die herumliegenden Wassereimer, warfen sie hinterher. Die Tür fiel nach innen, mit einem Fauchen schlugen Flammen heraus. Sie zuckte zusammen. Mehrere Männer stellten sich an den Swimming-Pool und pinkelten hinein, veranstalteten einen johlenden Wettbewerb, wer am weitesten und höchsten konnte. Das Abendessen kam ihr hoch.
Ein paar Männer rannten weiter zum Haus. Ein hohes Jaulen fuhr ihr durch Mark und Bein. »Die Hunde, sie müssen die Hunde gefunden haben«, wisperte sie, sah den kopflosen Körper von Fritz vor sich, Angelicas Ridgeback. Die Männer kamen zurück, jeder von ihnen trug einen Hundekopf oben auf seinen Kampfstock gesteckt, und sie erkannte Dary. Seine heraushängende Zunge zuckte noch.
Sie begann, sich unkontrolliert zu schütteln, musste die Hand vor den Mund pressen, um sich nicht zu übergeben. Nils umklammerte ihren Oberarm wie mit einer Schraubzwinge. »Ruhig.« Seine Stimme war aufgeladen mit unterdrückten Emotio-

nen. Auch er musste sich offenbar aufs Äußerste beherrschen, um nicht dazwischenzugehen. Neben sich hörte sie ein Geräusch und wandte den Kopf. Axel hatte die Kamera auf die Schulter gehoben und filmte. Der Motor lief lautlos, das Glasauge des Apparates spiegelte die Szene vor ihnen wider, die flackernden Flammen, die herumfuchtelnden Männer. Die Hundeköpfe.

Alles wäre vergleichsweise glimpflich abgelaufen, sie hätten es schaffen können, wenn Irma nicht gewesen wäre und das Schicksal es gewollt hätte, dass die Polizei um ein oder zwei Minuten zu spät durch das offene Tor brauste, als es schon geschehen war.

Jill bemerkte sie als Erste. »O mein Gott, nein«, schrie sie schrill und zeigte nach links. Da stand Irma. Mitten auf dem Weg, das Gewehr im Anschlag. Langsam ging sie auf die Männer zu, von denen nur ein oder zwei sie bis jetzt gesehen hatten.

»Keine Bewegung, Hände hoch«, brüllte sie und hatte jetzt die Aufmerksamkeit der Schwarzen. »Wird's bald!« Sie bewegte den Gewehrlauf langsam im Kreis, der alle Männer umfasste. »Legt eure Waffen auf den Boden, ganz langsam.«

»Bitte nicht, Irma«, wimmerte Jill, »sie werden dich in Stücke reißen.« Sie versuchte, sich von Nils zu befreien. »Lass mich, ich muss ihr helfen.«

Sie hätte es ohnehin nicht geschafft. Jemand lachte laut. Ein einzelner Schuss knallte. Irma ließ das Gewehr fallen. Dann hob sie die Arme, als wolle sie jemanden grüßen, fiel mit einer Drehung graziös nach hinten und blieb reglos liegen.

Im selben Moment brach ein Blaulichtgewitter über sie herein, die Reifen mehrerer Polizeiautos quietschten, Sirenen jaulten wie getretene Höllenhunde, Schusssalven peitschten, ein Dutzend Polizisten jagten hinter den davonhetzenden Schwarzen her, ein paar von den Gangstern brachen getroffen zusammen. Aber es war zu spät.

Jill riss sich von Nils los, rannte zu ihrer Tante und kniete neben ihr. In der Mitte von Irmas Körper, über ihrem Herzen, breitete sich ein scharlachroter Blutfleck aus. Gespenstisch huschte das

Blaulicht über sie hinweg. Schluchzend versuchte sie, ihren Puls zu fühlen. Mit fliegenden Händen tastete sie Irmas Handgelenk ab, spürte nichts, legte zwei Finger an ihre Halsschlagader. Auch nichts. Langsam setzte sie sich auf ihre Fersen, hielt die Hand der Frau, die ihr die Mutter ersetzt hatte, die noch ganz warm war, deren Gesicht die friedliche Ruhe einer Schlafenden zeigte. Sie nahm nicht wahr, dass Axel sie dabei filmte. Diejenigen, die die Polizei erwischt hatte, wurden bereits in einen Gefängniswagen gebündelt, die Erschossenen lagen noch da, wo sie hingefallen waren.

Sie stand auf, sah hinunter auf Irma. Jetzt hatte Afrika ihr alles genommen, jeden Menschen, den sie geliebt hatte. Es war gierig, verschlang die Schwachen, gab sich nicht mit dem zufrieden, was es ihr genommen hatte. Es wollte auch sie selbst. Beatrice war nur nachlässig gewesen, gedankenlos, als sie gegen ihre Anweisung den Fernseher angelassen hatte, genau wie Thoko, die zu viel Seife genommen hatte, aber Leon, Len und Popi Kunene hatten genau gewusst, was sie taten.

Wie in Trance machte sie einen Schritt auf einen der tödlich verletzten Schwarzen zu, entriss ihm die Maschinenpistole. Afrika hatte auch sie geformt, sie kannte seine Gesetze. Ein Leben für ein Leben. Erst Popi, dann Leon und Len. Sie lief los, dorthin, wo diese Horde hergekommen war. Doch Nils erreichte sie, schlang beide Arme um sie, hielt sie mit aller Kraft fest. Er entwand ihr die Waffe und warf sie weit von sich.

»Lass mich los«, tobte sie, »du wirst mich nicht davon abhalten!« Sie strampelte, trat nach ihm, aber er hob sie einfach hoch und trug sie hinüber ins Haupthaus und in ihr Zimmer. Sie schrie wie von Sinnen. Grob packte er sie an den Schultern, schüttelte sie, bis ihre Zähne aufeinander schlugen und sie sich in die Zunge biss. Erst dann hörte sie auf zu schreien. »Hör mir zu, Jill, das war nicht Popi, glaub mir.« Sein Gesicht war ganz nahe vor ihrem, sie starrte ihn an, erkannte ihn nicht. »Es war nicht Popi Kunene«, wiederholte er. Blut von ihrer verletzten Zunge tropfte ihr aus dem Mund. Er wischte es mit dem Zipfel seines Hemdes ab. »Glaub mir«, bat er noch einmal.

Jemand klopfte hart an ihre Tür. »Jill? Kann ich eintreten?« Es war Alastair.

»Komm rein«, rief sie keuchend, machte sich von Nils los und wischte sich das Blut aus dem Gesicht. Ihr Hosenanzug hing in Fetzen an ihr herunter, sie blutete aus mehreren kleinen Wunden. Sie spürte es nicht.

»Der Krankenwagen ist da, sie bringen Irma weg. Willst du ...?«

»Ja.« Sie folgte ihm schweigend, immer noch wie betäubt, achtete nicht mehr auf Nils. Irma lag auf einer Trage, eine schmale Gestalt unter der weißen Decke, die eben in den Krankenwagen geschoben wurde. Der Motor lief bereits. Ein junger Notarzt kletterte hinterher, zog die Türen zu, während der Wagen bereits anfuhr. Der Fahrer stellte Blaulicht und Sirene an und trat aufs Gas.

»Halt, warten Sie, wo bringen Sie meine Tante hin?«, rief sie, rannte hinter dem Wagen her. »Ich will nicht, dass ihr sie aufschneidet ... keine Autopsie, ich will es nicht ...!« Aber der Wagen fuhr schon viel zu schnell. Mitten im Weg, der von der Farm zur Hauptstraße führte, blieb sie stehen. Das flackernde Licht, die heulenden Sirenen entfernten sich schnell. Dann lag der Weg wieder dunkel vor ihr. Sie ging zurück. Die zuckenden Blaulichter der Polizeiautos erhellten ein infernalisches Schlachtfeld. Die Toten lagen nebeneinander, wie eine Jagdstrecke, ein paar der Gefangenen saßen zusammengeschnürt am Boden, ihre Zähne und Augäpfel glänzten bläulich, einer wimmerte. Es wimmelte von Uniformierten. Sie stand da, starrte, konnte nicht denken.

»Die Gute litt ja wohl unter völliger Selbstüberschätzung«, murmelte Axel hinter ihr, während er den in der Dunkelheit verschwindenden Krankenwagen filmte.

Sie drehte sich um, holte aus und schlug ihm mit aller Kraft so hart ins Gesicht, dass er mit dem Wangenknochen gegen seine Kamera knallte und aufschrie. Dann ging sie zurück ins Haus und schloss sich in ihrem Zimmer ein. Sie saß im Dunkeln, zusammengekauert auf ihrem Bett. Blaulicht blitzte durchs offene Fenster, ließ das Muster der Fenstergitter über die Wände huschen, Männerstimmen brüllten, sie hörte Alastair nach ihr fragen und die Antwort von Nils. »Sie ist in ihrem Schlafzimmer. Sie braucht Ruhe, sie will allein sein. Wir müssen die Überreste der Hunde hier wegschaffen, bevor sie rauskommt. Wie sind die Kerle bloß reingekommen?«

Ein unbekannter Mann antwortete, offenbar einer der Polizisten. »Die müssen einen Schlüssel gehabt haben, die haben einfach das Tor, auch das, was zum Dorf führt, aufgeschlossen und sind auf den Hof marschiert.«

Sie hörte es, aber begriff es nicht. Erst Popi, dann Leon und Len. Sie würde es nicht mehr vergessen. Vorerst musste sie einen Weg finden, mit dem Wissen fertig zu werden, dass ein elektrischer Zaun, wie ihn Irma gefordert und sie selbst so entschieden abgelehnt hatte, ihrer Tante vielleicht das Leben gerettet hätte. Durch das Fenster konnte sie den Bungalow sehen, der bis auf die Grundmauern niedergebrannt war. Ab und zu sprühten ein paar Funken, aber allmählich zerfielen die Reste zu einem Haufen Glut und Asche. Es berührte sie nicht. Häuser kann man wieder aufbauen, dachte sie, Menschen bleiben tot. Und tot waren jetzt alle. Tommy, Mama, Martin, Christina. Irma. Und Dad. Der war so gut wie tot.

Bald würde die Polizei abgerückt sein, Alastair und die anderen Farmer würden zu ihren Familien zurückkehren. Dann saß sie hier allein. Plötzlich hatte sie eine Vision von sich selbst, sah sich, auf ihrem Bett hockend, die Fenster vergittert, im Nachttisch ihre Waffe, das Haus von einem stacheldrahtgekrönten Zaun umgeben, der elektrische Draht eingeschaltet, und draußen in der Nacht, vor dem Zaun wartete der Rattenfänger mit seinen Leuten und Leon und Len.

Ein großer Nachtfalter verirrte sich ins Zimmer. Riesenhaft vergrößert flatterte seine Silhouette im zuckenden Blaulicht über die Wände. Das Insekt fand den Weg zum Fenster, schlug verzweifelt mit seinen empfindlichen Flügeln gegen das Gitter, fand den Weg in die Freiheit nicht, sank dann ermattet auf den Boden. Er würde eingehen, würde sie ihm nicht helfen. Sie glitt vom Bett, streckte dem Schmetterling die Hand hin, fühlte mehr, als dass sie es sah, dass er auf ihren Finger kroch, und trug ihn zum Fenster. Sie zeigte ihm den Weg nach draußen, und er schwang sich in die samtene Dunkelheit. Für Sekunden konnte sie ihn noch im Scheinwerferlicht erkennen, sah zu, wie er in die Freiheit entschwebte. Dann war er weg. Sie blieb am Gitter stehen, sah in den Nachthimmel. Einfach durch die Stäbe hindurch wegfliegen können. Alles zurücklassen, nur sich selbst mitnehmen. Für Sekunden glaubte sie wirklich, dass ihr das gelingen könnte. Wie lange sie dort stand und in die Unendlichkeit starrte, war ihr nicht bewusst.

»Jilly«, hörte sie irgendwann eine dunkle, weiche Stimme, »schließ die Tür auf. Ich möchte zu dir kommen.«

Unter dem Fenster stand jemand. Es dauerte, bis ihre Augen die Schwärze durchdrangen und sie die Person erkannte. Nelly.

»Ingane yami … mein Baby … musa ukukhala … weine nicht. Du bist nicht allein«, sagte die Zulu, »lass mich herein.«

Wie in Trance ging sie zur Tür, drehte den Schlüssel, ging zurück zum Bett, kauerte sich wieder hin. Die Tür schwang auf, die massige dunkle Gestalt von Nelly, ihrer alten Nanny, trat ein, setzte sich zu ihr aufs Bett, zog sie an sich wie früher, als sie noch ein Kind gewesen war, bettete ihren Kopf an ihren großen, weichen Busen und begann leise zu singen. Anfänglich waren die Worte nur der Wind, der durch die Blätter streicht, sie machten keinen Sinn, dann allmählich, als sich ihr rasendes Herz beruhigte, die Muskeln entspannten, verstand sie, was Nelly ihr sagte.

Sie wiegte sie in ihren kräftigen Armen, sang von Mama und Christina, von der Zeit mit Martin und Irmas großem Herzen. Ihre dunkle Stimme füllte den Raum und ihr Herz, sagte ihr, dass alle bei ihr wären, immer. Die Melodie strömte durch sie hindurch, über ihre Haut, wie warmes Wasser. »Rede mit ihnen, sage ihnen alles, was deine Seele krank macht ...« Die rauchig süße Körperwärme Nellys legte sich um sie wie ein Mantel, wärmte sie bis in ihr Innerstes. Irgendwann erlosch auch das Flackern der Blaulichter, packte die Polizei ihre Ausrüstung zusammen und verließ den Hof. Sie lag in den Armen ihrer Nanny, bis ein neuer Tag anbrach, der goldene Schimmer am Rand der Welt ihr versprach, dass das Leben weiterging.

»Komm, Jilly, die Leute warten auf dich, sie brauchen dich.« Nelly zog sie sanft vom Bett. Die Bewegungen der Zulu setzten den scharfen Gestank von Rauch aus ihrer Kleidung frei. Erst jetzt bemerkte Jill den Geruch wirklich, entdeckte einige Brandlöcher auf Nellys Kleid. Erschrocken berührte sie eins. »Nelly, haben sie auch bei euch ...?«

Die Zulu strich ihr Kleid glatt. »Diese schwarzen Affen haben versucht, unser Dorf abzubrennen. Dabulamanzis Hütte hat's erwischt. Danach haben sie unser Bier getrunken.« Ein verschlagenes Lächeln umspielte ihre Mundwinkel. »Ich hab ein bisschen Umhlakuva zugesetzt, als keiner aufpasste. Der Teufel wird in ihrem Bauch rumoren, und sie werden glauben, dass Würmer ihre Eingeweide fressen. Dann wird ihr Inneres flüssig werden und aus ihnen herauslaufen. Es wird ihnen nicht gut gehen.«

Jill schwante, was sie meinte. »Du hast sie mit Rizinussamen vergiftet? Sie werden alle sterben.«

Nelly machte ein paar flatternde Handbewegungen, gluckste. »Sie werden nicht sterben, nur furchtbar krank sein. Ich hab nur einen Samen genommen, einen kleinen, und ihn zerrieben. Erst wenn sie drei essen, gesellen sie sich zu ihren Ahnen.« Sie lachte fröhlich.

Geschieht ihnen recht, dachte Jill, hoffentlich kommen sie vom Klo nicht wieder herunter. »Und Dabu, ist ihm etwas passiert? Ist sonst jemand verletzt?« Sie schämte sich, nicht gleich gefragt zu haben. Die Kerle waren aus der Richtung des Dorfes gekommen, sie hätte sich daran erinnern müssen und begreifen, was das hieß.

»Er ist verprügelt worden. Es waren vier, und Dabulamanzi wird ihre Gesichter nicht vergessen.« Nellys Miene zeigte deutlich, dass ein böses Schicksal diese vier Männer erwartete. »Einem anderen hat eine Kugel eine lange Spur in die Haut gefressen. Ein Krankenwagen hat beide gestern mit ins Hospital genommen. Dabus Hütte brannte schnell. Es ist nichts übrig geblieben.«

»Die Frauen? Ist ihnen etwas passiert?«

Nelly grinste breit. »Wir Frauen sind gerannt und haben uns mit den Kindern versteckt, bis diese stinkenden Söhne einer Hyäne weitergezogen sind.«

»Ich komme nachher zu euch ins Dorf. Ich muss erst duschen und mit den Gästen reden.« Sie umarmte die Zulu. »Danke«, sagte sie leise, »Yabonga gakhulu, Umame.«

»Ich mach uns Frühstück.« Damit verließ Nelly den Raum.

# 18

Jill ging ins Badezimmer, zog ihren zerrissenen Hosenanzug aus und musste die Zähne zusammenbeißen, als sie ihn behutsam von der Stelle herunterschälte, wo er in die Haut geschmolzen war. Die Wunde war handtellergroß und nässte. Aus ihrem Medizinschrank, der wohl gefüllt war, nahm sie eine Salbe, deckte die Wunde damit und dann mit einem Spezialverband für offene Wunden ab. Hier draußen in der Wildnis musste man auf alle Fälle vorbereitet sein. Die kleineren Schnitte und Risse wusch sie aus und desinfizierte sie. Den Hosenanzug warf sie in den Abfalleimer, duschte sich, immer besorgt, die Wunde trocken zu halten, und zog sich um. Wahllos fischte sie Jeans und ein ärmelloses schwarzes Top aus dem Schrank, schlüpfte in ihre Leinenschuhe und machte sich auf den Weg, um mit ihren Gästen zu reden, falls noch welche dageblieben und nicht schon alle abgereist waren.

Um in die Eingangshalle zu gelangen, musste sie an Irmas Zimmer vorbei. Sie zögerte, öffnete die Tür und trat ein. Ihr Duft hing im Raum, kein Parfum, sondern Irmas eigener Duft, samtig, angenehm, der kühle Duft einer Teerose. Ihr Bett war aufgeschlagen, aber nicht benutzt. Offenbar hatte sie unmittelbar vor dem Überfall noch gearbeitet. Ein hauchfeines schwarzes Gewand hing auf einem Bügel am Schrank vor dem Spiegel, verschleierte ihn. Wie in einem Totenhaus. Sie ließ es hängen.

Eines der bodentiefen Fenster stand offen, der Blick ging über das Tal hinunter zum Wasserloch. Vor dem linken Fenster stand Irmas Schreibtisch. Catherines Tagebücher lagen neben einem großen Schreibblock, der Filzstift, mit dem sie geschrieben hatte, lag auf dem Block. Ein Becher stand daneben. Sie roch hinein. Sauer gewordener Milchkaffee. Auf dem Rand der Lippenstiftabdruck ihres Mundes. Perlorange. Es hatte ihr so gut gestanden zu den weißen Haaren und zart gebräuntem Teint. Behutsam stellte sie die Tasse zurück. Im letzten Moment jedoch entglitt sie ihrer zitternden Hand und zerschellte auf dem Fliesenboden. Mit dem Fuß schob sie die Scherben beiseite, sammelte hastig die herumliegenden Tagebücher zusammen, um sie ins Safe zu legen. Niemand würde jetzt Catherines Geschichte schreiben.

Mit schmerzverdunkelten Augen verließ sie das Zimmer. Noch konnte sie es nicht ertragen, auch nur daran zu denken, es auszuräumen, die Sachen wegzugeben. Ihrem Vater hatte sie geholfen, das Zimmer von Tommy leer zu räumen, nach Mamas Tod hatte sie deren Zimmer allein geleert, auch nach Martins Tod war sie allein mit dieser Aufgabe gewesen. Es war ihr unerträglich, in die intimsten Winkel eines anderen Lebens eindringen zu müssen, Papiere zu sichten, Kleider zu berühren, den Geruch des Verstorbenen zu riechen, all die kleinen Geheimnisse, die jeder hat, schonungslos ans Licht zu bringen. Sie drehte den Schlüssel im Schloss und nahm ihn mit, legte ihn mit Catherines Notizen in den Safe.

Zu ihrem Erstaunen saß Jonas im Empfang, im blütenweißen

Hemd, aber mit verbundenem linkem Arm und traurigen Augen. Schweigend drückten sie einander die Hand. »Schlimm?« Sie berührte sacht den Verband. Er verneinte. Sie bat ihn, ein paar Männer vom Dorf zu organisieren. »Sie sollen die Reste des Bungalows wegräumen. Wir müssen ihn so schnell wie möglich wieder aufbauen, und die Hütte von Dabulamanzi ebenfalls.«

»Yebo, Nkosikasi«, antwortete Jonas, der Brückenbauingenieur, respektvoll, »ich werde dafür sorgen.«

»Oh, und bitte veranlasse, dass das Schwimmbecken abgelassen und gründlich gesäubert wird. Danach lass es desinfizieren.« Ihre Haut kribbelte allein bei der Erinnerung an das, was die Männer gemacht hatten. Einige der Gäste hatten gepackt, planten offenbar, Inqaba zu verlassen. Das Gepäck stand bereits in der Halle. Sie ging auf die Terrasse. Bongi und Zanele hatten Frühstück serviert. Fünf Tische waren besetzt, die Gäste waren ausnahmslos Südafrikaner. Gewalt, Überfälle, Schießereien waren ihnen sicher nicht fremd. Es war anzunehmen, dass einige sogar selbst schon überfallen worden waren. Als sie Jill erblickten, sprangen mehrere auf. »Jill, wie entsetzlich, wir haben es gehört, das mit Ihrer Tante«, sagte die Grauhaarige, die auch heute wieder kräftige Wanderschuhe trug, »es tut uns so Leid, sie war eine wunderbare Schriftstellerin. Wir lieben ihre Bücher.«

»Was wird nun, hat man die Verbrecher gefasst, weiß die Polizei, wer es war?«

»Wie garantieren Sie jetzt die Sicherheit Ihrer Gäste?«

»Können wir Ihnen helfen? Wir sind ein paar kräftige Männer hier.« Alle redeten durcheinander.

Sie hob eine Hand, und die anderen verstummten. »Danke«, begann sie, musste sich räuspern, weil ihr die Stimme nicht gehorchte, »danke für Ihre Anteilnahme. Die Polizei hat einige der Verbrecher gefangen«, sie fand es unnötig, zu erwähnen, dass man auch einige erschossen hatte, »und ich bin sicher, sie wissen jetzt, wer dahinter steckt. Ich werde sofort noch striktere Sicherheitsmaßnahmen ergreifen.« Sie hatte sich das irgendwann letzte

Nacht überlegt. Gleich heute beabsichtigte sie, den Elektrozaun in Auftrag zu geben, einen mit Wumm, wie Irma gesagt hatte, aber auch das erwähnte sie den Gästen gegenüber nicht. »Außerdem werden ab heute noch mehr Wachen auf Inqaba patrouillieren.« Und ich werde Mamas Opalpfau verkaufen müssen, um das zu bezahlen, dachte sie.

»Schwarze?«, rief einer der Gäste. Er war kahlköpfig und hatte die sonnenzerstörte Haut der weißen Afrikaner, die ihre meiste Zeit im Freien verbringen, voller dunkelbrauner Flecken und heller Stellen, wo die ersten Hautkrebsgeschwüre entfernt worden waren.

Für einen Augenblick antwortete sie nicht, dann schüttelte sie den Kopf. »Nein, ich werde einen sehr erfolgreichen Sicherheitsdienst engagieren. Die meisten der Leute sind weiß.« Es würde sie zwar fast umbringen, aber wenn sie keine Alternative fand, musste sie Len Pienaar bitten, Inqaba zu schützen. Sie beschloss, Alastair anzurufen, ihn zu fragen, ob er eine andere Möglichkeit wusste.

In diesem Moment sah sie Nils und Axel durch den Wohnraum auf die Terrasse kommen. Flüchtig fragte sie sich, wo die beiden die Nacht verbracht hatten. Nils deutete auf den Tisch hinten in der Ecke, und sie nickte. Danach stand sie noch eine Zeit lang Rede und Antwort, versprach den beiden Paaren, die sofort abreisen wollten, die Rechnung fertig zu machen, und bedankte sich bei den anderen, dass sie bleiben würden.

»Och, so einen sonnengedörrten Afrikaner haut doch nichts um«, bemerkte der kahlköpfige Mann gemütlich zu der grauhaarigen Dame und zündete sich die Pfeife an. »Von diesen Pavianen lassen wir uns doch nicht in den Busch jagen.«

Eine lebhafte Diskussion entspann sich unter den Gästen und gab ihr die Gelegenheit, hinüber zu Nils zu gehen. Als sie sich näherte, stand Axel auf. Sein rechtes Auge war zugeschwollen und blutunterlaufen, ein Pflaster verdeckte eine Wunde auf seinem Wangenknochen. Sie nahm an, dass es von ihrem Schlag und dem Zusammenstoß mit seiner Kamera herrührte. Gut, dachte sie.

»Es tut mir unendlich Leid, Jill, bitte verzeih mir meinen Ausrutscher.« Seine braunen Dackelaugen bettelten sie an. Verlegen kratzte er sich am Kopf. Er hatte fast keine Haare mehr. Das Feuer hatte sie abgesengt. »Irma … deine Tante, sie war sehr mutig …«

»Sie war völlig verrückt geworden«, unterbrach sie ihn, »du hattest wohl Recht mit deiner Einschätzung, du hättest sie aber für dich behalten sollen. Sie hat es nur für mich getan.« Dann setzte sie sich neben Nils, vergrub das Gesicht in den Händen. »Ich brauche eine große Kanne Kaffee. Bitte sag Bongi Bescheid, wenn du sie siehst.« Ihre Stimme klang dumpf. »Ich lass euch im Haupthaus einquartieren. Ist euch das recht?«

»Ja, natürlich. Wir werden nachher nach Umhlanga Rocks fahren, wir brauchen dringend ein paar Klamotten«, antwortete Nils und winkte die junge Schwarze heran.

»Es tut mir Leid, Madam«, flüsterte Bongi, ihr rundes Zulugesicht traurig, »ich werde für Inqaba beten.« Dann nahm sie die Bestellung auf. Jill fiel dabei ein, dass sie Jonas noch fragen musste, ob sich jemand aus dem Dorf auffällig benommen hatte.

»Hast du das ernst gemeint, dass du Len Pienaars Sicherheitsdienst engagieren willst?«, fragte Nils, deutlich besorgt. »Davon kann ich dir nur dringend abraten. Er ist ein noch größeres Schwein als Leon.«

Sie fuhr hoch. Zielsicher hatte er den Finger auf die Wunde gelegt. »Ich weiß es noch nicht, aber was zum Teufel soll ich denn sonst tun? Das heute Nacht war Popi, und er hat überall Freunde, auch im Dorf. Vergiss nicht, dass jemand ihnen die Tore aufgeschlossen hat.« Eine kalte Wut hatte von ihr Besitz ergriffen, die nur auf eins zielte. »Wenn ich ihn sehe, oder auch Thandi, werde ich sie töten.«

»Hör auf, verdammt! Das bist doch nicht du. Du redest, als gehörtest du zu denen, zu Len Pienaar und seiner Bande. Das kannst du einfach nicht machen.« Erregt lehnte er sich vor, sein Gesicht dicht vor ihrem, seine Hand auf ihrer.

Sie blickte in seine funkelnden blauen Augen, die sie von Anfang an verzaubert hatten, Wärme strömte aus seiner Hand in ihren Körper. Sie zögerte.

»Liebling, bitte … hör auf mich.«

»Was soll ich dann machen? Sag's mir! So kann es nicht weitergehen. Ich muss Inqaba schützen, sonst laufen mir die Gäste weg, und dann werde ich es verlieren. Das weißt du.« Sie erzählte ihm von dem elektrischen Zaun, den sie plante. »Und Hunde muss ich haben. Es hat keinen Sinn, Welpen zu nehmen. Es dauert zu lange, bis sie zu Wachhunden herangewachsen sind. Ich werde mir ausgebildete Polizeihunde kaufen müssen. Es gibt hier genügend Züchter, die sich darauf spezialisieren.« Sie hielt sich an seiner Hand fest. »Es ist ein gefährliches Spiel, Nils, und ich spiele es allein gegen die großen Jungs und kenne die Spielregeln noch nicht.«

»Du bist nicht allein, und das weißt du. Ich bin da, und du hast mehr Freunde, als du wahrhaben willst, und ich meine nicht die Farringtons oder die Robertsons. Die haben übrigens angerufen. Sie kommen nachher vorbei.« Er sah hinunter auf ihre Hände, hob sie hoch, küsste langsam jeden einzelnen Finger. »Bitte vertrau mir. Glaub mir, wenn ich dir sage, das es nicht Popi und seine Leute waren. Ich brauche noch einen oder zwei Tage, dann hab ich die Beweise. Wartest du, bevor du einen Sicherheitsdienst engagierst?«

Natürlich sagte sie Ja. »Ich vertraue dir, ich warte.« Sie war viel zu ausgelaugt, als dass sie ihm Widerstand entgegensetzen konnte. »Welche Beweise hoffst du zu finden? Ich habe nicht viel Zeit. Wer immer es war, und ich glaube noch immer, dass Popi dahintersteckt, wird es wieder probieren. Die wollen mich von der Farm verjagen.« Sie zog ihre Hände zurück. »Dabei werde ich nicht zusehen, das schwöre ich. Wer Irma umgebracht hat, wird dafür bezahlen. Ich geb dir bis morgen Abend Zeit, dann hol ich einen Sicherheitsdienst auf die Farm und hetze ihn auf Popi, und wenn ich dafür Len Pienaar nehmen muss. Den elektrischen Zaun gebe ich noch heute in Auftrag. Außerdem werde ich mich erkundigen, wo ich abgerichtete Hunde bekomme, und da fahre ich heute am frühen Nachmittag hin. Willst du mich begleiten?« Aus den Augenwinkeln beobachtete sie Bongi, die sich eilig durch die Tische schlängelte, in der Hand das Telefon. »Telefon, Ma'm. Jemand.«

Sie nahm den Hörer entgegen. »Ja, bitte?«, sagte sie. »Wer spricht dort?« Eine männliche Stimme nannte einen Namen, den sie nicht verstand, nur dass er vom Umhlanga Rocks Hospital aus anrief und Arzt sei. Ihr Inneres krampfte sich zusammen. Oh nein, dachte sie, nicht auch noch Angelica. Es ging ihr doch schon viel besser.

»… Angehörige von Irma Pickford?«, fragte dieser Arzt.

Erst verstand sie nicht. Irma Pickford? Dann erinnerte sie sich. Es gab vor vielen, vielen Jahren einen Mr. Pickford, der zwei Jahre mit Irma verheiratet gewesen war. Angeblich war er an einer Fischvergiftung gestorben. Hinter vorgehaltener Hand jedoch erzählte man sich in der Familie, dass er bei einer, die keine Dame war, wie sich ihre Mutter ausdrückte, vor Überanstrengung einen Herzinfarkt erlitten hatte. Seitdem hatte sich Irma wieder Steinach genannt. »Ja«, sagte sie mit schwankender Stimme, »ich bin ihre Nichte. Wann wird ihre Leiche freigegeben, damit ich sie beerdigen kann?« Neben Mama und Christina würde sie jetzt ein weiteres Grab ausheben lassen müssen. Sie sah sich unter dem Tibouchina stehen, allein mit allen, die sie geliebt hatte. Für immer allein. Ihre Augen brannten. Sie schirmte ihr Gesicht mit den Händen ab, damit niemand sehen konnte, wie sie mit den Tränen kämpfte.

»Leiche?«, die Stimme des Arztes klang erstaunt. »Mrs. Pickford ist nicht tot …« Danach sagte er noch ein paar Sätze, aber die hörte sie nicht.

Ist nicht tot, hallte es in ihr, ist nicht tot. Ist nicht tot? Heiße Tränen stürzten ihr aus den Augen, sagen konnte sie nichts, ihre Stimme versagte.

»Was ist?«, fragte Nils besorgt.

»… noch kritischer Zustand«, hörte sie wieder die Stimme des Arztes, »wir haben sie in einen Heilschlaf versetzt. Die nächsten zwei Tage sind entscheidend. Sind Sie noch am Apparat, Mrs. Bernitt?«

Hastig wischte sie sich mit einer Hand die Tränen vom Gesicht. »Ja, natürlich. Bitte, was ist mit ihr passiert, ich dachte, sie wäre tot … ich habe keinen Puls mehr gefühlt …«

»Er war sehr schwach, als Laie fühlt man ihn dann häufig nicht. Wie ich schon sagte, ihre Verletzung ist schwer, aber die Kugel hat das Herz um einen Millimeter verpasst und beim Austritt ihren Oberarmknochen gebrochen. Ihr kommt zugute, dass sie eine Rossnatur hat.«

»Jill, wer ist das?«, drängte Nils.

»Irma hat eine Rossnatur«, schluchzte sie mit glückseligem Lächeln, »wann kann ich sie besuchen?«, fragte sie den Arzt.

»Kommen Sie morgen vorbei, aber versprechen kann ich nichts«, antwortete der und legte dann auf.

»Entschuldigung«, weinte sie mit lachendem Gesicht, »es ist nur, meine Tante Irma ist nicht tot … sie hat eine Rossnatur … sie wird es schaffen.« Dann warf sie sich Nils an den Hals, küsste ihn, schluchzte, lachte, wusste nicht, welcher Gefühlsregung sie als Erstes nachgeben sollte. Sie hatte laut gesprochen, die Mienen der anwesenden Gäste zeigten ihr deutlich, dass sie mitbekommen hatten, dass etwas Außergewöhnliches passiert war. Sie stand auf.

»Ich möchte Ihnen sagen, dass meine Tante, Irma Steinach, wie durch ein Wunder überlebt hat – sie wird es schaffen. Ich möchte Sie alle auf ein Glas Champagner einladen, um auf die Gesundheit meiner Tante zu trinken. Bongi, bitte verteile die Gläser.«

Sie holte den Champagner selbst. Als sie ihr Glas hob, standen alle auf, sie brachte einen Toast auf ihre Tante aus, und alle antworteten mit einem dreifachen Hurra. Der eiskalte Champagner rann ihre Kehle hinunter, schäumte ihre Adern entlang, stieg ihr in den Kopf. Sie fühlte sich leicht, schwerelos, und es war nicht nur der Champagner, der das verursachte. Es würde so schnell kein neues Grab auf Inqaba geben. Sie war nicht ganz allein. Sie setzte sich wieder, starrte wortlos hinaus auf ihr Land und dankte Gott.

\*

Doch Afrika gewährt nur selten Zeit für Besinnlichkeit. Ein irres Kreischen zerriss die Stille des Augenblicks. Ihr Herz setzte vor Schreck fast aus. Sie sprang auf, starrte in die Richtung des Lärms. Der Busch war in Aufruhr. Eine Pavianherde tobte schreiend durch die Akazienkronen, Vögel flogen auf, selbst drei Geier, die oben auf einem Baum hockten, sich friedlich in der Sonne ihr Gefieder putzten, erhoben sich mit langsamem Flügelschlag in die Luft und schraubten sich höher, wohl um besser sehen zu können. »Es sind die Paviane«, rief sie und deutete den Hang hinab, »sieh mal.« Dumpfes Trommeln drang an ihr Ohr, mit gerecktem Hals versuchte sie herauszufinden, wo es herrührte. Dann erkannte sie den Rhythmus. »Oskar, verdammt, das blöde Nashorn ist wieder ausgebrochen. Er kommt angaloppiert.« Sie war schon den halben Weg über die Terrasse. »Ich muss Philani und Musa Bescheid sagen. Sie müssen ihn wieder zurücktreiben, und dieses Mal, das verspreche ich euch, geht er ins Exil nach Hluhluwe.«
Erst als sie zu den Ställen lief, wo sie Philani vermutete, drängte es sich in ihr Bewusstsein, dass Oskar nicht nur sein Gehege, sondern auch den hohen Zaun, der das Haus schützte, durchbrochen haben musste, und das war völlig ausgeschlossen. Sie blieb stehen, ganz still. Es gab nur eine Erklärung. Irgendwo da unten hatte jemand ein Loch in den Zaun geschnitten. Mit Überlegungen, wer derjenige war und warum er das gemacht hatte, wenn die Angreifer gestern doch offenbar im Besitz der Torschlüssel gewesen waren, hielt sie sich nicht auf. Darüber konnte sie später nachdenken. »Musa«, schrie sie, »Philani, kommt her. Dabu, wo seid ihr?«

Ihr fiel ein, dass Dabu wohl nicht im Stande war, zu arbeiten, aber alle drei Männer wetzten im Laufschritt aus den Ställen auf sie zu. Philani stülpte sich im Rennen seinen Sonnenschutzhut auf, Dabulamanzi war an mehreren Stellen verpflastert, beide Augen waren blutunterlaufen und geschwollen. »Oskar ist im Anmarsch«, rief sie, »holt euch die Leute, die die Überreste vom Bungalow wegräumen, und treibt ihn wieder zurück. Irgendwo muss ein Loch im Zaun sein. Ich ruf jemanden an, der es repariert.« Sie ging zurück auf die Terrasse, um die Gäste vor dieser neuen Gefahr zu warnen. Zu ihrer Verblüffung fand sie alle am Geländer stehend, Ferngläser an den Augen, Kameras im Anschlag. Einige nippten noch an ihrem Champagnerglas und verfolgten höchst interessiert, wie die Männer versuchten, Oskar zu bändigen, der sich vehement wehrte. Er schlug Haken, schleuderte einen der Treiber, der ihn mit einem Lasso eingefangen hatte, wie eine Puppe durch die Luft, brach unaufhaltsam wie eine Lokomotive durchs Unterholz und raste in vollem Galopp aufs Haus zu. Ab und zu wurde sein mächtiger grauer Körper sichtbar, hörte man sein Schnauben, das ständig näher kam.

Gelächter lief über die Terrasse, als sich mehrere der Treiber nur mit einem Sprung auf den nächsten Baum retten konnten. Kein Zweifel, ihre Gäste schienen die Aufregung der gestrigen Nacht nicht nur sehr gut weggesteckt zu haben, sie schienen sich auch jetzt königlich zu amüsieren. »Ich glaub, ich pack mal wieder aus, ist ja nicht das erste Mal, dass uns die Kugeln um die Ohren pfeifen, was, Lizzie?«, sagte einer von ihnen, und die Frau in seiner Begleitung nickte. »Außerdem können wir uns ja wehren«, fuhr er fort, schlug sich auf die Hüfte, wo ein Gegenstand seine Hose ausbeulte, und lachte dröhnend. Sein breiter Brustkorb war ein guter Resonanzboden.

»Zweimal hintereinander schlägt kein Blitz in denselben Baum«, stimmte Lizzie mit weisem Kopfnicken zu, während sie weiter den wutentbrannten Oskar durchs Fernglas betrachtete.

Jill schickte ein Dankgebet gen Himmel, dass ihre Landsleute so hartgesotten waren, sich nicht von den Vorkommnissen der letzten Nacht ins Bockshorn jagen zu lassen. Es kreiste immer noch genügend Pionierblut in ihren Adern. Würden die Gäste jetzt wegbleiben, müsste sie aufgeben. Sie würde Inqaba verlieren.

»Denk an Catherine le Roux«, hörte Jill die befehlsgewohnte Stimme ihrer Großmutter Steinach aus der Vergangenheit, »sie hat nie aufgegeben, sich nicht vertreiben lassen. Sie hat ausgeharrt, sonst wären wir Steinachs heute nicht hier.«

Jill war überrascht, denn sie hatte seit Jahren nicht mehr an ihre Großmutter gedacht. Dorothea Steinach, im Gegensatz zu ihrer Tochter Carlotta grobknochig und schwergewichtig, ritt auch im hohen Alter noch regelmäßig allein durch den Busch, bereicherte häufig ihren Tisch mit Antilopenbraten. Furchtlos legte sie sich sogar mit einer wütenden Leopardin an und gewann. Das Fell der Leopardin zierte fortan eine Wand im Geschichtenzimmer. Ihre grausigen grünen Glasaugen hatten Jill in ihren Kinderträumen heimgesucht.

Dorothea Steinach selbst entstammte einem der burischen Clans, die im November 1835 mit Louis Trigardt und zehn anderen Familien über den Great Fish River nach Norden zogen und sich 1839 in Port Natal niederließen. Ihre Gute-Nacht-Geschichten, die sie ihren Enkeln Jill und Tommy erzählte, handelten von harten Männern und entschlossenen Frauen, die ihre Kinder in schaukelnden Planwagen oder während der Arbeit auf dem Feld bekamen und im Krieg gegen die schwarzen Wilden neben ihren Männern in der Wagenburg knieten und die Gewehre nachluden. Das waren die Kriterien ihres Urteils über andere Menschen.

»Afrika wird versuchen, euch zu vernichten. Ihr müsst hart sein«, bemerkte die resolute alte Dame häufig. Sie sorgte dafür, dass Thomas und Jill reiten und schießen lernten, und holte sie nachts aus dem Bett, wenn eine der Kühe kalbte. »In deinen Adern fließt Burenblut, Jill, das verpflichtet, denk immer daran. Die Frauen von Inqaba sind stark.«

Unbewusst ballte sie ihre Hände zu Fäusten. Großmutter Steinach hatte Recht. Sie war stark, nie würde sie sich einem Schicksal beugen, das sie von Inqaba vertreiben wollte. Das Geschrei der Treiber riss sie aus der Vergangenheit. Sie musste ihre Gäste warnen, dass ein Loch, durch das Oskar sich durchzwängen konnte, ein riesiges Tor für Löwen war, und dass auch Elefanten dort hindurchspazieren könnten. Sie sagte es ihnen.

»Nein, das ist ja toll, meine Güte, David, hast du genug Filme da?«, rief Lizzie, aufs Höchste aufgeregt.

»Was ich damit meinte«, sah sie sich genötigt zu erklären, »ist, dass Sie bitte das Haus nur im Auto verlassen. Zu Fuß ist es schlicht zu gefährlich. Die Wanderungen müssen so lange ausfallen, bis wir das Loch repariert und die Gegend durchkämmt haben, um sicher zu sein, dass sich keine Raubtiere hier herumtreiben. Ich sage Ihnen Bescheid, wenn die Gefahr vorüber ist.«

»Hmhm«, machte David, schaute abenteuerlustig drein, und sie hatte den deutlichen Eindruck, dass er sich sicherlich nicht an ihre Warnung halten würde.

Mit einem Schulterzucken ging sie zu Nils, setzte sich wieder zu ihm. »Ich rufe jetzt einen Zwinger in der Nähe an, der für seine gut ausgebildeten Hunde bekannt ist. Kommst du mit?« Für einen kurzen Augenblick hielt sie inne, merkte, dass sie eigentlich nur wie ein Roboter funktionierte. Alles lief automatisch ab. Sie fühlte diese seltsame Leere in sich, fast wie eine Taubheit, die so weit ging, dass sie selbst Nils' Berührungen nur abgeschwächt spürte. Außerdem war sie unendlich müde. Abwesend goss sie sich eine weitere Tasse Kaffee ein. Sie musste durchhalten. Nur noch ein paar Tage. Irgendetwas sagte ihr, dass es bald vorbei sein würde, und dann würde sie es wissen. Wem Inqaba zukünftig gehörte.

Sie sah hinauf in den brennend blauen Himmel, nahm alle Gerüche, alle Geräusche in sich auf, die sie mit Inqaba verband, alle Gefühle, die es hervorrief, alle Erinnerungen, die es barg. Die Menschen, die hier einmal gelebt hatten, standen vor ihr, alle, bis zurück zu Catherine und Johann. Es konnte nur eine Entscheidung geben, nur mit einer konnte sie weiterleben. Ich muss es machen wie Oskar, dachte sie, Kopf runter und durch. Sie stand auf. »Ich fahre gleich los, kommst du?« Mit langen Schritten überquerte sie vor Nils die Terrasse, dachte daran, dass sie ihr Versprechen, das sie ihm gegeben hatte, nicht halten würde. Sie hatte keine Zeit, zu warten. Vom Büro aus rief sie den Zwinger an und dann Alastair. Sie schilderte ihm ihre Gründe und ihr Dilemma. »Kennst du einen guten Sicherheitsdienst, ich meine, außer dem, den dieser Pienaar leitet?«

Alastair meinte, von einem weiteren gehört zu haben, versprach, sich darum zu kümmern »Ich rufe dich heute Nachmittag an. Ich soll dich von Angelica grüßen. Sie möchte dich in den Arm nehmen und drücken, und du sollst die Ohren steif halten.«

Kurz darauf saß sie im Auto. Bevor Nils einstieg, rüttelte er misstrauisch an dem Gitter, das den hinteren Teil von der Fahrerkabine trennte. Dort würde sie die Hunde einladen. »Wie ich sehe, stellst du sicher, dass uns die Köter nicht auffressen können.« Er machte sich keine Mühe, seine Erleichterung zu verbergen. »Kannst du mich in diesem Einkaufszentrum, der La Lucia Mall, absetzen? Ich werde in der Zwischenzeit meine Kleidung aufstocken. Glücklicherweise sind die Läden auch samstagnachmittags geöffnet.«

Nach etwas über zwei Stunden holte sie ihn dort ab. Zwei pechschwarze Dobermänner mit goldenen Markierungen, die scharf wie entsicherte Granaten waren, saßen hinten im Käfig und zeigten hechelnd ihr schneeweißes Gebiss. Der Züchter hatte ihr dringend davon abgeraten, die Tiere gleich mitzunehmen. »Die Hunde müssen Sie erst kennen lernen.«

»Ich bin Zoologin, ich kann mit Tieren umgehen«, antwortete sie knapp, ließ sich die Codeworte geben, mit denen die Hunde scharf gemacht werden konnten, und verbrachte dann fast zwei Stunden allein bei ihnen im Zwinger. Als sie ihn verließ, liefen die Hunde ruhig an der Leine neben ihr.

Nils stieg ein, hielt respektvollen Abstand zum Gitter. »Beeindruckende Zähne«, meinte er, »mit denen möchte ich keine Bekanntschaft machen. Ich habe gehört, die packen zu und reißen dir mit einer Drehung den halben Hintern weg.«

Sie lachte auf. »Stimmt«, bestätigte sie. Zu Hause schickte sie Nils weg und beschäftigte sich eine weitere Stunde mit den Tieren. Dann fütterte sie beide, stellte ihnen Wasser in den Laufzwinger, verriegelte die Tür und hängte ein solides Vorhängeschloss davor.

Im Büro dann wählte sie Alastairs Nummer.

»Alles, was ich dir anbieten kann«, hörte sie Alastairs ruhige Stimme, »ist die Untergruppe von Len Pienaars Sicherheitsdienst, die von einem anderen Mann geleitet wird, die Männer machen nur die Ausbildung gemeinsam. Wäre dir das recht?«

Sie überlegte nicht lange. »Ich habe keine andere Wahl. Schick sie mir her. Wie heißt der Leiter?« Sie notierte sich den Namen. Christopher Williams. »Was ist das für ein Typ?«

»Hart, kalt, einfallsreich. Für den Job bestens geeignet. Ich schick ihn dir morgen, auch wenn Sonntag ist. Das duldet keinen Aufschub. Das war eine böse Sache Freitagnacht.«

Für einen Moment spielte sie mit ihrem Stift, versuchte das nervöse Flattern zu analysieren, das sich gerade in ihrem Magen breit machte. Energisch wischte sie es zur Seite. Gefühlsduseleien konnte sie sich jetzt nicht leisten. »In Ordnung«, beschied sie Alastair, erkundigte sich kurz nach Angelica und den Kindern, legte dann auf. Die Müdigkeit, die sie auf einmal packte, unterdrückte sie. Es war keine Zeit jetzt. Später. Es gab noch zu viel zu erledigen. Sie streckte sich ausgiebig. Es war mittlerweile halb fünf Uhr geworden, noch nicht zu spät für einen Kaffee. Jeans und Top, die mit Hundehaaren übersät waren, zog sie aus und und schlüpfte in ihre hellen Leinenhosen und ein T-Shirt. Viel Auswahl bot ihr Kleiderschrank nicht. Aber irgendwann, wenn das hier alles vorbei war und der Betrieb auf Inqaba lief, würde sich auch das ändern. Früher waren ihr Kleider wichtig gewesen, jetzt waren sie auf ihrer Wertskala in den Keller gerutscht.

Auf dem Weg zur Küche kam sie an dem Zimmer vorbei, das Axel jetzt bewohnte. Nils war in das daneben eingezogen. Die Tür stand offen, sie hörte die ruhigen Stimmen der beiden Männer. Impulsiv klopfte sie, aber keiner reagierte. Leise Nils' Namen rufend, trat sie ein. Die beiden Journalisten kehrten ihr den Rücken zu. Die Köpfe zusammengesteckt, betrachteten sie auf dem Monitor von Axels Notebook einen Film, den er von seiner Kamera überspielte. Sie waren völlig in ihre Arbeit vertieft, außerdem trug Jill Sandalen mit Gummisohlen, die ihre Schritte dämpften. Gerade wollte sie sich bemerkbar machen, als sie die Szenen auf dem Monitor erkennen konnte.

Ein paar elende Hütten aus Plastikplanen und Wellblech, ein paar schwarze Kinder, die im Dreck spielten, ein paar schwarze Frauen, die mit dem Ausdruck dumpfer Resignation vor den Hütten saßen und vor sich hin stierten. Dann Schnitt zu Popi und seinen Leuten. Stöcke und Waffen schwingend, Parolen brüllend, tanzten sie vor der Kamera herum. »Bulala amaBhunu, bulala amaBhunu …«

»Halt«, befahl Nils, »hier brauchen wir den Kommentar.«

Der Film erstarrte zu einem Standbild, im Vordergrund Popi mit weit aufgerissenem Mund, beide Arme in die Luft gereckt, in der rechten Faust eine Schusswaffe, in der linken sein Kampfstock.

Sie vergaß zu atmen, begriff noch nicht, was sie da sah.

Nils notierte sich etwas. »Mach weiter. Wir müssen sehen, wo wir die Bilder von dem Überfall einfügen können. Auf jeden Fall vor dem Interview mit diesem Kunene.«

»Intelligenter Typ, dieser Popi Kunene, gar nicht dumm, was er da von sich gegeben hat«, bemerkte Axel, während er die Stelle elektronisch markierte, »und teuer war er auch nicht.« Dann drückte er einen Knopf. Der Film lief weiter.

Wie versteinert stand sie da. Die Worte machten keinen Sinn. Was hieß teuer in diesem Zusammenhang? Was sie sah, war eine Landbesetzung, das hatte sie erkannt, Bilder, wie sie neuerdings häufiger aus Simbabwe gesendet wurden. Aber wo fand sie statt? Welche Rolle spielte Popi? Ihr Herz raste.

Die Kamera schwenkte von den brüllenden Männern über üppiges Grün, Palmwipfel, dichten Busch, und da erkannte sie, wo der Film gedreht worden sein musste.

Im verwilderten Teil oberhalb des Flusses.

Auf Inqaba.

Auf ihrem Land.

Plötzlich bekamen Axels Worte einen Sinn, plötzlich wusste sie, was sie wirklich sah. Nils und Axel hatten den Rattenfänger bezahlt, eine Landbesetzung zu inszenieren, hatten ihn und seine Leute aufgestachelt, vor der Kamera herumzuspringen und »Bulala amaBhunu« zu brüllen. Und Popi hatte sich in Stimmung gebracht, Inqaba überfallen, hatte Irma fast getötet, ihr Haus abgebrannt, die Hunde bestialisch geschlachtet.

Nils.

Alles Gefühl rann aus ihr heraus. Sie verlor die Verbindung zu ihrem Körper. Der Abgrund, in den sie stürzte, schien bodenlos. Sie fiel und fiel und fiel. Der Tag erlosch, das Licht starb. Sie war allein in ewiger Dunkelheit und Kälte, ihr Äußeres gefror zu einem Eispanzer, der ihre Seele gefangen hielt.

Nils drehte sich um, sah sie, sprang auf, streckte ihr die Hand hin. »Liebling.«

Sie rührte sich nicht, blickte hinunter auf die Hand. Er hatte so schöne Hände, schlank, kräftig. Hatten diese Hände sie jemals liebkost? Sie konnte sich nicht mehr erinnern. »Wage es nicht, mich anzufassen.« Ihre Stimme klirrte.

Nils musterte sie überrascht, erfasste ihren starren Blick, der wieder auf dem Bildschirm klebte, folgte ihm und lachte. »Ach, das siehst du falsch, das kann ich dir erklären.«

Mühsam löste sie ihre Augen von dem Monitor, sah ihn an. »Wie willst du erlären, dass du den Mann, der mich von meinem Land jagen will, der uns überfallen und Irma fast ermordet hat, dessen Mutter den Tod meiner Mutter auf dem Gewissen hat, dass du diesen Mann dafür bezahlt hast, dass er mein Land besetzt? Hast du ihm beim Aufbau der Hütten geholfen? Habt ihr vorher das Gebrüll geübt, die richtige Einstellung?« Nils Miene sagte ihr, dass sie mitten ins Schwarze getroffen hatte. »Vermutlich habt ihr den Kerlen auch die Schlüssel gegeben, damit sie die Tore aufschließen konnten?« Wie ein Stromschlag durchfuhr es sie. Natürlich, wer sonst!

Entrüstet brauste er auf, öffnete den Mund, wollte etwas sagen, aber sie hob die Hand. »Gib dir keine Mühe, ich will es nicht hören. Ich will, dass du deine Sachen packst und von Inqaba verschwindest und nie wiederkommst, und wenn ich diesen Film irgendwo sehe, werde ich dafür sorgen, dass du Schwierigkeiten bekommst, und zwar ernste. Das Gleiche gilt natürlich für Herrn Hopper.« Kalte, klare Worte wie zerspringendes Kristall, und wie Kristall zersprang auch ihr Herz.

Völlig aus der Fassung gebracht, machte er einen Schritt auf sie zu. »Du irrst dich, es war nicht Popi, der Inqaba überfallen hat, und das mit dem Film kann ich dir erklären. Jill, bitte, Liebling.«

»Du bist ein Schwein«, sagte sie ruhig, »in einer Stunde seid ihr hier raus. Jonas wird eure Rechnung fertig machen.« Ihre Worte fielen wie Steine in die Leere zwischen ihnen. Dann ging sie, schaffte es hinaus aus dem Haus, über den Hof in den Stall, bis sie Martini erreichte. Sie barg ihren Kopf an dem Pferdehals, hielt sich daran fest, als der Tränensturm über sie hinwegfegte. Dann sattelte sie den Hengst, führte ihn hinaus aus der Box und ritt ziellos in Richtung von Mamas Platz. Später erinnerte sie nichts mehr von diesem Ritt.

Gegen sieben kehrte sie zurück. Nils' Leihwagen stand nicht mehr auf dem Hof. Schnell sattelte sie ab, rieb Martini trocken und ging ins Haus. »Sind die Reporter weg?«, fragte sie Jonas.

Er nickte, schob ihr ein Formular hin. »Sie haben mit Kreditkarte bezahlt und sind abgereist.« Er machte eine Pause, sah sie nicht an dabei. »Sie haben keine Nachricht hinterlassen.«

Das hatte sie erwartet. »Hast du eine Nachsendeadresse?« Sie vermied, darüber nachzudenken, warum sie das gefragt hatte.

Jonas blätterte seine Unterlagen durch. »Nein. Keine. Tut mir Leid.« Seine dunklen Augen zeigten ihr, dass er ahnte, was vorgefallen war.

»Gut«, sagte sie, ging geradewegs ins Esszimmer, schloss die Tür hinter sich, goss sich ein halbes Wasserglas voll Whisky ein und trank es hinunter. Es half nicht, wie sollte es auch. Ihr Herz war herausgeschnitten worden, der Schmerz würde nie nachlassen. Verzweifelt lief sie aus dem Haus, wusste nicht, wie sie das überleben sollte. Ziellos rannte sie den Weg entlang und fand sich plötzlich in Catherines Küchengarten wieder. Er stand in voller Blüte. Bienen umsummten Basilikum, Koriander und Rosmarin. Doch sie sah nur flüchtig hin. In der wassergefüllten Kehle einer becherförmigen, goldenen Kürbisblüte badete ein gelber Kapfink, und unter den Guavenbäumen, deren fruchtbeladene Zweige sich bis auf die Erde bogen, saßen Dutzende schimmernder Schmetterlinge, labten sich an den abgefallenen Früchten. Ab und zu flog einer taumelnd auf. Die Früchte waren gegoren, die Schmetterlinge stockbetrunken. Früher hätte sie das entzückt, heute bemerkte sie es kaum.

Sie setzte sich auf die kleine Steinmauer, dachte an das zurück, was sie in Axels Zimmer erfahren hatte. Entsetzt schreckte sie zurück, vor ihr schien ein schwarzes Loch zu gähnen, in dem es von Giftnattern wimmelte. Reglos saß sie da, nahm ihre Umgebung kaum wahr. Zu ihren Füßen lag der Steinkreis, in dessen Mitte sie mit Nils die beiden roten Perlen gepflanzt hatte. Aber das war vor so unendlich langer Zeit gewesen, dass sie sich das Bild nicht mehr ins Gedächtnis rufen konnte. Minutenlang starrte sie mit aufgerissenen Augen auf das kahle Fleckchen roter Erde, ohne etwas zu sehen. Bis Sterne vor ihren Augen tanzten. Sie blinzelte. Erst dann bemerkte sie zwei grüne Blättchen, die sich aus dem Boden gebohrt hatten, herzförmige Blättchen. Die von Korallenbaumsämlingen.

Mit einem Ruck beugte sie sich vor, wollte sie ausreißen, aber in letzter Sekunde ließ sie ihre Hand sinken. Warum, konnte sie sich nicht erklären. Einer der Steine aus dem Steinkreis war weit nach innen verschoben. Sie hob ihn auf, um ihn zurück in den Kreis zu legen. Unter dem Stein, von einer Plastikfolie umhüllt, lag ein zusammengefalteter Zettel.

Verwirrt zog sie den Zettel aus der Hülle hervor. Nach kurzem Zögern faltete sie ihn auf. Auf einen Blick erkannte sie, dass er von Nils stammte. Ihre Finger begannen zu zittern, ihr Herz schlug unregelmäßig. Mit tiefen Atemzügen suchte sie sich zu beruhigen.

Es stand nur ein Satz darauf. Ich liebe Dich.

Ein Schwarm trunkener Schmetterlinge flatterte vor ihr hoch, einer landete mit wippenden Flügeln auf ihrer Schulter. Sachte schob sie ihren Finger unter seine Beine, hob die Hand und ließ ihn fliegen. Blind vor Tränen stolperte sie im sinkenden Tageslicht zurück ins Haus, den Zettel in der Faust zerknüllt.

Vor dem Schlafengehen schluckte sie eine Schlaftablette. Nach kurzer Überlegung nahm sie eine weitere hinterher. Das Wasserglas noch in der Hand haltend, kippte sie den Rest der Pillen aus dem Tablettenröhrchen auf ihre Handfläche und sah sie an. Klein, weiß, glänzend. Sie setzte sich aufs Bett, dachte an das, was auf sie wartete. An die übermenschliche Anstrengung, Inqaba weiterzuführen, an die Kraft, die sie aufbringen musste, um sich Leon Bernitt und Popi vom Hals zu halten, und an die Einsamkeit. Als schaute sie durch das verkehrte Ende eines Fernglases, entfernte sich ihr Leben immer weiter von ihr. Sie zählte die Tabletten. Siebenundzwanzig. Genug. Sie hob die Hand zu ihren Lippen.

Ob es der Gedanke an Tommy war oder Christina, wusste sie später nicht mehr, aber plötzlich überfiel sie panische Angst. Wovor, darüber war sie sich selbst nicht klar. Wie von Furien gehetzt, rannte sie ins Badezimmer, warf sämtliche Tabletten ins Toilettenbecken und zog. Das Wasser rauschte, die Tabletten strudelten weg. Dann setzte sie sich auf das Becken und vergrub das Gesicht in den Händen. Ihre Gedanken verschwammen, das Schlafmittel begann schnell zu wirken, sie hatte es auf nüchternen Magen genommen. Bleischwer schleppte sie sich ins Bett. Doch auch im Schlaf schmerzte der Fleck, wo einmal ihr Herz gesessen hatte, so unerträglich, dass sie ihn selbst in ihren wirren Träumen spürte.

## 19

Christopher Williams stieg am nächsten Morgen punkt zehn Uhr aus dem Auto, und sie erschrak. Er sah unglaublich gut aus. Sie hatte einen Typ wie Len erwartet, einen verlebten, brutalen Mann, aber der, der jetzt auf sie zukam, war ein Gentleman. Äußerlich jedenfalls. Schlank, groß gewachsen, breitschultrig stand er vor ihr, sein heller Tropenanzug war von perfektem Schnitt. Fast physisch spürte sie seine Anziehungskraft, wehrte sich instinktiv dagegen. Schwarze, kurz geschnittene Haare, braune Augen mit Lachfältchen, ein schläfriges Lächeln, der Griff, mit dem er ihre Hand nahm, fest und warm. »Mrs. Bernitt«, lächelte er auf sie hinunter, »ich grüße Sie.«

Impulsiv entzog sie ihm ihre Hand und trat einen Schritt zurück. »Guten Tag, Mr. Williams. Gut, dass Sie da sind.« Sie ließ ihre Stimme kühl und geschäftsmäßig klingen. »Ich denke, Sie möchten als Erstes die Farm sehen?« Für mehr als zwei Stunden fuhr sie mit ihm über Inqaba. Während dieser Zeit saß er neben ihr im Beifahrersitz. Mit raunender Stimme sprach er seine Bemerkungen in ein kleines Diktiergerät. Seine Körperwärme strahlte auf ihre nackten Arme aus, häufig lehnte er sich zu ihr hinüber, mehrfach berührte er sie wie zufällig, ließ seine Fingerspitzen über ihre Haut gleiten.

»Lassen Sie das, Mr. Williams, es ist mir unangenehm«, sagte sie kalt, »sonst müssen Sie sich auf den Rücksitz setzen.« Für Sekundenbruchteile sah sie sich dem wirklichen Christopher Williams gegenüber, einem verschlagenen, bösartigen Mann. Seltsamerweise war sie erleichtert. Jetzt wusste sie, woran sie war. Er starrte sie wütend aus schmalen Augenschlitzen an. Dann aber fing er sich, lächelte wieder, nickte und rückte von ihr ab. Er berührte sie nicht noch einmal. Sie öffnete ihr Fenster, trotz der Hitze, die hereinströmte, fühlte sich nun nicht mehr eingeschlossen mit ihm.

Als sie wieder auf dem Hof ankamen, trat sie hart auf die Bremse und war aus dem Wagen gesprungen, bevor er ihr helfen konnte. Sie hatte nicht vor, sich in die Rolle des hilfsbedürftigen Weibchens drängen zu lassen. Sie war Boss auf Inqaba, sie zahlte die Rechnung. Je eher er das begriff, desto besser. Im Haus stellte sie ihn Jonas vor. »Tag, Jonas«, sagte Christopher Williams. Jonas war ihm als Mr. Jonas Dlamini, der Empfangschef, vorgestellt worden.

»Hallo, Chris«, antwortete Jonas Dlamini und verzog keine Miene dabei. Nur seine Augen blitzten.

Jill grinste ihn anerkennend an, führte dann Christopher Williams ins Büro. Sie setzte sich hinter ihren Schreibtisch, zeigte auf den Besucherstuhl davor. Es war der niedrige Sessel, sie würde auf ihn hinuntersehen. Sie fand, dass das die richtige Perspektive war. »Bitte, setzen Sie sich. Sie haben mein Land gesehen, was schlagen Sie also vor?«

Mr. Williams ließ sich nach kurzem Zögern auf dem Sessel nieder, skizzierte auf einem Notizblock die Lage des Hauses und zog einen Kreis darum, der an der Stelle des weitesten Abstands um hundert Meter ans Haus herankam. »Hier sollten wir einen weiteren Zaun ganz in der Nähe des Hauses ziehen lassen, die Spannung des vorhandenen elektrischen Zauns muss auf elftausend Volt erhöht werden. Eindringlinge werden zumindest krankenhausreif gebraten«, er lächelte bei diesem Wort, »die Schlüssel zu dem Tor, das zu den Farmarbeiter-Kraals führt, müssen eingesammelt werden«, fuhr er fort, »niemand außer Ihnen und meinen Männern darf einen besitzen.« Wieder lächelte er, schien bestrebt, diesen kurzen Blick auf seine wirkliche Persönlichkeit zu verwischen.

Seine Art, seine Worte berührten sie aufs Unangenehmste. Wieder versuchte sie hinter seine Maske zu schauen. Er war auf der Hut. Sie sah keine Reaktion. Doch einmal hatte sie ihn wirklich gesehen, das würde sie nie vergessen. »Ich vermute, dass ich illegale Siedler auf Inqaba habe. Ich will, dass Sie das herausfinden, und wenn es so ist, diese Kerle vertreiben. Das ist das Wichtigste. Über den zusätzlichen Zaun reden wir danach. Es muss wohl sein.« Sie zwang sich, nicht daran zu denken, wie der Blick aus ihrem Fenster danach aussehen würde. Der Zaun würde gebaut werden. Das war sie Irma schuldig. »Außer mir hat nur die Familie Dlamini den Schlüssel zum Tor, daran wird sich nichts ändern«, fuhr sie bestimmt fort, »Ich kenne sie seit meiner Geburt. Nelly war meine Nanny, und ohne Ben würde die Farm verlottern. Jonas haben Sie auch kennen gelernt. Seit er hier ist, läuft der Betrieb wie eine gut geölte Maschine. Ich vertraue ihnen vollkommen.«

»Das wäre unklug«, begann er gönnerhaft.

Sie unterbrach ihn. Ihr Ton und die Worte waren hart und klar. »So wird es gemacht werden, Mr.Williams, weil ich es so will.« Sie stand auf. »Vergessen Sie nicht, Inqaba gehört mir, ich entscheide hier.« Sie bemerkte, dass er wütend die Brauen zusammenzog, als er wortlos ihr Büro verließ. Gut so. Sie war sich sicher, dass sie Len und Leon diesen Satz übermitteln würde.

Minutenlang stand sie am offenen Fenster, nachdem sich die Tür hinter ihm geschlossen hatte, war zufrieden mit sich. Die Angst vor den großen Jungs war verschwunden. Sie hatte die Spielregeln gelernt. Ihre Gedanken liefen zurück in ihr früheres Leben, zu der Jill, die sie einmal gewesen war. Zu der verwöhnten Tochter aus wohlhabendem Haus, die ein sorgenfreies Leben in einem Land führte, das dem Paradies am nächsten kam, ausgestattet mit Privilegien, wie nur wenige sie hatten. Wie wäre sie wohl geworden, hätte das Leben sie nicht gebeutelt? Hatte sie Tommys Mord ertragen, Mamas und Christinas Tod erleben müssen, den Unfall Martins, nun den Überfall auf Inqaba und die Nacht danach, als sie glaubte, dass auch Irma tot und sie ganz allein wäre? Hatte sie den Schmerz, die Enttäuschung erleben müssen, die ihr Nils zugefügt hatte, um sich selbst kennen zu lernen? Dann war heute der Tag, an dem sie sich gefunden hatte. Als hätte das Leben alles Überflüssige weggeschält, bis auf den Kern, so fühlte sie sich. Ihr gefiel das, was zum Vorschein gekommen war. So bin ich also, dachte sie. Jetzt kann ich mich auf mich verlassen. Ein gutes Gefühl.

Dann sah sie auf die Uhr. Schon halb zwei. Um vier Uhr würde sie Irma besuchen. Sie hatte heute schon früh mit dem Arzt gesprochen, der ihr mitteilte, dass ihre Tante dank einer erstaunlich robusten Konstitution die besten Chancen hätte, wieder gesund zu werden. Natürlich nur, falls keine unvorhergesehenen Komplikationen eintreten würden, und es müsse garantiert sein, dass sie sich für ein paar Monate absolut ruhig hielt. Jill musste lächeln. Das würde ein Problem darstellen. Irmas Dickkopf reichte an den von Oskar heran.

Jetzt hatte sie noch eine Stunde Zeit. Einem plötzlichen Impuls folgend, schloss sie ihre Tür ab, zog den Telefonstecker aus der Wand und setzte sich, mit einem Block auf den Knien, vor das Fenster, legte ihre Beine auf das kniehohe Fensterbrett und machte sich daran, das Gewirr der Probleme, denen sie gegenüberstand, zu Papier zu bringen, um klarer zu sehen.

Da war Leon, der unter Anklage stand, aber vor der Wahrheitskommission aussagen würde, um seine Haut zu retten, und das würde ihm mit ziemlicher Sicherheit gelingen. Verglichen mit anderen Schergen des Apartheid-Regimes war er ein winziger Fisch. Die Mitschuld an dem Flugzeugabsturz, der ihre Mutter und über hundert andere Menschen das Leben gekostet hatte, würde nicht reichen, ihn hinter Gitter zu bringen. Das hieße, dass er sie weiter belagern würde. Leon, der Vater der Kunene-Zwillinge.

Len Pienaar. Durch seine Bombe war Mamas Flugzeug abgestürzt, er hatte versucht, Inqaba an sich zu reißen, war eine außerordentlich zwielichtige Gestalt, hinter der mit Sicherheit mehr steckte, als ihr bekannt war. Sie dachte an das Buch, das Nils gekauft hatte, konnte sich an den Titel aber nicht erinnern und nahm sich vor, in der Buchhandlung von Mtubatuba nachzufragen. Vielleicht würde sie daraus Näheres erfahren. Die Möglichkeit, dass Len sich mit einer Entschuldigung seine Freiheit erkaufen konnte, war gering. Die Hoffnung, ihn bald los zu sein, war gegeben.

Den Gedanken an Nils blockierte sie, war stolz, dass es ihr gelang, ohne Herzklopfen zu bekommen.

Popi und seine Leute hielt sie für die Veranwortlichen an den Überfällen auf die Farrington-Farm und Inqaba. Die fast den Tod von Irma auf dem Gewissen hatten. Popi, der Rattenfänger, der allem Anschein nach mit seinen Leuten illegal auf ihrem Land siedelte, ihr mit Thandi dieses Land wegnehmen wollte, der lächerlicherweise behauptete, dass Johann Steinach schuld daran gewesen sei, dass Mpande es ihrem Vorfahren weggenommen hatte. Popi, der als Junge eine kleine Katze erwürgt hatte. Nachdenklich kaute sie auf ihrem Filzstift. Konnte man ihm die Überfälle nachweisen, wäre sie auch dieses Problem los.

»Popi war es nicht, glaub mir.« Ehe sie es verhindern konnte, drängte sich Nils wieder in ihre Gedanken. »Ich brauche nur noch ein oder zwei Tage, um es zu beweisen. Warte so lange, bis du einen Sicherheitsdienst engagierst.«

Energisch brachte sie ihn zum Schweigen. Er hatte ihr Vertrauen missbraucht, ihre Liebe getötet, so endgültig, als hätte er ihr ein Messer in den Rücken gerammt.

Eine halbe Stunde lang starrte sie auf das Geschriebene. Die Gesichter von Len Pienaar, Leon Bernitt, Popi, Thandi, alle wirbelten vor ihrem inneren Auge durcheinander. Langsam strich sie Len Pienaar weg, hinter Leon machte sie ein Fragezeichen. Popi und Thandi versah sie mit einem Ausrufungszeichen. Hier lag ihr Problem. Sie spielte an ihrem Filzstift herum, überlegte.

Irgendwann kristallisierte sich ein Gedanke heraus, nahm Form an, und plötzlich war er da. Nach dem Besuch bei Irma würde sie mit den Dlaminis reden. Nicht nur mit Ben und Nelly, sondern besonders mit Jonas. Er schien ihr die Brücke zwischen ihr und den Zulus, einer, der es geschafft hatte, die Grenze überschritten hatte, in beiden Welten zu Hause war. Ihn würde sie fragen, wer Popi Kunene wirklich war und was er wollte. Draußen rumpelte der Trecker vorbei. Sie sah hinaus. Ben fuhr die Reste des Bungalows weg. Im Moment konnte sie sich nicht vorstellen, ihn wieder aufzubauen.

*

»Ich suche die Person, die den Einbrechern das Tor aufgeschlossen hat. Könnt ihr mir helfen?«

Die Sonne stand schon tief, als sie ins Dorf gegangen war, um Nelly zu berichten, dass ihre Tante sich noch nicht zu den Ahnen gesellen würde. Nelly würde darüber froh sein, das wusste sie. Die beiden mochten sich, kannten sich seit Jahrzehnten. Fast alle Farmarbeiter und ihre Familien waren in ihren Hütten. Die Dlaminis, Jonas eingeschlossen, hielten sich im Schatten des Indaba-Baumes auf. In Büscheln hingen graugrüne Samenkapseln zwischen dem Blattgrün, ein Teppich leuchtend rot-schwarzer Samen breitete sich unter dem alten Baum aus. Jonas spielte mit ein paar Jungen Ball. Ben saß breitbeinig in seinem Stuhl und rauchte Pfeife. Zu seinen Füßen stand ein bauchiges Tongefäß, Schaum lief an den Außenwänden herunter. Nelly seihte eben das von ihr gebraute Hirsebier durch einen am Ende zugebundenen Schlauch aus geflochtenem Gras in das Gefäß, verschloss es dann mit einem Deckel aus Grasgeflecht. In einer halben Stunde etwa würde es trinkbar sein. Nelly braute regelmäßig Bier, wie fast alle Frauen im Dorf. Es war alkoholarm, nahrhaft und gehörte zu den Grundnahrungsmitteln der Zulus.

Nachdem sie die Kochhütte bewundert hatte, die Nellys Helferinnen für das traditionelle Schaudorf fertig gestellt hatten, tauschten sie für eine halbe Stunde Neuigkeiten aus. Jill musste genau berichten, was es mit dem Schlaf von Irma auf sich hatte, aus dem sie nur die Ärzte wecken konnten. Besonders Nelly war misstrauisch, fürchtete, dass Irma sich doch zu den Ahnen davonmachen würde, wenn sie nicht von allein aufwachen konnte. Erst als Jonas, der sich dazusetzte, ihr versicherte, dass das nicht so sein würde, im Gegenteil, dass der Schlaf verhindern würde, dass sie starb, war sie zufrieden. »Er weiß es«, sagte sie und blickte in die Runde, »ja, er weiß es.« Der Stolz auf ihren Enkel glänzte in ihren Augen.

Dabulamanzi zeigte Jill, welchen Fortschritt der Bau seiner neuen Hütte machte. Zwei Nachbarsfrauen waren eben dabei, die Grasmatten für die Dachdeckung auf dem bienenkorbrunden Gerüst zu befestigen. »Es ist nur eine Idladla, eine behelfsmäßige Hütte.« Er warf sich in die Brust. »Bald werde ich ein Steinhaus haben. Ich werde ein wichtiger Mann sein.«

Dann kam Jill zur Sache, berichtete, dass die Polizei herausbekommen hatte, dass jemand den Einbrechern das Tor geöffnet haben musste. Sie wiederholte ihre Frage, ob die Dorbewohner ihr auf der Suche nach demjenigen helfen konnten.

»Glaubst du, dass es einer von uns, von den Dlaminis war? Außer uns hat keiner einen Schlüssel«, fragte Jonas mit unbeweglichem Gesicht. Die Frage hing zwischen ihnen, die Mienen von Nelly und Ben waren wie aus Ebenholz geschnitzt.

»Nein, das glaube ich nicht«, antwortete sie vorsichtig, »aber es könnte sein, dass ein Schlüssel gestohlen wurde, vielleicht nur vorübergehend, um einen zweiten Schlüssel anzufertigen.«

Ben schüttelte den Kopf. »Nein, wir tragen den Schlüssel immer bei uns, und auch nachts ist er sicher.« Er blickte ihr ins Gesicht. »Ich habe eine Frage an dich, Jill, die für uns wie eine Tochter ist. Sie wird dir gleichzeitig eine Antwort geben. Wer hat den Zaun und das Tor gebaut?«

Die Frage erwischte sie wie eine Ohrfeige. Für ein paar Minuten konnte sie nicht antworten, als Schlag auf Schlag die Bilder vor ihr auftauchten. Martin zusammen mit Leon, als sie das Zaunmaterial vom Auto abluden, Leon, der den Einbau der neuen Schlösser überwachte. Und Len, der den Verlauf des Zaunes bestimmt hatte. Hatten sie einfach einen Ersatzschlüssel behalten? War es so gewesen? Ihr Herz machte einen Satz. Glaub mir, es war nicht Popi, hatte Nils gesagt. Sie hatte nicht hingehört. Fassunglos vergrub sie ihr Gesicht in den Händen. Ihr Herz hämmerte. Leon und Len. Martin. Len und Leon. Fragen prasselten unkontrolliert auf sie hinunter, Gedankenfetzen zuckten durch ihren Kopf.

War es möglich, dass Len Pienaar und Leon hinter dem Überfall standen? Wenn ja, waren sie auch für den auf die Farrington-Farm verantwortlich? Auf welchen Farmen verrichteten sie sonst noch den Sicherheitsdienst? Waren auch die schon überfallen worden? Und vor allen Dingen, welches Motiv steckte dahinter? Es war nichts gestohlen worden, nur zerstört, wie bei Angelica. Niemand hatte Popi tatsächlich gesehen, all das waren nur Gerüchte gewesen. Hatte es etwas mit der Wahl nächstes Jahr zu tun?

Sie stöhnte auf. Es war zu viel. Als sie sich aufrichtete, begegnete sie den drei Augenpaaren der Dlaminis, und plötzlich kroch die Ahnung in ihr hoch, dass sie mit ihren Überlegungen Recht haben könnte. »Was wisst ihr davon, bitte sagt es mir«, bettelte sie.

Keine Antwort. Die dunklen Augen bohrten sich unverwandt in ihre. Ben rauchte seine Pfeife, Nellys Strickzeug lag in ihrem Schoß, Jonas hatte die Hände hinter dem Kopf verschränkt.

»Wisst ihr, wo Popi Kunene und seine Schwester sind? Leben sie illegal auf unserem Land? Haben sie die Überfälle auf die Farrington-Farm und Inqaba begangen?«

Keine Antwort.

»Nelly, Ben, verdammt, ihr müsst mir helfen. Ich komme so nicht weiter. Irgendjemand versucht, mich von Inqaba zu vertreiben, und dieser Jemand wird auch euch das Land nehmen, für das ihr gearbeitet habt, das Land, das einmal Sicelo gehörte. Jonas«, wandte sie sich an den Ingenieur, »es ist auch dein Erbe – lass es nicht zu, dass man es uns nimmt.« Die Worte hallten in ihr nach, machten ihr bewusst, dass sie »uns« gesagt, damit die Zulus und sich gemeint hatte. Zum ersten Mal standen sie sich nicht gegenüber, sondern nebeneinander. Das Erstaunlichste war dabei das Gefühl, gerade den rettenden Hafen erreicht zu haben. Ein warmes Gefühl. Ein munter flackerndes Glücksflämmchen lief durch ihre Adern, breitete sich in ihrem Körper aus. Es verwirrte sie. »Nelly«, bat sie, »lass mich nicht allein.«

»Manchmal sind die Dinge nicht so, wie sie scheinen.« Jonas hatte das Schweigen gebrochen. Doch mehr konnte sie ihm auch nicht entlocken. Nelly ergriff einen Holzlöffel, schöpfte ein wenig von dem Bier und goss es als Gabe für die Ahnen auf den Boden, die am Leben der Zulus teilnehmen, als wären sie tatsächlich noch bei ihnen. Dann rührte sie mit einem Besen aus Grashalmen um. Aus einer ausgehöhlten, halbierten Kalabasse trank sie die ersten Schlucke. Eine Tradition, die allen zeigen sollte, dass das Bier genießbar war. In alten Zeiten hieß das, dass es nicht vergiftet worden war.

Ben nahm ihr das Biergefäß ab und trank, wischte sich schmatzend mit dem Handrücken den Mund ab, dann reichte er es weiter an Jill. Sie war sich der Ehre, dass sie vor Jonas trinken durfte, sehr bewusst. Mit beiden Händen hielt sie das schwarze Tongefäß, nippte an dem gehaltvollen Getränk. Sie tat es nur aus Höflichkeit. Das Bier schmeckte säuerlich, war lauwarm. Sie mochte es nicht. Während ihr die Gedanken durch den Kopf schwirrten, sah sie ein paar kleinen Kindern zu, die auf dem Boden hockten und unter großem Geschrei mit Steinchen ein Spiel spielten. Ein junger Mann, begleitet von aufgeregt kläffenden Hunden, tauchte aus dem mannshohen Gras hinter dem Indaba-Baum auf. Triumphierend hielt er die Körper dreier fetter Zuckerrohrratten an den Schwänzen hoch. In der anderen Faust hielt er seinen Kampfstock, dessen runder Kopf mit Blut und Fell verklebt war. Er war auf Jagd in den Zuckerrohrfeldern der Weißen gewesen, und seine Beute würde seine Familie die ganze Woche über mit frischem Fleisch versorgen.

Sie setzte das Biergefäß ab. Es war Zeit zu gehen. Die Sonne sank schnell, aber die Hitze des Tages stieg noch aus dem Boden auf, verursachte einen trägen Wind, der die Blätter des Indaba-Baumes bewegte. Aus der Richtung der Hütten wehte eine Geruchswolke heran, stechend, eine Mischung aus Ziegenstall, Rauch und Verwesung. Angeekelt kräuselte sie die Nase, drehte sich um.

Die alte Lena stand vor ihr, als wäre sie an dieser Stelle aus dem Boden gewachsen. Vor dem Bauch der uralten Zulu hing ein offener Beutel, voll gestopft mit Kräutern. Lagen von zerschlissenem Stoff und Tierhäuten bedeckten ihren eingetrockneten Körper, auf dem Kopf trug sie den Schädel eines Affen, dessen Fell ihr über die Schultern fiel. Der Unterkiefer des Affen war entfernt, so dass der Oberkopf wie ein Hut saß. Die Augenhöhlen hatte Lena mit blauschwarz glänzenden Muschelschalen ausgelegt. Grün schillernde Schmeißfliegen saßen auf den Schalen, gaben dem Totenkopf eine albtraumhafte Lebendigkeit, machten Lena zu einem furchterregenden Tierwesen mit vier Augen, als wäre sie einem Bild von Hieronymus Bosch entstiegen. Ihr zahnloser Mund stand offen, fauchendes Kichern entwich ihm wie übler Atem. »Du musst zurückgeben, was nicht dir gehört«, keuchte sie, wühlte in ihrem Kräuterbündel, schob sich eine Hand voll in den Mund und kaute. Brauner Saft lief aus ihren Mundwinkeln. Sofort ließen sich grüne Schmeißfliegen darauf nieder. »Aii«, gackerte die Alte, »es ist nicht deins.«

Jill atmete ganz flach. Der Gestank, den die alte Sangoma ausströmte, war fürchterlich. »Für wen sprichst du, Lena? Für deine Enkel Thando und Thandile, die unschuldige Menschen dafür ermorden? Wer will es? Du?« Der Ziegengeruch klebte auf Jills Geschmacksnerven. Sie hob das Biergefäß, trank einen Schluck, um ihn zu überdecken, wünschte, dass Lena verschwinden würde.

»Wir«, antwortete Dr. Thandile Kunene, kam zwischen den Hütten hervor und stellte sich neben ihre Großmutter. Die Alte war fast einen halben Meter kleiner als sie. Die schöne elegante Frau, die die Laufstege der Modewelt erobert hatte, die Ärztin war, und die stinkende alte Medizinfrau der Zulus. Niemand, der die beiden anschaute, hätte außer der Hautfarbe eine Verbindung zwischen ihnen vermuten können. »Umakhulu, Großmutter, lass mich«, sagte Thandile. »Wir wollen mit dir reden, Jill, Popi und ich. Wirst du uns zuhören?«

Popi war's nicht, glaub mir. Wieder Nils! Immer wieder.

Halt den Mund, ich will's nicht hören. Erst Popi, dann Leon und Len. Hätte sie nicht noch das Biergefäß in den Händen gehabt, hätte sie sich die Ohren zugehalten. Abschätzend musterte sie ihre Kindheitsfreundin.

Lena spuckte einen braunen Strahl durch ihre Zahnlücken. Er landete genau vor Jills Füßen. Dann war sie weg. Nur der Geruch nach Ziegenstall hing noch in der Luft. Widerlich wie die bösen Gerüchte, die ihre Enkelkinder umwehten. Thandi lachte laut auf, wedelte ihre manikürten Hände vor der Nase. »Meine Großmutter«, sagte sie und schüttelte nachsichtig den Kopf. In ihren Ohren schaukelten Goldgehänge. »Nun, Jill, können wir reden?« Hochmütiger Ton.

»Da gibt's nichts zu reden«, sagte sie kühl, unterdrückte ihre Wut.

»Hör dir doch erst mal an, was wir zu sagen haben. Es wäre klug von dir.« Der Ton war versöhnlicher.

Aller Augen waren auf sie gerichtet, aufmerksam, abwartend. Was hatte sie zu verlieren? Vielleicht hätte sie dann endlich Klarheit. Langsam nickte sie. »Aber ich will nicht Popis Horde gegenüberstehen. Wenn wir reden, reden wir allein. Du, Popi, ich.«

»In Ordnung.«

»Auf neutralem Grund.«

Thandi lachte wieder. »Wo ist das? Wohin wir treten, begegnen wir unserer gemeinsamen Geschichte. Deiner und meiner.

Unserer. Seit der Erste sich mit einem Schiff in unsere wilden Gewässer getraut hat, sind Fremde an unseren Küsten gelandet. Alle haben sie ihre Spuren hinterlassen. Und lange davor, in der Morgendämmerung der Menschheitsgeschichte, machten sich die ersten Menschen aus unserem Land nach Norden auf und verbreiteten sich über den Erdball. Wir beide sind ihre Nachfahren, du bist nur zu lange fort gewesen, deswegen bist du noch so weiß.« Sie kicherte vergnügt.

Etwas aus der Fassung gebracht, starrte Jill sie an. So hatte sie dieses Problem noch nie betrachtet. Mit wenigen Worten hatte Thandi die Grenzen zwischen ihnen verwischt. »Okay«, sagte sie, »morgen Mittag bei mir im Haus. Aber ich kann mir kein Argument vorstellen, das irgendetwas an meiner Meinung ändern wird.«

Die Krone des Indaba-Baumes glühte auf, die Spitzen des Grases auf dem Feld färbten sich goldrot, dann sank die Sonne hinter den Horizont. Sie stand auf. In zehn Minuten würde es Nacht werden, und wieder einmal hatte sie ihre Taschenlampe vergessen. Automatisch griff sie nach ihrer Pistole. Sie steckte noch im Gürtel der Jeans, das lose Hemd darüber verdeckte sie. Als sie hochsah, merkte sie, dass Thandi nicht nur die Bewegung gesehen hatte, sondern wohl auch die Pistole.

»Du brauchst keine Angst zu haben, Jill«, sagte sie, »wir wachen über dich, dir wird auf dem Weg nach Hause nichts passieren.«

Die beiden jungen Frauen standen sich gegenüber, musterten sich schweigend. Sie waren gleich groß, ihre Augen auf gleicher Höhe. Die Luft zwischen ihnen schien zu knistern. Endlich streckte die schöne Zulu ihre Hand aus, berührte die von Jill. »Ich bin's, Thandi«, sagte die Frau leise, die sich Yasmin Kun genannt hatte.

Die Berührung war sanft und flüchtig, wie die eines Schmetterlings, aber sie traf Jill wie ein leichter elektrischer Schlag, und das Glücksflämmchen flammte wieder auf. Diesmal war ihre Verwirrung noch stärker. Sie verstand ihre eigene Reaktion nicht. Mit einem Abschiedsgruß an die Dlaminis wandte sie sich ab und ging die Dorfstraße hinauf zum Haus, immer noch so mit dem Gefühl ihrer Verwirrung beschäftigt, dass sie vergaß, Thandi zu warnen, dass sie Christopher Williams auf sie und Popi angesetzt hatte.

Wieder musste sie sich auf das Mondlicht verlassen, das ihr den Weg zeigte. Im Busch raschelte und flüsterte es, hier und da knackten Zweige, die Zikaden sangen. Aber sie spürte keine Angst, der Schrei des Nachtvogels erschreckte sie nicht. Die afrikanische Nacht umarmte sie als Freund. Wie früher.

*

Bis in die frühen Morgenstunden lag sie wach, kam nicht los von den Fragen, die sie nicht beantworten konnte. Steckten Len Pienaar und Leon hinter den Überfällen? Aber warum, warum, warum? Nächstes Jahr standen die Parlamentswahlen an, das hatte Nils gesagt. Aber auch er war sich nicht im Klaren darüber gewesen, was das zu bedeuten hatte. Quälend langsam vergingen die Stunden. Erst als ein matter Perlmuttschimmer den nahenden Morgen ankündigte, schlief sie endlich ein, schlief, bis die Hadidahs vor ihrem Fenster so lange herumschrien, dass sie einen Schuh nach ihnen warf.

Nachdem sie ihre Gäste begrüßt hatte, nahm sie ihr Frühstück allein am hintersten Tisch auf der Terrasse ein, überlegte sich, was die Kunene-Zwillinge ihr wohl vorzuschlagen hätten. Nachdenklich trank sie ihren Kaffee, schaute dabei über das Land. Es war ein ruhiger Tag. Am Horizont, hinter dem ersten Hügel, stieg eine Rauchsäule kerzengerade in die windstille Luft. Sie kniff die Augen zusammen, suchte etwas zu erkennen, aber es war zu weit weg. War es noch auf ihrem Land? Hinter dem Hügel lag der wilde Teil oberhalb des Flusses, aber der war wohl zu nass, der konnte nicht brennen. Kein Grund zur Aufregung also.

In dem Moment jedoch passierten zwei Dinge gleichzeitig. Die Rauchsäule explodierte, der feurig schwarze Wolkenpilz eines Benzinfeuers brodelte hoch, und ihr Handy klingelte. Sie sprang auf, das Handy aus der Hosentasche ziehend, konnte nicht glauben, was sich da vor ihren Augen abspielte. »Hallo«, rief sie in den Hörer. Aber nur Rauschen antwortete ihr, ganz entfernt eine Stimme, aber unverständlich. »Reden Sie lauter«, schrie sie, hielt sich das andere Ohr zu, um jedes störende Geräusch auszuschließen. »Ich kann Sie nicht verstehen, lauter.«

Dann endlich machten ein paar Worte Sinn. »Jill, Hilfe … wir verbrennen …« Ihr fiel fast das Telefon aus der Hand. Sie war sich sicher, Thandi Kunenes Stimme gehört zu haben. Sie starrte auf die Rauchwolke, vergeudete kostbare Sekunden, versuchte zu begreifen, was da vor sich gehen, was das mit Thandi zu tun haben könnte. Plötzlich wurde ihr eiskalt.

Christopher Williams. Sie hatte ihn auf Popi und seine Leute gehetzt, hatte ihn angewiesen, sie zu vertreiben, falls sie sich illegal dort niedergelassen hatten. »Dieses verdammte Schwein«, schrie sie, kümmerte sich nicht um die verstörten Gesichter ihrer Gäste, als sie zwischen den Tischen hindurchstürmte. »Ruf die Polizei, Jonas«, befahl sie im Vorbeirennen, »jemand versucht offenbar, illegale Siedler im wilden Teil des Flusses abzufackeln. Ruf auch die Feuerwehr und Krankenwagen.« Damit war sie schon draußen und in ihrem Wagen, raste Sekunden später durchs Tor. Mit dem Daumen wählte sie Alastairs Nummer, während sie Mühe hatte, das Auto auf der von Schlaglöchern pockennarbigen Straße zu halten. Alastair aber meldete sich nicht. Frustriert warf sie das Telefon auf den Beifahrersitz.

In Rekordzeit erreichte sie den Fluss, hielt rutschend auf dem Grillplatz unter dem großen Stinkwood-Baum und sprang heraus. Der Anblick, der sich ihr am gegenüberliegenden Ufer bot, war furchterregend. Es brannte überall, fast den gesamten Saum des verwilderten Teils entlang. Schwarzer, ölig dicker Rauch wallte aus dem Dickicht, orangerote Flammen züngelten meterhoch. Der Wind drehte, verwirbelte den Rauch, trieb ihn über den Fluss zu ihr, trug das Röhren des Feuers und Benzingestank herüber. Vögel kreischten, größere Tiere, die vom Feuer eingeschlossen waren, schrien in Todesangst. Und Menschen hörte sie schreien, aber leiser, sie schienen weit weg, als hätte sie das Höllenfeuer bereits verschlungen. Sosehr sie sich bemühte, sie konnte niemanden entdecken.

Stück für Stück suchte sie den brennenden Buschwald mit den Augen ab. Am Uferrand brannte es nicht. Eine Impalafamilie, die Elterntiere und drei Junge, brach aus dem Busch und rannte ohne zu zögern in den Fluss, schwamm verzweifelt strampelnd aus der Gefahrenzone. Auf Jills Seite des Flusses glitt etwas ins Wasser. Sie erkannte den Saurierkopf eines großen Krokodils, das pfeilgerade auf eins der Kitze zuschwamm. Sie wandte ihren Blick ab.

Unschlüssig, was sie tun sollte, verharrte sie. Das Mobiltelefon hielt sie noch immer in ihrer Hand, erinnerte sich an den Anruf von vorhin, drückte die Taste für die Anrufliste und wählte. Es klingelte so lange, dass sie fürchtete, Thandi, falls sie die Person war, die angerufen hatte, sei nicht mehr im Stande, anzunehmen. Als sie schon aufgeben wollte, antwortete jemand. Doch sie hörte nur Husten, krampfartiges, raues Husten, dazwischen harsches Einatmen. »Thandi, bist du das?«, schrie sie und lauschte angestrengt.

»Hier oben, Jill, hier oben …«, hörte sie, ganz schwach, dann wieder Husten, Würgen.

Sie sah hinüber zum anderen Flussufer und nach oben, und endlich entdeckte sie eine Bewegung. Auf dem Grat der verwitterten Felswand, die wie eine Insel aus dem Rauch ragte, hockte eine Hand voll Menschen. Sie rannte zu ihrem Auto, nahm das Fernglas heraus, das sie als Standardausrüstung immer dabeihatte, und stellte es scharf auf die Felswand ein. Alle da oben hatten eine schwarze Hautfarbe, und eine von ihnen war Thandi, denn sie konnte erkennen, dass ihre Kindheitsfreundin noch das Telefon am Ohr hielt. Der Mann neben ihr schien Popi zu sein. Über ihnen flatterten angstvoll kreischende Vögel. Immer wieder wurden die Menschen auf dem Felsgrat vom Rauch verhüllt, leckten Flammen im Feuerwind die Wand hoch. Die Eingeschlossenen liefen Gefahr, da oben gebraten zu werden wie arme Seelen im Fegefeuer.

Sie stand da, starrte hinauf. Der Wind zerrte an ihrer Bluse. Erst Leon, danach Len, nun Popi und Thandi – und damit ein Ende ihrer Probleme? Plötzlich schien sie wie ein Staubkorn durchs All zu wirbeln, losgelöst von ihrer Welt. Sie entfernte sich immer weiter von sich selbst. Doch ein dünner Schrei erreichte sie, gerade noch. Ihr blieb fast das Herz stehen. Sie sah hinauf.

»Jilly …« Wieder der Schrei. Es war Thandi.

Nur für Sekunden war sie sichtbar, bevor sie wieder hinter dem Rauchvorhang verschwand. Sie würgte. Es fiel ihr absolut nichts ein, was sie hätte tun können. Verzweifelt lief sie hin und her, wie ein Tier, das in eine Falle geraten war, schaute dabei hinüber zu Popi und Thandi, horchte mit gesenktem Kopf, ob sie die Anfahrt von Polizei und Feuerwehr hören konnte. Der Rauch verdunkelte die Sonne zu einer trüben Scheibe. Der Wind frischte auf, wurde deutlich stärker, blies jetzt von Nordwesten her, trieb Rauch und scharfen Brandgeruch zu ihr hinüber, erlaubte ihr nur selten freien Blick. Unvermittelt trieb eine starke Bö den schwarzen Rauch auseinander, sie konnte den Himmel sehen und hätte fast gejubelt.

Im Osten stand eine Wolkenwand, die so schwarz war wie der ölige Rauch des Feuers. In rasender Geschwindigkeit zog sie auf, hatte schon die Sonne verschluckt. Die ersten Blitze zuckten, ein Rumpeln erschütterte die Luft, und dann öffnete sich der Himmel, das Wasser stürzte herunter, die Wolken senkten sich auf das Land. In Sekunden war sie tropfnass. Ob die Nässe, die ihr Gesicht hinunterlief, der Regen oder Tränen waren, wusste sie nicht.

Sie musste auf die andere Seite des Flusses gelangen. Geistesgegenwärtig schnappte sie sich den Verbandskasten aus dem Auto und rannte den abfallenden Pfad hinunter zur Furt, stolperte, fiel in das lehmige Flusswasser, das die Furt überspülte, rappelte sich wieder auf, rannte weiter durch die nebelgraue Welt. Sie konnte kaum die Hand vor Augen sehen, geschweige denn die Felswand.

Der tosende Regen löschte jedes andere Geräusch aus. Der Pfad, der am anderen Ufer aus der Furt herausführte, war nicht sehr steil, aber war durch den Wolkenbruch schon so glitschig geworden, dass sie sich an Büschen und aufragenden Steinen hochziehen musste. Mehr als zwanzig Minuten dauerte diese Sintflut, versiegte allmählich zu einem Tröpfeln, hörte auf, und nach einer halben Stunde schien die Sonne wieder.

Und dann kamen sie aus dem Rauch wie Schemen aus der Unterwelt, schwarz verrußte Gestalten, blutend, hustend, manche von ihnen waren so gut wie nackt. Thandi trug nur noch eine Unterhose, ihre Haare waren bis auf wenige struppige Büschel verbrannt, die Kopfhaut dazwischen verkohlt, teilweise bis aufs rohe Fleisch. Eine blutende Schramme zog sich von der Stirn über ihre Wange bis zum Kinn. Ihre Schönheit war zerstört.

»Oh Thandi«, stammelte Jill, wagte nicht, ihre Kindheitsfreundin zu berühren, aus Angst, ihr wehzutun.

Die Verletzungen der anderen – außer Popi und Thandi rund ein Dutzend seiner Leute – waren ähnlich. Zwei Männer stützten einen dritten, der leblos zwischen ihnen hing, seine Füße schleiften auf dem Boden.

»Welcher Teufel hat das Feuer gelegt?«, krächzte sie. Der stechende Brandgeruch reizte ihre Kehle. »Ist da noch jemand drin?«

Popis Stimme war kaum zu verstehen, als er antwortete. »Kerl gehört zu Pienaar«, keuchte er heiser, »kenn seinen Namen nicht … fünf oder sechs andere … Strohballen … benzingetränkt.« Er krampfte sich in einem Hustenanfall zusammen. Als er sich wieder aufrichtete, sprang sein Blick von Gesicht zu Gesicht, dann fielen seine Schultern erleichtert nach vorn. »Alle hier«, brachte er heraus, »keiner mehr drin …«

»Hast du Verbandszeug?« Auch Thandi hatte kaum Stimme. Sie sank auf einen Stein, legte die Arme auf die Knie, zuckte zusammen, als sie eine ihrer Brandwunden berührte, richtete sich schwerfällig wieder auf. Jills Verbandszeug reichte natürlich kaum, das Brandgel war im Nu aufgebraucht, die Schmerztabletten würgten die Verletzten ohne Wasser hinunter.

»Aii, Thandile«, kreischte eine schrille Stimme hinter ihnen, »aii, Umzukulu … meine Enkelin.«

Jill wirbelte herum. Lena! Schreiend hastete die alte Zulu den Weg hinauf, der Affenkopf, den sie noch immer trug, hüpfte auf und ab, als wäre er lebendig. Ihre langen Röcke waren schwer von Lehmwasser. Sie musste ebenfalls durch die Furt gewatet sein. Zwei ihrer Sangoma-Lehrlinge, beides junge Frauen, folgten ihr. Mit einem knappen Befehl auf Zulu scheuchte sie die zwei angehenden Sangomas ins Gebüsch, schrie ihnen noch etwas hinterher, dann wandte sie sich den Verletzten zu. Aus ihrem Bauchbeutel nahm sie Kräuter, frische und eine Hand voll getrockneter, legte sie beiseite. Dann griff sie unter die Lagen ihrer Umhänge und zog große lappige Blätter darunter hervor, die sie offensichtlich direkt auf der Haut getragen hatte. Sie zerknautschte sie sanft in den Händen, drapierte sie dann mit zarten Fingern auf die Wunde im Gesicht ihrer Enkelin Thandi. Jill erkannte an dem unangenehmen Geruch, dass es Blätter der Iloyi, der wilden Datura, waren.

Minuten später kehrten die jungen Frauen zurück, die außer Perlgehänge um den Hals und in den Haaren nur ihr Kuhfell über ihren Oberkörper geworfen hatten und einen bunten Stoffrock trugen. Die Jüngere von ihnen war groß und kräftig wie ein Mann. Sie schleppten Blätter vom Rizinusstrauch heran, abgeschälte Borke des Korallenbaums, Wurzeln verschiedener Pflanzen, fleischige Aloeblätter.

»Kann ich helfen?«, fragte Jill, fast schüchtern, und als Lena den Kopf schüttelte, trat sie zurück, um die alte Sangoma ungehindert arbeiten zu lassen.

Die Alte untersuchte die Kopfwunden Thandis, rief ein paar Worte über ihre Schulter, und die größere der beiden Sangoma-Lehrlinge verschwand im abgebrannten Busch. Lena und ihre Gehilfin arbeiteten schweigend. Die Lehrlings-Sangoma zerklei-

603

nerte Blätter und Wurzeln vom Rizinus, mischte sie mit etwas Wasser, das sie in einer abgeschnittenen Plastikflasche mit sich führte. Die Masse strich sie auf die offenen Wunden der Verletzten, die auf dem Boden lagen oder saßen, doch nicht, bevor Lena die Konsistenz der Masse geprüft hatte, indem sie sie zwischen ihren Fingern zerrieb, an die Nase führte. Die alte Zulu flößte jetzt Popi, der auf dem Rücken schwer verbrannt war und offensichtlich stärkste Schmerzen litt, einen braunen Sud ein. Popi schluckte mühsam, verzog sein Gesicht, fing dabei ihren Blick auf.

»Bitte, lass mich helfen«, sagte sie, fühlte sich so hilflos, wünschte, sich nützlich machen zu können.

Popi krächzte seiner Großmutter ein paar Worte zu, und ohne Jill eines Blickes zu würdigen, überreichte diese ihr die Flasche, befahl ihr, die Flüssigkeit ihrem Enkelsohn in den Mund zu träufeln.

»Es ist Sud von Weidenblätterspitzen, es tötet den Schmerz«, erklärte sie, dann beugte sie sich zu Popi hinunter, zischelte ihm etwas ins Ohr, wartete auf seine leise, für Jill unverständliche Antwort. Als die Alte vernahm, was er zu sagen hatte, glühten ihre Augen auf. Dann wandte sie sich den anderen Verletzten zu.

Im Nachhinein glaubte Jill, die Namen Leon und uSathane verstanden zu haben. Aber das hatte jetzt keine Bedeutung. Sie tat, wie ihr von Lena geheißen, gab Popi den Sud tröpfchenweise. Seine Augen waren trüb vor Schmerz und Schock, sein Puls raste. Er stand kurz vor einem Kollaps. Aus den Augenwinkeln sah sie, dass die alte Lena die fleischigen Blätter der Aloe aufgeschlitzt hatte, mit einem flachen Stück Holz den geleeartigen Saft herausdrückte und ihre Helferin mit Gesten anwies, den Saft sanft auf den großflächigen Abschürfungen der Verletzten zu verteilen.

Die dritte Sangoma kämpfte sich eben durch abgebrannte Büsche, glimmende Baumstämme wieder zu ihnen durch. Auf einem größeren Blatt in ihrer Handfläche lag Baumborke mit einer weißen Aschekruste. Lena nahm sie ihr ab, breitete sie auf einem flachen Felsen aus und zerrieb die Borke mit einem faustgroßen

Stein zu braungrauem Puder. Den mischte sie mit ein paar Tropfen Wasser und dem Saft der Aloe zu einer weichen Paste und strich sie auf Thandis Kopfwunde. Thandi stöhnte, biss sich auf die Lippen, bis Jill die Blutstropfen hervortreten sah.

»Was ist das, Thandi?«, fragte Jill. »Bist du sicher, dass es … in Ordnung ist?« Sie sprach Englisch, sehr schnell, in der Hoffnung, dass Lena sie nicht verstehen würde.

Dr. Thandile Kunene brachte ein schwaches Lächeln zustande. »Es ist okay«, flüsterte sie heiser, »meine Großmutter ist eine der Besten. Das ist die Rinde vom Korallenbaum, dem Kaffirbaum, sie enthält Alkaloide, die antibakteriell, schmerzstillend und entzündungshemmend sind. Ich bin in besten Händen …«

Plötzlich hörte Jill Stimmen und drehte sich um. Jonas, gefolgt von mehreren Farmarbeitern, watete durch die Furt. Er trug den großen Verbandskasten aus dem Haus unterm Arm. »Jonas, Gott sei Dank, wo bleiben Polizei und Krankenwagen?«

Als Antwort schob sich ein Polizeiauto auf dem anderen Ufer aus dem Busch. Gefolgt von zwei weiteren und zwei Krankenwagen, rumpelten sie den Weg zum Grillplatz hinauf. Hinterher sollte sie erfahren, dass die Feuerwehr weiter unten auf den engen Wegen stecken geblieben war. Ein Pressefotograf kam auf einem leichten Motorrad. Er begann sofort, Bilder zu schießen. Innerhalb der nächsten Stunde waren alle Verletzten abtransportiert. Die zwei Notärzte rührten die Blätterumschläge und Pasten Lenas nicht an. Jill stand neben Thandi, stützte sie. Einer der Ärzte untersuchte die Kopfwunden der Zulu. »Ist das Korallenbaumborke?«, fragte er, und als Thandi nickte, ließ er die Finger davon. »Gut, das reicht, bis Sie ins Krankenhaus kommen«, murmelte er, half der Verletzten auf eine Trage und gab das Zeichen, dass sie abtransportiert werden konnte. Der Fotograf sprang um sie herum und blitzte seine Bilder.

Nachdem sie sich einen Überblick verschafft hatten, vernahm die Polizei Jill als Erste. Sie wiederholte Popis Worte, dass er einen Mann erkannt hatte, der zu Len Pienaar und seiner Sicherheitsfirma gehörte. Dann erzählte sie ihnen von Christopher Williams und dem Auftrag, den er hatte. Die Mienen der zwei verhörenden Polizisten, einer war ein Zulu, der andere ein Weißer, versteinerten, als sie das hörten. Sie warfen sich einen Blick zu. Der Weiße lief den Weg hinunter, stürmte durch die Furt und hastete hinauf zu dem Polizeiwagen. Dort sprach er lange in sein Funkgerät.

Danach kam das Fahrzeug der Spurensicherung. Fünf Mann machten sich daran, die verbrannte Wildnis zu durchkämmen. Der ehemals so saftig grüne Buschurwald war eine verkohlte, rauchende Wüste, aus der hier und da schwarz verbrannte Baumstämme ragten, manche wunderbarerweise noch mit einem letzten Rest der grünen Blätterkronen. Über allem lag ein feiner Schleier schwarzer Rußpartikel. Kein Vogel war zu sehen. Die Brut einer ganzen Saison war zerstört worden, wohl auch die des Scharlachbrust-Nektarvogels, der Attraktion, die Inqaba zu bieten hatte. Ob die Elternvögel überlebt hatten, war fraglich.

Mutlos setzte Jill sich auf einen Stein. Niemand beachtete sie. Die Krankenwagen waren längst abgefahren, die Farmarbeiter von Ben zurück an die Feldarbeit kommandiert. Auch die alte Lena und ihre zwei Helferinnen waren verschwunden. Sie spürte keinen Hunger, nur Durst, nahm dankend eine Wasserflasche von einem der Polizisten an. Seine Frage, warum sie hier blieb, konnte sie sich selbst nicht beantworten.

Vornübergelehnt, ihr Kinn in die Hände gestützt, versuchte sie zu begreifen, dass hier jemand versucht hatte, mehr als ein Dutzend Menschen bei lebendigem Leibe zu verbrennen. Nicht jemand, korrigierte sie sich schweigend, Christopher Williams, dessen war sie sich sicher. Seine Spur führte zu Len Pienaar. Und Leon Bernitt. Sie wehrte sich gegen diese Vorstellung. Es konnte einfach nicht sein. Das traute sie ihm nicht zu.

»Nein, wirklich nicht?«, höhnte diese hartnäckige Stimme in ihr. Sie hielt sich die Ohren zu, als ob das helfen würde, kam aber nicht dazu, weiterzugrübeln. Laute Rufe ertönten aus dem abgebrannten Busch, einer der Männer, rußverschmiert, schwitzend, erschien. »Wir haben einen Toten hier, Spurensuche muss her.« Traurig ließ sie den Kopf hängen. Es hatte also doch einen von Popis Leuten erwischt. Erst jetzt fiel ihr auf, dass von einem illegalen Lager, von Frauen und Kindern keine Spur war. Außer Thandi waren die Geretteten nur Männer. Inbrünstig hoffte sie, dass sich im oberen Teil, unterhalb der Felswand, nicht noch ein grausiges Geheimnis unter dem verbrannten Busch verbarg. Jeder, der dort eingeschlossen gewesen war, musste umgekommen sein. Es hätte keinen Ausweg gegeben.

»Mrs. Bernitt!« Einer der Polizisten rief sie. Sie stand auf und ging zu ihm. »Würden Sie bitte mitkommen, vielleicht können Sie bei der Identifizierung des Toten helfen.« Er nahm sie beim Arm, half ihr über gefallene, noch heiße Baumstämme, führte sie um schwelende Brandherde herum.

»Wieso hat das Feuer so stark gebrannt? Im grünen Busch?«

»Benzingetränkte Strohballen«, antwortete er, »sie haben sie überall verteilt.« Nach etwa zwanzig Minuten erreichten sie einen Platz am Fuß des Felsens. Die Männer der Suchmannschaft standen in lockerem Kreis um etwas herum. Zögernd trat sie näher, auf was sie gefasst sein musste, konnte sie sich nicht vorstellen. Als sie es erblickte, war es fast enttäuschend in seiner Abstraktion. Es war ein verkohltes Skelett, erinnerte an nichts Menschliches. Es lag seitlich auf dem Bauch. Sie sah den Brustkorb, an dem einige Rippen fehlten, die Arme waren nach vorn ausgestreckt, der Kopf weit in den Nacken gebogen, der Mund aufgeklappt. Auch die Zähne, es schienen so gut wie alle vorhanden zu sein, waren schwarz. »Wie soll ich das … Ding denn identifizieren?«, fragte sie erstaunt. »Man kann doch nicht einmal sehen, ob es Mann oder Frau war.«

Einer der Männer bückte sich, wies auf die Hand. Jetzt entdeckte auch sie, dass der Tote am Mittelfinger einen Ring trug. Aus Gold, glatt, vom Feuer wie zufällig verschont. Der Mann hockte sich hin, hob die Skeletthand behutsam hoch, konnnte aber nicht verhindern, dass der Finger abbrach. Der Ring fiel in den Dreck. Er hob ihn auf und gab ihn Jill. Sie drehte ihn skeptisch hin und her, zuckte die Schultern, wollte ihn eben zurückreichen, als sie auf der Innenseite, versteckt unter Erde und krümeliger Asche, eine Inschrift entdeckte. »Darf ich das abkratzen?«, fragte sie. Der Polizist nickte. Vorsichtig entfernte sie den Schmutz, und Buchstabe für Buchstabe der Inschrift wurde sichtbar. Was sie las, traf sie wie ein Kübel Eiswasser.

Für Konstantin von Catherine, stand da.

»Nun?«, fragte der weiße Polizeibeamte. »Erkennen Sie den Ring vielleicht?«

Sie starrte ihn nur mit halb offenem Mund an, ihre Gedanken rasten unkontrolliert, sie war nicht im Stande, zu antworten. Sie nickte, schüttelte gleich darauf den Kopf, nickte wieder.

»Was nun«, fragte der Polizist, »erkennen Sie ihn?«

»Nein … ich meine, nein, ich hab den Ring noch nie gesehen, aber … meine Urururgroßmutter hieß Catherine, und der Urururgroßvater meines Mannes hieß Konstantin.«

Verblüfft sahen die Polizisten sich an. »Urururgroßvater«, sagte der Schwarze endlich, »wie viele Jahre liegt das zurück?«

»Fast hundertfünfzig«, flüsterte sie.

Alle starrten das Skelett an, als suchten sie dort Erleuchtung. Der Polizist, der gefragt hatte, rief den Polizeifotografen, machte eine Handbewegung, die die gesamte Umgebung einschloss. »Mach Fotos, von allem«, befahl er. Der Fotograf begann seine Arbeit. Die Blitze wurden von etwas Glänzendem, das unter dem Brustkorb lag, reflektiert. Jill sah es als Erste. »Was ist das?« Nachdem der Fotograf die Lage des Gegenstandes eingehend dokumentiert hatte, bückte sich der weiße Polizist und klaubte ihn mit spitzen Fingern heraus. Er trug weiße Handschuhe, der Gegenstand rollte auf seiner Handfläche. Es war ein Knopf.

»Eine Art von Uniformknopf, würde ich sagen«, er rollte den Knopf herum, und ein Wappen wurde sichtbar, »aber von welcher, da hab ich keine Ahnung. Wir müssen es herausfinden. Wer kann diesen Ring getragen haben?«, fragte er Jill, die nur mit den Schultern zuckte.

Er steckte den Knopf ein. »Ehe ich glaube, dass der Tote hier seit hundertfünfzig Jahren liegt, muss ich mehr wissen. Es ist ja durchaus möglich, dass jemand erst heute verbrannt ist, der diesen Ring nur getragen hat. Besonders will ich wissen, ob er wirklich nur verbrannt ist oder ob bei seinem Tod nachgeholfen wurde. Ab mit ihm in die Gerichtsmedizin.« Grimmig stapfte er durch den Matsch aus Asche, Erde und Pflanzenresten davon.

Drei weitere, identische Knöpfe fanden sie noch. Jemand meinte, Jill solle besser nach Hause fahren, sie sähe aus, als bräuchte sie Ruhe. Erst dann merkte sie, wie müde und hungrig sie war. Gehorsam stieg sie in ihr Auto. Eine Stunde später stand sie unter der Dusche, wusch sich den Brandgestank und den Ruß vom Körper. Die Bedeutung der Inschrift in dem Ring und des Wappens auf den Uniformknöpfen beherrschte ihre Überlegungen.

Ein Gedanke schwirrte in ihrem Kopf umher, dessen sie einfach nicht habhaft werden konnte. Irgendetwas, das mit dem Ring zu tun hatte. Konstantin und Catherine. Ring. Sie lehnte an der Duschwand, hielt das Gesicht ins Wasser und durchwühlte ihre Erinnerung. Endlich erwischte sie einen Zipfel, wusste, wo sie zu suchen hatte. Sie drehte das Wasser ab, trocknete sich flüchtig ab, schlang ein Handtuch um ihren Körper und verknotete es über der Brust. Dann eilte sie in ihr Büro, schaltete das Licht ein und nahm die Kopie von Catherines Brief aus ihren Unterlagen. Sie überflog die kreuzweise geschriebenen Zeilen. Da stand es.

»Unsere Ringe werden uns ewig verbinden.«

Sie hatten heimlich Ringe getauscht. Erschüttert sank sie auf ihren Schreibtischstuhl. Die Möglichkeit, dass der Tote Konstantin von Bernitt war, war zumindest eine, die sie nicht außer Acht lassen durfte. Die zweite Möglichkeit war, dass Konstantin diesen Ring verkauft hatte. Das tat sie gleich als vollkommen unwahrscheinlich ab. Doch jemand konnte ihn gestohlen haben. Die Frage war, wann. Vor hundertfünfzig Jahren? Oder erst kürzlich? Wenn das der Fall war, wem hatte er zuletzt gehört? Langsam stand sie auf, schaltete das Licht wieder aus und ging zurück ins Schlafzimmer, war plötzlich zum Umfallen müde. Rasch warf sie sich ein Hemd über, schlüpfte in ein Paar Shorts. Jonas war nicht mehr da, auch die Küche war schon dunkel. Sie strich sich drei Brote, nahm eine Flasche Wein und setzte sich in ihr kleines Wohnzimmer. Hungrig schlang sie das Brot hinunter, leerte die halbe Flasche und fiel ins Bett.

# 20

Jonas reichte ihr die Morgenzeitung, als sie nach dem Frühstück an die Rezeption kam. »Danke, Jonas. Hast du schon Neues über den Zustand der Verletzten gehört? Thandile? Nein? Gut, ich werde gleich im Krankenhaus anrufen. Ich werde dich auf dem Laufenden halten.«

Stumm deutete er mit dem Zeigefinger auf einen Artikel auf der ersten Seite des *Natal Mercury*. Sie beugte sich vor und las.

Der Artikel berichtete, dass Christopher Williams und zwei seiner Mitarbeiter trotz ihrer vehementen Proteste festgenommen und ins Zentralgefängnis von Durban gebracht worden waren. Man hatte Spuren des Brandes und Schnipsel benzingetränkten Strohs auf ihrer Kleidung entdeckt. Sie behaupteten, dass sie versucht hatten, zu helfen. Als das nicht möglich war, wären sie weggefahren, um Hilfe zu holen.

»Hilfe, ha!«, knurrte sie, als sie weiterlas. »Mir ist kein Mensch begegnet, und einen anderen Weg dorthin gibt es nicht, es sei denn, sie sind geflogen.« Im letzten Absatz stand, dass der Amnestieantrag von Len Pienaar abgelehnt worden war, da man Hinweise hatte, dass er etwas mit dem Brand zu tun hatte. Amnestie, so wurden die Leser unterrichtet, konnte nur für politisch motivierte Untaten während des Apartheid-Regimes gewährt werden. Auch Pienaar saß wieder im Durbaner Zentralgefängnis.

»Heureka«, flüsterte sie, ballte die Faust, »der kommt nicht wieder raus, hoffe ich.« Sie suchte den Rest der Zeitung ab. Kein Wort von Leon. Offenbar brachte man ihn nicht mit dem Brandanschlag in Verbindung. Insgeheim hatte sie darauf gebaut. Die Vorstellung, wie er auf die Nachricht reagieren würde, dass der Tote, den man auf Inqaba gefunden hatte, Konstantins Ring getragen hatte, verdrängte sie. Das würde sie für sich behalten. Sollte die Polizei doch ihre Tests machen, hoffte sie, dass die Wissenschaft auch heute noch die Identität des Toten nicht so genau feststellen konnte.

Denn Leon, dessen war sie sich bombensicher, würde jeden Stein umdrehen, um zu beweisen, dass der Tote Konstantin war und dass Johann ihn ermordet hatte. Würde sie für das Verbrechen ihres Vorfahren büßen müssen? Würde Leon durchsetzen können, dass sie das Land, das Konstantin einmal gehört hatte, zurückgeben musste? Diese Fragen hatten sie die Nacht über wach gehalten. Vor allen Dingen die Tatsache, dass sie keine Antwort darauf wusste.

Jonas legte die Post auf den Tresen. Ein rechteckiges, flaches Päckchen, vier Briefe. Rechnungen vermutlich, dachte sie, als sie damit in ihr Büro ging. Mit einem Taschenmesser schlitzte sie die Umschläge auf und entdeckte zu ihrem Vergnügen nur eine Rechnung, aber drei Buchungsanfragen. Sofort machte sie sich daran, Prospekte von Inqaba zusammenzustellen und eine Antwort zu schreiben. Das Päckchen rutschte unter einen Stapel. Sie vergaß es. Später brachte sie Jonas die Antwortbriefe und bat ihn, sie mit der nächsten Post abzuschicken.

Dann rief sie im Krankenhaus an. Als Erstes sprach sie mit Angelica, sagte ihr aber nichts von dem Brand, dann erkundigte sie sich nach Irma. Sie schlief noch immer. Der Dienst habende Stationsarzt versicherte ihr jedoch, dass die Aussichten gut seien. Sie atmete auf, schwor sich, alles zu tun, um Irma etwas von der unerschütterlichen Liebe wiederzugeben, die sie ihr in den letzten, harten Jahren geschenkt hatte. Und ihre Schuld abzutragen. Zutiefst erleichtert ließ sie sich zur Unfallstation durchstellen. Dieses Krankenhaus hatte die meisten Betten für Brandopfer in der weiteren Umgebung. »Ist Dr. Kunene wach?«, fragte sie die Stationsschwester. »Ich möchte mit ihr sprechen.«

Kurz darauf hörte Jill Thandis Stimme, klein und piepsig und fast ohne jeglichen amerikanischen Akzent. »Jill?«

Gegen ihren Willen spürte sie Mitleid. »Thandi, tut es sehr weh?«

»Nicht nur das, all meine Haare sind weg. Ich sehe grauenvoll aus …« Thandis Stimme war kraftlos.

»Und dein Gesicht?« Ihr wunderschönes, ebenmäßiges Gesicht, das auf so vielen internationalen Modezeitschriften geprangt hatte.

Thandi antwortete nicht gleich, dann hörte Jill fast so etwas wie ein Auflachen. »Vielleicht ist es ohnehin an der Zeit, zum Schönheitschirurgen zu gehen, ich bin ja auch schon fast dreißig.«

Kurz erzählte Jill ihr von der Verhaftung Christopher Williams' und Len Pienaars. »Man hat sie ins Durban Central gebracht.«

»Steht irgendetwas da von … unserem … diesem Bernitt?« Als Jill das verneinte, war einige Sekunden nur Thandis rauer Atem hörbar. »Den kriegen wir auch noch«, flüsterte die Zulu.

Unerklärlicherweise sah Jill plötzlich Lenas aufglühende Augen vor sich. Sie schob das Bild weg. »Ich komme heute Nachmittag«, versprach sie und legte erleichtert auf. Es war zwar deutlich, dass es Thandi sehr anstrengte, aber weder war ihr loses Mundwerk beeinträchtigt noch ihr Kampfgeist. Sie spielte mit einem Bleistift, dachte über die Kunenes nach. Der Brandunfall änderte nichts an der Tatsache, dass es eine unerledigte Angelegenheit zwischen ihnen gab. Seltsamerweise hatte sie ein gutes Gefühl.

Sie wählte Alastairs Nummer. Schweigend lauschte er, was sie ihm zu sagen hatte. »Wer hat einen Schlüssel zu deiner Farm«, fragte sie dann, »und wer hat die Zäune gebaut?«

Er sog zischend die Luft ein. »Verflucht«, murmelte er, wohl mehr zu sich selbst, »Len Pienaar hat die Sicherheitsanlage gebaut, nicht nur bei mir, übrigens. Es wäre ein Leichtes für ihn gewesen, sich einen Schlüssel machen zu lassen. Sicher hat er uns von Anfang an nicht alle ausgehändigt … Jill, ich weiß nicht, was ich sagen soll. Ich habe Pienaar und Christopher Williams für fähige Männer gehalten«, er lachte sarkastisch, »und das sind sie ja wohl leider auch. Nicht im Traum habe ich geahnt, dass sie solche Gangster sind, verstehe auch ihre Beweggründe nicht.« Sie hörte ihn schwer atmen. »Angelica wird nächste Woche entlassen«, sagte er dann, » und sie bleibt stur, sie will nicht nach Kapstadt gehen. Ich kann nichts machen. Wenigstens stimmt sie zu, die Kinder dort auf ein Internat zu schicken.«

Sie verabredeten, in engem Kontakt zu bleiben, falls sich etwas Neues ergäbe. Als Jill den Hörer auflegte, gähnte sie herzhaft. Ihr fehlten zwei Nächte Schlaf, und der gestrige Tag hatte sie ordentlich geschlaucht. Sie wählte Jonas an und bat ihn, Bongi mit einer Kanne Kaffee ins Büro zu schicken. Dann machte sie sich mit den Namen der Gäste vertraut, die heute ankommen sollten. Jonas hatte ihr die Liste gegeben. Sie leerte die Kanne Kaffee, aß das Stück Kuchen, das Bongi dazugelegt hatte, und war noch immer müde. Am liebsten hätte sie sich kurz hingelegt, aber tagsüber konnte sie nicht schlafen. Außerdem war es noch nicht einmal elf Uhr. Gähnend räumte sie ihren Schreibtisch auf. Das Päckchen, das etwa die Größe eines Taschenbuches hatte, wurde noch tiefer im Stapel vergraben.

Musa und Philani begleiteten sie später zur Brandstelle. Ein riesiger Schwarm Geier kreiste über dem Gebiet, versammelte sich überall dort, wo ein Tierkadaver lag, der nicht völlig verkohlt war. Mehrere Kadaver trieben aufgedunsen im Fluss, wiesen fast alle riesige Bisswunden auf. »Krokodile«, flüsterte sie und stocherte traurig weiter in den Überresten. Doch sie wusste, dass in wenigen Monaten die Natur sich selbst geheilt haben würde. Der Busch würde frisch ausschlagen, die Baumstrelitzien aus ihren

Wurzeln treiben. Viele Samen überlebten ein Feuer, es war ohnehin nur relativ kurz gewesen. Der Wolkenbruch hatte verhindert, dass die Zerstörung größer war. Sie nahm an, dass die meisten der Elternvögel, die hier genistet hatten, davongekommen waren. Sie würden wieder brüten, die Antilopen wieder trächtig werden. Drei Stunden durchkämmte sie die Gegend, doch sie fand nirgendwo Spuren, die darauf hinwiesen, dass hier illegale Siedler gelebt hatten.

Tief in Gedanken kehrte sie zum Haus zurück. Es erschien ihr unmöglich, dass alles so restlos verbrannt sein konnte.

*

Bevor sie ins Krankenhaus fuhr, musste sie in Umhlanga Rocks ein paar Bücher in der Leihbibliothek abgeben. Es war ein ziemlicher Stapel und schon überfällig. Doch sie hatte sich bereits durch die kleine Bücherei in Mtubatuba hindurchgelesen, und die im Zentrum Umhlangas war größer und besser sortiert. Außerdem kaufte sie gern im Ort ein. Einer der Parkplatzwächter, die alle paar Meter an der Bordsteinkante standen, wies sie auf den Parkplatz vor dem Postamt ein. Sie suchte ein paar Münzen heraus, reichte sie ihm durchs offene Autofenster. Seine Arbeit hatte einen ernsten Hintergrund. Nachdem Überfälle und Entführungen überhand genommen hatten, waren die Wächter von einheimischen Geschäftsleuten zum Schutz der Besucher engagiert worden. Sie stieg aus. Neben ihr fuhr ein staubbedeckter Geländewagen in die Parklücke, eine Tür wurde aufgestoßen, traf ihr Auto. »He, aufpassen«, rief sie, empört über den beachtlichen Kratzer.

Ein Mann stieg aus, schwerfällig, als hätte er Schmerzen, dann drehte er sich schwankend um. Es war Leon. Eben wollte sie aufbrausen, als ihr das Schimpfwort im Hals stecken blieb. Etwas war mit Leon absolut nicht in Ordnung. Sein Gesicht war aschgrau mit grünlichem Unterton, glänzte speckig vor Schweiß, der

Mund hing offen, die Augen waren blutunterlaufen, trüb, schienen sie nicht zu erkennen. Sie ging ums Auto herum zu ihm, setzte die Bücher ab. »Leon, was ist?«

Er stierte auf einen Punkt vor seinen Füßen, presste beide Hände auf den Bauch. Speichel rann ihm aus den Mundwinkeln. Er taumelte, wurde von Krämpfen durchgeschüttelt. Eine blutig braune Flüssigkeit rann unter dem kurzen Hosenbein an seinen Beinen herunter in die Schuhe. Dann schnappte er vornüber wie ein Klappmesser, übergab sich und fiel um.

»Leon«, schrie sie auf, kniete neben ihm. Zwei, drei der Parkplatzwächter rannten auf sie zu, einer sprach bereits in sein Handy. »Krankenwagen kommt schon«, rief er ihr im Laufen zu.

Der Notarzt, der Leon zehn Minuten später untersuchte, schüttelte den Kopf. »Ich kann nichts mehr machen«, sagte er zu Jill, »sind Sie eine Verwandte?«

Sie nickte. »Seine Schwägerin. Er ist tot? Was hat ihn umgebracht? Er war immer stark wie ein Ochse. Es ging so schnell. Er bekam einen Krampf, übergab sich und fiel um. Was ist es?«

Nachdenklich betrachtete der Notarzt den Toten. Er trug noch seine Gummihandschuhe, verschmierte diese Ekel erregende Flüssigkeit, die aus Leons Hose tropfte. »Blut«, sagte er, »Schüttelkrämpfe, Erbrechen, diese Gesichtsfarbe. Ich tippe auf Rizinusvergiftung. Wir müssen ihn obduzieren.« Er zog die Gummihandschuhe aus. Kurz darauf fuhr der Krankenwagen mit Leon davon. Ohne Sirene, ohne Blaulicht, mit vorgeschriebener Geschwindigkeit.

Jills Gedanken flogen über die vergangenen Tage, Stimmen redeten in ihrem Kopf durcheinander.

»Wenn sie drei von den Samen essen, gesellen sie sich zu den Ahnen.« Das hatte Nelly gesagt.

»Den kriegen wir auch noch.« Thandis Stimme. Sie meinte Leon Bernitt, ihren Vater, den Mann, der ihre Mutter vergewaltigt hatte.

Lenas Augen hatten geglüht, als der Name uSathane fiel. USathane, der Freund von Leon Bernitt, sein Komplize. Leon, der Vergewaltiger ihrer Tochter.

Die alte Lena, Sangoma, Kräuterkundige, Hexe. Jills Haut zog sich zu einer Gänsehaut zusammen. Mit klammen Händen hob sie die Einkaufstasche mit den Büchern hoch, ging in die Bibliothek. Fünfundvierzig Minuten später parkte sie auf dem überdachten Parkplatz des Krankenhauses und stieg aus, beladen mit Süßigkeiten, Blumen, Lesematerial für Angelica. Als sie kurz bei Irma hereinschauen wollte, flog die Tür auf, und eine aufgelöste Krankenschwester rannte heraus und den Gang hinunter.

»Ich will es …«, fauchte eine heisere Stimme aus dem Zimmer. Erschrocken trat sie ein. Irma lag flach auf dem Rücken, Schläuche hingen aus ihr heraus und führten zu allen möglichen piepsenden Apparaten. Das kleine Herz auf dem Monitor zappelte aufgeregt. »Irma, meine Güte, was ist? Ich hole sofort den Arzt.«

»Will keinen Arzt, will Haare waschen«, keuchte Irma.

Sie hielt Irmas Hand, bis der Arzt kam, und ihr Herz wurde leichter, als sich sein Gesicht erhellte, während er seine Patientin untersuchte. Er lächelte, als er sich aufrichtete. »Sie sind erstaunlich, Mrs. Pickford – es geht Ihnen besser, als es eigentlich dürfte.«

»… zäh wie ein altes Perlhuhn«, krächzte Irma und brachte ein Kichern fertig, und Jill saß vor Rührung ein Kloß im Hals.

Vor Thandis Zimmertür musste sie sich innerlich stählen, ehe sie klopfte und eintrat. Sie schloss die Tür hinter sich und lehnte sich dagegen. Zwei dunkle Augenpaare waren auf sie gerichtet. Sie sah sich beiden Kunenes gegenüber.

»Wir haben gebeten, für das Treffen mit dir in ein Zimmer gebracht zu werden.« Seine Stimme war noch vollkommen heiser. Es war augenscheinlich, dass er Schmerzen hatte. Er lag mehr in seinen Kissen, als dass er saß.

Anspannung lag in der Luft, Jill spürte es sofort. Schon immer hatte sie empfindliche Antennen gehabt. Sie suchte nach Worten, wählte dann die, die die Sache am klarsten beschrieben. »Ihr habt

Leon, euren Vater, umgebracht.« Es war eine Feststellung, keine Frage. »Er ist vor meinen Augen gestorben. Vermutlich an Rizinusvergiftung.«

Für Bruchteile von Sekunden sahen sich die Zwillinge in die Augen, huschte ein zufriedenes Lächeln um Popis Mundwinkel. Dann waren ihre Gesichter wieder ausdruckslos.

»Nun?« Sie stemmte die Arme in die Seite.

Thandi antwortete. »Wir liegen im Krankenhaus, Jill, wir waren es nicht, können es nicht gewesen sein.«

»Rizinusvergiftung führt erst nach drei bis fünf Tagen zum Tod.«

»Kommt drauf an, wie viel einer schluckt«, Thandi verzog ironisch den Mund, »es kann auch viel schneller gehen. Aber das nur als Information. Ich habe einen Eid geschworen, Jill, der mich verpflichtet, Leben zu retten, nicht zu nehmen. Wir waren es nicht.«

Jill glaubte ihr sofort. Also war es die alte Lena gewesen, aber wohl nicht persönlich. Sie musste Helfer gehabt haben. Bei diesem Gedanken schob sich plötzlich das Bild einer von Lenas Gehilfinnen, der, die so groß und kräftig war wie ein Mann, über das Bild eines der Hausmädchen von Lorraine. Die Bilder deckten sich aufs Genaueste. So war es also passiert. Nacheinander fing sie den Blick der zwei Zulus ein. Stoisch starrten die beiden zurück. Es war klar, dass sie nie ein Wort über die Angelegenheit verlieren würden. Niemand würde je erfahren, wer dem Leben von Leon Bernitt tatsächlich ein Ende gesetzt hatte. Aber sie wusste es, und sie würde es nie vergessen.

Sie wandte sich Thandi zu. »Wir wollten reden, fühlt ihr euch gut genug dazu?«, fragte sie. Der weiße Turbanverband um den Kopf gab Thandi die klare Schönheit von Nofretete, trotz der breiten Schramme auf der einen Seite ihres Gesichts.

Popi nickte, stöhnte. Sein rechter Arm war bis zur Schulter eingegipst, der Brustkorb bandagiert. »Ich mach es kurz, es tut noch zu weh.« Er blickte sie aus blutunterlaufenen Augen an. Die Wimpern waren verbrannt. Es gab seinem Blick etwas Starres.

Jill unterbrach ihn. »Bevor ich mit euch rede, ist da etwas, was ich klären muss. Von eurer Antwort hängt ab, was ich dann unternehme. Habt ihr Inqaba und die Farrington-Farm überfallen? Ja oder Nein?« Nicht für eine Millisekunde löste sie ihre Augen von seinem Gesicht. Keine noch so kleine Regung, die ihr die Wahrheit verraten könnte, wollte sie verpassen.

Thandi griff hinüber, legte ihre Hand auf den unbandagierten Arm ihres Bruders. »Ich möchte das beantworten, Jill.« Sie musste erst durchatmen, bevor sie fortfahren konnte. »Auf den Eid, den ich als Ärztin geschworen habe, auf das Leben meines Bruders, wir haben nichts damit zu tun. Wir glauben, dass Len Pienaar dahinter steckt, und diese Gruppe, der er angehört. Und … Leon.«

Jill brach das Schweigen als Erste. »Aber warum? Hat es etwas mit den Parlamentswahlen im nächsten Jahr zu tun?«

Popi schloss die Augen. »Wer weiß, was uSathane sich ausgedacht hat?« Die Haut um seine Augen war aschgrau, die Lippen blutleer.

»Wir möchten dir einen Vorschlag machen, Jill«, sagte Thandi.

Jill unterbrach sie. »Ich habe noch eine Frage. Habt ihr auf meinem Land gesiedelt, in dem Teil, der abgebrannt ist?«

Ein winziges Lächeln zuckte in Popis Mundwinkeln. »Ab und zu, mal hier, mal da«, antwortete er.

»Dieser Pienaar hatte also Recht.« Jill lief erregt auf und ab.

Der Zulu machte eine flatternde Bewegung mit der Hand, lächelte leicht. »Ich habe dir nichts genommen.«

»Bitte hör dir unseren Vorschlag an«, sagte Thandi, »und setz dich hin, um Himmels willen.« Unter Stress kam ihr amerikanischer Akzent wieder zum Vorschein.

Jill zog einen Stuhl heran und setzte sich so, dass sie alle beide im Auge behalten konnte. Sie neigte ihren Kopf, zeigte Thandi, dass sie zuhören würde. Sehr genau.

»Wir lassen unseren Anspruch auf das Land von Mpandes zweitem Sohn, der unser Vorfahr ist, fallen.« Thandile machte eine Pause, um Luft zu schöpfen.

Jill bewegte keinen Muskel, mit allen Fasern ihres Körpers wartete sie auf das, was kommen würde. Zwei ihrer Probleme waren gelöst. Len Pienaar saß im Gefängnis, und unter dem Lack der Zivilisation glühte in ihr ein unheiliges Flämmchen der Genugtuung. Ich hoffe, sie versenken den Schlüssel zu seiner Zelle an der tiefsten Stelle des Indischen Ozeans, dachte sie bissig. Das zweite Problem war Leon Bernitt gewesen. Er war tot. Endgültig. Problem erledigt. Das Skelett in der Gerichtsmedizin hatte keinen Anwalt. Was der Ring und die Uniformknöpfe zu bedeuten hatten, interessierte keinen mehr. Später vielleicht würde sie vorsichtig nachforschen, aber nur für sich selbst. Blieben nur noch die Kunene-Zwillinge. Und Nils. Doch jeden Gedanken an Nils blockierte sie. Bis jetzt nicht sehr erfolgreich.

»Wir haben kein Zuhause, Popi und ich«, fuhr Thandi mühsam fort, »keinen Ort, den wir Heimat nennen können, kein Stück der afrikanischen Erde, die uns hervorgebracht hat. Hier ist unser Vorschlag. Gib uns ein Stück Land, groß genug, um eine Kinderklinik und eine Schule darauf zu bauen, und die Zusage, dass unsere Leute auf die gleiche Weise Land von dir erwerben können wie eure Farmarbeiter. Dir bleibt dann immer noch genug Land, um die Gästefarm zu betreiben. Als Gegenleistung schützen wir dich und Inqaba, halten dir illegale Landbesetzer vom Hals.« Ihre Stimme versickerte. Die Stille, die folgte, wurde von Popis harten Atemzügen unterbrochen.

Im Dunkel ihrer Seele flackerte plötzlich ein Licht, noch weit entfernt in der Zukunft, aber sie sah es deutlich. Ihr Puls hämmerte, als sie aufstand und zum Fenster ging. Sie legte die Arme aufs Fensterbrett und sah hinaus. Von hier aus war das Meer nicht zu sehen, ihr Blick ging über Palmenwipfel und Blütenbäume nach Westen in die grünen Hügel Zululands. Es wurde viel gebaut hier oben. Ein riesiges Einkaufszentrum wuchs bereits, futuristisch anmutende Bürogebäude standen und waren schon bezogen. In wenigen Jahren würde Umhlanga Ridge das geschäftliche Zentrum der gesamten Umgebung sein. Über dem Horizont ballten sich weißgraue Regenwolken, normal für diese Jahreszeit. Im Februar gibt es häufig stürmische Schauer, meist kurze, und hinterher ist es so heiß wie vorher. »Warum lasst ihr euren Anspruch fallen?«, fragte sie, ohne sich umzudrehen.

Es war Popi, der antwortete. »Ich kenne dich, du gibst nicht auf. Du würdest alle Mittel einsetzen, um uns Schwierigkeiten zu machen, rechtliche und was dir sonst noch einfällt. Keiner von uns würde überleben.«

Überleben. Sie lauschte dem Nachklang des letzten Wortes, überlegte, was er mit »sonst noch« meinte, überlegte, ob er Recht hatte. Was würde sie einsetzen, um Inqaba zu retten? Wie weit würde sie gehen? Plötzlich sah sie sich, allein, verschanzt hinter meterhohen Zäunen, durch die so starker elektrischer Strom floss, dass eine Berührung einen Mann umhauen würde. Nie wäre sie ohne Angst, würde jede Nacht ins Dunkel horchen, darauf, ob die Geräusche normal waren. Bei jedem Bellen der Hunde würde sie zusammenzucken, sich vergewissern, dass ihre Pistole griffbereit lag. Die Zäune, die als Schutz gedacht waren, würden ihr Gefängnis werden. Gefängnis auf Lebenszeit und sie als einzige Insassin. Sie erschauerte, spürte schon die Dunkelheit und Kälte, in der sie leben müsste.

Als hätte sie ihre Gedanken gehört, rührte sich Thandi, und Jill drehte sich zu ihr um. Ein listiges Lächeln saß in ihren Mundwinkeln. »Bevor du antwortest, Jill, bedenke, du wirst die Zäune einreißen können und die Tore entfernen, kein Gitter würde deinen Blick begrenzen.« Ein Blick schräg unter den gebogenen Wimpern hervor, die wunderbarerweise unversehrt waren. Das war Thandile, die Zulu. Yasmin Kun hatte endgültig aufgehört zu existieren.

Ihr Herz machte einen Sprung, das Blut rauschte durch ihre Adern, sang in ihren Ohren. Die Zäune wegnehmen. Nie wieder das Rumpeln der automatischen Tore hören, kein elektrisch geladener Draht, kein Gitter, das ihren Himmel zerschnitt. Der Weg zurück ins Paradies? Jill schaute wieder hinaus. Ein Schwarm weißer Ibisse zog in gemächlichem Flug vorbei. Sie sah ihnen nach, bis sie sich in der blauen Ferne verloren und ihre Augen tränten. Das Land, das im weichen Licht der Nachmittagssonne vor ihr lag, schien so friedlich, das Bild in ihrem Kopf surrealistisch. Sosehr sie sich bemühte, brachte sie es nicht fertig, diese Welten zu verbinden. Nur über eins war sie sich absolut sicher. Inqaba war ihr Geburtsort. Nie würde sie ihn aufgeben, aber ebensowenig konnte sie zulassen, dass ihr Kampf um Inqaba in Zerstörung endete, von Inqaba und ihrem Leben. Der ursprüngliche Anspruch Popis und seiner Leute hätte ihr mindestens die Hälfte der Farm genommen. Thandi hatte Recht, das, was sie jetzt forderte, konnte Inqaba verkraften. Der Preis wäre hoch, aber ihr Lohn wären ruhige Nächte und eine Zukunft, ein freier Blick zum Horizont. Doch es gab noch etwas, für das Popi ihr eine Antwort schuldig war, etwas, was sie wissen musste, bevor sie sich entschied. Sie drehte sich wieder den beiden Zulus zu, sah Popi an.

»Erinnerst du dich an die kleine Katze, die du getötet hast, Popi? Nein? Ich höre ihr jämmerliches Geschrei, während du sie erwürgt hast, bis heute, und deinen Augenausdruck dabei werde ich nie vergessen. Deswegen traue ich dir nicht.«

Die Miene des verletzten Zulus veränderte sich kaum. Ein Mensch mit weißer Haut wäre vielleicht rot geworden, Popis schwarzbraune Haut verbarg das. Doch sein Entsetzen, als sähe er etwas, das sie nicht sehen konnte, war deutlich. Thandi runzelte ihre Brauen, streifte ihren Zwillingsbruder mit einem schnellen Blick, den Jill aber nicht interpretieren konnte. Lange war es still im Zimmer, hörte man nur Atmen, gelegentlich das Geräusch eines Autos, das Klappern von OP-Clogs auf dem Gang, Stimmen.

Dann holte Popi tief Luft, schloss die Augen und begann zu sprechen. Seine Stimme war wie das Rascheln von dürrem Gras. »Als ich neun oder zehn Jahre alt war, fiel ich in die Hände eines alten schwarzen Hexers, dessen Namen ich nicht aussprechen konnte, weil er mir die Zunge versengte. Er war böse

wie der Satan selbst«, sagte er fast unhörbar, in seinen Worten
schwang das Echo des kleinen Jungen, der ganz allein war mit seinem schrecklichen Geheimnis. »Der Alte fühlte, dass seine Zau-
berkräfte schwanden. Es verlangte ihn danach, eine Katze zu ver-
speisen, denn dieses Tier hat magische Kräfte, und zubereitet auf
eine besondere Art, würden diese Kräfte auf ihn übergehen. Er
war zu alt, er konnte nicht aus den Bergen herunterkommen, um
eine unserer Katzen zu stehlen.«

Popis Augen waren noch immer fest zugekniffen, seine unbanda-
gierte Hand wanderte ruhelos über die Bettdecke. »Er ... belegte
mich mit dem Fluch. Mein Kopf würde zerspringen, sollte ich
ihm nicht helfen«, flüsterte er. »Erst weigerte ich mich, aber dann
konnte ich nicht anders. Mein Kopf zersprang. Ich musste die
Katze töten, um den Bann zu brechen ... Der Hexenmeister
lachte, als ich ihm die Katze brachte. Dieses schreckliche Lachen
höre ich immer wieder, und die Augen von Ikati, der Katze, sehe
ich bis heute. Das ist der Fluch, der mein Leben begleitet ...«
Sein Atem rasselte. »Ich war nicht bei mir, als ich das tat, ich hatte
meinen Körper verlassen, der Hexenmeister war in mich gefahren
... Ich war das nicht ...« Als er endlich seine Augen öffnete, waren
sie trübe und undurchsichtig.

Jill starrte ihn an. Er hatte Recht. Das hatte sie vergessen. Kein
Zulu würde seine Katze töten. Katzen waren die verwöhnten
Haustiere der Zulus, die sie hielten, um Mäuse, Ratten und be-
sonders Schlangen aus ihren Hütten fern zu halten, aber ihr größ-
ter Wert lag in ihren magischen Kräften. Die Zulus glauben, dass
Katzen sie vor dem Tokoloshe und den bösen, intelligenten Man-
tindane, die das Fleisch von lebenden Menschen essen, schützen.
Sie glaubte Popi aufs Wort, dass er es nicht gewesen war, der die
Katze erwürgt hatte. Sie hatte ihre Antwort bekommen. Nun war
der Weg frei. Ja!

»Ich will, dass wir ein Indaba abhalten«, sagte sie, »zusammen-
kommen und verhandeln, wir alle, Ben Dlamini und die anderen
ebenfalls. Ich will, dass jeder seinen Standpunkt darlegen kann

und wir die Möglichkeiten besprechen. Ich will, dass wir es richtig machen.« Wir! Nicht die und ich.

Die Gefängnismauern würden fallen. Das Licht brannte hell. Sie musste es erreichen. Sie rannte mit aller Kraft darauf zu.

Schweigend blickten sich die beiden an. Thandi lächelte, Popi auch. »Ein richtiges Zulu-Indaba, he?« Popi lachte ein tiefes, glucksendes Lachen. »Das ist gut.« Er gluckste wieder, zuckte aber zusammen, hielt sich seine bandagierte Seite. »Oh, das ist gut«, flüsterte er.

Jill fuhr danach nicht gleich nach Hause, sondern ins Zentrum von Umhlanga Rocks, parkte unter der zerfledderten Bananenstaude neben dem Bevery Hills Hotel und lief den abschüssigen Weg hinunter zum Meer. Ihre Gefühle überschlugen sich. Alle Probleme waren gelöst, sie hatte Inqaba gerettet. Warum jubelte sie nicht? Warum schrie sie ihr Glück nicht heraus? Eine unerklärliche innere Unruhe hatte sie ergriffen. Sie schob es auf die letzten Tage, die so bedrückend gewesen waren. Sie hatte im Dunkeln gestanden, während die anderen im Sonnenschein lebten. Trat nicht auch sie jetzt wieder ins Licht?

Es war Ebbe, das Meer hatte sich zurückgezogen, die Felsbarriere lag frei. Ablandiger Wind glättete die Wogen, die Brandung war ungewöhnlich leise. Sie zog die Schuhe aus, krempelte ihre Hosenbeine bis übers Knie hoch und watete durch die flachen Teiche, sprang von Stein zu Stein, bis sie weit draußen allein auf einem flachen, wasserumschäumten Felsen stand. Sie hob ihr Gesicht in den Wind, schloss die Augen, erwartete, dass die Spannung aus ihr herausfließen und sie hier zur Ruhe kommen würde. Trotz aller Versuche, einfach nur mit allen Sinnen die grandiose Schönheit ihrer Umgebung aufzunehmen, nichts zu denken, nur zu hören und zu fühlen, gelang es ihr nicht. Die Dunkelheit blieb, die Unruhe auch.

Bedrückt verließ sie den Felsen, glitt ins knietiefe Wasser und watete langsam zurück auf den Strand. Auch ein schneller, schweißtreibender Spaziergang bis zu dem Punkt, wo die letzten

Gebäude des Ortes an die Wildnis des Hawaan-Buschs grenzten, half nichts. Sosehr sie sich bemühte, dieses Gefühl von Druck, Unruhe und Dringlichkeit zu analysieren, das sie in zunehmendem Maß erfüllte. Sie scheiterte daran, dieses Gefühl einem Ereignis zuzuordnen. Am Hawaan-Busch angekommen, gab sie auf und joggte die zwei Kilometer über die Strandpromenade von Umhlanga Rocks zurück zu ihrem Auto. Auch auf dem Heimweg fand sie keine Erklärung. Bevor sie aber nach Hause fuhr, musste sie Lorraine – die immerhin ihre Schwägerin, obwohl ihr Verhältnis bis auf den Gefrierpunkt abgekühlt war – ihr Beileid aussprechen.

Lorraine war ein Häufchen Elend. Ihr hübsches Gesicht käsig, die Augen rot geweint, die Pudellocken strähnig. Noch bevor Jill etwas sagen konnte, warf sie sich ihr an den Hals, klammerte sich fest, schluchzte in ihre Halsgrube. Mitleidig legte Jill ihre Arme um die andere Frau und hielt sie fest. »Hast du eine Ahnung, wer das getan haben kann?«, fragte sie, als der Weinkrampf abebbte und nur noch klagende Kleinkinderlaute zu hören waren.

Lorraine richtete sich auf, putzte sich die Nase. »Ich bin nicht sicher – aber das eine Zulumädchen, das ich vor kurzem eingestellt habe, ist verschwunden …«

Jill zog sie wieder an sich, starrte über die bebenden Schultern ihrer Schwägerin hinweg ins Nichts, dachte an die beiden jungen Sangoma-Lehrlinge, die Lena am Tag des Brandes geholfen hatten. »Wie sah sie aus?«, fragte sie. »Beschreib sie mir.«

Lorraines Schultern zuckten. »Was weiß ich«, nuschelte sie feucht in Jills Halsgrube, »wie eine Zulu eben. Schwarz. Ziemlich groß, wie ein Mann«, setzte sie hinzu.

Sie hatte also richtig vermutet. Nachdem sie ihrer Schwägerin angeboten hatte, einige Tage auf Inqaba zu verbringen, Lorraine das jedoch mit dem Hinweis ablehnte, dass sie zu ihren Eltern nach Mpumalanga fahren würde, verabschiedete sie sich. Zu Hause angekommen, machte sich Jonas gerade daran, die Rezeption zu schließen. Es war halb sieben, Feierabend für ihn. Nervös schob sie einige Prospekte auf seinem Tresen hin und her. »Alles in Ordnung, Jonas? Irgendetwas passiert?«

Aber es war nichts passiert, die neuen Gäste hatten einen angenehmen Tag verbracht, es hatte keinerlei Klagen gegeben, im Gegenteil. »Wir haben die Anfrage eines deutschen Reiseunternehmens. Sie wollen sich bei uns umsehen, um zu entscheiden, ob sie Inqaba in ihr Programm aufnehmen.«

Mit einem kleinen Lächeln quittierte sie das »wir« und das »uns«, das Jonas im Zusammenhang mit Inqaba benutzte.

\*

Es wurde die dritte Nacht, in der sie sich schlaflos herumwälzte. Um halb sechs am Mittwochmorgen stand sie auf und schwamm fünfzig Längen im Schwimmbecken. Die Unruhe, die sie gestern nur flatterig gemacht hatte, saß ihr heute wie eine Eisenklammer im Nacken. Vielleicht hatte sie sich einen Grippevirus eingefangen? Für eine halbe Stunde tröstete sie sich damit, maß sogar Fieber. Nichts, alles vollkommen normal. Keine Gliederschmerzen, keine Schlappheit. Außerdem musste sie sich eingestehen, dass kein Grippekranker fünfzig Längen ohne Schwächeanfall schwimmen konnte.

Ihr Frühstück nahm sie in der Küche ein. Bongi und Zanele waren allein heute. Nelly hatte frei. Um sich abzulenken, fragte sie die beiden Mädchen nach ihren Familien, neckte sie, weil sie beide mit jungen Männern gesehen hatte. Bongi trug ein schmales Perlband um den Kopf, das allen zeigte, dass sie verlobt war. Kichernd, sich verlegen windend, erzählte sie von ihrem Zukünftigen, rühmte seine Fertigkeiten im Stockkampf.

Jill hörte kaum mehr zu. Die Eisenklammer saß fest und wurde enger. Ihr Kopf brummte vor Schmerzen. Sie sah auf die Uhr. Jonas musste schon da sein. Sie schob ihr halb gegessenes Brot weg und ging hinüber zum Empfang. Jonas saß bereits hinter dem Tresen, strahlend wie immer, und ordnete Prospekte fächerartig auf dem Tisch an. Sie grüßte ihn, dann runzelte sie die Stirn. »Die Post von gestern hatte ich schon durchgesehen, nicht wahr? Der Tag war so lang, es ist so viel geschehen, dass ich völlig vergessen habe, ob ich sie gesehen habe.«

Jonas lachte, während er alles aufschloss. »Doch, ich habe sie Ihnen gestern gegeben, bevor Sie ins Krankenhaus gefahren sind.« Einen Schwung neuer Prospekte von Inqaba steckte er in einen Holzständer. »Die Postkarten, die wir bestellt haben, kommen nächste Woche. Ich werde mir auch einen Vorrat an Briefmarken hinlegen.«

»Gut.« Sie nickte und wandte sich ab. Sie würde sich umziehen und bei der Führung, die Philani heute geplant hatte, mitfahren. Alles, nur um von diesem Schwarm Schmetterlinge, der sich in ihrem Bauch austobte, abgelenkt zu werden.

»Mrs. Bernitt«, rief Jonas hinter ihr her, »was war eigentlich in dem Päckchen, das wir gestern bekommen haben? Ich warte auf ein Buch, aber ich glaube mich zu erinnern, dass es an Sie adressiert war. Habe ich Recht?«

»Welches Päckchen«, fragte sie, ein wenig verwirrt, und dann fiel es ihr ein. Das Päckchen, natürlich. »Keinen Schimmer«, sagte sie langsam, als sie auf einmal ahnte, woher ihre Unruhe rührte, »ich habe vergessen, es zu öffnen.« Damit lief sie schon den Gang hinunter, stieß die Tür zu ihrem Büro auf und begann zu suchen. Erst als sie aus Versehen einen Stapel mit dem Ellbogen vom Tisch stieß, fand sie es. Es war an sie persönlich adressiert, und jetzt gerieten die Schmetterlinge im Bauch außer Rand und Band.

Die Adresse war in der Schrift von Nils Rogge, und das musste sie gestern nur im Unterbewusstsein registriert haben, bevor sie das Päckchen achtlos zur Seite legte. Der Adrenalinstoß, der sie traf, brachte ihr Herz zum Stolpern. Zitternd fetzte sie das Papier herunter, bis sie eine Videokassette in Händen hielt. Sie trug eine Aufschrift.

»Sieh es dir an.«

Nur diese vier Worte. Keine Unterschrift. Aber sie waren eindeutig von Nils. Die Kassette in der Hand, stürzte sie zum Fernseher, schob sie in den Videorecorder und drückte den Startknopf. Das Logo von Nils' Sender flimmerte über den Bildschirm, als ihr auf einmal die Bedeutung dessen klar wurde, dass sie das Päckchen per Post bekommen hatte. Inlandpost. War Nils noch in Südafrika? Sie schaltete den Apparat aus. Mit einem Satz war sie am Papierkorb, kippte ihn um und setzte mit fliegenden Händen die Papierfetzen des Umschlags zusammen, um zu sehen, ob sie den Poststempel entziffern konnte.

»Mtu …«, las sie und fiel auf ihren Schreibtischstuhl. Mtubatuba. Der Stempel war vom Sonnabend, er musste die Videokassette, unmittelbar nachdem sie ihn hinausgeworfen hatte, in die Post gegeben haben. Ihr Herz hämmerte. Sie durchsuchte ihr Gehirn nach jedem Fitzchen Erinnerung an das, was Nils gesagt hatte. Axel wollte am Mittwoch in den Kongo fliegen. Von Johannesburg aus. Heute war Mittwoch. Nils aber hatte noch zwei Monate Zeit, bevor er die Stelle als Afrikakorrespondent übernehmen würde. Würde er jetzt den Auftrag im Kongo doch zusammen mit Axel machen? Ja, dachte sie, das sähe ihm ähnlich. Abstand gewinnen, einen neuen Auftrag zwischen sich und seine Gefühle schieben.

Dann würde er heute das Land verlassen. Ein rascher Blick auf die Schreibtischuhr sagte ihr, dass es halb neun war. Sie sprang auf, hin- und hergerissen zwischen dem Verlangen, den Film anzusehen, und der Eile, die geboten war, wenn sie ihn noch am Flughafen erwischen wollte. Wenn das überhaupt möglich sein sollte. Vielleicht befand er sich längst in Johannesburg. Oder Kapstadt. Oder schon wieder in Deutschland. Sie schaute zum Videorecorder. Vielleicht gab der Film ihr die Antwort? Sie drückte den Startknopf, hockte sich davor auf den Boden. Als seine Stimme plötzlich den Raum füllte, wurden ihr die Knie weich. Energisch rief sie sich zur Ordnung.

Als Erstes flimmerten die Bilder der Elendshütten über den Bildschirm, die sie auf Axels Monitor gesehen hatte. Dieselben stumpfen Gesichter, die im Dreck spielenden Kinder, die aus Wellblechstücken, zerbrochenen Holzbrettern und flatternden Plastikplanen zusammengeschusterten Bruchbuden. Das Lager der illegalen Landbesetzer auf Inqaba! Wieder regte sich Wut und Enttäuschung in ihr, überlagerten die Emotionen, die seine Stimme bei ihr auslösten.

Sie lehnte sich vor, als könnte sie so besser sehen. Als Nächstes erwartete sie, Popis Leute, brüllend und Waffen schwingend, zu sehen, aber sie irrte sich. Die Kamera blieb auf den Blechhütten, nur die Einstellung änderte sich, der Bildausschnitt wurde größer. Im Hintergrund, unscharf, aber erkennbar, entdeckte sie einen Wasserturm. Der Anblick traf sie hart, denn jetzt wusste sie, wo diese Aufnahmen gemacht worden waren. In den Hügeln hinter Umhlanga Ridge wuchsen diese Hüttenlager wie Pocken auf dem Gesicht der Landschaft, marschierten unaufhaltsam auf die Küstenvororte zu. Der Wasserturm stand auf dem höchsten Punkt des Vororts Red Hill, der entlang dem Hügelrücken, der sich bis zur Stadt hinzog, gebaut war. Das Lager musste in einiger Entfernung von Red Hill sein, und damit mehrere Kilometer von Umhlanga Rocks entfernt. Über zweihundert Kilometer von Inqaba.

Sie hatte sich geirrt. Zumindest in diesem Punkt hatte sie Nils Unrecht getan. Mit einem sinkenden Gefühl im Magen wartete sie auf die nächsten Bilder. Popi und seine Leute traten auf, aber in einem völlig anderen Zusammenhang. Die Szene, die sie auf dem Monitor der Reporter gesehen hatte, Popi und seine Zulus, Kampfstöcke schwingend und »Bulala amaBhunu« brüllend, kam nicht vor. Dafür liefen die Bilder des tatsächlichen Überfalls auf Inqaba über den Bildschirm. Nils konfrontierte Popi Kunene mit der Anschuldigung der Farmer, dass er und seine Zulus diese und andere Überfälle verübt hätten.

Popi sah sie direkt an, zerpflückte Stück für Stück mit Hilfe des Films diese Vorwürfe. Trotz der flackernden Flammen, tanzenden Schatten und des unsicheren Lichts gelang es ihm, Einstellung für Einstellung die Gesichter der Gangster mit denen seiner Leute zu vergleichen. Nicht eines stimmte überein. Außerdem war da noch etwas, was Nils nicht wissen konnte.

»Ich hab ein bisschen Umhlakuva zugesetzt«, hatte Nelly gesagt, »der Teufel wird in ihrem Bauch rumoren, und sie werden glauben, dass Würmer ihre Eingeweide fressen. Dann wird ihr Inneres flüssig werden.« Sie hatte ihnen so viel zerriebene Rizinussamen ins Bier gestreut, dass sie mindestens zwei bis drei Tage außer Gefecht sein würden. Jill musste sich angesichts der Bilder eingestehen, dass Popis Zulus zwar von den Auswirkungen des Brandes mitgenommen wirkten, aber ansonsten einen sehr gesunden Eindruck machten. Angespannt verfolgte sie den Film weiter.

»Die Lösung des Widerspruchs liegt bei diesem Mann«, sagte Nils. Auf dem Bildschirm erschien ein Bild Len Pienaars. Nils stellte ihn und seinen Sicherheitsdienst vor, allerdings nicht im persönlichen Gespräch. Kurz umriss er die Sicherheitsvorkehrungen, die von diesem Unternehmen bei vielen Farmen in Zululand eingeführt worden waren. Mit kühler Stimme berichtete er, wer Len Pienaar unter dem Apartheid-Regime gewesen war, welche Gräueltaten er zugegeben hatte und dass Pienaar und einigen anderen seiner ehemaligen Komplizen jetzt ein Amnestieverfahren bei der Wahrheitskommission gewährt worden war.

»Len Pienaar wird wohl mit einer Entschuldigung davonkommen und als freier Mann leben können,« sagte Nils, seine Miene neutral, und ließ die nächsten Bilder ohne Kommentar laufen.

Len Pienaar erschien hoch zu Ross im Bild, in stilisierter Schutztruppenuniform, Pistole in der Hand. Den Hut mit der hochgeschlagenen Krempe, die das Emblem des gebrochenen Hakenkreuzes zierte, hatte er ins Gesicht gedrückt. Sie erkannte sofort, dass es der Film über den Vorfall am Grillplatz von Inqaba war, erinnerte sich, wie lächerlich ihr Pienaar da vorgekommen war.

Doch durch das, was Nils vorher über ihn ausgeführt hatte, verlor das Auftreten Len Pienaars alles Lächerliche.

Sie hatte uSathane vor sich, die Verkörperung des Bösen. Ihr wurde kalt.

Dann präsentierte Nils seine These und untermauerte sie mit handfesten Beweisen. Auf einer Karte Zululands hatte er die Farmen rot markiert, die überfallen worden waren. Auf einer zweiten Karte waren die Farmen gelb eingezeichnet, bei denen Len Pienaar mit seinem Sicherheitsdienst unter Kontrakt stand. Langsam schob er die Karten übereinander. Bis auf drei Ausnahmen waren sie deckungsgleich.

Sie stöhnte auf. Ben Dlamini hatte Recht. Len Pienaar steckte hinter den Überfällen.

Dann plötzlich füllte Nils' Gesicht den Bildschirm, er sah sie direkt an, war nur einen Meter von ihr entfernt. Er zog sie in seinen Bann, wie ein kraftvoller Magnet Eisenspäne anzieht. Nur mit Mühe gelang es ihr, diesem Sog zu widerstehen. Wie in Trance legte sie einen Finger auf seine Lippen, aber sie berührte nur kaltes Glas und zuckte zurück.

»… durch gezielte Panikmache nutzt er die Angst der weißen Farmer vor den Überfällen illegaler Landbesetzer brutal aus, um den Ausgang der Parlamentswahl im Juni nächsten Jahres zu beeinflussen. Er will verhindern, dass der ANC den überwältigenden Sieg feiert, der erwartet wird, will verhindern, dass Tom Mbeki der Nachfolger von Nelson Mandela wird.« Er drehte sich halb, ließ der Kamera freien Blick auf Inqaba.

»Er wird ihn nicht umbringen, er hat nicht den Menschen Tom Mbeki im Visier. Er ist subtiler. Er überfällt Farmen, tötet Menschen, verbreitet Schrecken und Terror, und er tut es so, dass der Verdacht auf Popi Kunene und seine Zulus fällt. Er schürt den Hass, bis das Feuer das Land verbrennt. Die verbrannte Erde wird er dann bestellen, er und seine Mordgesellen.« Nils' Stimme hatte an Schärfe gewonnen. »Popi Kunene ist ein intelligenter junger Mann. Dieses Land hier«, die Kamera schwenkte über die grünen Hügel Zululands, bis in den Perldunst der Ferne, der im frühen Morgenlicht glitzerte, »dieses Land ist das Land seiner Vorfahren, sein Land. Er beansprucht ein Stück davon für sich und seine Leute, aber er weiß, dass er das nur durch Verhandlungen erreichen kann. Südafrika verhungert ohne die weißen Farmer, sagte er mir. Er schlägt ein Indaba vor, wie die Zulus es nennen, eine Zusammenkunft aller, die betroffen sind. Jeder trägt seine Probleme und Argumente vor. Und dann werden wir reden, sagt Popi Kunene, nicht kämpfen.«

Nils schwieg, blickte ihr direkt in die Augen. »Das glaube ich ihm. Es ist die einzige Chance für alle Südafrikaner.«

Die Tränen strömten ihr ungehindert über das Gesicht. Sie wusste, dass dieser Satz nur ihr galt. Sie sah ihm in die Augen, nahm jede Einzelheit seines Gesichts in sich auf, wollte ihn berühren. Und dann war er weg, der Bildschirm schwarz.

Regungslos blieb sie hocken, konnte den Tumult in ihrem Inneren nicht bändigen. Erst als sie wahrnahm, dass die Zeiger der Uhr auf neun vorgerückt waren, kam sie mit einem Ruck wieder zu sich. Wo war er jetzt? Schon am Flughafen? Sie griff nach ihrem Handy, wollte seine Nummer wählen, ließ es dann aber wieder sinken. Am Telefon konnte sie es nicht wieder gutmachen. Sie musste ihn sprechen.

Doch wo sollte sie ihn suchen? In den Hotels? Mit zwei Schritten war sie beim Schreibtisch, blätterte mit großer Hast das Telefonbuch durch und schrieb sich die Nummern der Hotels in Umhlanga heraus. Nachdem der dritte Empfangschef ihr sagte, dass er den Namen Nils Rogge nicht kenne, warf sie den Hörer frustriert auf den Tisch, nur um ihn gleich wieder aufzunehmen und die restlichen Nummern anzurufen. Es dauerte genau zweiundzwanzig Minuten und führte wieder in eine Sackgasse. »Nein, Madam, Mr. Rogge ist nicht bei uns abgestiegen. Nein, auch Mr. Hopper nicht.«

Es blieben nur die vielen privaten Vermieter, die, um zu überleben, ihre Garagen oder Häuser zu Gästehäusern umgebaut hatten. Dutzende davon gab es in Umhlanga Rocks und der näheren Umgebung. Sie warf sich auf ihren Schreibtischstuhl, vergrub ihr Gesicht in den Händen, suchte ihre Erinnerung nach irgendeinem Hinweis ab. Doch sie fand keinen. Sie schlug die Nummern der Gästehäuser auf und wählte die erste. Buchstabe A.

Bis zum Buchstaben H brauchte sie länger als eine viertel Stunde. Eben wollte sie bei I wie Ixora Haven weitermachen, als ihr Blick weiter unten auf ein Gästehaus unter K fiel. Kingfisher Lodge. Sie kannte es, es war nicht sehr groß, aber es stand direkt am Strand von Umhlanga, etwa zwei Kilometer nördlich des Leuchtturms. Nils liebte den Strand.

»Nein, Madam«, sagte die Stimme am Telefon, »Mr. Rogge und Mr. Hopper sind nicht mehr hier. Sie haben die Lodge bereits verlassen.«

Vor Erleichterung fiel ihr fast der Hörer aus der Hand. »Wissen Sie, wohin er wollte? Ist er zum Flughafen gefahren?«

Die Dame am Telefon überlegte lange, meinte dann nur, dass er es sehr eilig gehabt hatte. Mit einem Dank unterbrach sie die Verbindung. Der Flughafen! Anrufen oder hinfahren? Die Auslandsflüge ins Innere Afrikas gingen meistens erst am frühen Abend aus Johannesburg ab, war er noch in Durban, brauchte er erst nachmittags zu fliegen. Sie knabberte nervös an ihrem Daumennagel. Von Inqaba benötigte sie mindestens zweieinhalb Stunden zum Flughafen. Der Blick auf ihre Armbanduhr sagte ihr, dass sie, würde sie auf der Stelle losfahren, ihn kurz nach zwölf Uhr am Flughafen erreichen könnte. Wenn die Straßen frei waren. Wenn der Parkplatz am Flughafen nicht wieder hoffnungslos überbelegt war und sie irgendwo in die Walachei ausweichen musste.

Wenn er überhaupt da war.

Entschlossen wählte sie die Nummer der Südafrikanischen Luftlinie SAA und legte zehn Minuten später wütend wieder auf. Es war ihr unmöglich gewesen, diesem unfreundlichen Menschen am anderen Ende klar zu machen, wie absolut lebensnotwendig es war, zu wissen, ob ein Nils Rogge bei ihm gebucht war. Er verweigerte ihr jede Auskunft. Einfach so. Es sollte wohl nicht anders sein. Sie musste Nils telefonisch erreichen. Seine Nummer war in ihrem Handy einprogrammiert. Sie wählte. Eine blecherne Stimme teilte ihr mit, dass der Teilnehmer vorübergehend nicht zu erreichen sei und sie solle es doch später wieder versuchen. Sogar seine Mailbox war ausgeschaltet. »Verdammt!«, schrie sie und warf das Telefonbuch an die Wand. Die Nummer von Axel besaß sie nicht.

Noch einmal rief sie die SAA an, um zu erfahren, welche Flugzeuge an diesem Tag überhaupt nach Johannesburg abgingen. Die Antwort war niederschmetternd. Die Vormittagsmaschine startete in einer halben Stunde, die konnte sie nicht mehr erreichen, und die um 15 Uhr war gestrichen worden. Die nächste würde um 18 Uhr abheben, und das war zu spät, um den Auslandsflug zu erreichen. Er hatte Durban mit großer Wahrscheinlichkeit schon frühmorgens verlassen oder würde jetzt gleich starten.

Dumpfe Müdigkeit senkte sich über sie. Ein paar Minuten lang hockte sie zusammengesunken auf dem Drehstuhl, sah keinen Ausweg. Aber aufgeben würde sie erst, wenn keine Hoffnung mehr bestand. Es gab die sehr entfernte Möglichkeit, dass er sich noch in Umhlanga Rocks befand. Entschlossen sprang sie auf, wechselte in Windeseile ihre Shorts und das ärmellose T-Shirt gegen ein schwarzes, rückenfreies Kleid mit schwingendem Rock und Trägern, die im Nacken gebunden wurden, machte sich eilig ein wenig zurecht. Falls sie ihn wirklich noch erwischen sollte, wollte sie wenigstens nicht verheult aussehen. Dann rannte sie zum Wagen.

# 21

Nun stand sie schon eine Weile reglos am Rande des Indischen Ozeans, fühlte nicht, sah nicht, hörte nicht. Wusste nicht mehr, wie sie hierher gekommen war, erinnerte sich nicht, was diesem Moment vorausgegangen war. Ihr Inneres war aus kaltem Stein. Eine Ewigkeit hatte sie ihn gesucht, hatte die Empfangsdame der Kingfisher Lodge ausgefragt, die Hotels und Cafés des Ortes abgeklappert, bis sie endlich seine Spur fand, und dann war es um Minuten gegangen, und sie hatte ihn verpasst. Er hatte sich ein Auto gemietet, war schon auf dem Weg nach Johannesburg und von dort aus irgendwohin ins schwarze Herz Afrikas. Er war fort. Endgültig.

»Du hast Recht gehabt, es tut mir Leid, bitte verzeih mir.« Das wollte sie ihm sagen. Aber nun war es zu spät.

Für immer, klang es in ihr nach, und eine Gänsehaut kräuselte ihre bloße Haut, denn erst jetzt wurde ihr bewusst, was sie ihm eigentlich sagen wollte. »Ich liebe dich«, wollte sie ihm sagen, »bitte bleib bei mir, ich kann ohne dich nicht leben.«

Ein junges Paar schlenderte eng umschlungen in der seichten Gezeitenzone an ihr vorüber. Sie hatte ihren Kopf an seine Schulter gelehnt. Sie lachten sich an, und auf ihren Gesichtern lag das Strahlen von Menschen, die ihre Liebe gefunden haben. Der Schmerz, der Jill bei diesem Anblick durchfuhr, nahm ihr fast den Atem. Wie konnte es noch Liebe geben, die Sonne so strahlend scheinen und der Himmel so unglaublich blau sein, wenn ihr Leben gerade seinen Sinn verloren hatte?

Bis zu den Knien stand sie jetzt im Wasser. Sie schwankte, fühlte sich erschreckend schwach, als hätte ihr Körper alle Substanz verloren. Mit Nils hatte sie auch ihre Widerstandskraft verlassen, die sie alle Schicksalsstürme der letzten Jahre überstehen ließ. Immer hatte sie sich wieder aufgerichtet. Der Sturm aber, den ihr Streit mit Nils ausgelöst hatte, war zu stark gewesen. Die Last Inqabas, der Verwaltung des riesigen Gebietes, der Beziehungen zu den Menschen, die darauf lebten, und der Natur, die so grausam sein konnte, würde sie jetzt allein tragen müssen.

Ich kann nicht mehr, dachte sie, es ist zu viel. Die Wellen zerrten mit Macht an dem weiten Rock ihres schwarzen Trägerkleides.

Dem starken Sog hatte sie nichts mehr entgegenzusetzen, alle Kraft schien zu weichen.

»Komm«, lockten sie, »komm mit uns, wir tragen dich.«

Sie machte ein, zwei Schritte vorwärts, das Wasser stieg ihr bis zur Taille. Aus und ein, aus und ein, atmete sie, aus und ein, und eine übermächtige Gleichgültigkeit überkam sie, der hypnotische Rhythmus der Wellen löschte jedes Gefühl für ihren Körper aus. Ihre Hand, die das Mobiltelefon hielt, öffnete sich ohne ihren Willen, sie ließ es einfach fallen. Es versank im Wasser, schwänzelte in die Tiefe wie ein silberner Fisch. Die nächste Woge hob sie liebevoll hoch, bauschte ihren Rock. Sie ließ es mit sich geschehen. Wie eine schwarze Rose trieb sie weiter hinaus aufs Meer, bis die Strömung sie auf dem trügerisch sicheren Boden einer Sandbank absetzte. Die Farbe des Wassers wechselte an ihrem Rand in das geheimnisvolle Blau großer Tiefe.

»Komm«, seufzten die Wellen, »komm, lass dich fallen, hier ist es still, hier wird der Schmerz vergehen.«

Eine große Woge von gläserner Schönheit türmte sich vor ihr auf, rauschte heran, ihre Krone schäumte weiß, sie neigte sich, öffnete ihren Schlund, um sie zu verschlingen. Jill sah ihr entgegen, konnte sich nicht rühren, hörte nicht die Rufe der Schwimmer.

Vor einer Sandbank entstehen in den Wasserschichten gegenläufige Strömungen, kreuzen sich die Wellen, bilden sich gefährliche Strudel. So auch jetzt. Von zwei Seiten liefen Wellen auf sie zu, die große verschlang die kleinere, der Wellenberg brach sich über ihr, und die Unterströmungen zogen sie hinunter, weit hinunter in die grüne Stille. Unbewusst hielt sie die Luft an und ließ mit sich geschehen, was geschah. Der Mahlstrom warf sie herum, schneller und immer schneller, wie eine gigantische Zentrifuge. Helle Lichtreflexe blitzten hinter ihren Lidern, sie verlor das Gefühl für ihren Körper, dröhnende Leere blockierte ihre Ohren und ihr Bewusstsein. Körperlos wirbelte sie dahin, bestand nur noch aus Licht und verführerischer Leichtigkeit.

Plötzlich aber spuckte der Strudel sie aus. Sie schoss durch die sprudelnden Wasserschichten an die Oberfläche, wurde gegen einen Schwimmer geschleudert, der sich strampelnd von ihr zu befreien versuchte, sie dabei wieder und wieder unter Wasser stieß und ihr so das letzte Restchen Luft aus dem Körper prügelte. Der Wucht seiner Tritte erschütterte sie wie die Stöße eines Erdbebens und weckte sie endlich auf. Ihr Atemreflex setzte wieder ein. Hustend kämpfte sie um Sauerstoff, schluckte Unmengen Salzwasser, ruderte mit der verzweifelten Kraft ihres wiedererwachenden Lebenswillens mit Armen und Beinen – und blieb oben. Die nächste Welle hob sie noch einmal hoch, ganz hoch, und für einen Moment lag das Küstenpanorama vor ihr, die weißen Hotelgebäude, davor die Promenade, die sich durch das Ufergrün wand, das goldene Band des Strandes, die bunte, quirlige Urlaubermenge, und in diesem Moment sah sie ihn.

Sein Jackett über die Schulter geworfen, ging er mit langen Schritten durch die Menge. Die kurz geschnittenen sonnengebleichten Haare leuchteten, seine arrogante, aufrechte Haltung, mit der er sich seinen Weg durch die Osterurlauber bahnte, war unverkennbar. Für Sekunden setzte ihr Atem aus.

Dann schrie sie seinen Namen, ihr ganzes Leben legte sie in diesen Schrei, aber der Wind riss ihn ihr vom Mund. Ihr Ruf zerplatzte wie eine Seifenblase, und sie fiel ins nächste Wellental, wurde aufs Neue wie in einer Zentrifuge herumgeworfen. Prustend kämpfte sie sich an die Oberfläche. Wassertretend, immer wieder seinen Namen rufend, versuchte sie, mit der nächste Welle näher ans Land zu gelangen, aber ihr Rock verknotete sich zwischen ihren Beinen und verhinderte jede Schwimmbewegung. Wassermassen schlugen über ihr zusammen, sie wollte schreien, ein salziger Wasserschwall füllte ihren Mund.

»Haben Sie Probleme?«, schrie eine Jungenstimme. »Sie sehen aus, als brauchten Sie Hilfe!« Ein rotes Surfbrett tauchte neben ihr auf, und ein verwegener junger Kerl lachte auf sie hinunter. »Hängen Sie sich hinten dran!« Er hatte Augen so klar wie das Wasser und ein offenes Lachen.

Keuchend packte sie das Brett, hustete, rang nach Luft. Immer noch hustend glitt sie an dem Surfbrett nach hinten und hielt sich mit den Händen links und rechts fest. Der Junge hockte auf den Knien, spähte über seine Schulter und wartete. Als eine mächtige Welle sich aus dem Ozean erhob, begann er kraftvoll mit den Armen zu rudern, erwischte den Kamm, und sie rasten mit großer Geschwindigkeit dem Strand zu. Die Brandung warf sie ins seichte Wasser, der junge Surfer sprang ab, sie schurrte über den Meeresboden. Ihr Oberteil und ihre Unterhose füllten sich bleischwer mit Sand, und die rücklaufenden Wellen zerrten an ihr wie eine gierige Hundemeute, aber sie schaffte es, aufzustehen.

»Danke!«, schrie sie ihrem Retter zu und suchte sofort Nils' hochgewachsene Gestalt, entdeckte ihn, als er eben durch die Glastür des Strandrestaurants verschwand. Ihr Herz sprang ungestüm gegen ihre Rippen, das Blut stieg ihr zu Kopfe.

Keuchend tauchte sie noch einmal unter, entfernte den Sand aus ihrer Unterwäsche und hetzte dann mit großen Sätzen über den heißen Strand hinauf zum Restaurant. Ihr knöchellanges Kleid schlang sich klatschnass um ihre Beine, das Wasser lief ihr aus den dunklen Haaren in die Augen, und die verbliebenen Sandkörner scheuerten an sehr unangenehmen Stellen, aber sie lief weiter. Im Laufen strich sie die Nässe aus den Haaren, wrang das Kleid aus, das aus hauchfeinem Leinen war und schon jetzt in der heißen Februarsonne trocknete. Bebend stieß sie die Glastür des Restaurants auf und ließ ihren Blick rasch durch den überschaubaren Raum laufen.

Er war nicht da. Es traf sie wie ein Schlag. Es konnte nicht sein! Jeder Tisch war besetzt, er war hier hineingegangen, aber er war nicht da. Sie drängte sich durch bis zur Kasse, wo sie die Besitzerin erspähte, und lehnte sich über den Tisch. »Mein Mann war eben hier«, sie beschrieb ihn, »er scheint wieder gegangen zu sein. Haben Sie ihn gesehen?« Was ging die Wirtin ihr tatsächliches Verhältnis an.

Die Restaurantwirtin nickte, und ein Zentnergewicht fiel von ihr. »Sie meinen Nils? Es war alles besetzt, er hat einen Tisch in einer halben Stunde reserviert. Sogar bestellt hat er schon, offenbar hat er es eilig.«

»Ich warte draußen auf ihn«, sagte Jill und schlängelte sich zwischen den Tischen durch auf die überfüllte Aussichtsterrasse, die direkt neben dem Turm der Rettungsschwimmer über den Strand hinausgebaut worden war. Sie fand einen Platz ganz vorn, so dass sie nicht nur den Strandweg und den Weg, der am Cabana Beach Hotel vorbei nach oben auf Umhlangas Lagoon Drive führte, sondern auch den Eingang des Restaurants im Auge hatte. Er würde es nicht unbemerkt von ihr betreten können.

Warum war er noch hier? Hatte er seinen Flug in Durban verpasst, wollte er versuchen, es mit dem Auto rechtzeitig zum Abflug der internationalen Maschine in Johannesburg zu schaffen? Oder – sie fühlte einen heißen Stich im Herzen – oder hatte er es sich anders überlegt? Für Sekunden lief ihre Fantasie Amok. Suchte er sie vielleicht? Wollte er ihr sagen, lass uns noch einmal beginnen, ich kann ohne dich nicht sein? Deutlich fühlte sie seine Hände auf ihrer Haut, hörte seine Stimme, hörte das leise Lachen, das nur für sie bestimmt gewesen war, und für einen Moment wich die Welt um sie zurück, und sie war allein mit ihm.

Eine Lautsprecheransage zerstörte die Illusion. Eine halbe Stunde, hatte die Wirtin gesagt, dreißig Minuten, eintausendachthundert Sekunden. Sie sah sich vor einem großen, fest verschlossenen Tor stehen, um sie herum nur Dunkelheit und Kälte. Und Einsamkeit, dachte sie, Einsamkeit. Diese knochenkalte Einsamkeit. Würde er das Tor für sie aufstoßen und ihr den Weg ins Licht freigeben? Sie schloss die Augen wie zum Gebet, ballte ihre Hände im Schoß, grub die Nägel so tief in die Handflächen, dass die Nagelabdrücke als blaue Male stehen blieben. Es muss so sein. Ich muss es ihm sagen. Er muss es wissen. Eine andere Möglichkeit lasse ich einfach nicht zu.

Die Sonne brannte, ihre Haut prickelte. Es war ein brütend hei-

ßer Tag. Sie zog einen der gelb gestreiften Sonnenschirme zu sich
heran. Ihr Rock war fast trocken, steif vom Salz des Meerwassers,
das auch auf ihrer Haut eine Salzkruste hinterlassen hatte. Sie
leckte ihre Lippen und bauschte ihre kurzen Haare mit allen zehn
Fingern auf. Langsam bekam sie wieder ein Gefühl für sich und
nahm ihre Umgebung wahr.
Suchend wandte sie ihren Kopf nach links und rechts, sein Abbild
vor Augen, aber noch war er nicht aufgetaucht. Am Strand konnte sie kaum etwas erkennen, der Salzschleier über dem Wasser
schimmerte, Sonnenreflexe glitzerten, Formen und Farben lösten
sich auf. Sie kniff ihre Lider zu Schlitzen, die weite Fläche des Indischen Ozeans funkelte wie ein Tuch aus Diamanten. Für Sekunden glaubte sie, unter die verführerische Oberfläche sehen zu
können. Sie sah die großen silbernen Räuber, die in der Tiefe jagten, den majestätischen Flug der Mantarochen, die winzigen, glitzernden Schwarmfische, die bei jedem huschenden Schatten zu-
sammenzuckten, sah Steinfische, die heimlichen Mörder, lautlos
am Meeresgrund auf Beute warten, die bunten Schmetterlingsfische, die geschäftig zwischen den Felsen ihrem Tagwerk nachgin-
gen, und die zänkischen Sergeantfische in ihren Felsenhöhlen, die
keinen Nachbarn friedlich leben ließen.
Ein Abbild unser Gesellschaft, dachte sie und musterte die zwei
Männer, die eben das Restaurant betraten. Dunkle Haare, dunkle
Haut, nachthemdähnliche weiße Gewänder, besticktes Topi auf
dem Kopf. Einer trug eine Aktentasche. Vertreter der großen
Muslimgemeinde Durbans vermutlich. Ermüdet von der Begegnung mit ihren eigenen Abgründen und der Gewalt des Meeres,
wunderte sie sich nur flüchtig, was die zwei Männer mittags mit
einer Aktentasche in einem italienischen Restaurant am überfüll-
ten Strand taten. Müßig sah sie ihnen nach. Dann glitt ihr Blick
wieder ab.
Eine Kellnerin blieb neben ihr stehen, eine junge Zulu in knap-
pem Minirock, die ihre Haare zu unzähligen Zöpfen geflochten hatte, die wie weiche Stacheln um ihren Kopf standen.

»Was kann ich Ihnen bringen?« Sie strahlte über ihr rundes, fröhliches Gesicht.

Jill merkte jetzt erst, dass ihre Kehle vertrocknet war, doch mit einem Griff in ihre Rocktasche stellte sie fest, dass sie ihre kleine Geldbörse wohl im Meer verloren hatte. »Ich warte noch auf jemanden«, sagte sie und überprüfte wieder die Wege und die Tür. Sie beugte sich vor, um besser sehen zu können. Die beiden weiß gekleideten Muslims hatten das Restaurant schon wieder verlassen und verschwanden eben um die nächste Wegbiegung. Nils aber war noch nicht zu sehen. Vorsichtshalber nahm sie jeden Tisch im Restaurant in Augenschein, sollte er doch von ihr unbemerkt hineingegangen sein. Am letzten Tisch saßen fünf Männer, zwei davon mit dem Rücken zu ihr, aber keiner ähnelte Nils auch nur im Entferntesten. Nur einer hatte blonde Haare, war aber wesentlich schmächtiger als er. Außerdem trug er wie die anderen vier Männer auffallend viel Goldschmuck, Halskette, breites Panzerarmband, brillantfunkelnde Uhr. Nicht sein Stil. Überhaupt nicht. Ihre Augen wanderten weiter.

Nichts. Sie hatte ihn nicht verpasst. Auf dem Bord unterhalb der Kasse fiel ihr die Aktentasche der beiden Muslims ins Auge. Offenbar hatten sie diese vergessen. Sie betrachtete die Tasche. Merkwürdig war nur, dass die Männer sie einfach so stehen gelassen hatten. Man merkt doch, wenn das Gewicht in der Hand fehlt, und diese schien nicht leicht zu sein, denn sie war so vollgestopft, dass sie sich bauchig vorbeulte. Den spontanen Gedanken, die Kellnerin darauf aufmerksam zu machen, verwarf sie wieder. Die Männer würden es wohl bald selbst merken, es war nicht ihre Sache. Sie lehnte sich zurück, beobachtete eine junge Familie mit zwei kleinen Kindern, die dem Restaurant zustrebte. Die Kinder, zwei kleine Mädchen mit feinen, leuchtend hellblonden Haaren, trugen bunte Hemdchen und winzige gerüschte Bikinihöschen. Ihre Haut war goldbraun, die Augen waren so blau, als hätte der Himmel seine Farbe von ihnen bekommen. Beide hüpften ihren Eltern voraus, unaufhörlich erzählend, mit Stimm-

chen, als würden Schwalben zwitschern. Die Eltern hielten sich
an den Händen, schauten ihren kleinen Mädchen zu, die zum
Tisch direkt am Fenster sausten und behände auf die Stühle kletterten. Alle im Restaurant sahen die Kleinen an, und auf allen
Gesichtern lag dieses Lächeln, das den Tag noch heller machte.
Der Anblick des Vaters, der ihr den Rücken zukehrte, groß, breitschultrig, kurze, helle Haare, versetzte ihr einen scharfen Stich,
genau eine Handbreit unter dem Nabel. Für ein paar unkon-
trollierte Sekunden überfiel sie eine solche Sehnsucht nach dem
Pfirsichgeruch der zarten Kinderhaut, danach, ihre Ärmchen um
ihren Hals zu spüren, ein Stimmchen zu hören, das sie Mama
nannte, dass sie es kaum noch aushielt. Es kostete sie alle Kraft,
diese Gefühle beiseite zu schieben. Noch konnte sie sich nicht
einmal erlauben zu träumen. Dafür war es zu früh. Viel zu früh.
»Wie viel Uhr ist es?«, fragte sie die Kellnerin, die einem anderen
Gast eben die Rechnung brachte. Ihre eigene war stehen geblieben, Wasserperlen hatten sich unter dem Glas gesammelt.
Die Kellnerin sagte es ihr.
Unwillkürlich stöhnte sie auf. Gerade sieben Minuten waren vergangen. Noch dreiundzwanzig Minuten. Nur ein Augenblick in
der Ewigkeit, aber länger, als sie im Voraus zu denken vermochte.
Sie malte Figuren mit dem Fingernagel auf das blaue Tischtuch,
lauter kleine Herzen, überlegte, ob sie es wagen könnte, zur Toilette zu gehen, und entschied sich dagegen. Sie rieb ihre nackten
Zehen vom Sand frei und erinnerte sich, dass sie Sandalen getragen hatte, aber nicht, wo und wie sie abhanden gekommen waren.
Vermutlich auch im Wasser, dachte sie, versuchte die Stunde,
unmittelbar bevor sie sich im Meer wiedergefunden hatte, zu
rekonstruieren, um die Zeit schneller vergehen zu lassen.
An das Kostüm der Hostess von der Autovermietung erinnerte sie
sich noch. Es war blau mit Goldknöpfen gewesen, viel zu eng und
unter den Armen von Schweiß verfärbt. Aber danach riss ihre Erinnerung ab, setzte erst wieder ein, als sie nach Luft ringend in
den Wellen trieb. Nun saß sie hier, ihr Leben stand auf Messers

Schneide, und sie konnte nichts tun als warten. Ihre Gedanken flogen zurück, suchten den Punkt, an dem der dunkle Weg begann, der sie hierher geführt hatte. Schritt für Schritt ging sie zurück, bis sie an jenem schönen Novembertag 1989 den Zeitpunkt fand.

Es gab keine Abzweigung, der Weg führte geradewegs vom Licht in die Schwärze. Sie hatte nie die Freiheit gehabt, die Richtung zu wählen. Es hatte so kommen müssen, wie es gekommen war. Sie sollte heute in diesem Strandcafé sitzen, zur Tatenlosigkeit verdammt, sollte machtlos zuschauen, wie das Schicksal ihr Leben entschied. Die Kugel rollt. Nichts geht mehr.

Sie vergrub ihr Gesicht in den Händen, Dunkelheit umfing sie. Kinderstimmchen, die hell durch die weit offenen Restauranttüren klangen, holten sie zurück. Sie sah hinüber, durchsuchte rasch den Raum mit den Augen. Es hatte sich nichts verändert, bis auf den reservierten Tisch für Nils waren alle Tische besetzt, die Aktentasche stand auch noch da. Seltsam.

Eine Aktentasche? Eine Erinnerung blitzte in ihr auf. Noch vor wenigen Jahren, in den heißen Zeiten des Freiheitskampfes, wäre eine herrenlose Tasche Grund für eine Massenpanik gewesen. Damals hingen überall in den Geschäften Attrappen der verschiedenen Minen- und Bombenformen. Jeder wurde angehalten, sich einzuprägen, um so ein Ding auf Anhieb erkennen zu können, wenn es zum Beispiel am Bein eines Restauranttisches klebte. In den Zeiten der Regenbogennation war das natürlich nicht mehr nötig.

Jedenfalls bis vor kurzem nicht. Eine Welle von Bombenattentaten überschwemmte neuerdings Kapstadt, das sichere, kosmoplitische, leichtlebige Kapstadt. Im Fernsehen war der wackelige Amateurfilm gebracht worden, der das Café auf der Strandpromenade in einem der teuersten Vororte Kapstadts zeigte. Es war überfüllt, bis auf den Fußweg saßen die Gäste. Die Sonne schien. Plötzlich schwärzte ein Blitz das Bild, eine ohrenbetäubende Explosion war zu hören, das Klirren von Glas, das

Krachen von einstürzenden Mauern. Dann Stille. Und dann die Schreie.

Stumm vor Entsetzen hatte sie auf das Schlachtfeld gestarrt, das von glitzernden Glassplittern und Steinstaub wie mit einer kostbaren Decke bedeckt war. Sie sah schreiende Menschen, Blut, abgerissene Gliedmaßen, zerstörte Gebäude. Und dann sah sie Marius Konning, mittendrin, sah ihn langsam aufstehen, sich umblicken. Der Steinstaub hatte seine Haare grau gepudert, zeichnete jede Linie seines Gesichtes scharf nach. Er schien auf einen Schlag dreißig Jahre älter geworden zu sein. Eine zittrige Stimme, aufgeladen mit Angst, schrie seinen Namen. »Marius!« Die Kamera schwenkte mit seinem Blick.

Am eingedrückten Fenster im ersten Stock stand Lina mit Lilly im Arm, eingehüllt in den glasglitzernden Schleier der dünnen Sonnengardinen des Restaurants. Bis heute fühlte Jill den Schlag in der Herzgegend, als sie ihre Freunde erkannte.

Lina am Fenster schrie immer noch, versuchte sich und Lilly aus der Gardine zu befreien. Ein Schauer aus Glassplittern regnete auf Marius hinunter. Er sah hoch zu seiner Familie, stand ganz still. Tränen gruben feuchte Spuren in den Steinstaub. Dann sagte er etwas, deutete auf die Verletzten. Lina antwortete, nickte. Als erster Arzt vor Ort begann er seine Arbeit. Später hörte sie von ihm, wie hart es gewesen war, ohne Instrumente, ohne Medikamente, nur auf Improvisation angewiesen, einem Mann, dem die Beine abgerissen worden waren, der in lebensbedrohlichem Schock lag und zu verbluten drohte, zu retten. Aber es gelang ihm. Sie war ungeheuer stolz auf ihren Freund gewesen.

»Marius war im Krankenhaus aufgehalten worden«, schluchzte Lina, immer noch unter Schock stehend, als Jill sie endlich am Telefon erreicht hatte, »ich fand nur im ersten Stock einen Tisch am Fenster«, weinte sie, »die Sonne blendete Lilly, und ich zog die Gardine vor. Im selben Moment krachte es. Das Fenster wurde eingedrückt. Aber die Glassplitter blieben in der Gardine hängen. Marius wurde nur von der Druckwelle zu Boden gerissen

– es gibt also doch Schutzengel«, Lina wurde von rauen Schluchzern schier zerrissen. »Und keiner hatte die Aktentasche bemerkt, die jemand ganz unauffällig neben dem Tisch hatte stehen lassen. Keiner.«

Jill sah hinüber. Die Aktentasche stand noch da. Ein heißer Knoten bildete sich in ihrem Magen, auch durch Reiben wollte er nicht verschwinden. Endlich stand sie auf, entschlossen, zur Wirtin zu gehen, um sie auf die Aktentasche aufmerksam zu machen, als Nils, ohne sie zu sehen, mit langen Schritten an ihr vorbei durch die Tür ins Restaurant stürmte, die Wirtin grüßte und sich an den reservierten Tisch setzte. Er legte eine Zeitung aus der Hand, entfaltete die Serviette, und sie rannte los, vergaß die Aktentasche, die Männer in ihren muslimischen Gewändern, die Bombe, die Lina und Marius fast erwischt hätte. Zwei Meter vor ihm blieb sie stehen.

»Nils?« Es war eine Frage, und die Antwort gab ihr das Aufleuchten seiner Augen, das sie wie ein Stromschlag durchfuhr.

Er warf die Serviette hin und sprang auf. Sein Stuhl fiel polternd um. Hätten sie sich jetzt vorgelehnt, die Arme ausgestreckt, ihre Fingerspitzen hätten sich getroffen, aber sie berührten sich nur mit Blicken. Ihre Augen streichelten seinen Mund, der sie anlächelte, seine Augen, die sie liebkosten, wanderten Zentimeter für Zentimeter über sein Gesicht. Sie ließ sich Zeit, fühlte seine Anziehungskraft, das elektrische Knistern zwischen ihnen. Mit allen Sinnen nahm sie ihn in sich auf. Es war ein Augenblick reinster Sinnlichkeit, intimer, als sie ihn je vorher erlebt hatte.

»Ich liebe dich«, flüsterte sie, »bitte bleib bei mir. Ich kann ohne dich nicht leben.« Jetzt hatte sie es gesagt, und auf einmal schien sie ohne Gewicht zu sein, von so unbeschreiblich köstlicher Leichtigkeit, dass sie schon der leiseste Lufthauch davongetragen hätte.

Ohne ihren Blick loszulassen, streckte er ihr die Arme entgegen und machte den ersten Schritt auf sie zu. Ihr Atem ging schneller. Nur noch eine Armlänge trennte sie.

Da griff die schwarze Kellnerin mit dem Zöpfchenkranz an ihm vorbei, blockierte seinen Weg und hob die herrenlose Aktentasche auf. »Jemand muss sie vergessen haben«, sagte sie zur Wirtin, die hinter dem Tresen stand. »Es tickt, was ist denn das?« Sie öffnete den Verschluss, spähte hinein. »Meine Güte, sieh doch … es sieht aus wie eine Bombe …«

Als drehte sich die Welt plötzlich langsamer, lief alles in Zeitlupe ab, die bewegten Szenen um sie herum gefroren zu einem Standbild, nur die zwei kleinen blondschöpfigen Mädchen kicherten miteinander, stopften Pommes frites mit Tomatenketchup in ihre rosa Mündchen.

»Eine Bombe? Unsinn …« Die Wirtin lachte.

Dieses Lachen war das Letzte, was Jill hörte, dann warf sich Nils ihr entgegen. Er rammte sie mit seiner Schulter auf den Boden. Seine Arme fest um sie geschlungen, mit seinem Körper ihren schützend, rutschten sie gemeinsam ein paar Meter und blieben vor einem umgestürzten Tisch liegen. Schreie zerrissen die Luft, Krachen, Splittern, das Quietschen der Kleinen.

Dann war absolute Stille. Bis auf dieses Ticken.

Grelle Leere füllte ihren Kopf. Jedes Ticken traf sie mit der Wucht eines Vorschlaghammers. Seine Umarmung presste ihr den Atem aus dem Leib, rote Blitze flimmerten vor ihren Augen, in ihren Ohren war ein Dröhnen.

Die Zeit setzte aus. Ihr Leben stand still.

Das Ende

Dann lachte jemand. Laut und vergnügt. »Na, so was«, kiekste die Stimme der bezopften Kellnerin, »das ist bloß ein Wecker …« Langsam lockerten sich seine Arme, richtete er sich auf, zog sie mit sich hoch. Die Kellnerin stocherte neugierig in der offenen Tasche. Noch immer tickte es, doch jetzt erkannte Jill, was sie enthielt. Papiere, einen Kamm, Stifte, Krimskrams. Einen Reisewecker. Einen kleinen, eleganten Reisewecker aus schwarzem Leder.

»Keine Bombe?«, flüsterte sie ungläubig. »Ein Wecker?« Mit einer Wucht, die ihr auf die Ohren drückte, setzten alle Außengeräusche wieder ein. Das Donnern der Brandung, Möwenschreie, das Kichern der beiden kleinen Mädchen, die sich unter ihren sie schützenden Eltern hervorwanden und vergnügt zwischen all den Erwachsenen herumkrabbelten. Die mitten in den Scherben von Geschirr und Ketchup-Flaschen auf dem Boden saßen und ihr Glück kaum fassen konnten, dass es nur ein Wecker gewesen war.

Das Lachen begann in ihrem Bauch, es kitzelte ihre Kehle hoch, explodierte, und dann lagen sie sich in den Armen und lachten, als wollten sie ihr Inneres nach außen kehren, und sie glaubte noch nie etwas Süßeres geschmeckt zu haben als seinen mit Tomatenketchup verschmierten Mund.

Auch als sie später Hand in Hand hinunter zum Meer liefen, sich in die Wellen warfen, in die weiß schäumende Brandung tauchten, bis das Wasser Ketchup-Spritzer und Geschirrsplitter aus ihrer Kleidung gespült, ihre Tränen und alle schrecklichen Ereignisse der letzten Tage abgewaschen hatte, ließen sie sich keine Sekunde los. Dann gingen sie zum Auto. Im stetigen Wind, der aus dem glutheißen Norden über die Hügel strich, trocknete ihre Kleidung schnell.

»Wo ist Axel?«, fragte sie im Auto. »Auf dem Weg in den Kongo?«

Er lachte. »Nein, bei Thandi im Krankenhaus. Als er von dem Brand las, war er nicht mehr zu halten.«

\*

Auf Inqaba angekommen, standen sie für eine halbe Stunde zusammen unter der Dusche. »Ich habe Hunger«, sagte sie und drehte das Wasser ab.

»Ich auch«, murmelte er mit seinem Mund auf ihrem, »auf dich.« Später duschten sie noch einmal. Dann wanderten sie hinüber zur Terrasse. Zu ihrer Überraschung war ihr Tisch bereits aufs Schönste gedeckt, und kaum hatten sie sich gesetzt, den üppigen Strauß duftender Frangipaniblüten bewundert, erschien Nelly, hinter ihr Bongi, die ein Tablett beladen mit allerlei Köstlichkeiten trug, gefolgt von Zanele mit der Kaffeekanne.

»Sakubona, Jill«, grüßte Nelly, blickte mit glänzenden Augen von einem zum anderen. »Willkommen auf Inqaba, Sir.« Sie hielt ein gesticktes Perlband in der Hand. Liebevoll legte sie es um Jills Stirn. »Der Iqola hat mir heute seinen weißen Bauch gezeigt«, flüsterte sie, »der Schatten ist dem Licht gewichen, und ich habe von Sternen geträumt. Ihr werdet glücklich sein, das ist die Bedeutung, und der Erfolg wird euch verwöhnen.« Mit großer Würde hängte sie eine fünfreihige weiße Glasperlenkette um Nils' Hals, murmelte dabei Jill ein paar Zuluworte ins Ohr.

»Jetzt musst du eigentlich in einen wilden Tanz ausbrechen und zwei Rinder opfern«, kicherte sie, dachte nicht daran, ihm Nellys anzügliche Worte zu übersetzen.

Mit verstohlenem Lächeln fischte die Zulu nun ein Medizinfläschchen aus der Tasche ihres Kleides, steckte es Jill zu.

»Was ist das?«, fragte sie leise.

»Isinwazi«, sagte Nelly, gluckste vergnügt, sagte etwas auf Zulu und sah Nils dabei an.

Isinwazi. Die Pflanze, die gegen Unfruchtbarkeit helfen sollte. Jill wurde rot und schoss Nils einen verlegenen Blick zu.

»Was hat sie gesagt?«, fragte er. »Ich habe den Eindruck, es hatte etwas mit mir zu tun.«

»Sie meint, es macht sie glücklich, dass du mich mit deinem Herzen siehst.« Ihr Gesicht leuchtete. Die Bedeutung des Fläschchens verschwieg sie.

»Ich sehe dich mit meinem Herzen«, wiederholte er. »Du bist eine weise Frau, Nelly Dlamini«, rief er der alten Zulu zu, und die lachte, bis ihr üppiger Körper in Schwingungen geriet.

Nachdem sie gegessen hatten, wanderten sie über den gepflasterten Weg zum Küchengarten. Vor dem Steinkreis blieb Nils stehen. »Wie kräftig sie sind«, sagte er und strich über die frischen, herzförmigen Blätter der beiden Korallenbäumchen in ihrer Mitte. Eng aneinander geschmiegt setzten sie sich auf die sonnenwarme Mauer, schauten über das Land. Der Tibouchina an Christinas Grab leuchtete. Dann redete sie, erzählte ihm alles, der Reihe nach. Was sie mit den Kunene-Zwillingen besprochen hatte und warum sie Popi glaubte, berichtete von dem Brand und dem Skelett und davon, was mit Leon passiert war.

»Rizinusvergiftung? Welch ein Ende.« Er rieb sich die Nase. »Der Tote am Fluss trug den Ring von Catherine? Ist es Konstantin? Die Geschichte fasziniert mich.«

»Keine Ahnung, ich habe noch nichts weiter von der Polizei gehört.« Ihr Rock war hochgerutscht, seine Hand lag auf ihrem Oberschenkel. Es lenkte sie außerordentlich von seinen Worten ab.

»Das müsste man mit den heutigen forensischen Methoden herausfinden können, und wenn er es tatsächlich ist, möchte ich wissen, wie er umgekommen ist und warum, was er da gewollt hat.« Er küsste ihre Finger, jeden einzeln, seine Augen glitzerten. »Ich glaube, Catherine war wie du. Ich hätte mich auch rettungslos in sie verliebt.«

Nun fasste sie Mut, sagte ihm auch, wie es gewesen war, als sie sein Video angesehen hatte. »Ich hatte furchtbare Angst, dass die Worte am Schluss des Films die letzten wären, die ich von dir hören würde.« Sie atmete tief durch und rieb die nackte Stelle, an der einst Martins Ring gesessen hatte. Die Ränder waren verblasst. Dann sah sie ihn an. »Und wenn ich dich nicht gefunden hätte …?«

Er antwortete nicht gleich. Sein Blick glitt in die Ferne. »Seit ich dich kenne, ist meine Welt heller geworden …«, sagte er dann leise, »… bisher lebte ich nur im Heute, dachte nie an morgen. Vergaß, was gestern gewesen war.« Er hatte das Kinn gehoben, der Himmel spiegelte sich in seinen Augen. »Plötzlich kann ich weiter sehen …«

Sie hielt den Atem an, um das Gespinst seiner Gedanken nicht zu zerreißen, beschloss, ihm nie zu sagen, dass sie fast das Leben losgelassen hätte, draußen im Meer.

Nach einer atemlosen Ewigkeit sah er sie wieder an. Die blauen Augen tanzten. »Ich habe meinen Flug storniert, ich war schon auf dem Weg zu dir …« Dann lachte er, dieses zärtliche Lachen tief in der Kehle, das sie verrückt machte, ihr den Kopf verdrehte, bis ihr schwindelig wurde. Sein klingendes Echo füllte ihre Welt, schwang sich in das unbeschreibliche Licht, das über Inqaba lag, wirbelte mit ihr davon, über alle Grenzen, bis ihr Herz sang und ihr Blut rauschte.

Die Blüten des rosa Tibouchina zitterten, nur ganz leicht, wie vom Flügelschlag eines Schmetterlings.

Nelly hatte Recht behalten, die Schwärze war gewichen, der Weg lag wieder im strahlenden Sonnenlicht.

\* \* \*

Der Pillendreher, der unbemerkt zu ihren Füßen seine Dungkugel über die rote, krümelige Erde rollte, war wunderschön. Seine gewölbten Flügeldecken schimmerten je nach Lichteinfall metallisch blau oder grün und manchmal auch violett. Mit den

Vorderbeinen stemmte er sich ab, die Hinterbeine wuchteten die Kugel, die er aus dem Mist einer jungen Schirrantilope gedreht hatte, über jedes Hindernis.

Am Fuß der Mauer, auf dem die beiden Menschen saßen, begann er, emsig rings um die Mistkugel zu graben, um sie neben den anderen Mistkugeln zu versenken, in die sein Weibchen bald ihre Eier legen würde. Er grub tiefer und tiefer, kleine Steinchen rollten beiseite, die Erde lockerte sich, brach auf, und ein kleiner Gegenstand schob sich heraus. Die afrikanische Erde hatte ihn rötlich verfärbt, aber nicht zersetzt. Hätten die beiden auf der Mauer jetzt hinuntergesehen, hätten sie meinen können, einen Knochen vor sich zu haben, den Fingerknochen einer menschlichen Hand, der schon sehr, sehr lange ungestört in der Erde geruht hatte.

Doch die beiden sahen nur sich und die schimmernden Tage, die vor ihnen lagen. Ihre Zukunft.

Ihr Herz blieb in Afrika …

# Stefanie Gercke
# Ich kehre zurück nach Afrika

Roman

Als die junge Henrietta Ende der fünfziger Jahre auf Geheiß ihrer Eltern nach Südafrika zieht, ist dies eigentlich als Strafe gedacht. Doch Henrietta ist froh, dass sie der Enge und den Konventionen ihrer Heimatstadt entfliehen kann und baut sich in dem fremden Land ein neues, glückliches Leben auf. Als sie den Schotten Ian kennen lernt, scheint ihr Glück vollkommen. Doch bald geraten die beiden mit dem System der Rassentrennung in Konflikt.

Wenn Sie mehr über Henriettas aufregende Beziehung zu Afrika wissen wollen, dann lesen Sie einfach weiter:

## Leseprobe

aus

Stefanie Gercke
# Ich kehre zurück nach Afrika

Knaur

# Dienstag, den 26. März 1968

Durch das Dröhnen der Flugzeugmotoren meinte sie die Stimme ihres Vaters zu hören, traurig und voller Sehnsucht. »Du bist in Afrika geboren, auf einer kleinen Insel im weiten, blauen Meer.« Seine Worte waren so klar wie damals, vor fast dreiundzwanzig Jahren. Sie sah ihn am Fenster lehnen, das blind war von dem peitschenden Novemberregen, seine breiten Schultern nach vorn gefallen, und ihr war, als vernähme sie wieder die windverwehte Melodie von sanften kehligen Stimmen, als stiege ihr dieser Geruch von Rauch und feuchter, warmer Erde in die Nase.

»Afrika«, hatte er geflüstert, und sie wußte, daß er den dunklen Novemberabend nicht sah, daß er weit weg war von ihr, in diesem fernen, leuchtenden Land, dessen Erinnerung ihm, ihrem turmgroßen, starken Vater, die Tränen in die Augen trieb.

Die Stirn gegen das kalte Fenster des großen Jets gepreßt, sah sie hinunter auf das Land, das sie liebte, ihr Paradies. Ein Schluchzen stieg ihr in die Kehle. Sie schüttelte ihre dichten, honigfarbenen Haare schützend vor das Gesicht. Niemand durfte ihr etwas anmerken, niemand durfte wissen, daß sie dieses Land für immer verließ, niemand! Besonders nicht der Kerl da vorne, der in dem hellen Safarianzug mit dem schwarzen Bürstenschnurrbart, der so ruhig an der Trennwand zur ersten Klasse lehnte. Vorhin, als sie einstieg, stand er zwischen den Sitzen in einer der letzten Reihen. Sein Genick steif wie ein Stock, ließ er seine Augen ständig über seine Mitpassagiere wandern. Von Gesicht zu Gesicht, jede ungewöhnliche Regung registrierend, ohne Unterlaß. Daran hatte sie ihn erkannt, an dem ruhelosen, lauernden Ausdruck seiner Augen. Einer von BOSS, dem Bureau of State Security, ein

Agent der Staatssicherheit, der gefürchtetsten Institution Südafrikas. BOSS, die eine Akte über sie führten.

Tief unter ihr glitt die Küste von Durban dahin. Die Bougainvilleen leuchteten allenthalben wie rosafarbene Juwelen auf den sattgrünen Polstern gepflegter Rasenflächen. Ihre Augen ertranken in stillen Tränen.

*Reiß dich zusammen, heulen kannst du später!*

So verharrte sie lautlos, saß völlig bewegungslos, zwang sich, das Schluchzen hinunterzuschlucken. Sie tat es für ihre Kinder, ihre Zwillinge, Julia und Jan, den Mittelpunkt ihrer kleinen Familie, die ganz still neben ihr in den Sitzen hockten.

Ihre Gesichter, von der afrikanischen Sonne tief gebräunt, waren angespannt und blaß, ihre Augen in verständnisloser Angst aufgerissen. Obwohl sie sich bemüht hatte, sich nichts anmerken zu lassen, mußten sie dennoch etwas gespürt haben. Sie waren gerade erst vier Jahre alt geworden. Viel zu jung, um so brutal aus ihrem behüteten Dasein gerissen zu werden, zu klein, um zu verstehen, daß von nun an nichts mehr so sein würde, wie es bisher war. Vor wenigen Wochen erst hatten sie mit einer übermütigen Kuchenschlacht ihren Geburtstag gefeiert, doch Henrietta hatte Mühe, sich daran zu erinnern, denn die folgenden Ereignisse töteten alles andere in ihr, ihre Gefühle, ihre Erinnerungen, ihre Sehnsüchte. Es war, als wüchse ein bösartiges Geschwür in ihr, das sie ausfüllte und langsam von innen auffraß.

Das metallische Signal des bordinternen Lautsprechers schnitt scharf durch das sie umgebende Stimmengesumm. Das Geräusch kratzte über ihre rohen Nerven, sie zuckte zusammen, fing die Bewegung aber sofort auf. Um keinen Preis auffallen! Nur nicht in letzter Sekunde die Fassung verlieren und den Mann gefährden, der dort unten, irgendwo in dem unwegsamen, feuchtheißen, schlangenverseuchten Buschurwald im Norden Zululands versuchte, über die Grenze nach Moçambique zu gelangen. Ihr

Mann. Es war ihr plötzlich, als spüre sie seine Hand in der ihren. So stark war ihre Vorstellungskraft, daß sie seine Wärme fühlte. Sie strömte in ihren Arm und breitete sich wohlig in ihr aus, so als teilten sie denselben Blutkreislauf. Sie wußte, solange diese Hand die ihre hielt, konnte ihr nie etwas wirklich Furchtbares passieren. Ihr nicht und Julia und Jan nicht. Sie schloß die Augen und gab sich für einen Augenblick dieser kostbaren Wärme und Geborgenheit hin.

Doch ebenso plötzlich war es vorbei, es fröstelte sie. Eiskalte Angst ergriff ihre Seele. Denn sollte der Agent von BOSS mißtrauisch werden, merken, daß sie auf der Flucht war und nicht die Absicht hatte, nach Südafrika zurückzukehren, würden sie ihn fangen, bevor er die Grenze überquert hatte. Verschnürt wie Schlachtvieh, würden sie ihn in ein vergittertes Auto werfen und dann in einem ihrer berüchtigten Gefängnisse verschwinden lassen. Als Staatsfeind unter dem 180-Tage-Arrest-Gesetz, einhundertachtzig Tage ohne Anklage, ohne Verurteilung und ohne die Möglichkeit für den Gefangenen, einen Anwalt oder auch nur seine Familie zu benachrichtigen. Nach 180 Tagen würden sie ihn freilassen aus der dumpfen, dämmrigen Zelle, zwei, drei Schritte in den strahlenden afrikanischen Sonnenschein machen lassen, die Freiheit des endlosen Himmels kosten, um ihn auf der Stelle für weitere 180 Tage zu inhaftieren. »Bis die Hölle zufriert«, pflegte Dr. Piet Kruger, Generalstaatsanwalt von Südafrika, zynisch zu bemerken. Irgendwann würden sie ihn mit gefälschten Anschuldigungen vor Gericht stellen und dann für viele Jahre qualvoll hinter Gittern verrotten, zum Tier verkommen lassen. Ihr wurde speiübel von den Bildern, die sich ihr aufdrängten.

Als aber die Stewardeß sie nach ihrem Getränkewunsch fragte, konnte sie lächeln, und ihre Stimme war klar und ohne Schwankungen. In den letzten Wochen mußte sie das lernen. Zu lächeln, obwohl ihr das Herz brach. Sie hatte Dinge gelernt und Dinge

getan, von denen sie nie ahnte, daß sie dazu fähig sei. Sie hatte gelogen, getäuscht und jede Menge Gesetze gebrochen, mit lachendem Gesicht und einem stummen Schrei in der Kehle, der sie fast erstickte.
Der weiße Jet flog hinaus über die blaue Unendlichkeit des Indischen Ozeans. Der wie helles Gold schimmernde Strand, der um Natal liegt wie ein breites Halsband, wurde zu einem feinen, leuchtenden Reif, die Küste versank im Dunst der Ferne. Kurz darauf legte sich das Flugzeug in eine scharfe Kurve landeinwärts, und sie erkannte Umhlanga Rocks an der aus dem dünnen Salzschleier steigenden Hügellandschaft und dem rot-weißen Leuchtturm, der vor dem traditionsreichen Oyster Box Hotel die Seefahrer vor den tückischen, felsbewehrten Küstengewässern warnte. Und weil sie wußte, wo sie suchen mußte, entdeckte sie das silbergraue Schieferdach ihres Hauses, oben am Hang, unter den Flamboyants. Sie sah es nur für den winzigen Bruchteil eines Augenblicks zwischen dem flirrenden Grün, dann versank es in dem Meer von Bäumen.

Vor etwas mehr als acht Jahren war sie hier gelandet, hungrig nach Leben nach den Einschränkungen der Nachkriegsjahre in Deutschland, gierig nach Freiheit, froh, endlich den erstickenden Vorschriften und Traditionen einer seelisch verkrüppelten Gesellschaft entronnen zu sein. So kam sie im Dezember 1959 nach Südafrika, noch nicht zwanzig Jahre alt, sprühend von Lebensenergie, erfüllt von unbändiger Willenskraft, hier ihr Leben aufzubauen.
Sarahs dunkles Gesicht tauchte vor ihr auf, daneben das von Tita, gerahmt von ihren flammenden Locken, und hinter ihnen gruppierten sich die Menschen, die sie liebte und die sie jetzt verlassen mußte. »Ich kehre zurück, Afrika«, schwor sie und dachte da-

# Leseprobe

bei an Papa. »Einmal noch nach Afrika_– ich werde nicht nur davon träumen.« Eine übermächtige Wut packte sie auf alle, die ihr und ihrer Familie das antaten, Kampfgeist brach durch ihren Schmerz, doch sie grub ihre Fingernägel tief in die Handflächen. Noch mußte sie durchhalten, noch wenige Stunden. In knapp fünfundvierzig Minuten war die Landung auf dem Jan-Smuts-Airport in Johannesburg vorgesehen. Zwei Stunden später würde sie dann an Bord der British-Airways-Maschine dieses Land verlassen. *Wenn sie mich nicht erwischen! Bis dahin muß ich weiter lächeln und lügen und mich verstellen.*
Sie sah hinunter auf ihr Paradies, um sich jede Einzelheit einzuprägen. Das Flugzeug stieg steil und schnell, und Umhlanga verschwand hinter den fruchtbaren, grünen Hügeln von Natal. Zurück blieb der Abdruck dieses Bildes, das sich tief und unauslöschlich in ihr Gedächtnis grub.

Es begann vor langer Zeit, als Henrietta noch sehr klein war, als Entfernungen noch in Tagen und Wochen gemessen wurden, zu der Zeit, als sie die Welt bewußt wahrzunehmen begann.
Im sterbenden Licht eines dunklen, stürmischen Novembertages, auf dem dünnen Teppich über dem harten Parkettboden im Wohnzimmer ihrer Großmutter in Lübeck sitzend, wendete sie die steifen Seiten ihres Lieblingsbilderbuches über wilde Tiere in einem fremdartigen, grünen Blätterwald und badete ihre ungestüme Kinderseele in den leuchtenden, bunten Farben. Regen explodierte gegen die Fensterscheiben, und Wind heulte durch die kahlen Bäume, fegte fauchend um die Häuserecken. Ihr Vater lehnte seinen Kopf in den blauen Ohrensessel zurück. Seine Hände, die ein Buch hielten, sanken auf die Knie. »Afrika«, sagte er nach einer Weile leise, und nach einer langen, stillen Pause, »nur

noch einmal Afrika.« Seine hellen, blauen Augen blickten durch den grauen Regenvorhang, als sähe er ein Land und eine Zeit jenseits der kalten, unwirtlichen Novemberwelt.

Das kleine Mädchen auf dem Boden hob den Kopf, Lampenlicht vergoldete ihre Locken, und lauschte dem Nachhall der Worte.

»Afrika?« wiederholte sie fragend.

Ihr Vater sah hinunter auf seine Tochter und nickte. »Es ist nicht zu früh, du wirst es verstehen«, murmelte er und drückte sich mit seinen kräftigen Armen aus dem Sessel auf die Füße. Sein rechtes Bein war schwach und dünn wie das eines Kindes und mußte durch eine Metallschiene gestützt werden. Die Folgen eines Unfalls und einer verpatzten Operation, die ihn zum Krüppel gemacht hatten. Er stützte sich schwer auf seinen Stock und hinkte zum Glasschrank, der stets verschlossen war und Dinge von seltsamen, fremden Formen hinter den Spitzengardinen verbarg. Er holte einen fleckigen, vergilbten Leinensack heraus und legte ihn geöffnet in ihren Schoß. »Nimm es heraus.«

Ein schwacher, staubiger Geruch von getrocknetem Gras stieg ihr in die Nase, süßlich und kaum wahrnehmbar. Vorsichtig griff sie hinein. An einer festen, geflochtenen Kante aus Bast, die mit schmalen, gezähnten Muscheln besetzt war, hing ein dickes, puscheliges Röckchen aus dunkelbraunem, vom Alter brüchigen Gras. Es war länger als ihr ausgestrecktes Kinderärmchen und reichte bis auf den Teppich.

»Es war dein erstes Kleidungsstück«, lächelte ihr Vater, »ein Baströckchen, wie es die Eingeborenen, die es dir schenkten, auch trugen. Denn du bist in Afrika geboren, auf einer kleinen Insel, unter hohen, flüsternden Palmen, genau in dem Moment, als der große Regen begann. Vor dir war noch nie ein weißes Kind auf dieser Insel geboren worden, und für sie, die sie eine schwarze Haut hatten, warst du ein kleines Wunder mit deinen blonden Haaren und blauen Augen. So nahmen sie dich in ihren Stamm auf.« Er trat ans Fenster, das jetzt dunkel und undurchsichtig war und an dem der Regen wie ein Sturzbach herunterfloß. »Es ist eine sehr kleine Insel. Sie liegt über dem Äquator zwischen anderen Inseln in einem weiten, blauen Meer.« Seine Stimme wurde leiser, und sie hatte Mühe, seine Worte zu verstehen. »Es ist immer warm dort und hell, und Blumen blühen das ganze Jahr.« Er schwieg und wendete sein Gesicht ab. Seine Schultern bewegten sich.

Henrietta vergrub ihre Nase in dem Baströckchen und sog den Duft ein. Etwas rührte sich in ihr. Sie fühlte eine Wärme auf ihrer Haut, unvergleichlich heißer und lebendiger als die nördliche, blasse Sonnenwärme, und sie hörte eine windverwehte, weit entfernte Melodie von sanften, kehligen Stimmen. Ein anderer Geruch berührte ihr Gesicht, rauchig und vertraut. Schmetterlingszart stieg er auf und streichelte sie. Ein berauschendes Gefühl von Dazugehören und Frieden umschloß sie, hüllte sie ein. Sie hob ihre Augen zu ihrem Vater. »Afrika?« fragte sie, und er nickte. So begann es.

Afrika. Für Henrietta wandelten sich das Wesen und der Inhalt des Wortes über die Jahre. Für das kleine Kind war es die Welt der Wunder und Märchen, der Traum von Schätzen und dunkelhäutigen Prinzen in prächtigen Gewändern und fernen, in der Sonne glitzernden Küsten, ihr Traum, in den sie sich in den trüben, nordischen Wintern flüchtete.

In jener turbulenten, chaotischen Zeitspanne zwischen Pubertät und Erwachsenwerden war es der geheime Zufluchtsort, in den sie sich zurückzog, wenn die Welt zuviel von ihr verlangte. Der Ort war nirgendwo, hatte keine bestimmte Form, es war nur ein warmes, dunkles_Gefühl, ein Rhythmus und eine Erinnerung, Frieden gefunden zu haben.

Wenn ihre Sehnsucht nach Licht und Wärme etwas anderes verlangte als nur Sonne, wenn die verknöcherten Vorschriften ihrer

Leseprobe

Umgebung zu einem Gefängnis wurden, dann hatte das Wort Afrika die Bedeutung von Hoffnung und Trost und einer Verheißung von Freiheit. Ohne dieses Afrika, ihr Afrika, konnte sie nicht überleben.

»Du bist in Afrika geboren, auf einer kleinen Insel im weiten, blauen Meer«, hatte ihr Vater gesagt, und dann roch sie diesen Duft, rauchig und vertraut, und hörte die windverwehte Melodie dunkler, sanfter Stimmen. Seine Worte waren wie ein Samen, und ihre Sehnsucht, dieses Verlangen nach dem Ort, der ihre Heimat war, wuchs daraus als kräftige, widerstandsfähige Pflanze. Sie wußte, daß sie eines Tages zurück nach Afrika gehen mußte. »Gleich, wenn ich groß bin!«

Neugierig geworden? Die ganze Geschichte finden Sie in:

**Ich kehre zurück nach Afrika
von Stefanie Gercke**

Knaur

Stefanie Gercke

»…hochgradig spannendes Lesefutter für alle Liebhaber der südafrikanischen Literatur.«
*Afrika-Post*

**Ich kehre zurück nach Afrika**
ISBN 3-426-61498-7

**Ins dunkle Herz Afrikas**
ISBN 3-426-61993-8

Knaur

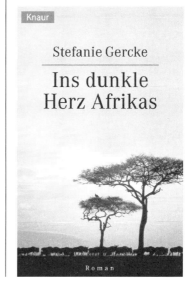

Stefanie Gercke

# Ins dunkle Herz Afrikas

Roman

Einst mussten Henrietta und ihre Familie aus dem von Rassenhass zerrissenen Südafrika fliehen. Doch dem Ruf des schwarzen Kontinents können sie sich nicht entziehen, und immer stärker wird in Henrietta der Wunsch, das Land wiederzusehen, das für sie immer noch ihre Heimat ist. Ihre Sehnsucht siegt schließlich über alle Angst und über die Sorge um die eigene Sicherheit – sie wagt einen neuen Versuch.

Eine dramatische, zu Herzen gehende Saga von der Autorin des Bestsellers »Ich kehre zurück nach Afrika«.

Knaur